PAMELA HARTSHORNE

Die Mitternachtsstunde

GOLDMANN
Lesen erleben

Buch

York 1561: Bei einem harmlosen Spiel mit ihrem Liebsten Tom fällt die lebhafte Nell Appleby Toms älterem Bruder auf. Von da an wird der böswillige Ralph, der den beiden ihre Liebe missgönnt, Nell nicht mehr vergessen und alles dafür tun, um sie ganz für sich allein zu haben …

Mehr als viereinhalb Jahrhunderte später kehrt die Historikerin Tess nach der Trennung von ihrem Mann ins englische York zurück. Zuflucht findet die junge Mutter mit ihrem kleinen Sohn im Haus eines Freundes, gelegen in der malerischen Altstadt. Doch zur Ruhe kommt Tess dort nicht. Sie fühlt sich eingeengt in dem Haus, nachts rauben ihr rätselhafte Geräusche den Schlaf. Und kurz darauf hat Tess immer öfter seltsame Träume, in denen sie in die elisabethanische Zeit und in das Leben einer anderen jungen Frau abtaucht: Nell. Tess ist zutiefst verunsichert. Verstanden fühlt sie sich nur von Schreiner Luke, der die Holzarbeiten im Haus renoviert und ihr dabei hilft herauszufinden, was damals geschah. Je mehr Tess über Nells Schicksal erfährt, desto sicherer ist sie: Nur wenn sie Nells Geschichte entschlüsselt, kann auch sie selbst ihr Glück finden …

Weitere Informationen zu Pamela Hartshorne
sowie zu lieferbaren Titeln der Autorin
finden Sie am Ende des Buches.

Pamela Hartshorne

Die Mitternachtsstunde

Roman

Aus dem Englischen
von Renate Reinhold

GOLDMANN

Die Originalausgabe erschien 2013 unter dem Titel
»The Memory of Midnight« bei Pan Books, an imprint of Pan Macmillan,
a division of Macmillan Publishers Limited, London.

Dieses Buch ist auch als E-Book erhältlich

MIX
Papier aus verantwortungsvollen Quellen
FSC® C014496

Verlagsgruppe Random House FSC® N001967
Das FSC®-zertifizierte Papier *Holmen Book Cream* für dieses Buch
liefert Holmen Paper, Hallstavik, Schweden.

1. Auflage
Deutsche Erstveröffentlichung August 2015

Umschlagkonzeption: UNO Werbeagentur, München
Umschlagmotive: Getty Images/Maria Wachala;
Arcangel Images/Cynthia Valentine; FinePic®, München
Illustration/Stadtkarte von York: © Fred van Deelen
Redaktion: Irmgard Perkounigg
KS · Herstellung: Str.
Satz: Uhl + Massopust, Aalen
Druck und Bindung: GGP Media GmbH, Pößneck
Printed in Germany
ISBN: 978-3-442-47956-6
www.goldmann-verlag.de

Besuchen Sie den Goldmann Verlag im Netz

Für Diane,
meine beste Freundin,
in Liebe

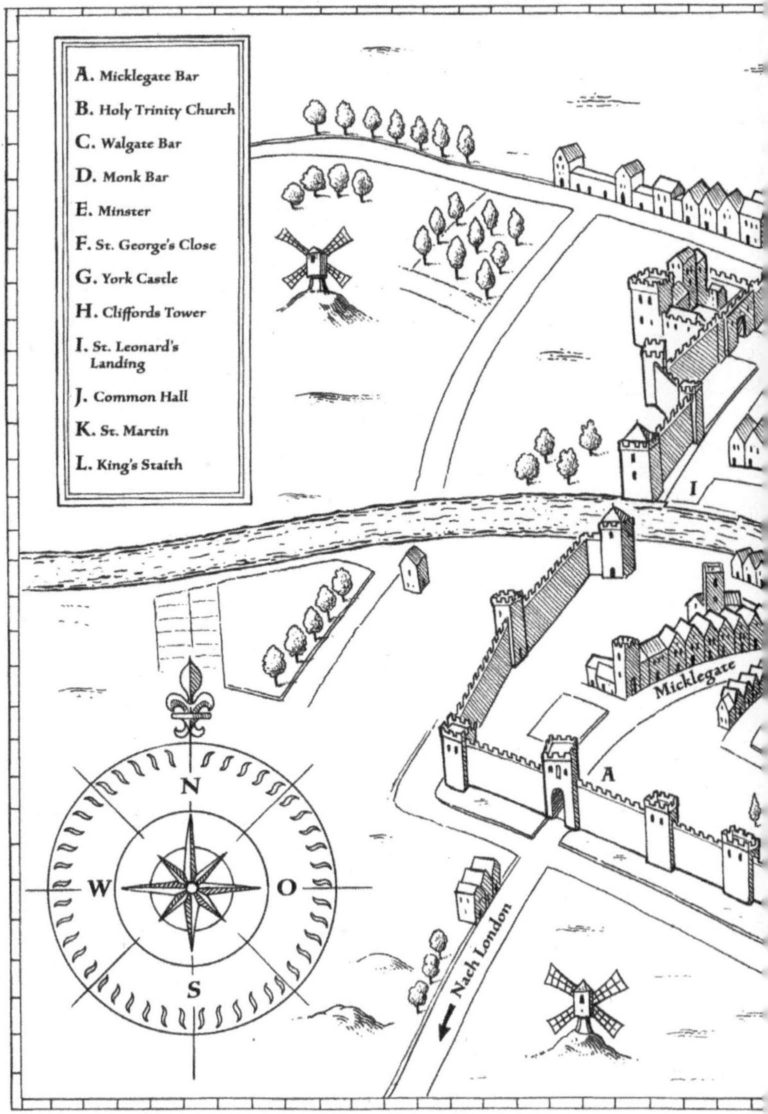
A. Micklegate Bar
B. Holy Trinity Church
C. Walgate Bar
D. Monk Bar
E. Minster
F. St. George's Close
G. York Castle
H. Cliffords Tower
I. St. Leonard's Landing
J. Common Hall
K. St. Martin
L. King's Staith
I
Micklegate
A
N
W
O
S
Nach London

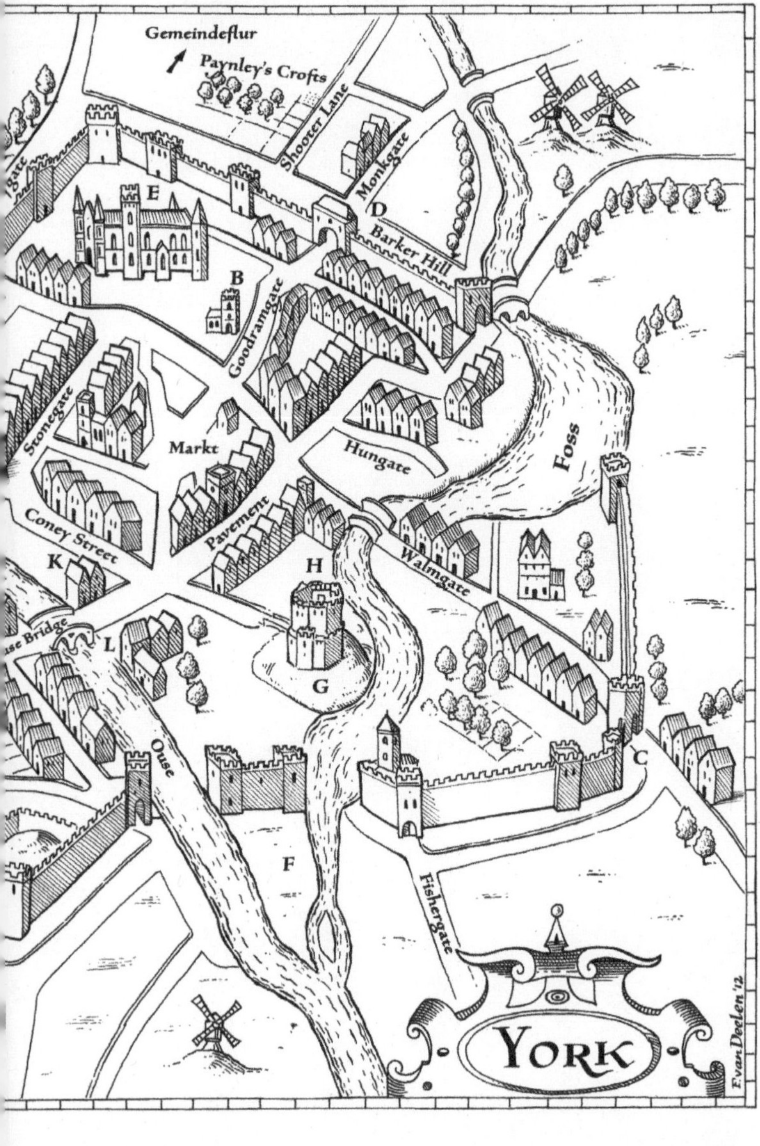
Gemeindeflur
Paynley's Crofts
Shooter Lane
Monkgate
D
Barker Hill
E
B
Goodramgate
Stonegate
Markt
Hungate
Foss
Coney Street
Pavement
K
H
Walmgate
L
G
Ouse
C
F
Fishergate
YORK
F. van Deelen '12

Kapitel 1

York, August 1561

Sie musste sich verstecken.

»Eins … zwei …«

Nell mochte nicht länger warten. Sie sauste los, über den Innenhof und durch den Haupteingang ins Innere des Hauses. Im dämmrigen Licht des Flurs hielt sie abrupt inne, kam schlitternd zum Stehen und suchte mit hektischen Blicken nach einem geeigneten Versteck, wo Tom sie nicht finden würde.

Eine Holzstiege führte hinauf in den ersten Stock, zu dem Gemach von Mistress Maskewe, die dort im Wochenbett lag. Durch die Tür zur Rechten gelangte man zu der Vorratskammer für Bier und Wein, zur Speisekammer und zur Küche, der Hausgang selbst jedoch bot keine Möglichkeit, sich zu verstecken.

»Drei … vier …«

Einem Impuls folgend strebte Nell der Küche zu, doch im letzten Moment, ihre Hand lag bereits auf der Türklinke, zögerte sie. Dort drinnen würde sie das Küchenpersonal vorfinden: wahrscheinlich Joan mit ihren Hasenzähnen, die als Küchenmagd bei den Maskewes arbeitete, ganz gewiss jedoch Fat Peg, die stämmige Köchin, bei der man nie wusste, wie sie gelaunt sein würde. Bei Nells Anblick würde sie ihr dröhnendes Lachen ertönen lassen, ihr eventuell sogar ein paar Bröckchen vom Zuckerhut abschaben. Doch möglicherweise würde sie ihr auch unter lautem Gezeter die Ohren langziehen, woraufhin Tom prompt in die Küche rennen und Nell entdecken würde.

Was zur Folge hätte, dass Nell *schon wieder* gegen ihn verlieren würde. Stets war sie die Unterlegene. Ihre Miene verfinsterte sich bei der Vorstellung. Es war so ungerecht. Doch diesmal würde sie es Tom zeigen. Nell war wild entschlossen, ihm zu beweisen, dass sie genauso gut war wie er.

»Fünf... sechs... sieben...«

Nell ließ die Hand sinken, kaute auf ihrer Unterlippe. Vielleicht war es ein Fehler gewesen, ins Haus zu laufen? Draußen im Hof gab es Ställe, einen Raum für Heu, ein Holzlager und eine Milchkammer. Allesamt wunderbare Plätze zum Verstecken, aber auch die ersten, wo Tom nach ihr suchen würde.

Nein, sie musste etwas Neues finden. Irgendeine kleine, verborgene Nische. Einen Ort, wo Tom erst gar nicht auf die Idee käme, nach ihr zu suchen.

Zögernd setzte Nell den Fuß auf die erste Treppenstufe. Traute sie sich hinaufzugehen? Wenn ihre Stiefmutter sie dabei erwischen würde, bekäme Nell Schelte und müsste sich still und artig wieder in die stickige Stube setzen, wo die Frauen der Nachbarschaft zu Besuch weilten und Toms neugeborenen Bruder bewunderten. Nell hatte verständnislos mit der Schulter gezuckt, als man sie anhielt, ihr Entzücken zu bekunden. Ein Neugeborenes, weiter nichts, dachte sie bei sich. Es lag in seiner Wiege und weinte ab und zu, mehr gab es da nicht zu sehen. Wieso nun alle um das Kind herumsaßen und so einen Wirbel darum machten, blieb Nell verborgen. Sie hatte sich, sobald es ging, davongestohlen, um nach ihrem Spielgefährten Tom Ausschau zu halten.

Es war ihnen verboten, oben im ersten Stock zu spielen. Nell wusste das genau. Aber war dieser Ort nicht gerade deswegen als Versteck bestens geeignet? Tom käme nie im Leben auf den Gedanken, sie brächte den Mut auf, allein dort hinaufzugehen.

Nell hörte ihn draußen im Innenhof zählen, bemerkte, dass er immer häufiger Zahlen einfach übersprang. Missbilligend verzog sie ihren weichen Kindermund. Er mogelte, ohne Frage, doch sie musste es ihm durchgehen lassen, sonst hätte sie sich verraten.

Sie straffte die Schultern. Nun war es genug! Diesmal, *diesmal* würde sie sich so gut verstecken, dass ihm nichts anderes übrig blieb, als zuzugeben, dass sie klüger war als er. *Dieses* Mal würde sie gewinnen.

Ohne noch weiter nachzudenken, raffte Nell ihre Röcke und rannte die Treppe hinauf, wobei ihr im allerletzten Moment einfiel, dass sie die fünfte Stufe von unten, die immer so laut knarrte, wenn man darauf trat, überspringen musste. Im Haus herrschte Stille, bis auf gelegentliches Stimmengemurmel und Wortfetzen, die aus der Stube der Wöchnerin drangen. Umso lauter klang das Patschen ihrer kleinen Ledersohlen in Nells Ohren, doch nun war es zu spät, um es sich anders zu überlegen.

Mit Herzklopfen kam sie oben an. Schnaufend blieb sie stehen, lauschte ihren Atemgeräuschen, wartete nur darauf, dass gleich eine der Frauen den Kopf aus der Tür strecken und nachschauen würde, wer denn hier solchen Lärm veranstaltete. Aber niemand schien sich darum zu kümmern. Vielleicht waren diese Weiber von der Hitze so mitgenommen, dass sie nicht die Energie aufbrachten, sich in Bewegung zu setzen.

Die ganze Woche schon lag brütende Sommerhitze über der Stadt. Es war so schwül und drückend, dass man das Gefühl hatte, nicht richtig atmen zu können. Bis auf Tom und Nell schienen alle Bewohner der Stadt von einer Art Lähmung befallen zu sein. Sie schleppten sich träge dahin, zerrten an ihren steifen Krägen, wischten sich den Schweiß von der Stirn. Selbst die Hunde lagen apathisch im Straßenstaub und konnten sich kaum aufraffen zu bellen.

Am oberen Treppenabsatz blieb Nell, die Hand auf dem kunstvoll geschnitzten Pfosten, eine ganze Weile unschlüssig stehen, ehe sie schließlich auf Zehenspitzen über die Schwelle in die große Wohnhalle trat. Sie liebte diesen Raum, der so anders war als die kleine beengte Halle ihres Vaters, wo an den Wänden gleich neben den billigen bemalten Tüchern die Niedergeschlagenheit zu hängen schien. In der Halle der Maskewes waren die Wände mit prächtigen farbenfrohen Gobelins geschmückt, auf deren Bordüren sich Blumen, Vögel und Insekten tummelten, sodass man an eine blühende Hecke im Juni denken musste, an hohes, üppig wachsendes Gras, an laue Luft, voller Verheißung auf den Sommer. Der Juni war Nells liebste Jahreszeit, und wie sie nun vor diesen Wandteppichen stand, streckte sie unwillkürlich die Hand nach einem Schmetterling aus und berührte ihn. Der Teppich wellte sich unter ihren Fingern, sodass man fast den Eindruck hatte, als würde der Schmetterling seine Flügel ausbreiten und fliegen.

Toms Vater war ein bedeutender Mann, ein Ratsherr und, wie man munkelte, einer der reichsten Bürger der Stadt. Sein Wohlstand zeigte sich in den schimmernden Zinngefäßen auf den Wandborden, den weichen, farbenfrohen türkischen Teppichläufern auf den Tischplatten; man sah ihn in den verglasten Fenstern und den mit Goldfäden durchwirkten Kissen. Ja, man meinte, diese Fülle und Opulenz sogar in der Luft riechen zu können.

Helles Gelächter aus der Stube der Frauen eine Tür weiter ließ Nell zusammenzucken, just im gleichen Augenblick, als unten im Hof Tom mit triumphierender Stimme »Einhundert!« rief.

»Ich finde dich, Nell Appleby«, trällerte er. »Und wenn du dich noch so gut versteckt hast!«

Nell erstarrte. Sie durfte nicht so vor sich hin träumen. Was, wenn nun Tom auf der Suche nach ihr ins Haus gerannt käme? Er würde sie augenblicklich entdecken.

Doch dann hörte sie, wie er unten durch den Hausgang trappelte und wieder hinaus in den Hof lief. Sie hatte ihn also richtig eingeschätzt. Sie bewegte sich seitlich zum Fenster, spähte vorsichtig nach unten und sah, wie er um das Haus nach hinten zu den Ställen lief.

Nun, finden würde er sie dort garantiert nicht.

Und somit hatte sie genügend Zeit, sich ein wirklich gutes Versteck zu suchen.

Zufrieden wandte Nell sich ab vom Fenster, um die Halle genauer in Augenschein zu nehmen, doch dann zuckte sie abermals zusammen, als sie unten im Hof polternde Schritte vernahm und eine Stimme, die lautstark nach Bier verlangte.

Ralph Maskewe.

Nell zog die Nase kraus. Sie mochte Ralph nicht, trotz seines Lächelns und der schönen Worte. Toms Halbbruder war eine stattliche Erscheinung, hochgewachsen und von ansehnlichem Äußeren. Er hatte ein glattes Gesicht mit vollen roten Lippen und gesunden kräftigen Zähnen, um die ihn so mancher beneidete. Nell hingegen fand sie zu groß. Sie hatte den Eindruck, dass es ihn Mühe kostete, den Mund vollständig zu schließen. Und wenn er beim Lächeln seine Zähne entblößte, bewunderte sie nicht, wie alle anderen, ihr strahlendes Weiß, sondern musste an die Geschichten der alten Agnes, der Dienstmagd ihres Vaters, denken, die von Wiedergängern und Geistern und bleichen Gerippen im Mondlicht erzählten. Nell mied Ralph, so gut es ging.

Sie spitzte die Ohren, um mitzubekommen, was unten im Hof vor sich ging. Auf Ralphs herrische Stimme folgte Gemurmel – zweifellos Joan, die schüchtern aus der Küche in den Innenhof gehuscht war, um seinen Befehl auszuführen. Was, wenn Ralph nun von der Magd verlangte, das Bier hinauf in die Halle zu tragen?

Nell nagte an ihrem Fingerknöchel und überlegte. Es durfte nicht passieren, dass Ralph sie hier oben allein vorfand. Doch wenn sie sich hinunter in den Hof schlich, würde Tom sie gewiss auf der Stelle entdecken und sich wieder aufführen wie ein stolzer Gockel. Sie war nur ein kleines Mädchen, und wenigstens einmal wollte sie ihn besiegen.

Außerdem lief sie Gefahr, Ralph auf der Treppe direkt in die Arme zu laufen. Also war es wohl besser, sie blieb, wo sie war.

Hinter dem gedrechselten Lehnstuhl? In der Ecke neben dem Truhenschrank? Sie könnte sich in diese dunkle Nische quetschen, und wenn sie sich mucksmäuschenstill verhielt, würde keiner sie bemerken.

Oder in Mr Maskewes Kabinett, das sich an die große Halle anschloss. Die Tür dazu an der gegenüberliegenden Wand stand einladend offen. Fast hatte es den Anschein, als würde sie Nell herbeiwinken.

Das Kabinett war, weit mehr noch als die Halle, ein ganz besonderer Raum. Er war den Männern vorbehalten, die hier ihre Geschäfte tätigten. Kleine Kinder hatten dort nichts verloren.

Tom käme nie auf die Idee, im Kabinett nach ihr zu suchen. Das verräterische Knarren der fünften Stufe half Nell, sich zu entscheiden. Ralph war auf dem Weg in den ersten Stock. Nell durchquerte mit flinken Schritten die Halle und spähte durch die offene Tür ins Innere des Kabinetts. Der Raum war leer, schien förmlich auf sie zu warten. Sie hörte das Summen einer Fliege und fernes Stimmengemurmel aus der Stube der Wöchnerin, wo die Frauen um das Neugeborene versammelt waren, aber ansonsten herrschte Stille.

In dem Kabinett befand sich ein Tisch mit einer Schreibkassette aus goldgeprägtem Leder, daneben lag ein großes dickes Buch, in dem Mr Maskewe seine Geschäfte vermerkte. Hinter dem Tisch standen ein Stuhl und ein Schemel. Und an der einen Wandseite war eine große Truhe aus Zypressenholz zu sehen, die zur selben Zeit angeschafft worden war wie die neue Holztäfelung der Wände. Hinter vorgehaltener Hand hatte Tom Nell erzählt, dass die Vertäfelung angebracht worden war als Tarnung für ein Priesterloch, doch Nell hatte ihre Zweifel. Wahrscheinlich hatte Tom sich das nur ausgedacht, um sich wichtig zu machen. Nell jedenfalls konnte in der Wandverkleidung keinen Hinweis auf irgendeine Geheimtür erkennen. Außerdem war Mr Maskewe Ratsherr und besuchte, für jedermann ersichtlich, den Gottesdienst. Zugegeben, Mistress Maskewe ward eher selten in der Kirche gesehen, doch wieso sollte Toms Vater, nur um seiner Frau gefällig zu sein, solche Risiken und Kosten auf sich nehmen?

Doch angenommen, Tom *hatte* die Wahrheit gesagt? Dann allerdings wäre so ein Priesterloch in der Tat ein ausgezeichnetes Versteck. Nie im Leben würde Tom sie dort finden. Vor Aufregung bekam Nell rote Wangen. An Ralph dachte sie nicht mehr. Sie stieß die Tür weiter auf, doch gerade, als sie sich anschickte hindurchzugehen, senkte sich abgrundtiefe Angst auf sie herab, gleich einem Netz, und hielt sie auf der Schwelle fest. Für einen kurzen Augenblick blieb ihr schier die Luft weg, doch äußerlich wirkte das Kabinett genauso wie vorher, ein ruhiger, mit einer Holztäfelung verkleideter Raum. Jemand hatte den Fensterflügel weit aufgerissen, in der vagen Hoffnung, die frische Luft würde die drückende Hitze im Zimmer vertreiben, und durch das geöffnete Fenster hörte Nell, dass Tom hinten im Hof in den Nebengebäuden nach ihr suchte.

»Ich weiß, dass du hier drinnen bist«, vernahm sie seine Stimme, und kurz darauf das Scheppern eines Türriegels.

Die Angst verflüchtigte sich, so plötzlich, wie sie Nell überkommen hatte. Sie schob die Erinnerung beiseite und wagte sich in das Kabinett hinein, und bei der Vorstellung, dass es ihr nun endlich glücken würde, Tom zu überlisten, breitete sich ein Grinsen auf ihrem Gesicht aus.

Die stickige Luft roch intensiv nach frisch gesägtem Holz, ein Geruch, den Nell in Gedanken stets mit dem Haus der Maskewes verknüpfte, wo stetig neue Zimmer hergerichtet, neue Möbel, neue Wandverkleidungen gezimmert wurden. Im Gegensatz zum Haus ihres Vaters, wo alles alt und schäbig war und blieb.

Der Schreibtisch zog Nell wie magisch an. Kühn öffnete sie die Schreibkassette und bestaunte fasziniert die mannigfachen kleinen Fächer und Schübe und die speziellen Einsätze für Tintenfass und Feder. Das Geschäftsbuch war fast so groß wie Nell selber und ihrer Schätzung nach auch fast so schwer. Zögernd fasste sie es an beiden Seiten, versuchte, es hochzuheben, doch es war so schwer, dass ihr Kopf vor Anstrengung rot anlief. Sie musste es auf den Tisch zurückplumpsen lassen, sodass es einen dumpfen Schlag tat. Also begnügte sich Nell notgedrungen damit, es zu öffnen und die langen Zahlenreihen zu betrachten. Sie wünschte, sie wäre besser im Lesen. Ihre Stiefmutter unterwies sie zwar darin, aber Nell war immer noch nicht so gut wie Tom, der in eine Schule ging und dort das Alphabet lernen durfte.

Der Gedanke an Tom, der ein Jahr älter war als sie und ihr in fast allen Dingen überlegen, brachte Nell dazu, sich wieder auf ihr Ziel zu besinnen. Sie musste das perfekte Versteck finden. Sie versuchte sich vorzustellen, an welcher Stelle sie ein Priesterloch einbauen würde, doch von dieser Sache verstand sie zu wenig. Im Gegensatz zu manchen Leuten hielten ihr Vater und ihre Stiefmutter nicht am alten Glauben fest und hatten somit auch keine Veranlassung, einen katholischen Priester verstecken zu müssen.

Nell spreizte die Finger und fuhr damit die Wandtäfelung entlang, ohne ein Anzeichen für eine verborgene Tür zu ertasten. Obgleich sie ganz vertieft in ihre Aufgabe war, merkte sie nach einiger Zeit, dass ihr die Stille, die in dem Kabinett herrschte, ein mulmiges Gefühl verursachte. Es war, als hätte sie eine andere Welt betreten, fern von jener der Frauen, die in der Stube der Wöchnerin das Neugeborene herumreichten, von jener der Dienstboten unten in der Küche, jener draußen auf den Straßen der Stadt, über deren Grenze sie nie hinausgekommen war. Eine Welt, sogar fern von Toms Welt, der unten im Hof frustriert mit dem Fuß gegen die Tür des Holzschuppens stieß.

Nell ließ die Hände sinken und stand ganz still. Nur ihre Blicke wanderten durch den Raum, von der Truhe zu dem Fenster und hinüber zum Schreibtisch, auf dem das große, schwere Geschäftsbuch lag, und während sie so dastand und schaute, vernahm sie plötzlich ein seltsames Klingeln in den Ohren, und ein Schwindel packte sie; das Licht veränderte sich, und statt der Wandvertäfelung sah sie plötzlich Reihen von Borden, vollgestellt mit winzigen dünnen Büchern. Wo der Schreibtisch gestanden hatte, befand sich nun eine Art Bettstatt, deren Überwurf so fremdartige Farben und Muster aufwies, dass Nell blinzeln musste. Eine schwarze Katze lag eingerollt darauf, doch als Nell sich ihr nähern wollte, hob das Tier den

Kopf und schaute sie aus großen gelben Augen an, ehe es furchtsam die Ohren anlegte und in einem großen Satz von dem Bett sprang.

Plötzlich spürte Nell hinter sich eine Bewegung, sie fuhr erschrocken herum, doch da war nichts, und als sie sich erneut umdrehte, war die Katze verschwunden, mitsamt den Bücherborden und dem Bett. Als wären sie nie da gewesen.

Verwirrt und ein wenig benommen betrachtete Nell den Tisch, das Geschäftsbuch, die neue Wandvertäfelung. Alles war, wie es sein sollte. Sie musste sich getäuscht haben, redete Nell sich ein. Dennoch war sie alarmiert und aufs Äußerste angespannt, bis lautes Gezeter, das vom Hof heraufdrang, sie zurück in die Gegenwart holte.

»Tom Maskewe! Verschwinde aus meiner Küche, du Unhold! Das war das Apfelkompott für das Nachtmahl!«

Fat Peg. Nell rang sich ein mitfühlendes Grinsen für Tom ab. Er konnte von Glück reden, wenn ihm nur die Ohren langgezogen wurden. Wenn er noch einen Funken Verstand besaß, würde er möglichst schnell aus der Küche verschwinden. Also musste Nell damit rechnen, dass er im nächsten Moment die Treppe in das obere Stockwerk hinaufstürmen würde.

Nell konzentrierte sich wieder auf ihr Versteckspiel und sah sich suchend in dem Raum um. Widerwillig verwarf sie die Idee mit dem Priesterloch. Sie musste ein anderes Versteck finden, aber wo?

Ihr Blick fiel auf die Truhe. Für Tom wäre sie zu kurz, doch sie, Nell, könnte sich ohne Weiteres hineinzwängen. *Ich gebe auf.* Wie sehr sie sich darauf freute, diese Worte aus Toms Mund zu hören! Sie wären Balsam für ihre Seele. Er würde mit den Zähnen knirschen, ein mürrisches Gesicht machen, doch es würde ihm nichts anderes übrig bleiben, als sich geschlagen zu geben. Sobald er diese Worte ausgesprochen hätte, würde sie aus der Truhe klettern, und er müsste endlich zugeben, dass sie, Nell Appleby, schlauer war als er.

Die Vorstellung war einfach zu verlockend. Nell hob den Deckel der Truhe an. Er war viel schwerer, als sie erwartet hatte, und als sie hineinspähte, sah sie, dass die Truhe bis auf ein paar zusammengerollte Schriftstücke auf dem Boden leer war.

Plötzlich wurde Nell beklommen zumute, etwas Dunkles, Gefährliches durchströmte sie, doch sie schüttelte das Gefühl ab, stieg in die Truhe und ließ den Deckel langsam über sich zufallen. Drinnen war es stockfinster und der Geruch nach frischem Holz sehr intensiv. Die Truhe war solide geschreinert und wies so gut wie keinen Spalt auf, durch den Licht hereingedrungen wäre.

Anfangs war Nell stolz auf sich, ein derart gutes Versteck gefunden zu haben, sodass ihr die Enge nichts ausmachte, doch nach kurzer Zeit schon wurde es ihr zu heiß. Hier drinnen war es noch stickiger als draußen in dem Zimmer. Nell veränderte ihre Lage etwas, versuchte mühsam, die Schnüre ihres Mieders zu lockern. Eine der Nadeln, mit denen ihre Ärmel am Mieder befestigt waren, hatte sich gelöst und stach ihr ins Fleisch. Ach, wenn Tom endlich käme und zugeben würde, dass er diesmal aufgeben musste.

Nell spitzte die Ohren. Endlich hörte sie seine Schritte auf der Stiege, und kurz darauf das schrille Gezeter der Frauen. Nell grinste. *Sie, Nell,* hatte man nicht erwischt. Sie fragte sich, wie lange Tom brauchen würde, bis er auf die Idee käme, im Kabinett seines Vaters nachzusehen. So viel Wagemut traute er ihr einfach nicht zu.

Schritte ganz in der Nähe ließen sie erstarren. Nell verspürte sogar einen Funken Stolz, weil Tom sie so schnell aufgespürt hatte. Vielleicht hielt er sie für mutiger, als sie geglaubt hatte.

Mutig? Töricht, würde ich eher sagen!, würde Toms Kommentar lauten. Nell konnte sich seinen Gesichtsausdruck bei diesem Satz richtig gut vorstellen. Auch wenn er der Sohn eines reichen Kaufmanns war, sah Tom aus wie ein Gassenjunge, zumindest nach Meinung seiner Mutter. Er war ein dürrer, rauflustiger Kerl, doch Nell mochte sein Gesicht, auch wenn man es nicht gerade als hübsch bezeichnen konnte. Tom hatte widerborstiges Haar, das jedem Zähmungsversuch widerstand, und Augen, die so wach und wissbegierig in die Welt blickten, dass es keine Rolle spielte, wenn er nicht das gewinnende Äußere seines älteren Bruders Ralph besaß.

Plötzlich hielten die Schritte inne, und aus irgendeinem unerfindlichen Grund verging Nell jäh das Lächeln. Die Schritte waren zu schleichend, zu verstohlen. Tom bewegte sich ganz anders. Tom war ungestüm und laut. Er polterte und rannte. Er setzte nicht den Fuß vorsichtig und leise auf die Binsenmatte, einen nach dem anderen.

Mit einem Mal wünschte Nell von Herzen, sie wäre nicht in diese Truhe gestiegen. Ihr war heiß, ihr war unbequem, und ihr Versteckspiel wurde ihr allmählich langweilig. Was machte es schon aus, wenn Tom stets der Sieger war? Doch sie musste jetzt in dieser Truhe ausharren, bis derjenige, der draußen herumschlich, wieder verschwand. Wenn ein anderer als Tom entdeckte, dass sie das Kabinett betreten hatte, würde es Ärger geben. Mr Maskewe rutschte schnell die Hand aus bei seinem jüngeren Sohn. Wenngleich Nell nicht wünschte, dass Tom gewann, so sollte er andererseits keinesfalls dafür büßen müssen, dass sie ein so schlaues Versteck gefunden hatte.

Nell haderte immer noch mit sich selbst, als unvermittelt jemand ein schweres Gewicht auf den Deckel legte. Es gab einen dumpfen Schlag, bei dem Nell erschrocken die Luft anhielt. Aus einem Instinkt heraus drückte sie sogleich mit beiden Händen von unten gegen den Deckel. Er bewegte sich nicht, und Panik ergriff sie.

»Ich bin hier drinnen!«, kreischte sie, ohne Rücksicht darauf, dass sie nun entdeckt worden war. Sie wollte nur noch raus aus dieser Enge. *Jetzt gleich.* »Lasst mich raus!«

Keine Antwort.

Nell glaubte zu spüren, wie das schwere Gewicht auf dem Deckel der Truhe die Schwärze im Innern auf ihr Gesicht presste, auf ihren Brustkorb, sodass sie kaum mehr atmen konnte. Vor Angst war ihre Kehle wie zugeschnürt.

»Lasst mich raus!«, brüllte sie erneut. »Helft mir!« Doch ihre

Schreie waren zu kraftlos, überdies wurde ihre Stimme durch die Truhe und die Holzvertäfelung im Raum gedämpft. Die Frauen in dem Gemach der Wöchnerin weiter hinten im Korridor konnten sie nicht hören. Tom konnte sie nicht hören.

Doch derjenige, der das Gewicht auf die Truhe gelegt hatte, der konnte sie doch gewiss hören?

»Tom!« Diesmal verlieh die Angst Nell die Kraft für einen wirklich lauten Schrei. »Tom, hilf mir!«

Ihre Fäuste hämmerten verzweifelt von unten gegen das Holz des Deckels. Sie musste raus, oder sie würde hier drinnen sterben. Wenn sie stürbe, würde sie Tom nie wiedersehen. Nie mehr den Himmel betrachten können, nie mehr in die Arme ihres Vaters stürzen und ihr Gesicht an seinem borstigen Bart reiben können. Nie mehr zu den Geräuschen der Stadt aufwachen, nie mehr das Glitzern der Sonne auf dem Fluss sehen, nie mehr eine heiße duftende Fleischpastete in den Händen halten. Nell war keine Heulsuse, doch jetzt warf sie den Kopf hin und her, keuchte und würgte, während ihr Tränen aus den Augen stürzten.

»Bitte«, wimmerte sie. »Bitte, bitte, bitte.« Doch unerbittlich umfing sie die Dunkelheit, und bald sann Nell nicht mehr über Tom nach oder Pasteten oder dergleichen, sondern wurde einzig und allein von dem Drang beherrscht, der Enge dieser Truhe zu entfliehen. Ihre Hände waren rot und wund. Sie war am Ersticken, rang nach Luft, trommelte mit den Fersen gegen den Truhenboden. Diese hatte die richtigen Maße, um als Sarg für ein siebenjähriges Mädchen zu dienen. Man könnte Nell gleich darin begraben und sich die Mühe sparen, ein Totenhemd für sie zu nähen.

Ach, sie würde von nun an nur noch brav und artig sein, wenn endlich jemand käme und sie fände! Sie würde jeden Tag ihre Gebete sprechen und stillsitzen und nicht mehr frech und vorlaut sein. Doch zunächst einmal musste sie erst wieder Luft bekommen.

Nell weinte nun herzzerreißend, so laut, dass sie die wiederkehrenden Schritte nicht hörte, nicht wahrnahm, dass das Gewicht von dem Deckel gehoben wurde. Sie war vor Panik völlig außer sich.

»Mama!«, brüllte sie, vergessend, dass ihre Mutter schon seit zwei Jahren tot war.

»Nell!« Toms Stimme übertönte ihr Keuchen. Er rief nach ihr, aber er war zu weit entfernt. Unmöglich, dass er sie gehört hatte.

»Eleanor!«, erklang die Stimme ihrer Stiefmutter, gereizt und ungeduldig. »Eleanor, wo steckst du?«

»Hier, hier, ich bin hier!« Nell, schon zu schwach um zu schreien, japste und keuchte.

Ihre Stiefmutter schimpfte weiter laut vor sich hin. »Wo steckt dieses Kind denn wieder? Bei Gott, dieses Mädchen macht mir nichts als Ärger.«

»Haltet ein, ich habe etwas gehört!« Das war die Stimme von Tom.

»Tom, Tom!« Kraftlos hämmerte Nell gegen den Deckel, ihre Stimme war nun kaum mehr als ein Flüstern.

Doch im nächsten Augenblick wurde der Deckel hochgehoben, und Nell, verzweifelt nach Luft ringend, schnellte hoch, wie ein Pfeil, der den Bogen verlässt. Keuchend holte sie Luft, hechelte, ohne die erschrockenen Ausrufe der Umstehenden wahrzunehmen, einzig und allein von dem Drang beseelt, endlich die erlösende Luft einzuatmen.

»Eleanor!« Ihre Stiefmutter eilte auf sie zu. »Du dummes Ding! Was machst du da drinnen?«

Unsanft zerrte sie Nell aus der Truhe, doch diese japste immer noch verzweifelt, kümmerte sich nicht darum, was mit ihr geschah, solange man sie nur atmen ließ. Dann fiel ihr Blick auf Toms kreidebleiches, entsetztes Gesicht, und dieser Anblick brachte sie zur Besinnung, mehr als das Schelten ihrer Stiefmutter.

»Ich … ich konnte nicht mehr raus …«, stammelte sie.

»Warum hast du nicht einfach den Deckel hochgedrückt? So schwer ist der nicht«, sagte Tom.

»Jemand ist gekommen und hat was Schweres draufgelegt.« Nell stand vornübergebeugt da, rang immer noch nach Atem, doch etwas in Toms Stimme ließ sie den Kopf heben. »Hast du es nicht gesehen?«

»Da lag nichts auf dem Deckel«, erklärte Tom schließlich.

»Aber ich habe ihn doch gehört!« Tränen der Hilflosigkeit traten ihr in die Augen. Ihr Blick schweifte durch den Raum und blieb an dem großen Geschäftsbuch auf dem Schreibtisch haften. »Dieses Ding da! Er hat das Buch auf den Deckel gelegt! Er wusste, dass ich drinnen war, und er hat es draufgelegt, damit ich nicht mehr rauskonnte.«

In Toms Miene spiegelte sich Entsetzen. »Wer hat so etwas getan?«

»Ich weiß es nicht. Ich konnte ihn ja nicht sehen. Aber ich habe ihn gehört. Ehrlich!«

»Unsinn!« Resolut und ziemlich unsanft zupfte ihre Stiefmutter an Nells Kleid und brachte es wieder in Ordnung. »Wer würde so etwas tun? Du hast einfach Angst bekommen, du törichtes Ding! Es wundert mich nicht, dass du dir alles Mögliche eingebildet hast, eingeschlossen in dieser dunklen Truhe.«

Hatte es wirklich nichts weiter auf sich? Nell betrachtete nachdenklich das Geschäftsbuch und versuchte sich zu erinnern, wo genau auf dem Schreibtisch es lag, als sie das Kabinett betreten hatte, doch es strengte sie zu sehr an. Das Buch war bewegt worden, dessen war sie sich sicher, doch wie sollte sie sich erinnern können, wenn das Atmen immer noch so mühevoll war und ihr Herz wie wild klopfte? Je mehr sie ihr Gedächtnis anstrengte, desto schneller schien ihr die Erinnerung zu entgleiten. Tatsache war, sie konnte es nicht mit Bestimmtheit sagen.

Sie hatte einen Holzsplitter in ihrer Handfläche, und ihre Finger waren rot und wund vom Hämmern gegen den Deckel.

»Wie bist du nur auf diesen dummen Einfall gekommen, da hineinzuklettern?«, fuhr Anne Appleby fort. Nachdem sie sich vergewissert hatte, dass ihre Stieftochter noch heil und ganz war, beschäftigte sie vor allem das Problem, wie sie Henry Maskewe erklären konnte, dass Nell in ihrer Panik seine Schriftstücke zerknittert hatte. Ihr Gemahl stand in Mr Maskewes Schuld. Sie konnten es sich nicht leisten, den mächtigen Ratsherrn zu verstimmen. Wäre sie sonst an einem Tag wie diesem in sein Haus gekommen, um seine Frau, die im Wochenbett lag, zu umsorgen? Sie hatte weiß Gott alle Hände voll zu tun mit ihrem eigenen Haushalt.

Annes Mund verzog sich ärgerlich, während sie Nell betrachtete. Das Mädchen war ein richtiger Wildfang, ungestüm, mit einem starken Willen, der sich auch durch eine gehörige Tracht Prügel nicht brechen ließ. Alles an dem Kind war ungebärdig: das dichte kupferrote Haar, das ständig unter der Haube hervorlugte, die Sommersprossen auf seiner Stupsnase, das eigensinnige Glitzern in seinen grünen Augen. Anne hatte sich nach Kräften bemüht, der Tochter ihres Gemahls sittsames Betragen und mädchenhafte Bescheidenheit beizubringen, doch Eleanor schien von einer geradezu unchristlichen Energie getrieben zu sein. Auch wenn sie das Mädchen hin und wieder dazu brachte, still zu sitzen, schien es innerlich zu brodeln und nur darauf zu warten, dass Anne es einen Moment aus den Augen ließ, um sofort wieder aufzuspringen. Es war ein sehr anstrengendes Kind.

Das Mädchen hatte ein gutes Herz, wie Anne zugeben musste, doch für diese jüngste Eskapade würde es bestraft werden. Ihr Gemahl war geneigt, seiner einzigen Tochter mit allzu großer Milde zu begegnen, doch Anne musste an ihrer aller Zukunft denken. Sie waren darauf angewiesen, dass Mr Maskewe eine gute Meinung von ihnen hatte. Auf keinen Fall durfte sein Wohlwollen durch Nells Freundschaft mit Tom Maskewe gefährdet werden.

»Wir haben gespielt«, antwortete Nell mit heiserer Stimme. Ihre Kehle schmerzte, wenn sie Luft holte, dennoch war jeder Atemzug wie eine Erlösung.

»Wie oft habe ich dir gesagt, dass du keinen Ärger machen sollst.«

Anne schnalzte missbilligend mit der Zunge. »Warum könnt ihr nicht ruhig spielen, wie es sich für brave Kinder geziemt?«

Nell und Tom enthielten sich einer Antwort.

»Es tut mir leid, Mutter«, sagte Nell schließlich.

»Reden allein genügt nicht«, fauchte ihre Mutter sie an. Anne schaute mit Sorge auf die Schriftrollen unten in der Truhe, die völlig zerknittert waren. »Und was sollen wir jetzt tun?«

»Gibt es ein Problem?«

Alle drei fuhren herum und sahen sich Ralph Maskewe gegenüber, der in der Tür stand. Er lächelte, doch wie immer verspürte Nell beim Anblick seines prächtigen Gebisses den Drang zurückzuweichen. Instinktiv rückte sie näher an Tom heran, schob ihre Hand in seine.

Ihre Stiefmutter erklärte Ralph Maskewe, die Kinder hätten Verstecken gespielt. »Ich fürchte, Euer Herr Vater wird nicht erfreut sein, wenn ihm zu Ohren kommt, dass Eleanor sein Kabinett betreten hat. Sie weiß, dass es ihr verboten ist, doch Ihr wisst ja, wie Kinder sind …«

Falls Anne hoffte, dass damit für Ralph die Angelegenheit erledigt wäre, so hatte sie sich getäuscht. Sein Lächeln erstarb, seine Miene wurde ernst. »Ich werde meinen Vater rufen lassen«, erwiderte er in barschem Ton.

Toms Vater war übler Laune, wie immer, wenn man ihn aus seinem Lagerhaus wegholte. »Was geht hier vor?«, fragte er grollend, während sein Blick durch sein Kabinett schweifte und seine Brauen sich beim Anblick der offenen Truhe finster zusammenzogen.

Nell und Tom waren bei seiner Ankunft eilig aufgesprungen und standen nun da wie begossene Pudel. Diesmal übernahm es Ralph, die Situation zu erklären.

»Zum Henker!«, brüllte Henry Maskewe seinen Sohn Tom an, als Ralph geendet hatte. »Musst du mir immer wieder neuen Ärger und Verdruss bereiten, Junge?« Er zog eine kleine Reitgerte aus seinem

Wams und schlug damit prüfend auf seine flache Hand. »Komm her, Thomas.«

Nell zitterte vor Angst, aber sie konnte nicht zulassen, dass Tom für ihre Tat büßen musste. »Tom hat keine Schuld«, protestierte sie mit bebender Stimme und trat einen Schritt vor. »Ihr solltet mich bestrafen, nicht ihn.«

»Nein, Nell, das mit dem Versteckspiel war meine Idee«, widersprach Tom, stellte sich vor seine Spielgefährtin und streckte seinem Vater die Hand hin, Handfläche nach oben.

»Nein, Tom, du warst es nicht, der diesen Raum betreten hat!«

»Da ihr beide so sehr darauf erpicht seid, euch die Strafe zu teilen, werde ich euch gern den Gefallen tun«, knurrte Henry Maskewe.

»Aber Sir …«, wollte Tom protestieren.

»Es reicht!«, fuhr sein Vater ihn an. »Wie oft habe ich dir gesagt, dass ihr das Kabinett nicht betreten dürft? Kinder haben hier nichts verloren, und das sollte auch dieses Gör hier wissen. Und was Euch betrifft, Madam«, fügte er mit einem ärgerlichen Blick auf Anne Appleby hinzu, »so rate ich Euch dringend, Eurer Tochter bessere Manieren beizubringen, sodass sie gar nicht erst auf den Gedanken kommt, in den Häusern anderer Leute herumzuschnüffeln!«

»In der Tat, und ich entschuldige mich für ihr Benehmen.« Anne schluckte die Demütigung mit einem grollenden Blick auf Nell hinunter. »Sie wird ihre Strafe bekommen, dessen seid gewiss.«

»Ich werde sie jetzt gleich bestrafen, da sie ja direkt darauf zu warten scheint. Tritt vor, Mädchen.«

Einen Blick mit Tom tauschend, reckte Nell das Kinn und machte einen Schritt auf Mr Maskewe zu, doch da sie noch so klein war, bedurfte es dreier weiterer Schritte, bis sie vor ihm stand.

»Her mit deiner Hand.«

Sie schluckte, aber tat, wie ihr geheißen, und hielt ihm ihre Hand hin. Ihre Handflächen waren immer noch rot und geschwollen von dem Schlagen gegen den Truhendeckel, doch Nell war klar, dass sie sich nicht sträuben durfte.

Neben Mr Maskewe stand Ralph, mit aufmerksamer Miene. Er wandte keinen Blick von ihr, seine hellgrauen Augen glänzten, und Nell merkte, ohne dass man es ihr erklären musste, dass er die Szene genoss. Sie wich seinem Blick aus, so gut es ging, biss sich auf die Unterlippe, wappnete sich. Der Schmerz, den sie bereits in ihren Händen spürte, war nichts im Vergleich zu dem, was ihr nun bevorstand.

Die Gerte zischte nieder, zerschnitt die Luft und hinterließ einen brennenden Schmerz auf ihrer flachen Hand. Unwillkürlich zuckte ihr ganzer Körper, doch in Tränen auszubrechen gestattete Nell sich nicht. Damit würde sie Tom enttäuschen.

Und wieder zischte die Gerte. Große rote Striemen bildeten sich auf ihrer Handfläche. Nell verzog das Gesicht vor Schmerzen und dem gleichzeitigen Bemühen, nicht zu weinen.

Insgesamt fünfmal sauste die Gerte auf ihre Handfläche, dann hatte Nell es überstanden. Ihre Hand brannte wie Feuer, die Beine gaben unter ihr nach, als Mr Maskewe zum Schluss angewidert grunzte und sie schließlich mit einer Handbewegung entließ.

Als Nell zurücktrat, fing sie erneut Ralphs Blick auf, und diesmal lächelte er und zeigte seine großen gleichmäßigen Zähne. Vielleicht sollte es ein mitfühlendes Lächeln sein. Auf einen Außenstehenden mochte es wohl so wirken, doch Nell las kein Mitgefühl in seinem Blick. Auch wenn sie erst sieben war, so erkannte sie Lust und Erregung, wenn sie diese sah.

Auch Tom bekam seine Strafe. Er biss die Zähne zusammen, kein Laut kam ihm über die Lippen, doch Nell konnte sehen, wie weh ihm die Hiebe taten. Irgendwie war es tröstlich, dass ihre eigenen Hände ebenfalls schmerzten.

Dies alles war ihre Schuld. Doch ihr schlechtes Gewissen machte es ihr unmöglich, noch länger hinzuschauen. Also richtete sie ihren Blick stattdessen auf Ralph. Sie beobachtete ihn, wie er seinen kleinen Bruder beobachtete. Etwas regte sich in seinem Gesicht, immer wenn Tom zusammenzuckte, etwas Krampfhaftes, Ungutes, das Nell nicht benennen konnte, ihr jedoch einen Schauder über den Rücken jagte. Und als Ralph erneut den Blick auf sie richtete und abermals lächelte, erkannte sie, dass er wusste, dass sie begriff, was in ihm vorging, und dass es ihn nicht im Geringsten scherte. Denn wer würde einem so kleinen Mädchen, wie sie es war, Glauben schenken? Und überhaupt, was hätte sie denn gegen Ralph vorbringen können? *Ich mochte seinen Blick nicht, als er zuschaute, wie Tom geschlagen wurde?* Sie war ein Kind, und er war sechzehn, der erstgeborene Sohn des Hauses und Liebling seines Vaters. Ralph wurde Tom stets als Vorbild hingestellt.

Endlich war es überstanden, und Toms Hände sahen so rot und wund aus wie ihre eigenen. »Meine Geduld ist zu Ende«, sagte Henry Maskewe zu seinem Sohn Tom. »Ich habe jetzt lange genug versucht, dich zu bändigen. Du bist jetzt acht. Alt genug, um kindische Spiele dieser Art abzulegen. Höchste Zeit, dass du dich mit anderen Dingen beschäftigst. Ich habe kürzlich mit William Todd geredet. Er ist bereit, dich als Lehrjungen aufzunehmen. Wenn du beschäftigt bist und arbeiten musst, bereitest du vielleicht weniger Verdruss.«

Nell, in Ungnade gefallen, wurde von ihrer Stiefmutter heimgebracht.

Das Haus ihrer Familie befand sich ebenfalls in der Stonegate, gleich gegenüber. Nell war untröstlich. Ihre Hände schmerzten, doch weitaus schlimmer war die Vorstellung, dass Tom nun nicht mehr ihr Spielkamerad sein konnte. Sie wusste, er freute sich auf die Aussicht, bei Mr Todd in die Lehre zu gehen. William Todd war ein Kaufmann, der sein Geld mit Überseehandel verdiente. Wenn Tom sich geschickt anstellte, durfte er mit zur See fahren, wovon er sein ganzes Leben lang schon träumte.

Und sie würde allein zurückbleiben.

In Nells Erinnerung gab es keine Zeit, in der Tom nicht da gewesen war. Beide wussten, wie man durch Hintereingänge in ihre jeweiligen Häuser gelangte, wie man es anstellte, ungesehen hinaus-

und hineinzuschlüpfen, sodass man nicht Gefahr lief, eine lästige Pflicht zugewiesen zu bekommen. Zusammen waren sie durch das Stadttor aus der Stadt gelaufen oder über die brüchige Stadtmauer geklettert, hinaus zu den Gärten und der Gemeindeflur, die sich daran anschloss. Sie waren über Rinnsteine gesprungen, hatten im Fluss geplantscht und mit großen Augen den Geschichten der Flussschiffer unten an der Anlegestelle gelauscht. In Nells Erinnerung hatten sie schon ewig miteinander gespielt oder sich gezankt, und obwohl Tom bisweilen nur ein dämlicher Junge war, so konnte sie sich ein Leben ohne ihn einfach nicht vorstellen.

Doch nun musste sie es, wie es schien.

Alles verändert sich, dachte Nell unglücklich, stieß mit der Schuhspitze gegen die Pflastersteine und handelte sich dafür einen Rüffel von Anne ein. Nach dem Tod von Nells Mutter war ihr Vater von seinem Kummer so überwältigt gewesen, dass er sich nicht mehr angemessen um seine Tochter kümmerte, und so war es Nell zur Gewohnheit geworden, frei herumzustreunen. Doch vor einem Jahr hatte er sich erneut verheiratet, und ihre Stiefmutter betrachtete es als ihre Aufgabe, beide, ihren Gemahl und dessen Tochter, an die Kandare zu nehmen und auf Trab zu bringen. Nell hatte an sich nichts an ihrer Stiefmutter auszusetzen, außer dass diese es sich in den Kopf gesetzt hatte, ihre Freiheiten stark zu beschneiden. Ständig ging es bei ihr um sittsames Betragen und dass man auf seinen guten Ruf bedacht sein müsse. Sie wollte, dass Nell still und artig zu Hause saß, nicht hüpfte und rannte, wie sie es sich in Toms Begleitung angewöhnt hatte.

Nun war Anne guter Hoffnung. Nells Vater wünschte sich einen Sohn, und Nell rechnete damit, dass ihre Stiefmutter von ihr abgelenkt wurde und sich mit anderen Dingen beschäftigte, doch heute hatte sie es wieder einmal geschafft, dass Anne ihre ganze Aufmerksamkeit ihr widmete.

»Dein Vater ist viel zu nachsichtig mit dir«, schimpfte Anne, als sie die Straße überquerten. Die Stonegate war in helle und schattige Abschnitte zerteilt, mit einem schmalen Streifen Sonnenlicht in der Mitte zwischen den Häuserzeilen. Wenn Nell den Kopf hob, konnte sie zwischen den eng aneinandergebauten Gebäudefronten einen schmalen Streifen leuchtendes Himmelblau erkennen. Wie geblendet durch den harten Kontrast zwischen diesem strahlenden Licht und dem tiefen Schatten unterhalb der vorgebauten Stockwerke und Erker kniff Nell die Augen zusammen. Normalerweise war es im Schatten der Häuser kühl, doch da seit einiger Zeit ein heißer Tag auf den anderen folgte, hatte die Hitze inzwischen auch die dunkelsten Ecken erreicht, sodass nirgends mehr angenehme Kühle und Erleichterung zu finden war.

Breit getretene Pferdeäpfel auf der Straße waren zu harten Fladen getrocknet. Über einer toten Taube kreiste ein Schwarm Fliegen, und wegen der anhaltenden Dürre waren die Rinnsteine mit Gras und trockenem Laub, mit Unkraut und verdrecktem Stroh und anderem Abfall verstopft, der nun mit dem allgemeinen Unrat verrottete, wobei sich dieser Gestank aufs Übelste mit den Gasen aus den gärenden Jauchegruben vermischte. Die Bewohner der Stonegate brüsteten sich, in einer guten Straße zu wohnen, doch die lang anhaltende Hitze war so anstrengend, dass jeder nur über den Zustand vor der Haustür des Nachbarn klagte, ohne sich aufraffen zu können, vor der eigenen Tür für Sauberkeit zu sorgen.

»Man muss etwas dagegen unternehmen.« Nell hatte gehört, wie ihre Stiefmutter ihrem Vater deswegen zusetzte. »Du musst noch einmal mit den Stadtkämmerern reden. Was ist, wenn die Seuche uns heimsucht?«

Nell bekümmerte weder die Pestilenz noch der Geruch. Sie wünschte nur sehnlichst, sich ihrer steifen Röcke, ihrer kratzigen Haube entledigen zu können. Ach, wenn sie sich nur bis aufs Unterkleid ausziehen und, wie Tom es manchmal machte, im Fluss plantschen könnte.

Der Gedanke an Tom erinnerte sie daran, was sie an diesem Tag Neues erfahren hatte, und ihr wurde schwer ums Herz. Ihre

Stiefmutter redete immer noch wie ein Wasserfall, während sie die Hände in die Hüften gestemmt hielt, um ihren schwellenden Leib zu stützen.

»Er hat dich herumrennen lassen wie ein wildes Heidenkind, und wohin hat das geführt? Mr Maskewe ist verstimmt, wo doch sein Wohlwollen für uns lebenswichtig ist. Dein Vater steht bereits allzu sehr in seiner Schuld«, jammerte Anne und schob Nell vor sich her, an dem Laden mit dem Verkaufsstand und der zerrissenen Markise vorbei, hinein in den engen Durchgang, der zum Innenhof führte.

»Bald werde ich das Haus nicht mehr verlassen können, und dann ist wieder niemand mehr da, der ein Auge auf dich hat. Du wirst mir mit deinem neugeborenen Geschwisterchen zur Hand gehen müssen, und anschließend wirst du zu Leuten in den Dienst geschickt werden wie Tom. Dein Vater wird eine Familie ausfindig machen, wo du lernen kannst, wie man einen Haushalt führt, wenn ich nicht mehr die Zeit habe, es dir selbst beizubringen.«

Nells Miene hellte sich auf. »Kann ich auch zu Mr Todd in Dienst gehen, gemeinsam mit Tom?« Gegen diese Regelung hätte Nell nichts einzuwenden.

Anne seufzte. »Du musst lernen, ohne Tom zu leben, Eleanor.«

»Aber er ist mein Freund!«

»Du wirst neue Freunde finden. Gleichaltrige Mädchen. Du wirst Tom bald vergessen haben, wenn du ihn nicht mehr tagtäglich siehst.«

Nells Gesicht verdüsterte sich wieder. »Niemals!«, begehrte sie auf.

»Wir alle müssen Dinge tun, die wir nicht tun wollen«, fuhr Anne ihre Stieftochter an, ungehalten über deren Temperamentsausbruch. »Sogar du, Eleanor.«

»Ich werde Tom nie vergessen.« Nell reckte das Kinn, schüttelte aufsässig den Kopf. »Niemals. Niemals. Niemals!« Sie sah ihre Stiefmutter an, ihre grünen Augen blitzten trotzig. »Niemals.«

Kapitel 2

York, in der heutigen Zeit

Ich kann nicht glauben, dass du hier tatsächlich wohnen willst!« Vanessa stand in der Tür zur Küche und schaute sich angewidert um. »Diese Wohnung ist schrecklich. Dunkel und eng und schäbig. Igitt.«

»Ich finde, sie hat Charakter«, erwiderte Tess, holte entschlossen Spaghetti und Milch aus ihrer Einkaufstüte und vermied es tunlichst, das schmutzige Spülbecken, die verschmierten Fliesen anzusehen.

»Sie ist total verdreckt!«

»Dann putze ich sie eben.« Tess behielt ihren ruhigen Ton bei, wie sie es in den Gesprächen mit Martin gelernt hatte. Der Gedanke an ihn hielt sich hartnäckig, als hätte er sich im Stacheldraht ihrer Erinnerung verfangen, doch nun scheuchte sie ihn entschlossen davon. Sie brauchte nicht länger vorsichtig zu sein. Sie konnte einfach sagen, was sie dachte. Diese Erkenntnis traf sie manchmal immer noch unvorbereitet, und dann wurde ihr regelrecht schwindlig von dem Mix aus Erleichterung und Beklemmung. Es war so lange her, seit sie, ohne nachzudenken, einfach drauflosreden konnte, dass sie nicht recht wusste, was sie mit ihrer neu gewonnenen Freiheit anstellen sollte.

Kein Ausloten mehr von Martins Stimmung, ehe sie den Mund aufmachte. Kein eiliger Meinungsumschwung, sobald er missbilligend die Augenbrauen runzelte. Ein unmerkliches Verziehen seiner Mundwinkel genügte, und schon hatte ihr Verstand hektisch nach einer Wende in ihrem Gespräch gesucht, damit Martin sich nicht weiter provoziert fühlte.

»Mir gefällt es hier«, erklärte sie Vanessa, einfach, weil es sie reizte, ihr zu widersprechen, obgleich Tess in Wahrheit bestürzt gewesen war, als sie zum ersten Mal die Eingangstür am Ende der steilen Treppe aufgeschlossen und die Wohnung betreten hatte. Ohne Richards heitere Anwesenheit herrschte hier eine ganz andere Atmosphäre. Vorher waren ihr die Zimmer gemütlich und behaglich vorgekommen, der perfekte Rückzugsort, doch nun roch die Luft abgestanden und säuerlich, und die Wärme und Ruhe, die ihr so gefallen hatten, als Richard sie in der Wohnung herumführte, hatten sich verflüchtigt und einer unguten Stille Platz gemacht.

Mit der Stille würde es vorbei sein, sobald Oscar hier auftauchte, rief Tess sich in Erinnerung. Und außerdem musste hier einfach nur einmal ordentlich gelüftet werden. Dann wäre die Wohnung schon okay. Es *würde* ihr hier gefallen, ganz bestimmt.

Vanessa löste ihren Haargummi, beugte sich vor, schüttelte ihr dichtes glänzendes Haar und bändigte es dann wieder in einem Pferdeschwanz, und das alles in einer einzigen routinierten Bewegung. Sie war ein Fitnessfreak, wirkte geradezu beängstigend sportlich und gesund und war noch genauso schlank und bildhübsch wie damals, als sie noch zusammen zur Schule gingen. Neben ihr kam Tess sich immer wie eine graue Maus oder ein dickes Kind vor; und auch wenn sie froh war, wieder eine Freundin zu haben, so hatte sie doch bisweilen das Gefühl, schier erdrückt zu werden von der Beharrlichkeit, mit der Vanessa darauf bestand, ihr bei allem unter die Arme zu greifen.

Tess war bestrebt, es allein zu schaffen. Keiner schien ihr das zuzutrauen, und wie konnte sie den Leuten das Gegenteil beweisen, wenn Vanessa immer wieder hereinschneite und das Kommando übernahm?

»Im Ernst, Tess, ich glaube, du machst einen Fehler«, sagte Vanessa, während sie die letzten Haarsträhnen aus ihrem Gesicht strich. »Die Stonegate ist kein guter Ort zum Wohnen, wenn man ein Kind hat. Es mag hier ja malerisch und alles sein, aber es ist eine laute Straße, und es wimmelt ständig von Touristen. Außerdem wirst du hier keine richtigen Nachbarn finden, und dein Auto kannst du auch nirgendwo abstellen.«

»Ich habe kein Auto.« Leichte Frustration klang in Tess' Stimme, die Vanessa jedoch entging.

»Genau, und jetzt siehst du mal, wie umständlich es ist, wenn man mal was einkaufen will«, fuhr Vanessa fort. »Ich würde niemals in einer Fußgängerzone wohnen wollen. Du musst warten, bis du mit dem Auto reinfahren darfst, dann bist du stundenlang zwischen irgendwelchen Lieferfahrzeugen eingekeilt, die alles blockieren, kannst höchstens kurz auf dem Gehsteig parken ...«

Ein Gefühl der Verzweiflung, nur allzu vertraut, wollte sich in Tess breitmachen, doch sie schob es entschlossen beiseite. Sie war ihrer Freundin dankbar, natürlich, doch wenn es nach ihr, Tess, gegangen wäre, wäre sie ja auch mit dem Taxi vom Haus ihrer Mutter hierhergefahren. Vanessa war es, die darauf bestanden hatte, ihr beim Einzug zu helfen; und am Ende fand Tess es einfacher nachzugeben, als lang und breit mit ihr zu diskutieren.

Genau, wie früher mit Martin.

Ein Gefühl der Scham überkam Tess, sie spürte, wie ihr die Röte ins Gesicht stieg, und drehte sich schnell von Vanessa weg, um die Milch im Kühlschrank zu verstauen.

Wie oft soll ich es dir noch sagen? Die Milch stellt man in das Fach in der Kühlschranktür, Theresa, und zwar so, dass das Etikett nach vorn zeigt. Es ist ganz einfach. Selbst du solltest in der Lage sein, dies zu beachten.

Warum hatte sie Martin nicht einfach ins Gesicht gelacht, wenn er auf solchen Kleinigkeiten herumritt? Man sollte meinen, eine junge Ehefrau weiß, was zu tun ist, um ihren Mann bei Laune zu halten, nicht wahr? Doch anfangs war es ihr nicht wichtig erschienen. Tess war es egal, ob der Milchkarton nach vorn zeigte oder nicht, doch wenn es Martin so viel bedeutete, warum sollte sie ihm dann diesen Gefallen nicht tun?

Außerdem hatte sie ihn angehimmelt und ihn glücklich machen wollen. Er war so attraktiv, so zärtlich, so liebevoll. Er sagte ihr, sie sei schön. Er schaffte es, dass sie sich schön *fühlte*. Er gab ihr ein Gefühl von Geborgenheit. Eine Zeit lang hatte sie es genossen, so verwöhnt zu werden. Er sagte, er wolle sich um sie kümmern und dass sie ihr Leben lang zusammenbleiben würden. Wenn der Preis dafür war, über ein paar seiner Spinnereien, die Kühlschrankordnung betreffend, hinwegzusehen, so erschien er ihr nicht zu hoch.

Doch der Kühlschrank war nur der Anfang gewesen.

Mit trotziger Miene stellte Tess die Milchkartons in das Regalfach, und zwar so, dass die Etiketten in unterschiedliche Richtungen zeigten. *Was bist du doch für eine Rebellin,* dachte sie bei sich.

»Ich brauche kein Auto«, gab sie Vanessa zur Antwort.

»Und was ist mit Oscar?«

»Früher, als es noch keine Autos gab, sind die Menschen auch ganz gut zurechtgekommen, Vanessa«, erwiderte sie und versuchte dabei, ihren Ärger zu unterdrücken. »Oscar kann prima zu Fuß zur Schule gehen. Es wird ihm guttun.«

»Es ist nicht nur die Schule. Du darfst die Nachmittage nicht vergessen, Schwimmunterricht, Musikstunden und Fußballtraining, und was weiß ich noch alles, und ab und zu wird er auch bei einem Freund übernachten wollen … Glaube mir, ich kenne das alles von Sam. Du hast ja keine Ahnung!«

Tess holte eine Packung Cornflakes aus der Plastiktüte, stellte sie auf die Frühstückstheke und verkniff es sich im letzten Moment, sie nicht im rechten Winkel dazu auszurichten. Vanessa hatte es noch nie leiden können, wenn man ihr widersprach, wie Tess sich erinnerte. Schon während ihrer gemeinsamen Schulzeit war es leichter für Tess gewesen, ihr einfach ihren Willen zu lassen. Damals war Tess dankbar für Vanessas Freundschaft. Sie hatte kaum glauben können, dass das coolste Mädchen der Klasse ein schüchternes, linkisches Ding wie Tess unter ihre Fittiche nahm.

Bis Luke auf der Bildfläche erschien. Es hatte Vanessa nicht gepasst, dass Tess sich kurzerhand über alle ihre vernünftigen Einwände hinwegsetzte – und so hatte es offenbar Tess' reumütige Rückkehr nach York gebraucht, mehr als zehn Jahre später, bis von Vanessas Seite alles wieder vergeben und vergessen war. Jetzt, wo sich zeigte, dass Vanessa wieder einmal recht behalten hatte, nicht nur, was Luke betraf, schien es, als würde Vanessa erneut für ihre Freundin Tess alles tun.

Solange Tess sich nach Vanessa richtete.

Tess hatte erst kürzlich ein Leben hinter sich gelassen, in dem sie sich in allen Dingen nach Martin gerichtet hatte. Doch nun wollte sie einen Neuanfang machen, und zwar auf ihre Art.

Zugegeben, Vanessa war ihr, seit sie nach York zurückgekehrt war, eine enorme Hilfe gewesen. Sie hatte ihr geholfen, die richtige Schule für Oscar zu finden, den richtigen Kinderarzt, war ihr beim Ausfüllen der Formulare, die für den Umzug und zur Beantragung von Unterhalt für Oscar notwendig waren, zur Hand gegangen. Sie passte auf den Kleinen auf, wenn Tess etwas zu erledigen hatte, und Oscar ging immer gern zu ihr, um mit ihren beiden Kinder Sam und Rosie zu spielen. Vanessa gab Tess das Gefühl, willkommen und geschätzt zu sein, holte sie heraus aus der trübseligen Stimmung, die im Haus von Tess' enttäuschter Mutter herrschte.

Tess hasste es, wenn sich Undankbarkeit in ihr regte, hasste das latente schlechte Gewissen, das damit einherging, und ihre schreckliche, vertraute Unsicherheit, ob die anderen die Vernünftigen waren und *sie* diejenige war, die falschlag. Martin hatte es meisterhaft verstanden, diesen Zweifel in ihr zu säen und zu kultivieren, bis der Groll, der sich deswegen in Tess aufgestaut hatte, am Ende alles zerstörte. Tess wollte unbedingt vermeiden, dass sie ihrer alten Freundin gegenüber ähnlich empfand.

Die Stirn wegen all dieser negativen Gedanken gerunzelt, fuhr Tess fort, ihren Einkauf zu verstauen. Erdnussbutter, Marmelade, Brot, Eier und Käse. Irgendwann würde sie damit anfangen, Oscar anzuleiten, frisches Obst und Gemüse zu essen, aber das hatte noch Zeit. Zunächst einmal war es wichtig, dass die beiden allein waren, weg aus dem Dunstkreis ihrer grollenden, ratlosen Mutter.

Weg von Martin.

Damit sie leben konnte, wie es ihr gefiel.

»Oscar ist erst fünf«, sagte sie schließlich zu Vanessa. »Über das alles brauche ich mir jetzt noch keine Gedanken zu machen.«

»Also, ich finde, du bist verrückt!«

Tess lächelte gequält. »Komisch, meine Mutter sagt das auch.«

Ihre Mutter verstand sie überhaupt nicht. »Ich begreife nicht, wie du Martin verlassen konntest«, bekam Tess mindestens einmal am Tag zu hören. »Er ist ein so bezaubernder Ehemann, er vergöttert dich… hat jede Menge Geld… ein wunderschönes Haus in London… was willst du eigentlich noch mehr, Theresa?«

Tess hatte versucht, es ihrer Mutter begreiflich zu machen, doch Susan Frankland war einfach untröstlich über die demütigende Heimkehr ihrer Tochter, mit deren reichem und erfolgreichem Ehemann sie all die Jahre so gern geprahlt hatte. Sie fasste Tess' neuen Status, der nun nach dem Scheitern ihrer Ehe der einer alleinerziehenden Mutter war, als persönlichen Affront auf. Die beiden Wochen, ehe Richard Landrow schließlich sein Forschungssemester angetreten hatte, aus York weggezogen war und Tess den Schlüssel zu seiner Wohnung überlassen hatte, waren lang und schwierig gewesen.

Tess schaute versonnen hinunter auf ihre leeren Plastiktüten, sah, dass sie sie automatisch zu ordentlichen Rechtecken gefaltet hatte, und knüllte sie augenblicklich zusammen, um sie in den Mülleimer zu werfen. Sie holte tief Luft, wandte sich wieder Vanessa zu.

»Diese Wohnung hier bedeutet für mich einen neuen Anfang, Van«, versuchte sie, es ihr zu erklären. »Sie ist für meine Bedürfnisse perfekt. Komm«, fügte sie eilig hinzu, ehe Vanessa weitere Einwände vorbringen konnte, »ich führe dich herum.«

Vanessa, stolze Besitzerin einer schicken Villa, konnte man mit dem Wohnzimmer nicht beeindrucken. »Du wirst schon sehen, wie laut es hier wird«, sagte sie, während sie zu dem Fenster in dem historischen Erker ging, der weit in die Straße hineinragte. Sie reckte den Hals, um den Touristenstrom zu betrachten, der sich durch die Stonegate wälzte. »Es ist jetzt schon schlimm genug, aber überleg mal, wie es hier erst zugeht, wenn nachts die Pubs schließen!«

Tess musste an ihr ehemaliges schönes Haus in Chiswick denken, an die bedrückende Stille und die angespannte Atmosphäre, die dort geherrscht hatten.

»Es sind nur Menschen. Ein bisschen Lärm macht mir nichts aus.«

Vanessa wandte sich vom Fenster weg, um den Raum in Augenschein zu nehmen. »Kannst du nicht diese ganzen Bücher irgendwie wegräumen, während du hier wohnst? Es wirkt alles so düster, findest du nicht?«

Es *war* düster hier, aber das würde Tess niemals zugeben.

Vanessa hatte darauf gedrängt, dass Tess sich eine Wohnung in derselben Wohnanlage suchte, wo ihr Haus stand. »Das Babysitten wäre so viel einfacher, wenn du in der Nähe wohnen würdest«, hatte sie Tess zu überzeugen versucht. »Oscar kann mit Sam und Rosie spielen, und du weißt, dass Graham und ich jederzeit vorbeikommen würden, um dir zu helfen.« Die Idee, Richards Wohnung während seiner Abwesenheit zu übernehmen, war nicht auf ihrem, Vanessas, Mist gewachsen, also sperrte sie sich dagegen.

Es ist meine Entscheidung, und ich mache das, was mir gefällt, rief Tess sich entschlossen ins Gedächtnis, während sie eines der Fenster aufriss, um frische Luft hereinzulassen. Ein bisschen Sonnenlicht hätte auch gutgetan, doch dieser Mai war für die Jahreszeit zu kühl; feiner Nieselregen benetzte die alten Pflastersteine der Straße unterhalb des Fensters. Vielleicht war es der graue Himmel, der die Atmosphäre in dieser Wohnung so bedrückend machte.

Die Bücher waren es sicher nicht. »Ich lasse die Bücher da«, erklärte sie Vanessa, nahm ein lateinisches Wörterbuch in die Hand und blätterte darin. Es war eine Ewigkeit her, seit sie sich zuletzt mit historischen Handschriften beschäftigt hatte. Es würde sicher einige Zeit dauern, bis sie sich eingearbeitet hatte. »Ich werde sie für meine Arbeit brauchen.«

»Ach ja. Dein Job.«

Tess biss die Zähne zusammen. Sie hörte förmlich, wie Vanessa das Wort Job in Anführungszeichen setzte. Der »Job« war ebenfalls nicht Vanessas Idee gewesen. Tess hingegen, die bei ihrer enttäuschten Mutter lebte, hatte ihr Glück nicht fassen können, als sie das Angebot bekam, die alten Gerichtsprotokolle aus dem sechzehnten Jahrhundert zu transkribieren und zu übersetzen, die man kürzlich durch einen glücklichen Zufall im Stadtarchiv entdeckt hatte. Der Historiker Richard Landrow, ein feiner, eleganter Mann, hatte Tess' Magisterarbeit an der Warwick-Universität betreut. Nach Tess' Abschluss hatte er eine Professur an der Universität von York angenommen, und Tess war weiter – bis zu ihrer Ehe – mit ihm in Verbindung geblieben. Martin hatte nichts hören wollen über das Leben, das sie führte, bevor sie ihn kennenlernte, also war der Kontakt zu Richard, wie auch zu vielen anderen Freunden, nach einiger Zeit abgebrochen. Es war jedoch nach ihrer Rückkehr kein Problem gewesen, wieder Verbindung zu Richard Landrow aufzunehmen. Sie hatte ihm eine E-Mail geschickt und ihn um Rat gefragt, wie sie in York mit ihrem Abschluss in Geschichte einen Job finden könne. Mit der für ihn typischen Großzügigkeit und Hilfsbereitschaft hatte Richard umgehend geantwortet. Es war ein seltsames Gefühl, ihn hier in York wiederzusehen, und sein Jobangebot war ihre Rettung gewesen.

Tess hatte alles genau durchgerechnet. Mit den Steuererleichterungen und dem Kindergeld war sie in der Lage, mit dem Stundenlohn, den Richard ihr für Recherchearbeiten zahlen konnte, finanziell zu überleben. Richard, der kurz vor seiner Pensionierung stand, war ein Forschungssemester gewährt worden und deshalb für ein Jahr von seiner Lehrtätigkeit freigestellt. Er plante, ein neues

Buch zu schreiben, über Verbrechen und Verbrechensbekämpfung in der Zeit der Tudors, und wollte für die Dauer seiner wissenschaftlichen Forschung nach London ziehen. Er bot Tess an, sie könne umsonst in seiner Yorker Wohnung leben, wenn sie sich dafür um seine heißgeliebte Katze Ashrafar kümmern würde.

»Es würde ihr in London überhaupt nicht gefallen«, erklärte Richard, »und jemand Fremden will ich nicht in meiner Wohnung haben.«

»Sind Sie sicher?«, hatte sie gefragt, fassungslos über ihr Glück.

»Aber natürlich. Die Wohnung bietet ausreichend Platz für Sie und Ihren Jungen. Mir kommt dieses Arrangement sehr gelegen – und außerdem wäre es überaus schade, wenn Sie Ihre Fähigkeiten noch länger brachliegen ließen.«

»Es ist der perfekte Job für mich«, erklärte sie Vanessa, nicht zum ersten Mal. »Ich arbeite anhand von Fotos und kann alles von zu Hause aus erledigen. Schließlich habe ich in meinem Studium gelernt, wie man mit Quellen umgeht und alte Handschriften liest. Und das Zeug ist wahnsinnig interessant.«

»Wenn du meinst.«

Tess, die von der mangelnden Begeisterung ihrer Freundin entmutigter war, als sie zugeben wollte, legte das Wörterbuch beiseite und wischte sich ihre staubigen Hände an ihrer Jeans ab. »Komm, sehen wir uns die restliche Wohnung an«, sagte sie, betont munter.

Tess hoffte, die anderen Räume würden so liebenswert skurril wirken, wie sie sie in Erinnerung hatte, doch das unbehagliche Gefühl, das sie bereits im Wohnzimmer empfunden hatte, verstärkte sich eher noch, als sie Vanessa durch den schmalen, mit Bücherregalen vollgestellten Korridor führte. Die Wohnung befand sich im ersten Stockwerk über einem Souvenirladen und war lang und schmal geschnitten. Nur das Wohnzimmer lag auf der Straßenseite. Die anderen Räume hatten Ausblick auf einen tristen Innenhof und bekamen selbst an sonnigen Tagen kaum Licht. Tess verstand nicht, wieso ihr die Wohnung vorher so heiter erschienen war. Richard hatte alle seine Möbel, seine Bücher und Bilder dagelassen. Nichts war verändert worden.

»Du solltest diese Glühlampen austauschen«, erklärte Vanessa, nachdem sie die Deckenleuchte in dem Zimmer eingeschaltet hatte, das für Oscar gedacht war. »Man sieht ja kaum etwas, so schwach sind die.« Sie fröstelte. »Und kalt ist es hier auch. Wie in einem Eiskeller.«

Tess fiel es zunehmend schwer, ihren optimistischen Ton beizubehalten. Skeptisch wanderten ihre Blicke durch das Zimmer. »Ich könnte ihm ja einen von diesen elektrischen Heizöfen reinstellen. Ich kann wohl kaum im Mai noch die Heizung anstellen! Das Problem ist, dass diese alten Häuser so wenig Licht abbekommen. Aber die dunklen Zimmer machen ja auch zum Teil den Charme dieser Wohnung aus«, sagte sie, während sie die Tür hinter sich schloss und Vanessa in das spartanisch eingerichtete Badezimmer führte.

»Charme?« Tess' lahmer Versuch, witzig zu sein, stieß bei Vanessa auf Unverständnis. Sie blickte abschätzig auf die alte Badewanne mit den Löwenfüßen, die braunen Rostspuren unterhalb der Armaturen. »Wie du meinst.« Sie wandte sich ab. »Wie alt ist dieses Haus eigentlich?«

»Ich weiß es nicht genau.« Tess streckte den Arm aus und fuhr mit der Hand über einen der freiliegenden Balken, doch bei der Berührung des alten Holzes verspürte sie einen leichten Schlag, und sie zog wie elektrisiert eilig ihre Hand zurück.

Verwirrt schüttelte sie ihr prickelndes Handgelenk. Seit wann bekam man beim Anfassen von Holz einen elektrischen Schlag? »Ich bin kein Architekturhistoriker, aber ich würde sagen, das Gebäude stammt zum größten Teil aus dem sechzehnten Jahrhundert«, erklärte sie, während sie die unebenen Wände begutachtete, ohne sie jedoch zu berühren. Ihr ganzer Arm prickelte immer noch. »Die Fassade ist wahrscheinlich jünger. Siebzehntes oder achtzehntes Jahrhundert, schätze ich. Die Stonegate war ja immer schon, seit der Römerzeit, eine der wichtigsten Straßen in York, deshalb kann man ruhig davon ausgehen, dass auf diesem Grundstück hier seit dieser Zeit stets ein Haus stand.«

»Im Ernst?«

»Nicht in der jetzigen Form natürlich – man hat ständig umgebaut und drangebaut –, aber es war wohl immer bebaut, ja, ich denke, das kann man behaupten.«

Vanessa fröstelte demonstrativ. »Ich bekäme eine Gänsehaut, wenn ich in so einem alten Gemäuer wohnen müsste.«

»Mir gefällt es«, sagte Tess und legte Begeisterung in ihre Stimme. Versuchte zu klingen, als empfände sie tatsächlich so. Und es war ja nicht gelogen. Diese Wohnung *hatte* sie vorher tatsächlich angesprochen. »Vergiss nicht, ich habe Geschichte studiert, außerdem glaube ich nicht an Geister.«

Tess verstummte, als sie plötzlich einen kleinen Stich zwischen ihren Schulterblättern verspürte. »Das ist Richards Arbeitszimmer«, erklärte sie und öffnete eilig die nächste Tür, um Vanessa nicht merken zu lassen, dass sie soeben, wie peinlich!, tatsächlich zusammengezuckt war.

»O mein Gott!« Vanessa starrte entgeistert auf den Boden, der mit Stapeln von Büchern übersät war. »Was ist denn hier passiert?«

Tess musste grinsen beim Anblick von Vanessas Miene. »Der Boden ist so uneben, dass Richard Lagen von Zeitungspapier unter die Bücherregale schieben musste, damit sie nicht umkippen, doch jetzt hat er aufgegeben und einen Schreiner beauftragt, der ihm in seiner Abwesenheit neue Regale einbauen soll. Was ziemlich aufwendig sein wird, da die Wände so schief und uneben sind.« Tess tippte sich an die Stirn. »Ich darf nicht vergessen, dass er in die Wohnung kommt. Richard hat ihm einen Schlüssel gegeben, damit er hereinkann, auch wenn ich nicht da sein sollte.«

»Hältst du das für eine gute Idee?«, fragte Vanessa. »Einen wildfremden Menschen!«

»Na, Richard wird seinen Schlüssel wohl kaum einem Serienmörder gegeben haben, Vanessa!«

»Du kannst in einen anderen Menschen nicht hineinsehen«, erwiderte Vanessa düster. »Du weißt nicht, wie jemand wirklich ist, auch wenn er zunächst einen guten Eindruck macht.«

Tess' Lächeln verschwand. Sie musste daran denken, wie Martin anfangs auf sie gewirkt hatte. Ein Traummann schlechthin, der sie mit seinem guten Aussehen, seinem Charme, seinen romantischen Gesten betört hatte. Ein Märchenprinz, der sie im Sturm erobert hatte und sie ewiglich lieben würde.

Hätte sie argwöhnen sollen, dass es bei so viel strahlendem Licht auch eine Schattenseite geben musste?

»Du hast recht«, sagte Tess.

Abrupt machte sie kehrt und führte Vanessa bis ans hintere Ende des Korridors. »Das hier ist mein Zimmer.«

Sie öffnete die Tür. Eine schwarze Katze, die zusammengerollt auf dem Bett lag, hob den Kopf, als wäre sie verärgert über die Störung, legte die Ohren an, machte einen Satz und sauste an ihren Beinen vorbei aus dem Zimmer. Gleichzeitig glaubte Tess zu spüren, wie sich eine Woge der Verzweiflung in dem Zimmer ausbreitete, als würde sie sich, kalt und feucht, von den Wänden lösen und über Tess hereinbrechen, sodass es sie vor Schreck fast würgte.

»Mein Gott, bin ich erschrocken!« Vanessa tätschelte sich die Brust. »Du meine Güte, wo kam dieses Vieh …« Sie unterbrach sich, als sie Tess' kreidebleiches Gesicht sah. »Alles okay? Tess?«, fragte sie, als diese keine Antwort gab.

Das entsetzliche Gefühl legte sich wieder, wurde weggesogen wie die zurückweichende Flut und ließ Tess am ganzen Körper zitternd zurück. Sie holte tief Luft, fuhr sich mit der Zunge über die Lippen. »Es geht … mir gut«, brachte sie schließlich heraus, während ihr immer noch das Herz bis zum Hals schlug.

»Ich bin auch fast in Ohnmacht gefallen, als diese Katze an mir vorbeischoss«, sagte Vanessa. »Mit so was habe ich nicht gerechnet.«

Es war nicht die Katze. Zögernd blickte Tess sich in dem Zimmer um, bewegte nur vorsichtig den Kopf, aus Angst, dieses entsetzliche Gefühl könnte sie erneut übermannen, doch alles schien, wie es sein sollte. Es war ein ganz normales Zimmer. Ein Doppelbett stand darin mit einer farbenfrohen Tagesdecke. Eine Kommode war in die tiefe Nische des ehemaligen offenen Kamins geschoben. Noch mehr Bücherregale, vollgestellt mit zerlesenen Taschenbüchern. Ein Kleiderschrank, an einer Seite mit Zeitungspapier unterlegt, um die Unebenheit des Fußbodens auszugleichen. Das Zimmer sah genauso aus wie neulich, als Richard sie in der Wohnung herumgeführt hatte.

Tess hob sogar den Kopf, schaute nach, ob an der Zimmerdecke etwas Schreckliches lauerte, doch alles, was sie sah, waren die freiliegenden Balken über dem Verputz und eine altmodische Deckenlampe, die gefährlich niedrig hing und dringend abgestaubt werden musste.

Du bist überdreht, Theresa. Hatte nicht Martin ihr das immer vorgeworfen? *Du bildest dir Dinge ein. Manchmal habe ich den Eindruck, du lebst in einer Fantasiewelt.*

Tess räusperte sich bedächtig. Sollte Vanessa ruhig glauben, dass es die Katze war, die ihr einen solchen Schreck eingejagt hatte.

»Das war Richards Katze. Ashrafar.«

»*Ashrafar*?«, wiederholte Vanessa missbilligend. »Was ist denn das für ein komischer Name?«

»Keine Ahnung. Als ich Richard fragte, wie er auf diesen Namen gekommen ist, hat er nur gegrinst.« Tess war jetzt wieder etwas ruhiger. Natürlich war mit dem Zimmer alles in Ordnung.

Jetzt, wo das bedrohliche Gefühl verschwunden war, vernahm Tess in dem Raum ein schwaches Geräusch, ein Schaben oder leises Schlagen. Aus irgendeinem Grund machte es sie nervös, angespannt. »Was ist das für ein Geräusch?«, fragte sie Vanessa, die hektisch Katzenhaare von der Tagesdecke zupfte und dabei verächtlich mit der Zunge schnalzte.

»Welches Geräusch?«

Tess machte den Mund auf, um es zu beschreiben, als jenseits der

Wand plötzlich das unmissverständliche Kreischen einer Bohrmaschine einsetzte. Mit einem Gefühl der Erleichterung, das eigentlich übertrieben war, ließ sie die Schultern sinken.

Was hast du geglaubt, wo dieses Geräusch herkommt, Tess?

»Ach, ja. Richard hat gesagt, dass das Haus nebenan renoviert wird.« Tess musste ihre Stimme heben, um das Bohrgeräusch zu übertönen, bis sie die Tür hinter sich schließen konnten.

»Um Himmels willen, Tess«, sagte Vanessa, als sie durch den Korridor wieder nach vorn zum Wohnzimmer gingen. »Diese Wohnung ist trist und verdreckt, ein richtiges *Loch*! Du musst sie dir mit einem unbekannten Schreiner und einer räudigen Katze teilen, und obendrein sind die Handwerker im Haus nebenan, die so viel Lärm machen, dass du nicht einmal dein eigenes Wort verstehst! Wieso suchst du dir nicht was Gescheites?«

Weil du mich dazu bringen willst. Diesmal mache ich das, was ich will.

Tess verkniff sich diese Antwort. »Weil ich mir nichts anderes leisten kann«, erwiderte sie stattdessen mit ruhiger Stimme.

Wenn man aus der Wohnung trat, stand man fast schon am oberen Ende der steilen Treppe, die hinunter zu einer wenig imposanten Haustür führte. Vanessa hatte recht. Es war schäbig hier. Richard interessierte sich für seine alten Schriften. Seine Umgebung war ihm egal. Er hatte die Wohnung gekauft, als er nach York gezogen war, und, wie Tess vermutete, seitdem keinerlei Verschönerungsmaßnahmen durchgeführt.

Aber sie hatte seinem Vorschlag zugestimmt und würde ihre Entscheidung nun nicht mehr rückgängig machen.

»Außerdem«, fügte sie hinzu, während Vanessa ihre Tasche holte und nach ihren Autoschlüsseln kramte, »habe ich Richard versprochen, hierzubleiben und mich um Ashrafar zu kümmern. Wenn Richard nicht gewesen wäre, würde ich jetzt immer noch einen Job suchen und bei meiner Mutter wohnen. Doch stattdessen habe ich eine Wohnung in einer super Gegend und muss nicht mal Miete bezahlen. Ich kann zu Hause arbeiten und jederzeit von meiner

Arbeit weg, um Oscar von der Schule abzuholen. Der übrigens ganz begeistert ist, dass er nun eine Katze bekommt.«

Und das stimmte auch, wie Tess sich ins Gedächtnis rief und hoffte, sie hörte sich nicht an, als müsste sie sich selbst etwas einreden. Oscar liebte Tiere, doch Martin hätte nie welche im Haus geduldet. Einmal hatte Tess sogar gewagt anzudeuten, dass eine Katze eigentlich ziemlich unproblematisch sei.

Eine Katze? Martin hatte angewidert die Lippen geschürzt. *Widerliche Viecher, sie sind unappetitlich, alles ist voller Katzenhaare. Das kommt überhaupt nicht infrage, Theresa.*

»Ich habe wirklich das Gefühl, ein Glückspilz zu sein«, sagte sie zu Vanessa. Und es *stimmte*. Tess zwang sich, das ungute Gefühl abzuschütteln, das sie seit dem Betreten der Wohnung nicht mehr losgeworden war. Bei Sonnenschein würde die Wohnung gleich heiterer wirken. »Es wird super werden hier.«

»Sam und Rosie haben ein Trampolin.«

»Hm.« Tess steckte den Schlüssel ins Schloss und öffnete die Haustür, sodass Oscar unter ihrem Arm hindurch in das Treppenhaus schlüpfen konnte. Seit Oscar Vanessas Kinder kennengelernt hatte, musste Tess sich oft anhören, was die beiden alles besaßen. »Sam und Rosie haben auch einen Garten. Aber weißt du, was sie *nicht* haben«, fügte Tess rasch hinzu, ehe Oscar an der Unzulänglichkeit ihres neuen Zuhauses weiteren Anstoß nahm.

»Was denn?«

»Eine Katze.« Es hörte sich bescheiden an, verglichen mit einem Trampolin, aber Tess legte möglichst viel Begeisterung in ihre Stimme. »Weißt du noch, dass ich dir erzählt habe, wie wir uns um Ashrafar kümmern werden?«

Oscars Miene leuchtete auf. »Darf sie auf meinem Bett schlafen?«

»Das wird sie selbst entscheiden.« Es war zwecklos, über den Kopf einer Katze hinweg Versprechungen zu machen.

Tess hatte nun ein besseres Gefühl, die Wohnung betreffend.

Nachdem Vanessa gegangen war, hatte sie ihre restlichen Einkäufe verstaut und trotz des Nieselregens alle Fenster weit aufgerissen sowie Küche und Badezimmer geputzt. Sie hatte ihren Koffer ausgepackt, der alles aus London Mitgebrachte enthielt, dann das Bett ihres Sohnes hergerichtet und Bink, seinen Stoffaffen, auf sein Kopfkissen gesetzt, damit er Oscar beim Betreten des Zimmers gleich ins Auge stach. Sie hatte ihre beiden Computer angeschlossen, die sie für ihre Arbeit an den Gerichtsprotokollen brauchte, und jeden Gedanken daran verdrängt, wie in diesem hinteren Zimmer plötzlich diese Woge der Angst über sie hereingebrochen war.

Den ganzen Tag über hatten die Handwerker im Haus nebenan Lärm gemacht: gebohrt, gehämmert, sich mit lauten Zurufen untereinander verständigt, um die Musik aus dem Radio zu übertönen. Tess empfand die Normalität dieser Geräusche als tröstlich. Sie redete sich ein, sie habe sich diese seltsame Stimmung von vorhin nur eingebildet. Wahrscheinlich war es zwangsläufig so, wenn man in eine fremde Wohnung einzog. Die Atmosphäre hatte sich *nicht* verdichtet, *nicht* zusammengezogen, als würde sie im nächsten Augenblick geballt über sie hereinbrechen. Mit der Wohnung war alles in Ordnung.

Als Tess sich schließlich auf den Weg machte, um Oscar von der Schule abzuholen, glaubte sie felsenfest daran, dass dieses Unbehagen von vorhin reine Einbildung war.

»Lauf doch schon mal hoch und schau, ob du Ashrafar irgendwo finden kannst«, sagte sie zu Oscar, während sie ihm aus seiner Jacke half, die von dem Nieselregen feucht war. »Aber sei leise!«, rief sie ihm nach, als er sich von ihr abwandte und schnurstracks die schmale Treppe hinaufstürmte. »Du willst sie doch nicht erschrecken!«

Sie schmunzelte, beladen mit seiner Jacke und der Spiderman-Pausenbox, während sie ihm nachschaute, wie er voller Feuereifer die Stufen erklomm und sich dabei mit einer Hand an der Wand des Treppenhauses abstützte. Sein buntes Sweatshirt leuchtete in dem schwachen Licht der nackten Glühbirne, die von der Decke baumelte. Es war ein schönes Gefühl zu sehen, wie sein Selbstvertrauen wuchs, wie er davonrannte, statt wie früher ängstlich an ihrem Rockzipfel zu hängen.

Doch gerade als Oscar die Hand nach der Türklinke ausstreckte, erfasste Tess wieder wie aus dem Nichts ein ungutes Gefühl. Sie war sich so gewiss, dass hinter dieser Tür etwas Schreckliches auf ihren Sohn lauerte, dass sie unwillkürlich einen Angstschrei ausstieß. »Nein!«, kreischte sie, woraufhin Oscar oben auf dem schmalen Treppenabsatz erschrocken zusammenfuhr und um ein Haar hinuntergestürzt wäre.

»Nein! Warte auf mich!«, rief Tess und hastete die Treppe hoch, bereit, ihn notfalls aufzufangen. »Ich meine… tut mir leid, Kleiner«, stammelte sie, als sie sah, wie seine Unterlippe bebte. Das Bild, wie ihr Sohn in den Abgrund stürzte, hatte sie immer noch vor Augen, doch sie merkte, dass sie ihm Angst einjagte, und lockerte den Griff, mit dem sie seine Hand umfasst hielt. Sie schluckte. »Ich meinte nur… du kommst ohne Schlüssel nicht in die Wohnung. Ich muss erst aufsperren.«

Jacke und Pausenbox unter einen Arm geklemmt, kramte Tess in ihrer Handtasche nach dem Schlüssel. Mit zitternden Fingern versuchte sie, ihn in das Schloss zu schieben und die Stimme in ihrem Kopf zu ignorieren, die schrie, sie solle Oscar packen und schleunigst mit ihm das Weite suchen.

Doch wohin? Zurück zu ihrer Mutter? Zu Martin? Der Schlüssel lag kalt und glatt in ihren verkrampften Fingern. Tess atmete tief durch. Sie würde nicht umkehren. Sie war doch schon in der Wohnung gewesen. Sie wusste, dass dort nichts Böses auf sie lauerte. Ihre Angst war völlig unbegründet.

Du hast eine allzu blühende Fantasie, hörte sie Martin in ihr Ohr flüstern. Sie schob die Stimme beiseite.

Entschlossen steckte sie den Schlüssel ins Schloss, drehte ihn und stieß die Tür auf, ehe sie es sich anders überlegen konnte.

»Da sind wir«, sagte sie fröhlich. Allzu fröhlich. »Jetzt bekommst du erst einmal ein Glas Saft, und dann kannst du ...«

Sie blieb stehen und keuchte entsetzt auf, als sie in der Tür zu Richards Arbeitszimmer eine Gestalt entdeckte. Beide, sie und Oscar, wichen instinktiv zurück.

»Verzeihung.« Die Gestalt trat hinaus in den Korridor, damit sie deutlich zu sehen war. »Ich wollte Sie nicht erschrecken.«

Sie hatte ihn elf Jahre nicht gesehen, aber sie erkannte ihn sofort wieder.

Jacke und Pausenbox unter einen Arm gepresst, packte Tess mit der anderen Hand Oscar und starrte den Mann entgeistert an. Ihr stockte der Atem. Ihr Herz klopfte immer noch rasend schnell, während ihr Verstand sich alle Mühe gab, den rasanten Wechsel von unsäglicher Angst zu Panik zu verblüffter Überraschung zu verarbeiten.

»Luke!« Tess' Stimme klang dünn, denn sie hatte einen regelrechten Schock.

Er wirkte härter, irgendwie größer, als sie ihn in Erinnerung hatte, und er war muskulöser geworden, doch das widerspenstige Haar, das scharf geschnittene Gesicht mit der Adlernase waren wie früher. Eigentlich hätte sein Gesicht hässlich wirken müssen, mit dieser großen Nase und den buschigen Augenbrauen, doch etwas an der Form seines Mundes und seine wachen, intelligenten Augen verliehen ihm etwas merkwürdig Anziehendes.

»Hallo, Tess«, sagte er.

»Was ... was tust du denn hier?«

Sie hasste es, dass sie ins Stammeln geriet. Natürlich hatte sie seit ihrer Rückkehr nach York hin und wieder an Luke gedacht, zwangsläufig. Erinnerungen an ihn gab es an jeder Straßenecke, an der sie auf ihn gewartet hatte; sie waren verwoben mit dem dunklen Wasser des Flusses und den langen schrägen Schatten der Kathedrale; sie hafteten jedem Ort an, wo sie mit ihm glücklich gewesen und ihr das Leben voller Verheißung erschienen war.

Luke war seit Langem aus York weggezogen, wie Tess wusste. Es hatte ihm nicht schnell genug gehen können, seiner Heimatstadt den Rücken zu kehren. Dennoch hatte sie sich vorgestellt, wie es wäre, wenn sie ihm irgendwo zufällig über den Weg liefe, hatte sich ausgemalt, wie kühl und überlegen sie reagieren würde, und dass *er* derjenige wäre, der stotterte und stammelte.

Doch mit *so etwas* hatte sie nicht gerechnet; dass ihr sein Anblick einen Stich versetzen, ihr für einen kurzen Moment die Luft wegbleiben und sie wegen ihm dermaßen durcheinander sein würde. Sie hatte bei Luke den Eindruck erwecken wollen, seine Zurückweisung damals sei das Beste gewesen, was ihr hatte widerfahren können. Sie wollte nicht bedrückt und nervös vor ihm stehen, eine graue Maus, die ihre Chancen schon vor langer Zeit vertan hatte.

Lukes Augen wurden schmal, als er ihren Gesichtsausdruck bemerkte. Ich sehe bestimmt fürchterlich aus, dachte Tess, und höre mich ganz schrecklich an, mit dieser kläglichen, zittrigen Stimme. Von wegen kühl und überlegen.

»Ich bin gekommen, um die Regale auszumessen«, erklärte er. »Hat Richard dir denn nicht Bescheid gesagt?«

»*Du* bist der Schreiner?«

Zumindest hatte sie es diesmal geschafft, nicht zu stammeln, doch beim Klang ihres kultivierten Mittelschichtakzents zuckte sie innerlich zusammen. Redete sie immer so gestelzt? Martin gefiel ihre Art zu sprechen, doch Luke hatte sie damals immer böse geneckt wegen ihres prüden Elternhauses und ihrer »affektierten« Sprechweise. Er hatte stets seinen Yorkshire-Akzent herausgekehrt, wenn er mit ihrer Mutter redete, weil er wusste, wie sehr es diese störte. Susan Frankland fand seine schmuddelige Kleidung, sein unrasiertes Gesicht widerlich. Kein Wunder, dass sie so entzückt über Martin war, der Anzug und Krawatte trug und immer wie aus dem Ei gepellt wirkte. Jetzt betrachtete Tess die dunklen Bartstoppeln an Lukes Kinn, seine zerschlissene Jeans, das verwaschene T-Shirt und war irgendwie froh, dass er sich immer noch nicht den Konventionen gebeugt hatte.

»Ja, ich bin Schreiner.« Seine Lippen kräuselten sich verächtlich, genau wie früher. »Ist das ein Problem?«

O Gott, jetzt hatte sie ihn verletzt … Ein Schuldgefühl, ohnehin ihr ständiger Begleiter, machte sich in ihrem Magen breit, der bereits in Mitleidenschaft gezogen war von dem Schock seines unerwarteten Anblicks und dem vorausgegangenen seltsamen Erlebnis im Treppenhaus. Luke dachte, sie verhöhne ihn, und wenn sie sich ihren letzten verbitterten Streit in Erinnerung rief, als sie ihm vorgeworfen hatte, er würde nichts aus seinem Leben machen wollen, konnte Tess es ihm nicht ganz verdenken. Jedenfalls würde sie ihm nicht auf die Nase binden, dass ihr eigenes Leben derzeit alles andere als eine Erfolgsstory war.

Was sah er, wenn er *sie* anschaute? Erinnerte er sich an das linkische junge Mädchen, das so unsterblich verliebt in ihn gewesen war? Oder an die junge Frau, die während ihrer Universitätszeit rank und schlank und schick geworden war und sich schließlich für einen bürgerlichen Lebensstil entschieden hatte?

Oder war er schockiert von dem Anblick, den sie jetzt bot: erschreckend dünn, dunkle Ringe unter den Augen, und statt der langen dunklen Mähne, die er immer so geliebt hatte, eine fransige Kurzhaarfrisur.

Und wieso kümmerte sie das überhaupt?

»Natürlich ist das kein Problem.« Tess ließ Oscars Hand los und presste ihre Finger an ihre Schläfe, während sie versuchte, Ordnung in den Wirrwarr ihrer Gedanken zu bringen. »Entschuldige«, sagte sie schließlich. »Ich bin heute Morgen erst hier eingezogen. Ich weiß nicht, wo mir der Kopf steht, und ich hatte einfach nicht damit gerechnet, dich hier zu sehen.«

Erleichtert registrierte sie, dass seine finstere Miene sich ein klein wenig entspannte. »Ich dachte, Richard hätte dich vorgewarnt«, erklärte er.

»Er hat mir keinen Namen genannt. Er sagte nur, es würde jemand vorbeikommen.«

Peinliches Schweigen breitete sich aus. Zumindest empfand Tess es als peinlich. Luke machte es offenbar nichts aus, andererseits hatte sie schon immer Probleme gehabt zu erraten, was in ihm eigentlich vorging.

Wie es schien, war nun ihr anfängliches Missverständnis geklärt, doch in Tess' Kopf wirbelten noch so viele andere Gedanken herum, dass sie nicht wusste, wo sie beginnen sollte. Wieso war Luke nach York zurückgekommen? Er hatte doch unbedingt Fotojournalist werden wollen? War er häuslich geworden, hatte er inzwischen Frau und Kinder, oder war er immer noch so rastlos und unzufrieden? Erinnerte er sich so deutlich an sie, Tess, wie sie sich an ihn? Hatte er all die Jahre überhaupt an sie gedacht? Was ging jetzt in seinem Gehirn vor?

Warum waren sie beide nicht in der Lage, diesen Zufall einfach nur witzig zu finden und sich in eine normale Weißt-du-noch-Unterhaltung zu stürzen? Früher hatte sie so gut mit ihm reden können; jetzt stand sie steif und verkrampft da, die Pausenbox unter den Arm geklemmt und mit dem anderen Oscars Schulter umfassend. Oscar war bei Lukes Anblick verstummt und drückte sich nun, die Augen weit aufgerissen, an Tess' Körper. Als Luke ihn musterte, presste er sein Gesicht an ihren Bauch und umklammerte ihre Beine.

Sie beugte sich zu ihm hinunter, um sein Flüstern verstehen zu können. »Sprich lauter, Oscar«, forderte sie ihn auf. »Und sag Hallo zu Luke. Er ist … ein alter Freund von mir.«

Oscar schüttelte nur stumm den Kopf, klammerte sich noch fester an sie und murmelte schließlich, dass er die Katze suchen müsse.

Tess setzte ein Lächeln auf, richtete sich auf und wandte sich wieder Luke zu. »Hör mal, Oscar ist heute zum ersten Mal hier, und alles ist noch neu für ihn.« Sie wusste, sie hörte sich kühl und spröde an, aber alles war besser als diese zittrige Stimme von vorhin. »Ich muss ihn jetzt erst mal reinbringen und mich ein bisschen um ihn kümmern. Entschuldigst du mich kurz?«

»Klar.«

»Kann ich dir eine Tasse Tee anbieten?«

Belustigung spiegelte sich in seiner Miene angesichts ihres förmlichen Tons, und Tess kämpfte die Röte nieder, die ihr in die Wangen stieg. Auch wenn sie auf ihn wie die zickige Ehefrau eines reichen Managers wirken mochte, so hatte Luke sicher nicht vergessen, dass es eine Zeit gegeben hatte, wo es nicht gerade steif und förmlich zwischen ihnen zugegangen war.

Jeder, der sie beide jetzt so sah, wäre nie auf die Idee gekommen, dass sie sich einstmals gegenseitig die Kleider vom Leib gerissen hatten oder in wildem Taumel auf sein Bett gefallen waren oder es in den Dünen getrieben hatten, während der Nordseewind den Sand über den Strand fegte. Ungewollt wurde Tess erregt bei der Erinnerung, wie es zwischen ihnen gewesen war. Sie beide hätten unterschiedlicher nicht sein können, Luke, der Biker, der sein Bad-Boy-Image auf die Spitze trieb, sie, die schüchterne Anwaltstochter, die für eine kurze glorreiche Periode die Rebellin spielte.

Natürlich hatte am Ende die Konvention gesiegt, wie Luke es ihr stets prophezeit hatte. Und so war es in seinen Augen wohl nicht besonders verwunderlich, dass sie ihm nun mit steifer Förmlichkeit Tee anbot. Sie rechnete fast damit, dass er die Augen verdrehen und ihr empfehlen würde, endlich ein bisschen lockerer zu werden, doch er hatte sich schon wieder seiner Arbeit zugewandt.

»Klar«, sagte er noch einmal. »Wenn du Zeit hast. Keine Eile.«

»Tut mir leid, dass es so lang gedauert hat.« Tess stieß mit dem Ellbogen die Tür zum Arbeitszimmer auf, in jeder Hand einen Becher Tee. Luke stand vornübergebeugt da und maß die Fußbodenleiste aus. Sein T-Shirt war ein Stück hochgerutscht und gab den Blick auf seinen bloßen Rücken frei. Tess konnte seine Rückenwirbel erkennen, die sich unter der Haut abzeichneten. Martin ließ sich stets nur perfekt gekleidet vor anderen sehen, auch vor seiner eigenen Frau, weshalb Tess den Anblick von Lukes nackter Haut als geradezu schockierend intim empfand. Schnell guckte sie wieder weg.

»Ich musste zuerst die Katze suchen. Oscar konnte es nicht mehr erwarten, sie zu begrüßen, aber natürlich war sie gerade nach draußen gegangen. Zum Glück kommt sie, wenn man mit ihrer Keksdose scheppert, und sie hat sich auch schon von ihm streicheln lassen, und jetzt ist er ganz aus dem Häuschen und …« Tess plapperte dummes Zeug. Sie ließ den Satz unbeendet und holte tief Luft. Das hier vor ihr war *Luke*. Kein Grund, nervös zu sein. »Na, jedenfalls, hier ist dein Tee.«

Luke richtete sich auf, notierte sich mit einem Bleistiftstummel ein paar Zahlen, nahm dann mit einem dankbaren Nicken den Becher entgegen. Er war schon immer sparsam mit Worten gewesen.

Tess hatte Oscar mit Bink, seinem Stoffaffen, im Arm vor dem Fernseher zurückgelassen. Ihr Sohn war schnurstracks auf das Sofa geklettert und hatte die Beine von sich gestreckt. Er mochte Luke nicht, verhielt sich allen Männern gegenüber misstrauisch, wie Tess festgestellt hatte. Doch es war unschwer zu erkennen, warum er Luke besonders unsympathisch fand, mit dessen finsterem Blick, der abweisenden Miene, die Tess so gut kannte. Wie schade, dass Oscar ihn nicht lächeln sah. Dann wirkte Luke nämlich ganz anders.

Ohne zu lächeln, setzte Luke den Becher an die Lippen. »Du weißt noch, wie ich meinen Tee trinke«, bemerkte er.

Ihre Wangen begannen zu glühen. »Mein Kopf ist voll mit derlei unnützem Zeug.«

In der Küche noch war es Tess ganz einfach erschienen. Sie würde Luke den Tee bringen. Ein paar banale Worte mit ihm wechseln. Ein kleiner Plausch unter Erwachsenen. Doch jetzt, wo sie ihm gegenüberstand, schien der ganze Raum förmlich zu schwirren von Erinnerungen an das, was sie zusammen erlebt, was sie einander gesagt hatten.

Was sie für einander empfunden hatten.

Immer wieder musterte sie ihn verstohlen über den Rand ihres Bechers hinweg. Er war männlicher geworden in den vergangen zehn Jahren, und seine Adlernase passte nun zu ihm. Wenn er früher dürr und sehnig gewesen war, so wirkte er nun schlank und athletisch. Doch seine verschlossene, sich selbst genügende Art hatte er beibehalten. Er stand, an ein leeres Bücherregal gelehnt, einfach da und trank seinen Tee, doch allein seine Präsenz löste ein Brennen in ihr aus, das von der Brust bis in ihren Hals stieg.

Sie schluckte, trank geziert ihren Tee. »Nun …«, sie räusperte sich, »wie geht's denn so, Luke?«

»Gut. Und dir?«

»Auch gut.« Sie lächelte dünn und wusste, dass er ihr nicht glaubte. Sie hatte sich im Spiegel betrachtet. Sie hatte dunkle Ringe unter den Augen, wirkte verhärmt und älter als dreißig Jahre. Komisch, wie sehr sie sich immer danach gesehnt hatte, dünn zu sein. Jetzt hätte sie nur allzu gern ein paar Pfunde mehr auf den Rippen gehabt, denn mit ihren eingefallenen Wangen, den hervorstehenden Schulterblättern sah sie nicht gerade aus wie das blühende Leben.

Sie behielt ihr Lächeln bei. Die Tatsache, dass sie einst ein Liebespaar gewesen waren, bedeutete nicht automatisch, dass sie nicht höflich miteinander umgehen konnten. »Seit wann bist du Schreiner?« Sie hasste den gönnerhaften Unterton in ihrer Stimme, den sie gar nicht beabsichtigt hatte. *Schreiner? Das ist ja toll.* Sie hatte es nicht wirklich so gesagt, aber sie wusste, dass es bei Luke so ankam. Er war schon immer empfindlich gewesen, was ihren sozialen Hintergrund anging, ihre eindeutige Zugehörigkeit zur gebildeten Mittelschicht. Es war Tess klar, dass er sie, von dem Moment an, als er sie zusammen mit Oscar gesehen hatte, als eine dieser schicken Mamis aus dem Werbefernsehen abgestempelt hatte.

Es hatte vorher keine Rolle gespielt, nicht für sie. Doch jetzt war sie so darauf gepolt, Martins Reaktionen einzuschätzen, dass sie sich in einem Zustand permanenter Anspannung befand und ständig überlegte, ob sie das Richtige oder das Falsche sagte. Sieh dich nur an, dachte Tess verärgert über sich selbst, wie du verkrampft dastehst und dich die ganze Zeit fragst, was Luke über dich denkt. Was spielte es für eine Rolle, was er dachte? Die Chancen standen gut, dass er überhaupt nicht über sie nachdachte.

Lukes Gesicht hatte noch keinerlei Regung gezeigt. »Erst seitdem ich wieder hier in York lebe«, antwortete er. »Meine Mutter ist letztes Jahr gestorben, und mein Dad kommt nicht besonders gut allein zurecht. Er hatte vor ein paar Jahren einen Schlaganfall und weigert sich, sich von einem Fremden helfen zu lassen, also musste einer von uns antreten. Mein Bruder und ich, wir haben geknobelt, und ich habe verloren.« Er zuckte mit den Schultern. »Ich war Freiberufler, es war einfacher für mich.«

»Das mit deiner Mutter tut mir leid«, sagte Tess aufrichtig. Sie erinnerte sich gut an Betty Hutton, eine zierliche kleine Frau mit klugen Augen und einem ansteckenden Lachen. »Ich habe sie immer gemocht.«

»Ich auch. Dad … nun ja, er ist derselbe alte Fiesling wie damals.«

Der alte Fiesling, für den er nun sein Leben vorerst auf Eis gelegt hat, dachte Tess. Es war Luke nicht gelungen, die unterschwellige raue Zuneigung in seiner Stimme zu verbergen.

Eine winzige Pause trat ein.

»Fotografierst du noch?«, fragte sie. Luke hatte früher wunderbare Fotos gemacht. Sie hatte ihm gern zugehört, wenn er mit Leidenschaft darüber sprach, wie er als Fotojournalist arbeiten, wie er das Unrecht in der Welt mit seinen Fotos anprangern würde, und wie sich dabei ein Strahlen auf seinem sonst so verschlossenen Gesicht ausgebreitet hatte.

»Wenn man mich lässt«, erwiderte er. »Ich habe mich auf Reisefotografie spezialisiert – die Nachrichtenredaktion war auf die Dauer nichts für mich –, doch das ist derzeit nicht gerade einfach. Ich habe meinen Vater schließlich dazu gebracht, dass er wenigstens zweimal die Woche eine Altenpflegerin akzeptiert, aber ich muss trotzdem immer in seiner Nähe sein. Ich arbeite hin und wieder freiberuflich, wie früher, und dazwischen verdiene ich mir mit Schreinerarbeiten etwas dazu. Besser als immer nur diese Hochzeits- und Babyfotos. So was ist einfach nicht mein Ding.«

»Ach? Das hätte ich jetzt nicht gedacht.« Es war ihr einfach herausgerutscht, und sie wich ein wenig zurück, als Luke angesichts ihrer schnippischen, unbedachten Antwort die Augenbrauen hob. Sie machte schon den Mund auf, um sich zu entschuldigen, als ihr einfiel, dass sie jetzt jederzeit schnippisch sein konnte, wenn ihr der Sinn danach stand. Ein Hochgefühl überkam sie. Sie hatte ja nur die Wahrheit gesagt. Sie war nicht überrascht, dass diese Fotos nicht sein Ding waren. Warum sollte sie das nicht sagen dürfen?

Sie reckte trotzig das Kinn. »Es ist doch so. Eine feste Bindung eingehen, diese Vorstellung hat dir doch noch nie gefallen.«

»Glaubst du?«

Er hatte helle Augen, die in auffallendem Kontrast zu seinem dunklen Teint standen. Sie verwirrten Tess, und wie er sie nun so direkt anschaute, blitzte zaghaft ihre gemeinsame Vergangenheit auf, doch sie war zu fern, zu undeutlich, wie in einen Nebel gehüllt.

Spielte es denn eine Rolle? Was vorbei war, war vorbei.

Doch ihre momentane Trotzhaltung verflüchtigte sich rasch. Tess wandte ihren Blick ab und spürte, wie sich die alte Verunsicherung in ihr breitmachte, ein Gefühl, das ihr ungleich vertrauter war. Sie war so sehr daran gewöhnt, sich im Irrtum zu befinden. Was wäre, wenn sie sich auch im Hinblick auf Luke geirrt hätte?

Sie trank ihren Tee aus und suchte fieberhaft nach einem Ausweg aus dieser Unterhaltung, die sich immer nur im Kreis drehen würde, wenn sie es zuließe. In gewollt munterem Ton wechselte sie das Thema. »Wie lange, glaubst du, wirst du hier beschäftigt sein?«

»Eine Woche oder so. Es ist eine ziemlich aufwendige Sache, und ich muss sehen, wie ich sie zwischen meine anderen Arbeiten schieben kann. Richard sagt, es hat keine Eile. Deshalb hat er mir ja auch den Schlüssel gegeben, damit ich kommen und gehen kann, wann es mir zeitlich passt.«

Luke schaute Tess von der Seite an, als er sich bückte, um seinen Becher abzustellen und sich wieder seinen Fußbodenleisten zu widmen. »Ich werde versuchen, dich nicht zu stören«, sagte er. »Ich muss zwar zwischendurch bohren und hämmern, aber die meiste Zeit wirst du gar nicht merken, dass ich hier bin.«

Tess wünschte, sie könnte es glauben.

Kapitel 3

An jenem Abend verging viel Zeit, bis Oscar endlich im Bett lag und schlief. Fix und fertig, aber ebenfalls zu überdreht, um Schlaf zu finden, wanderte Tess noch stundenlang ruhelos in der Wohnung umher. Das Adrenalin rauschte durch ihre Adern, ihr Körper stand förmlich unter Strom, während ihre Gedanken um die Geschehnisse dieses ereignisreichen Tages kreisten. Sie sah Oscars Gesicht vor sich, wie er mit staunendem Entzücken Ashrafars weiches Fell streichelte, seine entschlossene Miene, als er auf das Sofa geklettert war, um es sich vor dem Fernseher gemütlich zu machen, und wie immer kehrten ihre Gedanken kurz darauf zu Martin zurück.

Martin, der Oscar das Fernsehen generell verboten hatte. »Es ist reine Gehirnwäsche«, hatte er erklärt. »Die senden dort die ganze Zeit irgendwelche unterschwelligen Botschaften aus. Ich habe meine Quellen, ich weiß, wovon ich rede.«

Eines Tages hatte Tess den Einwand gewagt, warum dann für Martin selbst das Fernsehen nicht gefährlich sei. Doch ihr Mann hatte sie mit einem Blick bedacht, als wäre sie schwachsinnig. »Weil ich erwachsen bin. Mein Gehirn ist voll entwickelt. Ich bin nicht so empfänglich wie ein Kind. Außerdem sehe ich mir immer nur die Nachrichten an. Ich muss mich wegen meiner Arbeit auf dem Laufenden halten.«

Tess hatte stets darauf geachtet, das Fernsehgerät auszuschalten, lange bevor sie Martin von seiner Firma zurückerwartete. Einmal war er früher als sonst heimgekommen, und das Gerät war noch warm gewesen. Kein guter Tag für sie und Oscar.

Tess konnte immer noch nicht ganz glauben, wie relativ problemlos sie schließlich entkommen war. Sie hatte sich gegen Martins Wut gewappnet, hatte sich Strategien überlegt, wie sie sich ihm widersetzen könnte, falls er sie zwingen würde, mit ihm nach London zurückzufahren, doch als er dann vor dem Haus ihrer Mutter auftauchte und völlig ruhig und gelassen davon ausging, dass sie zu ihm zurückkehren werde, hatte ihr diese Überzeugtheit fast noch mehr Angst gemacht. Nur ein Zucken unter Martins rechtem Auge hatte verraten, wie sehr er sich beherrschen musste, um seine Wut im Zaum zu halten.

»Ich komme nicht zurück«, hatte Tess ihm erklärt. Hart pressten sich ihre Finger gegen das Holz der Haustür, doch ihre Stimme bebte nicht. »Es tut mir leid, Martin.«

»Du willst ein bisschen Zeit mit deiner Mutter verbringen. Ich verstehe das.« Er nickte verständnisvoll, setzte das Lächeln auf, bei dem sie einst vor Begehren weiche Knie bekommen hatte. »Warum hast du mir das nicht gesagt? Man könnte ja meinen, ich sei eine Art Ungeheuer!« Und bei dem Augenzwinkern, das seine Worte begleitete, hatte sie ein Prickeln im Nacken verspürt.

Sie war immer auf dieses Zwinkern hereingefallen. Sie hatte so sehr an seinen Charme, seine Beteuerungen ewiger Liebe glauben wollen und sich schließlich einreden lassen, sie wäre diejenige, die unvernünftig sei.

Damit war nun Schluss, wie Tess sich geschworen hatte.

Doch ihre alte Gewohnheit, ständig zu besänftigen und abzuwiegeln, ließ sich nicht so einfach ablegen, weshalb sie sich förmlich zwingen musste, die versöhnlichen Worte, die ihr schon auf der Zunge lagen, wieder hinunterzuschlucken. »Meine Anwältin wird sich mit dir in Verbindung setzen«, erklärte sie Martin stattdessen.

Man hätte meinen können, sie redeten aneinander vorbei. Martin seufzte und verdrehte die Augen. »Nun gut, wenn du meinst, auf stur schalten zu müssen … Ich komme ungefähr in einer Woche wieder und hole dich dann ab.«

»Nein«, sagte sie erneut, diesmal in entschiedenerem Ton, weil seine Selbstsicherheit sie nervte und sie sich über sich selbst ärgerte, denn wie oft hatte sie nachgegeben und auf diese Weise dafür gesorgt, dass er stets seinen Willen bekam. »Nein, ich komme nicht nach Hause zurück.«

»Aber natürlich tust du das«, erwiderte Martin. »Wir sind verheiratet. Du hast versprochen, dass wir uns niemals trennen werden.«

Bei Gott, das hatte sie. Niemand hatte sie in diese Ehe gezwungen. Sie hatte Ja zu Martin gesagt. Sie hatte gelobt: in guten wie in schlechten Tagen. Das alles war ihre eigene Schuld. Genau wie Martin immer behauptete.

Doch sie hatte Oscar. Der Gedanke gab Tess Halt. Alles, was sie durchgemacht hatte, war nicht umsonst gewesen, weil sie jetzt diesen Sohn hatte. Sie war Oscar zuliebe geblieben, und nun ging sie Oscar zuliebe. Sie würde seinetwillen stark und standhaft bleiben.

Schließlich hatte sie Martin in dem Glauben gelassen, ihr Aufenthalt in York wäre nur vorübergehend. Sie dachte, sie könnte ihn auf diese Weise am einfachsten loswerden. Martin jedoch war daraufhin ins Haus gekommen, hatte sich ins Wohnzimmer gesetzt und Tee getrunken. Tess und Oscar saßen stumm daneben; ihre Mutter jedoch legte sich mächtig ins Zeug, versuchte, die Dummheit ihrer Tochter wiedergutzumachen, indem sie alle Zwistigkeiten schönredete und so tat, als wäre alles in bester Ordnung, als wären sie eine ganz normale glückliche Familie, auf Besuch bei der Oma. Es war einfach grässlich gewesen.

Tess hatte alles Mögliche versucht, um aus dem Haus ihrer Mutter ausziehen zu können, ehe Martin ein zweites Mal dort aufkreuzte. Richards Angebot war zu gut, um York als Ort für einen Neuanfang wieder zu verwerfen, aber Tess war natürlich klar, dass Martin sie hier relativ leicht finden konnte. Von dem Erkerfenster in Richards Wohnzimmer aus beobachtete sie einen Straßenmusikanten, der in dem Hauseingang gegenüber tapfer dem Regen trotzte, während sie nachdenklich an ihrem Fingerknöchel nagte, eine schlechte Angewohnheit, die selbst Martin ihr nicht hatte austreiben können. Wie würde sie sich verhalten, falls Martin hier auftauchte?

Wenn er auftauchte. »Ich gebe niemals auf«, war Martins Leitspruch. »Deshalb bleiben andere Unternehmen auf der Strecke, während Nicholson's immer mehr an Bedeutung gewinnt. Ich stecke die Schläge einfach weg und mache weiter. Ich gebe nie auf. Niemals.«

Sie hatte ihrer Mutter das Versprechen abgenommen, ihren Aufenthaltsort geheim zu halten, doch selbst wenn Letztere ihr Wort hielt, besaß Martin Mittel und Wege, Tess ausfindig zu machen. Durch seine Firma Nicholson Electronics hatte er Zugang zu allen möglichen undurchsichtigen Quellen. Er liebte es, damit anzugeben, wie bedeutend die Regierungsaufträge waren, die seine Firma erhielt, und dass sie der Geheimhaltung unterlagen. Er sei eine Zeit lang bei der Armee gewesen, hatte er Tess beim ersten Date erzählt.

»Ich kenne die richtigen Leute auch für heikle Aufgaben«, hatte er lächelnd behauptet, und sie, sie hing bewundernd an seinen Lippen. Tess hasste die Erinnerung daran, wie erbärmlich naiv sie gewesen war.

Sie grub ihre Fingernägel in den Handballen und wandte sich vom Fenster ab. Sie würde niemals einschlafen können, wenn sie anfing, über Martin nachzugrübeln, stattdessen nahm sie sich vor, eins von Richards Büchern zu lesen. Doch noch während sie die Hand nach einem abgegriffenen Taschenbuch ausstreckte, das auf dem noch schäbigeren Sideboard lag, vollzogen ihre Gedanken bereits den Sprung zu Bücherregalen und von dort schnurstracks zu Luke und ihrem völlig unerwarteten Wiedersehen. Tess hatte geglaubt, ihn vergessen zu haben, doch ein Blick von ihm hatte genügt, und schon waren die Erinnerungen mit Macht zurückgekehrt – an seine kräftigen Hände auf ihrer nackten Haut, seine leidenschaftlichen Küsse. Seine verächtlich hochgezogenen Mundwinkel, als er sich umgedreht und sie verlassen hatte.

Tess verwarf die Idee, sich mit einem Buch ablenken zu können, und ließ resigniert den Arm sinken. Er tat nicht wirklich weh, dennoch fühlte er sich irgendwie *komisch* an, seit sie durch die Berührung des Balkens diesen merkwürdigen Schlag bekommen hatte. Tess schüttelte ihren Arm, versuchte herauszufinden, wie sie ihn halten musste, damit sie dieses Gefühl nicht spürte.

Und von da war es natürlich kein weiter Weg zu dem Ort, den sie mehr schlecht als recht den ganzen Tag aus ihren Gedanken verbannt hatte – das hintere Zimmer und diese unvermittelte Angst, die ihr beim Eintreten entgegengeschlagen war. Jedes Mal, wenn die Erinnerung hochkam, hatte Tess sie resolut unterdrückt, auch war es ihr gelungen, immer einen guten Grund zu finden, um dieses Zimmer nicht zu betreten. Doch nun gab es keine Ausflüchte mehr. In diesem Raum wartete ein gutes Bett auf sie. Sie konnte schließlich nicht ein ganzes Jahr lang auf dem Sofa im Wohnzimmer nächtigen.

Entschlossen schaltete sie die Lichter im Wohnzimmer aus und ging zu ihrem Schlafzimmer. Auf der Schwelle blieb sie stehen und sah sich in dem Raum um, als könnte man tatsächlich beobachten, wie das Grauen sich ausbreitete. Doch nichts passierte, in dem Zimmer herrschte eine fast bedrückende Stille.

Zögernd ging Tess ein paar Schritte weiter hinein. Nichts geschah. Sie stand schon fast in der Mitte des Zimmers, als ihr klar wurde, welch lächerlichen Anblick sie bieten musste. Ihre Anspannung ließ nach, ihre Schultern fielen herab, sie lachte laut auf. »Siehst du?«, sagte sie zu Ashrafar, die ihr freundlicherweise über den Gang gefolgt war. »Hier ist nichts.« Sie klopfte auf die Bettdecke, froh über die beruhigende Anwesenheit der Katze. »Komm her, Mietze«, sagte sie schmeichelnd.

Tess vermied es, darüber nachzudenken, wie vollkommen still es in dem Zimmer war, und öffnete ihren Koffer. Das Auspacken ging schnell. Sie hatte kaum Kleidung aus ihrem Haus in London mitgenommen, diese verspielten, femininen Kleider, die Martin ihr ausgesucht hatte. Die meisten ihrer T-Shirts und Tops waren jene, die sie im Haus ihrer Mutter zurückgelassen hatte, als sie nach dem Studium nach London gegangen war. Man konnte sie einfach in die Kommode stopfen, statt sie auf Bügeln in den Kleiderschrank zu hängen oder exakt zu falten, wie Martin es von ihr verlangt hätte.

Als Tess fertig war, schob sie die untere Schublade zu, nahm die Bettwäsche und schickte sich an, das Bett zu beziehen. Erst in diesem Moment nahm sie Notiz von Ashrafar. Die Katze war ihr nicht ins Zimmer hinein gefolgt. Sie duckte sich in der geöffneten Tür, mit zuckendem Schwanz und gesträubtem Fell.

»Dummes Ding«, schimpfte Tess. Sie presste die Bettwäsche an ihre Brust. In der Stille des Zimmers klang ihre Stimme hoch und dünn. »Es ist okay. Du kennst dich doch hier aus.« Was machte sie da? Versuchte sie, einer Katze mit Vernunft zu kommen? »Komm her, Miezekatze.«

Doch Ashrafar wich zurück, langsam erst, dann machte sie plötzlich einen Satz und flitzte durch den Flur davon. »Du kannst mich mal«, rief Tess ihr hinterher, wie ein schmollendes Kind. »Ist mir doch egal.« Kurz darauf hörte sie das Scheppern der Katzenklappe.

Mit dem Zimmer ist alles in Ordnung. Alles. Tess sagte sich den Satz immer wieder vor, versuchte sich zu beruhigen, während sie verkrampft und mit prickelnder Kopfhaut unter der Decke lag und in die Dunkelheit lauschte. Worauf sie lauschte, wusste sie selbst nicht. Die Handwerker nebenan hatten längst Feierabend gemacht, und im Gegensatz zum Wohnzimmer bekam man hier im hinteren Teil des Hauses nichts von dem Lärm unten auf der Straße mit.

Aber eigentlich müssten in so einem alten Gemäuer irgendwelche Geräusche zu hören sein, oder nicht? Tess wäre froh gewesen über ein Knacken in den Leitungen, ein Ächzen der Balken oder selbst das Brummen eines Kühlschranks, doch die Stille, die sie umgab, war merkwürdig intensiv und wurde lediglich vom Geräusch ihres Atmens unterbrochen.

Krtz, krtz, krtz.

Wie aus dem Nichts zerriss das Geräusch die Dunkelheit. Tess richtete sich erschrocken in ihrem Bett auf, umfasste krampfhaft ihre Bettdecke, während ihr das Herz bis zum Hals schlug.

Bum, bum, bum.

»Hör auf«, flüsterte Tess, ohne zu wissen, wen sie damit meinte.

Es war ein grauenhaftes Geräusch, wie ein Scharren, Schaben oder Kratzen, und dazwischen immer wieder dieses Klopfen, das so schaurig klang, dass Tess sich wimmernd die Ohren zuhielt. So saß sie eine Zeit lang in ihrem Bett, die Hände an die Ohren gepresst, die Augen zusammengekniffen, betend, dass diese Geräusche endlich aufhören mögen, bis ihr schließlich dämmerte, welch jämmerlichen Anblick sie bieten musste. So machte sie es immer, nicht wahr? Es war ihr übliches Verhalten, wenn sie etwas nicht wahrhaben wollte. Sie kauerte sich zusammen, schloss die Augen und tat so, als ob nichts wäre. So hatte sie sich in der Beziehung mit Martin verhalten, und so verhielt sie sich jetzt, wo sie allein lebte, auch wieder. Wann war sie so ein Angsthase geworden?

Langsam ließ Tess die Hände sinken. Sie konnte nicht starr vor Angst die ganze Nacht hier sitzen bleiben. Sie tastete nach dem Schalter der Nachttischlampe und machte Licht. Geblendet kniff sie die Augen zusammen.

Wieder diese Geräusche.

Es war eher ein Scharren, das Tess nun wahrnahm, und die Erkenntnis kam ihr so plötzlich, dass sie vor Erleichterung auf ihr Kissen zurücksank.

Ratten. Natürlich. Es mussten Ratten sein. Hatte Tess nicht irgendwo gelesen, dass man, wenn man in einer Stadt lebte, sich nie weiter als drei Schritte entfernt von einer Ratte befand? Ganz klar, in diesen alten Gemäuern gab es Ratten, seit Jahrhunderten schon.

Lebten sie innerhalb der Wände? Tess setzte sich wieder aufrecht hin und schaute hinüber zu der alten Feuerstelle. Sie war sicher, die Geräusche kamen von dort. Diese Viecher steckten irgendwo hinter dem alten Mauerwerk. Sie würde morgen als Erstes bei der Stadtverwaltung anrufen und sich erkundigen, wer zuständig für die Schädlingsbekämpfung war. Oscar war erst fünf. Sie waren verpflichtet, etwas zu unternehmen.

Da, wieder dieses Scharren.

Tess, der ihre Angst von vorhin inzwischen ein wenig peinlich war, stieg aus dem Bett, stapfte hinüber zum Kamin und klopfte an die Mauer.

»Aufhören!«, rief sie, aber nicht so laut, dass Oscar aufgewacht wäre. »Verschwindet!«

Das Geräusch hörte auf.

»Na also.« Seltsam ausgepowert von ihrer erfolgreichen Aktion, kehrte Tess in ihr Bett zurück und kuschelte sich unter die Decke. Auch wenn es bereits Mai war, würde sie sich morgen einen elektrischen Heizofen besorgen. In dem Zimmer war es so kalt und feucht, dass sie fast meinte, den Geruch des Flusses in der Nase zu haben. Der Teil ihres Gesichts, der aus der Decke ragte, fühlte sich regelrecht klamm an, und so schlief sie mit einem Gefühl ein, als hätte sich dichter Nebel auf sie gesenkt.

Nell tastete sich die Water Lane entlang in Richtung Anlegestelle. Sie konnte in dem dichten Nebel kaum ein paar Fuß weit sehen. Den ganzen Tag schon lag die Stadt unter einer dicken Nebeldecke, die alles in ein gespenstisches Licht tauchte. Der weiße Dunst war drückend, klamm. Er legte sich auf ihr Gesicht, drang ihr in Mund und Nase, sodass sie das Gefühl hatte, nicht mehr richtig atmen zu können. Nell musste daran denken, wie sie damals, eingesperrt in dieser dunklen Truhe in Mr Maskewes Kabinett, in Panik geraten war und glaubte, ersticken zu müssen.

Nell kaute auf ihrer Unterlippe und zwang sich, ruhig ein- und auszuatmen, wie sie es inzwischen gelernt hatte.

Sie hatte keinen Grund, sich zu fürchten. Sie war nicht eingeschlossen in einer Truhe. Sie bekam Luft.

Am Himmel über ihr versuchte die weiße Sonnenscheibe, durch die Nebeldecke zu dringen. Nell hielt ihren Blick starr darauf gerichtet. Alles wirkte an diesem Tag seltsam verhalten. Die vertrauten Geräusche der Stadt, das Hämmern und Klopfen, das Gekreische und Gescheppere eines gewöhnlichen Werktags wurden durch den Nebel gedämpft, selbst die Vögel waren verstummt. Plötzlich rutschte Nell mit ihren Pantinen auf dem feuchten, glitschigen Pflaster aus. Eilig streckte sie eine Hand aus und stützte sich an der Wand des Lagerhauses ab, während der Korb in ihrer anderen gefährlich ins Schaukeln geriet. Das Herz schlug ihr bis zum Hals.

Sie konnte den Fluss nicht sehen, doch sie vermochte ihn zu riechen: diesen Geruch nach Schlamm und Fäulnis, nach Fisch und Moder.

An der Anlegestelle King's Staithe ragten die Flussschiffe düster und gespenstisch aus dem Nebel. Sie waren fest am Kai vertäut, warteten auf den Tidenwechsel, beäugt von den wachsamen Augen einer einsamen Möwe, die auf einem der Poller saß. Die Anlegestelle, an der sonst so viel Trubel herrschte, war verwaist. Die Flussschiffer hatten sich aus dem feuchten Nebel in die Wirtshäuser geflüchtet, und nur Jack Brown, dessen wettergegerbtes Gesicht seinem Namen alle Ehre machte, hockte, seine Tonpfeife schmauchend, auf einem umgestürzten Fass und beobachtete, wie Tom mit einem dünnen Seil hantierte.

Die Beklemmung in Nells Brust löste sich bei Toms Anblick. Die Luft kam ihr gleich weniger drückend, weniger bedrohlich vor, und sie konnte wieder freier atmen. Tom wusste, dass Nell Angst vor der Dunkelheit und vor engen Räumen hatte, aber er machte sich nie deswegen lustig über sie. Als einmal ein rüpelhafter Lehrjunge Nell spaßeshalber in ein leeres Fass stecken wollte und sie geschrien hatte wie am Spieß, war Tom mit Fäusten auf ihn losgegangen, obwohl der andere doppelt so groß und kräftig war wie er. Tom hatte ein blaues Auge und eine aufgeplatzte Lippe davongetragen und obendrein eine Tracht Prügel von seinem Master bezogen, doch durch seinen Einsatz war es Nell gelungen, sich von dem Kerl loszureißen.

Nichts konnte ihr passieren, solange Tom in der Nähe war.

»Was machst du da?« Nell hatte den Nebel vergessen, stieg über einen Haufen Fischabfälle und spähte auf das Seil in Toms Händen. Er verdrehte die Enden sorgfältig ineinander.

»Ich knüpfe eine Affenfaust«, erklärte er. Tom war daran gewöhnt, dass Nell unvermittelt bei ihm aufkreuzte, und hob kaum den Blick.

Es störte Nell nicht. Ihr gefiel der Anblick, wie er konzentriert die Stirn runzelte. Wenn Tom etwas lernen wollte, ließ er sich von nichts und niemandem ablenken. Seine strahlenden Augen verengten sich, sein lächelnder Mund wurde zu einem schmalen Strich, während er all die rastlose Energie, die in ihm steckte, auf die eine Aufgabe vor ihm konzentrierte.

»Sieh mal.« Tom war fertig und hielt ihr stolz das Seil mit dem unförmigen Knoten hin. »Was hältst du davon?«

Nell nahm das Seil und wog es in ihrer Hand. Der Knoten war unerwartet schwer. »Wozu ist der gut?«

»Damit kann man das Ende der Wurfleine beschweren«, sagte Tom wichtigtuerisch. Es gefiel ihm, ihr mit seinem Wissen über die Schiffe zu imponieren, die zwischen Hull und den großen Häfen der Niederlande verkehrten. Er nahm das Seil wieder in die Hand, schwang es über der Schulter und tat so, als würde er es von Bord eines Schiffes an den Kai werfen. »Siehst du?«

Fünf Jahre waren vergangen seit damals, als Nell sich in die Truhe eingesperrt hatte, und inzwischen war auch sie in jemandes Dienste getreten. Mit elf war sie dem Haushalt der Familie Harrison übergeben worden, wo sie Waschen, Bierbrauen und Backen lernte, die verschiedenen Zubereitungsarten von Fleisch und Rechnen. Im Unterschied zu Anne Appleby jedoch war Mrs Harrison eine eher träge, nachlässige Hausfrau, und so war es ein Leichtes für Nell, sich wegzustehlen, wenn sie Besorgungen erledigte.

Anfangs war es ein merkwürdiges Gefühl gewesen, ihr Elternhaus, ihre beiden kleinen Brüder zu verlassen, doch Nell war bewusst, dass sie sich glücklich schätzen konnte. Mr Harrison war ein wohlhabender Tuchhändler, wenngleich sein Reichtum nicht an den von Mr Maskewe heranreichte. Obendrein war sein Haus viel komfortabler eingerichtet als das von Nells Vater. Es gab zwei weitere Dienstmägde, mit denen Nell ihren Spaß haben und kichern konnte, und das Beste war, dass die Harrisons in der Ousegate wohnten, in der Nähe des Hauses von William Todd, sodass sie Tom fast täglich sehen konnte. Nell war überaus zufrieden mit ihrem Leben.

Sie hatte gewusst, sie würde ihren alten Spielgefährten an der Anlegestelle finden. Selbst wenn es in Mr Todds Lagerhaus nichts für Tom zu tun gab, hing er unten am Fluss herum, als könnte er, wenn er es sich nur sehnlichst genug wünschte, ein Schiff herbeizaubern. Seit Jahren schon drängte es Tom, einmal zur See zu fahren, doch bislang hatte sein Lehrherr ihn nur auf den Flussschiffen bis nach Hull mitgenommen. Doch das war weiter von York entfernt, als Nell je gekommen war.

Tom zeigte Jack seinen Knoten, und als dieser mit einem knappen Nicken seine Anerkennung gezeigt hatte, begann er mit flinken Fingern ihn umgehend wieder aufzudröseln, damit er von Neuem üben konnte.

»Hast du da drin was zu essen?« Tom zeigte mit dem Kopf auf ihren Korb. Tom hatte immer Hunger.

»Nein«, erwiderte sie mit Bedauern. Sie war ebenfalls ständig hungrig. »Meine Mistress hat mich losgeschickt, um Nähnadeln und Garn zu besorgen und … oh, Tom, ich habe schlimme Neuigkeiten beim Nadelmacher gehört«, sagte sie, als ihr wieder einfiel, weswegen sie eigentlich zu ihm gekommen war. »Erinnerst du dich an die kleine Magd deiner Mutter, Joan?«

»Das tollpatschige Ding?«, brummte Tom, der ganz vertieft in seinen Knoten war. Seit fünf Jahren wohnte er bereits nicht mehr in seinem Elternhaus in der Stonegate. Das Haus der Todds am Pavement war jetzt sein Zuhause. »Was hat sie diesmal zerdeppert?«

»Nichts«, erwiderte Nell mit bekümmerter Miene. »Sie ist tot. Die Leute sagen, sie hat sich gestern Nacht das Leben genommen, Gott sei ihrer Seele gnädig.«

»Was?« Tom riss erschrocken den Kopf zurück. Der Tod war der Menschen ständiger Begleiter, doch Hand an sich zu legen galt als Todsünde. *»Warum?«*

»Was weiß man denn, was in so einem Menschen vorgeht?«

Jack nahm seine Pfeife aus dem Mund. Er räusperte sich und spuckte den Schleim aus, woraufhin die Möwe entrüstet mit den Flügeln schlug. »So selten ist das nicht«, bemerkte er. »Es gibt viele Knechte und Mägde, denen ihr Leben nicht gefällt.«

Das wussten auch Nell und Tom. Auch sie mussten hin und wieder Prügel einstecken, doch sie hatten ihre Familie hinter sich. Mädchen wie Joan besaßen keinen Fürsprecher, und es gab Lehrherrn, die weit strenger als andere waren. Und dennoch. Es war das erste Mal, dass sich jemand umgebracht hatte, den Nell tatsächlich kannte.

»Es geht das Gerücht, sie hat sich in die Ouse gestürzt und ist ertrunken.«

Nell blickte auf das Wasser und fröstelte. Der Fluss wälzte sich ölig und träge dahin unter der schweren Nebeldecke. Mit einem Mal jedoch, wie aus dem Nichts, packte Nell das jähe Entsetzen, als schlüge ihr ein großer schwarzer Vogel seine Flügel ins Gesicht. Sie japste nach Luft, wich zurück und griff dabei Halt suchend an die Steinmauer.

Tom merkte nichts davon. Er starrte konzentriert auf sein Seil, zog es durch seine Hände, während an seinem Hals ein Muskel krampfhaft zuckte. »Joan«, murmelte er. Er suchte nach Worten. »Sie hat keiner Seele je etwas zuleide getan, außer ihrer eigenen.«

Langsam nickte Nell mit dem Kopf. Das seltsame Gefühl war verschwunden, sie konnte wieder frei atmen, doch ihr Herz klopfte immer noch viel zu schnell. Sie erinnerte sich daran, wie sie Joan das letzte Mal gesehen hatte. Die Dienstmagd der Maskewes war mit ihrem Korb die Stonegate entlanggetrippelt. Sie war ein blasses, schüchternes Mädchen mit hervortretenden Augen, das schnell woandershin blickte, wenn man es ansprach. Nell hätte nicht gedacht, dass das arme Ding dermaßen unglücklich war, aber was wusste sie schon?

Etwas hatte Joan dazu getrieben, sich den unerbittlichen Fluten der Ouse zu überlassen. Die Ruhe dieses Flusses war trügerisch. Erst letzte Nacht hatte er als Folge der Regenfälle der vergangenen Tage wieder Hochwasser geführt, und wenn Joan einmal von der Strömung erfasst worden war, konnte ihr niemand mehr helfen. Hatte sie ihren Entschluss in letzter Sekunde noch bereut, als die braunen Fluten sie umschlossen?, fragte sich Nell. Hatte sie versucht, wieder das Ufer zu erreichen? Oder hatte sie sich, vom Leibhaftigen verführt, der ewigen Verdammnis preisgegeben und musste nun für alle Zeiten als Geist das Flussufer heimsuchen?

Bei diesem Gedanken schluckte Nell und bekreuzigte sich mehrmals. Man würde Joan nicht in geweihter Erde bestatten. Man würde sie um Mitternacht aus der Stadt schaffen zu irgendeiner Wegkreuzung und einen mit einer Eisenspitze versehenen Stock durch ihr Herz treiben, damit sie nicht wiederauferstand. Nell versuchte sich das Bild vorzustellen, war dazu aber nicht in der Lage.

Sie konnte sich nicht vorstellen, dass jemand so tief verzweifelt war. Zugegeben, es gab Tage, da war die Arbeit besonders hart, das Dasein grausam und voller Unwägbarkeiten, doch für Nells Empfinden überwogen die Zeiten, in denen es das Leben gut mit ihr meinte. Wenn die mit Raureif überzogenen Dächer in der Wintersonne glitzerten oder einer ihrer beiden Brüder vor Freude jauchzte, wenn sie ihn an den Händen packte und im Kreis herumwirbelte. Wenn auf dem Markt gelacht und gescherzt wurde oder wenn sie Tom unten am Fluss traf und ihr froh ums Herz wurde.

Gewiss, das Haus der Familie Maskewe war bestimmt ein trister Ort zum Leben, seit Toms Mutter zusammen mit seinem kleinen Bruder verstorben war. Die Mutter und das Neugeborene waren einem Fieber zum Opfer gefallen, kaum eine Woche nachdem Nell in der Truhe festgesessen hatte. Mr Maskewe hatte nicht wieder geheiratet. Er ließ sich von Fat Peg den Haushalt führen und war zufrieden damit, und da es folglich keine neue Mistress gab, die Joan gepiesackt hätte, müsste man meinen, dass Joans Leben dort so schwer nicht gewesen sein konnte, nicht? Nell fielen eine Menge Dinge ein, die sie anstellen würde, wenn ihre Mistress nicht zu Hause auf sie wartete. Sogar Mistress Harrison würde es auffallen, trotz ihrer nachlässigen Art, wenn Nell den ganzen Tag unten an der Anlegestelle bei Tom verbrächte.

Seufzend ließ Tom von seinem Knoten ab und wischte sich die Hände an seiner Kniehose ab. Nell wünschte, sie könnte auch eine Hose tragen. Sie wäre viel lieber als Junge auf die Welt gekommen. Als Mädchen musste sie stets sauber und adrett sein, den Blick gesenkt halten und sich gemessenen Schrittes fortbewegen. Sie musste steife Röcke tragen und ihre flache Brust in ein Mieder zwängen.

Sie würde zu Hause bleiben müssen, während Tom zu Abenteuern auszog. Bald schon würde er fortgehen und sie allein zurücklassen.

Nell wollte nicht daran denken. Jetzt noch nicht.

»Ich glaube, ich muss mich aufmachen und meinen Vater aufsuchen«, sagte Tom. »Und Ralph wohl auch«, fügte er nachdenklich hinzu. »Keine schöne Heimkehr für ihn.«

Ralph hatte die vergangenen beiden Jahre in Antwerpen verbracht und dort die Geschäfte seines Vaters geführt, doch die Engländer hatten sich auf eine große Auseinandersetzung mit den Spaniern eingelassen, sodass Mr Maskewe seinen Sohn erst einmal heim nach York holte, um darauf zu warten, dass die englischen Kaufleute einen sichereren Stützpunkt finden würden, wo der Einfluss der Spanier weniger stark war.

Nell hatte Ralph seit seiner Rückkehr erst ein einziges Mal gesehen. Sie hatte ihre Stiefmutter besucht und spielte gerade im Innenhof mit ihren beiden kleinen Brüdern ausgelassen Fangen, als die Männer aus der Halle in den Hof traten. Augenblicklich gebot Anne den Kindern, die vor Vergnügen kreischten, still zu sein, und Nell, deren Wangen vom Laufen ganz rosig waren, drehte sich um und sah sich ihrem Vater gegenüber, der flankiert wurde von Mr Maskewe und Ralph.

Ihr Vater wirkte irgendwie kleiner, wie immer, wenn Mr Maskewe ihn mit seiner Anwesenheit beehrte. Jeder konnte sehen, wie angespannt und verkrampft er war, trotz der überschwänglichen Bekundung von Zuneigung und Freundschaft seitens seines Gastes. Harry, sein Erstgeborener, war nach Mr Maskewe benannt worden, der sein Pate war. Diese Verbindung war äußerst wichtig. Und dennoch fühlte sich keiner wirklich wohl, wenn ein Angehöriger der Familie Maskewe im Haus weilte.

Dies galt natürlich nicht für Tom. Mit Tom war es anders.

Immer wenn Nell Tom erblickte, schlug ihr Herz schneller. Man mochte kaum glauben, dass in seinen und Ralphs Adern dasselbe Blut floss. Die beiden waren so unterschiedlich, als wären sie gar keine Brüder. Das hieß jedoch nicht, dass Tom abstoßend wirkte – Nell gefiel sein Gesicht, in der Tat –, doch er war klein, drahtig und vom Typ her dunkel; er lachte gern und oft, und seine Lebensfreude stand ihm ins Gesicht geschrieben. Ralph hingegen war großgewachsen und muskulös, hatte einen rötlichen Teint, und seine Augen waren grau und hart wie Kieselsteine.

Nach landläufiger Meinung war Ralph ein überaus ansehnlicher Mann, und vielleicht war dem tatsächlich so, doch er hatte etwas an sich, das Nell das Blut in den Adern gefrieren ließ. Sie hatte den Tag nicht vergessen, an dem sie in dieser Truhe hockte, sah förmlich sein Lächeln vor sich, als die Gerte auf ihre Hand niedersauste, sie vor Schmerz zusammenzuckte und sich auf die Lippe beißen musste, um nicht in Tränen auszubrechen.

Dieses unerwartete Wiedersehen im Hof ihres Vaters nach Ralphs Jahren in der Ferne brachte Nell aus dem Gleichgewicht. Rasch versank sie in einen tiefen Knicks und senkte den Blick, damit sie seine Zähne nicht sehen musste.

Ihre Stiefmutter entschuldigte sich für das Geschrei. Mr Maskewe brummte etwas daher, Ralph hingegen zeigte sich überaus liebenswürdig. Wer könnte etwas gegen Lärm und Lachen glücklicher Kinder haben?, erwiderte er. Oder den Anblick einer hübschen Maid?

Nell hielt weiter den Kopf gesenkt, doch sie spürte seinen Blick auf sich ruhen. Sie nahm das Verlogene in seiner Sprache wahr, stellte sich vor, wie er die Worte im Mund herumwälzte, bis sie, wie glatte Kieselsteine, trügerisch von seiner Zunge glitten. Sie war keine hübsche Maid, das wusste sie. Sie wirkte zu burschikos mit ihrer flachen Brust, den Sommersprossen auf der Nase und ihrem dichten widerspenstigen Haar, das sich auch durch eine Unzahl von Haarnadeln nicht bändigen ließ. Tom würde sich todlachen, wenn sie ihm erzählte, dass Ralph sie für hübsch erklärt hatte.

Ralph hatte trotz seines gewinnenden Äußeren etwas Verschlagenes. Nell erinnerte sich wieder an die verhaltenen Schritte, die sie in dem Kabinett gehört hatte, während sie in dieser Truhe saß, den dumpfen Schlag, als das dicke Geschäftsbuch auf den Deckel gelegt wurde. War dieser Jemand Ralph gewesen? Oder hatte sie sich das Ganze nur eingebildet, wie Tom und ihre Stiefmutter behaupteten?

Anne Appleby wollte nichts Negatives über Ralph hören, nachdem dieser und sein Vater wieder gegangen waren. Er sei ein besonnener, vernünftiger Mann, sagte sie. Wohlgestalt und liebenswürdig. »Und er wird einmal sehr reich sein«, fügte sie mit einem vielsagenden Blick auf Nell hinzu, die diesen unbeeindruckt erwiderte.

»Er ist einundzwanzig«, sagte Anne zu Nells Vater, »und wird in Bälde nach einer Ehefrau Ausschau halten.«

»Nell ist erst zwölf. Zu jung, um an eine Verheiratung zu denken.«

»Sie wird älter. Es wäre eine großartige Verbindung für uns, wenn sie Ralph gefiele ...« Ihre Stiefmutter schwieg bedeutungsvoll.

Bekümmert hatte Nell das Gespräch verfolgt. »Ich werde nicht heiraten!«, brach es aus ihr heraus.

»Was für ein Unsinn, Miss Eleanor! Was willst du denn sonst tun?«

Nell schob schmollend ihre Unterlippe vor. »Ich werde mich als blinder Passagier auf einem Schiff verstecken und mir auf dem Tuchmarkt in Antwerpen ein Vermögen verdienen.«

»Antwerpen wird jetzt von den Spaniern beherrscht«, seufzte ihr Vater. »Dort wirst du als Engländerin kein Glück haben.«

»Ermuntere sie nicht auch noch zu diesen Flausen«, schimpfte Anne. »Eleanor wird nirgendwo hingehen. Ihr Platz ist hier in York.«

»Dann werde ich mich um Harry und Peter kümmern«, erwiderte sie trotzig mit Blick auf ihre beiden kleinen Brüder.

»Harry und Peter werden, so Gott will, selber einmal Ehefrauen haben. Du musst heiraten, um einen eigenen Haushalt haben zu können.«

Nell seufzte. »Dann nehme ich eben Tom, wenn ich schon unbedingt heiraten muss.«

»Tom ist der zweitgeborene Sohn und noch ein Kind. Er wird noch viele Jahre nicht in der Position sein, an eine Ehefrau zu denken.«

Nell ging dieses Gespräch durch den Kopf, während sie und Tom nun die Gasse von der Anlegestelle hinaufgingen. Die Pflastersteine unter ihren Füßen waren uneben und glitschig, aber mit Tom an ihrer Seite empfand Nell den Nebel viel weniger bedrohlich.

»Tom«, sagte sie, »glaubst du, dass du einmal heiraten wirst?«

»Heiraten?« Tom starrte sie an, als hätte sie gefragt, ob er wünsche, dass ihm ein Kopf mit einem einzigen Auge auf der Stirn wüchse, wie bei den Zyklopen in dem Buch der Reiseerzählungen, aus dem Mistress Harrison bisweilen abends vorlas. »Wieso denkst du übers Heiraten nach?«

»Ach, ich musste nur gerade an eine Bemerkung meiner Stiefmutter neulich denken.« Nell scharrte mit ihren Pantinen über den Rand eines Lochs im Pflaster. »Sie meinte, du bist ein jüngerer Sohn und würdest lange Zeit unverheiratet bleiben.«

»Das will ich hoffen«, entgegnete Tom fröhlich. »Ich werde zur See fahren und Abenteuer bestehen. Ich werde bei Captain Drake anheuern, mit ihm nach Westindien segeln und Zucker, Gewürze und spanisches Gold zurückbringen. Was soll ich da mit einer Ehefrau?«

»Ich wünschte, ich könnte dich begleiten«, seufzte Nell, deren grüne Augen einen sehnsüchtigen Ausdruck annahmen.

»Nun ja, falls ich als vermögender Mann zurückkomme und dann eine Ehefrau brauchen sollte, werde ich dich heiraten«, erbot Tom sich großzügig, und Nells Miene leuchtete auf.

»Ich wollte, es käme so!«

»Ich muss aber erst meine Lehrzeit beenden, denk daran«, sagte Tom warnend. »Und danach werde ich Seefahrer. Also wird es so bald nicht geschehen.«

»Das macht nichts«, erwiderte Nell. »Es ist ja nicht so, als würde jemand anderes um meine Hand anhalten wollen.« Die Erinnerung, wie Ralph sie in dem Hof beobachtet hatte, flackerte vor ihrem geistigen Auge auf, und sie scheuchte sie weg wie eine lästige Fliege. »Ich besitze nur eine geringe Mitgift, und hübsch bin ich auch nicht gerade.«

Tom fühlte sich nicht bemüßigt, sie zu korrigieren. »Du kannst ziemlich schnell laufen für ein Mädchen«, sagte er. »Das ist auch etwas.«

Ihre Augen öffneten sich, sie starrte in die Dunkelheit und nahm nur das Rauschen ihres Blutes in den Ohren wahr. Und die brennende Angst unter ihrer Haut.

Was war geschehen? Sie war doch gerade erst mit Tom die Gasse hinaufgegangen, und nun war es stockdunkel. Saß sie wieder in dieser Truhe? Bei diesem Gedanken packte sie das blanke Entsetzen und schüttelte sie wie ein Terrier, der eine Ratte im Maul hält. In panischer Angst hob sie die Hände, um den Deckel hochzustemmen, doch sie griffen ins Leere.

Keine Truhe.

Die Panik legte sich ein wenig und mit ihr das Gefühl von Enge und Beklemmung in ihrer Brust, während ihre Augen sich allmählich an die Dunkelheit gewöhnten. Durch ein Fenster fiel schwaches trübes Licht herein und durch die offene Tür ein gelb schimmernder Streifen. Sie lag nicht in dieser Truhe. Gott sei Dank, sie war nicht eingesperrt. Sie konnte atmen. Ihr Atem ging zwar keuchend und stoßweise, aber sie konnte atmen.

Und sie konnte sich erinnern.

Ein Traum. Sie hatte geträumt, weiter nichts. *Tess*, sie war Tess, nicht Nell, und sie war in York. Jetzt fiel es ihr wieder ein. Sie befand sich in Richards Wohnung, und Oscar schlief im Zimmer nebenan.

Oscar! Bei dem Gedanken an ihren Sohn riss es Tess fast aus dem Bett. Noch völlig verdattert von diesem schrecklichen Gefühl, aufzuwachen und nicht zu wissen, wer sie war, stolperte sie den Korridor entlang, wobei sie in ihrer Benommenheit mehrmals gegen die Wand taumelte.

Oscar schlief tief und fest, die Arme auf dem Kissen ausgebreitet. Tess legte sacht die Hand auf seinen Brustkorb, ließ sich von dem gleichmäßigen Heben und Senken beruhigen. Sie war zwar vollends wach inzwischen, aber immer noch durcheinander, weil der Traum so überaus realistisch gewesen war.

Sie konnte sich so deutlich an das gespenstische Licht erinnern, die Feuchtigkeit, die sich auf ihre Wimpern legte, sogar an den Geruch des nassen Seils, nach dem Wasser des Flusses, nach Fisch. An Toms schmales, unauffälliges Gesicht, das aufleuchtete, wenn er von seiner Sehnsucht erzählte, die Welt zu sehen. Und an sie selbst als Mädchen, lebhaft, vor Energie strotzend. Tess konnte noch immer spüren, wie sich der raue Leinenstoff ihres Unterkleids auf der

Haut anfühlte, wie schwer die Pantinen an ihren Füßen wogen und wie sie auf den feuchten, glitschigen Pflastersteinen ausrutschten.

Noch nie hatte Tess einen derart lebendigen Traum gehabt.

Darin hatte sie sich an Dinge erinnert: an die arme kleine Joan mit ihren Hasenzähen, an Ralphs Zähne, an die Panik, in einer Truhe eingeschlossen zu sein. War das normal? Tess schlang die Arme um ihren Oberkörper und kaute nachdenklich auf der Innenseite ihrer Wange, während sie in der Dunkelheit dastand und Oscar betrachtete. Ein Traum war anders beschaffen, oder? Was sie soeben erlebt hatte, fühlte sich nicht wie ein Traum an. Es war, als wäre sie tatsächlich dort gewesen, hätte dort gelebt. Es fühlte sich an wie eine Erinnerung.

Was es natürlich nicht sein konnte. Augenblicklich fing Tess an, nach einer logischen Erklärung zu suchen. Sie hatte schließlich Geschichte studiert. Das sechzehnte Jahrhundert war ihr Spezialgebiet, und die Kleidung und die Gebäude, die in ihrem Traum vorkamen, waren etwas Vertrautes für sie. Es war nicht überraschend, dass sie von jener Epoche geträumt hatte, vor allem wenn man überlegte, mit welcher Arbeit Richard sie beauftragt hatte. Der Einzug in seine Wohnung schien wie eine Art Auslöser gewirkt zu haben. Das Haus, in dem sich ihre Wohnung befand, hatte auch im sechzehnten Jahrhundert schon dort gestanden. Vielleicht nicht in der Form, die Nell und Tom wiedererkannt hätten, aber es hatte bereits existiert.

Ja, eigentlich wäre es direkt verwunderlich, wenn sie *nicht* vom York der elisabethanischen Epoche geträumt hätte.

Seltsam war jedoch, dass sie in ihren Traum irgendwelche laienhaften Kenntnisse über Vampire eingebaut hatte. Tess fragte sich, woher sie diese ganzen Einzelheiten über die Bestattung der armen Joan hatte. Soweit ihr bekannt war, glaubte man zu jener Zeit noch gar nicht an Vampire … Doch wieso versuchte sie eigentlich, einen Traum logisch zu erklären? Vielleicht konnte ein Psychologe etwas damit anfangen, doch sie, Tess, würde von nun an keinen einzigen

Gedanken mehr darauf verschwenden. Es war nur ein Traum gewesen und das Ganze belanglos, sie sollte sich lieber um andere Dinge Gedanken machen, und davon gab es, weiß Gott, genug.

Dennoch, an Schlaf war jetzt nicht mehr zu denken. Tess war immer noch aufgewühlt und hin und her gerissen zwischen Angst und Faszination. Dieser Traum ging ihr nicht mehr aus dem Sinn: die tiefe Nebeldecke über dem Fluss, diese Mischung aus Schock und Neugier über das tote Mädchen, das mit einem Pfahl durchs Herz irgendwo verscharrt werden würde, die schnelle Bereitschaft der jungen Nell, sich wieder von anderen Dingen ablenken zu lassen.

Tess zog einen Kapuzenpulli über ihren kurzen Schlafanzug und ging rastlos im Wohnzimmer auf und ab. Dann fuhr sie im Lichtschein, der von den Geschäften unten in der Straße ins Zimmer fiel, ihren Laptop hoch. Wenn sie schon nicht mehr schlafen konnte, würde sie wenigstens die Zeit nützen und ein wenig arbeiten.

Die Uhr am unteren Rand des Monitors zeigte 03.14. Tiefe Nacht. Totenstille, dachte Tess und wünschte augenblicklich, sie hätte es nicht getan. Das Wort jagte ihr einen kalten Schauer über den Rücken.

Die Straße unten war menschenleer. Es hatte zu regnen aufgehört, doch die Luft war noch feucht. Tess kuschelte sich in ihr Kapuzensweatshirt. Sie hätte ihre Sweathose anziehen sollen, aber die lag in der Kommode in ihrem Schlafzimmer, und sie hatte keine Lust, wieder dort hineinzugehen.

Nicht wenn es so totenstill war.

»Hör auf«, befahl Tess sich laut, doch ihre Stimme klang zittrig.

Sie presste die Lippen zusammen und öffnete das Dokument mit Richards Anmerkungen zu den editionsphilologischen Vorgaben für die Erschließung historischer Texte. Wie man Textstellen kennzeichnete, die der historische Schreiber ausgelassen hatte oder die nachträglich getilgt worden waren. Ob in dem engen Raum zwischen den Zeilen die Art der Strafe notiert war oder Wörter in den rechten oder linken Rand eingefügt waren. Tess arbeitete konzentriert und fasste die Richtlinien in einer Zwischenablage zusammen, damit sie am nächsten Tag gleich mit der eigentlichen Arbeit beginnen konnte.

Es war genau die wenig anspruchsvolle Tätigkeit, die sie jetzt brauchte, fand sie, dennoch hielt sie immer wieder inne, hob den Kopf und lauschte. Sie konnte sich des Gefühls nicht erwehren, dass die Stille im Raum sich immer mehr verdichtete, zu einem Wesen wurde, das sich von hinten an sie heranschleichen könnte. Mehrmals drehte sie sich tatsächlich um und schaute nach hinten.

Tess hatte feuchte Hände bekommen. Sie wischte sie an ihren Oberschenkeln ab, als just in diesem Augenblick das Telefon neben ihr auf dem Tisch klingelte und die Stille jäh durchbrach. Tess fuhr zusammen, zu Tode erschrocken, ihr stockte der Atem, und sie brauchte einen Augenblick, bis sie sich dazu brachte, tief durchzuatmen.

Das Klingeln war hartnäckig.

Es musste sich um einen Notfall handeln, wenn jemand zu dieser unchristlichen Zeit anrief. Tess starrte das Telefon an, als wäre es ein lebendiges Wesen, während ihr Herz immer noch wie wild klopfte. Es war Richards Festnetzanschluss, wie ihr jetzt bewusst wurde. Was, wenn jemand aus seiner Familie ihn dringend sprechen wollte? Mit zitternder Hand griff sie nach dem Telefon und versuchte, sich zu konzentrieren. Sie war so nervös, dass es ihr erst nach mehreren Anläufen gelang, die richtige Taste zu finden und sie fest genug zu drücken.

»Hallo?«, sagte sie heiser.

Statt einer Antwort hörte sie jemanden atmen, ruhig und gleichmäßig.

»Hallo?«

Nichts, dann legte derjenige auf, und es wurde still in der Leitung.

Totenstill.

Kapitel 4

Ich habe Martin kein Wort gesagt!« Sue Frankland hob entrüstet die Stimme.

»Woher hat er dann gewusst, wie er mich kontaktieren kann?« Tess schloss für einen kurzen Moment die Augen, drückte die Fingerknöchel auf die Lider. Ihre Augen brannten, weil sie so wenig geschlafen hatte. Sie hatte Oscar in der Schule abgeliefert und befand sich nun wieder auf dem Heimweg, näherte sich dem Stadttor Monk Bar, während sie ihr Handy ans Ohr presste.

Sie hätte damit rechnen müssen, dass ihre Mutter das schwache Glied sein würde.

»Meine Güte, Theresa! Du hast gesagt, dass am anderen Ende der Leitung niemand war. Wahrscheinlich hat sich jemand verwählt.«

»Um halb vier morgens?«

»Genau. Wieso sollte Martin dich um diese Uhrzeit anrufen und dann schweigen?«

Um mir Angst einzujagen. Mich wissen zu lassen, dass er meinen Aufenthaltsort kennt.

»Ich weiß, dass er es war«, beharrte Tess.

Sie hatte sich ein neues Handy zugelegt. Sie hatte ihre E-Mail-Adresse geändert und ihren Facebook-Account gelöscht. Ihrer Meinung nach hatte sie alles Notwendige getan, um ihre Spuren zu verwischen. Und dennoch war es Martin irgendwie gelungen, nur wenige Stunden nach dem Auszug aus dem Haus ihrer Mutter, Richards Nummer herauszubekommen, sprich, er wusste nicht nur, wie er Kontakt zu ihr aufnehmen konnte, sondern auch, wo sie sich aufhielt.

Wenn er es gewesen war.

Vielleicht war es doch jemand anderes gewesen. Selbst Martin war nicht in der Lage, sich derart schnell Zugriff auf diese Art Information zu verschaffen, oder?

Oder?

»Hast du denn überhaupt mit ihm geredet?«, fragte Tess ihre Mutter, worauf diese zunächst empört schnaubte und die Beleidigte spielte, aber schließlich zugab, dass Martin am Abend zuvor bei ihr angerufen hatte.

»Also weiß er, dass wir immer noch in York sind?«

»Natürlich weiß er das. Das zumindest musste ich ihm sagen.« Ihre Mutter klang verärgert. »Martin ist sehr in Sorge um dich, Theresa, und um Oscar.« Außer Martin war Sue der einzige Mensch, der sie bei ihrem vollen Namen nannte. »Er ist Oscars Vater. Er hat ein Recht darauf zu wissen, wo sein Sohn sich aufhält.«

»Vorhin hast du behauptet, du hättest es ihm nicht gesagt!«

»Du brauchst mich nicht so anzufahren. Ich habe ihm deine Adresse nicht gegeben, da du so ein Theater deswegen gemacht hast, aber, glaube mir, es war mir überaus peinlich. Ich weiß nicht, wieso du es dir in den Kopf gesetzt hast, dass du Martin nicht trauen kannst. Er war die Liebenswürdigkeit in Person, als er gestern anrief, auch wenn ich ihm angemerkt habe, wie enttäuscht er darüber war, nicht mit dir reden zu können.«

»O ja, er *kann* sehr liebenswürdig sein, wenn er will«, erwiderte Tess resigniert. Nie im Leben würde es ihr gelingen, ihre Mutter davon zu überzeugen, dass Martin nicht das Beste war, was ihrer Tochter je hätte widerfahren können. Und das hatte sie sich selbst zuzuschreiben. In den ersten Jahren hatte sie es ja selbst geglaubt.

Sue holte tief Luft. »Manchmal verstehe ich dich einfach nicht, beim besten Willen nicht. Du hattest so ein schönes Leben in London. Martin *betet dich an*.«

»Mum …«

»Es ist aber so. Man merkt es an der Art, wie er über dich spricht.«

Die Stimme ihrer Mutter begann vor Kummer zu beben. »Du hattest dieses wunderschöne Haus, alles, was man sich nur wünschen kann … wenn du mich fragst, bist du einfach zu verwöhnt! Und das alles wirfst du jetzt mir nichts, dir nichts weg, weil du dir diese abstruse Idee in den Kopf gesetzt hast, Martin würde dich tyrannisieren.«

Tess bereute inzwischen, ihre Mutter angerufen zu haben, aber es half nichts, sie musste unbedingt wissen, was diese Martin erzählt hatte. Ihre Lippen wurden zu einem schmalen Strich. »Es ist keine abstruse Idee, Mutter.«

»Dein Problem, Theresa, ist, dass du schon immer eine allzu blühende Fantasie hattest«, fuhr ihre Mutter fort, Tess' Einwand schlicht ignorierend.

Auch Martin hatte diesen Satz oft und gern verwendet.

Tess fasste sich an den Nasenrücken. »Mum, ich habe Geschichte studiert. Ich beschäftige mich mit Fakten, Belegen. Ich kenne niemanden, der noch weniger Fantasie hat als ich.«

»Du hast dir *immer schon* alles Mögliche eingebildet«, fuhr Sue beharrlich fort. »Das war mir manchmal sogar schon peinlich. Weißt du noch, damals, als wir mit dir nach Rievaulx Abbey fuhren?«

»Nein.«

»Doch, denk mal nach. Du bist zwischen den Abteiruinen herumgelaufen, hast auf imaginäre Mönche gedeutet und versucht, mit ihnen zu reden.«

Eine blasse Erinnerung regte sich in Tess. Wie sie ihren Vater an der Hand nahm und beiseitezog, damit er den Mönchen nicht im Weg stand, während diese ihren Tätigkeiten nachgingen. Und dass Tess es eher verwunderlich als schockierend empfand, dass offenbar sie die Einzige war, die diese Gestalten sehen konnte.

»Ich war noch ein Kind«, sagte sie unbehaglich. »Ich kann damals nicht viel älter gewesen sein, als Oscar jetzt ist.«

»Dann kam die Zeit, wo du zu schreien anfingst, wenn wir an Micklegate Bar vorbeikamen, weil du dort über dem Stadttor aufgespießte Köpfe gesehen hast.« Ihre Mutter war offenbar fest entschlossen, ihre Behauptung mit allen Mitteln zu untermauern.

Tess nahm ihr Handy vom Ohr und schaute es an. Noch ein Vorfall, den sie offenbar aus ihrem Gedächtnis getilgt hatte, doch jetzt, wo ihre Mutter ihn erwähnte, erinnerte sie sich in der Tat an die aufgedunsenen, bereits in Verwesung befindlichen Köpfe, die man über dem Stadttor auf Lanzen aufgespießt hatte, an ihre grauenvollen, von Fliegenschwärmen halb verdeckten Fratzen. Tess wurde schlecht. Kein Wunder, dass sie die Erinnerung speziell an dieses Ereignis gelöscht hatte.

Sie runzelte die Stirn. »Wir hatten bestimmt in der Schule was darüber gehört, dass man früher die Köpfe von hingerichteten Verrätern auf den Stadttoren zur Schau stellte.«

»Genau das meine ich ja!«, rief ihre Mutter triumphierend. »Barbara Jessop hat immer behauptet, du wärst so empfindsam, aber ich glaube, dass du einfach irgendwelche Geschichten, die du irgendwann aufgeschnappt hattest, hergenommen und dann maßlos übertrieben hast.«

Nun, besten Dank für diese vorbehaltlose Unterstützung, Mutter, dachte Tess bei sich. *Gut zu wissen, dass die eigene Mutter einen für hysterisch, neurotisch und zwanghaft hält.*

»Und jetzt machst du das Gleiche mit Martin«, fuhr Sue ungerührt fort. »Du hast irgendeinen albernen Artikel in einer Frauenzeitschrift gelesen oder wo auch immer und siehst dich plötzlich selbst in einer Opferrolle.«

»Wo bist du gewesen?« Martin packt sie am Handgelenk, schüttelt sie, während sie noch in der Tür steht.

»Ich war nur im Supermarkt.« Sie versucht, sich aus seinem Griff zu befreien, damit sie den Kinderwagen ins Haus befördern kann.

»Weswegen?«

»Ich musste Milch kaufen. Martin, lass mich los. Du tust mir weh.«

Er lässt widerstrebend ihre Hand los. »Wen hast du dort im Laden getroffen?«

»Niemanden.«

»Das glaube ich dir nicht. Du hast dich mit diesem Kerl getroffen, stimmt's?«

»Welchem Kerl?«

»Der, mit dem du dich letztes Wochenende unterhalten hast. Ich hab euch gesehen. Junger Typ. Ohrring. Pferdeschwanz.« Er spuckt die Beschreibung förmlich aus.

Sie hat das Streiten so satt, aber versucht dennoch, sich mit ihm auseinanderzusetzen. »Martin, er hat die Regale eingeräumt. Ich habe nicht mit ihm geredet. Ich habe ihn gefragt, wo ich den Puderzucker finde.«

»Wage es nicht, mich anzulügen!« Ohne Vorwarnung brüllt er los. »Du hast mit ihm geflirtet. Ich habe gesehen, wie du ihn angelächelt und mit ihm geplaudert hast, während er an deinen Lippen hing!«

Oscar fängt bei dem Geschrei zu wimmern an. Tess ist erschrocken über die Aggression, die plötzlich in der Luft liegt.

»Du machst Oscar Angst!«

»Oscar? Oscar? Und was ist mit mir? Du hast Oscar den ganzen Tag gehabt. Ist es denn zu viel verlangt, dass du daheim bist, wenn ich nach einem harten Tag endlich nach Hause komme? Du hast doch sonst nicht viel zu tun, oder irre ich mich?«

Ihr platzt vor Anspannung fast der Schädel. Sie nimmt das Baby auf den Arm, das inzwischen herzzerreißend weint. Sie weiß nicht, wo ihr der Kopf steht, was sie zuerst tun soll. Sie wählt den einfachsten Ausweg. Sie pflichtet ihm bei. Sie sagt sich, das nächste Mal wird sie sich wehren. Ganz bestimmt.

Es endete stets auf die gleiche Weise. Martin verzog sich in seinen Schmollwinkel, bis sie sein beleidigtes Schweigen nicht mehr aushielt und ihn durch Schmeicheleien wieder daraus hervorlockte. Dann bat er sie um Verzeihung, wobei ihm vor Rührung fast die Stimme versagte.

»Das kommt nur davon, weil ich dich so sehr liebe, Theresa. Das weißt du doch, oder?«

Nach einiger Zeit war es einfacher, nicht mehr das Haus zu verlassen, für den Fall, dass er anrief. Einfacher, seinen Vorschlag, in

Zukunft online zu bestellen, zu akzeptieren, sodass sie nicht mehr in den Supermarkt zu gehen brauchte. Einfacher, Oscar bereits im Bett zu haben, wenn er abends heimkam.

Es war auch einfacher, den Kontakt mit ihren Freunden gänzlich aufzugeben, statt sich immer neue Ausreden ausdenken zu müssen, warum Martin keine Lust hatte, sich mit ihnen zu treffen. Ein paarmal hatte sie sich aufgerafft und war ohne ihn ausgegangen, mit dem Ergebnis, dass sie sich den ganzen Abend Gedanken machte, ob sie rechtzeitig wieder zu Hause wäre, und nach Oscars Geburt war klar, dass es über die Maßen egoistisch und unverantwortlich von ihr wäre, wenn sie darauf bestünde auszugehen und Martin mit dem Baby allein zu lassen, wo er doch den ganzen Tag hart gearbeitet hatte.

Es war einfacher, ihr Leben immer mehr zu beschneiden, bis fast nichts mehr davon übrig war.

Tess hatte nie jemandem erzählt, wie ihr Leben mit Martin ausgesehen hatte. Sie schämte sich zu sehr.

»Es ist ja nicht so, als würde Martin dich schlagen oder dir sonst was Schlimmes antun«, fuhr ihre Mutter fort.

»Nein«, pflichtete Tess ihr resigniert bei. »Er hat mich nie geschlagen.«

Er hatte sie in der Tat nie geschlagen. Nicht im körperlichen Sinn. Es hatte keinen Zweck, es ihrer Mutter begreiflich machen zu wollen. Sue sah Martin so, wie alle anderen ihn sahen, wie Tess ihn anfangs gesehen hatte: intelligent, gewandt, erfolgreich, attraktiv, Charme und Selbstbewusstsein ausstrahlend. Wenn er einen anschaute, hatte man das Gefühl, als wäre man der einzige Mensch auf Erden, der zählte, als wäre ihm niemand sonst wichtig.

Anfangs war es schmeichelhaft gewesen. So gebraucht, so geliebt zu werden. Der absolute Mittelpunkt im Leben eines anderen Menschen zu sein. Einsam und von dem Leben in London überwältigt, hatte Tess sich von Martin blenden lassen. Irgendwann im Lauf der Zeit war aus dem Umschmeicheln Tyrannisieren geworden, und Martins Welt, in deren Zentrum sie stand, verwandelte sich in einen Ort, an dem Tess sich immer unwohler fühlte.

Tess atmete tief ein, versuchte, die Kopfschmerzen zurückzudrängen, die sich an ihrer Schläfe bemerkbar machten. »Was genau hast du Martin erzählt, Mum?«

Sue schnaubte beleidigt. »Ich habe ihm gesagt, dass es Oscar gut geht und dass du nur ein bisschen Zeit bräuchtest.«

»Du hast ihm nicht meine neue Adresse oder Telefonnummer gegeben?«

»Nein, und ich habe ihm auch nicht deine neue Handynummer gegeben, weil ich sie nicht *habe*«, rief Sue ihr ins Gedächtnis. Tess hatte anfangs ihrer Mutter ihre gesamten Kontaktdaten verschweigen wollen, doch ihr Misstrauen Sue gegenüber hatte einen so schlimmen Streit heraufbeschworen, dass sie schweren Herzens nachgegeben hatte und nur die Handynummer geheim hielt. Doch anscheinend reichte dies bereits, um ihre Mutter zu verdrießen. »Zufrieden?«

»Ja. Verzeih, Mum, ich bin nur …« Tess ließ den Satz unbeendet. Es war zwecklos, es ihrer Mutter zu erklären. »Wenn Martin sich das nächste Mal bei dir meldet, kannst du ihm dann bitte ausrichten, er möge sich über meine Anwältin mit mir in Verbindung setzen?«

Als Tess schließlich in die Stonegate einbog, hatte sie das Gefühl, ihr Schädel stecke in einem Schraubstock. Während sie vor ihrem Haus stand und unbeholfen mit dem ungewohnten Türschloss hantierte, stieg ihr der Geruch von frisch gesägtem Holz in die Nase, der aus dem Laden nebenan kam, in dem die Handwerker arbeiteten. Sie musste an das Kabinett von Mr Maskewe denken, den heißen Sommernachmittag, an die neue Holzvertäfelung, über die sie tastend mit der Hand gefahren war, bis ihr schließlich die Truhe ins Auge stach. Sie spürte, wie sich bei der Erinnerung ihr Magen verkrampfte.

Wie war sie nur auf die bescheuerte Idee gekommen, sich darin zu verstecken?

Tess wurde schwindlig, sie presste die Hand an die Stirn und lehnte sich gegen die Wand des Treppenhauses. Das war nicht *ihre* Erinnerung. Sie erinnerte sich an eine Erinnerung, die sie in einem Traum gehabt hatte. Diese war nicht real.

Tess musste sich unbedingt ein wenig hinlegen.

Irgendwie schaffte sie es die Treppe hinauf, sperrte die Tür auf und betrat ihre Wohnung. Eine seltsame Anspannung überkam sie, eine ungute Ahnung. Diese Stille, die drinnen herrschte, ging ihr auf die Nerven.

Mangelnder Schlaf, nichts weiter.

Am Morgen war sie steif und mit schmerzenden Gliedern an ihrem Schreibtisch sitzend aufgewacht, den Kopf auf der Tischplatte, neben ihrem Laptop. Oscar hatte getrödelt, wollte lieber bei Ashrafar bleiben als in seine neue Schule gehen, und Tess hatte völlig unterschätzt, wie lange sie für den Weg brauchen würden, wenn Oscar sich nur im Schneckentempo fortbewegte. Dann das Telefonat mit ihrer Mutter, bei dem Erinnerungen an Mönche und abgeschlagene Köpfe ausgegraben wurden. Kein Wunder, dass ihr der Schädel brummte.

Sie hörte ihren Pulsschlag im Ohr, was die Kopfschmerzen noch verstärkte. Sie würde sich eine Weile hinlegen, die Augen schließen.

Irgendwann später wachte Tess auf, in Panik, weil sie das Gefühl hatte zu ersticken. Ein großes Gewicht lastete auf ihr, drückte sie nieder. Sie wollte sich aufsetzen, konnte aber nicht, und stellte fest, dass die Katze es sich auf ihrer Brust gemütlich gemacht hatte und sie aus großen gelben Augen anstarrte, entrüstet über die Störung, wie es schien. Schließlich musste Tess das schwere Tier hochheben, ehe sie sich aufsetzen konnte.

Tess fühlte sich besser. Die Kopfschmerzen hatten sich nahezu verflüchtigt, und nachdem sie sich das Gesicht gewaschen und Kaffee gekocht hatte, kam sie sich fast schon wieder normal vor und in der Lage, sich an ihre Arbeit zu machen. Sie setzte sich an den Schreibtisch vor dem Erkerfenster, schaltete beide Computer an, sodass sie die Monitore gleichzeitig im Blick hatte, und rief ein Foto der ersten Seite der alten Handschrift auf. Die vergilbten Seiten waren eng mit den typischen Schriftzeichen des sechzehnten Jahrhunderts beschrieben. Die Tinte war ein wenig verblichen, aber ansonsten befand sich das Manuskript in erstaunlich gutem Zustand.

Diese Fragmente der Protokolle, die zu der damaligen Zeit bei der gerichtlichen Untersuchung von Todesfällen angefertigt wurden, waren erst im Jahr zuvor zufällig im Archiv der Stadt York entdeckt worden und lieferten wichtiges neues Quellenmaterial für Richards wissenschaftliche Studie über das Verbrechen zur Zeit der Tudors. Tess' Aufgabe war es, diese alten Handschriften akkurat zu transkribieren und, wenn nötig, aus dem Lateinischen zu übersetzen.

Wozu soll das gut sein?, hörte sie Martins Stimme, die Verachtung, die darin mitschwang. Er hatte kein Verständnis für die Beschäftigung mit alten Handschriften – *das soll ein richtiger Job sein?* –, und sie hatte sich von ihm einreden lassen, sie habe es nicht nötig, nach ihrer Heirat weiter arbeiten zu gehen. *Wir brauchen das Geld nicht. Wenn du mich liebst, willst du für mich da sein. Meine Arbeit ist so anstrengend, ich möchte gern, dass du zu Hause bist.*

Entschlossen schob Tess die Erinnerung beiseite. Martin war eine Ablenkung, die sie jetzt überhaupt nicht gebrauchen konnte.

Sie kam langsam voran, bis ihre Augen sich an die alte Handschrift gewöhnt hatten. *Anno regni Elizabeth regne viii mo … 1566.* Nun, mit dem Datum ließ sich schon mal was anfangen. Sie bewegte ihre Schultern, nahm eine bequeme Haltung ein.

Ashrafar hatte sich auf einem Fleck niedergelassen, an dem die Sonne auf die Schreibtischplatte fiel, saß da wie eine Sphinx und beobachtete die Touristen unten auf der Straße, die Fotos schossen. Im Sonnenlicht schimmerten die Spitzen ihres schwarzen Fells golden. Hin und wieder streckte Tess den Arm aus und streichelte ihren Rücken, worauf Ashrafar einen Buckel machte und behaglich zu schnurren begann. Sie war eine angenehme, friedfertige Zimmergenossin.

Tess bearbeitete die Seite bis zum Ende, schloss das Bild und rief das nächste auf, und wiederum das nächste. Es fiel ihr leichter, nachdem sie sich an die Eigenheiten des Schreibers gewöhnt hatte, und sie kam bald recht zügig voran. Es war ein gutes Gefühl, die Fertigkeiten, die sie in ihrem Studium erworben hatte, wieder anwenden zu können; und so rief sie voll Selbstvertrauen die vierte Seite auf, als ihr plötzlich der Name Maskewe ins Auge stach. Tess traf fast der Schlag.

Zufall, redete sie sich ein, während sie sich beruhigend auf die Halsgrube klopfte und tief durchatmete.

Sie widmete dem Eintrag ihre ganze Aufmerksamkeit, bearbeitete ihn sorgfältig, transkribierte und übersetzte ihn Wort für Wort. Die Geschworenen waren einberufen worden, um die Todesursache einer gewissen Joan Beck zu untersuchen. Joan, eine Dienstmagd, stand in Diensten eines Mr Henry Maskewe, Kaufmann, und ihr Leichnam wurde am Flussufer bei St George's Close gefunden.

Joan war ertrunken.

Der feine Flaum in Tess' Nacken stellte sich auf. Sie holte tief Luft und las die Zeilen ein zweites Mal, prüfte, ob ihr ein Fehler unterlaufen war, doch nein, die Namen waren eindeutig.

Zufall, versuchte sie sich erneut zu beruhigen. Es *musste* ein Zufall sein. Sie hatte diesen Eintrag zuvor noch nie gelesen. Soweit ihr bekannt war, hatte sich seit dem sechzehnten Jahrhundert niemand damit befasst. Die Protokolle waren im Stadtarchiv irgendwann im Lauf der vergangenen vier Jahrhunderte zwischen die Seiten eines anderen Manuskripts geschoben worden und galten all die Jahre als verschollen.

Doch wie konnte es angesichts dieser Tatsache möglich sein, dass sie sich so überaus deutlich daran erinnerte, im Nebel an der Anlegestelle gestanden und Tom von Joans Tod berichtet zu haben? Wieso sah sie Joan so deutlich vor sich, dieses arme kleine Ding mit den Hasenzähnen und der Angewohnheit, den Kopf einzuziehen, als erwartete sie Schläge?

Sie erinnerte sich *nicht*, rief Tess sich wieder einmal verzweifelt zur Räson. Es war ein *Traum* gewesen.

Es musste eine Erklärung geben für die Namensgleichheit. Vielleicht war ihr Blick darauf gefallen, als sie die Fotos in einen Ordner legte, sodass sie unbewusst die Namen registriert hatte. Sie wusste durch ihr Geschichtsstudium genug über das York des sechzehnten Jahrhunderts, um aus ihrem Fundus weitere Details hinzufügen zu können. Tess klammerte sich an diese Idee, weigerte sich, die Einwände zuzulassen, die sich in ihrem Hinterkopf regten. *Ja, so musste es sein. Und der Tod der armen Joan war bestimmt ein Unfall gewesen.*

Tess versuchte zu ignorieren, dass ihre Hand auf der Maus leicht zitterte, und las weiter. Verschiedene Zeugen sagten aus, Joan sei von anständigem Charakter gewesen, sei jedoch ungefähr eine Woche vor ihrem Tod in tiefe Schwermut verfallen. Eine Nachbarin, Margery Wrightson, die beobachtet hatte, wie Joan am Flussufer entlanggelaufen war, meinte, Joan sei »furchtsam widar der Schand« und habe sich »ihres Daseins leidig vom irdischen Leben befreit«. Das Gericht war zu dem Schluss gekommen, dass Joan sich umgebracht hatte.

Ein merkwürdiges Zittern durchlief Tess' Körper. Sie fühlte sich schwindlig, leicht, schwerelos, als hätte sie in einen tiefen Abgrund geblickt, und wie durch einen Schleier sah sie, wie Ashrafar die Ohren anlegte und fauchend vom Schreibtisch sprang. Tess hielt sich so verkrampft an der Tischkante fest, dass ihre Finger weiß wurden. In der Kante befand sich eine Kerbe. Tess spürte deutlich die raue Unebenheit. Der Tisch war real; sie, Tess, war real. Tess versuchte, an diesem Gedanken Halt zu finden, doch je stärker sie sich daran klammerte, desto intensiver wurde ihr Gefühl abzudriften. Sie verspürte einen seltsamen Sog in ihrem Kopf, und ehe sie Zeit hatte, richtig Angst zu bekommen, wurde ihr Blick verschwommen, und die Welt schien zu kippen und unter ihr wegzugleiten.

Sie trat aus der kühlen Dunkelheit der Barbakane, des Wehrbaus, der dem eigentlichen Stadttor vorgelagert war, ins Sonnenlicht und befand sich plötzlich inmitten einer Traube von Bettlern und Vaganten. »Einen Penny, gute Frau!«, flehten sie mit wildem Blick, starrend vor Schmutz und Verzweiflung. »Gott wird es Euch lohnen!«

»Beachte sie nicht«, warnte Alice, doch Nell fischte bereits in der Börse, die ihr vom Gürtel hing, nach einer Münze. Sie konnte diese Leute nicht einfach ignorieren. Es waren zu viele, sie waren zu laut, rückten ihr zu dicht auf den Leib. Nell fing den Blick eines Mädchens auf, das etwa in ihrem Alter war. Es hatte ein ausgemergeltes Gesicht, einen verbitterten Blick; zwei kleine Buben klammerten sich an seine Röcke. Nell warf diesem Mädchen ihre Münze zu. Es fing sie geschickt in der Luft auf und sauste mit den kleinen Kindern davon, ehe die anderen Landstreicher sie wie eine Meute zähnefletschender Hunde einkreisen konnten.

Nell sah ihr nach. »Armes Ding. Diese Buben können nicht viel älter gewesen sein als Harry und Peter. Ich frage mich, wie es mir erginge, wenn ich für meine Brüder sorgen müsste? Wenn ich um einen Kanten Brot betteln müsste, damit sie nicht hungers sterben?«

»Um Himmels willen, Nell.« Alice schnalzte ärgerlich mit der Zunge und fasste Nell am Arm. »Jetzt werden sie alle was von uns wollen. Komm, lass uns schnell das Weite suchen.«

»Hast du gehört, dass sie schon wieder ein junges Mädchen unten am Fluss gefunden haben?« Nell fröstelte, obwohl ihr die Sonne warm auf die Schultern schien. »Die Leute sagen, sie wurde so brutal zugerichtet, dass keiner weiß, wer sie ist oder wie sie aussah. Damit sind es jetzt schon vier.«

»Vier was?«

»Vier Landstreicherinnen, die im Verlauf des letzten Jahres ermordet wurden. Niemand scheint es zu bekümmern.«

Alice zuckte die Schultern. »Es ist nutzloses, zwielichtes Gesindel«, erklärte sie. »Diese Weiber machen nur Ärger. Niemand schert sich drum.«

»Aber wer tut denn so etwas?«

»Nell, es ist nicht deine Aufgabe, dir darüber Gedanken zu machen«, sagte Alice und verdrehte die Augen gen Himmel. »Heute ist Feiertag. Kannst du nicht an etwas Erfreulicheres denken?«

Nell kaute auf ihrer Unterlippe. Es störte sie, dass niemand beunruhigt war wegen dieser Mädchen, deren Körper brutal misshandelt und anschließend wie Unrat weggeworfen worden waren. Alle in der Nachbarschaft zuckten nur die Achseln, genau wie Alice. Es war abscheulich, gewiss, aber niemand verlangte lautstark nach einer gerichtlichen Untersuchung. Diese Mädchen waren Dirnen und Landstreicherinnen – faules, freches Pack. Es spielte keine Rolle, ob sie tot waren oder draußen vor den Stadttoren um Almosen bettelten oder in den stinkenden Gassen hinter den Wirtshäusern ihre Beine breitmachten.

Draußen vor dem Stadttor wurde die Straße breiter, viele Menschen waren heute unterwegs. Es war Pfingstsonntag, und die Lehrlinge, Dienstmägde und Knechte, ein jeder in seinem besten Gewand, schoben sich durch das Nadelöhr der Barbakane hinaus aus der Stadt. Außerhalb der Stadtmauern ging es nicht so streng zu, man wurde nicht ständig beobachtet, konnte sich verabreden, abgeschiedene Plätzchen für ein Schäferstündchen finden.

An diesem Pfingstfest fanden keine Mysterienspiele statt. Normalerweise hätte Nell am Straßenrand gestanden und die Wagen mit den Schauspielern an sich vorbeiziehen lassen, welche die religiösen Szenen darstellten. Oder sie hätte sich durch die Zuschauermenge nach vorn gedrängt, um den ans Kreuz genagelten Herrn Jesus zu sehen. Doch damit war es nun vorbei. Der Glaube war zu einer riskanten Angelegenheit geworden. Master und Mistress Harrison, in deren Diensten Nell stand, gingen jeden Sonntag zum Gottesdienst, aber wer wusste schon, was sie tief in ihrem Herzen glaubten? Ein Ratsherr wie Mr Harrison musste natürlich Protestant sein. Es war ein Gebot der Vernunft. Doch Mr Maskewe war ebenfalls Ratsherr. Nell musste an das Priesterloch denken, das sich, wie Tom ihr anvertraut hatte, verborgen im Kabinett seines Vaters befand, und sie fragte sich, ob es je benutzt wurde.

Nell ließ zu, dass Alice sie eilig von dem Gesindel vor dem Stadttor wegbugsierte, und hob ihr Gesicht der Sonne entgegen. Sie hatten in letzter Zeit, weiß Gott, wenig davon zu sehen bekommen, und es tat gut, der Enge der Häuserzeilen in der Stadt zu entfliehen. Sie und Alice hatten am Morgen den Gottesdienst besucht und nun den restlichen Festtag zu ihrer freien Verfügung.

In früheren Jahren hätte Nell ihn mit Tom verbracht. Etwas anderes wäre ihr nie in den Sinn gekommen. Als Kinder waren sie oft durch das hintere Tor aus der Stadt geschlüpft, hinaus nach Paynley's Crofts, und hatten in den Obstgärten Äpfel stibitzt oder Himbeeren genascht, die dort in den Hecken wuchsen; hatten sich die köstlichen Früchte in den Mund gestopft, bis ihre Hände und Lippen rot und klebrig von dem Saft waren. Sie jagten einander auf den Feldwegen, liefen hinaus bis zur Gemeindeflur, wo sie sich über den Holzzaun der Koppel lehnten und einander herausforderten, dem Bullen übers Fell zu streichen. Oder sie waren zur Foss gelaufen, hatten an den überhängenden Ästen geschaukelt oder am flachen Flussufer geplantscht. Nell konnte sich immer noch an das Gefühl erinnern, wie der feuchte Schlamm zwischen ihren Zehen hervorgequollen war.

Es war lange her, seit sie unbekümmert ihre Strümpfe ausziehen und barfuß laufen konnte. Sie war mittlerweile sechzehn und trug jetzt ein richtiges Kleid, ihr bestes heute, das blaue, weil Festtag war, und eine samtene Haube. Sie hatte ihr dichtes langes Haar, so gut sie es vermochte, zu Zöpfen geflochten und unter die Haube geschoben, doch immer wieder lugten einzelne Strähnen daraus hervor. Nell war jetzt kein lebhaftes ungebärdiges Gör mehr, kein flachbrüstiger Wildfang. Ihr Busen war gewachsen, und trotz ihrer Anstrengungen, sich aufrecht und gemessenen Schrittes fortzubewegen, wiegten sich beim Gehen, ohne dass sie es beabsichtigte, ihre Hüften. Sie spürte die Blicke der Männer, die ihr auf der Straße nachsahen, und fühlte sich unbehaglich. Nell hatte zwar, wie verlangt, aufgehört, sich wie ein Kind zu benehmen, aber, weiß Gott, es fiel ihr schwer.

Und sie vermisste Tom.

Vor einem Jahr hatte Mr Todd, sein Lehrherr, verkündet, er wolle Tom mit nach Hamburg nehmen, um dort seine Ausbildung als Kaufmann zu vervollständigen.

Tom hatte den Tag der Abreise kaum erwarten können, und Nell hatte versucht, sich seinetwillen zu freuen, doch ihr Gefühl, zurückgelassen zu werden, ließ sich nicht so ohne Weiteres unterdrücken. Es war geplant, dass er für fast ein halbes Jahr fortbleiben würde. Sie hatte ihn all die Monate schrecklich vermisst und sehnsüchtig auf seine Rückkehr gewartet. Doch als er dann wiederkehrte, war nichts mehr so wie früher.

Zunächst einmal hatte er sich äußerlich verändert. Er war größer, seine Schultern waren breiter geworden. Sein Nacken wirkte kräftiger, und er strahlte eine neue Selbstsicherheit aus, die Nell im Umgang mit ihm auf einmal schüchtern werden ließ. Sie wollte ihren alten Tom wiederhaben, jenen Knaben von einst, der sie an den Haaren gezogen und geneckt hatte. Sie hatte sich auf die Heimkehr des Jungen gefreut, den sie kannte, doch er war als richtiger Mann zurückgekommen. Ein junger Mann, der Nell mied, wo er konnte, der sie mit seinem Schweigen verletzte.

Wenn sie sich jetzt über den Weg liefen, war ihre Unterhaltung verkrampft und gehemmt, als würden die Worte auf ihren Zungen kleben bleiben. Wo sie früher miteinander gezankt, gebalgt und gelacht hatten, stand nun verlegenes Schweigen zwischen ihnen. Und statt ihm unbekümmert einen Schubs zu geben, war Nell sich nun seiner flinken Hände allzu sehr bewusst. Sie wagte es nicht mehr, ihm in die Augen zu sehen.

Sie kannte ihn so gut, und dennoch kam er ihr wie ein Fremder vor. Die Form seiner Schultern war ihr vertraut, seine Art, blitzschnell den Kopf zu drehen, dennoch war ihr, als hätte sie nie wirklich den Schwung seiner Lippen wahrgenommen, die Linie seiner Wangen, seines Kinns. Als würde sie erst jetzt bemerken, wie forsch und selbstbewusst er auftrat. Wie oft hatte er früher gelächelt? Wieso bekam sie jetzt auf einmal Herzklopfen, blieb ihr die Luft weg, hörte sie das Blut in den Ohren rauschen, immer wenn seine Mundwinkel sich zu einem Lächeln verzogen?

Verletzt durch die Art, wie er neuerdings ihrem Blick auswich, tat Nell so, als hätte sie sich ebenfalls verändert. Wenn er in der Nähe war, lachte sie und warf den anderen jungen Männern unter halb gesenkten Lidern Blicke zu, wie sie es Alice abgeschaut hatte. Sie warf den Kopf zurück, setzte ihr schönstes Lächeln auf. Doch kaum kreuzte Tom auf, trat alles andere in den Hintergrund. Und wenn sie noch so entschlossen ihr Augenmerk auf einen anderen richtete, noch so angeregt mit ihm plauderte, so genügte doch ein Blick aus Toms strahlend blauen Augen, und schon fing ihre Haut zu prickeln an, und ein Gefühl überkam sie, als hätte sie einen Kloß im Hals. Es war anstrengend. Sie musste ständig auf der Hut sein, damit Tom sie nicht dabei ertappte, wie sie einsam und verloren dreinschaute, denn genauso fühlte sie sich.

Und so war Nell an diesem Festtag, statt wie üblich nach Tom Ausschau zu halten, mit Alice zusammen, die ebenfalls als Dienstmagd bei den Harrisons arbeitete. Sie war ein keckes junges Ding, ein, zwei Jahre älter als Nell, und verliebt in William Carter. William war der Geselle eines Klingenschmieds, und Nell war nicht besonders angetan von ihm. Er stolzierte herum wie ein Pfau, und Nell mochte das angeberische Grinsen nicht, das ständig um seine Mundwinkel zuckte. Aber William sah gut aus, ja, das musste auch Nell zugeben.

Alice war entschlossen, ihn in der Menschenmenge ausfindig zu machen. William würde nicht irgendwo in einer stillen Ecke hocken, sondern dort, wo sich ein Menschenauflauf gebildet hatte, zu finden sein, umgeben von kichernden jungen Mädchen und sehr von sich selbst überzeugten jungen Männern.

Also zerrte Alice Nell hinter sich her zu dem Kirchhof von St Maurice, wo sich ein Kreis johlender Zuschauer um zwei Ringkämpfer gebildet hatte. Es wurden zahlreiche Wetten abgeschlossen, wobei dem Transfer der Münzen von einer Hand in die andere die gleiche Aufmerksamkeit zuteilwurde wie den beiden Männern, die verbissen versuchten, sich gegenseitig niederzuringen.

»Da ist er!« Alice kniff Nell aufgeregt in den Arm, als sie William Carter in der Menge der Zuschauer erspähte. »Gehen wir da hinüber, wo er uns sehen kann.«

Nell zuckte zusammen, als ihr ein Bauerntölpel auf den Fuß trat und sie von einem anderen einen Stoß mit dem Ellbogen abbekam. Doch den beiden Mädchen gelang es, sich einen Weg durch die Menge zu bahnen. Als sie schließlich die vordere Reihe erreicht hatten, war Nell zerzaust und erhitzt, und ihre Haube war verrutscht, Alice hingegen sah aus, als wäre sie eben eine ruhige Straße entlangspaziert. Ihre Haube saß ordentlich, ihre Röcke fielen adrett, und auf ihrem Gesicht lag ein züchtiges Lächeln.

Die Zuschauer johlten und pfiffen und stießen Buhrufe aus, während die beiden Männer keuchten und stöhnten. Sie rangen verbissen miteinander, wobei ihre Oberkörper nackt waren, und Alice, durch diesen Anblick einen Moment von William Carter abgelenkt, stieß Nell aufgeregt in die Seite. Beide Ringer waren jung, muskulös und kräftig, und obwohl der eine viel leichter als der andere wirkte, waren sie einander so ebenbürtig, dass der Kampf kaum voranging.

Doch plötzlich warf der schmalere Kämpfer seinen Gegner auf den Rücken, so elegant, dass kaum einer der Zuschauer mitbekam, wie er es angestellt hatte. Tosender Beifall brandete auf, und der Sieger reckte triumphierend die Faust in die Luft. Er drehte sich in Richtung der Zuschauer, um mit einem strahlenden Lächeln ihren Applaus entgegenzunehmen, und Nell stockte schier der Atem.

Es war Tom, aber ein Tom, wie sie ihn noch nie gesehen hatte. Ihr Mund wurde trocken.

Er hatte eine aufgeplatzte Lippe und einen Bluterguss auf der

Wange, doch sein Körper war glatt und geschmeidig, muskulös und schweißglänzend. Wo war das magere Kerlchen geblieben, mit dem sie gespielt hatte? Statt seiner stand nun ein Mann vor ihr, ein Fremder. Ein Fremder, bei dessen Anblick sie heftiges Herzklopfen bekam.

Alice war Nells Blick gefolgt. »Das ist doch nicht etwa *Tom?*«

»Doch«, erwiderte Nell, der offenbar die Luft weggeblieben war, denn ihre Stimme war kaum mehr als ein Hauch.

Als hätte er sie gehört, drehte Tom sich in ihre Richtung, und als ihre Blicke sich trafen, verflüchtigte sich seine triumphierende Miene, und damit sein Lächeln, und machte einem Ausdruck Platz, den Nell nicht zu deuten wusste, der ihr jedoch das Herz zusammenkrampfen ließ. Sie wollte wegschauen und konnte es nicht. Sie wollte ihm unbekümmert zuwinken, sich wieder Alice zuwenden, so tun, als interessierte er sie nicht weiter, doch stattdessen blieb sie einfach wie festgenagelt stehen und schaute Tom in die Augen, ungeachtet der johlenden Menge, die begierig auf den nächsten Kampf wartete.

Alice' Blick ging von Nell zu Tom und wieder zurück. Sie lächelte wissend. »Oho! So ist das also«, sagte sie mit einem Augenzwinkern.

»Was? Nein! Was soll sein?« Verlegen riss sich Nell von Toms Anblick los, doch Alice grinste nur.

»Ich gehe jetzt rüber zu William«, sagte sie und deutete in Richtung Kirchhof. »Ich warte auf dich an der Pforte, wenn die Glocke der Kathedrale sieben Uhr schlägt. Wir können dann zusammen zum Haus zurückgehen.« Sie streckte den Arm aus und rückte Nells Haube gerade. »Sei ein braves Mädchen!«, sagte sie zum Abschied.

»Warte, Alice …«, rief Nell, doch Alice schlenderte bereits mit schwingenden Hüften auf William Carter zu, und Nell blieb nichts anderes übrig, als ergeben auf Tom zu warten. Er hatte sein Hemd vom Boden aufgehoben und zog es über den Kopf, während er sich zu ihr durchkämpfte und dabei anerkennendes Schulterklopfen der Zuschauer erntete. Und mit einem Mal stand er vor ihr, tupfte sich mit der Fingerspitze das Blut von der aufgesprungenen Lippe.

»Nell«, sagte er nur, und als sie ihren Namen aus seinem Mund hörte, begann etwas in ihrem Innern zu bröckeln. Sie fuhr sich mit der Zunge über die Lippen, schluckte den Kloß in ihrem Hals hinunter.

»Tom«, sagte sie, merkte, dass sie keinen Ton hervorgebracht hatte, räusperte sich und versuchte es erneut. »Guten Tag, Tom.«

Zwei andere Kämpfer waren in den Kreis getreten, und aufs Neue erschallten die Pfiffe und Rufe der Zuschauer, doch Nell nahm sie kaum wahr. Es war, als hätte sich die johlende Menge hinter eine unsichtbare Nebelwand zurückgezogen, zwar noch anwesend, aber nicht wirklich da, während sie und Tom entrückt auf einem sonnenbeschienenen Eiland weilten, wo alle ihre Sinne geschärft waren. Sein Haar war schweißnass. Der Blick aus seinen blauen Augen ließ ihr Herz schneller schlagen. Der Geruch des zertretenen Grases unter ihren Füßen stieg ihr in die Nase, sie spürte auf der Haut das Kitzeln ihrer leinenen Halskrause, das Gewicht des Polsterrings um ihre Hüften.

Langsam atmete sie wieder aus, löste sich von seinem Anblick.

»Wo hast du Ringen gelernt?«, fragte sie schließlich.

Ein Grinsen ging über Toms Gesicht, während er seinen Hut wieder aufsetzte. »Einer der Matrosen auf der *Little George* hat mir auf der Überfahrt von Hull ein paar Tricks beigebracht. Er meinte, die würde ich brauchen, wenn ich in den Häfen überleben wolle, und er hatte recht. Es sind keine Orte für weiche Knaben, die sich ihrer Haut nicht wehren können.«

»Und hier in York kommen sie dir auch zupass«, sagte sie, froh, dass ihr Atem sich beruhigt hatte, ihre Stimme wieder fester geworden war. Sie deutete mit dem Kopf auf den Hammel, der mit einem Strick an einen Pfahl gebunden war und böse dreinschaute, während er darauf wartete, dass er dem Sieger des Ringkampfes als Trophäe überreicht werden würde. »Bleibst du noch, um für den ersten Preis zu kämpfen?«

»Was sollte ich mit einem Hammel anfangen?«

»Du könntest ihn verkaufen.«

»Stimmt, aber wo würde ich ihn unterbringen, bis ich einen guten Preis für ihn ausgehandelt hätte? Vergiss nicht, ich bin Kaufmann«, rief er ihr augenzwinkernd ins Gedächtnis. »Ich kann ihn nicht demjenigen verkaufen, der das erste Angebot macht. Ich muss einen guten Gewinn erzielen und dabei meine Ausgaben für Futter und Unterbringung einkalkulieren, und heute ist ein zu schöner Tag, um sich mit derlei Dingen zu beschäftigen. Hast du Hunger?«

»Hunger?« Nell war überrumpelt durch den abrupten Themenwechsel.

»Früher warst du ständig hungrig.«

Sie reckte trotzig das Kinn, betroffen, weil er sie offenbar noch als Kind betrachtete. »Vielleicht habe ich mich verändert.«

»Ja«, sagte er trocken. »Das habe ich bemerkt.«

Ohne es zu wollen, schaute sie ihn schon wieder an. Ihre Umgebung verschwand, während ihre Blicke sich begegneten und sich nicht mehr voneinander lösen konnten. Nells Herz schlug wieder gleichmäßig und ruhig, aber so laut, dass es ihr in den Ohren dröhnte wie der Trommelschlag der Stadtmusikanten. Das kurze Schweigen, das zwischen ihnen entstanden war, dehnte sich, wurde alarmierend lang.

Nell schluckte und fingerte an ihrer Börse, die ihr vom Gürtel hing. Sei nicht albern, schalt sie sich innerlich. Es ist nur Tom.

»Aber es ist schon lange her, seit ich etwas in den Magen bekommen habe«, lenkte sie schließlich ein. »Ich bin in der Tat ziemlich hungrig.«

»Dann kaufe ich dir jetzt eine Fleischpastete«, sagte Tom. »Komm.« Er fasste sie am Ellbogen, um sie wegzuführen, und Nell spürte seine Finger durch den feinen Wollstoff ihres Ärmels, durch ihr leinenes Unterkleid.

Der Pastetenverkäufer hob sein Tablett vom Kopf, als er die beiden auf sich zukommen sah, und hängte es sich um den Hals, damit sie ihre Auswahl treffen konnten. Nell stieg der Duft von brauner Butter und Fleischsauce in die Nase. »Frisch aus dem Ofen«, pries der Verkäufer seine Ware an, und in der Tat waren die Pasteten glühend heiß. Nell und Tom verbrannten sich fast die Finger, bis sie so weit abgekühlt waren, dass sie sie essen konnten.

Nell biss schließlich herzhaft hinein, ohne sich darum zu kümmern, dass ihr die Krümel aufs Mieder fielen, musste jedoch sogleich feststellen, dass die Füllung noch viel zu heiß war und man sich die Zunge daran verbrannte. »Oh … oh … heiß!«, keuchte sie und lachte dabei, und das half, die Spannung zwischen ihnen aufzulösen.

»Geschieht dir ganz recht, wenn du so gierig bist«, bemerkte Tom schmunzelnd.

»Hm, schmeckt aber gut«, sagte sie mit vollem Mund.

»Komm, gehen wir woandershin, wo es ruhiger ist.«

Während sie ihre Pasteten verzehrten, schlenderten sie die Monkgate hinauf in Richtung der Brücke. Der Weg war breit und staubig und gesäumt von einem Geländer, das die Häuser von der Straße trennte. Ein Schwein wühlte mit der Schnauze im Unrat des Rinnsteins. Der Misthaufen vor Mr Mays Haus stank in der Hitze, doch Nell bemerkte es kaum. Der widerliche Geruch wurde durch das frische Grün des jungen Grases wieder wettgemacht, das üppig am Wegesrand wucherte, und durch die blühenden Obstbäume in den Gärten. Die Weißdornbüsche waren über und über mit Blüten bedeckt und sahen aus, als hätte man weiße Tücher über sie ausgebreitet, um sie in der Sonne zu trocknen.

Endlich, dachte Nell bei sich, endlich können Tom und ich uns wieder unbefangen unterhalten. Jetzt, wo sie nebeneinander den Weg entlangschlenderten und mit ihren Pasteten beschäftigt waren, fiel es ihnen leichter, miteinander umzugehen. »Sieht es in Hamburg so aus wie hier?«, wollte sie von ihm wissen.

Er schmunzelte. »York ist ein Provinznest, verglichen mit den großen Hansestädten«, erwiderte er.

Er erzählte ihr von seinem Leben dort, alles, was er gesehen und gelernt hatte. Als er ihr seine Überfahrt schilderte, das Knattern und Schlagen der Segel, wenn sie sich im Wind aufblähten, das Ächzen der Planken, das Stöhnen der Taue, leuchtete sein Gesicht auf. Wie er erzählte, war manchen Männern speiübel geworden, kaum dass sie einen Fuß an Bord gesetzt hatten, doch Tom war, wie es schien, der geborene Seemann. Er genoss es, wenn das Schiff sich gegen die Wellen stemmte, das Deck unter seinen Füßen sich hob und senkte.

»Ich wünschte, ich könnte einmal das Meer sehen«, seufzte Nell sehnsüchtig, als sie auf die Brücke traten und hinunter auf die Foss schauten. Sie warf den letzten Bissen Pastete in den Fluss, und wie auf Kommando schwammen die Schwäne herbei und brachen in ein lautes Gezeter um die Krümel aus.

Die Foss war kein schöner Fluss. Das Wasser roch modrig und war grün wie Gänsekot, das Ufer mit Buschwerk fast zugewachsen. Doch Nell hatte den Fluss immer gemocht. Sie konnte sich noch genau an das Versteck erinnern, das sie und Tom als Kinder am Ufer gebaut hatten. Es bestand im Grunde nur aus ein paar aufeinandergeschichteten Ästen und Zweigen, aber es hatte ihnen beiden allein gehört. Doch diese Tage waren vorbei, wie Nell sich innerlich ermahnte. Ihr Versteck war längst verrottet. Tom war auf dem Fluss nach Hull gefahren, hatte das Meer überquert und sie allein gelassen.

Doch jetzt war er zurückgekehrt, und sie waren wieder zusammen. Sie beide, allein.

Kapitel 5

Sie hatten die vielen Menschen hinter sich gelassen. Von ferne hörte man noch schwach ihr Gejohle und Gelächter, doch es wurde von dem emsigen Gezwitscher der Vögel übertönt. Nell sah hinunter auf den Fluss, der ruhig und träge dahinströmte. Der so anders war als die raue See, die Tom überquert hatte. »York kommt dir jetzt sicher fade vor«, bemerkte sie.

Tom betrachtete seine Umgebung, während er sich die Krümel von den Fingern wischte, dann fiel sein Blick auf Nells Profil. »Manchmal«, gestand er. »Aber es ist meine Heimat. Und du bist hier.«

Nell wurde warm ums Herz. »Ich dachte zuerst, du würdest mir keine Beachtung mehr schenken«, traute sie sich zu sagen.

»Ich war schüchtern«, erwiderte er. »Du bist erwachsen geworden, Nell. Ich habe dich bei meiner Rückkehr fast nicht wiedererkannt.«

Nell atmete erleichtert auf. »Und mir ging es bei deinem Anblick genauso.«

Sie lächelten sich an, und ein Glücksgefühl machte sich in Nells Brust breit, so gewaltig, dass es fast wehtat, ihr die Kehle zusammenschnürte, die Sprache verschlug. »Komm«, sagte Tom und nahm sie an der Hand, wie damals, als sie Kinder waren. »Komm, wir suchen unser altes Versteck.«

Sie gingen am Ufer des Flusses entlang, der mäandernd der Mühle zustrebte. Ihr Versteck war natürlich schon seit Langem verschwunden, aber sie konnten sich lange und ausgiebig darüber streiten, wo genau es gewesen war. Schließlich einigten sie sich auf eine kleine Lichtung, wo hohes, süß duftendes Gras den Boden bedeckte, und ließen sich im lichten Schatten der Holunderbüsche, die dort an der Uferböschung wuchsen, nieder. Es war für sie die natürlichste Sache der Welt, sich ins Gras zu hocken, Schuhe und Strümpfe auszuziehen und die Füße in den Fluss zu hängen. Nell raffte ihre Röcke bis zum Knie und spielte mit den Zehen im kühlen Wasser.

»Das habe ich seit einer Ewigkeit nicht mehr gemacht.« Sie drehte den Kopf zu Tom, der, auf seine Hände gestützt, zurückgelehnt dasaß und sie beobachtete. »Ich habe dich vermisst«, sagte sie.

»Ich dich auch«, erwiderte er. Süß hallte die Wahrhaftigkeit ihrer Worte durch die Luft, die jähe, glasklare Erkenntnis dessen, was sie füreinander empfanden und nun endlich in Worte fassen konnten.

Ein Schweigen trat ein, doch es war nicht unbehaglich. Verheißung schimmerte hindurch. Nun musste Nell nicht länger vermeiden, Tom ins Gesicht zu sehen. Nein, sie schaute ihm direkt in seine strahlend blauen Augen und ließ die Vorfreude zu, die sich in ihr regte.

»Als ich auf See war oder später auf den Märkten, dachte ich an dich und wie sehr dich das alles begeistern würde«, fuhr Tom kurz darauf fort, nun ganz unbefangen. »Es würde dir gefallen, die salzige Gischt auf deinen Wangen zu spüren, das Schlagen der Wellen gegen den Rumpf des Schiffes zu hören. Ich weiß, dass du es mögen würdest. Der Hafen in Hamburg wäre ganz nach deinem Geschmack. Du kannst dort alle möglichen fremden Sprachen hören.«

»Worüber reden die Seeleute?«, erkundigte sich Nell, nicht weil es sie wirklich interessierte, sondern weil sie einfach den Klang von Toms Stimme hören, sich überzeugen wollte, dass er nun wirklich wieder da war und sie vermisst hatte.

»Die Kaufleute prahlen mit ihren guten Geschäften und die Seeleute mit den tollkühnen Fahrten, die sie unternommen haben. Sie behaupten, der Wind sei so heiß gewesen, dass den Männern die Knochen im Leib geschmolzen sind, und berichten von allerlei wundersamen Dingen. Sie sagen, sie wären in den Ländern gewesen, weit im Osten, wo Pfeffer und Gewürznelken wachsen, und auch im Westen, in der Neuen Welt. Oh, sie geben mächtig an! Ich wage zu behaupten, dass nicht einmal der zwanzigste unter ihnen tatsächlich dort war, aber diese Matrosen verstehen sich einfach darauf, Geschichten zu erzählen, und jedes Mal, wenn ich zugehört habe, dachte ich mir, wie gern auch du ihnen lauschen würdest.«

»Und mir hätten die Geschichten noch besser gefallen, wenn du bei mir gewesen wärst«, fügte er hinzu, mit einem dunklen Klang in der Stimme, der Nell wie eine Liebkosung erschien.

Ein vorbeihuschender Wasserläufer hielt inne, als würde er lauschen, wobei seine Füße winzige Dellen auf dem glatten Wasserspiegel hinterließen.

»Ich habe oft an dich gedacht«, gestand Tom. »Ich habe ein Geschenk für dich gekauft.«

»Ein Geschenk?« Nell setzte sich aufrecht hin. »Für mich?«

»Für dich.« Tom drehte sich auf die Seite, damit er in die Börse greifen konnte, die ihm vom Gürtel hing, und zog einen schlichten Goldring mit einem Granatstein heraus, der in dem Halbschatten der Lichtung in einem satten tiefen Rot schimmerte.

Nell holte tief Luft, als sie ihn entgegennahm, und steckte ihn an ihren Finger, dann hob sie ihre Hand ein wenig an, neigte sie nach rechts und links, damit sie die Schönheit des Rings gebührend bewundern konnte, während ein Glücksgefühl sie durchströmte wie Sonnenschein an einem Maienmorgen.

»Gefällt er dir?«, fragte er mit betonter Lässigkeit.

»Oh, Tom …« Ihre Stimme klang belegt. »Ich werde ihn immer tragen«, schwor sie. »Ich verspreche es.« Sie hob den Blick und schaute ihn an. »Ich hatte Angst, du hättest mich vergessen«, gab sie zu.

»Dich vergessen? Wie könnte ich? Kein anderes Mädchen ist wie du, Nell.«

Er lächelte, doch die ungezwungene Vertrautheit zwischen ihnen schwand immer mehr dahin, und Nell bemühte sich, sie schnell zurückzugewinnen. »Wie? Keine grünäugigen Schönheiten aus dem Osten?«, neckte sie ihn.

»Ein paar«, gestand er, »aber ihre Augen waren nicht so grün wie deine.« Er riss einen Grashalm aus und kitzelte sie damit an der Nase, sodass sie wider Willen lachen musste. »Deine Augen sind so grün wie dieses Gras, so grün wie die See, so grün wie … Smaragdsteine!«

»Und ich schätze, sie hatten schönes braunes Haar wie ich, statt auszusehen wie Milch und Honig?«

»Dein Haar ist nicht braun.« Irgendwie war er dazu übergegangen, die Nadeln aus ihrer Haube, aus ihrem Haar zu zupfen, sodass ihre Zöpfe frei über ihren Rücken fielen. Nell tat nichts, um Tom aufzuhalten. Er nestelte an ihren Flechten, löste ihr das Haar und breitete es über ihre Schultern aus, und immer noch protestierte sie nicht. Sie saß mucksmäuschenstill da und beobachtete ihn, während sie ihn gewähren ließ.

»Es ist nicht braun«, wiederholte er. »Es hat die Farben von Haselnüssen und Honig. Und hier sehe ich Gold und Bronze und Kupfer. Ich sehe sonnengereiftes Korn. Ich sehe rotglühende Flammen. Ich sehe kein Braun.« Er hob eine Locke an seine Nase und atmete ihren Duft ein. »Ich rieche Nelken.«

Nell schluckte. »Du bist ein richtiger Poet geworden.«

»Ich wollte, ich fände die Worte, dir zu erklären, welche Gefühle du in mir auslöst, Nell«, sagte er mit leiser Stimme, während er die Haarlocke an ihren Platz zurücklegte. »Früher habe ich nicht über dich nachgedacht. Du warst einfach da. Du warst einfach Nell. Doch als ich zurückkam und dich sah, war mir, als hätte mir jemand in den Magen geboxt. Du warst dieselbe, und auch wieder nicht. Ich wusste, ich selbst war anders geworden, aber ich hatte nicht erwartet, dass du dich ebenfalls verändern würdest.«

»Du hast mich links liegen lassen.« Bei dieser Erinnerung gab es

Nell einen schmerzhaften Stich, der ihr Glücksgefühl einen kurzen Moment trübte.

»Ich war böse auf dich, weil du dich verändert hattest«, erklärte Tom.

Beide schwiegen. Nell spürte im Nacken die Weichheit ihres aufgelösten Haars. In dem Halbschatten herrschte tiefe Stille. »Wir haben uns doch gar nicht so sehr verändert, oder?«, sagte sie schließlich.

Tom lächelte etwas schief, als er wieder eine ihrer Haarlocken nahm und durch seine Finger gleiten ließ. »Ich fürchte, doch, Nell. Wir sind nicht mehr der Junge und das Mädchen von früher.«

Ein Schatten huschte über Nells Gesicht. »Ich will es nicht, dass sich etwas verändert«, versetzte sie trotzig, und sein Lächeln wurde noch etwas schiefer.

»Ich schon«, erwiderte er und rückte ein Stückchen näher. Er befeuchtete mit der Zunge die Spitze seines Zeigefingers und berührte damit ganz behutsam das Dekolleté ihres Unterkleids, wo noch ein Pastetenkrümel hing. Nell holte tief Luft, ihre Augen schimmerten dunkel.

Tom rückte noch näher, bis sein Mund ganz dicht an ihrem war. »Jetzt gibt es kein Halten mehr«, sagte er heiser, und dann spürte sie seine Lippen auf ihrem Mund. Es war aufwühlend, von einer völlig neuen Empfindung ergriffen zu werden und gleichzeitig zu wissen, dass sie für diesen Moment geboren worden war.

Alle Scheu, alles Zögern waren verschwunden. Wenn sie sich anfangs noch etwas unbeholfen anstellten, dann nur, weil es ihnen an Geduld und Erfahrung mangelte. Doch Toms Hände waren geschickt wie eh und je, als er ihr das Mieder aufschnürte, sie Hülle um Hülle entkleidete, bis es nur noch das staunende Erleben von Haut auf Haut gab. Ihre Körper passten wunderbar zusammen. Es war, als hätten seine Hände sie schon unzählige Male gestreichelt; als wäre ihr seine Nacktheit längst vertraut, das wonnige Dahinschmelzen unter seinem drängenden Körper, wenn Lust, Leidenschaft und Inbrunst sich vereinigten. Nell hatte sich oft ausgemalt, wie es wohl sein würde. Sie hatte niemanden fragen wollen, obwohl sie überzeugt war, dass Alice ihr so manches hätte verraten können. Und jetzt wusste sie es.

Und auch danach kam keine Scham zwischen ihnen auf – nur atemloses ungläubiges Lachen, dass es so einfach war.

Und so gut.

Ein schrilles Klingeln drang in ihr Bewusstsein. Es hörte nicht mehr auf, riss sie aus ihrem Traum, bis sie schließlich schlaftrunken nach dem Wecker tastete. Sie wollte nicht aufwachen. Sie wollte mit Tom in dem süß duftenden Gras liegen bleiben, ineinander verschlungen, ihre Hand auf seinem Bauch, spüren, wie sich sein Brustkorb beim Atmen hob und senkte, während ihr Körper förmlich vor Wohlbehagen vibrierte.

Sie wollte nicht, dass es ein Traum war.

Ihre blind tastende Hand stieß eine Tasse um. Ein Schwall kalten Kaffees ergoss sich über den Schreibtisch, während sie sich benommen aufrichtete. Aus zusammengekniffenen Augen starrte sie auf den umgestürzten Becher, die Pfütze mit der braunen Flüssigkeit und begriff rein gar nichts. Alles sah so fremdartig aus: Die beiden Metallgehäuse mit ihren gespenstisch fließenden Mustern und Farben. Die Stapel aus blendend weißem Papier. Diese unnatürlichen akkuraten Formen und Konturen. Sie nahm einen merkwürdig aussehenden langen schmalen Gegenstand in die Hand.

Kugelschreiber. Ihr Gehirn fabrizierte das Wort, aber sie begriff den Sinn nicht. Das hier sah so anders aus als jeder Schreibstift, den sie je gesehen hatte. Er kam ihr so fremd, ja geradezu abartig vor, dass sie ihn schaudernd auf den Tisch zurückfallen ließ. Ihre Blicke schweiften nach rechts und links. Sie hatte Angst. Hier stimmte etwas ganz und gar nicht. Sie hatte geglaubt, aus einem Traum erwacht zu sein, doch sie erkannte den Raum, in dem sie sich befand, nicht wieder. Instinktiv griff sie nach Toms Hand, aber

Tom war nicht da, und tiefe Trauer und Einsamkeit überwältigten sie.

Tom war fort.

Ein schlimmer Kopfschmerz regte sich hinter ihren Augen. Sie schlug die Hände vors Gesicht.

»Was geschieht hier?«, flüsterte sie. Sie hörte schon wieder dieses Klingeln. War es real, oder bildete sie es sich ein?

Telefon. Wie vorhin bei Kugelschreiber, nahm das Wort ohne ihr Zutun in ihrem Kopf Gestalt an, doch diesmal begriff sie. Hastig tasteten ihre Hände über den Tisch und fanden das Telefon, und irgendwie gelang es ihr, die richtige Taste zu drücken.

»Hallo?« Ihre Stimme zitterte. Sie wusste jetzt wieder, wo sie sich befand, wer sie war, doch dieser Übergang von Traum zu Wachsein hatte sie aus der Fassung gebracht, ein Gefühl von Übelkeit in ihr ausgelöst. Außerdem war sie sich immer noch nicht sicher, was denn nun Realität war.

»Hallo«, wiederholte sie, doch sie bekam keine Antwort. Tödliches Schweigen am anderen Ende der Leitung. »Wer ist am Apparat?«, fragte sie in etwas schärferem Ton, doch das Einzige, was sie zu hören bekam, war das gedämpfte Klicken, als der Anrufer auflegte.

Martin?

Tess ließ das Telefon auf den Schreibtisch fallen, als hätte es sie gebissen, und sank auf den Stuhl zurück. Alle Kraft hatte sie verlassen. Sie war wie betäubt, den Tränen nahe. Die endlos kreisenden Bildschirmschoner verschwammen vor ihren Augen. Sie wollte nicht hier sein. Sie wollte zurückkehren in ihren Traum, zu Tom. Ihr Körper kribbelte und prickelte noch immer von dem Erlebnis, mit ihm geschlafen zu haben, doch gleichzeitig war da schon diese Leere in ihr, diese schmerzliche Empfindung, ihn verloren zu haben. Sie fühlte sich ganz elend. Vielleicht brütete sie etwas aus? Das würde auch die Kopfschmerzen erklären und diese fiebrige Unruhe, als hätte sie etwas verloren und könnte es partout nicht wiederfinden.

Und die Halluzination.

Tess stand mühsam auf und ging ein Küchentuch holen, um die Lache auf dem Tisch aufzuwischen.

Ihre überbordende Fantasie war schuld daran. Was denn sonst?

Irgendwie hatte sie den Traum der vergangenen Nacht und die Namen in den Gerichtsprotokollen miteinander vermengt und zu einer Geschichte verwoben.

Die alten Handschriften mussten eine Art Anfall ausgelöst haben. Sie hatte sich damit beschäftigt, unmittelbar bevor sie weggetreten war. Tess nahm zwei Paracetamol und stand anschließend eine ganze Weile nachdenklich vor dem Schreibtisch, betrachtete ihren Laptop, erinnerte sich, wie ihr beim Anblick dieser Namen und dem Gefühl, sie zu kennen, plötzlich der Kopf geschwirrt hatte; wie sie, nichts Böses ahnend, an ihrem Schreibtisch gesessen hatte und schon im nächsten Moment mit Alice durch das Stadttor marschiert war.

Würde so etwas wieder passieren?

Wollte sie es?

Selbstverständlich nicht. Was für ein abstruser Gedanke. Sie war Historikerin. Es war *nicht wirklich* passiert.

Tess holte tief Luft und setzte sich. Sie legte die Hand auf die Maus, zögerte einen winzigen Moment, und klickte. Der Bildschirm erwachte zu neuem Leben. Vor ihr erschien das Foto des alten Gerichtsprotokolls, in dem sie vorhin gelesen hatte.

Zögernd las Tess es erneut. Nichts geschah.

Sie rückte den zweiten Laptop zurecht, damit sie gleichzeitig beide Monitore im Blick hatte, und legte zögernd die Finger auf die Tastatur, bereit, sie jederzeit zurückzureißen, sobald etwas Unerwünschtes passierte, doch die Cursors auf beiden Bildschirmen blinkten nur stoisch.

Tess fing an zu schreiben. Nichts passierte.

Sie transkribierte die ganze Seite und rief gerade die nächste auf, als Ashrafar ins Zimmer geschlichen kam. Die Katze sprang auf den Schreibtisch und ließ sich dort häuslich nieder, um sich zu putzen. Sie streckte ein Bein in die Luft, leckte sorgfältig den Zwischenraum zwischen ihren gespreizten Krallen und hob kaum den Kopf, als Tess ihr die Hand auf den Rücken legte. Die Anwesenheit des warmen, lebendigen Wesens hatte eine beruhigende Wirkung auf Tess, ohne dass sie sich dessen bewusst war.

Sie war übermüdet, weiter nichts, redete Tess sich ein. Kein Wunder, bei so wenig Schlaf. Doch noch während sie sich zu beruhigen versuchte, war ihr klar, dass diese Ausrede mit der Zeit allmählich fadenscheinig wurde.

Luke hämmerte im Arbeitszimmer, als Tess am nächsten Tag heimkam, nachdem sie Oscar zur Schule gebracht hatte. Sie streckte kurz den Kopf durch die Tür und wünschte ihm einen guten Morgen, wobei sie sich nur ungern eingestand, wie froh sie war, nicht allein in der Wohnung sein zu müssen.

Tess hatte erneut eine unruhige Nacht gehabt und entgegen ihrer vagen Befürchtungen nicht wieder geträumt. Sie war immer kurz vor dem Einschlafen durch dieses Scharren in der Wand gestört worden, sodass sie sich schließlich ein Kissen über den Kopf gelegt hatte. Außerdem fühlte sie sich durch dieses Telefon beunruhigt, das zu nachtschlafender Zeit klingelte. Doch wenn Tess abnahm, vernahm sie stets nur den Wählton, oder dieses schreckliche ruhige Atmen.

»Bitte hören Sie auf, mich anzurufen«, hatte sie in den Hörer gesprochen und sich dafür gehasst, dass ihre Stimme klang, als würde sie im nächsten Augenblick vor lauter Wut heulen. Schließlich war ihr nichts anderes übrig geblieben, als das Telefon dauerhaft auszustecken.

»Das ist ja schrecklich«, hatte Richard mitfühlend erklärt, nachdem sie ihm davon erzählt hatte. »Natürlich bekommt man ab und zu unerbetene Anrufe, aber wenn Sie sich dadurch belästigt fühlen, habe ich selbstverständlich nichts dagegen, wenn Sie den Festnetzanschluss stilllegen. Die Leute, die für mich wichtig sind, haben ohnehin meine Londoner Nummer. Sie besitzen sicher ein Handy, das Sie stattdessen benutzen können?«

Tess wünschte, sie könnte sich selbst so leicht beruhigen, wie es ihr offenbar Richard gegenüber gelang. Die Vorstellung, dass Martin von London aus ihre Nummer ausfindig gemacht hatte, war beunruhigend. Doch *wenn* er es war, der bei ihr anrief, dann müssten diese Anrufe nach Stilllegung des Festnetztelefons eigentlich aufhören. Ihre neue Handynummer herauszufinden dürfte Martin einige Schwierigkeiten bereiten.

»Richard, ist Ihnen je etwas Ungewöhnliches an dem hinteren Schlafzimmer aufgefallen?«, fuhr sie fort.

»Ich habe mich dort eigentlich selten aufgehalten und es nur als Gästezimmer benutzt.«

»Hat denn nie jemand erwähnt, dass er Geräusche oder so was gehört hätte?«

»*Geräusche*? Was denn für Geräusche?«

»Ein Scharren, manchmal auch ein Klopfen, aber sehr gedämpft. Als wäre da etwas in der Wand.« Bei der Erinnerung spürte sie einen Stich zwischen den Schulterblättern. »Vielleicht sind es Ratten.«

»Um Himmels willen, wie furchtbar!« Richard war entsetzt.

»Sicher irre ich mich«, beschwichtigte Tess ihn sogleich. »Aber vielleicht hat einer Ihrer Gäste mal eine entsprechende Bemerkung darüber gemacht.«

»Nein, nicht dass ich wüsste. Ich hätte sofort bei der Stadt angerufen, wenn ich glauben würde, dass es dort im Haus Ratten gibt. Sie müssen unbedingt etwas unternehmen.«

»Ja, das werde ich.« Tess hätte Richard auch gern gefragt, ob er, wie sie, das Gefühl hatte, dass die Luft in der Wohnung bisweilen förmlich zu vibrieren schien, dass eine Atmosphäre banger Erwartung herrschte, aber sie traute sich nicht. Richard war ein Historiker von Rang und Namen. Er hatte dicke Wälzer über die Sozialgeschichte der Elisabethanischen Epoche geschrieben. Er studierte mit wissenschaftlicher Sorgfalt sein Quellenmaterial und suchte nach Belegen. Gefühle und Stimmungen interessierten ihn nicht. Für ihn zählten einzig und allein Fakten.

»Es ist eine tolle Wohnung«, sagte sie stattdessen. »Wissen Sie etwas über die Geschichte des Gebäudes?«

»Nur das, was ich im Zusammenhang mit seiner Lage in der Stonegate erfahren habe. Soweit ich weiß, gibt es keinen historischen Nachweis über die Existenz des Hauses, der älter ist als das späte siebzehnte Jahrhundert.« Alles, was jünger war, interessierte Richard nicht. »Warum fragen Sie?«

»Einfach so«, erwiderte sie. »Reine Neugier.«

»Und was gibt es sonst zu berichten? Hat Luke schon mit meinen Bücherregalen angefangen?«

»Ja. Er ist gerade hier.«

Tess hatte geglaubt, ihr Ton wäre vollkommen neutral, doch Richard hakte augenblicklich nach. »Seine Anwesenheit ist doch kein Problem für Sie, hoffe ich? Er schien mir recht sympathisch, als er sich vorstellte, und war mir ausdrücklich empfohlen worden.«

»Nein, nein, überhaupt nicht. Er ist in Ordnung.« Eilig wechselte Tess das Thema. »Die Arbeit an den Gerichtsprotokollen gefällt mir. Gestern bin ich auf einen Fall von Selbstmord gestoßen.«

»Wirklich?« Sie konnte förmlich sehen, wie Richard sich gespannt aufsetzte. »Das ist sehr interessant.«

»Ich glaube, dass das Blatt versehentlich mit den anderen gebunden wurde. Es weist eine andere Handschrift auf, nur das Datum ist gleich. Ich weiß leider so gut wie nichts über Selbstmorde in dieser Periode«, fuhr sie fort und hoffte, möglichst beiläufig zu klingen. »Was geschah mit dem Leichnam von Selbstmördern? Ist es wahr, dass man sie nicht in geweihter Erde bestatten durfte?«

»Absolut richtig.« Unbewusst verfiel Richard in den Tonfall des dozierenden Professors. »Im sechzehnten Jahrhundert brachte man sehr wenig Mitgefühl auf für diese armen Geschöpfe, die so verzweifelt waren, dass sie sich das Leben nahmen. Selbstmord galt als Todsünde, als Gewaltakt gegen sich selbst, und folglich glaubte man, dass Selbstmörder auf ewig dazu verdammt waren, am Ort ihres Todes zu spuken. Und so verfiel man auf das makabre Ritual, einen Pfahl durch das Herz des Toten zu stoßen, ehe man ihn begrub. Es gibt zahlreiche Belege dafür. Eine interessante Verbindung zu den später gängigen Vampirsagen, finden Sie nicht auch?«

»Sehr interessant«, erwiderte Tess mit schwacher Stimme. Sie zögerte. »Zu der Zeit, als ich noch studierte, haben Sie da je eine Vorlesung über Bestattungsriten oder dergleichen gehalten?«

Richard dachte nach. »Ich kann mich wirklich nicht erinnern. Aber es ist durchaus möglich. Ich habe mich immer schon für den Tod interessiert. Rein wissenschaftlich, natürlich.«

Also könnte sie diese Fakten über die Bestattung von Selbstmördern in einer seiner Vorlesungen gehört oder in irgendeiner obskuren Zeitschrift gelesen haben, dachte Tess. Als sie den Hörer auflegte, ging es ihr etwas besser. Sie hatte für ihre Magisterarbeit jede Menge Bücher und Artikel in wissenschaftlichen Zeitschriften eingesehen und offenbar einen gewaltigen Fundus an Wissen gespeichert, den nun ihr Unterbewusstsein angezapft und zu einem Traum verwoben hatte, aus Gründen, die wohl am ehesten ein Psychiater zu deuten vermochte.

Man nannte dieses Phänomen *recovered memory*. Tess wusste mit Sicherheit, etwas *darüber* gelesen zu haben. Das Gehirn war nicht in der Lage, die zahllosen Informationen, mit denen es tagtäglich überschwemmt wurde, allesamt zu verarbeiten, und speicherte einen Teil davon irgendwo ab, damit es nicht zu einer Überlastung kam. Deshalb konnte alles, was Tess je über die elisabethanische Zeit gelesen, gesehen oder gehört hatte, Form und Inhalt dieser beiden Träume beeinflusst haben.

Was Nell und Tom und die Szene am Flussufer betraf, nun, so war es wohl nicht allzu weit hergeholt, dies als sexuellen Frust zu interpretieren, den das Wiedersehen mit Luke offenbar bei ihr ausgelöst hatte. Auch wenn ihre Beziehung wahrscheinlich von Anfang an zum Scheitern verurteilt gewesen war, da sie und Luke praktisch keinerlei Gemeinsamkeiten besaßen, hatte Tess dennoch nie die starke physische Anziehungskraft zwischen ihnen leugnen können.

Sie hörte, wie Luke im Arbeitszimmer polterte, damit beschäftigt, Richards alte Bücherregale abzubauen, und spürte, wie sich in ihrem Unterleib ein warmes Gefühl ausbreitete. Das Problem dabei war, dass sich ihre Erinnerungen an Luke inzwischen mit jenen an Tom vermischten, was ein ziemliches Kuddelmuddel ergab.

Nur dass es keine *Erinnerungen* an Tom gab. Er war ein Produkt ihrer Fantasie, weiter nichts.

Und jetzt, wo sie eine Erklärung gefunden hatte für diese unheimlich real wirkenden Halluzinationen, konnte sie anfangen, all ihre anderen Probleme in Angriff zu nehmen. Sie hatte Richard versprochen, sich umgehend um das Rattenproblem zu kümmern, also suchte sie auf der Website der Stadt York die zuständige Stelle für Schädlingsbekämpfung und vereinbarte einen Termin. So ein Besuch von einem Mitarbeiter war mit Kosten verbunden, doch nach zwei schlaflosen Nächten war sie bereit, alles zu tun, damit diese schrecklichen Geräusche aufhörten.

Als jedoch der Mann von der Schädlingsbekämpfung den Raum inspizierte, konnte er weder ein Geräusch hören noch einen Hinweis auf Ratten entdecken. »Nirgendwo Kot, was normalerweise das erste Anzeichen ist, und soweit ich sehe, auch keine Löcher in den Wänden.«

»Aber ich kann sie hören!«, protestierte Tess.

Der Mann schüttelte den Kopf. »Ich kann nicht viel tun. Sie haben einen kleinen Jungen, und es ist sicher in Ihrem Interesse, dass in der Wohnung nicht unnötig Gift eingesetzt wird«, warnte er. »Außerdem haben Sie eine Katze.« Er bückte sich, um Ashrafar zu streicheln, die sich auf dem Bett räkelte. »Sie wird sich gratis dieser Viecher annehmen, falls tatsächlich mal welche in die Wohnung kommen. Wenn sie irgendwo in diesen Wänden leben, werden sie nach einer Weile weiterziehen.«

Tess war frustriert. Bei dieser ganzen Sache war genauso wenig herausgekommen wie bei dem Gespräch mit ihrer Anwältin, als sie sich erkundigt hatte, ob man etwas dagegen unternehmen könne, dass Martin sie mit seinen Anrufen belästigte.

»Kann ich nicht ein Kontaktverbot oder so etwas erwirken?«

»Hat er Sie denn tatsächlich bedroht?«

»Nein, aber ich bin mir sicher, dass er der anonyme Anrufer ist.«

Ihre Anwältin machte ein skeptisches Gesicht. »Können Sie das beweisen?«

»Nein.« Tess hätte daran denken sollen, die 1417 zu wählen, dann hätte sie die Nummer bekommen, wie ihr im Nachhinein klar wurde. »Nein. Aber ich weiß es einfach«, schloss sie lahm.

Die Anwältin bestärkte Tess auch nicht darin, die Scheidung voranzutreiben. »Ich bin verpflichtet, Ihnen vorzuschlagen, dass Sie und Ihr Mann zunächst versuchen sollten, mithilfe eines Mediators zu einer Lösung zu kommen«, erklärte sie. »Sie sollten beide an das Wohl Ihres Kindes denken.«

Tess sah vor ihrem geistigen Auge, wie sich Oscars schmächtige Schultern versteiften, wenn er Martins Wagen auf dem Kies der Einfahrt hörte. »Aber das tu ich ja. *Ich* denke daran. Martin ist das Wohl des Kindes vollkommen egal.«

»Dennoch hat er Anspruch darauf, sein Kind zu sehen.«

Mit Entsetzen wurde Tess klar, dass Martin den Kontakt zu seinem Sohn erzwingen konnte. Wenn Oscar abgeneigt war, konnte das Treffen im Beisein eines Mitarbeiters des Jugendamts stattfinden, doch beim jetzigen Stand der Dinge hatte Tess keine rechtliche Handhabe, Martin davon abzuhalten, seinen Sohn zu treffen.

Ihre einzige Hoffnung war, dass er bald das Interesse an ihnen beiden verlieren würde. Sie hatte das Festnetztelefon stillgelegt und benutzte ausschließlich ihr Handy. Martin dürfte es nun viel schwieriger finden, sie zu terrorisieren, es sei denn, er käme persönlich nach York.

Falls der anonyme Anrufer überhaupt Martin gewesen war.

Wenigstens hatten sie jetzt besseres Wetter, dachte Tess ein paar Tage später, als sie die Tür zu ihrer Wohnung aufsperrte. Sie war auf dem Rückweg von Oscars Schule in den Supermarkt gegangen und hatte dummerweise mehr eingekauft, als sie bequem tragen konnte. Das Thermometer war deutlich gestiegen, und die Sonne hatte angenehm warm auf ihren Rücken geschienen. Dadurch war Tess auf ihrem Rückweg ziemlich ins Schwitzen geraten und musste, bepackt mit ihren schweren Plastiktüten, immer wieder eine Pause einlegen, um ihren schmerzenden Armen Ruhe zu gönnen.

Geschieht dir recht, warum hast du dir auch eine Wohnung genommen, wo du nirgends parken kannst, hörte sie förmlich Vanessas Stimme.

Nachdem sie die Tür geöffnet hatte, bückte sie sich, um die Einkaufstüten hochzunehmen, und bewegte dabei nachdenklich die Finger. Merkwürdig, wie oft sie seit einiger Zeit Schmerzen in den Händen hatte. Als wären sie wund und aufgescheuert, dabei sahen sie wie immer aus. Wäre ja noch schöner, wenn sie Arthritis oder so etwas bekäme, nicht in ihrem Alter.

»Soll ich dir helfen?« Luke erschien in der Tür zum Arbeitszimmer, das gegenüber der Eingangstür lag.

Er trug ein ausgewaschenes T-Shirt und Jeans, die am Knie aufgerissen waren. Er hatte Sägespäne im Haar, in der Hand eine Säge, und Tess registrierte bestürzt, dass sich bei seinem Anblick ihr Puls beschleunigte.

Das war Nells Schuld. Ohne diesen überaus lebhaften und erregenden Traum würde ihr jetzt nicht das Blut in den Kopf schießen, sich nicht dieses warme Gefühl in ihrem Bauch ausbreiten.

Sie hatte nicht wieder von Nell geträumt, doch die Erinnerung an diesen Taumel der Lust brachte Tess so aus dem Konzept, dass sie in Lukes Anwesenheit verkrampft und nervös wurde.

Dennoch, es war unsinnig, sein Angebot abzulehnen. »Danke«, erwiderte sie steif. »Das wäre nett.«

In einer fließenden Bewegung bückte Luke sich und hob die Plastiktüten hoch. Dankbar und gleichzeitig genervt, folgte sie ihm in die Küche, wo er den ganzen Einkauf auf der Arbeitsplatte abstellte.

»Danke«, sagte sie noch einmal.

Seine Gegenwart schien den ganzen Raum auszufüllen, sodass Tess das Gefühl hatte, in der kleinen Küche keine Luft zu bekommen. Überdeutlich nahm sie das Schweigen zwischen ihnen wahr. »Möchtest du einen Kaffee?«, fragte sie schließlich, ohne ihn anzusehen, ganz damit beschäftigt, ihre Tüten auszupacken. Sie wünschte, er würde endlich gehen, damit sie wieder frei atmen könnte.

»Kaffee wär nicht schlecht«, erwiderte er lapidar. »Schwarz, zwei Stück Zucker. Aber vielleicht weißt du das ja auch noch.«

Natürlich wusste sie es noch, aber Tess war zu nervös und verlegen, um sein Lächeln zu erwidern.

»Ich bring ihn dir in fünf Minuten rüber«, erklärte sie kurz angebunden.

Während Tess darauf wartete, dass das Wasser im Kessel heiß wurde, fing das Handy in der Tasche ihrer Jeans zu klingeln an. Vanessa. Sie zog es heraus und nahm den Anruf entgegen, ohne auf das Display zu achten. »Hi«, sagte sie. Vanessa war die Einzige, der sie diese Nummer gegeben hatte. »Vanessa?«, wiederholte sie nach ein paar Sekunden. Manchmal dauerte es ein bisschen, bis die Verbindung zustande kam.

Als sie immer noch keine Antwort erhielt, nahm sie das Handy vom Ohr, schaute auf das Display und erstarrte vor Schreck. Bei dem Anrufer handelte es sich nicht um Vanessa. Wer es war, hatte seine Nummer unterdrückt.

Sie schaltete das Handy aus, blieb neben dem Wasserkessel stehen, nagte beunruhigt an ihrem Fingerknöchel. Martin konnte doch unmöglich die Nummer herausbekommen haben, oder? Es musste sich jemand verwählt haben. Wie leicht passierte es, dass man beim Eingeben der Zahlen auf die falsche Taste drückte. Natürlich war es schlicht ein Versehen.

Doch als sie Luke den Kaffee brachte, war immer noch eine steile Falte über ihrer Nasenwurzel zu sehen.

Im Arbeitszimmer herrschte nach wie vor geordnetes Chaos. Richards zu Stapeln aufgeschichtete Bücher waren mit Staubtüchern bedeckt, die alten Bücherregale abgebaut und die Teile an die Wand gelehnt. Vor dem geöffneten Fenster hatte Luke einen Sägebock aufgestellt, und der Geruch nach frisch bearbeitetem Holz, der durch die warme Luft im Raum noch intensiviert wurde, schlug Tess beim Eintreten heftig entgegen.

Das Kabinett.

Die Truhe.

Tess taumelte, als die Erinnerung jäh über sie hereinbrach. Für einen entsetzlichen Moment glaubte sie sogar zu spüren, wie der Boden unter ihren Füßen schwankte.

»He.« Luke stand bereits neben ihr, als sie mit unsicheren Bewegungen versuchte, schnell den Kaffee irgendwohin zu stellen. Er nahm ihr den Becher aus der Hand und führte sie zu einem der Bücherstapel. »Setz dich da mal kurz hin. Nimm deinen Kopf zwischen die Knie.«

Er ließ seine Hand auf ihrem Nacken liegen, während sie den Kopf gebeugt hielt und tief ein- und ausatmete. Verwirrt registrierte sie, dass seine Berührung ihr guttat.

Nach einer Weile legte sich das Gefühl, in einen Abgrund zu stürzen. Tess' Kopf wurde wieder klarer, und sie konnte sich aufrecht hinsetzen. »Danke«, sagte sie zu Luke, der neben ihr kauerte, die Augenbrauen besorgt zusammengezogen. »Es geht schon wieder.«

»Du siehst beschissen aus«, erklärte er unverblümt.

»Charmant wie eh und je«, sagte Tess, auch wenn es sie etwas Anstrengung kostete.

Er richtete sich auf, betrachtete stirnrunzelnd ihr kreidebleiches Gesicht. »Im Ernst. Du siehst nicht gut aus.«

»Ich bin nur übermüdet«, brachte sie als Erklärung heraus. »Ich schlafe in letzter Zeit so schlecht.«

»Schwierige Zeiten?«

Sie wich seinem Blick aus. »Ich hab schon schlimmere durchgemacht«, erwiderte sie. »Es geht mir wieder besser. Ehrlich.«

Sie brachte ein Lächeln zustande, aber offenbar wirkte es auf Luke alles andere als überzeugend, denn er blieb weiter neben ihr stehen und blickte sie forschend an, wobei seine besorgte Miene nicht recht zu seinem scharf geschnittenen Gesicht passte. Tess schloss daraus etwas peinlich berührt, dass sie anscheinend genauso mies aussah, wie sie sich fühlte.

»Hier, trink einen Schluck«, sagte er schließlich. »Der Zucker wird dir guttun.« Er reichte ihr den Kaffee, den sie für ihn gekocht hatte. Sie schlang ihre Hände um den Becher, genoss die Wärme. Ihr war immer noch schwindlig und etwas übel. Ihre Zähne schlugen an den Becherrand, als sie einen kleinen Schluck nahm, woraufhin Luke sie alarmiert ansah. Er hatte sich auf einen Stapel Lexika gehockt, nah bei ihr, damit er sie, wenn nötig, auffangen konnte. Tess wusste nicht, ob sie über seine Besorgnis gerührt oder genervt sein sollte.

Ihr widerstrebte der Gedanke, Luke könne sie für ein armes bedauernswertes Ding halten. Sie hatte es so satt, als eine Frau behandelt zu werden, die unfähig war, eigene Entscheidungen zu treffen und die der Fürsorge eines Mannes bedurfte. Doch wenn sie so entschlossen war zu beweisen, dass sie ihr Leben allein meistern konnte, sollte sie sich etwas Besseres einfallen lassen, als praktisch vor Lukes Augen in Ohnmacht zu fallen, oder? Sie musste sich jetzt wirklich am Riemen reißen, musste endlich mehr Beherztheit an den Tag legen.

Tess nahm noch einen Schluck Kaffee, straffte die Schultern, lächelte. »Danke, jetzt geht's wieder.« Sie hielt ihm den Becher hin, wollte ihm seinen Kaffee zurückgeben.

»Trink du ihn«, sagte er. »Du brauchst ihn dringender als ich.« Er lehnte sich etwas vor, stützte die Ellbogen auf die Knie und schaute sie wieder an, während Tess sich innerlich wand unter seinem forschenden Blick. Sie wollte ihm ruhig und gefasst begegnen, doch ihre Augen taten ihr den Gefallen nicht. Immer wieder glitten sie hinunter zu seinem kantigen Kinn, wanderten von der Linie seiner Wange zu dem kühnen Schwung seiner Lippen und zurück.

»Bist du krank, Tess?«, fragte er ganz direkt.

»Nein!« Aufgebracht stellte sie den Becher auf den Boden und schlang in einer unbewusst defensiven Geste die Arme um den Oberkörper. »Mir fehlt nichts!«

»Du bist wirklich sehr blass und viel zu dünn ... Ich habe dich zuerst fast nicht wiedererkannt. Und was, zum Teufel, ist mit deinem Haar passiert?«

»Ich habe es abschneiden lassen.«

»Du hattest so schönes Haar«, bemerkte er missmutig. »Mir hat es lang immer gefallen.«

Martin auch. Der Besuch beim Friseur, das Schnippen der Schere, hatte sich wie ein Akt der Befreiung angefühlt. Tess war immer noch ein wenig schwindlig bei der Erinnerung, dass sie sich das getraut hatte. Jedes Mal, wenn sie ihr Spiegelbild betrachtete, war sie überrascht und begeistert von ihrem Wagemut. Sie sah so anders aus. Älter. Nicht mehr so mädchenhaft. Mehr wie die Frau, die sie sein wollte.

Sie reckte das Kinn und legte eine Hand an ihr Haar. Das heißt, was davon noch übrig war. »*Mir* gefällt es so«, antwortete sie trotzig, und diesmal gelang es ihr auch, Lukes Blick standzuhalten.

Anerkennung spiegelte sich in seiner Miene, und er verzog den Mund zu einem schiefen Lächeln. »Na gut«, lenkte er ein. Er schaute hinunter auf seine Hände und dann wieder in ihr Gesicht – wie hatte sie vergessen können, dass diese verwirrend hellen Augen so durchdringend blicken konnten –, und sein Ton veränderte sich.

»Verdammt, was ist mit *dir* passiert, Tess?«, fragte er leise.

Tess stand auf. »Nichts«, antwortete sie. Was wollte er hören – die ganze traurige, armselige Geschichte? »Ich bin nicht krank. Mir geht es *gut.*« Die Arme um den Oberkörper geschlungen, stand sie da und schaute mit verkniffener Miene auf ihn hinunter. »Ich weiß, dass ich schon besser ausgesehen habe, aber wie ich bereits sagte, kommt es nur daher, weil ich so schlecht schlafe, seit ich hier eingezogen bin. Die neue Umgebung, das fremde Bett. All diese Sachen, die mir im Kopf rumgehen. Und dieser Lärm – es ist schrecklich.«

Lukes Blick ruhte lange auf ihr, ehe er nickte und woandershin guckte. »Ich schätze, die Altstadt ist nicht gerade eine der ruhigsten Wohngegenden«, bemerkte er und stand ebenfalls auf.

»Die Pubs stören mich nicht. In meinem Schlafzimmer, das nach hinten geht, bekomme ich ohnehin nichts davon mit.« Dankbar, dass er den Themenwechsel akzeptiert, entspannte sich Tess. »Die Ratten sind es, die mir zu schaffen machen.«

Luke, der sich gerade bückte, um seinen Kaffeebecher hochzuheben, hielt mitten in der Bewegung inne. »*Ratten?*«, fragte er stirnrunzelnd.

»Ja, oder was Ähnliches. Mäuse vielleicht.« Tess wünschte, er wäre nicht aufgestanden. Er war zu groß, stand zu dicht vor ihr. Er nahm ihr die Luft zum Atmen.

Nervös bewegte sie sich ein paar Schritte weg, hob ein Staubtuch an, tat so, als interessierte sie sich für den Bücherstapel darunter. »Vor ein paar Tagen hatte ich einen Mann von der Schädlingsbekämpfung hier. Er sagt, da ist nichts, aber das stimmt nicht. Ich *höre* es doch! Es klingt, als würde etwas aus der Wand rauswollen. Es macht mich wahnsinnig!«

Bei der Erinnerung an diese frustrierende Begegnung wurde ihre Stimme schrill, und Luke hob beruhigend die Hände, eine Geste, die sie ärgerte. »Willst du, dass ich es mir mal ansehe?«, fragte er.

Tess hatte den Eindruck, dass er sie besänftigen wollte, aber insgeheim nicht ernst nahm. Ihre Lippen wurden zu einem schmalen Strich. Es ging nicht an, dass Luke Hutton sie als hysterisches Weibsbild abschrieb. Niemand durfte ihr irgendeinen Stempel aufdrücken.

Tess musste daran denken, wie er sie zum ersten Mal auf seinem Motorrad mitgenommen hatte. Sie waren ans Meer gefahren, hatten sich in den Dünen ein geschütztes Fleckchen gesucht.

Ich wünschte, ich könnte so sein wie du, hatte sie gesagt. *Du bist so cool, so souverän. Dir ist egal, was die anderen denken.* Im Gegensatz zu ihm war Tess gehemmt und schüchtern, verbarg ihre Unsicherheit und die Trauer um ihren verstorbenen Vater hinter einer Maske der Unnahbarkeit, von der sich einzig Luke nicht abschrecken ließ.

Luke hatte den Kopf zu ihr gedreht und sie angeschaut. Tess sah noch genau den Schwung seiner Lippen vor sich, den Ernst in seinen Augen, spürte förmlich, wie ihr damals das Herz geklopft hatte.

Mir ist nicht egal, was du denkst, hatte er ihr geantwortet. *Ich will nicht, dass du cool bist. Ich will, dass du so bist, wie du bist.*

Tess wollte wieder sie selbst sein, und die Tess, die sie sein wollte, war eine Frau, die sich nie mehr auf andere verlassen, sich nie mehr von anderen abhängig machen würde.

Sie holte tief Luft, zwang sich zu einem gelassenen Ton. »Das ist nett von dir, Luke«, erwiderte sie. »Aber das ist nicht nötig. Ich habe nur versucht, dir zu erklären, warum ich so mies aussehe.«

»Wenn du sicher …«

Tess' Handy begann zu klingeln, ehe er seinen Satz beenden konnte. Sie spürte es in ihrer Tasche vibrieren und sah, wie Luke sich im Zimmer umblickte und sich vergewisserte, dass es nicht seins war. Tess wusste plötzlich todsicher, dass der Anrufer nicht Vanessa war. Sie würde wieder dieses leise Atmen hören, und Erschöpfung machten sich in ihr breit. Sie wollte den Anruf nicht entgegennehmen, wollte nicht darüber nachdenken, wer der Anrufer war und was er von ihr wollte.

Sie bemühte sich ja nach Kräften, sie selbst zu sein, doch bei diesem Vorsatz hatte sie nicht mit anonymen Anrufen und schlaflosen Nächten gerechnet, nicht damit, dass ihre Welt aus den Fugen geraten oder eine unerklärliche dunkle Vorahnung sie quälen würde.

Nachdem Luke sich überzeugt hatte, dass das Klingeln nicht

von seinem Handy kam, drehte er sich zu ihr um und hob fragend die Augenbrauen. Widerstrebend zog Tess ihr Handy heraus, als könnte das Gerät sie gleich anspucken, und warf einen Blick auf das Display. Bitte lass es Vanessa sein, flehte sie innerlich.

Die Nummer war unterdrückt.

»Willst du telefonieren?« Luke deutete mit einer Geste an, ob er derweil aus dem Zimmer gehen solle, doch Tess schüttelte den Kopf.

»Nein.« Dann legte sie kurz entschlossen das Handy auf das Staubtuch über dem Bücherstapel. »Vielleicht könntest du doch mal einen Blick auf diese Wand werfen?«, bat sie Luke mit einem knappen, unverbindlichen Lächeln. »Ich lass den Anrufer auf die Mailbox sprechen.«

Hörte sich der Klingelton immer so schrecklich höhnisch an? Tess gab sich alle Mühe, das Handy zu ignorieren, das im Arbeitszimmer weiter beharrlich klingelte, während sie Luke voran durch den Flur zu ihrem Schlafzimmer ging. Luke enthielt sich eines Kommentars, dennoch war es wie eine Erlösung, als das Gerät endlich verstummte, auch wenn dadurch die Stille in dem Schlafzimmer noch deutlicher zutage trat.

Tess ließ ihre Blicke schweifen, versuchte, den Raum mit Lukes Augen zu sehen. Das Bett. Die Kommode in der Nische des ehemaligen offenen Kamins. Die Bücher, die ihr beim ersten Mal so heimelig und einladend vorgekommen waren, doch jetzt den Eindruck in ihr erweckten, sie würden Tess arglistig beobachten. Würde Luke etwas auffallen? Würde er das unterschwellige Böse in dem Zimmer wahrnehmen, würde ihn die gleiche dunkle Ahnung überkommen, die Tess die ganze Zeit vage verspürte?

Die Luft im Raum war kalt, wie erstarrt, die Morgensonne hatte noch einen weiten Weg vor sich, ehe sie das Fenster erreichen würde. Tess war sich Lukes Anwesenheit überdeutlich bewusst. Er wirkte so stabil und unerschütterlich, war so wunderbar *real*, und sie musste sich zurückhalten, um den Abstand zu wahren.

»Ein bisschen düster ist es hier, findest du nicht?«, meinte er.

Tess fuhr mit der Zunge über ihre trockenen Lippen. »Ja, schon.«

Luke hob den Arm und stupste an die Deckenleuchte, woraufhin der Lichtschein über die Wände wanderte. »Ein gescheites Licht und ein Heizofen, und schon würde das Ganze viel wohnlicher wirken.«

Von dem hin und her schwingenden Licht wurde Tess schwindlig. Sie blinzelte und fuhr erschrocken zusammen, als mit einem Mal wieder dieses beklemmende Schaben und Scharren in der Wand anfing und jäh die Stille unterbrach.

»Von wo genau, glaubst du, kommen die Geräusche?«, erkundigte sich Luke.

Tess' Gesicht leuchtete erleichtert auf. Es hatte ihr widerstrebt, den Gedanken zuzulassen, dass sie sich die Geräusche womöglich nur eingebildet hatte. »Du meinst, du hörst sie also auch?«

»Nein.« Er schaute sie an und zog die Augenbrauen zusammen, als er sah, wie ihre Miene vor Enttäuschung förmlich entgleiste. »Du?«

Sie hörte es so deutlich.

Am liebsten hätte sie sich die Ohren zugehalten. Tess wich Lukes Blick aus. »Nein«, log sie. »Im Moment nicht.«

»Vielleicht sind es doch Ratten.« Nach einem weiteren prüfenden Blick ging Luke hinüber zu der Wand und klopfte daran herum. »Das hier ist keine tragende Wand. Möglicherweise gibt es darin Hohlräume.«

Tess hörte ein heftiges Rauschen im Ohr. Sie wich einen Schritt zurück, tastete mit der Hand nach der Bettkante, während das Licht sich veränderte und das ganze Zimmer ins Gleiten geriet. Für einen kurzen Moment schienen alle Formen in Bewegung, doch dann setzte auf einmal hinter der Wand das schrille Geräusch einer Schlagbohrmaschine ein, und wie auf ein Kommando hin kehrte alles in seinen ursprünglichen Zustand zurück.

»Meine Fresse, was für ein Krach«, kommentierte Luke. »Kein

Wunder, dass du nicht schlafen kannst, wenn die das Ding da laufen lassen.«

Tess holte vorsichtig Luft, atmete nur flach. Der Raum war wieder zur Ruhe gekommen.

»Der Laden nebenan wird gerade renoviert. Nachts arbeiten sie dort aber nicht.« Die Worte fühlten sich sperrig an Tess' Gaumen an. Sie musste vorsichtig die Zunge um sie herumbewegen, als hätte sie Kieselsteine im Mund, doch Luke schien es nicht zu bemerken.

»Vielleicht ist durch den Lärm was aufgescheucht worden. Gehen wir doch mal rüber und schauen wir uns das Ganze an.«

Ein mit Bauschutt beladener Container stand vor dem Haus, ragte halb in die Straße, und die große Scheibe des Schaufensters war mit Wirbeln aus weißer Farbe bemalt. An der offen stehenden Ladentür klebte ein Zettel. *Wir stellen ein: Koch. Thekenpersonal (Berufserfahrung Voraussetzung). Bedienungen, auch Teilzeit möglich.*

»Sieht so aus, als würde hier demnächst ein Lokal oder so was aufmachen«, kommentierte Luke, klopfte mit dem Fingerknöchel gegen die Tür und marschierte schnurstracks hinein, ohne eine Aufforderung abzuwarten. »Das wird Richard aber nicht gefallen.«

Tess schwieg. Sie hatte den Laden noch nie betreten – dessen war sie sich ganz sicher –, dennoch beschlich sie ein seltsames Gefühl der Vertrautheit, bedrängte sie, wie das Gesindel draußen vor dem Stadttor Monk Bar sie bedrängt hatte. Sie war so überzeugt, dass es hier etwas gab, was sie tun, was sie *wissen* sollte, sodass es ihr förmlich die Kehle zuschnürte.

»Hallo?«, rief Luke laut.

Oben im ersten Stock plärrte in voller Lautstärke ein Radio, das auf einen Lokalsender eingestellt war, dennoch konnte es nicht die Stimme eines Mannes übertönen, der von einem Streit mit seiner Freundin erzählte. »Also sag ich zu ihr: ›Du gemeines Miststück‹, und plötzlich geht dieses verrückte Weib auf mich los«, berichtete er in gekränktem Ton, wobei sein unerquicklicher Bericht durch Hämmern und Bohrgeräusche rhythmisch untermalt wurde.

Luke erklomm die ersten Stufen der schmalen Eisentreppe. »Hallo?«, rief er wieder. Er blickte über die Schulter zurück zu Tess. »Kommst du?«

Kapitel 6

»Ich glaube, ich sollte nicht …« Ihre Stimme klang dünn, gepresst, das Gefühl des Wiedererkennens drückte schwer auf ihre Brust. Sie kannte diesen Ort. Dort oben lag die Wohnhalle der Maskewes, und wenn sie die Treppe hinaufstiege, würde sie die holzvertäfelten Wände sehen, die Wandteppiche, den gedrechselten Lehnstuhl drüben neben der offenen Feuerstelle.

Sie wollte Luke zurückrufen, doch der war bereits hinter der Biegung der Treppe verschwunden.

Tess' Blicke schweiften umher. Der leer geräumte Laden wirkte seines Lebens beraubt, als würde eine Folie das Haus von damals überziehen, das sie gekannt hatte. Hier drinnen war der Laden des Tuchhändlers gewesen, voller Stoffballen. Sie lehnten an den Wänden, lagen in farbenprächtigen Bahnen auf dem Ladentisch ausgebreitet: schimmernder Samt und feine Wollstoffe, grobes holländisches Leinen, seidiger Batist und Spitzen. Tess sah den Tuchhändler förmlich vor sich, wie er den Stoff vom Ballen wickelte, die edle Seide durch seine kurzen dicken Finger gleiten ließ …

»Nein«, flüsterte sie und griff Halt suchend an die Wand, versuchte, sich gegen den Sog der Erinnerung zu stemmen. »Nein, nicht jetzt.«

Aus dem oberen Stockwerk drang Lukes Stimme, die sich bei all dem Lärm Gehör zu verschaffen versuchte, zu ihr hinunter, und dann eine laute Stimme, die jemanden anbellte, er solle das Radio ausschalten.

»Tess?«, rief Luke.

Es gab hier nichts Ungewöhnliches. Es war ein leer geräumter

Laden, nichts weiter. Tess holte tief Luft, setzte zögernd den Fuß auf die unterste Stufe, wagte sich langsam etwas weiter hinauf. Jetzt würde gleich das laute Knarren der schlecht eingepassten Schwelle zu hören sein.

Nur dass diese Stufen aus Metall waren. Es gab keine hölzerne Schwelle, kein Knarren. Natürlich nicht.

Du bildest dir Dinge ein.

Tess überwand sich und stieg weiter die Treppe hoch, wappnete sich für den Anblick, der sie oben erwartete. Luke stand da und redete mit dem Vorarbeiter, und während sie die letzten Stufen erklomm, zwang sie sich dazu, sich umzusehen.

Der Raum wirkte größer und heller als erwartet. Die Decke war herausgenommen worden, sodass die alten freiliegenden Dachbalken zu sehen waren. Das Sonnenlicht, das in ihrem Schlafzimmer im Haus nebenan Mangelware war, konnte hier, unbehindert durch ein weiteres Stockwerk, durch zwei Dachfenster hereinfluten.

Die Wandtäfelung war verschwunden, desgleichen die Wandteppiche. Der Verputz war bis hinunter auf die schmutzig grauen Balken abgeschlagen worden, und Staubpartikelkörner tanzten in der Luft und bedeckten in einer dicken Schicht den Boden, wo dereinst Binsenmatten die Dielenbretter geschützt hatten. An der Stelle, wo der Lehnstuhl gestanden hatte, war ein Sägebock aufgebaut, auf dem ein nagelneues Brett lag. Intensiv schlug ihr der Geruch nach frisch gesägtem Holz entgegen, wie vorhin in Richards Arbeitszimmer.

Tess ballte die Hände zu Fäusten und versuchte krampfhaft, sich auf die Gegenwart zu konzentrieren.

Luke erklärte den Bauarbeitern das Problem mit dem Geräusch, doch diese schüttelten die Köpfe. »Wir haben hier nirgendwo Spuren von Ratten gesehen. Sie sehen ja selbst, wir haben überall den Verputz abgeschlagen und die Balken freigelegt.«

»Kann was anderes diese Geräusche verursachen? Vielleicht liegt es an den Leitungen?«

Tess drehte sich langsam um die eigene Achse und betrachtete aus halb geschlossenen Augen den Raum. Er war nicht exakt so wie früher. Wände waren versetzt, Mauern nachträglich für Fenster durchbrochen worden, und irgendwann hatte man die Feuerstelle stillgelegt, doch es war eindeutig die Halle der Maskewes, sie spürte es instinktiv. Vor ihr, an der gegenüberliegenden Wand, hatte der gedrechselte Lehnstuhl gestanden, hinter ihr die Treppe gelegen, und *dort*, wo jetzt eine Mauer dieses Gebäude von ihrer Wohnung trennte, war die Tür zu Mr Maskewes Kabinett gewesen – das jetzt ihr Schlafzimmer war.

Sie hörte Musik. Das Schlagen der Trommel, die ins Ohr gehende Melodie der Flöten. Und Lachen. Unsicher blickte Tess sich um und fragte sich, woher die Musik kam. Hatte man das Radio wieder eingeschaltet? Sie schaute hinüber zu Luke, wollte sich an seiner Präsenz festhalten, doch plötzlich verschwamm das Bild vor ihren Augen, der Boden unter ihren Füßen geriet ins Wanken, während die Musik immer lauter wurde und der Raum sich zu drehen begann, immer schneller und schneller und schneller …

»Schneller, schneller!« Nell tanzte mit ihrem jüngeren Bruder Peter, ihrem Liebling. Er war jetzt acht, ein Flachskopf mit einer Stupsnase und sonnigem Gemüt. Flink und ungestüm wie er war, erinnerte er Nell an sich selbst als Kind. Beim Gehen machte er den Eindruck, als würde er im nächsten Moment davonsausen. Nell musste unwillkürlich an Peter denken, immer wenn sie beim Kochen sah, wie der Dampf den Deckel des Topfs anhob. Als hätte all die Energie, die in ihrem kleinen Bruder steckte, in seinem Körper nicht ausreichend Platz.

Peter tanzte so schnell und schwungvoll, dass Nell außer Atem geriet. Sie drehten sich lachend im Kreis, mitten in der überfüllten Halle, bis sie vor Vergnügen kreischten.

Der Winter hielt die Stadt in seinem eisigen Griff. Durch die bittere Kälte waren die Straßen von Glatteis überzogen, doch drinnen im Haus der Maskewes war die Halle aufgeheizt von den Leibern der großen Gästeschar, und sie erstrahlte im Licht der unzähligen Kerzen. Im Kamin prasselte ein gewaltiges Feuer. Die Männer, die davorstanden, hatten ihre pelzverbrämten Umhänge zurückgeschlagen, und ihre vom Wein geröteten Gesichter glühten im Schein der Flammen. Es ging ums Geschäft, wie immer bei diesen Männern. Mehrmals hatte Nell beobachtet, wie sie in die Handflächen spuckten und dann mit einem Handschlag das Geschäft besiegelten. Sie waren Kaufleute, selbst an Weihnachten.

Ihre Ehefrauen hatten sich in eine andere Ecke der Halle verzogen, klatschten und tratschten, nickten und schüttelten die Köpfe, hoben ihre Stimmen, um die Musik und die stampfenden Schritte der Tanzenden zu übertönen. Die langen Tafeln waren abgeräumt und an die Wände geschoben, damit das Jungvolk tanzen konnte, und die Musikanten in der Ecke trommelten, flöteten und zupften, was das Zeug hielt.

Für Nell, die sich mit Peter mitten auf der Tanzfläche im Kreis drehte, verschwamm der Raum zu einem einzigen Wirbel aus Farben und Geräuschen. Immer schneller drehten sie sich, bis Nell schwindlig wurde, bis jäh dieser seltsame Moment auftrat, wo alles kreischend zum Stillstand kam. Die anderen Leute trudelten fort, und sie stand allein inmitten der großen Halle. Peter war verschwunden; Mr Maskewes prächtige Gobelins waren verschwunden. Keine Kissen, keine Kerzen mehr. Kein Feuer im Kamin, keine im Schein der Flammen schimmernden Zinnbecher. Der Raum war kahl, öde, bar jeder Farbe, jeder Wärme, jeden Lebens. Nell war so bestürzt, dass sie strauchelte.

Doch im nächsten Moment schon schwenkte Peter sie wieder im Kreis, ihre Umgebung kehrte an ihren gewohnten Platz zurück. Nell blinzelte ein paarmal, doch das seltsame Bild von vorhin blieb verschwunden. Alles war so, wie es sein sollte.

»Was quält dich?«, fragte Peter laut, um die Musik zu übertönen, und blickte Nell stirnrunzelnd ins Gesicht, doch diese schob das Bild der öden Halle resolut beiseite und zauberte wieder ein Lächeln auf ihr Gesicht. Heute war Weihnachten. Eine Zeit, in der man fröhlich war, sich nicht seltsamen Tagträumen hingab.

»Nichts«, erwiderte sie, als der Tanz mit einem Paukenschlag endete. Die Tanzenden, atemlos und erhitzt, lachten und applaudierten und baten um eine Zugabe. »Mir geht es gut«, beruhigte sie ihren Bruder.

»Dann lass uns weitermachen!« Peter packte ihre Hand, doch Nell zögerte.

»Später«, vertröstete sie ihn. »Ich will erst mit Tom tanzen.« Gedankenverloren drehte sie den Granatring an ihrem Finger, während ihre Blicke suchend durch die Halle schweiften. Tom wirkte den ganzen Tag schon nervös und angespannt, was gar nicht zu ihm passte. Sie wollte zu ihm, ihn berühren, ihn dazu bringen, wieder zu lächeln.

»Du kannst beim nächsten Mal mit Tom tanzen«, widersprach Peter. »Komm jetzt, schnell, sonst drängen sie uns aus der Reihe!«

Doch eine andere Stimme schob sich dazwischen, ehe Nell ihrem kleinen Bruder antworten konnte. »Tanz mit mir.« Ein Befehl, keine Bitte.

Die Stimme gehörte Ralph Maskewe, prächtig anzusehen in seinem kunstvoll bestickten Wams aus rotem Samt und der geschlitzten kurzen Hose. Seine langen Strümpfe waren makellos rein und saßen perfekt, seidene Bänder um die Knie verhinderten, dass sie rutschten. Steif bauschte sich seine gestärkte, schneeweiße Halskrause. Oh, er war mit Abstand der bestgekleidete und ansehnlichste Mann im ganzen Saal. Niemand konnte dies leugnen.

Ralph war stets höflich, stets aufmerksam, doch irgendetwas an diesen kieselgrauen Augen stieß Nell immer noch ab. Sie mochte den Blick nicht, mit dem er sie ansah – als würde er sie festnageln, niederhalten wollen, ein Schmetterling unter der erhobenen Pfote einer Katze.

Ralph streckte ihr seine Hand entgegen. »Tanz mit mir«, wiederholte er, während Peter sich verdrückte und dabei hinter Ralphs Rücken eine Grimasse schnitt.

Nun wäre es ein Gebot des Anstands gewesen, dass Nell vor Ralph knickste und sich höflich bedankte. Dass sie ihre Hand lächelnd in seine legte und sich von ihm zur Tanzfläche führen ließ, doch etwas in ihr begehrte auf. Sie wurde die Überzeugung nicht los, dass Ralph sie nur deshalb um den Tanz bat, weil er wusste, dass es ihr widerstrebte, ihn zu berühren.

»Ich danke Euch, aber ich warte auf Tom«, erwiderte Nell, die Hände flach an ihre steifen Röcke gelegt.

»Tom ist in Gesellschaft seines Lehrherrn«, erklärte Ralph. Seine Stimme war weich und glatt, aber irgendwie klebrig, wie die Schleimspur von Schnecken, die man frühmorgens auf den Steinen sah. Jedes Mal, wenn Nell sie hörte, verspürte sie das Bedürfnis, sich das Gesicht zu waschen.

Er deutete hinüber zum Kamin, wo Tom in der Tat bei Mr Todd stand. In Anbetracht des Feiertags hatte Tom sein bestes Wams und seine beste kurze Hose angezogen. Doch er wirkte steif darin, als würde er viel lieber seine gewohnte Kniehose und seine lederne Joppe tragen, und jäh verspürte Nell zwischen ihren Schulterblättern einen feinen Stich des Unbehagens. Etwas stimmte nicht. Es war nicht nur die Kleidung, sondern hatte mit seiner Körperhaltung zu tun, der Art, wie er die Schultern einzog, wie der Muskel in seiner Wange zuckte. Es passte nicht zu Tom, so ernst auszusehen.

»Komm, Nell.« Ein feines Lächeln spielte um Ralphs Mundwinkel. Er genoss ihr Unbehagen. »Du wirst dir eine bessere Ausrede ausdenken müssen.«

Nell fiel keine ein. Trotzig reckte sie das Kinn. »Ich bin jetzt Eleanor«, erwiderte sie stattdessen. »Ich bin kein Kind mehr.«

»Mein Bruder nennt dich Nell.«

»Das ist etwas anderes.«

»Wieso das?«

»Tom und ich sind miteinander verlobt.«

Ralph schüttelte mitleidig den Kopf. »Dem ist wohl nicht so, denke ich«, sagte er. »Tom hat mit unserem Vater gesprochen, und mit deinem. Sie sind einer Meinung. Tom hat seine Lehrzeit noch nicht beendet. Er kann sich derzeit keine Ehefrau leisten, und wenn er einmal dazu in der Lage sein wird, braucht er eine, die ihm zur Ehre gereicht.«

»Tom hat mir alles erzählt«, entgegnete Nell. »Ich bin ein ungestümer Wildfang, die aufmüpfige Tochter eines verarmten Kaufmanns, kurzum, keine gute Partie für einen Maskewe, wie Euer Herr Vater findet.« Nells Stimme verriet ihre Verbitterung.

»Kannst du es leugnen?«

Nell krallte ihre Finger in den Stoff ihres Rocks. »Ich wäre Tom ein gutes Eheweib«, erwiderte sie mit fester Stimme. »Ich *werde* ihm eins sein. Wir wissen, dass man uns in Bälde nicht heiraten lässt. Es ist nicht von Belang. Ich werde in der Zwischenzeit keinen anderen heiraten, und Tom wird ebenfalls ledig bleiben. Wir haben einander die Ehe versprochen. Er hat mir einen Ring geschenkt – seht Ihr?« Sie hielt ihre Hand hoch, und der Granatstein an ihrem Finger funkelte im Kerzenschein. »Und ich habe ihm ein Messer geschenkt. Wir haben unser Gelöbnis vor Zeugen abgelegt. Es ist abgemacht.«

»Abgemacht?« Ralphs Lächeln verwandelte sich in ein spöttisches Grinsen. »Du verstehst nichts von Abmachungen, *Eleanor*. Es braucht mehr als einen billigen Ring und ein Messer, damit ein Verlöbnis zustande kommt. Ich rate dir dringend, mach dir nicht meinen Vater zum Feind«, fügte er mit seidenweicher Stimme hinzu, worauf sie, die Drohung erkennend, einen Schritt zurückwich.

»Ich will mir niemanden zum Feind machen«, erwiderte sie beherzt. »Ich will nur Tom heiraten.«

»Hast du nicht gelernt, dass man nicht immer alles bekommt, was man haben will?«, versetzte Ralph. »Nun komm schon, nimm dein Kinn herunter und lass uns tanzen.« Er streckte ihr in einer gebieterischen Geste erneut die Hand entgegen. »Du solltest freundlich zu mir sein, Eleanor«, fügte er hinzu. »Wenn du klug bist, solltest du versuchen, mich auf deine Seite zu ziehen.«

Er hatte recht, wie Nell zugeben musste. Sie sollte klüger und umsichtiger vorgehen. Trotzdem, allein die Vorstellung, ihre Hand in seine zu legen, war ihr zutiefst zuwider. Doch wie sie sehr wohl wusste, hatte sie keine andere Wahl. Tom stand halb von ihr abgewandt neben dem Kamin, nickte zustimmend zu irgendeiner Bemerkung seines Masters. Er konnte nicht zu ihrer Rettung herbeieilen, und wieso sollte er auch? Ralph war sein Bruder. Ralphs Vater war der Taufpate ihres kleinen Bruders. Nell hatte keinen Grund, nicht mit Ralph zu tanzen.

Sie setzte ein Lächeln auf, legte ihre Finger in seine kühle Hand. Sie war weder feucht noch verschwitzt oder schmutzig, dennoch war Nell so angeekelt, dass sie unwillkürlich ein klein wenig zurückzuckte. Ralph wusste Bescheid. Er lächelte, als er sie zum Tanz führte.

»Du siehst sehr hübsch aus heute Abend, Eleanor«, sagte er nach einer Weile, mit einer Zärtlichkeit in der Stimme, die sie noch mehr erschauern ließ als seine Häme.

»Ich dachte, ich sei ein Wildfang?«

»Ein schöner Wildfang.«

Nell mochte es nicht, dass Ralph sie schön fand. Sie hatte sich für Tom gekleidet und zurechtgemacht, hatte sich zufrieden begutachtet, als sie und Alice einander das Mieder geschnürt hatten. Nells Mieder war bestickt, ihre Röcke standen dank des Polsterrings um ihre Hüften hübsch weit ab und raschelten gefällig beim Tanzen. Weil Weihnachten war, hatte sie ein rotes Band um den Ausschnitt ihres Hemds gefädelt und ihren Kragen und die Abschlüsse ihrer Ärmel mit Rüschen besetzt.

»Du siehst schön aus«, hatte Alice bemerkt, während sie zu guter Letzt Nells Röcke zurechtzupfte.

Es gefiel Nell, von Alice als schön bezeichnet zu werden, doch aus Ralphs Mund hörte sich das Wort irgendwie falsch und ungut an.

Nell wünschte, sie würde statt mit ihm wieder mit Peter tanzen. Der jetzige Tanz war langsamer, getragener, doch die anderen Tänzer machten bald eine Tollerei daraus. Nicht jedoch Nell und Ralph. Sie drehten sich gemessen im Kreis, verbeugten sich voreinander, legten ihre Handflächen aneinander, ehe sie sich erneut drehten, wobei Nell überallhin schaute, nur nicht in Ralphs Gesicht.

Die Musikanten spielten, die Tänzer drehten sich. Zwischen all den Köpfen und Schultern erhaschte Nell einen Blick auf Tom. Mr Todd hatte sich in der Zwischenzeit Mr Maskewe zugewandt, und Tom spähte nun in Richtung Tanzfläche. Hielt Ausschau nach ihr. Seine Miene war ernst, entschlossen.

Die nächsten Tanzschritte führten Nell weiter von Tom fort, und sie reckte den Hals, um seine Aufmerksamkeit auf sich zu lenken. Endlich bemerkte er sie, und wie immer, wenn sie einander erblickten, meinte sie, diesen kleinen Ruck zu spüren, dieses Gefühl, dass nun alles wieder eingerastet und richtig war, wie wenn ein guter Schreiner Schwelle und Balken passgenau zusammenfügt. Und wie immer lächelten die beiden sich an. Sie konnten gar nicht anders.

Doch schon im nächsten Moment erstarb Nells Lächeln, als nämlich Ralphs Finger sich jäh und schmerzhaft um ihre Hand schlossen. Der Griff währte nur eine Sekunde, nur so lange, wie die Tanzschritte dauerten, um Nell im Kreis zu führen, dann ließ er ihre Hand wieder los.

»Ich bitte um Vergebung«, sagte er und lächelte angesichts ihrer Miene. »Ich habe doch nicht zu fest zugepackt?«

Nell befeuchtete ihre Lippen. Ihre Hand schmerzte, und Unbehagen befiel sie, als sie dieses Lächeln in seinem Gesicht bemerkte, das irgendwie seltsam, ja, krank wirkte. Ralph war wütend, wie sie erkannte. »Nicht der Rede wert«, sagte sie nach kurzem Zögern, dennoch war sie von nun an peinlich darauf bedacht, nicht mehr zu Tom hinzusehen.

Der Tanz schien ewig zu dauern, doch endlich legten die Musikanten ihre Instrumente beiseite und labten sich an dem Bier, das man ihnen hingestellt hatte. Nell, die Lider gesenkt, machte vor Ralph einen Knicks.

»Ich danke Euch für den Tanz«, sagte sie.

»Nell!« Tom fasste sie an der Hand, noch während Nell, Ausflüchte murmelnd, im Begriff war, vor Ralph zu flüchten. Sie überlegte nicht, wohin, wusste nur, sie musste schleunigst weg von diesem Mann.

»Oh, Tom!« Sie klammerte sich erleichtert an seinen Arm. »Wo warst du? Ich musste mit deinem Bruder tanzen.«

»Das ist mir nicht entgangen. Aber du hattest keine Freude dabei.«

»Er macht mir Angst«, gestand Nell.

»Er ist ein kalter Fisch, aber er meint es nicht böse«, verteidigte Tom seinen Bruder, wie es seine Art war. In Wahrheit kannte er Ralph nicht wirklich. Tom konnte nicht begreifen, warum Nell seinen Bruder so wenig leiden mochte. Sie hatte Tom nie von ihrem Verdacht erzählt, dass Ralph es war, der sie damals in der Truhe eingeschlossen hatte. Sie verschwieg ihm auch jetzt, dass Ralph ihr eben beim Tanzen Schmerz zugefügt hatte. Denn selbst wenn Tom ihr glauben würde, was könnte er gegen seinen älteren Bruder ausrichten?

Plötzlich hatte Nell das Gefühl, ersticken zu müssen. Die Hitze und der Lärm in der Halle erdrückten sie förmlich.

»Hier drinnen ist es so heiß«, sagte sie zu Tom. »Gehen wir kurz an die frische Luft.«

Sie stahlen sich hinunter in den Hof, beachteten das Pärchen nicht, das in dem dunklen Schatten unter der Treppe zugange war, ignorierten das gedämpfte Keuchen und Stöhnen der beiden, das Rascheln der bis zur Taille hochgeschobenen Röcke, das auch der Lärm, der aus dem Festsaal nach draußen drang, nicht ganz ersticken konnte.

Draußen glitzerten die mit Raureif überzogenen Dächer im Sternenlicht, es herrschte eine solche Eiseskälte, dass Nell mit den Zähnen klapperte.

Tom trampelte mit den Füßen. »Ich hätte einen Umhang mitnehmen sollen«, sagte er.

»Mir macht die Kälte nichts aus«, erwiderte Nell, obwohl ihr die eisige Luft in die Wangen schnitt und Tränen in die Augen trieb. Ihr Atem stand als weiße Wolken zwischen ihren Gesichtern. »Ich habe den ganzen Abend nichts von dir gehabt.«

»Ich weiß.« Tom holte tief Luft, atmete langsam aus. »Ich soll nächstes Frühjahr wieder nach Hamburg gehen«, kündigte er unvermittelt an. »Mr Todd hat heute Abend mit meinem Vater geredet. Sie sind sich einig.«

Die Taubheit in Nells Zehen breitete sich in ihrem Körper bis hinauf zu ihrem Herzen aus. »Für wie lange?«

»Ein Jahr, oder zwei. Vielleicht auch länger.«

»Zwei Jahre!«, rief sie erschüttert aus.

»Es ist Teil meiner Lehrzeit. Du weißt doch, wie es ist, Nell.«

Ja, das wusste sie. Sie hatte es immer gewusst. Tom hatte den Beruf des Kaufmanns erlernt. Jetzt sollte er die Geschäfte seines Lehrherrn im Ausland betreuen und seine Ausbildung vervollständigen. Nicht alle jungen Männer hatten so viel Glück. Nell sollte sich für ihn freuen.

»Wir wussten, dass es einmal so kommen wird«, fuhr Tom unbeirrt fort. Er war Nell heute Abend aus dem Weg gegangen, bis er den Mut aufgebracht hatte, es ihr zu sagen.

»Ich weiß. Es ist nur …« Nell konnte den Satz nicht beenden. Ihr war zwar die ganze Zeit klar gewesen, dass es nicht so weitergehen würde mit ihnen beiden, doch jetzt, wo es tatsächlich feststand, erschütterte die Nachricht sie bis ins Mark.

Nell war keine Närrin. Weder sie noch Tom besaßen die Mittel, um zu heiraten. Doch solange es möglich war, sich hin und wieder für ein paar Stunden wegzustehlen oder wenigstens einen heimlichen Kuss in irgendeinem dunklen Gässchen zu tauschen, so lange hatte Nell sich geweigert, an die Zukunft zu denken. Sie hatten aufgepasst, so gut sie es vermochten, doch ehrlich gesagt hatten sie es miteinander getrieben, wo immer sich Gelegenheit bot, sei es unter freiem Himmel oder an eine Hauswand gelehnt. Nell hatte heimlich die alte Mutter Dent aufgesucht, die kräuterkundige weise Frau, die auf der Gemeindeflur lebte, weit außerhalb der Stadt. Nell war nicht die erste junge Maid, die bei der Alten aufkreuzte, und würde sicher nicht die letzte sein. Für einen Penny und ein Stück Käse zeigte ihr Mother Dent die Stellen, wo der Weiße Andorn wuchs, dieses Kraut mit den kantigen Stielen, den behaarten runzligen Blättern; wie man den Pflanzensaft mit Honig vermischte oder die Blätter trocknete und daraus ein Tränklein braute. Nell und Tom waren vorsichtig, und sie hatten Glück, aber ihr Geheimnis blieb nicht lang verborgen. Bald wusste jedermann, dass die beiden ein Liebespaar waren.

»Wie soll ich es aushalten ohne dich?«, jammerte Nell.

Da nahm Tom sie in die Arme. Er sagte nichts, doch er drückte sein Gesicht in ihr Haar, während er sie eng umschlungen hielt. Er packte Nell so fest, dass es beinahe so wehtat wie vorhin, als Ralph ihre Hand umklammert hielt, doch diesmal begrüßte Nell den Schmerz. Als Toms Finger sich durch ihr Mieder bohrten, spürte sie, wie es ihr das Herz zerriss. Sie umfing ihn mit der gleichen Verzweiflung, ohne sich darum zu kümmern, dass sie womöglich beobachtet wurden. Das Wissen, dass Tom eines Tages wieder fortgehen würde, hatte seit jenem Pfingstsonntag unten an der Foss in einem Winkel ihres Verstands genistet. Sie hatte es so gut wie möglich verdrängt, doch nun war es an die Oberfläche gekommen und ließ sich nicht mehr ignorieren.

»Ich werde dich vermissen«, sagte Tom, ohne das Gesicht aus ihrem Haar zu nehmen. Ihre samtene Kappe war nach hinten gerutscht, gleich würde sie zu Boden fallen.

»Ich werde auf dich warten«, versprach Nell verzweifelt. »Du bist mein Verlobter, was immer unsere Väter auch dagegen sagen werden.« Sie löste sich ein wenig aus seiner Umarmung und zeigte ihm den Ring an ihrem Finger. »Dies war dein Geschenk an mich«, erklärte sie mit Leidenschaft. »Ich weiß, was das bedeutet. Es wird nie einen anderen Mann in meinem Leben geben«, beteuerte sie. »Ich habe es geschworen.«

Nell presste sich wieder an seinen warmen Körper. »Vielleicht wird es gar nicht so schlimm werden.« Sie bemühte sich, tapfer zu sein, aber ihrer Stimme mangelte es an Überzeugung. »Zumindest wirst du frei sein, wenn deine Zeit dort um ist. Dein Vater wird dich unterstützen, und wenn du einmal selbst Kaufmann bist, kannst du tun, was dir gefällt. Dann werden wir heiraten. Wir haben immer gewusst, dass wir damit noch warten müssen.«

Ihre Füße waren gefühllos von der Kälte, aber sie ertrug es nicht, sich aus Toms Armen zu lösen. Durch sein gepolstertes Wams spürte sie sein Herz schlagen. Er wollte sie nicht verlassen, das wusste sie, aber ihr war auch klar, dass er sich auf die kommende Zeit freute. Er sehnte sich danach, übers Meer zu fahren, das schwankende Deck unter seinen Füßen zu spüren, seine Nase in den Wind zu halten, die Gischt auf seinem Gesicht zu spüren, sich das Salz von den Lippen zu lecken. Es würde ihm in Hamburg gefallen. Vielleicht würde er über den Geschäftsbüchern seines Masters brüten, aber er würde auch seine Hände in Säcke voll duftender Gewürznelken tauchen, Ballen getrockneten Ingwers auswickeln. Er würde kostbare Trinkgläser prüfend ins Licht halten und mit der Hand über edle Pelze streichen. Er würde dem Ächzen und Stöhnen der Planken lauschen und den Flüchen der Matrosen. Seine Welt würde weit werden.

Und sie würde in York zurückbleiben.

Ärger wallte in Nell auf, weil es so ungerecht war. Ja, es würde eine harte Zeit für Tom werden, doch für sie noch viel härter. Sie konnte nur zu Hause sitzen und warten.

Doch dies war eben das Los der Frauen, wie sie sich ermahnte. Sie lehnte den Kopf zurück und zwang sich zu einem Lächeln.

»Lass uns nicht vor der Zeit allzu trübsinnig werden«, sagte sie. »Noch ist nicht Frühjahr. Wir sollten die Tage genießen, die uns noch bleiben.«

Sie gaben sich alle Mühe, doch das Wissen, dass er bald fortgehen würde, stand ständig zwischen ihnen. Nell versuchte, jeden Augenblick, den sie noch mit Tom hatte, festzuhalten. Früher hatte Nell stets über den Winter gejammert. Es missfiel ihr, morgens in einer eiskalten Kammer aufzuwachen, auf ihre erstarrten Hände zu blasen, wenn sie am Markt einkaufte. Sie hasste den Regen, der Tag für Tag vom Himmel fiel, die Straßen in einen Morast verwandelte und sich über die verstopften Rinnsteine ergoss. Früher hatte Nell stets den Frühling herbeigesehnt, es nicht erwarten können, sich aus der Stadt zu stehlen, hinaus zu den Gärten in Paynley's Crofts. Am wohlsten hatte sie sich stets außerhalb der Stadtmauern gefühlt, wo Licht und Raum war, wo sie nicht das Gefühl hatte, eingesperrt zu sein. Sie ging gern Old Dick zur Hand, wenn er den Gemüsegarten der Harrisons bestellte, dort Zwiebeln, Rüben, Rettiche und Salat pflanzte. Auch Kräuter zogen sie dort: Reihen von Rosmarin und Lavendel, Sauerampfer und Thymian, Wurmkraut, Weinraute und Baldrian. Das Frühjahr war die Zeit, wo Nell auf dem Gartenboden kniete, ihre Finger in die warme Erde drückte und Unkraut jätete, damit die Keimlinge ungehindert wachsen konnten. Alice fand das befremdlich, doch für Nell bedeutete der Frühling die Chance, endlich der Enge der Straßen und Häuser zu entfliehen. Dann durfte sie ihren Korb nehmen und draußen Kräuter und Wildblumen sammeln, die für die Kräuterkammer benötigt wurden. Und wenn sie Glück hatte, ergab sich daraus die Gelegenheit zu einem Stelldichein mit Tom.

Der Frühling war ihre liebste Jahreszeit, doch in diesem Jahr fürchtete sie sich vor seiner Ankunft. Der Winter verging allzu schnell. Kaum hatte man Dreikönig gefeiert, kam schon Mariä Verkündigung, und kurz darauf feierten sie Ostern. Toms Lehrherr begab sich nach Hull, um die Überfahrt nach Hamburg zu regeln, und Tom blieb nichts anderes übrig, als sich allmählich von seiner Familie und seinen Freunden zu verabschieden.

»Es ist bald so weit«, setzte Tom Nell in Kenntnis. Seine Siebensachen steckten bereits in der Segeltuchtasche, die er sich über die Schulter hängen würde. »Ich erhalte Bescheid, wenn das Boot zum Auslaufen bereit ist, und dann komme ich zu dir und sage Lebwohl.«

Jetzt wünschte Nell sich fast, es wäre bereits so weit. Sie fürchtete sich schon so lange vor diesem Moment. Innerlich war sie gefasst und unbewegt, gefeit für den Augenblick, da sie ihn ziehen lassen musste. Die Worte, die ihnen einst so mühelos von den Lippen gingen, waren jetzt, wo die Zeit des Abschieds immer näher rückte, zu einem zähen Brei erstarrt. Es gab zu viel zu sagen, und doch fehlten ihnen die Worte. Je früher Tom fortging, desto eher würde er zurückkehren, redete Nell sich ein.

Sie dachte, sie hätte sich gewappnet, doch als der Augenblick kam, traf es sie wie ein Schlag in die Magengrube. Es war ein strahlender Aprilmorgen, ein frischer Wind wehte, der Nell Tränen in die Augen trieb, während sie die Teppiche im Innenhof der Harrisons ausklopfte. Sie hatte noch keine Nachricht von der Anlegestelle bekommen, sodass eine weitere Nacht banger Ungewissheit vor ihr lag, in der sie sich fragen würde, ob es das letzte Mal war und sie ihn nun zwei lange Jahre nicht würde sehen, berühren können.

Staub wirbelte durch die Luft, Nell hustete und spuckte, als plötzlich ein kleiner Bub aufgeregt in den Hof gelaufen kam. »Ihr müsst jetzt kommen«, rief er atemlos. »Master Tom muss jetzt gleich aufs Boot. Er sagt, ich soll Euch ausrichten, Ihr sollt Euch sputen.«

Nell nahm sich nicht die Zeit, ihre Schürze abzunehmen. Sie holte nicht die Erlaubnis ihrer Mistress ein. Sie ließ auf der Stelle den Teppichklopfer fallen, raffte ihre Röcke und rannte die Ousegate hinunter, ohne die Bürgersfrauen zu beachten, welche, die Lippen missbilligend geschürzt, an ihren Haustüren saßen, oder die Lehrjungen, die hinter ihr herpfiffen und johlten. Sie lief um die Haufen von Pferdeäpfeln, sprang über Rinnsteine und hätte fast Henry Judd umgerannt, der gerade seinen Verkaufsstand aufbaute. Wütend schaute er ihr nach, schüttelte die Faust, doch Nell blieb nicht stehen, um sich zu entschuldigen. Eine schreckliche Ahnung, dass sie zu spät kommen würde, hatte sie befallen, die Panik trieb sie unerbittlich voran, hetzte sie über das holprige Pflaster, bis sie endlich bei der Anlegestelle anlangte, außer Atem, die Hand in ihre stechende Seite gepresst.

»Tom!«

Sie luden gerade die letzten Stoffballen auf das Flussschiff, in dessen Bug bereits Toms Segeltuchtasche verstaut war.

Der Matrose des Flussschiffers hisste schon das Segel, das im Wind schlug und knatterte, während der Schiffer selbst, darauf bedacht, den Gezeitenstrom zu nutzen, ungeduldig am Kai auf und ab lief und alle, die mitkommen wollten, drängte, an Bord zu gehen.

»Nell!« Tom zog sie hinter einen Stapel Fässer. »Ich dachte schon, ich müsste fort, ohne dich noch einmal gesehen zu haben! Ralph hat mich den ganzen Vormittag hier festgehalten, und dann hat er ganz unvermittelt entschieden, dass wir den Tidenwechsel nutzen müssen …« Verzweifelt küsste er sie, während sie sich an ihn klammerte. Sie hatte sich vorgenommen, tapfer zu sein, ihm lächelnd Lebwohl zu sagen, doch jetzt war sie einfach bis ins Mark erschüttert, dass die Zeit des Abschieds wirklich gekommen war und er nun gleich fortmusste.

»Ich liebe dich«, sagte sie mit zittriger Stimme und bedeckte sein Gesicht mit verzweifelten Küssen. »Ich liebe dich.«

Sie konnte es nicht fassen, dass sie ihn nun zwei lange Jahre nicht mehr berühren würde. Nicht mehr ihr Gesicht in die Mulde zwischen seinem Hals und seiner Schulter drücken und seinen süßen, vertrauten Geruch einatmen könnte.

»Die Zeit vergeht so schnell«, versuchte Tom sie zu trösten. »Hamburg liegt nicht am Ende der Welt. Derselbe Mond wird auf uns beide herabscheinen, Nell, und egal, wo ich bin, ich werde zu ihm hinaufschauen und an dich denken.«

Dieser Gedanke war tröstlich, und Nell griff danach wie nach dem rettenden Strohhalm. »Und du wirst wissen, dass ich ebenfalls hinaufblicke und von dir träume und auf deine Heimkehr warte.«

Tom nickte, zwang sich zu lächeln. »Der Mond wird unser Bote sein. Jedes Mal, wenn du ihn ansiehst, wird er dich daran erinnern, dass ich dich liebe, dass ich zu dir zurückkommen werde, dass ich dich nicht vergessen habe.«

Nells Lächeln wirkte angestrengt, aber es war da. »Ich werde hinaufsehen«, versprach sie. »Jede Nacht, wenn ich zu Bett gehe, werde ich nach einer Botschaft von dir Ausschau halten.«

»Du wirst dein Versprechen halten?« Tom schaute sie eindringlich an.

»Eher sollen mich wilde Pferde entzweireißen, als dass ich meinen Schwur breche«, erwiderte sie leidenschaftlich. »Ich werde dir treu sein.«

»Die Gezeiten wechseln!«, rief der Schiffer. »Wenn Ihr jetzt nicht kommt, fahre ich ohne Euch.«

»Geh jetzt.« Nell schob Tom von sich, ihre Kehle war wie zugeschnürt. Er musste fort. Er hätte keine Zukunft vor sich, wenn er seine Lehre nicht beendete, und dazu gehörte eben, dass er ins Ausland ging und lernte, wie sein Master dort sein Geschäft führte. »Geh.«

Also ging er. Er ließ ihre Hand los und machte noch einen verzweifelten Schritt zurück, ehe er zu dem Boot rannte, wo der Schiffer bereits die Laufplanke hochzog. Tom sprang an Bord, gerade als die Matrosen begannen, sich mit ihren langen Stangen vom Kai abzustoßen.

Mit tränenlosen Augen stand Nell da, die Arme um ihren Oberkörper geschlungen, während sich ein Bleigewicht in ihr Herz senkte. Der Wind riss an ihrer Haube, schlug ihr ins Gesicht, doch sie bemerkte es kaum. Sie beobachtete, wie die Männer das zweite Segel hissten, das sich knatternd aufblähte. Das Schiff hatte bereits vom Kai abgelegt.

Am liebsten hätte sie Tom zugerufen, er solle die Matrosen auffordern umzukehren. Sie musste ihm unbedingt begreiflich machen, dass sie die Trennung nicht ertrug. Doch das Boot hatte bereits die

Strömung erreicht, entfernte sich zügig, und Tom wurde immer kleiner. Eine Windbö erfasste es, sodass es sich auf die Seite legte, sich kurz darauf aber wieder aufrichtete und weitersegelte, ehe es hinter der sanften Biegung des Flusses verschwand.

Tom war fort.

Steif und schwerfällig wie eine alte Frau drehte Nell sich um und sah sich unvermittelt Ralph Maskewe gegenüber, der sie beobachtet hatte. Seine kieselgrauen Augen schimmerten gefährlich, und obwohl Nell wie benommen war, zuckte sie bei seinem Anblick zusammen.

»Ich bringe dich zu deiner Mistress zurück«, erklärte er.

Nell schüttelte stumm den Kopf. Das Letzte, was sie im Moment gebrauchen konnte, war Gesellschaft, und am allerwenigsten jene von Toms Bruder. Ralph ließ sich nicht davon abbringen. Er bestand darauf, dass sie seinen Arm nahm, und schließlich gehorchte sie, denn was spielte es für eine Rolle? War denn noch irgendetwas von Bedeutung, jetzt, wo Tom gegangen?

Sie warf einen Blick über die Schulter zu der Stelle, wo ihr Liebster eben noch gestanden hatte, als könnte er wie durch ein Wunder wieder auftauchen, aber das geschah natürlich nicht. Ralph drängte sie vorwärts, die Gasse hinauf, zurück in die Welt, in der es keinen Tom mehr gab.

»Du solltest in dieser Gegend besser nicht allein unterwegs sein«, sagte Ralph. »Heutzutage ist es nicht mehr sicher hier. Hast du es nicht gehört? Gestern in der Früh hat man wieder einen Leichnam gefunden. Ein abgefeimter Schurke, zweifellos, und er treibt sich hier herum auf der Suche nach jungen Mädchen, wie du eins bist.«

Nell war in Gedanken bei Tom, der nun in die Ferne segelte, fort von ihr. Sie raffte sich zu einer Antwort auf. »Nicht wie ich«, erwiderte sie tonlos. »Ich dachte, all diese jungen Mädchen wären Herumtreiberinnen gewesen.«

»Das habe ich auch gehört, aber es könnte ja sein, dass der Geschmack dieses Ungeheuers sich einmal ändert, und schließlich wissen wir alle, wie leichtsinnig du bist, Nell.«

Ihr Name in seinem Mund erweckte in Nell ein ungutes Gefühl. Sie stellte sich vor, wie seine Zunge das Wort gegen seine Zähne schob.

»Eleanor«, sagte sie resolut. Nell war sie nur für Tom und sich selbst. »Ich bin jetzt Eleanor. Und ich danke Euch für Eure Fürsorge, aber Ihr braucht Euch meinetwegen keine Gedanken zu machen. Ich werde von nun an im Haus bleiben.«

Der Wind schlug ihr immer heftiger ins Gesicht. Nein, nicht der Wind, erkannte sie. Jemand klopfte ihr auf die Wangen.

»Tess? Komm schon, Tess, wach auf.«

»Was hat sie? Soll ich einen Krankenwagen rufen?«

»Ich glaube, sie ist einfach ohnmächtig geworden – ah, jetzt kommt sie wieder zu sich … Tess? Hörst du mich?«

Sie kannte die Stimmen nicht. »Tom?« Sie tastete nach seiner Hand, und die Finger, die sie umschlossen, waren hart und schwielig wie die von Tom und beruhigend fest und warm.

»Alles ist gut. Bleib einfach kurz liegen.«

Ihre Lider flatterten und öffneten sich, und sie schaute verständnislos in ein fremdes Gesicht mit stechenden grauen Augen, zerzaustem Haar und den Bartstoppeln eines Schurken. Augenblicklich entriss sie ihm ihre Hand und wich angstvoll zurück. Was, wenn Ralph nun recht gehabt hatte und dies der Schurke war, der schutzlosen jungen Mädchen in der Stadt auflauerte? Wie war sie in seine Fänge geraten?

»Tom?« Die Angst verlieh ihrer Stimme einen hohen, dünnen Klang. Verzweifelt blickte sie um sich, suchte nach ihm, doch sie befand sich in einem kahlen, staubigen Raum, ein paar Männer standen um sie herum und betrachteten sie mit seltsamen Mienen.

»Ich bin Luke«, sagte der Schurke.

Jäh und heftig wie eine Brandungswelle brach die Erinnerung

über sie herein und hinterließ in ihrem Sog ein Gefühl von Schwindel und Übelkeit.

»Luke …« Mit zitternden Händen fuhr Tess sich durchs Haar. Ja, nun erinnerte sie sich deutlich. Sie war mit Luke zusammen hergekommen, um mit den Handwerkern zu reden. Sie wusste wieder, dass sie die Treppe hinaufgestiegen war und auf das Knarren der Stufe gewartet hatte. Sie erinnerte sich an dieses beängstigende Gefühl, den Ort zu kennen, während ihr Blick durch die leere Halle geschweift war.

»Tut mir leid, ich … was ist passiert?«

»Du hast dort gestanden, und plötzlich bist du umgekippt. Du hast uns einen ziemlichen Schreck eingejagt, das kannst du mir glauben!« Tess rappelte sich mit Lukes Hilfe hoch. »Bist du sicher, dass du schon wieder aufstehen willst?«, fragte er besorgt.

Sie musste sich an seinen Arm klammern, denn die Beine gaben unter ihr nach. »Wie … wie lang war ich … so?«

»Ein paar Minuten, vielleicht. Jedenfalls lang genug, um mir Angst zu machen.«

Ein paar Minuten nur. Doch als Nell hatte sie einen ganzen Winter durchlebt. Schmerz machte sich hinter ihren Augen bemerkbar, und die Kehle wurde ihr eng von nicht geweinten Tränen.

»Ich … verstehe«, brachte sie heraus, doch sie verstand nichts. Rein gar nichts. Die *Recovered-Memory*-Theorie war ihr als eine schlüssige Erklärung für ihre Träume von Nell erschienen, doch wie konnte ein Traum so real sein, so *echt*?

Einer der Handwerker holte von irgendwo einen Schemel herbei. »Sicher, dass Sie sich nicht kurz hinsetzen wollen, junge Frau?« Die anderen beäugten sie misstrauisch, als befürchteten sie, Tess könnte sich jeden Moment übergeben oder in Tränen ausbrechen. Sie konnte es ihnen nicht verdenken. Ihr war nach beidem zumute, doch sie zwang sich zu einem Lächeln.

»Es geht mir wieder gut, ehrlich. Tut mir leid wegen der ganzen Aufregung.«

Luke, immer noch besorgt, blickte grimmig drein. »Ich denke, ich bringe dich lieber ins Krankenhaus.«

»Nein!«, rief Tess abwehrend aus. Im Krankenhaus würde man sie untersuchen und wissen wollen, was passiert sei. Und was sollte sie dann antworten? *Oh, ich war nur ein Weilchen im sechzehnten Jahrhundert?*

Wenn Martin Wind davon bekäme ... Eisiges Entsetzen kroch Tess die Wirbelsäule hoch. »Ich meine, nein, das ist wirklich nicht nötig«, erwiderte sie in gemäßigterem Ton. »Ehrlich. Ich gehe jetzt einfach nach Hause und ruh mich ein bisschen aus.«

Sie hatte Lukes Hand schließlich losgelassen, doch ihre Hände zitterten, und sie taten richtig weh. Sie sah, wie Lukes Blick darauf fiel, und vergrub hastig ihre Finger in den Taschen ihrer Jeans.

»Ich komme mit«, sagte er. »Das Rattenproblem vertagen wir auf später.«

Tess bestand zwar zunächst darauf, es allein zu schaffen, doch am Ende war sie froh über seine Hilfe. Luke, den Tess' Beteuerungen, es gehe ihr wieder gut, offensichtlich gänzlich unbeeindruckt ließen, brachte sie hinunter auf die Straße und dann nebenan wieder die Treppe hinauf zu ihrer Wohnung. Er dirigierte sie ins Wohnzimmer, drückte sie auf das Sofa, holte ein Glas Wasser und reichte es ihr. »Hier«, sagte er brüsk.

Das Wasser rann wunderbar kühl durch ihre ausgedörrte Kehle. »Danke.«

Luke zog einen Stuhl unter dem Tisch hervor, drehte ihn und setzte sich verkehrt herum darauf. »Willst du nicht lieber einen Arzt konsultieren? Das ist jetzt heute schon das zweite Mal, dass du praktisch vor meinen Augen umkippst.«

»Es ist nichts«, erwiderte Tess und umklammerte ihr Glas Wasser. »Ich bin nicht krank, falls du das meinst.«

Seine Augen verengten sich. »Irgendwas stimmt nicht mit dir. Das merke ich doch. Sag mir um Himmels willen endlich, was mit dir los ist, Tess.«

Kapitel 7

Schweigen breitete sich aus. Luke saß da und wartete auf eine Antwort. Tess hatte ganz vergessen, wie hartnäckig er sein konnte. Er würde auf einer Antwort bestehen, und er würde nicht eher gehen, bis er sie bekommen hatte. Tess spürte, wie ihre Kraft schwand, aber was konnte sie ihm sagen?

Schließlich entschied sie sich für die Wahrheit. »Ich weiß es nicht genau«, meinte sie.

»Wer ist Tom?« Luke beugte sich vor. »Ist das dein Mann?«

»Nein.«

»Dein Lover?« Seine Stimme hatte einen scharfen Unterton angenommen, und zu Tess' Entsetzen stiegen ihr die Tränen in die Augen.

Tom. Ach, Tom. »Nein.«

Sie stellte hastig ihr Glas auf den Beistelltisch, aber sie hatte einen Moment zu lange gezögert, und Luke waren ihre Tränen nicht verborgen geblieben. Er lehnte sich zurück. Tess konnte förmlich zusehen, wie er sich wieder in sein Schneckenhaus zurückzog,

»Es geht mich ja auch nichts an.«

»Ich habe keinen Lover! Das ist nicht der Punkt. Tom … ach, ich kann es nicht erklären«, sagte sie unglücklich. Sie hatte immer noch Kopfschmerzen und fasste mit der Hand an ihre Schläfe. »Etwas Unheimliches geschieht mit mir, und ich weiß nicht mehr, was ich tun soll.«

Luke, aufmerksam geworden, beugte sich vor. »Etwas Unheimliches?«

Fast wäre es aus ihr herausgesprudelt. *Ich gleite immer wieder in eine andere Zeit zurück. Ich lebe das Leben eines anderen Menschen. Ich bin ein junges Mädchen, das seit über vierhundert Jahren tot ist.*

Ein Teil von ihr sehnte sich danach, ihm die ganze Geschichte zu erzählen, ihre Angst, ihre Faszination mitzuteilen. Sie wollte sich ihm anvertrauen, aber wie könnte sie es ihm vermitteln? Der Luke von früher hätte ihr zugehört, aber dieser Mann mit dem eindringlichen Blick, dem strengen Zug um den Mund, der ihr jetzt gegenübersaß – was wusste sie denn überhaupt über ihn? Luke war härter geworden, ernster, weniger einschätzbar.

Tess wollte sich einreden, er hätte ihre gemeinsame Vergangenheit verarbeitet und hinter sich gelassen. Doch beide waren bei der Trennung damals sehr verbittert auseinandergegangen, und sie spürte ein Misstrauen in ihm, das wahrscheinlich dem ihren gleichkam. Zugegeben, er war vorhin sehr lieb zu ihr gewesen, und einen Augenblick lang war auch diese schreckliche Förmlichkeit zwischen ihnen verschwunden, sodass sie sich überlegt hatte, ob es möglich wäre, wieder mit ihm befreundet zu sein. Doch wie würde er nun reagieren, wenn sie ihm ehrlich schilderte, was mit ihr geschah? Tess ertrug die Vorstellung nicht, sich ihm anzuvertrauen und danach als hysterische Zicke abgestempelt zu werden: verwöhnt, neurotisch, um Aufmerksamkeit heischend. Martin würde sie jedenfalls so bezeichnen.

Luke hielt seinen entnervend wachen, eindringlichen Blick auf sie gerichtet, musterte sie. »Ich mache mir Sorgen um dich, Tess«, erklärte er.

Tess zögerte, nagte an ihrem Fingerknöchel. Die Versuchung, sich ihm anzuvertrauen, war sehr groß, doch sie fürchtete sich davor, wie sich sein Gesichtsausdruck verändern, er seinen Mund verächtlich verziehen würde, wenn er die Worte aussprach, die Martin sagen würde. Wenn er ihr dieses Gefühl gab, das Martin ihr immer vermittelt hatte.

Nein, sie wollte es nicht riskieren.

Außerdem, wie konnte sie ihm erzählen, was mit ihr geschah,

wenn sie es selbst nicht wusste? Etwas stimmte ganz und gar nicht, wenn sie am helllichten Tag von einem Moment zum anderen einschlief. Aber wenn sie nicht schlief, dann war es auch kein Traum, was sie erlebte. Und wenn sie nicht träumte, tja, dann … was? Dann ging sie auf eine Zeitreise? *Wirklich*?

Es konnte nicht sein. Mit jeder Faser ihres Körpers sträubte sich Tess gegen diesen Gedanken. Sie wollte ihn nicht akzeptieren. *Würde* ihn nicht akzeptieren. Es musste eine andere Erklärung geben. Denn alles andere ergab keinen Sinn.

Und bis sie eine andere Erklärung gefunden hatte, die ihr glaubhaft und akzeptabel erschien, würde sie mit dieser Sache allein fertigwerden müssen. Was immer *diese Sache* war. Erschöpft fuhr Tess mit der Hand über ihr Gesicht.

»Vergiss es«, sagte sie. »Ich bin nur müde.«

»Komm schon, Tess …«, sagte Luke, wurde aber unterbrochen vom Klingeln des Handys, das im Arbeitszimmer lag.

Bei dem schrillen, hartnäckigen Klingelton drehte sich Tess der Magen um. Am liebsten hätte sie es ignoriert, doch dann hätte sie hier sitzen bleiben und versuchen müssen, Luke zu überzeugen, dass sie nicht verrückt geworden war, und sie bezweifelte, dass sie die Kraft dafür aufbringen würde. Außerdem konnte ja mit Oscar etwas sein.

Langsam und vorsichtig erhob sie sich. »Entschuldige, ich geh mal lieber ran.«

Sie hatte immer noch weiche Knie und griff Halt suchend an die Wand, aber schaffte den Weg hinüber ins Arbeitszimmer. Luke, offensichtlich besorgt, folgte ihr.

Tess konnte jetzt wieder klarer denken. Sie war froh, dass sie der Versuchung nicht erlegen war, ihre Angst und Verwirrung preiszugeben. Wenn ihre Positionen vertauscht wären, würde sie nicht zögern, Luke zu raten, schleunigst einen Arzt aufzusuchen. Genauso würde Luke reagieren, was sie betraf. Sie durfte nicht riskieren, dass er darauf bestand, sie zum Arzt zu bringen, der ihr womöglich Prozac verschreiben oder sie umgehend in die psychiatrische Abteilung in Bootham Park einweisen würde. Solange sie nicht dafür gesorgt hatte, dass Martin niemals das Sorgerecht für Oscar bekäme, würde sie den Mund halten.

Sie wandte sich ein wenig ab und nahm das Handy, ohne auf das Display mit der Nummer des Anrufers zu sehen. »Entschuldige, ich muss kurz telefonieren«, sagte sie zu Luke. »Hallo«, rief sie ins Handy, während sie Luke einfach stehen ließ und aus dem Arbeitszimmer ging. Sie war nicht einmal mehr überrascht, als sie statt einer Antwort statisches Rauschen hörte.

»Du hast doch meine Handynummer niemandem sonst gegeben, oder?« Tess drehte nervös das Handy in ihrer Hand.

»Natürlich nicht«, erwiderte Vanessa verblüfft. »Wieso?«

Tess erzählte ihr von den anonymen Anrufen, die sie erhielt. »Nur du, Mum und die Schule haben diese Nummer.«

»Wahrscheinlich ist es ein Versehen.« Vanessa war joggen gewesen und trug eine hautenge knielange Laufhose, ein knappes Top mit raffinierten Trägern und Laufschuhe. Sie hatte ihr Haar wie üblich zu einem Pferdeschwanz hochgebunden und scharrte rastlos mit den Füßen. »Graham ruft mich dauernd an, ohne etwas zu sagen, und wenn ich ihn dann später frage, stellt sich heraus, dass er das Handy in der Hosentasche hatte und irrtümlich die Taste mit meiner Nummer gedrückt hat.« Sie lachte fröhlich. »Weiß der Geier, wen er sonst noch alles versehentlich anruft!«

»Aber warum passiert es dann immer wieder? Diese Nummer darf eigentlich niemand sonst in seinem Handy gespeichert haben.«

»Vielleicht hat derjenige es aus Versehen gemacht. Man kann so leicht die Zahlen verwechseln und eine falsche Nummer eingeben.«

»Vielleicht.« Tess war nicht überzeugt, aber Vanessa war eindeutig nicht der Meinung, dass man sich wegen so etwas Gedanken zu machen brauchte.

Tess kaute auf der Innenseite ihrer Wange und sah zu, wie Oscar auf dem Spielplatz herumtobte, wie er lachend sein Sweatshirt durch den Dreck zog. Ihr Herz krampfte sich zusammen, als sie ihn so hingebungsvoll spielen sah. Er war so ein ernsthafter kleiner Junge und hatte rasch gelernt, sich quasi unsichtbar zu machen, wenn Martin anwesend war. Das hier schien genau das zu sein, was der Kleine brauchte: andere Kinder, mit denen er herumtoben konnte, eine normale Schule, alberne Spiele.

Sie hatte richtig gehandelt, als sie mit ihm nach York gezogen war, sagte sich Tess. Sie durfte nicht zulassen, dass anonyme Anrufe oder bizarre Träume sie jetzt aus der Bahn warfen. Oscar brauchte Sicherheit und Beständigkeit.

»Ist alles okay?« Vanessa vertrieb sich die Zeit mit Kniebeugen und Dehnübungen. »Du siehst ein bisschen mitgenommen aus.«

Im Vergleich mit Vanessa, mit ihrer fitten, gesunden Ausstrahlung, sieht jeder mitgenommen aus, dachte Tess, leicht verstimmt. Lukes Bemerkung über ihr schlechtes Aussehen nagte immer noch an ihr.

»Ich bin nur ein bisschen erschöpft, weil ich in letzter Zeit nicht gut schlafe.«

Luke hatte ihr diese Erklärung nicht abgenommen, Vanessa hingegen erschien sie überaus plausibel. »Kein Wunder, in dieser grässlichen Wohnung!«

»Das ist es nicht.«

Tess holte tief Luft. Seit dem Gespräch mit Luke musste sie immer wieder daran denken, wie gern sie mit jemandem darüber reden würde, was mit ihr geschah. Und Tess war inzwischen zu dem Schluss gekommen, dass es dumm von ihr wäre, es nicht zu tun. Schließlich war ihr Vorhaben, allein mit der Sache fertigzuwerden, wie sie es Luke gegenüber behauptet hatte, bis jetzt nicht gerade von Erfolg gekrönt, oder?

Es tat ihr inzwischen fast leid, dass sie Luke nichts erzählt hatte, doch nun war die Gelegenheit vorüber, und Luke hatte sich wieder in sein Schneckenhaus zurückgezogen. Wenn sie es nicht besser wüsste, würde sie darüber nachgrübeln, ob ihre Weigerung, sich ihm anzuvertrauen, ihn verletzt hatte.

Außerdem, war es nicht vernünftiger, statt mit ihm mit Vanessa zu reden? Vanessa hatte damals ihre Freundschaft gesucht, als Tess mit ihren Eltern nach York gezogen war. Und während der gesamten gemeinsamen Schulzeit waren die beiden Mädchen unzertrennlich gewesen, hatten in ihren Zimmern herumgehangen oder in den Museumsgärten, bis sie alt genug waren, ihre Samstagabende im Ziggy's oder Harry's Bar in Mickelgate zu verbringen.

Vanessa war ihre beste Freundin gewesen – bis Luke auf der Bildfläche erschienen war. Und auch wenn sich die beiden Mädchen aus den Augen verloren hatten, als Tess nach London ging, so war Vanessa bei ihrer Rückkehr nach York sofort wieder zur Stelle und bereit, ihr zu helfen. Vielleicht verhielt sich Vanessa hier und da ein wenig rechthaberisch und dominant, auch gab es den einen oder anderen Moment, wo Tess sich regelrecht beherrschen musste, weil ihre Freundin gar so überzeugt war, alles besser zu wissen. Doch Vanessa meinte es gut, sie war hilfsbereit, und überdies kannten sie einander schon so lange. Wenn sie es Vanessa nicht erzählen konnte, wem dann?

»Ich habe seit einiger Zeit diese Träume«, begann Tess.

»Träume?« Vanessa griff sich an den Ellbogen und zog ihn hinter ihr Ohr. »Welche Träume? Albträume?«

»Nein, na ja, nicht genau. Sie sind so lebendig, Van. Ich bin dieses junge Mädchen, das im York der elisabethanischen Zeit lebt. Ich weiß, es klingt verrückt, aber es ist, als wäre ich sie. Als wäre ich tatsächlich *dort*.« Tess bewegte in dem Versuch, es ihr begreiflich zu machen, hilflos ihre schmerzenden Finger. »In diesen Träumen habe ich Erinnerungen. Ich weiß, welcher Geruch in der Straße herrscht. Ich weiß, wie eng mein Mieder geschnürt ist. Ich weiß, wie die Speisen schmecken.« Sie fuhr mit der Zunge über ihre Zähne bei dem Gedanken an die angedickten, kräftig gewürzten

Saucen, die schweren Pasteten, das verlockende Aroma von gebratenem Fleisch. »Hast du schon mal solche Träume gehabt?«

»Nie.« Wie zur Bekräftigung schwang Vanessas Pferdeschwanz hin und her, als sie den Kopf schüttelte. »Ich träume fast nie. Also, wenn du mich fragst, Tess, dann bist du einfach nicht müde genug. Du solltest Sport treiben. Geh mit mir joggen, und ich verspreche dir, du wirst schlafen wie ein Murmeltier.«

»Du glaubst also nicht, dass es irgendwie möglich sein könnte, dass diese Träume … real sind?«

»Real?«

»Als würde ich das Leben eines Menschen wieder leben, der schon lange tot ist.«

»Natürlich nicht.« Vanessa lachte, hielt jedoch abrupt inne, als sie Tess' Gesichtsausdruck bemerkte. »*Du* etwa?«

»Nein … zumindest … aber ist es so undenkbar?«

»Tess! Das ist nicht dein Ernst?«

Natürlich nicht. Wie könnte sie so etwas ernst meinen?

»Nein … es ist nur, dass meine Mutter mich neulich daran erinnert hat, wie ich als Kind immer Dinge gesehen habe. Dinge, die sich eigentlich nicht erklären ließen.«

»Das klingt aber gar nicht nach deiner Mutter, dich bei so etwas auch noch zu ermutigen!«

»Das tut sie auch nicht. Sie sagte, ich hätte eine ziemlich blühende Fantasie gehabt.«

»Nun ja, es stimmt schon, dass du bisweilen ein ziemliches Theater aufgeführt hast«, erwiderte Vanessa, und obwohl sie dabei schmunzelte, vernahm Tess in ihrer Stimme einen Unterton von – tja, Belustigung? Verachtung?

»*Wirklich?*« Tess konnte sich nicht erinnern. Wenn sie an ihre Kindheit und Jugend in York dachte, dann daran, wie unsicher und gehemmt sie wegen ihres Gewichts gewesen war. Und wie sehr sie ihren Vater vermisst hatte. Sie erinnerte sich nicht daran, je ein Theater gemacht zu haben.

»O ja. Weißt du noch, unser Schulausflug zu dem Haus von Margaret Clitherow?«

Tess verlagerte unbehaglich ihr Gewicht aufs andere Bein. »Nein.« Die Kopfschmerzen meldeten sich wieder, bohrten sich in ihr Hirn.

»Oh, doch. Denk mal nach«, beharrte Vanessa. »Es war kein großartiger Ausflug, da es nur darum ging, ihren Schrein in The Shambles anzugucken, aber wir sind eigens mit einem Bus dorthin gebracht worden. Jeanette hatte eine riesige Tüte Marshmallows dabei, und wir haben ein Wettessen veranstaltet, wer die meisten schafft bis zum Ende der Busfahrt …« Sie unterbrach sich, als Tess immer noch verständnislos dreinblickte. »Daran musst du dich doch erinnern können!«

»Nein.«

»Uns allen war speiübel, als wir dort ankamen, aber du musstest natürlich noch eins draufsetzen.« Vanessa schmunzelte wieder, doch der Blick, den sie Tess dabei zuwarf, war nadelspitz. »Uns allen war einfach schlecht, aber du hast eine irrsinnige Szene hingelegt. Du hast angefangen zu würgen und zu keuchen, und dann bist du aus dem Haus gestürmt und hast dich übergeben. Du hast praktisch den ganzen Bürgersteig vollgekotzt. Es war schlimm!« Sie schaute Tess forschend an. »Ach komm, Tess, ich kann nicht glauben, dass du das nicht mehr weißt!«

Allmählich kehrte die Erinnerung zurück. Der abgedunkelte Raum, das Grauen, das dort immer noch zu spüren gewesen war. Sie hatte sich gesträubt hineinzugehen – jetzt wusste Tess es wieder. Sie hatte einen gewaltigen Druck auf der Brust gespürt, wie ein großes Gewicht, das sie nach unten drückte, immer weiter, immer weiter, sodass sie nicht mehr atmen konnte. Sie wusste nicht mehr, wie sie es aus dem Haus geschafft hatte, erinnerte sich nur noch an ein schreckliches Brausen in den Ohren. Sie hatte sich übergeben müssen, das entsprach der Wahrheit, aber etwas an Vanessas Geschichte stimmte nicht …

»Ich hatte gar keine Marshmallows gegessen«, sagte Tess bedächtig.

»Doch, natürlich«, verbesserte Vanessa sie. »Deswegen hast du doch spucken müssen.«

»Aber ich mag keine Marshmallows.«

»Ich verstehe, warum du sie jetzt nicht mehr sehen kannst. Wenn einem einmal davon so übel geworden ist, rührt man sie nicht mehr an. Ich selbst mag sie auch nicht besonders.«

»Nein, ich meinte …« Tess ließ den Satz unvollendet. Es hatte keinen Sinn, mit Vanessa zu streiten. Diese war so sicher, recht zu haben, dass Tess sie niemals vom Gegenteil würde überzeugen können. Aber sie hatte Marshmallows nicht ausstehen können. Ihr Vater hatte sie, als sie sechs Jahre alt war, einmal auf einen denkwürdigen Campingausflug mitgenommen. Sie hatten gegrillt und anschließend über dem Lagerfeuer Marshmallows getoastet. Tess musste in der Nacht darauf heftig spucken, offenbar hatte sie irgendetwas Unrechtes gegessen. Doch ihr Unterbewusstsein hatte anscheinend die beiden Ereignisse untrennbar miteinander verknüpft, denn nie im Leben würde sie sich mit dreizehn bei einem Schulausflug mit Marshmallows vollgestopft haben. Etwas anderes hatte die Übelkeit in diesem Haus in The Shambles bei ihr ausgelöst.

Vanessa mochte zwar überzeugt sein, dass Tess gern übertrieben und Szenen hingelegt hatte, doch Tess erinnerte sich nur an das Grauen, das Gefühl, zerquetscht zu werden, eine Art der Hinrichtung, die Margaret Clitherow tatsächlich erleiden musste. Natürlich war der ganzen Klasse Margarets Schicksal bekannt. Das war Sinn und Zweck dieses Schulausflugs gewesen. Margaret Clitherow war die Frau eines Metzgers, die man zum Tod verurteilte, weil sie dem katholischen Glauben nicht abgeschworen hatte. Sie wurde hingerichtet, indem man eine Tür auf sie legte und diese so lange mit Steinen beschwerte, bis Margaret elend starb. Später wurde sie heiliggesprochen und ihr Wohnhaus in The Shambles in einen Schrein umgewandelt. Deshalb war es gut möglich, dass Tess von dieser Geschichte so mitgenommen war, dass sie körperlich reagiert hatte. Überreagiert, wie Vanessa – und zweifellos auch Tess' Mutter – behaupten würden.

Doch in Tess' Erinnerung war es anders gewesen.

Warum stimmten so viele ihrer Erinnerungen nicht mit denjenigen der anderen überein?

»Ich würde mir jedenfalls darüber keine Sorgen machen«, sagte Vanessa in einem energischen Ton. »Für mich klingt das, als wärst du einfach erschöpft. Deine Ehe ist gescheitert, du bist umgezogen … kein Wunder, dass du gestresst bist.«

»Ja.« Tess schaute weg. »Ja, sicher hast du recht.«

Oscar war immer noch in sein Spiel vertieft. Zeit, das Thema zu wechseln.

»He, rate mal, wer die neuen Regale in Richards Arbeitszimmer einbaut. Da kommst du nie drauf.«

Vanessa hielt in ihrer Dehnübung inne. »Wer denn?«

»Luke Hutton.«

Tess hatte sich um einen leichten Ton bemüht, als wäre es ein witziger Zufall, keine große Sache, aber Vanessa reagierte entsetzt.

»Das ist nicht dein Ernst! Oh, Tess, du Arme. Wie schrecklich für dich!«

Tess war konsterniert. Sie hatte gewusst, dass Vanessa nicht viel von Luke hielt, aber dass sie ihn so wenig mochte, überraschte sie.

»Es ist okay, ehrlich. Es macht mir nichts aus.«

»Er hat sich so gemein dir gegenüber verhalten«, sagte Vanessa in einem derart ätzenden Ton, dass Tess zu ihrer eigenen Verwunderung spontan den Drang verspürte, Luke in Schutz zu nehmen.

»*So* schlimm war er auch wieder nicht.«

»Doch!« Mit verkniffenem Mund nahm sich Vanessa nun ihren zweiten Ellbogen vor. »Ich war immer überzeugt, dass er dich benutzt hat.«

»Mich benutzt?« Tess schnaubte belustigt. Entweder lag sie mit ihrer Erinnerung komplett falsch, oder Vanessa täuschte sich. »Wie kommst du nur auf diese Idee. Ich war ein Fettkloß, zu schüchtern, um mit irgendjemandem zu reden. Ich konnte es nicht fassen, dass er mit so einer wie mir überhaupt ausgehen wollte.«

»Du kommst aus einer guten Familie.«

Tess starrte ihre Freundin an und fragte sich, ob sie scherzte, aber Vanessa schien es ernst zu meinen.

»Komm schon, Van! Das ist das Letzte, worauf ein Kerl wie Luke Wert legen würde.«

»Glaubst du?« Vanessa rümpfte die Nase. »Du weißt schon, dass sein Vater eine Zeit lang im Gefängnis gesessen hat, oder?«

Ärger stieg in Tess hoch. »Ja, das ist mir bekannt«, erwiderte sie gelassen. »Luke selbst hat es mir gesagt. Nicht dass er da irgendwie mit dringesteckt hätte. Wenn er sich irgendwelche Vorteile aus meinen Beziehungen erhofft hätte – wobei ich mich frage, welcher Art die sein sollen –, hätte er es anders anpacken müssen, denn er hat mich ja schließlich verlassen, nicht?«

»Nur weil er kapiert hatte, dass du was Besseres gefunden hattest.«

Was Besseres? Tess dachte an ihr Leben mit Martin und schwieg.

»Ich will nur nicht, dass dir wieder wehgetan wird«, bemerkte Vanessa, die Tess' Schweigen falsch interpretierte. »Du warst am Boden zerstört, als Luke dir, ohne mit der Wimper zu zucken, den Laufpass gegeben hat. Ich habe dem Kerl nie getraut«, fügte sie hinzu. »Und wie recht ich hatte! Bitte, Tess, sei einfach vorsichtig, was ihn angeht.«

Tess saß am Schreibtisch vor dem Erkerfenster, aber sie hatte Mühe, sich auf die Gerichtsprotokolle zu konzentrieren. Die schwer zu lesenden Schriftzeichen auf dem Bildschirm vor ihr verschwammen vor ihren Augen, und so schaute sie immer wieder empor zu dem verlockend blauen Himmel, der über den Dächern auf der anderen Seite zu sehen war. Die Luft in der Wohnung war abgestanden, die Atmosphäre bedrückend.

Dies hatte nichts mit der Tatsache zu tun, dass Luke an diesem Tag nicht anwesend war.

Seltsam, wie viel sicherer sie sich fühlte, wenn er sich in der Wohnung aufhielt. Nicht dass sie viel mit ihm zu tun gehabt hätte. Er arbeitete nicht regelmäßig an seinen Regalen, und wenn er kam, war er oft schlecht gelaunt und kurz angebunden. Ein paarmal hatte Tess ihn dabei ertappt, wie Luke sie forschend betrachtete, doch ihre Unterhaltung beschränkte sich im Wesentlichen darauf, ob er einen Kaffee wollte oder nicht.

Ein- oder zweimal hatte Tess sich selbst bei dem Wunsch ertappt, er möge sie wieder mit dem gleichen besorgten Blick ansehen wie damals, er möge sie dazu bringen, sich hinzusetzen und ihm zu erzählen, was sie bedrückte, doch diesen Gedanken schob sie stets resolut beiseite. Sie brauchte keinen Luke Hutton, der ihr die Schwierigkeiten aus dem Weg räumte. Und wenn sie mit ihm reden wollte, konnte sie ihn jederzeit ansprechen, sagte sie sich.

Sie konnte es sich aussuchen. Sie konnte bestimmen.

Zwei Wochen waren nun vergangen, seit Tom fortgegangen war. Seit sie *geträumt* hatte, dass Tom fortgegangen war, wie sie sich eilig korrigierte. Immer wieder ertappte sie sich dabei, dass sie an Nell dachte. Wenn der Mond über den Dächern hing, blickte sie hinauf zu ihm und dachte an das Versprechen, das sie gegeben hatte.

Falsch. An das Versprechen, von dem sie *geträumt* hatte, es gegeben zu haben.

Die Erinnerung war immer noch äußerst lebendig, doch Tess fing allmählich an zu glauben, dass Vanessa recht hatte und das Ganze nur eine bizarre Episode war, ausgelöst durch den Stress, weil sie ihren Mann verlassen hatte. Die Intensität dieser Erinnerung hatte ihr Angst gemacht und sie gleichzeitig fasziniert. Irgendein kleiner Teil von Tess wünschte, in die Vergangenheit zurückzukehren und herauszufinden, wie es mit Nell weitergegangen war, doch immer wenn sie sich bei diesem Gedanken ertappte, verdrängte sie ihn mit aller Macht, damit sie ihn ja nicht weiterspinnen konnte.

Die einzig logische Erklärung bot die *Recovered-Memory*-Theorie, und folglich gab es keine Geschichte um Nell. Sie war nur ein Produkt ihrer Fantasie, ein reines Hirngespinst; genau wie die Gesichter, die manchmal, während sie an ihren alten Handschriften arbeitete, vor ihrem geistigen Auge auftauchten und sie förmlich ansprangen, unter anderem wegen der Detailgenauigkeit, mit der sie sich die einzelnen Personen vorzustellen vermochte: Ambrose Cook mit seiner Leichenbittermiene und den spindeldürren Beinen; Michael Mudd mit seinen Zahnlücken und der Trinkernase, braunes eingetrocknetes Blut an den Rändern seiner Metzgerhände; die Witwe Barker mit ihren knotigen Fingern und dem gekrümmten Rücken; Cuthbert Dawson mit seinen schräg geschnittenen Augen, die ihn seltsam attraktiv erscheinen ließen, trotz seines fleckigen Wamses, das sich über seinem riesigen Bauch spannte.

All dies hatte nichts zu bedeuten, redete Tess sich ein. Diese Gestalten waren lediglich die Anklänge von Charakteren, die sie irgendwann in einem Spielfilm gesehen hatte, oder gar reine Hirngespinste. Sie waren nicht real.

Es hatte keine weiteren Träume gegeben, und sie war froh darüber – redete sie sich ein.

Und dennoch. Wenn Luke in der Wohnung war, fühlte sie sich wohler. Die Geräusche seines Hammers und seiner Bohrmaschine, die aus dem Arbeitszimmer drangen, wirkten seltsam tröstlich auf Tess. Trotz der Rastlosigkeit, die sie in ihm spürte, und seiner gelegentlichen Ruppigkeit, empfand sie seine Gegenwart als beruhigend. Einmal, vor vielen Jahren, war Tess auf einer Fähre über den Ärmelkanal fürchterlich seekrank geworden. Ihr Vater hatte ihr geraten, stets auf den Horizont zu schauen. »Halte den Blick auf einen festen Punkt gerichtet«, hatte er erklärt, »dann beruhigt sich dein Magen.« Und immer, wenn nun die Zeit und die Realität ins Wanken zu geraten drohten, dachte Tess an Luke als ihren Horizont, ihren Fixpunkt. Es schien zu funktionieren.

Ihre Hände taten immer noch weh; manchmal wurden die

Schmerzen so schlimm, dass sie nicht mehr am Computer arbeiten konnte. Doch immer wenn sie zu dem Schluss kam, dass ihr nun keine andere Wahl mehr blieb, als einen Arzt aufzusuchen, ließen sie wieder nach, und sie konnte ihren Arztbesuch erneut aufschieben.

Auch schlief sie immer noch schlecht. Mehr als einmal hatte Tess entnervt ihr Bett verlassen und sich auf die Couch im Wohnzimmer gelegt, nur um dieses verzweifelte Scharren in der Wand nicht mehr hören zu müssen. Sie hatte erneut den Mann von der Schädlingsbekämpfung kommen lassen und war zwei weitere Male nach nebenan zu den Handwerkern gegangen, um sie zu bitten, in der Wand nachzusehen. Doch man hatte sie offenbar bereits als Spinnerin abgestempelt. Da sei nichts in der Wand, hatten die Männer ihr versichert, weder Ratten noch Scharrgeräusche. Nichts.

Hin und wieder, tagsüber oder auch nachts, klingelte ihr Handy. Tess' Blick fiel nun immer zuerst auf das Display, und wenn sie »Unbekannt« las, ließ sie es klingeln, bis sich die Mailbox einschaltete. Der Anrufer hinterließ nie eine Nachricht. Tess hatte mit dem Gedanken gespielt, sich ein neues Mobiltelefon zuzulegen, doch wenn es Martin war und er ihre Nummer herausgefunden hatte, würde ihn nichts daran hindern, es auch ein zweites Mal zu schaffen. Sie würde warten, bis es ihm zu langweilig wurde, beschloss Tess. Solange sie nicht an ihr Handy ging, war das Ganze nur ein Ärgernis, mehr nicht. Dennoch zuckte sie jedes Mal zusammen, wenn es klingelte, und so hatte sie es sich zur Gewohnheit gemacht, es auszuschalten, sobald sie Oscar von der Schule abgeholt hatte, sehr zum Verdruss ihrer Mutter und von Vanessa.

Tess biss die Zähne zusammen und hielt deren Vorwürfe aus. Oscar war glücklich, und das war das Einzige, was zählte. Er mochte die Schule, er ging gern zu Vanessa und spielte mit ihren Kindern Sam und Rosie, und er konnte es abends nicht erwarten, Ashrafar zu begrüßen. Luke gegenüber war er misstrauisch und mied ihn, wo es ging, doch er hatte Bink, er hatte seine Mummy, und er durfte fernsehen. In Oscars Welt war alles in Ordnung. Und Tess wollte das Ihrige tun, damit es so blieb.

Keine Nachricht von Martin. Statt beruhigt zu sein, wurde Tess immer nervöser, während sie auf seinen nächsten Schritt wartete. Hin und wieder glaubte sie, ihn auf der Straße gesehen zu haben, wobei ihr jedes Mal fast das Herz stehen blieb. Doch wenn sie ihm folgte, wild entschlossen, ihn zur Rede zu stellen, stand jedes Mal ein völlig Fremder vor ihr.

Du bist übernervös. Du bildest dir Dinge ein.

Ein jeder würde so reden.

Seufzend schob Tess ihren Laptop beiseite. Es hatte keinen Sinn zu arbeiten, wenn sie so müde war und der Himmel über den roten Dächern gegenüber so verführerisch blau leuchtete. Sie würde einen Spaziergang machen, um wieder einen klaren Kopf zu bekommen.

Es tat gut, wieder Sandalen zu tragen und ohne Jacke nach draußen gehen zu können, das Sonnenlicht auf dem Gesicht zu spüren. Die Bäume, die das Flussufer säumten, trugen frisches grünes Laub. Tess ging beschwingten Schrittes zu der neuen Brücke, die man für das Millennium gebaut hatte, und dann am südlichen Ufer Richtung Innenstadt zurück. Vielleicht hatte Vanessa auch in diesem Punkt recht, und sie brauchte nur ein wenig Bewegung.

Auf der Ouse Bridge blieb sie stehen und beobachtete einen einsamen Ruderer, der ebenfalls das schöne Wetter nutzte. Seine Ruderblätter tauchten sauber und glatt in den Fluss – hinein, hinaus, hinein, hinaus –, und immer, wenn er sie anhob, fing sich das Sonnenlicht in den Wassertropfen und ließ sie aussehen wie eine Kaskade Diamanten. Etwas an dem gleichmäßigen Rhythmus erinnerte Tess daran, wie sie unten an der Anlegestelle gestanden und verfolgt hatte, wie das Flussschiff Tom unerbittlich immer weiter von ihr forttrug.

Tiefe Trauer überkam sie, doch dann riss Tess sich zusammen. Das war nicht ihre Erinnerung. Nell war es gewesen, die hier gestanden hatte, Nell, deren Magen sich verkrampfte vor Liebe und Sehnsucht.

Nell, die ein Produkt ihrer Fantasie sein mochte, sich aber dennoch mit aller Macht in Tess' Geist zu drängen versuchte.

Gerade als Tess gedacht hatte, es hätte aufgehört.

Nein. Nein. Ich lasse dich nicht los.

Tess reckte das Kinn, wappnete sich. Diesmal würde sie *nicht* nachgeben. Sie durfte nicht riskieren, zwischen zwei Welten zu driften, mitten auf der Straße einen Aussetzer zu haben. Oscar brauchte eine geistig stabile und vernünftige Mutter. Sie musste voll *da sein*. Wenn ihr etwas zustieße, würde kein Gericht der Welt Martin daran hindern, seinen Sohn zu sich zu nehmen. Dies musste Tess verhindern.

Auch wenn Martin vielleicht nie die Hand gegen seinen Sohn erhoben hatte, so verspürte Oscar, wie sie wusste, dennoch Angst vor seinem Vater. Sie hatte es erkannt an der Art, wie der Kleine seine schmächtigen Schultern einzog, instinktiv mit dem Kopf zurückwich, den Blick senkte. Kein Kind sollte diesen Ausdruck in den Augen haben wie Oscar, wenn sein Vater das Zimmer betrat. Tess würde dafür sorgen, dass dies nie wieder geschah.

Sie legte die Hände auf die Brüstung, um den harten Stein zu spüren. Die Brücke, die Nell gekannt hatte, war im neunzehnten Jahrhundert abgerissen worden. Folglich war diese hier sicheres Terrain. Tess sah hinauf zum Himmel, atmete langsam ein und aus und beobachtete, wie über ihr ein Düsenjet einen Kondensstreifen ins tiefe Blau zeichnete.

Genau, das war die Lösung. Sie musste sich auf alles konzentrieren, was ins Hier und Jetzt gehörte: auf den Verkehrslärm hinter ihr, das Zischen von Druckluftbremsen, den Geruch von Auspuffgasen, das Aufblitzen von Schaufensterscheiben, den Klingelton eines Handys.

Als sie das Gefühl hatte, wieder mehr mit der Gegenwart verbunden zu sein, verließ Tess die Brücke. Sie konnte nicht den ganzen Tag hier verbringen. Sie musste nach Hause und Oscar von der Schule abholen.

Sie biss sich auf die Unterlippe und lenkte ihre Schritte weg von der Brücke. Doch sie kam sich nackt vor, ungeschützt, verletzlich. Sie vertraute nicht darauf, dass die Straße unter ihren Füßen stabil bleiben würde. Immer wieder sah sie an sich hinunter auf ihre Jeans und fragte sich, warum sie ihr so eigenartig vorkamen. In der Coney Street griff sie mehrere Male Halt suchend an eine Hauswand. Am Anfang der Stonegate blieb sie vor einem Blumenstand stehen und richtete ihre ganze Aufmerksamkeit auf die leuchtenden Farben, die klar gezeichneten Blütenblätter, bis der Verkäufer vortrat und Tess in ihrer Tasche nach dem Geldbeutel kramte und einen Strauß Gerbera kaufte, den sie gar nicht wollte.

Sie hatte fast ihre Wohnung erreicht, brauchte nur noch die Stonegate entlangzugehen.

Viele Menschen waren unterwegs, als sie in die Straße einbog, und so hielt sie sich in der Mitte zwischen den Rinnsteinen. Ein nadelfeiner Regen stach ihr ins Gesicht. Es regnete nun schon seit mehreren Tagen, und das Wasser in den Rinnen floss schnell dahin. Sie raffte ihre Röcke, um die Säume vor dem Morast zu schützen.

Sie musste an Tom denken, fragte sich, ob es in Hamburg auch gerade regnete. In der Dachkammer, die sie sich mit Alice teilte, blickte sie jede Nacht aus dem kleinen Fenster, in der Hoffnung, den Mond zu erspähen. Am besten war es, wenn die Nacht klar und der Mond voll war. Dann stellte sie sich vor, wie sie all ihr Hoffen und Sehnen hoch hinauf in den dunklen Nachthimmel schickte, wo es wie ein Ball gegen den silbernen Vollmond prallte und von dort zurück auf die Erde fiel, zu der Stelle, wo Tom es auffangen konnte, als Zeichen, dass sie an ihn dachte. Dass sie ihn liebte und immer noch vermisste.

Dass sie auf ihn wartete.

»Na, so was, wer kommt uns denn da besuchen? Ist das nicht die kleine Nell Appleby?« Die leicht nuschelnde Stimme riss sie aus ihren Gedanken. Sie hob den Kopf und erblickte John Harper, der unter dem Schutz der Markise am Rahmen seiner Ladentür lehnte und Nell aus halb geschlossenen Augen betrachtete. Das Schnippeln einer Schere drang durch die Fensterläden seiner Werkstatt, wo sich sein Lehrjunge mit einem neuen Wams abmühte.

Der Mann war ein Gauner und ein Schotte, wie Nells Vater immer behauptete, und in der Tat hatte Harper unter seinen Nachbarn nur wenige Freunde. Er ärgerte und provozierte die ehrsamen Bürger der Stadt, bis sie entnervt ihre Kappen herunterrissen. Deren Frauen hingegen waren anderer Meinung, was John Harper betraf. Man konnte über ihn sagen, was man wollte, aber der Mann verstand sich darauf, ein Kleid zu nähen, und dieser Blick aus seinen Augen mit den schweren Lidern ließ sogar ein altes Weiblein noch erröten. Nell hatte immer das Gefühl, dass Harper sie, wenn er sie anschaute, im Geiste langsam und genüsslich entkleidete. Als würde er zuerst die Nadeln, mit denen man die Ärmel ans Kleid geheftet hatte, eine nach der anderen herausziehen, bis ihre Arme nackt und bloß waren. Sodann würde er sich die Bänder ihres Mieders vornehmen, ohne Eile die enge Schnürung lösen, bis ihr Unterhemd hervorquoll und mit ihm ihre Brüste …

Nell schluckte. Sie hatte immer schon eine gewisse Abneigung gegen John Harper empfunden – dieser fleischige Mund, seine allzu roten Lippen, die kurzen schwarzen Stoppelhaare auf seinem Handrücken –, doch unerklärlicherweise übte dieser Mann gleichzeitig eine gewisse Anziehung auf sie aus. Immer wenn sein Blick sie traf, spürte sie, wie sie rot wurde.

Nell hätte ihn am liebsten ignoriert, aber wie könnte sie? Schließlich war er ein freier Bürger der Stadt und ein Nachbar.

»Einen guten Tag Euch, Mr Harper«, sagte sie geziert, heilfroh, dass sie einen Umhang trug, der bis zum Hals geschlossen war, und eine Halskrause, welche die roten hektischen Flecken auf ihrem Hals verbarg.

»Hofft Ihr denn noch immer auf die Rückkehr von Tom Maskewe?«, wollte Harper wissen. »Er wird bestimmt noch ein Jahr oder länger fort sein, und einer jungen Maid wie Euch wird einsam werden. Ich würde Euch bis zu seiner Rückkehr gern Gesellschaft leisten.« Er zwinkerte ihr zu und grinste dabei anzüglich, und Nell wurde puterrot.

»Ihr seid zu freundlich, Sir«, entgegnete sie, ohne seinen Blick zu erwidern. Sie wollte kühl und gelassen klingen, doch sie war erst achtzehn. »Ich fürchte, ich muss Euer Angebot ablehnen.«

John Harper lachte nur – ein Lachen, bei dem Nell an zerwühlte Bettlaken und heiße Nächte voller Leidenschaft denken musste.

»Ihr seid gewiss gekommen, um Eurem Vater einen Besuch abzustatten«, fuhr er fort. »Wie ich gehört habe, war er krank.«

»Ja, ich …« Verwirrt brach Nell ab. Was redete sie da? Sie wollte ihren Vater nicht besuchen. Er war seit Jahren tot. Sie befand sich auf dem Weg in ihre Wohnung, um mit ihrer Arbeit weiterzumachen.

Ihr Herz klopfte, eine Angst, die sie sich nicht erklären konnte, hatte sich ihrer bemächtigt. Sie spähte hinunter auf ihre Füße, doch statt der robusten Pantinen sah sie schmale Lederriemen und ihre nackten Zehen, deren Nägel rot lackiert waren. Ihre Kehle war wie zugeschnürt, und ihr wurde flau im Magen. Bestürzt schaute sie empor zu John Harper, doch dieser war verschwunden. Stattdessen starrte sie in ein Fenster, das aus einer riesigen Glasscheibe bestand, auf der ein großes rotes Banner prangte: SALE.

Wieder drehte sich ihr der Magen um, und Tess wurde jäh in die Gegenwart katapultiert. Völlig verstört presste sie die Hand auf ihr pochendes Herz.

Wie war es Nell gelungen, anscheinend mühelos ihren Widerstand zu brechen? Tess war wild entschlossen gewesen, Nell nicht an sich heranzulassen, fest in der Gegenwart zu bleiben. Doch nun hatte es den Anschein, als säße Nell bereits in ihrem Kopf und wartete nur auf den richtigen Moment, den Ort, die winzige Geste, die es ihr ermöglichte, Tess zurück in die Vergangenheit zu holen.

Sie durfte nicht länger die Augen davor verschließen, was mit ihr geschah, erkannte Tess mit plötzlicher Einsicht. Nell war kein

Produkt ihrer Fantasie. Sie besaß Macht und war real und hatte sich Zutritt zu Tess' Geist verschafft.

Irgendwie musste Tess eine Möglichkeit finden, Nell wieder loszuwerden. Tess wusste zwar noch keinen Ausweg aus diesem Dilemma, nahm sich aber vor, bis dahin noch vorsichtiger zu sein und auf keinen Fall zuzulassen, dass ihre Gedanken abschweiften. In den vergangenen Wochen hatte Tess sich in dem Glauben gewiegt, die Gefahr sei vorüber. Das war ein Fehler gewesen. Sie würde ihn nicht noch einmal machen, schwor sie sich.

Ihre Hand zitterte so sehr, dass es mehrerer Anläufe bedurfte, bis endlich ihr Schlüssel im Schloss steckte. Das Erste, was sie hörte, als sie ihre Wohnung betrat, waren Sägegeräusche. Ihr Herz machte vor Erleichterung einen Satz. Luke war da. Ohne nachzudenken, ging sie schnurstracks zu ihm ins Arbeitszimmer.

Er schaute von seiner Arbeit auf, als sie in der Tür erschien. »Das ist aber nicht nötig«, sagte er.

»Was?« Sie folgte seinem Blick zu dem Blumenstrauß in ihrer Hand. Sie hatte nicht bemerkt, dass sie ihn immer noch umklammert hielt. »Ach, das meinst du«, sagte sie und kam sich dabei ziemlich dämlich vor. »Die sind … für mich«, stammelt sie schließlich.

Luke legte seine Säge auf den Boden. »Was ist passiert?«

Tess öffnete den Mund und schloss ihn wieder. Wie konnte sie es ihm erzählen, ohne sich anzuhören wie eine Verrückte? Sie war jetzt nicht in der Lage, sich einem Kreuzverhör auszusetzen. Lukes bloße Anwesenheit genügte ihr. Sie brauchte einen Fixpunkt.

»Nichts. Ich habe nur ein bisschen Kopfschmerzen.« Sie hob hilflos die Hand mit dem Blumenstrauß. »Ich … ich stelle sie nur schnell ins Wasser.«

In der Küche herrschte eine seltsame Atmosphäre. Sie spürte es schon beim Eintreten, konnte jedoch den Grund dafür nicht benennen. Immer noch die Blumen umklammernd, ließ sie ihren Blick durch den Raum schweifen.

Der Kühlschrank in der Ecke brummte geräuschvoll. Der Herd

in der Küchenzeile war mit alten eingebrannten Fettspritzern verkrustet. Aus dem Fenster über der Spüle blickte man auf eine unschöne kahle Ziegelwand. Nein, alles war so wie immer.

Tess stellte die Blumen in eine Vase, band sich eine Schürze um und fing an, wie mechanisch die Küche aufzuräumen. Alles war besser als dieses ständige Nachgrübeln, was mit ihr geschah. Die Kopfschmerzen waren nicht nur eine Ausrede gewesen – sie hatte das Gefühl, ihr Schädel stecke in einem Schraubstock.

Sie fegte zu Boden gefallene Cornflakes und Toastkrümel auf. Schabte Essensreste von Tellern. Ließ Wasser ins Spülbecken laufen. Arbeiten, die sie schon tausendmal gemacht hatte, die ihr an diesem Vormittag jedoch auf geradezu gespenstische Weise fremd erschienen, als hätte sie noch nie Cornflakes gesehen, noch nie den Deckel eines Mülleimers schwingen lassen. Die Plastikschüssel fand sie merkwürdig, irgendwie fühlte Tess sich von dem glatten, kompakten Material abgestoßen.

Gegen das Unbehagen ankämpfend, das sie zwischen den Schulterblättern verspürte, betrachtete sie die Schüssel. Wozu diente sie?

»Alles okay?«

Beim Klang von Lukes Stimme zuckte sie zusammen und drehte sich herum. »Mein Gott, hast du mich erschreckt!«

»Tut mir leid.« Er sah sie forschend an, mit einem Blick, der Tess viel zu eindringlich und aufmerksam war. »Was ist denn das für ein Wetter heute? Als ich kam, schien noch die Sonne.«

Sie fuhr sich mit der Zunge über die Lippen und hatte alle Mühe, sich zu konzentrieren. »Ja, es ist wunderschön draußen.«

»Wieso bist du dann ganz nass?«

»Was?«

Sie folgte seinem Blick und hob die Hand an ihr Haar. Es fühlte sich feucht an, und als sie an sich hinunterschaute, stellte sie fest, dass die Ränder ihrer Jeans durchweicht und ihre Zehen schmutzig waren. Sie klammerte sich an den Stoff ihrer Schürze, während die Welt um sie herum kippte und unter ihr wegglitt.

Nell hörte, wie der Herbstwind an den Dachziegeln rüttelte und um das Vordach pfiff, während sie zum Tor ging, um nachzusehen, wer Einlass begehrte. Sie wischte sich an ihrer Schürze das Mehl von den Händen, öffnete und schnalzte missbilligend mit der Zunge, als der Sturm einen Schwall dürrer Blätter in den Hauseingang wehte. »Papa!« Ein überraschtes Lächeln erhellte ihr Gesicht, als ihr Vater, der mit beiden Händen seinen Hut festhielt, vor ihr stand.

Merkwürdig, wie alt und klein er ihr mit einem Mal vorkam. Normalerweise besuchte sie ihn in seinem Haus in der Stonegate, wo sie aufgewachsen war, und einen kurzen Moment glaubte sie, einen Fremden vor sich zu haben. Nie zuvor war ihr aufgefallen, wie abgetragen sein Umhang, wie schäbig die Pelzverbrämung wirkte. War sein Haar schon immer so schütter gewesen?

Nell merkte, dass er sich unbehaglich fühlte und ihrem Blick auswich. »Ich habe William Harrison in der Trinity Hall getroffen«, sagte er mit lauter Stimme, damit der Wind ihm nicht die Worte wegblies. »Ich habe ihn gefragt, ob ich dich hier besuchen kann, denn ich muss mit dir reden.«

»Ist etwas passiert?« Nell trat einen Schritt zurück, um das Tor weiter zu öffnen und ihn einzulassen. »Meine Stiefmutter?«, fragte sie alarmiert. »Die Buben?«

»Nein, nein, ihnen allen geht es gut.« Er fuhr mit dem Finger unter seine schlaffe Halskrause. »Es gibt … da etwas, das ich dir sagen muss.«

»Was ist es?« Nell war nun wirklich beunruhigt angesichts seiner Miene, und ein Gedanke schoss ihr durch den Kopf, bei dem ihr Herz einen Schlag aussetzte. »Ist etwas mit Tom?«

»Nein … nun ja, es hat mit Tom zu tun, aber ich habe nichts Neues über ihn erfahren.«

Nell atmete langsam aus. »Was ist es dann? Komm, Papa«, sagte sie, führte ihn in die Halle und drückte ihn auf eine Truhenbank. »Nimm hier Platz.« Hoch oben in der Wand war ein Fenster eingelassen, und in seinem Licht sah sein Gesicht grau und verhärmt aus.

Nell runzelte die Stirn, bedauerte, dass es zu früh am Tag war, um ein Feuer in dem großen steinernen Kamin anzuzünden. »Soll ich dir einen Humpen Bier bringen? Einen Becher Wein?«

»Nein, ich möchte nichts«, sagte er unglücklich.

»Dann sag es mir.«

Er holte tief Luft. »Ich habe ein Angebot für dich erhalten. Ein Heiratsangebot«, fügte er hinzu, um sich verständlicher zu machen.

Kapitel 8

Ist das alles?« Nell klopfte ihre Schürze ab und setzte sich auf den Schemel neben ihm. »Dann musst du dem Gentleman freundlich danken und ihm sagen, dass ich bereits verlobt bin«, sagte sie lächelnd.

»Nell, du bist nicht mit Tom Maskewe verlobt. Henry Maskewe hat seine Zustimmung nie gegeben. Es gibt keine Verträge. Keine Abmachungen.«

»Es ist abgemacht zwischen Tom und mir«, erwiderte sie mit fester Stimme. »Wir sind einander versprochen.«

Wenn Nell ehrlich war, musste sie zugeben, dass sie erleichtert war, seit Toms Vater im Grab lag. Mr Maskewe hatte sich hartnäckig geweigert, einer Verbindung zwischen ihr und Tom zuzustimmen. Nell verstand seine Beweggründe eigentlich nicht. Gewiss, ihr Vater war nicht gerade ein erfolgreicher Kaufmann – inzwischen eher ein besserer Hausierer, um bei der Wahrheit zu bleiben –, aber er gehörte der Gilde an, und außerdem hatte die Familie Appleby gute Verbindungen in York. So eine schlechte Partie war Nell nun auch wieder nicht für einen zweitgeborenen Sohn wie Tom.

Tom … der Gedanke an ihn versetzte ihr einen Stich, immer noch. Sechs Monate waren nun vergangen, und ihre Sehnsucht nach ihm war so groß wie eh und je. Die Tage ohne ihn zogen sich endlos dahin, aber Nell bemühte sich nach Kräften, der Welt ein strahlendes Gesicht zu zeigen. Es war nicht ihre Art zu jammern und zu klagen, und überdies hatte sie ein Ziel vor Augen. Sie war im Begriff zu lernen, wie man einen eigenen Haushalt führt, damit sie, wenn sie einmal mit ihm verheiratet war, eine gute Hausfrau abgeben würde. Zugegeben, beim Rechnen haperte es noch, aber sie konnte kochen und nähen und verstand sich recht gut darauf, aus Kräutern alle möglichen Tränklein und Salben herzustellen. Tom wäre mit ihr zufrieden, das wusste sie.

Nell hatte ein wenig die Hoffnung gehegt, der Tod seines Vaters würde Tom dazu bewegen heimzukehren. Doch natürlich musste er erst seine Lehrzeit beenden, und überdies wurde er hier in York nicht gebraucht. Zumindest von niemandem außer Nell. Ralph hatte die Geschäfte der Familie übernommen und war in seiner pelzverbrämten Robe und der samtenen Kappe eine imposante Erscheinung.

Ihr Vater wich ihrem Blick aus. »Nell, es ist nicht möglich.«

»Wie meinst du das?«

»Ralph Maskewe hat um deine Hand angehalten, und ich habe eingewilligt.«

»Ralph?« Nell starrte ihren Vater entgeistert an. »Nein!« Fast musste sie lachen, es war zu absurd. »Das kann nicht dein Ernst sein!«

Ihr Vater enthielt sich einer Antwort. Er schaute nur auf die Binsenmatte unter seinen Füßen und mahlte mit seinen Kiefern.

»Nein«, sagte Nell noch einmal und sprang auf, doch dann wurde ihr klar, dass er es *tatsächlich* ernst meinte. »Nein!«

»Ja, Nell.«

»Ich weigere mich.« Alles in ihr sträubte sich gegen diesen Gedanken. Es konnte nicht wahr sein! »Sag ihm, dass ich mit Tom verlobt bin. Ich werde ihn nicht verlassen, solange noch Blut in meinen Adern fließt! Ralph weiß genau, dass es eine Abmachung zwischen uns beiden gibt.«

»Er weiß es in der Tat, und er erlaubt es nicht.«

»Er erlaubt es nicht? Aber dazu hat er kein Recht!«

»Nell, bitte!« Hugh Applebys Stimme wurde lauter, überschlug sich, so verzweifelt war er. Nell hielt inne und starrte ihn an. »Du verstehst nicht, wie die Dinge liegen«, sagte er schließlich.

Als Nell seinen Gesichtsausdruck sah, kroch ihr die Angst die Wirbelsäule hoch. »Was ist los?«, fragte sie und drehte ihren Schürzenzipfel in den Händen. »Was ist los? *Sag* es mir!«

»Ich … ich stand tief in Henry Maskewes Schuld«, antwortete er mit stockender Stimme, zwang sich, die Worte auszusprechen, die ihm so schwer von der Zunge gingen. »Ich habe durch eine riskante Spekulation mein ganzes Vermögen verloren, kurz nachdem ich Anne geheiratet hatte. Ich ging zu Henry und bat ihn um Hilfe. Ich versicherte ihm, ich würde ihm den Kredit zurückzahlen, doch die Zinsen sind inzwischen immens gestiegen. Nicht einmal der Verkauf des Hauses wird meine Schuld tilgen. Und jetzt hat Ralph das Geschäft übernommen und dringt auf Begleichung meiner Schulden. Es ist sein gutes Recht. Ich …. Ich habe ihn angefleht, es nicht zu tun. Ich habe ihn gebeten, an meine Söhne zu denken, meine Frau.«

»An deine Tochter?«, fragte Nell mit einem Beben in der Stimme. So konnte nicht glauben, dass dies tatsächlich Wirklichkeit war.

Er nickte. »Auch an dich.« Er schluckte. »Es gibt keine Mitgift für dich, Nell. Nicht mehr.«

»Tom wird sich daran nicht stören«, erwiderte sie überzeugt.

»Nell«, seufzte er. »Diese Freundschaft, die du da mit Tom hast, die war recht und billig, solange ihr Kinder wart, doch jetzt bist du eine junge Frau. Du weißt, dass Gefühle fehl am Platz sind, wenn es um eine Eheschließung geht. Es ist Zeit, dass du diese Kindereien ablegst. Es wird niemals eine Ehe mit Tom Maskewe geben. Das musst du akzeptieren.«

»Nein!« Nell wich einen Schritt zurück, die Hände an ihr Mieder gepresst. »Nein, du verstehst nicht …«

»Du bist diejenige, die nicht verstehen will«, fiel ihr Vater ihr ins Wort, seine Miene derart verzerrt, dass sie einen Fremden zu sehen glaubte. »Wenn du Ralph Maskewe nicht heiratest, werden deine Stiefmutter, deine Brüder und ich alles verlieren. *Alles.* Wir werden an den Bettelstab kommen, auf der Straße leben und auf Almosen hoffen. Ralph hat sich klipp und klar ausgedrückt. Er wird mir die Schulden erlassen, wenn du in diese Ehe einwilligst.« Ihr Vater hatte wieder die Stimme erhoben, diesmal vor Zorn. »Leuchtet dir das endlich ein, Nell?«

Nell kniff die Augen zusammen. Panik erfasste sie, suchte nach einer verletzlichen Stelle, wo sie sich ihrer vollends bemächtigen konnte. Nell versuchte, sich zu beruhigen, sagte sich, wenn sie jetzt die Augen wieder aufmachen würde, wäre dies alles nur ein schlimmer Traum gewesen. Sie befände sich oben in ihrer Dachkammer, und Alice würde leise schnarchend neben ihr im Bett liegen.

Doch als sie die Augen öffnete, saß ihr Vater immer noch auf der Truhenbank, ein geschlagener Mann. Sie ertrug den Anblick nicht. Sie schaute stattdessen auf die Wandregale, auf die Zinngefäße, die sie erst am Morgen poliert hatte, während Alice die Kissen aufschüttelte. Nell hatte gemurrt wegen dieser öden Beschäftigung. Doch jetzt wünschte sie von ganzem Herzen, wieder die Gefäße blank reiben und die Zeit zurückdrehen zu können bis zu dem Moment, als ihr Vater an die Tür geklopft und all ihre Träume und Hoffnungen zunichtegemacht hatte.

»Warum ich?«, flüsterte sie. »Warum will er mich heiraten, wenn ich nicht einmal eine Mitgift besitze?«

»Du bist hübsch. Mehr als hübsch.«

»Ich?«, sagte sie erstaunt.

»Du hast die ganze Zeit nur Augen für Tom Maskewe gehabt. Du merkst es gar nicht, wie die anderen Männer dich anstarren, Nell. Es mag junge Mädchen geben, die vielleicht mehr Anmut besitzen, aber du hast etwas an dir … etwas, das den Männern bei deinem Anblick das Gefühl gibt, voller Leben zu sein.« Er lächelte gequält. »Deine Mutter hatte das auch.«

»Selbst wenn das zuträfe, so lass dir gesagt sein, dass Ralph Maskewe nicht an meinem hübschen Aussehen interessiert ist«, erwiderte sie tonlos. Nell war überzeugt, dass dem so war, auch wenn sie nicht erklären konnte, woher sie es wusste.

»Komm schon, Nell, er ist ein guter Mann. Er ist vernünftig, anständig, wohlhabend und von schöner Gestalt, wie ich dich auf Drängen deiner Stiefmutter erinnern soll. Was willst du eigentlich mehr von einem Ehemann?«

Sehnsüchtige Augen. Liebes Lachen. Warme Hände. Einen Körper, der sich wunderbar an ihren schmiegte.

»Ich will Tom«, sagte sie niedergeschlagen.

Ihr Vater tat einen tiefen Seufzer. »Das ist unmöglich. Es tut mir leid«, fügte er nach einer kurzen Pause hinzu.

Wie es schien, war damit alles gesagt. Schweigend sahen sie einander an, während ihr Vater müde und niedergeschlagen auf der Truhenbank saß und Nell ihm gegenüberstand, die Hände zu Fäusten geballt und ans Mieder gepresst, als würde ihr sonst die Verzweiflung die Brust sprengen.

»Diesen Handel, den er da mit dir eingeht«, sagte sie schließlich mit leiser Stimme, »der ist niederträchtig.«

»Ich weiß«, seufzte er.

»Wie kann er ein Weib wollen, das nur zu ihm geht, weil er solchen Druck auf ihre Familie ausübt?«

Hugh Appleby schüttelte nur wortlos den Kopf.

»Er würde dir etwas antun, wenn er mich nicht bekommt.«

»Wenn es nur um mich ginge, würde ich Nein sagen. Selbstredend.« Die Erschöpfung ließ die Falten in seinem Gesicht noch tiefer erscheinen. »Aber da sind noch deine Stiefmutter, deine Brüder.«

Ach ja, ihre Brüder. Was würde mit ihnen geschehen, wenn sie Ralph Maskewes Antrag ablehnte? Nell ließ resigniert die Hände sinken.

Sie waren ihr lieb und teuer, diese Knaben. Harry war ein stiller Junge, sanftmütig, ein Träumer, während Peter fröhlich und robust wirkte, doch die beiden kamen gut miteinander aus. Harry war mit seinen zwölf Jahren der Ältere, und bereits vier Jahre älter als Tom seinerzeit, als man diesen in die Lehre geschickt hatte – aber Harry war nicht Tom. Tom nahm alles, wie es kam, und wenn ihn einer niederschlug, stand er einfach wieder auf, mit erhobenen Fäusten. Harry, so befürchtete Nell, würde einfach am Boden liegen bleiben, völlig verdattert, unfähig, sich zu bewegen.

Ihr Vater hatte nichts unternommen, um Lehrherren für seine beiden Söhne zu finden. Wie sollten sie zurechtkommen, wenn sie andere Leute um Barmherzigkeit anflehen mussten?

»Wäre es denn so schlimm?«, fragte ihr Vater nach einer Weile.

Nell drehte den Schürzenzipfel in ihren Händen immer fester zusammen, bis ihre Finger schmerzten. Wie konnte sie ihm diese Sache mit Ralphs Zähnen erklären? Mit diesem Glanz in seinen Augen, bei dem sich ihr der Magen umdrehte? Diese Abartigkeit, die sie in ihm vermutete?

»Ich bin Tom beigelegen«, gestand sie, in einem letzten verzweifelten Versuch, einen Ausweg aus dieser schrecklichen Sache zu finden, die ihr Vater da von ihr verlangte.

»Er weiß es.« Hugh konnte ihr nicht in die Augen sehen. »Es ist ihm nicht wichtig. Er sagt, er liebt dich.«

»Eine schöne Liebe, wenn man sie sich durch Erpressung erzwingt!«

Nells Gedanken rasten kreuz und quer, wie ein kleines Waldtier, das verzweifelt ein Erdloch sucht, wo es sich verstecken kann. Doch wenn sie sich versteckte, was würde mit ihren Brüdern geschehen? Sie dachte an Harrys sanftes Lächeln, an den Schalk in Peters Augen, wenn er gerade einen Schabernack getrieben hatte. Wie könnte sie die beiden dem Bettelstab und Schlägen aussetzen? Und auch ihr Vater und ihre Stiefmutter verdienten ihre Loyalität.

Nell schloss erneut die Augen, versuchte, die Dinge vom Standpunkt ihres Vaters aus zu betrachten. Wenn Tom nicht wäre, bräuchte es kein langes Überlegen ihrerseits, diese Ehe einzugehen.

Aber Tom *gab* es, schrie alles in ihr auf. Tom gab es, und es würde ihn immer geben.

»Nell?«

Sie hatte einen Kloß im Hals. Sie konnte kaum schlucken. »Darf ich es mir wenigstens durch den Kopf gehen lassen?«, brachte sie schließlich heraus. Ihr Vater nickte und legte beide Hände auf seine Oberschenkel, während er sich mühsam erhob.

»Denk darüber nach«, sagte er gnädig, »aber nicht zu lange. Ralph wartet auf eine Antwort.«

Nachdem er fort war, blieb Nell noch eine Weile in der Halle stehen und drehte Toms Ring an ihrem Finger, während der Wind am Fenster rüttelte. Irgendwo draußen hörte man einen Fensterladen schlagen, aber drinnen in der Halle herrschte Totenstille, als wäre die Zeit stehen geblieben. Ein einzelner Streifen Sonnenlicht durchdrang das trübe Licht. Nell starrte blicklos auf die Staubpartikel, die reglos darin hingen, ohne Gewicht und Bedeutung – genau, wie sie sich fühlte.

Nell streckte die Hand in den Lichtstreifen, ballte sie zur Faust. Sie stellte sich vor, wie sich ihre Finger um die kleinen Partikel schlossen und sie zerquetschten, genau wie ihre Träume zerquetscht worden waren.

Ach, was war sie für eine Närrin gewesen! Eine Närrin, die in einer Traumwelt lebte, wie sie jetzt begriff. Niemand war frei in seiner Entscheidung, was die Ehe anging. Ein jeder musste Geld und Beziehungen bedenken und den Wert, den ein Partner in eine Ehe einbrachte. Wie konnten Tom und sie sich eingebildet haben, dies alles würde für sie nicht gelten?

Und mit einem Mal sah sie der Tatsache ins Auge: Sie würde Tom nicht heiraten. Sie würde nicht auf seine Heimkehr warten können. Sie würde ihn nie mehr im Arm halten.

Sie würde Ralph heiraten.

Bei dieser entsetzlichen Vorstellung krümmte sie sich zusammen, schlang die Arme um ihren Leib. Sie fühlte sich, als wäre sie wieder in dieser Truhe gefangen. Die Panik drohte sie zu ersticken, legte sich auf Nase und Mund, zerquetschte ihr den Brustkorb, noch während sie nach Luft rang.

»Nell? Was machst du hier unten?« Vage nahm sie wahr, dass Alice auf der Hälfte der Treppe stand und zu ihr hinunterspähte. »Hast du nicht gehört, dass Mrs Harrison nach dir gerufen hat?« Alice stutzte, als sie Nells elenden Zustand erkannte, und eilte die letzten Stufen hinunter. »Gott im Himmel, was ist geschehen? Bist du krank?«

»Nein.« Nell gab sich einen Ruck, richtete sich auf, holte Luft. »Nein, aber ich muss nach draußen. Ich muss einfach, Alice.«

Sie war schon unterwegs zur Tür, als Alice sie am Arm packte. »Warte! Ich sage Mrs Harrison, du bist in den Obstgarten gegangen und pflückst Äpfel. Aber so kannst du dich nicht auf der Straße sehen lassen! Nimm deine Schürze ab, ich hole dir einen Umhang.«

Ist das wichtig?, dachte Nell verzweifelt. Nichts war mehr wichtig angesichts der schweren Bürde, die man ihr ohne Vorwarnung auferlegt hatte. Dennoch löste sie mit steifen Fingern ihre Schürzenbänder und ließ zu, dass Alice, leise mit der Zunge schnalzend, ihr wie ein Kind in einen braunen, mit schwarzem Samt eingefassten Umhang half und ihn am Hals schloss.

»Und nimm den hier mit.« Alice drückte ihr einen Korb in die Hand. »Wenn du schon dort hinaus zu den Gärten gehst, kannst du auch gleich ein paar Äpfel mitbringen.«

»Danke«, zwang Nell sich zu sagen. Alice hatte recht: Sie brauchte eine Beschäftigung. »Ich …« Aber sie konnte nicht in Worte fassen, was sie bewegte. »Danke, Alice«, war alles, was sie herausbrachte.

Der Wind packte Nell, kaum dass sie ein paar Schritte aus dem Haus gegangen war. Sie musste sogar ihre Haube mit einer Hand festhalten. Er rüttelte an den Markisen über den Verkaufsständen, ließ die Schilder über den Werkstätten der Handwerker ächzen und quietschen. Die Leute zogen den Kopf ein, stemmten sich mit vorgebeugtem Oberkörper gegen den Sturm oder lehnten sich zurück, um nicht von einer Bö weggeweht zu werden. Der Lehrling von William Buckbarrow rannte ein paar Bändern nach, die der Sturm von dem Verkaufsstand gerissen hatte, und Cuthbert Vause sammelte fluchend seine umgefallenen Eimer ein, die er vor seinem Laden ordentlich aufgestapelt hatte.

Normalerweise wäre Nell stehen geblieben, um zu helfen, doch an diesem Tag zog sie nur fröstelnd ihren Umhang fester um sich und eilte vorbei.

Wolken jagten über den Himmel. Immer wieder verschwand die Sonne hinter ihnen, um im nächsten Moment gleißend hervorzubrechen, sodass Nell geblendet die Augen schloss. Der ständige Wechsel zwischen strahlendem Sonnenlicht und Schatten ließ ihre Umgebung hart und brüchig erscheinen, eine Stimmung, die ihr Inneres widerspiegelte.

Die Familie Harrison besaß neben ihrem Gemüsegarten in Paynley's Crofts auch einen Obstgarten. Nell bahnte sich ihren Weg durch die zahlreichen Vagabunden und Bettler, schlängelte sich zwischen den Bauern mit ihren Karren hindurch, die sich vor dem Stadttor Monk Bar drängten, weil sie entweder nicht in der Lage oder nicht willens waren, den geforderten Marktzoll zu zahlen. Niemand versuchte heute, sie am Gewand zu zupfen und aufzuhalten. Es war, als wäre sie unsichtbar, eingehüllt in einen Mantel des Unglücks.

Doch Nell sah *sie*. Sie sah die Armen mit den hageren Gesichtern und den tiefliegenden hungrigen Augen, sah ihre knochigen Schultern, ihr Erschauern, wenn der Wind durch ihre dünnen abgetragenen Gewänder blies.

Nell sah sie, aber sie vermied es, in ihre Gesichter zu blicken, aus Angst, es könnten bekannte darunter sein. Wie viele von ihnen hatten einst ein Leben gehabt wie ihr Vater? Wie viele dieser abgehärmten Frauen, die da mit ihren Kindern auf der Erde kauerten, waren früher Herrinnen eines eigenen Hauses gewesen wie ihre Stiefmutter?

Wenn sie Ralph abwies, würde er dafür sorgen, dass Harry und Peter hier vor dem Stadttor endeten, zerlumpt, mit schwärenden Wunden, um die sich niemand kümmerte.

Ich werde dir treu sein, hatte sie Tom geschworen. *Eher sollen mich Pferde entzweireißen, als dass ich meinen Schwur breche.*

Es waren keine Pferde nötig, um sie zu zerreißen. Sie war es bereits. Ihr Inneres war eine einzige schmerzende Wunde, und sie musste jeden Muskel in ihrem Körper anspannen, um nicht vollends zu zerbrechen.

Mit gesenktem Kopf durchquerte sie den Kirchhof von St Maurice und gelangte durch die Pforte auf einen der Feldwege, die zwischen den Gärten verliefen. Sie ging zum Obstgarten der Harrisons und öffnete den Riegel der Gartenpforte. Der Wind schüttelte die Äpfel von den Bäumen, während sie sie aufsammelte. Sie arbeitete mit brennenden Augen, ohne zu denken. Sie ertrug es nicht nachzudenken. Sie ertrug es nicht *zu fühlen.*

Die Verzweiflung war eine gewaltige Faust, die ihr Inneres immer fester zusammenpresste, bis dort, wo einst ihr Herz gewesen war und Freudensprünge gemacht hatte, nur noch ein kleiner Kiesel saß, hart und kalt.

Denn sie wusste, was sie tun musste.

Sie würde Ralph Maskewe heiraten. Sie würde lernen, nicht zu erschauern, wenn er seine prächtigen Zähne zeigte.

Sie würde tun, was ihr Vater von ihr verlangte, und ihre kindischen Träume ablegen. Sie würde sich wie eine Erwachsene benehmen und vernünftig sein. Sie würde die Erinnerung nicht zulassen, wie ein einziger Blick von Tom genügt hatte, um ihr Blut in Wallung zu bringen, wie durch die Berührung seiner Hand ihre Haut zu glühen begann.

Wie ihr das Herz aufging bei seinem Anblick. Wie alle ihre Sinne jubelten, wenn er ihr nahe war. Wie tiefer Friede sie überkam, wenn sie in seinen Armen lag.

Sie würde dies alles vergessen.

Stattdessen würde sie sich darauf besinnen, dass Ralph ein reicher Mann war. Dieses wunderschöne Haus in der Stonegate gehörte nun ihm allein, und sie würde die Herrin darin sein. Ralph war eine gute Partie, weitaus besser als Tom, versuchte die neue Nell mit dem kalten Herzen sich einzureden. Viele junge Mädchen wären überglücklich, ihn zum Mann zu bekommen.

Und was wusste sie schließlich über Ralph, um ihn abzulehnen? Ein bestimmter Ausdruck in seinen Augen, der ihr manchmal auffiel? Ein Gefühl? Vielleicht bildete sie sich das alles nur ein, genauso, wie sie sich damals vor all diesen Jahren eingebildet hatte, jemand hätte das Buch auf die Truhe gelegt, in der sie sich versteckt hatte. Sie war ein Kind gewesen, mit den Fantasien eines Kindes, und sie war, wie ihre Stiefmutter es ihr erklärt hatte, einfach in Panik geraten. Es war nur naheliegend gewesen, Ralph für den Schuldigen zu halten, und deshalb war sie ihm all die Jahre gram gewesen.

Es gab sonst niemanden, der über Ralph Maskewe Schlechtes zu sagen wusste. Nell konnte ihre Brüder nicht opfern, nur weil sie Ralphs Zähne nicht mochte, die alle anderen so bewunderten.

Oder weil er der Typus Mann war, der eine Frau unter massiver Bedrohung zur Ehe mit ihm zwang.

Nells Obstkorb war gefüllt. Sie verriegelte die Gartenpforte hinter sich und gelangte durch das Stadttor Monk Bar wieder zurück in die Stadt. Beim Haus ihres Vaters in der Stonegate machte sie halt. Sie erklärte ihm und ihrer Stiefmutter, sie habe sich entschieden, die beiden bräuchten sich nicht mehr um ihre Zukunft zu sorgen. Dann trug sie ihre Äpfel in die Ousegate, in die Küche im Haus der Harrisons, wo sie sie mit Ingwer und Zimt zu einem Kompott verkochte und noch zwei Eigelb darunterrührte; denn das Leben ging weiter, und alle, die im Haus lebten, mussten schließlich etwas zu essen haben – und solange Nell sich nicht gestattete zu fühlen, war alles gut.

In jener Nacht kleidete Nell sich wie mechanisch aus, ließ sich von Alice' Geschnatter einlullen, ohne sie wahrzunehmen. Sie hängte ihre Schürze an den Haken, öffnete die Schnallen ihrer Schuhe und rollte ihre Strümpfe herunter. Sie löste ihre Ärmel vom Mieder, erst den einen, dann den anderen, und legte beide in ihre Truhe. Dann, als gehörte es zum abendlichen Ritual, zog sie Toms Ring vom Finger und ließ ihn in die Truhe fallen, wo er in der Tiefe verschwand und sie ihn nicht mehr sehen konnte.

Nell schloss den Deckel, zog ihren Rock aus, dann das Mieder und legte beides oben auf die Truhe. Nur noch im Unterkleid, löste sie ihr Haar und bürstete es. Sie rieb über ihre Zähne. Sie streifte ihr Unterkleid ab, schlüpfte in ihr Nachtgewand und stieg in das Bett, das sie sich mit Alice teilte – und nicht ein einziges Mal blickte sie aus dem kleinen Fenster der Dachkammer hinauf zum Mond. Sie zog die gemeinsame Zudecke halb zu sich herüber und hoch bis unter das Kinn. Das Mondlicht schien hell ins Zimmer, doch in dieser Nacht sandte Nell keine geflüsterte Botschaft an Tom. Es gab nichts zu sagen. Sie klopfte nur ihr Polster zurecht und drehte das Gesicht vom Fenster weg.

Dunkelheit dröhnte in ihrem Kopf, so laut, dass sie wusste, jeder Versuch, wieder einzuschlafen, wäre zwecklos. Sie versuchte, die Augen geschlossen zu halten und so zu tun, als ob sie schliefe. Doch als sie nach einer Weile aufgab und um sich blickte, war das Mondlicht verschwunden, und helles Tageslicht fiel ins Zimmer. Ihr erster Gedanke war, dass nichts, was sie erlebt hatte, real gewesen war, und sie fühlte sich erleichtert.

Oh summer's day, it was a dream!

Es war nur ein Traum gewesen. Mit vor Erleichterung weichen Knien blinzelte sie, und dann noch einmal, als sie erkannte, dass mit dem Mondlicht auch die Dachkammer verschwunden war. Es gab keinen Antrag von Ralph Maskewe, aber auch kein Bett; kein Polster; kein Gewand auf einer Truhe in der Ecke; keine Schuhe dort auf dem Boden, wo Alice sie achtlos abgestreift hatte, ehe sie ins Bett gehüpft war.

Keine Alice.

Stattdessen befand sie sich in einem kleinen Zimmer, und vor ihr stand ein Mann mit buschigen Augenbrauen und einer Adlernase. »Mein Gott, Tess«, sagte er, als sie ihn anblickte, »was ist denn los?«

Alles Blut wich aus ihrem Kopf, sie streckte Halt suchend die Hand aus, doch just in diesem Moment fing ihr Handy an zu klingeln. Der Lärm durchdrang ihre mühsam gewahrte Fassung, ein winziger Riss anfangs nur, der sich rasend schnell verbreiterte, bis die Spannung zu groß wurde und sie ihre Selbstbeherrschung verlor. Sie zerrte das Handy aus der Tasche ihrer Jeans.

»Sei still! Sei still! *Sei still!*« Sie schleuderte das Handy von sich. Es bekam einen Sprung, als es auf den harten Bodenfliesen landete, aber dennoch klingelte es weiter. Sie trampelte darauf herum, stieß mit dem Fuß dagegen und sah zu, wie es über den Fliesenboden schlitterte, immer noch klingelnd. Sie ertrug es nicht mehr.

Als Luke ihren Gesichtsausdruck sah, hob er beschwichtigend die Hände und wich ein paar Schritte zurück. Tess ignorierte ihn, wischte mit dem Arm über die Küchentheke und fegte alles, was darauf stand, auf den Boden. Teebeutel, Packungen mit Cornflakes, eine Dose Kaffee und eine Keksschachtel. Aber das reichte ihr noch nicht. Die Obstschale folgte als Nächstes. Mehl und Zucker explodierten auf den Fliesen. Sie griff nach allem, was sich in ihrer Reichweite befand, ließ die unterdrückte Wut, die Frustration, die Angst heraus. Ihre Kiefer waren angespannt, die Sehnen an ihrem Hals traten hervor, ihre Augen blitzten irr.

Erst als sie einen Teller packte und ihn auf den Boden schmetterte, griff Luke ein.

»Okay«, sagte er mit ruhiger Stimme, ging durch die Scherben und das Chaos zu Tess, die keuchend und wild um sich blickend innehielt. »Das reicht jetzt.«

Ohne Widerstand zu leisten, ließ sie sich von Luke ins Wohnzimmer führen, wo er sie auf das Sofa drückte. Ihr Gesichtsausdruck war völlig leer. Sie hörte ihn sagen: »Bleib hier sitzen.« Doch es wäre ihr gar nicht möglich gewesen aufzustehen, selbst wenn sie es gewollt hätte, denn sie fühlte sich wie gelähmt.

Mit einem seltsam losgelösten Teil ihres Verstandes registrierte sie, wie Luke, leise vor sich hin murmelnd, in Richards Sideboard herumkramte. »Aha!«, sagte er schließlich und förderte eine Flasche Courvoisier zutage. »Dachte ich es mir doch, dass ein Typ wie Richard irgendwo was Alkoholisches rumstehen hat.«

Luke goss ein wenig von dem Cognac in ein Glas, drückte es Tess in die Hand und schloss ihre Finger darum. Seine Hand fühlte sich fest und warm auf ihrer eiskalten Haut an.

»Trink das«, sagte er und blieb neben ihr stehen, bis sie gehorsam das Glas zum Mund geführt und einen Schluck getrunken hatte. Sie spürte den Alkohol im Hals brennen und musste husten.

Luke wartete, bis sie das Glas halb ausgetrunken hatte, dann nahm er in dem Sessel ihr gegenüber Platz und fuhr sich mit der Hand über das Gesicht. »Was um Himmels willen war das vorhin?«

Tess senkte den Blick, betrachtete ihr Glas. »Es tut mir leid«, murmelte sie, verlegen, weil sie so dermaßen die Beherrschung verloren hatte. »Normalerweise kriege ich keine hysterischen Anfälle.«

»Vielleicht wäre es besser für dich«, erwiderte Luke. Er lehnte sich zurück und blickte sie forschend an. »Es kann nicht gut für einen sein, wenn man alles in sich reinfrisst. Ich bin ziemlich viel herumgekommen in den letzten Jahren und hab jede Menge Verrückte getroffen, aber niemanden, der so ausgerastet ist wie du gerade.« Zu Tess' Überraschung klang er eher interessiert als vorwurfsvoll. »Du hast dich aufgeführt, als wärst du besessen.«

Wenn er wüsste! Am liebsten hätte Tess laut aufgelacht, doch sie fürchtete, dass es bei ihm so ankommen könnte, als würde sie wieder hysterisch werden. Stattdessen nahm sie noch einen Schluck von ihrem Courvoisier. Vielleicht war es der Cognac, vielleicht der reinigende Effekt ihres Anfalls, jedenfalls fühlte sie sich ziemlich merkwürdig, völlig leer zwar, aber erstaunlich ruhig.

»Ich hatte in letzter Zeit ziemlich viel Stress«, begann sie ihre Entschuldigungsrede, hielt jedoch gleich inne, als sie das ironische Lächeln sah, das um Lukes Mundwinkel spielte.

»Was du nicht sagst.«

»Willst du nun, dass ich es dir erkläre, oder nicht?«

Sein Lächeln wurde breiter. »Patzig wie eh und je. Gefällt mir, dass du zu deiner alten Art zurückgefunden hast, Tess«, sagte er scherzend, doch dann wurde seine Miene ernst. »Ja, erklär es mir.«

Tess lehnte sich zurück. Es war eine Erleichterung für sie, endlich darüber reden zu können. »Seit zwei Wochen ruft mein Mann mich an«, berichtete sie und hielt dabei den Blick auf die Zimmerdecke gerichtet. »Er lässt es immer mehrmals läuten, doch wenn ich rangehe, schweigt er, und wenn ich dann auflege, ruft er gleich darauf wieder an. Oder er wartet und ruft irgendwann mitten in der Nacht an.

Ich kann nicht beweisen, dass er es ist«, sagte sie mit einem Kopfnicken, als hätte Luke einen Einwand vorgebracht. »Ich weiß nur einfach, dass er es ist. Ich drehe noch durch, wenn das so weitergeht.« Ein schiefes Lächeln huschte über ihr Gesicht. »Falsch: Ich *bin* bereits durchgedreht, wie du ja gesehen hast. Ich hatte gehofft, dieses Spiel würde ihm irgendwann so langweilig werden, dass er damit aufhört«, fügte sie seufzend hinzu. Sie verschränkte die Arme hinter dem Kopf und dehnte ihren Nacken, wobei sie schmerzhaft das Gesicht verzog. »Ich hätte es besser wissen müssen«, meinte sie. »Martin gibt nicht auf. Niemals.«

Sie fühlte mehr, als dass sie sah, wie Lukes Haltung sich versteifte. Sie spürte seinen Blick auf ihrem Gesicht ruhen, während sie den Kopf hin und her bewegte, um die Verspannungen in ihrem Nacken zu lösen.

»Ich hatte keine Ahnung«, sagte er langsam.

»Wie solltest du auch?«

»Nein, ich dachte … ich ging davon aus, dass dein Mann dich verlassen hat und du daraufhin reuig nach York zurückgekehrt bist. Ich dachte, das ist der Grund, weswegen du so zickig und arrogant warst.«

Aufgebracht ließ Tess die Hände sinken und setzte sich aufrecht hin. »Ich war nicht *arrogant*!«, protestierte sie. Luke war genau der Richtige, um ihr Arroganz vorzuwerfen!

»Okay, arrogant ist vielleicht ein zu starkes Wort, aber du warst sehr kühl.«

»Genau wie du!«

»Nur weil du dich so benommen hast.« Luke hörte auf zu reden, als ihre Blicke sich trafen. Sein Mund verzog sich zu einem reuigen Grinsen. »Nun ja, okay, vielleicht habe ich mich nicht sehr erwachsen aufgeführt«, lenkte er ein. »Letztes Jahr, kurz nachdem ich nach York zurückgekommen war, traf ich zufällig auf der Straße deine Mutter«, erzählte er. »Du kannst dir sicher vorstellen, wie glücklich wir beide über diese Begegnung waren.«

Ein wenig besänftigt, lehnte Tess sich wieder zurück. »War wohl nicht gerade ein entspannter Plausch, was?«

»Nein.« Luke beugte sich vor und stützte die Ellbogen auf die Knie. »Sie hat mächtig mit dir angegeben, hat mir unter die Nase gerieben, was für ein wundervolles Leben du in London hast. Wie reich und erfolgreich dein Mann ist. Dass du nun in einem großen supertollen Haus lebst. Dass du unheimlich glücklich bist und so weiter.«

»Ah.« Tess schaute wieder hinunter auf ihr Glas und wand sich innerlich, weil sie sich die Szene nur allzu gut vorstellen konnte. Sie sah die beiden förmlich vor sich – ihre Mutter mit ihrem Imponiergehabe und Luke, der darauf mit einem spöttischen Grinsen reagierte. Die beiden hatten sich ständig aneinander gerieben. Ihre Mutter war ein Snob, Luke kratzbürstig und unzugänglich – und bereit, das Schlechteste von Tess anzunehmen, wie ihr schmerzlich bewusst wurde. Es gab ihr förmlich einen Stich, was sie einfach lächerlich fand.

»Du hast also tatsächlich geglaubt, ich wäre wie meine Mutter geworden?«, fragte sie so leichthin wie möglich.

Luke zog die Schulter hoch. »Kann sein, dass ich ein paarmal gedacht habe, du hättest dich in eine dieser zickigen perfekten Mamis wie aus der Werbung verwandelt«, gab er widerstrebend zu.

»Besten Dank!«

»Als Richard mir sagte, du würdest in seine Wohnung einziehen, dachte ich, dein Mann hätte dich rausgeschmissen oder so.« Er schwieg kurz, strich mit der Hand über seinen Nacken. »Nachdem deine Mutter mir von deinem reichen Ehemann und deinem großartigen Leben erzählt hatte, nun ja … da bin ich wohl … ein wenig neidisch geworden. Oder bin mir unzulänglich vorgekommen. Was weiß ich. Es war, als hättest du es zu was gebracht im Leben, hättest mich und York hinter dir gelassen, während ich nur ein zweitklassiger Fotograf war, der sich mit Schreinerarbeiten über Wasser hielt.«

Neidisch? Unzulänglich? *Luke?* Tess blinzelte und wusste nicht, wie sie darauf reagieren sollte.

»Jedenfalls«, fuhr er nach einem kurzen verlegenen Schweigen fort, »war das der Grund, warum ich so voreilige Schlüsse zog. Wenn ich ganz ehrlich bin, muss ich gestehen, dass ich mich auch ein ganz klein wenig gefreut habe, als ich hörte, dass deine ach so wunderbare Ehe gescheitert ist, und darauf bin ich wahrlich nicht stolz.« Er sah ihr nun direkt ins Gesicht. »Es tut mir leid, dass es nicht gut gelaufen ist für dich, Tess.«

Sie erwiderte seinen Blick und spürte, wie ihr warm ums Herz wurde. Wie lange war es her, dass jemand sie so angeschaut und sich entschuldigt hatte?

»Tut mir leid, wenn ich dir arrogant vorgekommen bin«, revanchierte sie sich.

Sie lächelten sich an, zögerlich zuerst und dann mit größerer Unbefangenheit. Tess spürte, wie die Wärme sich ausbreitete, ihr den Hals hochkroch und in die Wangen stieg. Eilig guckte sie weg, und auch Luke riss sich los, räusperte sich und schaute auf seine Hände.

»Tja, ich selber habe mich wohl auch ziemlich bescheuert verhalten«, sagte er.

»Einigen wir uns darauf, dass du sehr einschüchternd warst.«

Luke hob den Kopf. »Komm schon, Tess, du hast dich von mir noch nie einschüchtern lassen. Deshalb habe ich dich ja auch immer gemocht.«

»Natürlich hast du mich eingeschüchtert.« Es tat gut, wieder mit ihm herumzuschäkern, zu spüren, wie die Befangenheit zwischen ihnen wich. »Und wie! Du warst immer so mürrisch und ruppig und hast alle angeschnauzt.«

»Aber dich doch nicht«, erwiderte Luke. »Verdreh jetzt nicht die Tatsachen! Wir haben die ganze Zeit nur geredet und gelacht, weißt du das nicht mehr?«

»Doch.« Tess lächelte ein bisschen traurig, weil sie daran denken musste, wie selten sie mit Martin über irgendetwas hatte reden können. Ihre Aufgabe war es gewesen, ihrem Mann zuzuhören und ihm beizupflichten. Sie hatte mit ihm nie so lachen können wie früher mit Luke. Auch jetzt noch war sie Luke gegenüber erstaunlich entspannt und gelöst, während sie sich mit ihm unterhielt. Es war fast, als wären sie nie getrennt gewesen.

Er schien ihre Gedanken zu lesen. »Hast du dir je vorgestellt, wie es gewesen wäre, wenn wir zusammengeblieben wären?«

Einen kurzen Moment erwog sie zu lügen, doch dann beschloss sie, ehrlich zu sein. »Manchmal«, gestand sie. »Aber dann rief ich mir wieder ins Gedächtnis, wie sehr du mich verletzt hast, als du gingst«, fügte sie mit einem vielsagenden Blick hinzu.

»Moment mal, du warst diejenige, die wegging, nach London«, protestierte er milde.

»*Du* bist nach Ougadougou oder Timbuktu gegangen oder wo auch immer du damals unbedingt hinwolltest!«

»Erst nachdem du mir erklärt hattest, dass es dein Herzenswunsch ist, häuslich zu werden. Ein guter Beruf. Heirat. Kinder. Du hattest alles schon fest geplant.«

Tess verzog frustriert die Lippen. Wie konnte es sein, dass Luke sich auf so unterschiedliche Weise an die Vergangenheit erinnerte? Er hatte ihr damals klipp und klar zu verstehen gegeben, dass sie in seinem Plan, um die Welt zu reisen und zu fotografieren, nicht vorkam. Deshalb hatte sie natürlich so getan, als wollte sie gar nicht weg. Und sie *hatte* einen guten Beruf und eine Familie angestrebt. Was war daran so verkehrt?

Und was hatte es ihr gebracht? Halluzinationen von einem Leben in der Vergangenheit und hysterische Anfälle in der Küche.

»Ach, was spielt das jetzt noch für eine Rolle?«, sagte Tess und leerte ihren restlichen Cognac. Die Wärme und Unbefangenheit, die sie eben noch empfunden hatte, waren an den scharfen Kanten ihrer Erinnerung aufgerieben worden. Vielleicht war es gut so. »Das alles ist so lange her.« Sie stellte ihr Glas ab. »Ich sollte jetzt besser anfangen, dieses Chaos in der Küche zu beseitigen.«

»Tess«, sagte Luke leise, als sie sich anschickte aufzustehen.

»Was ist?«

»War sie sehr schlimm, deine Ehe? Sie muss schlimm gewesen sein«, sagte er, als sie sich wieder setzte. »Ich weiß, dass du sonst niemals deinen Mann verlassen hättest. Und wenn ich nicht so blockiert gewesen wäre von meinem eigenen Gefühl der Unzulänglichkeit, hätte ich erkannt, dass hinter deiner Kälte mehr stecken musste als verletzter Stolz.«

Tess gab zuerst keine Antwort. »Es war ziemlich schlimm«, gab sie schließlich zu. »Nein, Martin war nicht gewalttätig«, fügte sie eilig hinzu, als sie sah, wie Lukes Gesichtsausdruck sich veränderte. »Ich hatte alles, was man sich wünschen kann. Ich wohnte in einem wunderschönen Haus und hatte keine finanziellen Sorgen, genau, wie Mum es dir geschildert hat. Ich versuchte mir immer wieder einzureden, dass es eigentlich keinen Grund gab, mich zu beklagen.«

Sie zupfte an der Paspelierung der Armlehne. Sie *wollte* es Luke erklären, doch gleichzeitig widerstrebte es ihr, das aufkeimende Vertrauen zu zerstören, das sie einander inzwischen wieder entgegenbrachten. Tess schämte sich der Dinge, die sie ihm erzählen müsste. Für kurze Zeit hatte sie sich gestattet, sich wie die Tess zu fühlen, an die sich Luke erinnerte, das junge Mädchen, das lieben, lachen, vertrauen konnte, das junge Mädchen, das sich über den Snobismus seiner Mutter, über die Missbilligung seiner Freundin hinweggesetzt und auf den Rücksitz seines Motorrads geschwungen hatte, weil es an den rastlosen, leidenschaftlichen Jungen glaubte, den es hinter seiner schroffen Art ahnte.

Es widerstrebte ihr, Luke die Wahrheit zu sagen, nämlich, dass es dieses Mädchen nicht mehr gab. Gleichzeitig wäre es eine Erleichterung, ihm gegenüber aufrichtig sein zu können.

»Es fällt mir schwer, dir zu vermitteln, wie Martin so ist«, sagte sie nach einer Weile.

»Er ist älter als du, möchte ich wetten.«

Tess hob verblüfft den Kopf. »Woher weißt du das?«

Er zuckte die Schultern. »Ich habe schon immer vermutet, dass du dir eine Art Vaterersatz suchst.«

Die Vorstellung traf Tess an einer empfindlichen Stelle. »Martin ist überhaupt nicht so wie Dad«, widersprach sie heftig.

»Ich wollte damit nur sagen …« Man sah Luke an, dass er sich bemühte, die richtigen Worte zu finden. »Ich weiß, wie sehr du deinen Vater vermisst hast, als er starb. Nichts weiter.«

»Das stimmt.« So viele Jahre waren seit seinem Tod vergangen, und noch immer kamen ihr bisweilen bei der Erinnerung an ihn die Tränen. »Er war so …« Sie ließ den Satz unbeendet. Ihr fehlten die Worte, um ihren Vater zu beschreiben, seine Gabe, ihr Liebe und Geborgenheit zu schenken.

Sie schluckte den Kloß in ihrem Hals hinunter und ließ sich das, was Luke eben gesagt hatte, noch einmal durch den Kopf gehen. »Vielleicht hast du recht«, pflichtete sie ihm schließlich bei. »Vielleicht habe ich in gewisser Weise jemanden gesucht, der sich um mich kümmert.«

Martin hatte ihr anfangs das Gefühl gegeben, etwas Besonderes zu sein. Er führte sie in Restaurants mit diskreter Beleuchtung und wählte Weine, von denen sie nie gehört hatte. Er half ihr in den Mantel, ging auf ihrer rechten Seite, um sie vor den vorbeifahrenden Autos zu schützen und rief jedes Mal ein Taxi herbei, damit er sie heimbegleiten konnte. Tess war noch nie mit jemandem ausgegangen, der einzig durch das Heben einer Augenbraue die Aufmerksamkeit des Obers auf sich ziehen konnte. Martin hatte ein sicheres Auftreten, er war kultiviert und fürsorglich – alles, was Luke nicht gewesen war.

Du sollst dich um nichts kümmern müssen, Liebling, erwiderte er nur, wenn Tess anbot, im Restaurant zu bezahlen oder eine gemeinsame Unternehmung zu organisieren. Und es hatte ihr gefallen.

Anfangs.

»Ich war einsam, bevor ich ihn kennenlernte«, erzählte sie. Und sie hatte Luke vermisst, doch das verschwieg sie ihm tunlichst. »Ich fragte mich, ob es wirklich eine gute Entscheidung war, nach London zu ziehen. Ich hatte dort zwar einen fantastischen Job – ich machte die Recherchearbeiten für eine Filmgesellschaft –, aber weil ich den ganzen Tag in Bibliotheken und Archiven herumsaß, bot sich mir keine Gelegenheit, jemanden kennenzulernen. Und als mir eines Tages einer der Produzenten eine Einladung für eine Vernissage überließ, auf die er keine Lust hatte, dachte ich, ich raffe mich auf und gehe allein dorthin. Natürlich war es schrecklich. Niemand sprach mich an. Niemand, außer Martin.«

In der Galerie standen die Gäste in Grüppchen herum, alle schienen sich zu kennen und unterhielten sich angeregt. Tess umklammerte ihr Glas mit dem viel zu warmen Weißwein und starrte unglücklich auf eine große, mit Farbklecksen übersäte Leinwand, als eine angenehme Stimme ihr etwas ins Ohr raunte.

»Ich begreife beim besten Willen nicht, was das darstellen soll, Sie etwa?«

Überrascht drehte sie den Kopf und sah Martin neben sich stehen, der sie anlächelte. Er trug einen dunklen Anzug, sein nahezu blondes Haar reflektierte die Lichter im Saal. Um seine blauen Augen hatte er sympathische Lachfältchen, und Tess spürte, wie ihr Herz einen Satz machte.

»Er war so … perfekt«, erinnerte sie sich unglücklich. »Attraktiv, intelligent, charmant, geistreich, witzig … Ich war hin und weg. Martin *interessierte* sich so für mich. Wir gingen an jenem Abend noch in ein Restaurant, und ich war so vernünftig, ihm nicht meine Adresse zu geben. Doch ich hatte ihm genug über meine Arbeit erzählt, dass es ein Kinderspiel für ihn war, meine Büroadresse herauszufinden, und dorthin schickte er mir am nächsten Tag zwei Dutzend rote Rosen. Es hätte mir eine Warnung sein sollen, doch ich fand es einfach nur wunderschön romantisch.«

»Rote Rosen?« Luke schüttelte den Kopf. »Du meine Fresse.«

»Und deshalb war ich natürlich bereit, am nächsten Abend mit ihm essen zu gehen, und auch am übernächsten. Martin sagte, er hätte noch nie jemanden wie mich getroffen, und ich war einfach überwältigt, weil er mich so anhimmelte. Ich verknallte mich in ihn. Hals über Kopf. Bis über beide Ohren. Ich schwebte auf Wolke sieben. Such dir das passende Klischee aus.«

Jetzt, wo Tess einmal angefangen hatte, wollte sie sich alles von der Seele reden. Sie stieß einen tiefen Seufzer aus, nahm wieder ihr Glas in die Hand, und als sie registrierte, dass es leer war, beugte Luke sich vor und schenkte ihr ungefragt nach.

»Wenn ich mehr Freunde in London gehabt hätte, wäre ich vielleicht vorsichtiger gewesen«, fuhr sie fort und verfolgte, wie die goldene Flüssigkeit gegen das Glas schwappte. »Aber so ließ ich zu, dass er mir den Kopf verdrehte. Ich war geschmeichelt, dass er es nicht ertrug, getrennt von mir zu sein, dass er eifersüchtig wurde, wenn ich mal mit jemand anderem etwas unternahm. Ich war so dumm«, schloss sie verbittert.

»Du warst jung«, fügte Luke tröstend hinzu und goss sich selbst auch noch etwas Cognac ein, aber Tess ließ diese Entschuldigung nicht gelten.

»Ich war dreiundzwanzig, hatte an der Universität studiert und einen Master-Abschluss in der Tasche. Ich hatte einen guten Job. Ich hätte klüger sein müssen, aber alles ging so schnell. Es war, als würde ich einen Hügel hinunterrollen. Irgendwie schaffte ich es nicht mehr, das Ganze zu bremsen, meine Orientierung wiederzufinden.

Und dann starb seine Mutter. Martin war untröstlich und ertrug es nicht, ohne mich zu sein. Er brauche mich, sagte er, und als er mich fragte, ob ich ihn heiraten wolle, stimmte ich natürlich zu. Seine Trauer um seine Mutter reichte mir als Erklärung dafür, dass er keine Hochzeitsfeier haben wollte. Und so gab es eben nur uns beide. Keine große Hochzeitsfeier in York, kein Junggesellinnenabschied, keine Einladungen an meine früheren Freunde und Bekannten.«

»Und wie hat deine Mutter das aufgenommen?«

»Sie war von Martin fast ebenso hingerissen wie ich. Einmal hat sie uns in London besucht, und als sie ihn kennenlernte und sein wunderschönes Haus sah, war es um sie geschehen. Du kennst meine Mum und ihr Faible für die High Society. Martin war auf einem teuren Internat, hat einen geschliffenen Akzent und einen Treuhandfond, auf den er bei Bedarf zurückgreifen kann.« Tess lächelte schief. »Sie arbeitet immer noch darauf hin, dass ich zu ihm zurückgehe. Es will ihr einfach nicht in den Kopf, weshalb ich einen solchen Traummann verlassen konnte.«

Luke nahm sein Glas und schwenkte es nachdenklich. »Hört sich an, als wäre Martin ein klassischer Narzisst.«

»Er ist ein Soziopath.« Tess nickte, darauf bedacht, ihre Stimme neutral zu halten. »Irgendwann habe ich angefangen, etwas darüber zu lesen. Der einzige Mensch, der in Martins Welt zählt, ist Martin, aber natürlich wollte ich das anfangs nicht wahrhaben. Ich liebte ihn und ging davon aus, dass er mich auch liebt. Und das tat er ja auch, wie er behauptet hat. Wieso sollte ich ihm nicht glauben?«

»Du hattest keinen Grund«, erwiderte Luke vorsichtig, denn Tess bedachte ihn mit einem Blick, als hätte er ihr vorgeworfen, eine dumme Gans gewesen zu sein. Dass sie tatsächlich eine gewesen war, wusste sie selbst am allerbesten.

Als Tess sich dessen bewusst wurde, entschuldigte sie sich mit einer hilflosen Geste und seufzte. »Tut mir leid. Du kannst ja nichts dafür. Es ist einfach so schlimm für mich zuzugeben, wie naiv ich war. Aber Martin versteht sich so gut darauf, alles, was er will, als völlig logisch und vernünftig darzustellen. Natürlich redete ich mir ein, dass er nur so besitzergreifend war, weil er mich so abgöttisch liebte. Und das Letzte, was ich wollte, war, mir einzugestehen, dass er gar keine Ehefrau brauchte, sondern nur jemanden, den er kontrollieren und beherrschen konnte.«

Sie starrte auf ihren Cognac, ohne etwas davon zu trinken, drehte nur immer wieder das Glas zwischen ihren Fingern, stellte sich ihren Erinnerungen.

»Ich war wie einer dieser Frösche, die man in kaltes Wasser wirft und es allmählich zum Kochen bringt. Bis ich kapierte, wie mir geschah, war es zu spät, um noch herauszuspringen.«

Kapitel 9

Anfangs waren es nur Kleinigkeiten«, erzählte sie. »Martin mochte es nicht, wenn er abends heimkam, und ich war nicht zu Hause. Wir waren frisch verheiratet, und er war immer noch untröstlich wegen seiner Mutter, sodass es mir hartherzig vorgekommen wäre, wenn ich darauf bestanden hätte, meinen Job zu behalten. Wo er mich doch so sehr brauchte. Ich wollte für ihn da sein. Also gab ich meine Stelle auf. Ich hörte auch auf, ihm vorzuschlagen, hin und wieder für ein Wochenende nach York zu fahren. Ich hätte mich auf die Hinterbeine stellen sollen, doch es erschien mir nicht wert, Martin deswegen zu verstimmen.«

Sie hatte sich alles gefallen lassen. Bei der Erinnerung überkam Tess erneut tiefe Scham, und sie trank rasch noch einen Schluck von ihrem Cognac.

»Und natürlich sagte ich mir immer wieder, dass ich keine Veranlassung hatte, mich zu beklagen, nicht wirklich. Martin war schließlich nicht einer dieser Ehemänner, die ihre Frauen *schlugen*. Ich redete mir ein, dass ich ein Glückspilz sei und man eigentlich nicht von Misshandlung reden könne, wenn dein Ehemann einen Wutanfall bekommt oder dich mit Schweigen bestraft, weil du die Handtücher nicht exakt gefaltet über die Handtuchstange gehängt oder die Packung mit den Cornflakes nicht ordentlich verschlossen hast. Ich gehörte der Mittelschicht an, ich war gebildet … eine Frau wie ich wurde doch nicht Opfer häuslicher Gewalt? Ich bemühte mich halt nach Kräften, meine Ehe zu retten. Ich verhielt mich so, wie sich jede gute Ehefrau verhalten hätte. Und wenn ich wieder einmal unglücklich war, sagte ich mir, dass ich mich dumm und egoistisch benahm, genau, wie Martin es mir immer vorwarf. Er schuftete den ganzen Tag, um mir ein Luxusleben zu ermöglichen. War es da zu viel verlangt, wenn er abends in ein sauberes, gepflegtes Heim zurückkommen wollte? Schließlich hatte ich den lieben langen Tag nichts weiter zu tun.«

Tess' Lippen kräuselten sich in Selbstverachtung, während sie über sich selbst spottete.

Sie hatte versucht, normal zu leben, auszugehen und Bekanntschaften zu schließen, aber dies hatte Martin auch nicht gepasst. Genügte er ihr denn nicht? Er machte es sich zur Gewohnheit, sie alle paar Minuten anzurufen oder unerwartet nach Hause zu kommen. Und wenn sie nicht da war, fand er einen Weg, sie zu bestrafen. Manchmal war er fürchterlich wütend, dann wiederum bedachte er Tess mit eisigem Schweigen. Oder er ließ seine Wut an anderen Leuten aus – ihrer Mutter etwa, wenn sie anrief, oder an irgendeiner unschuldigen Person, die zufällig an der Tür klingelte.

»Das Problem war, dass Martin auch unheimlich nett sein konnte«, versuchte Tess, es zu erklären, wagte einen vorsichtigen Blick zu Luke und fragte sich, warum sie ihre ganze miese Geschichte ausgerechnet vor ihm ausbreitete. Er hatte die Stirn gerunzelt und verzog missbilligend den Mund. Fand er ihr Verhalten erbärmlich? Hielt er sie für bedauernswert? Oder fand er ihre Geschichte einfach nur traurig? Schüttelte er innerlich den Kopf darüber, dass das Mädchen, das sie einst gewesen war, sich so leicht hatte unterkriegen lassen?

Es sollte Tess inzwischen eigentlich egal sein, was Luke von ihr dachte, aber das war nicht der Fall.

Sie hatte ihre Geschichte noch nie jemandem erzählt, hielt sie tief in ihrem Inneren verborgen. Denn sie wusste, eine noch so winzige Bresche würde genügen, und diese ganze klägliche, beschämende Geschichte würde aus ihr herausbrechen wie ein Sturzbach, und genauso war es nun gekommen. Jetzt, wo sie damit angefangen hatte, musste Tess sie zu Ende erzählen.

»Manchmal kam er mit Blumen heim oder bestand darauf, mich zum Essen auszuführen, damit ich nicht zu kochen brauchte. Dann war er ungemein charmant und liebevoll. Er kaufte mir Geschenke und beteuerte, wie sehr er mich liebe, wie sehr er mich brauche. Immer wenn ich zu dem Schluss gelangt war, dass ich es nicht länger aushielt, schaffte er es wieder, mir den Wind aus den Segeln zu nehmen. Es war, als wüsste er genau, wie weit er gehen konnte, ehe ich zusammenbrach.

Ich wusste nie, wie er drauf sein würde, wenn er zur Tür hereinspazierte. Seine Stimmung konnte so unglaublich schnell umschlagen …«

Die Erinnerung daran, wie hauchdünn das Eis gewesen war, auf dem sie sich bewegte, ließ sie innehalten. Ein winziges Versäumnis hatte genügt, und schon war es mit dem häuslichen Frieden aus und vorbei. Es war anstrengend, Martin stets die gebührende Aufmerksamkeit zu schenken, ständig im Hinterkopf zu haben, dass sie auf keinen Fall einen Fehler machen durfte. Ein unbedachtes Wort, eine gedankenlose Geste reichten bisweilen schon aus, um die trügerische Ruhe zu durchbrechen, jäh und heftig, als würde man mit einem Stiefel auf die dünne Eisschicht über einer Pfütze treten. Tess hatte gelernt, sich langsam und vorsichtig zu bewegen, ihre Schritte mit Bedacht zu setzen.

»Das hört sich beschissen an«, meinte Luke unverblümt. »Wieso hast du ihn nicht einfach verlassen?«

Wie könnte jemand wie Luke so etwas verstehen? Tess nahm noch einen Schluck und spürte den Alkohol im Hals brennen, ehe sich wohltuende Wärme in ihrem Magen ausbreitete.

»Ich redete mir ein, es brauche einfach seine Zeit, bis wir uns daran gewöhnt hatten, verheiratet zu sein. Ich dachte, alles wäre anders, wenn ein Kind da wäre. Ich hatte schon früh in unserer Ehe eine Fehlgeburt und benötigte lange Zeit, um darüber hinwegzukommen. Ich konnte nicht mehr klar denken, geschweige denn, mich mit meiner Ehe auseinandersetzen.

Als dann Oscar auf die Welt kam, hoffte ich, alles würde besser werden, und eine Weile sah es auch danach aus. Doch der Kleine forderte zu viel von meiner Aufmerksamkeit, und ein kleines Kind und ein stets makellos gepflegtes Haus, beides geht nicht. Sobald Martin klar wurde, dass Oscar nicht eins dieser herzigen, stets lächelnden, *süßen* Babys war, die man in der Werbung sieht, verlor er das Interesse. Er erwartete von mir, dass ich Oscar bereits schlafen gelegt hatte, wenn er abends heimkam. Und dass ich ihn hübsch zurechtgemacht erwartete und auf dem Herd ein köstliches Essen stehen hatte.«

Luke verschluckte sich an seinem Cognac und hustete. »Das ist nicht dein Ernst?«

Tess schüttelte den Kopf und wurde rot. »Nein. Ich habe mich so bemüht, es ihm recht zu machen. Aber ich konnte es nicht. Niemand könnte das. Man kann ein Baby nicht einfach weglegen, nur weil es einem zwischendurch lästig ist.«

»Und wie ist Martin damit umgegangen?« Luke sprach Martins Namen aus, als hinterließe das Wort einen unangenehmen Geschmack auf der Zunge.

»Er hat ein Kindermädchen für Oscar engagiert und es nicht einmal für nötig befunden, mich vorher zu fragen.« Bei der Erinnerung, wie empört sie damals war, wurden Tess' Lippen schmal. »Die Frau stand eines Morgens einfach vor der Tür.

Es war das einzige Mal, dass ich mich gegen Martin zur Wehr setzte«, fuhr sie fort. »Ich schickte sie weg und erklärte ihm, dass ich mich selbst um mein Kind kümmern wolle.«

»*Das* hat ihm nicht besonders gefallen, schätze ich.«

»Er war nie näher dran, mich zu schlagen. Fast wäre ihm die Hand ausgerutscht, ich sah es seiner Miene an. Aber dann machte er wieder diese Kehrtwende, auf die er sich so gut versteht. Ich las blanken Hass in seinen Augen, doch im nächsten Moment zeigte er mir schon wieder sein strahlendes Lächeln und lobte mich, was für eine gute Mutter ich sei und dass er mir nur hatte helfen wollen, denn er sehe doch, wie müde und abgespannt ich sei, und dass er mich liebe.«

Luke schnaubte.

»Das Schlimmste dabei ist, dass es ihm gelang, dies alles so *vernünftig* klingen zu lassen. Ich war allzu bereit zu glauben, ich sei diejenige, die sich kindisch und albern aufführte, weil ich seine Hilfe zurückwies, die er mir, verständnisvoll und großzügig wie er war, zukommen lassen wollte.«

Schweigen trat ein. Tess stellte das Glas auf die Armlehne der Couch und drehte es langsam zwischen ihren Fingern. Aus Angst, sie könnte Verachtung in seiner Miene lesen, vermied sie es, Luke anzusehen. Doch als er das Schweigen schließlich brach, vernahm sie keine Kritik in seiner Stimme.

»Und was hat dich dann bewogen, ihn schließlich doch zu verlassen?«

»Oscar.« Bei dem Gedanken an ihren Sohn schnürte es ihr die Kehle zu. »Er war so ein stiller kleiner Junge, so brav. Es war grundfalsch von mir, aber ich steckte einfach den Kopf in den Sand, ließ Martin gewähren. Eines Tages, als Martin nicht da war, standen wir in der Küche und backten diese kleine Kuchen mit Reiskrispies und Schokolade. Oscar liebte es, mir in der Küche zu helfen. Er stand auf einem Stuhl, war über und über mit Schokolade verschmiert, und wir lachten gerade über irgendetwas und hatten unseren Spaß, als wir plötzlich Martins Wagen draußen in der Einfahrt hörten. Er hatte am Morgen verkündet, er hätte den ganzen Tag in Birmingham zu tun, doch es war ja seine Art, mich zu überrumpeln und zu versuchen, mich bei irgendetwas zu ertappen. Er kam oft völlig unerwartet heim, nur um nachzuprüfen, ob ich wirklich im Haus war, wie ich gesagt hatte.«

»Hat er einen Wutanfall bekommen, als er das Chaos sah?«, wollte Luke wissen, während Tess schweigend ihren Erinnerungen nachhing. Tess schüttelte den Kopf.

»Es gab kein Chaos. Als Oscar den Wagen hörte, wurde er kreidebleich im Gesicht. Ohne dass ich ein Wort sagte, kletterte er von seinem Stuhl, lief zum Spülbecken, wischte sich mit einem Geschirrtuch Gesicht und Hände ab und rannte dann die Treppe hinauf in sein Zimmer. Und ich …«, Tess unterbrach sich, schluckte, »… ich bin ihm nicht hinterhergelaufen«, gab sie zu. »Ich habe schnell die Teigschüssel versteckt und den Tisch abgewischt, und als Martin zur Tür hereinkam, war die Küche wieder blitzblank.«

Tess hielt den Blick gesenkt, sie war feuerrot im Gesicht. »Ich schämte mich so sehr, dass ich das zugelassen hatte«, erklärte sie mit leiser, bitterer Stimme. »Dass ich meinen kleinen Jungen so aufwachsen ließ, dass er Angst davor haben musste zu lachen und fröhlich und auch mal schmuddelig zu sein. Und das war der Punkt, an dem ich beschloss, Martin zu verlassen.«

Sie hatte ihre Geschichte erzählt. Er wusste nun das Schlimmste. Tess wagte einen Blick hinüber zu Luke, der immer noch mit ernster, unbewegter Miene dasaß. Halb erwartete sie, dass er aufspringen und angewidert mit dem Finger auf sie zeigen, sie als die abscheulichste aller Mütter bezeichnen würde, doch nichts dergleichen geschah. Er erwiderte nur ihren Blick, und seine Augen drückten Wärme, Mitgefühl, Besorgnis aus.

»Es tut mir leid, Tess.«

Es tat ihm leid? War das alles? Tess flocht ihre Finger ineinander und schaute ihn ungläubig an. Hatte er denn nicht zugehört? Warum sprach er nicht aus, wie erbärmlich sie sich verhalten hatte? Dass sie nicht zur Mutter taugte? Dass sie eine Versagerin war?

»Es war meine Schuld«, fügte sie hinzu, für den Fall, dass Luke sie nicht richtig verstanden hatte. »Ich habe Oscar das alles zugemutet, weil ich zu feige war, um mich gegen Martin zur Wehr zu setzen.«

»Und nun hast du den Mut aufgebracht, ihn zu verlassen.« Luke beugte sich vor und legte seine warme Hand auf ihre verschränkten Finger. »Du hast dich nach Kräften bemüht in einer schwierigen Situation. Und jetzt traust du dich sogar, neu anzufangen. Das soll dir erst mal einer nachmachen.«

Tess schluckte schwer. Sie war so überzeugt gewesen, dass er sie mit Verachtung strafen würde, genauso, wie sie sich selbst verachtete. Doch als sie vorsichtig ihre Empfindungen auslotete, stellte sie fest, dass sie sich nicht ganz so schlecht fühlte, wie dies sonst der Fall war, wenn sie an diese Zeit zurückdachte. Sie hatte ein Gefühl, ähnlich wie nach einer überstandenen Lebensmittelvergiftung: schwach und matt zwar, aber heilfroh, dass diese Störung nun behoben war und ihr Körper wieder zur Ruhe kommen konnte.

Tess war sich Lukes Berührung allzu deutlich bewusst und zog ihre Hand zurück, woraufhin Luke sich wieder aufrecht hinsetzte. Die Stelle, wo er sie berührt hatte, fühlte sich warm an. Sie räusperte sich.

»Ich versuchte, mit Martin über eine Trennung zu reden, aber er weigerte sich schlicht, darüber zu diskutieren, und so nahm ich eines Tages einfach Oscar an der Hand und stieg mit ihm in einen Bus nach York. Mir war klar, Martin würde sich denken können, dass wir dorthin gefahren waren, aber mir fiel nichts anderes ein, wo ich hinkonnte. Ich hoffte nur, dass er nun, wo ich ihn vor vollendete Tatsachen gestellt hatte, einsehen würde, dass ich es ernst meinte.«

»Das hat er aber nicht?«

»Nein. Ein paar Tage später stand er vor dem Haus meiner Mutter. Ich denke, in seiner Vorstellung sah das Ganze so aus, als wären wir mit seinem Einverständnis nach York in die Ferien gefahren. Aber es passt ihm natürlich nicht, dass ich bei meiner Mutter wieder ausgezogen bin und meine Telefonnummer und E-Mail-Adresse geändert habe. Ich weiß, es klingt paranoid, aber Martin hat durch seine Arbeit alle möglichen zwielichtigen Kontakte. Es ist für ihn wahrscheinlich ein Leichtes, mich aufzuspüren. Ich warte eigentlich jeden Tag darauf, dass er hier aufkreuzt, doch stattdessen spielt er irgendein böses Katz-und-Maus-Spiel mit mir. Davon bin ich überzeugt. Das ist der Sinn und Zweck all dieser Anrufe. Er will mir zu verstehen geben, dass *er* weiß, wo ich mich aufhalte, auch wenn ich meine Kontaktdaten geändert habe.«

Luke runzelte die Stirn. »Das ist Telefonterror, Tess. Kannst du damit nicht einfach zur Polizei gehen?«

»Es ist mir nicht möglich zu beweisen, dass es tatsächlich Martin ist.« Sie erzählte Luke von dem Festnetzanschluss und dass die Anrufe ein paar Tage später auf ihrem Handy eingegangen waren. »Ich weiß nicht mehr, was ich tun soll. Ich könnte mir ein neues Handy besorgen, aber ich fürchte, dass es für ihn ein Kinderspiel ist, auch die neue Nummer herauszufinden.«

»Das denke ich auch, denn aus den Unterlagen kann man auf deinen Namen schließen.« Luke fuhr sich nachdenklich über das Kinn. »Ich habe ein altes Handy, das du benützen könntest«, sagte er schließlich. »Es hat nicht viele Funktionen, aber zum Telefonieren reicht es. Damit hätte selbst Martin Probleme, eine Verbindung zu dir herzustellen. Willst du es probieren?«

»Das … das könnte ich nicht.«

»Warum nicht? Es liegt unbenutzt in meiner Schublade herum.«

Zum ersten Mal schaute Tess ihn an. Richtig an. Sie sah die Falten in seinen Augenwinkeln, den harten Zug um den Mund, seine männlich markanten Gesichtszüge. Sie sah den Mann, der er war, nicht den Jungen von einst, und hatte einen Kloß im Hals, weil sich ein Funken Hoffnung in ihr regte. Nicht dass sie und Luke wieder an ihre einstige Beziehung anknüpfen könnten, aber dass sie vielleicht in ihm einen Freund gefunden hatte.

»Es … ist schwierig für mich, wenn du so nett zu mir bist«, versuchte sie es zu erklären, aber Luke wollte davon nichts wissen.

»Es ist schwierig für mich, wenn du tapfer sein willst und darauf bestehst, alles allein zu machen«, konterte er.

»Aber ich muss es allein schaffen«, beharrte Tess. »Ich kann es mir nicht leisten, mich wieder von einem Mann abhängig zu machen.«

»Aber es schadet doch nicht, wenn man sich ab und zu ein bisschen helfen lässt, oder?«

Tess gab nach, lachte unsicher. »Nein, wahrscheinlich nicht.« Sie schluckte. »Okay. Ich versuche es mal mit deinem Handy. Ich denke, es könnte klappen. Danke«, sagte sie und stand auf. »Und Luke – danke, dass du mir zugehört hast.«

»Alles besser als arbeiten«, erwiderte Luke, um ihr ein gutes Gefühl zu geben. Er leerte sein Glas, stand ebenfalls auf und folgte ihr hinaus in den Gang. »Ich mach dann mal weiter mit Richards Regalen.«

Dankbar registrierte Tess, dass er das Gespräch wieder auf ein unverfängliches Thema lenkte. »Wie lange, glaubst du, brauchst du dafür noch?«

»Ein paar Tage, schätze ich, und dann noch einen Tag, um die Bücher wieder einzuordnen, wenn der Lack getrocknet ist. Ich habe ein paar Auftragsarbeiten für die Bildredaktion zu erledigen und muss sehen, wie ich das alles unter einen Hut bringe, aber du wirst mich bald los sein.«

Sie war in der Tür stehen geblieben, und er spähte über ihre Schulter in die Küche. »Du hast da drinnen ein ziemliches Chaos angerichtet. Bist du sicher, dass du beim Aufräumen keine Hilfe brauchst?«

»Todsicher.« Tess straffte die Schultern, ihre Blicke schweiften durch den Raum. Sie hatte das Chaos veranstaltet, sie würde es auch wieder beseitigen. »Ich finde, ich muss das allein machen.«

»Okay.« Luke wandte sich zum Gehen, blieb dann aber kurz stehen. »Tess, bist du sicher, dass es nur das Telefon war, das dich aus der Fassung gebracht hat? Du hast schon so bestürzt ausgesehen, noch bevor es geklingelt hat. Als hättest du etwas Schlimmes erfahren.«

Das Schlimmste. Sie musste Ralph heiraten. Bei der Vorstellung wurde ihr übel. Sich an ihr Leben mit Martin zu erinnern war schrecklich genug gewesen, aber immer noch besser, als über Nells Unglück nachzudenken.

Doch diese Geschichte konnte sie Luke nicht erzählen, vor allem nicht jetzt. Er hatte ihr lange genug zugehört, und außerdem war sie erschöpft. Für weitere Erklärungen fehlte ihr die Kraft.

»Nein, da war weiter nichts.« Sie wich Lukes Blick aus. »Es … es kommt im Moment einfach ein bisschen viel zusammen.«

»Hm.« Luke lehnte sich an den Türrahmen. »Wie lange ist es her, dass du zum letzten Mal Urlaub gemacht hast, Tess?«

»Urlaub?«, wiederholte sie, als hätte sie vergessen, was dieses Wort bedeutet.

»Ja, du weißt schon. Einfach mal ein bisschen wegfahren. Was anderes sehen und erleben. Den Kopf wieder frei kriegen.«

»Ach.« Tess überlegte. Ihr letzter Urlaub lag eine Ewigkeit zurück, noch vor ihrer Zeit mit Martin. »Das ist schon lange her.«

»Komm doch morgen mit mir nach Bridlington.« Luke wirkte fast so überrascht von dem Angebot wie Tess. »Ich mache dort am Strand Fotos von einer Kite-Surfing-Meisterschaft«, erklärte er. »Ich muss in jedem Fall hinfahren. Du könntest einfach mitkommen.«

»Morgen ist Samstag. Da muss ich mich um Oscar kümmern.«

»Nimm ihn einfach mit. Er fährt sicher gern ans Meer.«

»Er war nie dort«, gab sie widerstrebend zu. Martin hasste Strandausflüge. Dort war es zu schmutzig, zu laut, es gab zu viele Leute.

»Dann ist es höchste Zeit, dass er es mal kennenlernt, meinst du nicht? Die Fahrt ist mir allein zu langweilig«, versuchte er, sie zu überreden, als sie immer noch zögerte. »Ich habe mein Motorrad verkauft und mir einen praktischen Wagen zugelegt, wo ich meine ganze Ausrüstung verstauen kann, aber das Fahren ist nicht mehr so lustig. Ich könnte etwas Gesellschaft gebrauchen.«

Tess sah vor ihrem geistigen Auge einen weiten, windumtosten Strand, stellte sich den Sand zwischen ihren Zehen vor. Sie hatte die unendliche Weite des Himmels über der Küste von Yorkshire immer geliebt. Sie und Luke waren oft mit dem Motorrad an die Küste gefahren. Sie erinnerte sich an den erotischen Kick, den die Fahrt ihr gegeben hatte, den Rausch der Geschwindigkeit, die kraftvolle, gefährliche Maschine zwischen ihren Schenkeln. Ihre Arme um Lukes Taille geschlungen, hatte sie sich mit ihm in die Kurven gelegt und es nicht erwarten können, endlich das Meer in der Ferne zu sehen. Dann war sie mit steifen Gliedern vom Motorrad gestiegen, hatte ihren Helm abgenommen und sich vom Wind die Haare ins Gesicht wehen lassen.

Immer war es windig gewesen. Sie hatten ein besonderes Fleckchen in den Dünen gehabt, wo sie sich, geschützt vom rauen Nordseewind, auf eine Decke in den Sand legten und hinauf in den Himmel guckten. Am Dünenrand wuchs der Strandhafer, dessen Halme der Wind fast waagrecht legte, und darüber, so weit das Auge reichte, gab es nur Licht und Luft und unendliche Weite. Tess hätte schwören können, dass sie spürte, wie sich unter ihr die Erde drehte, bis ihr davon ganz schwindlig wurde.

Sie durfte sich nicht zu viel von Luke erwarten. Es wäre falsch, sich allzu sehr auf ihn zu verlassen ... doch es war schließlich nur für einen Tag, wie Tess sich selbst beschwichtigte. Sie dachte daran, wie sehr es Oscar gefallen würde, wie gut es ihr selbst täte, einmal aus dieser Wohnung herauszukommen mit diesen Scharrgeräuschen in den Wänden, dieser Atmosphäre düsterer Vorahnung.

»Ich würde gern mitkommen«, sagte sie. »Wenn es dir wirklich ernst ist?«

»Hast du an der Katzenklappe rumgemacht, als du reingekommen bist?«

Luke hob den Kopf, die Arme voller Bücher. »Nein. Wieso?«

»Ich habe gerade Ashrafar auf dem Dach entdeckt, jämmerlich miauend. Sie war ausgesperrt.«

»Ich bin gar nicht in der Küche gewesen«, erwiderte Luke und legte die Bücher auf einem Regal ab. »Vielleicht warst du in Gedanken versunken und hast es selbst getan?«

»Das glaube ich nicht«, erwiderte Tess. »Ich verriegle sie nie.

Richard möchte, dass die Katze kommen und gehen kann, wann sie will.«

»Vielleicht hat Oscar daran herumgespielt.«

»Möglich.«

Tess stellte Luke einen Becher Kaffee hin und trug ihren eigenen nach vorn ins Wohnzimmer. Sie musste heute ein weiteres Jahr der Gerichtsprotokolle aufarbeiten, doch anstatt die Datei aufzurufen, saß sie einfach da, starrte blicklos vor sich hin und nagte gedankenverloren an ihrem Fingerknöchel.

Die Katzenklappe war nur das jüngste in einer Reihe unerklärlicher Ereignisse. Einzeln gesehen waren sie banal – eine Küchenrolle mitten auf ihrem Bett, ein Stück Seife neben ihrem Laptop, eine brennende Lampe, obwohl sie überzeugt war, sie ausgeschaltet zu haben –, doch allmählich beschlich Tess ein ungutes Gefühl. Ließen sie sich wirklich allesamt auf Gedankenlosigkeit zurückführen? Sie war normalerweise nicht kopflos oder leicht neben der Spur, und die Vorstellung, sie könnte Gedächtnisausfälle haben, beunruhigte sie.

Ansonsten hatte sie ihr Leben wieder besser im Griff. Sie benutzte nun Lukes altes Handy und hatte die Nummer vorsichtshalber nur Oscars Schule und Vanessa und, widerstrebend, ihrer Mutter gegeben, niemandem sonst. Ihre Erleichterung darüber, dass dieses ständige Klingeln aufgehört hatte, war so immens, dass ihr erst im Nachhinein bewusst wurde, wie sehr es an ihren Nerven gezerrt hatte. Luke hatte, seit sie ihm ihre Geschichte erzählt hatte, dieses Thema nicht mehr angeschnitten, aber Tess hatte das gute Gefühl, reinen Tisch gemacht zu haben. Sie gingen nun anders miteinander um; man konnte zwar noch nicht wirklich von Freundschaft sprechen, aber diese grässliche Förmlichkeit war immerhin verflogen.

Auch hatte Tess keine Halluzinationen mehr gehabt. Vielleicht waren sie wirklich nur die Folge von zu viel Stress gewesen. Hin und wieder stieg eine Erinnerung an Nell in ihr hoch – dass ihr

Haar an einem wolkenlosen Sommertag feucht vom Regen gewesen war oder ihre bloßen Füße schlammverkrustet waren, obwohl sie nur auf einem gepflasterten Gehweg gegangen war –, aber Tess schob sie beiseite. Sie würde auch dafür eine rationale Erklärung finden, wenn sie die Zeit hätte, danach zu suchen. Es musste eine geben.

Auch für die verriegelte Katzenklappe würde sich irgendwann eine Erklärung finden. Tess grübelte immer noch darüber nach, während sie unterwegs zur Schule war, um Oscar abzuholen. Vanessa stand schon vor dem Schultor. In ihrem üblichen hautengen Laufdress hüpfte sie von einem Bein aufs andere, als könnte sie es nicht erwarten loszulegen. Ihre Energie machte Tess ein schlechtes Gewissen, weil sie selbst sich immer so viel Zeit ließ auf ihrem Weg durch Monk Bar zur Schule und zurück.

Es war unmöglich, auf dieser Strecke nicht an Nell zu denken, an ihre Vorliebe für die Gärten oder daran, dass diese asphaltierten Straßen einst holprige Feldwege gewesen waren. Doch wie Tess sich in Erinnerung rief, war es eine allgemein bekannte Tatsache, dass sich auf dem Gebiet außerhalb des Stadttors Monk Bar bis weit ins neunzehnte Jahrhundert Gemüse- und Obstgärten befunden hatten. Dies zu wissen war überhaupt nicht merkwürdig oder ungewöhnlich. Es wäre falsch zu behaupten, sie würde sich daran *erinnern.*

Manchmal, zugegeben, kam ihr das Pflaster bedenklich vor, und ein Gefühl, dass die Vergangenheit sehr nah war, überkam sie. Dann hielt Tess stets den Blick gesenkt. Sie scheute sich davor, den Kopf zu heben, aus Sorge, die Häuserzeile könnte durch die vorgebauten Stockwerke enger geworden, der Blick zum Himmel eingeschränkt sein. Ein kurzes Blinzeln reichte manchmal aus, und schon sah sie statt der großen Schaufenster der Geschäfte die Verkaufsstände und Fensterläden vor den Handwerkerstuben; oder Frauen, die unter ihrer Haustür saßen und spannen. Eine Drehung ihres Kopfes genügte, und aus den Lieferfahrzeugen wurden Karren und Fuhrwerke. Wenn sie nur einen Augenblick in ihrer Konzentration nachließ, riskierte sie, sich unvermittelt im Trubel und Lärm einer elisabethanischen Straße wiederzufinden. Ein paarmal hatte sie gewagt, den Kopf zu heben, und glaubte, in Gesichter zu blicken, die ihr beunruhigend vertraut vorkamen.

Aber wieso eigentlich nicht?, überlegte Tess. Sie war hier aufgewachsen. York war keine Großstadt. Es war nur logisch und wahrscheinlich, dass sie viele Menschen hier wiedererkannte.

Vanessa schaute demonstrativ auf ihre Armbanduhr, als Tess vor dem Schultor eintraf. »Tut mir leid, ich bin spät dran«, sagte Tess automatisch, doch dann fragte sie sich, wofür sie sich eigentlich entschuldigte. Auf dem Schulhof spielten, beaufsichtigt von mehreren Lehrkräften, viele Kinder, die auch noch nicht abgeholt waren. Sie war Vanessa keine Rechenschaft schuldig.

»Ich schätze, du hast dich wieder in deinen alten Gerichtsprotokollen vergraben«, meinte Vanessa, die aus irgendeinem Grund missbilligte, dass Tess auf diese etwas unübliche Weise ihr Geld verdiente. In Vanessas Welt arbeitete man in einem Büro oder einer Schule oder – wenn es denn sein musste – in einem Krankenhaus, bis man heiratete und sich ausschließlich seiner Familie widmete.

Sei nicht so gemein, schalt Tess sich innerlich. Vanessa war nett und hilfsbereit, das sollte sie nicht vergessen. Dennoch wandte sie sich erleichtert ab, als Oscar seine Mum entdeckt hatte und quer über den Spielplatz auf sie zugerannt kam.

»Mummy! Mummy!« Seine Wangen leuchteten, sein Haar war zerzaust, das Hemd hing ihm aus der Hose. Tess beschlich ein mulmiges Gefühl, als sie ihn so abgerissen, so normal sah. Martin hätte ihn zur Rede gestellt und veranlasst, dass er augenblicklich sein Hemd wieder in die Hose steckte. Dass er sich die Haare glatt strich und sein Sweatshirt ordentlich herunterzog. Dass er die Jacke aufhob, die er hinter sich herzog.

»Hallo, mein Kleiner«, begrüßte sie ihn und strich ihm automatisch das Haar aus dem Gesicht. »Hast du einen schönen Tag gehabt?«

»Ich habe ein Bild für dich gemalt.« Er hielt ihr ein Blatt Papier hin, und Tess nahm es und betrachtete es lang und genau.

»Das ist das Meer«, riet sie angesichts des blauen Gekritzels. »Und Ashrafar.« Die Katze war klar zu erkennen: schwarz, runder Rücken, ein buschiger Schwanz und Zähne wie ein Haifisch. Tess deutet auf die beiden Strichmännchen. »Und das hier sind wir beide?«

Oscar schüttelte verneinend den Kopf. »Das bin ich und Luke.«

Der Ausflug nach Bridlington war ein absoluter Erfolg gewesen. Sie hatten das Kite-Surfing beobachtet, während Luke Fotos davon machte. Anschließend hatten sie an der Promenade Fish and Chips gegessen und am Strand in den Wellen geplantscht. Oscar war den ganzen Tag aufgedreht und vollauf begeistert. Seine Zurückhaltung Luke gegenüber war einer abgöttischen Bewunderung gewichen. Wenn Tess ihm beim Abholen erzählte, Luke sei heute in der Wohnung, beeilte Oscar sich auf dem Heimweg und schlüpfte, so bald er konnte, mit Bink unterm Arm, zu ihm ins Zimmer, um ihm bei der Arbeit zuzusehen. Anfangs war er noch zögernd in der Tür stehen geblieben, doch mit der Zeit wagte er sich immer weiter hinein, bis Luke ihn schließlich Schrauben sortieren oder das Ende des Maßbands halten ließ. Soweit Tess es mitbekam, unterhielten sich die beiden bei der Arbeit nicht; das Schweigen schien sie jedoch nicht zu stören. Für Tess war es schön und bitter zugleich zu sehen, wie ihr Sohn eine vorsichtige Beziehung zu Luke aufbaute, eine Beziehung, die er zu seinem Vater nie gehabt hatte.

Er würde Luke vermissen, wenn dieser seine Regale fertig hatte. Und auch Tess würde ihn vermissen, doch sie versuchte, nicht darüber nachzudenken. Sie hatte sich daran gewöhnt, Luke in ihrer Nähe zu haben. Sie machte Kaffee für sich und ihn und blieb dann gern noch eine Weile bei ihm im Arbeitszimmer. Sie hockte sich auf einen Stapel Bücher und schaute zu, wie er ein Brett hobelte oder ein Regalbrett in eine schwierige Nische einpasste. Gewöhnlich hatte er Sägespäne im Haar; seine Kleidung war fleckig und schäbig, doch er hatte geschickte Hände und arbeitete ruhig und souverän. Tess gefiel es, ihm zuzusehen, wie er sich konzentrierte, mit zusammengekniffenen Augen seine Arbeit begutachtete oder zur Entspannung die Schultern bewegte, wenn er fertig war.

Dann setzte er sich neben Tess, nahm den Kaffeebecher entgegen und plauderte ein wenig mit ihr. Manchmal brachte sie ihn sogar zum Lachen, und Tess spürte dann tief drinnen ein gefährliches Ziehen. Sie achtete darauf, sich nicht auf ihn zu verlassen – *ehrlich* –, aber ja, sie würde ihn vermissen.

»Luke?« Vanessa tat nicht einmal so, als würde sie nicht lauschen. »Luke Hutton?« Ihr Ton war messerscharf, und Tess spürte zu ihrem Ärger, wie sie eine Anwandlung von schlechtem Gewissen bekam.

»Ja. Ich habe es dir doch erzählt. Er baut in Richards Arbeitszimmer neue Regale ein«, erklärte Tess so beiläufig und locker wie möglich. Sie legte eine Hand auf Oscars Scheitel. »Er ist mit uns ans Meer gefahren, stimmt's, mein Kleiner?«

Oscar nickte eifrig mit dem Kopf. »Und ich darf ihm bei der Arbeit helfen.«

»Ich dachte, du wolltest nichts mehr mit ihm zu tun haben?« Vanessas Mund war verkniffen, als sie Tess zur Seite zog.

»Es war nur ein kleiner Ausflug, Vanessa, und es hat Spaß gemacht«, rechtfertigte Tess sich, einen Hauch Trotz in der Stimme. »Ich musste unbedingt mal raus.«

»Du hättest ja mich bitten können.«

»Es war eine ganz spontane Sache.« Tess hängte ihre Tasche über die andere Schulter. »Außerdem tust du sowieso so viel für mich, die ganze Zeit.«

»Du weißt, dass ich es gern tue. Ich bin froh, dass du jetzt wieder hier in York bist. Aber ich dachte, wir wären Freundinnen«, sagte Vanessa mit verletzter Stimme. »Ich fasse es nicht, dass du mir das mit Luke nicht erzählt hast.«

An Tess' Hals bildeten sich hektische rote Flecken. »Da gibt es nichts zu erzählen.«

Und das stimmte auch. Oscar hatte tief und fest geschlafen, als sie von Bridlington zurückgekehrt waren, und Tess, die von der vielen Sonne und dem Wind leicht benommen war, hatte ihn die Treppe hinaufgetragen und gleich in sein Bett gelegt.

Luke hatte ihre Tasche hochgebracht und vor der Wohnung gewartet, während sie leise und behutsam die Tür zu Oscars Zimmer schloss.

»Alles okay?«

Sie nickte. »Danke für den schönen Tag, Luke. Oscar hat es so gefallen.«

»Er ist ein nettes Kind.« Die Worte kamen so widerstrebend, dass Tess schmunzeln musste. Und als Erwiderung darauf verzog sich Lukes Mund zu einem Grinsen.

»Danke«, sagte Tess noch einmal, doch dann verschwand plötzlich ihrer beider Lächeln, und Tess spürte ein Brausen im Kopf, das erschreckend neu und gleichzeitig schmerzlich vertraut war.

Gleich wird er mich küssen, dachte Tess, hin- und hergerissen zwischen Panik und Erwartung. Sie war nicht bereit dafür. Sie sehnte sich danach. Sollte sie ihm entgegenkommen oder Abstand halten? Sie atmete schneller.

Sie war immer noch am Zaudern, als Luke einen Schritt zurücktat. »Na dann … mach's gut«, sagte er barsch, drehte sich um und ließ Tess, die nicht wusste, ob sie nun erleichtert oder traurig sein sollte, allein oben an der Treppe stehen.

Nichts war passiert zwischen ihnen.

»Ehrlich«, sagte sie zu Vanessa. »Er … er macht einfach nur seine Regale.«

»Nun, ich hoffe, du weißt, was du tust«, sagte Vanessa spitz. »Schließlich bist du immer noch verheiratet.«

Tess trat einen Schritt zurück. »Wie könnte ich das vergessen«, erwiderte sie patzig.

Luke war schon fort, als sie zu Hause eintrafen. »Sei nicht traurig«, sagte Tess, als Oscar eine Schnute zog und sie selbst ihre eigene Enttäuschung zu ignorieren versuchte. »Ich mach dir jetzt ein Brot, und du kannst mit Bink ein bisschen fernsehen, wenn du möchtest.«

Fernsehen war immer noch etwas Besonderes. Jetzt gab es keinen Vater mehr, der heimkam, man musste nicht ständig auf die Uhr sehen oder die Ohren spitzen, ob draußen in der Einfahrt der Kies unter den Autoreifen knirschte. Oscars Gesicht leuchtete auf. Er rannte den Gang entlang zu seinem Zimmer, während Tess Brot und Marmelade aus dem Schrank holte. Doch als sie gerade Butter auf die Scheibe strich, war Oscar, schmollend die Unterlippe vorgeschoben, schon wieder zurück.

»Ich kann Bink nicht finden! Er ist weggelaufen!«

»Dummerchen, natürlich ist er nicht weggelaufen«, sagte Tess, das Buttermesser in der Hand.

»Doch! Er ist weg!«, jammerte Oscar.

Ein ungutes Gefühl stieg in Tess auf, als würde eine Schlange mit ihrem Schwanz zucken. Sie legte das Messer beiseite. »Ich komme mit und helfe dir suchen.«

Sie hatte heute Morgen Bink auf Oscars Kopfkissen gesetzt, wie jeden Tag. Oder nicht? Sie war sicher, sich daran erinnern zu können.

Aber Oscar hatte recht. Das Kopfkissen war leer.

»Wo ist er?« Oscars Augen wurden feucht.

Tess setzte ein beruhigendes Lächeln auf. »Er muss hier irgendwo stecken. Vielleicht ist er auf eine Abenteuerreise gegangen?« Sie schaute unter dem Bett nach, hinter dem Kopfteil, oben auf dem kleinen Kleiderschrank.

Kein Bink.

Oscars Miene hellte sich auf bei der Vorstellung, sein heiß geliebter Stoffaffe könnte es gewagt haben, sich auf der Suche nach einem Abenteuer von seinem Bett wegzubewegen. Mit Feuereifer beteiligte er sich an der Suche. Tess hingegen spürte, wie immer größere Panik in ihr aufstieg. Was hatte sie mit Bink getan? Oscar mochte zwar an Abenteuer glauben, aber er war ja erst fünf. Mit fast einunddreißig Jahren wusste man, dass Stofftiere sich nicht selbstständig machen konnten.

»Glaubst du, dass er nach draußen gegangen ist, Mummy?«, fragte Oscar.

»Ich denke nicht, Kleiner. Wahrscheinlich hat er sich hier drinnen irgendwo versteckt.« Sie würde es doch noch wissen, wenn sie ihn aus Oscars Zimmer getragen hätte? Oder nicht? Es gab so viel in letzter Zeit, woran Tess sich nicht erinnerte. Einen kurzen Moment musste sie an Nell denken. Es gab seit einiger Zeit auch allzu viele Erinnerungen, die sie gar nicht haben sollte.

Mechanisch öffnete Tess die Schubläden der Kommode, eigentlich eher, um den Anschein zu erwecken, als suchte sie, als tatsächlich in der Erwartung, Bink hier zu finden.

»Da ist er ja!«, schrie Oscar freudig auf. »Da ist Bink!« Er schob Tess beiseite und zog zwischen Socken und Unterwäsche seinen Stoffaffen heraus und drückte ihn glücklich an seine Wange. »Du böser Bink!«, sagte er froh. »Du hast dich versteckt.«

Tess starrte hinunter auf die Kommode. Hatte sie tatsächlich Bink vom Bett genommen und hier in die Schublade gestopft? Und was hätte sie dazu bewogen? Aber wenn sie es nicht gewesen war, wer dann? Martin, schoss es ihr durch den Kopf. Aber es gab keinerlei Anzeichen, dass sich jemand Zutritt zu ihrer Wohnung verschafft hatte. Wie hätte Martin hier hereinkommen sollen? Wie hätte irgendwer hier hereinkommen sollen?

Sie wusste nicht, was schlimmer war: dass jemand unbemerkt in die Wohnung gelangt war oder dass sie ihr Gedächtnis verloren hatte und willkürlich Gegenstände anderswohin legte.

Vielleicht hatte sie einiges ja schlicht verlegt. Sie war nun viel nachlässiger als früher, und zwar mit voller Absicht. Martin hatte darauf bestanden, dass seine häusliche Umgebung stets ordentlich und gepflegt wirkte, doch jetzt, wo Tess nicht mehr so penibel darauf achten musste, konnte sie, wenn ihr der Sinn danach stand, einfach einen Stapel Bücher auf dem Schreibtisch oder die aufgeschlagene Zeitung auf dem Sofa liegen lassen. Tess räumte ihre Kleidung bewusst nicht wieder in den Schrank zurück, sondern warf sie achtlos über die Rückenlehne eines Stuhls. Sie ließ benutzte Kaffeetassen im Spülbecken und alle möglichen Gewürzdosen auf der Arbeitsplatte stehen. Sie ließ Bücher herumliegen und machte sich ein Vergnügen daraus, das Besteck unsortiert in die Schublade zu werfen. In ihrer neuen, unaufgeräumten Welt war es nicht verwunderlich, dass sich der eine oder andere Gegenstand nicht dort befand, wo er eigentlich hingehörte.

Doch das Verschwinden des Stofftiers machte Tess zu schaffen. Es schien in einem Zusammenhang zu stehen mit der verriegelten Katzenklappe, dem Scharren in den Wänden und Nell, ja, mit dem ganzen Leben in dieser seltsamen Wohnung. Es war nicht so schlimm, wenn Luke anwesend war, doch der würde bald seine Arbeit beendet haben, und dann wäre Tess den ganzen Tag allein hier. Die Kopfschmerzen, die neuerdings ständig hinter ihren Augen zu lauern schienen, meldeten sich wieder, nicht so schlimm, um ein Aspirin zu nehmen, aber doch so stark, um sie nicht einfach zu ignorieren.

Vielleicht sollte sie woanders hinziehen, überlegte Tess stirnrunzelnd, während sie Kartoffeln schälte. Doch welche andere Wohnung konnte sie sich leisten? Außerdem hatte sie Richard versprochen, sich um Ashrafar zu kümmern, und sie stand zu sehr in seiner Schuld, um ihn nun einfach im Stich zu lassen.

Oscars Euphorie über den wiedergefundenen Bink hatte sich allem Anschein nach verflüchtigt, denn als sie ihn zum Abendessen in die Küche rief, war er quengelig und schlecht gelaunt. Sie erlaubte ihm, Ashrafar zu füttern. Also trug er den Futternapf zu ihrem Fressplatz, während die Katze erwartungsvoll um seine Beine strich, und stellte ihn genau in die Mitte der Bodenfliese vor der Katzenklappe, die in die Wand eingelassen war. Sie führte hinaus auf einen winzigen Balkon, von wo aus Ashrafar in den Innenhof hinuntergelangen oder über die rot gedeckten Dächer schleichen konnte.

»Oscar, hast du heute Morgen an der Katzenklappe rumgespielt?«, fragte Tess, als ihr das empörte Miauen der ausgesperrten Katze wieder einfiel.

Es überraschte sie nicht, als Oscar verneinend den Kopf schüttelte und seine Miene unschuldig blieb. Er kletterte auf den Hocker vor dem winzigen Küchentresen, aber interessierte sich mehr dafür, der Katze beim Fressen zuzusehen, als selbst zu essen. Lustlos schob er die Gurkenscheiben auf seinem Teller herum.

»Du sollst nicht mit deinem Essen spielen, Oscar«, sagte Tess tadelnd. Ihre Kopfschmerzen nahmen zu. Sie legte die Gabel weg, denn sie selbst hatte auch keinen Appetit.

»Mummy.« Oscars Stimme drang wie aus weiter Ferne an ihr Ohr. »Mummy. Schau mal, Ashrafar!«

Die Katze kauerte neben ihrem Futternapf, aber sie fraß nicht. Sie hatte die Ohren angelegt, das Fell gesträubt, und aus ihrer Kehle drang ein leises, irgendwie furchteinflößendes Knurren.

Und ihre großen gelben Augen waren starr auf Tess gerichtet.

»Ashrafar«, flüsterte Tess. Ihr Mund war staubtrocken, und das Herz schlug ihr bis zum Hals. Sie erhob sich halb von ihrem Stuhl, in der Absicht, die Katze, die aus irgendeinem Grund aufgeregt war, zu beruhigen. Doch im selben Moment, als Tess sich bewegte, ließ Ashrafar ihr Futter stehen, ohne es angerührt zu haben, und flitzte wie der Blitz durch die laut scheppernde Katzenklappe nach draußen.

Bum! Bum! Bum! Die Speisen waren abgeräumt, die Tische an die Wand geschoben. Die Musikanten hatten ihre Instrumente gestimmt, und nun ging ein erwartungsvolles Raunen durch die Gästeschar, als Trommelschläge den ersten Tanz ankündigten.

»Weib?« Ralph Maskewes kräftige Zähne blitzten, während er Nell zulächelte und seine Hand nach ihr ausstreckte.

Nell konnte sich nicht weigern, sie zu nehmen, genauso wenig, wie sie es ihm hatte verweigern können, seinen Mund auf ihren zu drücken und mit einem Kuss ihr Ehegelöbnis zu besiegeln. Es waren Zeugen anwesend, die wohlgefällig zugesehen hatten. Sie wussten, dass Tom und Nell Liebende waren, dass sie ihm versprochen war, aber dennoch nickten sie. Nell würde ihnen dies niemals verzeihen.

»Mein Gemahl.« Nell knickste vor Ralph und ließ sich sodann von ihm zur Tanzfläche führen. Sie hatte ein starres Lächeln aufgesetzt, doch bei jeder Berührung, bei jedem Blick aus seinen kalten, kieselgrauen Augen, wich sie innerlich zurück.

Und Ralph wusste es, dessen war sie sich sicher. Er wusste es, und er genoss es.

Ein bleiernes Gewicht hatte sich auf Nell gelegt, so schwer, dass es sie Mühe kostete, sich aufrecht zu halten. Dennoch reckte sie das Kinn. Sie würde nicht weinen und nicht klagen. Sie hatte ihre Entscheidung getroffen, und ihre Familie befand sich außer Gefahr. Sie würde Ralph nicht wissen lassen, wie tief ihr Schmerz war, diese Genugtuung würde sie ihm nicht geben.

»Ich habe Eurem Bruder beigelegen«, hatte sie ihm klipp und klar erklärt, nachdem ihr Vater sie mit Ralph allein gelassen hatte. Nell würde nicht lügen. »Ich komme nicht als Jungfrau zu Euch.«

Einen kurzen Moment glaubte sie, bei der Erwähnung seines Bruders Tom eine Regung in Ralphs Miene wahrgenommen zu haben, doch schon im nächsten Augenblick war das breite Lächeln zurück. »Dann ist es so«, erwiderte er. »Tom ist jedenfalls nicht in der Position, an eine Verehelichung zu denken, und du, Eleanor, brauchst einen Ehemann. Du bist zu schön, um dahinzuwelken, während du auf einen Jungen wie Tom wartest, der vielleicht nie mehr zurückkehren wird. Du weißt, wie Tom ist. Er hat törichte Träume, er will zur See fahren und die Welt sehen. Nein, er wird nicht zurückkommen, Eleanor.«

Nell wusste, Tom würde nicht zurückkommen. Jetzt nicht mehr. Wenn er erführe, dass sie seinen Bruder geheiratet hatte, würde er ihr fernbleiben. Sie hatte seinen Ring hervorgeholt und hielt ihn nun in ihrer Börse verborgen. Sie würde ihn nicht mehr tragen, doch sie wollte ihn behalten; es war die einzige Art und Weise, wie sie Tom gemäß ihrem Versprechen noch immer treu sein konnte.

Ralph blickte forschend in ihr Gesicht. »Arme törichte Eleanor, hattest du das wirklich geglaubt?«

Oh, Tom! Nell hasste es, dass ein kleiner Teil von ihr sich fragte, ob Ralph womöglich recht hatte. Tom hatte sich immer schon sehnlichst gewünscht, einmal die Welt zu sehen. Wollte er wirklich eine Ehefrau, die ihn ans Haus fesselte?

Doch Ralph sollte ihre Zweifel nicht sehen. Nell streckte stolz das Kinn vor und beantwortete seine Frage mit einer Gegenfrage.

»Warum wollt Ihr mich heiraten, wenn Ihr wisst, dass ich Euren Bruder liebe? Dass ich ihm beigelegen habe? Wenn ich Euch heirate, breche ich den Treueschwur, den ich ihm gegeben habe. Wollt Ihr das wirklich?«

»Ach, Eleanor, wenn du wüsstest, wie sehr ich dich liebe, würdest du mich das nicht fragen!« Ralph griff nach ihrer Hand, und sie musste sich beherrschen, sie nicht angewidert zurückzuziehen. »Ich bin in Liebe zu dir erglüht. Schon seit Langem!«

»Eine schöne Liebe, wenn Ihr mich gegen meinen Willen zur Ehe zwingt.«

»Zwingen? Wer sagt denn etwas von zwingen?« Bei dem Wort trat ein Glitzern in seine Augen. »Ich werde dir alles geben, was dein Herz begehrt: kostbare Kleider, ein wunderschönes Heim, feine Speisen auf dem Tisch.« Er deutete mit der Hand auf sein besticktes Wams, die geschlitzten samtenen Hosen, die teuren Beinlinge darunter. »Tja, und einen ansehnlichen Ehemann obendrein! Welche andere Maid würde da von Zwang reden? Du hast die Wahl, Eleanor«, rief er ihr ins Gedächtnis.

Eine Wahl, die keine war. Beide wussten sie es. Nell bedachte

Ralph mit einem kühlen Blick. »Ich verlange von Euch nur Sicherheit für meine Familie«, sagte sie. »Werdet Ihr meinem Vater die Schulden erlassen, wenn ich Euch heirate?«

»Eleanor, Eleanor …«, seufzte Ralph. »Wie platt und unverblümt!«

»Werdet Ihr?«

»So soll es denn sein.«

Und damit war die Ehe besiegelt.

Kapitel 10

Der November war keine gute Zeit zum Heiraten. Den ganzen Tag schon lag dichter Nebel über der Stadt. Die dumpfe Feuchtigkeit kroch heimtückisch in jeden Winkel, dämpfte die Geräusche, legte sich vor die Sonne, erstickte das Licht, die Luft, das Leben in der Stadt, sodass Nell das Gefühl hatte, nicht richtig atmen zu können. Sie glaubte, unter der dichten Nebeldecke schier erdrückt zu werden, unter der Last dieses Gefühls, dass sie feststeckte, in der Falle saß, ähnlich wie damals in dieser Truhe. Als sie im Torhaus der Kirche Ralph gegenüberstand und ihr Ehegelöbnis ablegte, hätte sie schwören können, dass sie noch immer den Holzgeruch der Truhe in diesem stickigen Kabinett in der Nase hatte.

Nell hätte gern bis zum Frühjahr gewartet, in der Hoffnung auf eine Art Galgenfrist, aber Ralph war unerbittlich. »Ich kann nicht mehr länger auf dich warten«, erklärte er kategorisch. Also gab es keine Blumen, um sie auf den Weg zur Kirche zu streuen, und trotz ihrer Umhänge zitterten die Brautjungfern vor Kälte, während sie versuchten, die zahlreichen Pfützen zu umgehen, in dem Nebel, der so dicht war, dass die Hochzeitsgesellschaft im hinteren Bereich der Prozession jene an der Spitze nicht sehen konnte.

Nach dem Hochzeitsgelöbnis fand in der Kirche von St. Helen die Brautmesse statt, bei der Kuchen und Wein gereicht wurden. Anschließend bewegte sich der Hochzeitszug im dichten Nebel zurück in die Stonegate, zum Haus der Maskewes. Die Halle war für die Feier festlich geschmückt, und auf die Gäste wartete ein Festmahl, so opulent, dass es Ihrer Majestät der Königin zur Ehre gereicht hätte. Es gab Kapaune, junge Hennen und Spanferkel, serviert mit Getreidebrei und in Fett ausgebackenen Kräutern. Dann Tauben und Rebhühner, Kaninchen und Rinderbraten, junge Reiher und gebackene Lerchen. Früchte in Aspik, Pudding, Konfekt. Ralph bestand darauf, dass eine Portion jeder Speise auf ihren gemeinsamen Teller gelegt wurde. Als Nell verfolgte, wie er seine großen kräftigen Zähne in einen winzigen gebratenen Spatz schlug, spürte sie, wie heftige Übelkeit in ihr aufstieg.

Aus dem Augenwinkel konnte sie die Tür zum Kabinett erkennen, die jedoch während des Fests geschlossen blieb. Manchmal glaubte sie, vor ihrem geistigen Auge sich selbst zu sehen als kleines Mädchen, wie sie auf Zehenspitzen über die Schwelle trat, ins Zimmer spähte, die Truhe entdeckte und glaubte, nun ein wirklich schlaues Versteck gefunden zu haben.

»Nein!«, wollte Nell rufen. »Nein, geh nicht hinein!« Und dann blinzelte sie, und die Vision war verschwunden, zurück blieb nur ein Gefühl drohenden Unheils, das sich schwer auf ihre Schultern legte, ihr ein Prickeln im Nacken verursachte.

Ihr Hochzeitsmahl. So hatte Nell es sich dereinst nicht vorgestellt. Die Menschen lachten zu laut, aßen zu gierig. Der Wein war zu stark gewürzt, das Essen zu üppig. Das flackernde Kerzenlicht warf seine Schatten auf vertraute Gesichter, die so ölig schimmerten, dass sie ihr fremd vorkamen. Neben ihr saß Ralph. Seine Lippen glänzten vor Fett, während er lächelnd und methodisch einen kleinen Vogel nach dem anderen mit seinen kräftigen Zähnen in Stücke riss und anschließend jedes Knöchelchen abnagte und aussaugte.

Doch die ganze Zeit über lächelte Nell. Was blieb ihr anderes übrig?

Hinter der Maske des Lächelns verbarg Nell, dass sie sich zu all dem nicht zugehörig fühlte. Sie knabberte an den gebackenen Kräutern, ohne etwas zu schmecken, genauso gut hätte man ihr die Binsen, mit denen der Fußboden ausgelegt war, vorsetzen können. Sie kaute und lächelte, kaute und lächelte. Hin und wieder nahm sie einen Schluck von dem Wein. Das süße Honigaroma lag ihr bitter auf der Zunge, aber dennoch lächelte sie.

Kauen, trinken, lächeln. Kauen, trinken, lächeln. Lächeln, lächeln, lächeln. Nie war das Lächeln ihr so schwergefallen. Die Wangenmuskeln taten ihr schon weh davon.

»Du isst ja gar nichts.« Als Ralph einen Rebhuhnflügel vom Teller nahm und ihn ihr hinhielt, beschloss Nell, dass es nun reichte. Sie hatte sich lange genug angestrengt, so zu tun, als würde sie die Speisen genießen. Ralphs Finger waren glitschig und fettig, und Nell presste die Lippen zusammen, als sie erneut Übelkeit verspürte.

Aber auch dann behielt sie ihr Lächeln bei. »Ich danke dir, aber ich bin satt.«

»Iss!«, befahl er, und obwohl sein Mund zu einem Lächeln verzogen war, registrierte sie den unerbittlichen Ton in seiner Stimme. Nun wurde auch Nells Lächeln unsicher. Es gab jetzt nur noch sie beide, wie ausgesetzt auf einer Insel der Stille, während um sie herum das rauschende Fest seinen Gang nahm. »Du willst doch, dass deinem Vater die Schulden erlassen werden, nicht wahr?«, sagte der ergebene Bräutigam.

Nell nahm den Flügel. Es würgte sie, doch sie zwang sich, ein kleines Stück abzubeißen und hinunterzuschlucken. Das Fleisch mit dem strengen Wildaroma blieb ihr am Gaumen haften, und die mit Brot angedickte Sauce klebte unangenehm auf ihrer Zunge. Sie schmeckte nach Ingwer, Essig, Verzweiflung.

»Iss es auf«, befahl Ralph.

Irgendwie schaffte Nell es. Als sie meinte, nun endlich die Knochen auf den Teller zurücklegen zu können, nahm Ralph sie ihr aus der Hand und knabberte und saugte mit seinen Zähnen daran, bis sich kein Fitzelchen Fleisch mehr an ihnen befand. Bei dem Geräusch brach Nell der Schweiß aus.

Ich darf nicht würgen. Ich darf mich nicht übergeben.

Ich darf nicht an Tom denken.

»Du bist so ein Glückspilz«, hatte Alice geseufzt, als sie Nell beim

Anlegen des Brautgewands geholfen hatte. »Ich wünschte, William würde mir auch so ein Kleid kaufen!« Sie befingerte neidisch den fein gesponnenen Wollstoff. Alice hatte vermocht, was keiner anderen Maid gelungen war. Sie hatte William Carter, den Weiberheld, gezähmt, und ließ ihn nicht mehr vom Haken, und nun waren die beiden miteinander verlobt. Nell hatte den Eindruck, dass William selbst nicht genau wusste, wie das hatte geschehen können, aber Alice war glücklich mit ihm, und Nell freute sich mit ihr darüber.

Aber trotz ihres Glücks war Alice doch nüchtern genug, um zu wissen, dass Liebeslust allein für eine sichere Ehe nicht reichte. Sie wusste, was Nell für Tom empfand, dennoch hieß sie ihre Entscheidung gut, Ralph zu heiraten. »Ralph Maskewe ist ein äußerst ansehnlicher Ehemann und reich obendrein. Er ist solide und genießt einen ausgezeichneten Ruf. William sagt, er wird zum Ratsherrn ernannt werden, lange bevor andere Männer seines Alters dafür infrage kommen.«

Nell verzog den Mund zu einem Lächeln, aber nur, weil sie, seit Alice verlobt war, ständig zu hören bekam, was William dachte und sagte. Er schien zu allem und jedem eine Meinung zu haben.

»Und er betet dich an, Nell. Du wirst alles bekommen, was dein Herz begehrt.«

Nell gab keine Antwort. *Nicht alles*, wollte sie sagen. *Ich kann Tom nicht haben, und wenn ich Tom nicht haben kann, will ich das andere auch nicht*. Aber welchen Sinn hätte so eine Erwiderung?

Das war der Lauf der Dinge. *Du kannst nicht immer alles haben, was du dir wünscht*, ermahnte sich Nell. *Wir tun, was wir tun müssen, und wir ertragen unser Los*. Es nützte nichts, jedem zu erzählen, dass ihr das Herz brach. Es würde nichts an ihrem Schicksal ändern und gäbe den anderen nur ein schlechtes Gefühl. Die Mischung aus Dankbarkeit und Scham in ihres Vaters Miene war ohnehin mehr, als sie ertragen konnte.

Und jetzt tanzte sie mit Ralph. Seine Hände drückten gegen

ihre, sein prächtiges Gebiss schimmerte im Kerzenlicht. Mechanisch vollführte Nell ihre Tanzschritte, ein starres Lächeln im Gesicht, während ihre Gäste die Köpfe schief legten und wohlgefällig schmunzelten angesichts der Frischvermählten. Waren sie denn alle blind?, fragte sich Nell. Merkten sie nicht, wie falsch, wie unrecht dies alles war?

Nell fürchtete sich vor ihrer Hochzeitsnacht, so sehr, dass sie es nicht erwarten konnte, es hinter sich zu bringen. Wenigstens blieb es ihr erspart, ihm vorgaukeln zu müssen, sie wäre noch Jungfrau. Sie hatte Ralph die Wahrheit gesagt. Er konnte ihr nicht vorwerfen, sie wäre unaufrichtig gewesen.

Nachdem sie den Tanz mit Ralph beendet hatte, ließ Nell keinen weiteren Tanz mehr aus. Die braunen und grünen Spitzenbänder ihrer goldenen Brautkrone flatterten bei ihren Bewegungen. Sie roch den Duft der Rosmarinzweiglein in ihrem Haar, das für den heutigen Anlass lose über ihre Schultern fiel. Ihre widerspenstigen Locken, die sich Tom so gern um die Finger gewickelt hatte. *Ich sehe Gold und Bronze und Kupfer ... Ich sehe rotglühende Flammen.* Und dann hatte er sein Gesicht darin vergraben. *Ich rieche Nelken.*

Nell lächelte ohne Unterlass. Oh, sie war die vollkommene Braut. Niemand sollte ihr vorwerfen können, sie würde ihrer Rolle nicht gerecht. Doch ihre Augen blickten leer, sie hätte nicht einmal sagen können, wer ihr Tanzpartner war, es sei denn, sie tanzte mit ihrem kleinen Bruder, dem sanften Harry, der bedachtsam seine Schritte setzte und dessen Miene Besorgnis verriet.

»Nell«, sagte er. »Wirst du glücklich sein?«

Er war der Einzige, der sie das fragte, offenbar der Einzige, der sich um ihr Wohlergehen Gedanken machte.

Nell zögerte mit ihrer Antwort. Sie konnte ihm nicht in die Augen sehen, konnte nicht sprechen, ihre Kehle war wie zugeschnürt. Dann führten ihre Tanzschritte sie auseinander. Nell drehte sich, klatschte in die Hände, lächelte, und als sie wieder zueinanderkamen, war sie in der Lage, ihren Bruder anzusehen.

»Ich will es versuchen«, gab sie ihm zur Antwort.

Sie hatte Tom verloren, aber wenigstens war dadurch Harry vor einem bösen Schicksal bewahrt worden. Als der Tanz endete, umarmte sie ihn, diesen kleinen Bruder, der ihr so lieb und teuer war.

Zum ersten Mal kam ihr der Gedanke, sie würde vielleicht selbst einmal Kinder bekommen. Ralph würde Tom niemals ersetzen, aber vielleicht konnten sie sich in dieser Ehe irgendwie arrangieren. Vielleicht würde es nicht so schlimm werden.

Doch Nell befiel ein sehr ungutes Gefühl, als Ralph sie herbeiwinkte. »Es ist an der Zeit, uns zurückzuziehen«, sagte er. »Mach dich bereit für die Nacht, meine Liebe.«

Die Dienstmägde führten Nell unter unterdrücktem Gekicher in das große Schlafgemach an der Vorderseite des Hauses. Ein gewaltiges, mit roten Vorhängen versehenes Himmelbett füllte fast den ganzen Raum aus. Im Licht der Kerzen, die eine der Mägde auf einen Tisch stellte, sah Nell die kunstvollen Stickereien auf dem roten Damast, kleine Bienen und Blumen, und die goldfarbenen Kordeln, mit denen die Vorhänge an den Pfosten zurückgebunden waren. Vor dem Fenster stand ein gedrechselter Lehnstuhl mit einem quastenbesetzten Kissen darauf und daneben eine große Truhe, bei deren Anblick und den damit verbundenen Erinnerungen Nell innerlich zu Eis erstarrte.

Sie mied es, die Truhe anzusehen, während die Dienerinnen ihr aus dem Hochzeitsgewand halfen. Sie entfernten die Rosmarinzweiglein aus ihrer Frisur, rollten die Spitzenbänder ihrer Brautkrone auf und bürsteten ihr das Haar, wobei sie Ratschläge und Ermutigungen flüsterten. Nell hatte bereits ein peinliches Gespräch mit ihrer Stiefmutter hinter sich, die ihr geraten hatte, still zu liegen und ihren Mann gewähren zu lassen, dann wäre das Ganze auch bald wieder vorbei. Einen kurzen Augenblick ließ Nell die Erinnerung zu, wie unbefangen Tom und sie miteinander umgegangen waren. Mit ihm zusammen hatte sie nie einfach still dagelegen, nie gehofft, dass es bald vorbei sein würde.

Doch sie durfte nicht an Tom denken, nicht jetzt.

Von ihrem starren Lächeln tat Nell das Gesicht weh. Sie ließ sich von den Dienerinnen auf die hohe Bettstatt helfen. Heute Nacht würde sie still liegen und hoffen, dass es bald überstanden wäre. Ihr Haar duftete immer noch nach Rosmarin, desgleichen das Bettlaken, das damit bestreut war.

Rosmarin für die Treue. Rosmarin für die Erinnerung.

Doch sie war Tom nicht treu geblieben, und die Erinnerung an ihn war das Letzte, was sie jetzt gebrauchen konnte.

Die Dienerinnen zogen sich zurück, und einen kostbaren Moment lang war Nell allein und konnte endlich ihr starres Lächeln aufgeben. Sie lag da und betrachtete den Baldachin über dem Himmelbett. Sie war daran gewöhnt, mit Alice in der kleinen Dachkammer im Haus der Harrisons zu schlafen. Dieses Bett hier war fast so groß wie die gesamte Kammer, doch die schweren dunklen Vorhänge und das flackernde Kerzenlicht weckten in ihr das Gefühl von Enge und Düsternis.

Was, wenn Ralph nun den Wunsch hätte, die Vorhänge rund um das Bett zu schließen? Ein neues Schreckensbild erschien vor Nells Augen, bei dem sich ihr Magen zusammenkrampfte, bei dem es ihr die Kehle zuschnürte, das Blut in ihren Ohren rauschte. Sie würde in der tiefen Dunkelheit eingeschlossen sein, keine Luft mehr bekommen. Wie damals, als sie in dieser Truhe hockte, doch diesmal käme es noch viel schlimmer.

Ralph würde neben ihr liegen.

Nells Atem ging schneller, um mit ihrem Herzen Schritt halten zu können. Wenn er die Vorhänge zuzöge, wenn er sie zuzöge … was sollte sie dann tun?

Vielleicht hatte Ralph es gar nicht vor. Nell klammerte sich an diese Hoffnung. Die Goldkordeln, die Quasten wirkten überaus prächtig und teuer. Vielleicht dienten sie nur dazu, seinen Reichtum zur Schau zu stellen? Vielleicht überkam Ralph ebenfalls das Gefühl zu ersticken, wenn die schwere Seide sich um das Bett schloss und es vom Rest des Raums abtrennte. Nell nahm sich zusammen, atmete ruhig und gleichmäßig. Sie konnte das, was nun kam, ertragen. Es blieb ihr nichts anderes übrig.

Sie musste ihr ganzes Augenmerk darauf richten, Ralph nicht zu beleidigen. Er durfte auf keinen Fall gewahr werden, wie sehr es ihr davor graute, hier eingesperrt zu werden, sollte er denn auf diesen Gedanken kommen. Also würde sie ihr Lächeln wieder aufsetzen, ihm Honig um den Bart schmieren und hoffen, dass er sie stark genug begehrte, um sie freundlich zu behandeln.

Doch zu weiterem Nachdenken blieb ihr keine Zeit mehr. Draußen im Gang erklang schallendes Gelächter, dann trat Ralph ins Zimmer. Lachend schob er die Männer hinaus, die so taten, als würden sie ihn ins Schlafgemach begleiten, um ihm Hilfestellung zu geben. Unter grölenden Ratschlägen und Anfeuerungsrufen verzogen sie sich schließlich.

Ralph und Nell waren allein.

Nell spürte, wie ihr Herz dumpf und langsam pochte und schmerzte, als würde es ihr die Brust zerreißen. Sie hörte ein Dröhnen in den Ohren, so laut, dass sie überzeugt war, Ralph würde es ebenfalls vernehmen.

»Nun denn«, sagte Ralph und fing an, sein Wams aufzuknöpfen, ohne Nell dabei aus den Augen zu lassen. Seine Miene war undurchdringlich, und sie fragte sich, ob er erwartete, dass sie sich erhob, um ihm beim Auskleiden zu helfen. Dies wiederum kam ihr verkehrt vor, also blieb sie, wo sie war. Er würde ihr seine Wünsche beizeiten mitteilen, ohne Frage.

In der großen Halle ging derweil das Feiern und Trinken weiter, und die Gäste tanzten auch wieder, nachdem Braut und Bräutigam zu ihrem Hochzeitsbett geleitet worden waren. Die Musikanten hatten die Unterbrechung genutzt und reichlich dem gewürzten Wein zugesprochen, der in Strömen floss, und spielten nun umso lauter und ausgelassener. Im Schlafgemach hingegen herrschte tiefes Schweigen.

Es dauerte an, bis Nell schließlich die Nerven verlor. Sie räusperte sich. »Das Fest erschien mir gut gelungen.«

»In der Tat«, pflichtete Ralph ihr freundlich bei, »bis auf die Tatsache, dass du dich wie eine Dirne aufgeführt hast.«

Nell glaubte, sich verhört zu haben. »Wie bitte?«

»Wage es nicht, die Unschuldige zu spielen, Mistress. Wir haben eine Vereinbarung getroffen. Du bist jetzt mein Weib.«

»Das werde ich wohl kaum vergessen können«, erwiderte Nell mit bitterer Stimme, ihren Vorsatz vergessend, ihn mit Lächeln und schönen Worten zu besänftigen. Denn sollte er auf die Idee kommen, die Vorhänge um die Bettstatt zu schließen, hätte sie das Gefühl, in einem Sarg zu liegen.

»Ich habe dich beobachtet.« Er zog sein Wams aus, seine Hose, bis er nur noch sein leinenes Unterhemd trug. Er wirkte erzürnt, es brodelte in ihm, als würde er im nächsten Augenblick die Beherrschung verlieren. »Ich habe gesehen, wie du jedem Mann, mit dem du getanzt hast, schöne Augen gemacht hast.«

Nell lachte laut auf, so absurd erschien ihr dieser Vorwurf, doch damit machte sie alles noch schlimmer. Seine Miene verfinsterte sich. »Es amüsiert dich also, mich vor meinen Gästen als Trottel hinzustellen?«

»Ich habe niemandem schöne Augen gemacht«, erwiderte sie wahrheitsgemäß. »Ich habe nicht einmal gemerkt, mit wem ich getanzt habe.«

»Dann weißt du also auch nicht, wen du umarmt hast?«

Verwirrt blickte sie ihn an, dann dämmerte es ihr. »Harry?« In ihrer Erinnerung war dies der einzige zärtliche Augenblick dieses Tages gewesen. Ralph blickte sie nur wütend an, während sie fassungslos zurückstarrte. »Ralph, er ist mein Bruder!«

»Und du hast ihn mit Zärtlichkeiten förmlich überschüttet. Tu so etwas nie wieder, Weib«, sagte Ralph mit einem Ausdruck in den Augen, der sie entsetzt auf ihr Kissen zurücksinken ließ. »Du bist jetzt mein Weib, hast du mich verstanden?«

»Das ist ja absurd …«, begann sie, doch da streckte er blitzschnell die Hände nach ihr aus und packte sie an den Oberarmen, so fest, dass sie vor Schmerz aufschrie.

»Wage es nicht, mich absurd zu nennen«, knurrte er böse. Du bist jetzt *mein*. Du wirst niemand anderen umarmen, nur mich. Verstehst. Du. Das?« Nach jedem Wort schüttelte er sie, während sich seine Finger in ihr Fleisch gruben.

»Ja«, keuchte sie. In diesem Moment hätte sie alles gesagt, nur damit dieser Schmerz endlich aufhörte. »Ja, ich verstehe.«

Er ließ sie so unvermittelt los, dass sie auf ihr Kissen zurückfiel, völlig verstört über diesen plötzlichen Wutausbruch. Er hat die Vorhänge nicht zugezogen, war der einzige Gedanke, zu dem sie fähig war. Sie konnte alles ertragen, solange man sie nicht im Dunkeln einschloss.

Nell hoffte, dass damit seine Grobheiten zu Ende waren, doch wie es schien, fing Ralph gerade erst damit an. Er schob sich über sie, drückte sie nach unten, und er war größer als Tom, breiter, kräftiger, und hatte einen Ausdruck im Gesicht, so wild und bedrohlich, dass Nell den Atem anhielt.

»Du … brauchst mich nicht zu zwingen«, stieß sie hervor.

»Oh, aber das tue ich. Ich weiß, dass du an ihn denkst«, knurrte er. »Du denkst den ganzen Tag schon an ihn, nicht wahr?«

Nell wusste, wen er meinte. »Nein«, erwiderte sie tonlos. »Ich ertrage es nicht, an ihn zu denken.«

»Lüg mich nicht an!« Er kniff sie so brutal in die Brust, dass sie laut aufschrie. Augenblicklich verschloss er mit der Hand ihren Mund.

»Sei still!«

»Du tust mir weh«, keuchte sie, versuchte, sich aus seinem Griff zu befreien.

»Du verdienst es nicht anders. Habe ich nicht recht?«, fügte er hinzu, als sie ihn mit großen Augen anstarrte, entsetzt über den Mann, als der er sich da vor ihren Augen entpuppte. Er zwickte sie wieder, doch diesmal unterdrückte sie ihren Schrei. »Habe ich nicht recht? Kaum verheiratet, und schon beherrschen dich unkeusche Gedanken. Glaubst du, du kannst mich so leicht zum Hahnrei machen? Glaubst du das? *Glaubst* du das?« Er packte mit brutaler Gewalt ihr Fleisch, fügte ihr Schmerz zu, drückte sie mit dem Gewicht seines Körpers gnadenlos nieder, während sie versuchte, sich unter ihm wegzuschieben.

»Glaubst du, du kannst mir entkommen?«

»Um Gottes willen, Ralph, du tust mir *weh*!«, versuchte sie erneut, ihn zur Besinnung zu bringen, doch er keuchte und schnaufte und hielt sie mit Gewalt unten, während seine Augen vor Erregung fiebrig glänzten.

»Ich habe davon geträumt, habe von dir geträumt, und nun verdirbst du alles«, zischte er wütend, packte ihre Haare und riss ihren Kopf zurück, bis sie vor Schmerzen wimmerte.

»Schon besser«, bemerkte er mit vor Erregung belegter Stimme, während Nell das eiskalte Grauen packte bei der Erkenntnis, dass er ihr absichtlich wehtat. Dass er es brauchte.

»Was stimmt nicht mit dir?«, flüsterte sie.

»Mit mir ist alles in Ordnung!« Sein Gesichtsausdruck veränderte sich, jäh und brutal schlug er zu, bearbeitete sie mit Faustschlägen in die Seite, in den Bauch und hörte auch nicht damit auf, als sie sich Schutz suchend zusammenkrümmte. »Alles! Alles! Du bist es, die abartig ist, du kleine Hure, hast meinem eigenen Bruder beigelegen, hast es mit ihm unter freiem Himmel getrieben wie eine gewöhnliche Dirne. Hast du gedacht, ich hätte keine Ahnung, wie oft ihr schamlos gehurt habt, unter der Treppe, in der Kammer, unter freiem Himmel? Hast du wirklich geglaubt, du müsstest mich erst davon in *Kenntnis* setzen?«

Während er ihr Obszönitäten ins Ohr zischte, drehte er sie auf den Bauch und nahm sie grob von hinten, stieß wie ein Wahnsinniger in sie hinein, in einem Rausch brutaler Gewalt. Für Nell, die in einem roten Nebel des Schmerzes versank, schien es eine Ewigkeit zu dauern, doch endlich schrie er auf und sank auf ihr zusammen.

Als er sich schließlich löste und von ihr herunterstieg, kroch sie auf ihre Seite des großen Betts und kauerte sich zusammen, kämpfte die aufwallende Übelkeit nieder und zwang sich, in ihren Schmerz hineinzuatmen. *Wenigstens hat er die Vorhänge nicht zugezogen*, war der einzige Gedanke, zu dem sie fähig war. *Wenigstens hat er das nicht getan.*

Das einzige Geräusch im Raum war Ralphs heiseres Atmen. »Ich hatte es mir schöner vorgestellt«, nörgelte er irgendwann verdrießlich in die Dunkelheit. »Ich habe so lange davon geträumt, das Bett mit dir zu teilen. Nell Appleby, ein kleines unbedeutendes Ding, das mich immer nur angesehen hat, als wäre ich ein erbärmlicher Wurm – ich, Ralph Maskewe!«

Er schnaubte verächtlich. »Ich habe dich jahrelang beobachtet, habe gesehen, wie du deine Hüften schwingst, jeden anderen Mann zuckersüß angelächelt hast, nur nicht mich – und ich wusste immer Bescheid, wenn du und mein törichter geiler Bruder es draußen auf der Gemeindeflur getrieben hattet. Ich konnte es an euch *riechen*, und ich habe meinen Bruder beneidet.« Seine Stimme hatte einen hohen, quengeligen Ton angenommen. »Ich musste immer daran denken, stellte mir vor, wie du unter mir lägst und ich alles mit dir tun könnte, wozu ich Lust hätte, und nun hast du alles verdorben.«

Dumpf erkannte Nell, dass er eine Entschuldigung von ihr erwartete. Schaudernd holte sie Luft. Nichts konnte das, was sie jetzt durchmachte, noch verschlimmern.

»Es tut mir leid«, sagte sie tonlos.

Sie hatte das Richtige getan. Ralph tat einen langen, zufriedenen Seufzer. »Nun, der richtige Umgang zwischen Mann und Frau ist noch neu für dich«, meinte er, ganz der verständnisvolle Ehemann. »Mein Bruder, dieser ungeschlachte Tölpel, war zweifellos ein Ignorant, was Sinnesfreuden angeht. Ich werde dein Lehrmeister sein«, sagte er. »Du wirst noch viel lernen müssen, aber vielleicht gelingt es uns ja, eine gute Ehefrau aus dir zu machen.«

Nell tat die ganze Nacht kein Auge zu, lauschte den Atemgeräuschen ihres Ehemanns, der neben ihr tief und fest schlief. Sie hatte Schmerzen am ganzen Körper von seinen Misshandlungen. Doch Ralph hatte, wie ihr jetzt auffiel, darauf geachtet, ihr Gesicht nicht zu verunstalten. Sie hatte Prellungen an den Rippen, am Bauch von seinen Schlägen, Blutergüsse an Armen und Brüsten, wo er sie gekniffen hatte, doch vom Hals aufwärts sah sie aus wie immer. Sie würde keine Seele davon überzeugen können, dass ihr Ehemann sie malträtiert hatte, es sei denn, sie zöge sich bis aufs Unterkleid aus.

Und selbst wenn es an die Öffentlichkeit dringen würde? Was konnte man ihm anhaben? Sie war jetzt Ralphs Eigentum. Sie war seine Ehefrau, und er konnte mit ihr machen, was er wollte.

»Mummy, hat Ashrafar Angst? Wieso kommt sie nicht rein?«

Roter Nebel waberte vor ihren Augen. Alles schmerzte, der Schädel wollte ihr schier zerspringen. Sie wollte nicht aufwachen. Sie wollte in die Dunkelheit, in seliges Vergessen zurücksinken, doch etwas an der Stimme ließ ihr keine Ruhe. Sie erkannte diese Stimme nicht, doch sie vernahm die Dringlichkeit darin. Sie musste ihr Aufmerksamkeit schenken.

Sie blinzelte, schlug langsam die Augen auf, schaute sich um, erkannte zuerst ihre Umgebung nicht. Die Bettstatt war verschwunden, und mit ihr die dunklen düsteren Vorhänge. Sie befand sich nicht mehr im Schlafgemach, sondern in einem winzigen schmalen Zimmer, dessen Wände mit Schränken und seltsamen weiß schimmernden Kästen vollgestellt waren. Ein kleiner Junge kauerte vor einem Loch in der Wand, spähte hindurch.

»Mummy«, sagte er. »Ashrafar will nicht reinkommen.«

Oscar. Die Erinnerung kehrte jäh zurück und traf Tess' Schädel mit der Wucht einer Abrissbirne. Sie konnte gerade noch stützend die Hände hochnehmen, damit sie nicht mit dem Kopf auf dem Frühstückstresen aufschlug. Gott im Himmel, wie lange war sie geistig weggetreten? Wie lange schon war Oscar praktisch allein in der Wohnung, während sie von ihrem Ehemann misshandelt und vergewaltigt worden war?

»Mummy…«, begann Oscar wieder, stockte jedoch, als er das Schrammen des Küchenstuhls über den Fliesenboden hörte.

»Bin gleich wieder da, Oscar.« Tess konnte sich kaum auf den Beinen halten und schaffte es mit knapper Not ins Badezimmer, ehe sie sich übergab.

»Bist du krank, Mummy?«

Tess lag zusammengekauert auf dem Fliesenboden, die Arme um ihren Bauch geschlungen. Am ganzen Körper zitternd, hob sie den Kopf und sah Oscar in der Tür stehen. Er hatte Bink unter den Arm geklemmt und starrte sie aus weit aufgerissenen Augen an, während seine Lippen vor Kummer bebten. »Was ist los mit dir?«, fragte er mit einem dünnen Stimmchen, bei dessen Klang es Tess fast das Herz brach.

Mühsam rappelte sie sich hoch in eine sitzende Position. »Ich hab mir irgendwo was eingefangen, nicht weiter schlimm«, schwindelte sie ihm vor und versuchte zu lächeln. »Du könntest ja zusammen mit Bink noch ein bisschen fernsehen, während ich mich wasche. Nachher wird es mir gleich besser gehen.«

»Was ist mit Ashrafar? Sie hat ihr Abendessen nicht angerührt.«

Tess fuhr sich mit beiden Händen über die Wangen, überlegte krampfhaft, wer Ashrafar war. Die Katze, natürlich. Ashrafar. Die Katze, die Reißaus genommen hatte, als Nell sich Tess' Geists bemächtigt hatte.

»Sie kommt schon, wenn sie Hunger hat, mein Kleiner.« So hoffte Tess wenigstens. »Jetzt geh mal fernsehen. Ich bin gleich wieder bei dir.«

»Okay.« Nach kurzem Zögern verzog sich Oscar ins Wohnzimmer. Normalerweise wäre er begeistert gewesen über diese Chance, länger als üblich vor dem Fernseher sitzen zu dürfen, doch sein Instinkt sagte ihm, dass etwas ganz und gar nicht in Ordnung war.

Zitternd stützte sich Tess auf allen vieren ab und zog sich an der Badewanne hoch. Einbildung oder nicht, jedenfalls hatte sie Schmerzen am ganzen Körper, innerlich und äußerlich, und bei der Erinnerung, wie ihr Gewalt angetan worden war, würgte es sie immer noch. Sie ließ Wasser in die Wanne laufen, so heiß, wie sie es eben ertrug, setzte sich hinein und schrubbte sich, bis ihre Haut schmerzte. Sie wollte die Erinnerung an Ralph von ihrem Körper tilgen, doch sosehr sie sich auch abmühte, sie wurde nicht wieder sauber, und ihr wurde auch nicht wieder warm.

Nach dem Bad wickelte sie sich in ein großes Handtuch und presste ihre Handballen auf die Augenlider. Das alles spielte sich nur in ihrem Kopf ab, wie sie sich in Erinnerung rief. Was Oscar betraf, so hatte er den Vorfall wahrgenommen, als hätte sie die ganze Zeit mit ihm in der Küche gesessen. Sie war nicht *wirklich* vergewaltigt worden, redete Tess sich ein, doch wenn sie an sich hinunterschaute, sah sie die Blutergüsse an Armen und Brüsten und den Innenseiten ihrer Schenkel, wo Ralph sie misshandelt hatte.

»Sag mal, ist dir nicht fürchterlich heiß?« Vanessa beäugte Tess verwundert, die in eine Strickjacke gehüllt war. »Du trägst doch nicht etwa noch ein langärmeliges T-Shirt darunter?« Vanessa selbst war mit einem kurzen Joggingoberteil bekleidet, das ihren beneidenswert flachen Bauch sehen ließ, und einer hautengen knielangen Jogginghose. Sie legte die Hand über die Augen und schaute demonstrativ hoch zum Himmel, der bis auf ein paar wenige hohe Wölkchen in makellosem Blau erstrahlte. »Heute ist ein wunderschöner Tag, oder hast du das nicht bemerkt?«

Tess bückte sich, gab Oscar ein Abschiedsküsschen und fuhr ihm dabei zärtlich durchs Haar. »Ich hatte so ein komisches Vierundzwanzig-Stunden-Fieber«, erklärte sie, während sie sich wieder aufrichtete und ihrem Sohn nachsah, wie er zum Spielplatz sauste. »Ich bin immer noch ein bisschen angeschlagen.«

»Hättest du was gesagt. Ich hätte zu dir kommen und Oscar abholen können.«

»Es geht schon wieder. Außerdem tut mir die frische Luft gut.«

In der Tat. Irgendwie hatte Tess ihr abendliches Ritual mit Oscar hinter sich gebracht, das aus Baden, Zu-Bett-Bringen und Gutenachtgeschichte bestand. Während sie an Oscars Bett saß und ihm vorlas, war zum Glück Ashrafar wieder aufgetaucht und hatte es sich auf Oscars Bett gemütlich gemacht. Tess hatte zögernd die Hand ausgestreckt, um die Katze zu streicheln, wobei sie insgeheim damit rechnete, dass das Tier wieder vor Angst fauchend das Weite suchen würde. Doch zu Tess' Erleichterung hatte Ashrafar nur die Pfoten ausgestreckt und wohlig geschnurrt. Sprich, Nell war verschwunden … doch für wie lange?

Tess, unfähig, zur Ruhe zu kommen, hatte es mit Fernsehen versucht, doch die Bilder auf dem Monitor zeugten von einer Realität, zu der sie keinen Zugang mehr hatte. Sie zappte durch die Kanäle, aber anscheinend gehörten zu jeder Sendung Lichtblitze oder komplizierte Computergrafiken. Die Bilderfolge war so rasant, dass ihr Gehirn mit dem Tempo nicht mithalten konnte. Schließlich wurde ihr davon sogar schwindlig und leicht übel. Sie hatte das Gefühl, mittlerweile in einer anderen Welt zu leben. Sie starrte verwirrt auf Werbespots für Autos und Breitbandverstärker, für Joghurt und Partneragenturen, ohne deren Sinn und Zweck zu begreifen.

Sie sah einer glücklichen, fröhlich lachenden Familie beim Müsliessen zu, und ein Schauder lief ihr über den Rücken, während sie ihre blauen Flecken betastete. Der Familienvater hatte ein bisschen Ähnlichkeit mit Ralph. Lauerte hinter dieser attraktiven, lächelnden Fassade ebenfalls ein Ungeheuer? Nun, niemand konnte in andere Menschen hineinsehen. Auch Martin war ihr am Anfang als gut aussehender, charmanter, fürsorglicher Mann erschienen, kurzum, genau der Typ, mit dem sie, wie sie hoffte, in Bälde ein vergnügtes Familienfrühstück einnehmen würde. Wie hätte sie wissen können, dass dies nur unter bestimmten Voraussetzungen zu haben war: Das Geschirr musste stets makellos sauber gespült sein, die Löffel hatten in Reih und Glied neben dem anderen Besteck in der Schublade zu liegen, dann erst durften die Frühstücksflocken in einer exakt bemessenen Menge in die Schälchen gefüllt werden.

Tess schaltete den Fernseher aus. Trotz ihres elenden Zustands sehnte sie sich nach menschlicher Gesellschaft, doch ihr fiel niemand ein, den sie hätte anrufen können. Vanessa hatte ihren Mann, und Tess' Mutter mochte es nicht, wenn sie nach neun Uhr abends noch gestört wurde. Und Luke … Es ging schließlich nicht an, dass sie Luke anrief und ihn bat, auf einen Sprung herzukommen, oder?

Also stellte sie sich ans Fenster und schaute hinunter auf die Straße, wo wenigstens normale Leute unterwegs waren und den lauen Sommerabend genossen. Selbst zu dieser nächtlichen Stunde tummelten sich Scharen von Touristen in der Stonegate, um die alten Häuser und den Anblick der erleuchteten Kathedrale am Ende der Straße zu bewundern.

Doch während Tess nachdenklich auf die Straße starrte, begann ihre Umgebung zu wanken, und plötzlich sah sie vor sich eine schmale Gasse, in der es laut zuging. Es war früher Abend, ihre Nachbarn holten die Waren von den Verkaufsständen in die Häuser, schlossen die Fensterläden, fegten den Unrat, der sich tagsüber vor ihren Türen angesammelt hatte, in die Rinnsteine. Der Lehrjunge von John Bean eilte mit seinen Eimern geschäftig hin und her und häufte Abfall auf dem Gehsteig auf, den die Lumpensammler am nächsten Morgen abholen würden.

»Du bist zu früh dran!« Goodwife Carter schüttelte erbost ihren Besen. »Erst wenn die Glocke sieben schlägt! Dein Master weiß das ganz genau!«

Sie lehnte sich weiter aus dem Wohnzimmerfenster und erkannte Elizabeth, die Magd der Bowes, die ihre schweren Kübel kurz absetzte, die Finger krümmte und streckte, ehe sie sich erneut nach ihnen bückte und ihren beschwerlichen Weg Richtung Kathedrale fortsetzte. John Harper stand vor seinem Haus, an die Tür gelehnt. Sie sah, wie er und Margery Dixon sich verstohlen lüsterne Blicke zuwarfen, und hob indigniert die Brauen. Sicher befand sich Margerys Gemahl wieder einmal auf Reisen.

Mit einem wehmütigen Seufzer drehte sie sich vom Fenster weg und hielt gleich darauf verwundert inne, als ihr Blick auf die fremdartigen, weich gepolsterten Stühle und den gespenstisch schimmernden schwarzen Kasten fiel, wo eigentlich normalerweise das große Himmelbett stand.

Ein Wimpernschlag, ein kurzer innerer Ruck, und Tess wusste wieder, wer sie war. Das Blut pochte ihr in den Schläfen, und sie musste tief ein- und ausatmen, damit das Rauschen in den Ohren aufhörte. Ihre Glieder fühlten sich seltsam schlaff, schwerelos an, als könnte sie im nächsten Moment abheben und davonschweben. Sie fasste an die Tischkante, um sich festzuhalten.

Dies also war das Zimmer, wo Ralph Maskewe seine Frau vergewaltigt hatte. Tess fragte sich, warum ihr das nicht früher eingefallen war. Sie hätte eigentlich draufkommen müssen, wenn sie ein bisschen über Lage und Grundriss der Räume hier und der großen Halle nachgedacht hätte, die jetzt zu dem Haus nebenan gehörte. Tess hatte doch bereits herausgefunden, dass es sich bei ihrem Schlafzimmer um das ehemalige Kabinett handelte. Und demnach war das Wohnzimmer hier natürlich das große Schlafgemach von ehedem.

Von der Straße unten drangen Stimmen und Gelächter zu ihr herauf. Aus der Vergangenheit oder der Gegenwart? Auf alles Mögliche gefasst, drehte Tess sich wieder zum Fenster und spähte hinaus. John Harper war verschwunden, doch ein anderer Mann stand an seiner Stelle und schaute direkt empor zu ihrem Fenster.

Martin.

In Panik wich sie instinktiv zurück, aus seinem Blickfeld, die Hand an ihrem Hals, wo das Blut pulsierte. Ihr schreckliches Erlebnis mit Ralph war ihr dermaßen unter die Haut gegangen, dass sie Martin glatt vergessen hatte.

Warum stand er vor ihrem Haus? Was wollte er?

Mit Herzklopfen trat Tess vorsichtig wieder näher ans Fenster, bis sie auf die Straße schauen konnte, ohne selbst gesehen zu werden. Martin war weitergegangen, ließ wie ein normaler Tourist seine Blicke schweifen.

Tess biss sich auf die Unterlippe. Von hinten wirkte er nicht mehr so vertraut auf sie. Vielleicht war es gar nicht Martin gewesen? Anfangs war sie sich so sicher gewesen, doch wessen konnte sie sich in letzter Zeit überhaupt noch sicher sein?

Außerdem war Martin nicht der Typ, der auf Straßen herumschlenderte, versuchte sie sich zu beruhigen. Er hätte doch bestimmt geklingelt, oder? Hätte sie aufgefordert, ihre Sachen zu packen, und beharrlich gewartet, bis sie seinem Befehl gehorcht hätte.

Sie hatte es sich nur eingebildet, ganz bestimmt.

Dennoch tat Tess die ganze Nacht kein Auge zu aus Angst, sie könnte einschlafen und sich plötzlich in dem großen Himmelbett neben Ralph wiederfinden. Die Situation erinnerte sie ein wenig an die Nächte, in denen sie starr und steif neben Martin gelegen, es nicht gewagt hatte, sich zu rühren aus Angst, sie könnte ihn aufwecken. Im Gegensatz zu Ralph hatte Martin jedoch seine Frau nie geschlagen. Er hatte nicht hören wollen, wie sie vor Schmerz aufschrie. Martin wollte, dass sie still und reglos dalag. Er hatte eine Abneigung gegen alles Spontane und hasste es, wenn es beim Sex schmuddelig wurde. Sie hatten es nie woanders als im Bett getan, wo sie auf Martins Wunsch hin die langen seidenen Nachthemden trug, die er für sie kaufte.

»Eine Frau soll auch wie eine Frau aussehen«, pflegte Martin zu sagen. Er bestand darauf, dass Tess ihr Haar lang wachsen ließ, dass sie Röcke und hübsche feminine Kleider, Spitzen-BHs und High Heels trug. Und Tess, weiß Gott, sie hatte mitgemacht – anfangs, weil sie ihm unter allen Umständen gefallen wollte, und später, weil es einfacher war, Strümpfe und Strumpfhalter anzuziehen, als es auf einen Streit ankommen zu lassen.

Am Anfang ihrer Ehe hatte Tess versucht, beim Liebesspiel die Initiative zu ergreifen. In der Hoffnung, ihn anzutörnen, las sie heimlich ein Buch, wie man sein Sexualleben aufpeppen könnte. Aber Martin war entsetzt über ihren Vorschlag, doch einmal diese oder jene Stellung auszuprobieren. In seinen Augen stellte es eine Verunglimpfung seiner Männlichkeit dar, für die er sie mit einer Woche Schweigen bestrafte.

Doch war das so schlimm, verglichen mit Ralph?

Schließlich war Tess, völlig fertig nach ihrer Tortur, doch noch eingeschlafen, und als sie wieder erwachte, stellte sie mit großer Erleichterung fest, dass es Morgen war und die Sonne vom Himmel schien. Nur das wunde Gefühl in ihrem Körper und die Blutergüsse waren noch da und verhinderten, dass sie sich einreden konnte, das Ganze sei nur ein schrecklicher Albtraum gewesen.

Jetzt trat Tess nervös von einem Fuß auf den anderen, während Vanessa sie mit kritischem Blick beäugte und offensichtlich ihre abgespannten Züge und die dunklen Schatten unter ihren Augen registrierte. »Du siehst gar nicht gut aus, Tess. Komm doch noch mit zu mir auf einen Kaffee.«

»Ich dachte, du wolltest gleich anschließend ins Fitnesscenter?«

»Da kann ich später auch noch hin. Komm schon. Vielleicht habe ich sogar noch ein paar Kekse für dich!«

Tess zögerte. Sie sehnte sich so sehr danach, mit jemandem zu reden, doch sie konnte sich die Reaktion ihrer Freundin vorstellen, wenn sie ihre Ärmel hochschieben und ihr die Blutergüsse zeigen würde. Vanessa würde sofort die Sache in die Hand nehmen. Selbst wenn sie Tess glaubte, dass diese sich die Verletzungen nicht selbst zugefügt hatte, was im Übrigen zu bezweifeln war, würde sie darauf bestehen, sie schnurstracks zu einem Arzt zu bringen. Dann müsste Tess bohrende Fragen und eine Untersuchung über sich ergehen lassen, und wer wüsste schon, wohin das alles führen würde?

Tess konnte sich nur allzu gut die Reaktion des Arztes vorstellen, wenn sie ihm schilderte, was mit ihr geschah. Er würde flüsternd bei Vanessa nachhaken. Worte wie Stress und Nervenzusammenbruch würden fallen, und die Frage würde im Raum stehen, ob es zu verantworten sei, ihr weiter die Betreuung eines Kindes zu überlassen ... Nein, dies durfte Tess nicht zulassen. Sie musste stark und gesund sein, Oscar zuliebe.

Sie brachte ein zaghaftes Lächeln zustande. »Eigentlich möchte ich lieber heimgehen, Van. Trotzdem vielen Dank. Ich habe eine Menge Arbeit vor mir. Gestern bin ich mit meinem Pensum nicht fertig geworden.«

»Gut. Wenn du meinst. Aber ich könnte Oscar doch heute Abend abholen und ihn mit zu uns nehmen, damit er mit Sam und Rosie spielt. Dann hättest du ein bisschen Ruhe.«

Dieses Angebot konnte Tess schlecht ablehnen. »Das wäre super. Danke, Van. Du bist wirklich eine gute Freundin.«

Tess schaute zu, wie Vanessa ein paar Dehnübungen machte und dann locker und flott Richtung Fitnesscenter joggte, wobei ihr Pferdeschwanz selbstzufrieden hin- und herschwang. Die Sohlen ihrer Laufschuhe waren knallig pink und leuchteten beim Heben ihrer Füße auf dem grauen Pflaster. Nie im Leben hätte Tess so viel Energie aufgebracht. Sie war schon froh, wenn sie sich an einem Tag wie diesem aufrecht halten konnte.

Vielleicht hätte sie Vanessas Einladung auf einen Kaffee annehmen sollen. Sie wurde mit dieser Sache allein nicht fertig, dies ließ sich nicht länger leugnen. Und was wäre, wenn diese Art Ohnmacht das nächste Mal länger als ein paar Sekunden dauerte? Und es würde ein nächstes Mal geben, davon ging Tess aus. Nell würde sie nicht so leicht gehen lassen und nicht eher Ruhe geben, bis Tess ihre, Nells, ganze Geschichte kannte.

Dann gab es natürlich noch ihre Mutter, doch Tess konnte sich beim besten Willen nicht vorstellen, wie sie ihrer Mutter ihre Erlebnisse begreiflich machen könnte. Sue würde sie schlicht auffordern, endlich Vernunft anzunehmen und zu Martin zurückzukehren.

Die Kirche? Tess überlegte hin und her. Sie ging nicht regelmäßig in die Kirche, da sie Fakten und Beweise schon immer mit größerer Hochachtung erfüllt hatten als blinder Glaube. Aber rief man in den Horrorfilmen nicht immer einen Priester zu Hilfe, wenn es galt, den Teufel auszutreiben? Nell war zwar nicht der Teufel, aber tot, und irgendwie benutzte sie Tess, um ihre Geschichte ein zweites Mal zu leben. Endlich sah Tess dieser Vorstellung ins Auge. Sie konnte nicht länger so tun, als wäre Nell nur ein Hirngespinst, ein Streich, den ihre Fantasie ihr spielte, irgendeine verschüttete Erinnerung, die nun in Gestalt eines Traums wieder zum Vorschein kam. Jetzt nicht mehr, wo Ralph sie vergewaltigt hatte. Wo die Nachwirkungen dieser Tat noch deutlich auf ihrer Haut zu sehen, in ihrem Körper zu fühlen waren. Das alles war echt, war tatsächlich passiert, und Tess musste dafür sorgen, dass es sich nicht wiederholte. Das Risiko war zu groß, für Oscar, für sie selbst.

Kapitel 11

Tess' Blick ruhte auf dem imposanten Mittelturm der Kathedrale von York, der in der Ferne hinter den Häuserdächern aufragte. Wenn sie einen Geistlichen, einen Pastor fände, jemanden, der an ein Leben nach dem Tod glaubte, und ihm schilderte, was derzeit mit ihr geschah, würde ihr dieser doch gewiss helfen können? Er könnte irgendein Ritual vollziehen und Ralph dazu bringen, Tess in Ruhe zu lassen.

Nell dazu bringen, sie in Ruhe zu lassen, korrigierte sich Tess im Stillen.

Tess brauchte Hilfe. Es ging nicht an, dass sie mitten am Tag zwischen zwei Welten hin- und herdriftete. Anfangs war sie von der wirklichkeitsnahen Erfahrung fasziniert gewesen, doch jetzt hatte sie einfach nur noch Angst. Nell hatte sie inzwischen allzu sehr im Griff, und ihre, Tess', Schmerzen waren zu real.

Die Kathedrale lag in greifbarer Nähe, doch in ihrer Pracht und Erhabenheit wirkte sie auf Tess einschüchternd. Die kraftvolle Ausstrahlung dieses Kirchenbaus war unverkennbar, dennoch konnte Tess sich nicht vorstellen, einfach hineinzugehen, zusammen mit all den tausend Touristen, und zu verlangen, man möge sie bitte schön exorzieren. Nein. Was sie brauchte, war eine schlichte Kirche für den täglichen Gebrauch und einen Pastor, der sie nicht unverzüglich zum Arzt schickte.

Eine ältere Frau, die ihren asthmatischen Mops Gassi führte, wies ihr den Weg zu einer Kirche, die, wie sie versicherte, in der Nähe von Oscars Schule lag. Zum Schutz vor dem grellen Licht an diesem Tag kniff Tess die Augen zusammen und wünschte, sie hätte daran gedacht, ihre Sonnenbrille mitzunehmen. Vanessa hatte recht, es war ein strahlend schöner Tag, doch die Sonne schien heute besonders stark, in ihrem Licht muteten die viktorianischen Reihenhäuser wie grobe, fremdartige Klötze an.

Wieder meldeten sich ihre Kopfschmerzen. Tess senkte den Blick, mied es, die entgegenkommenden Passanten anzusehen, die ihr allesamt zu bunt gekleidet oder halbnackt vorkamen, irgendwie bedrohlich, mit ihren barhäuptigen Köpfen oder kurz geschorenen Haaren, als wären sie auf dem Weg zum Pranger. Tess rief sich zur Räson. Sie blieb stehen, schüttelte sich, bis sie das Gefühl hatte, sich erneut fest im Griff zu haben.

Ihre Hände schmerzten wieder.

Tess biss die Zähne zusammen und setzte ihren Weg fort.

Die Kirche St. Chad erwies sich als ein etwas fantasieloser Backsteinbau, der zurückversetzt an einer Vorstadtstraße lag. Und sie war verschlossen. Tess drückte auf die Klinke, wobei der Schmerz in ihren Fingern sie zusammenzucken ließ. Als die Tür sich nicht öffnete, empfand sie Erleichterung und Verzweiflung zugleich.

Nun, was hatte sie erwartet? Dass der Pastor am Altar stehen würde, für den Fall, dass jemand hereinschneite und um eine Teufelsaustreibung bat?

»Kann ich Ihnen helfen?«

Tess drehte sich um und sah sich einer attraktiven Frau um die vierzig gegenüber, die sie offenbar beobachtet hatte. Ihr dunkles, glänzendes Haar war zu einem Bob geschnitten, und beim Anblick ihres schicken schwarzen Kostüms kam sich Tess in ihrem Baumwollrock, dem T-Shirt und den ausgelatschten Ballerinas plötzlich schäbig und ungepflegt vor.

In einer unbewusst defensiven Geste wickelte Tess sich fester in ihre dünne Strickjacke. »Ich suche den Pastor.«

»Sie haben ihn gefunden.« Die Frau lächelte. »Ich bin Pat French.«

Tess fiel das Kinn herunter. »*Sie* sind der Pastor hier?« Zu spät nahm sie das ungläubige Staunen in ihrer Stimme wahr und wurde über und über rot. »Ich will damit sagen, ich bin nicht verwundert, dass der Pastor eine Frau ist«, versuchte sie, es zu erklären. »Ich hatte mir nur nicht jemanden vorgestellt, der so chic gekleidet ist.«

In Pats Lachen klang ehrliche Belustigung. »Das ist sehr freundlich von Ihnen. Früher war ich Investmentbankerin, und meine Garderobe stammt noch aus dieser Zeit, aber Sie haben recht: In der Regel geht es in unserem Beruf nicht besonders glamourös zu.« Sie schwieg einen kurzen Moment, maß Tess mit einem prüfenden Blick.

»Wollen Sie die Kirche besichtigen?«

»Nein … nein.« Tess zögerte. Alles, was sie über Regression oder Reinkarnation oder Besessenheit wusste, stammte aus irgendwelchen Zeitschriften oder dem einen oder anderen Horrorfilm, den sie gesehen hatte; aus halb vergessenen Geschichten, die ihr jemand im Pub erzählt hatte oder die noch aus ihrer Kindheit stammten, wenn sie zusammen mit Freundinnen übernachtet hatte.

Geister fühlten sich in einer Kirche angeblich unwohl, nicht? Oder verwechselte sie das mit Vampiren? Tess biss sich auf die Unterlippe. Sie konnte Pat French nicht fragen. Diese Frau wirkte zu vernünftig, zu praktisch, zu patent. Tess konnte sich beim besten Willen nicht vorstellen, ihrem Gegenüber von Nell zu erzählen.

Doch falls Nell ein Geist *wäre*, würde sich das vielleicht zeigen, wenn sie, Tess, eine Kirche beträte.

Wie eine Warnung spürte sie den Schmerz in ihren Händen pochen. Tess bewegte die Finger.

»Wenn es Ihnen nicht zu viele Umstände macht, würde ich eigentlich doch gern hineingehen«, sagte sie nach einem plötzlichen Sinneswandel zu Pat. Handeln erschien ihr in diesem Moment immer noch besser als unschlüssig dazustehen. Irgendeine Wirkung würde das Betreten einer Kirche doch haben, oder?

Doch als Pat das Portal aufsperrte und Tess einließ, nahm diese nur den muffigen Geruch nach alten Gesangsbüchern wahr und die lastende Stille, die Kirchen meist eigen ist.

»Haben Sie irgendeine besondere Beziehung zu der Kirche von St. Chad?«, erkundigte sich Pat nach einer Weile.

Tess schüttelte verneinend den Kopf. »Nein, eigentlich nicht.« Entschlossen strebte sie dem Altar zu, in der Absicht, irgendeine Reaktion von Nell herauszufordern. »Wann wurde die Kirche erbaut?«

»Oh, erst im späten neunzehnten Jahrhundert. Vorher lebten an diesem Ort nur wenige Menschen. Früher bestellten die Bürger von York hier ihre Obst- und Gemüsegärten.«

»Ich weiß«, wollte Tess sagen, doch sie konnte sich gerade noch beherrschen. Sie hatte keine Lust, sich auf eine Diskussion mit Pat French einzulassen über das Wie und Warum ihrer Kenntnisse der Geschichte von York.

»Sie wirken bedrückt«, sagte Pat kurz darauf. »Möchten Sie reden?«

Nein! Die Stimme hallte so laut in ihrem Kopf, dass Tess tatsächlich einen Schritt zurückwich. Also war Nell doch anwesend.

Tess hatte plötzlich einen trockenen Mund, und das Schlucken fiel ihr schwer. Das Gefühl, dass Nell sich wieder ihrer bemächtigte, war so stark, dass sie darum kämpfen musste, sich zu erinnern, wo sie sich befand, während mit einem Mal die Schmerzen in ihren Händen fast unerträglich wurden.

»Ich bin …« Sie ließ den Satz unbeendet. Drinnen in ihrem Kopf schrie Nell *Nein! Nein! Nein*! Und sie hatte recht, wie Tess erkannte, denn ihr Gefühl sagte ihr, dass es ganz und gar verkehrt wäre, sich jetzt dieser Pastorin anzuvertraute.

»Das ist sehr freundlich von Ihnen, aber es geht mir gut. Wirklich«, fügte sie angesichts Pats skeptischer Miene hinzu. Demonstrativ schaute Tess auf ihre Armbanduhr. »Ich fürchte, ich muss jetzt gehen. Ich … ich muss zur Arbeit.« Sie konnte es kaum erwarten, diese Kirche zu verlassen, Pats wachem, scharfsinnigem Blick zu entkommen.

»Nun gut«, erwiderte Pat gedehnt. Sie griff in ihre Jackentasche und zog eine Visitenkarte heraus. »Sollten Sie Ihre Meinung ändern, können Sie mich jederzeit anrufen. Sie sind hier stets willkommen.«

»Vielen Dank«, brachte Tess heraus, während Nell in ihrem Kopf weiterhin lautstark protestierte. Tess biss die Zähne zusammen, nahm die Karte und widerstand Nells Impuls, sie umgehend wieder wegzuwerfen. Sie stopfte sie stattdessen in ihre Handtasche, während sie bereits dem Ausgang zustrebte. »Vielen Dank«, sagte sie noch einmal. »Ich … muss jetzt wirklich gehen.«

In dem Gefühl, entflohen zu sein, rannte Tess praktisch die Straße entlang. Erst als sie um die nächste Ecke bog, lockerte Nell ihren Griff, verblasste und verschwand aus ihrem Kopf, so jäh und unvermittelt, wie sie aufgetaucht war. Tess ließ sich gegen eine Hauswand sinken. Sie war so erschöpft, dass ihre Beine sie kaum mehr trugen. Die Schmerzen in den Händen waren verschwunden.

Was sollte sie nun tun?

In der Ferne schimmerten die Türme der Kathedrale wie eine Herausforderung. Vielleicht war es ein Fehler gewesen, es in einer kleinen Kirche zu versuchen, überlegte Tess, immer noch erschüttert, wie vollständig sich Nell ihrer bemächtigt hatte. Womöglich brauchte es die Kraft einer großen Kathedrale, um sie in die Schranken zu weisen.

Oder sollte sie den Dingen einfach ihren Lauf lassen?

Hatte sie das gerade gedacht, oder war es Nell gewesen? Tess war sich nicht mehr sicher. Sie setzte ihren Weg langsam fort, durch das Stadttor Monk Bar hinein in die Altstadt. Sie war diesen Weg so oft gegangen, dass sie die meiste Zeit ihre Umgebung kaum mehr wahrnahm, doch heute schienen die Gebäude sie förmlich anzubrüllen, so fremd erschienen sie ihr, und auch der Asphalt unter ihren Füßen fühlte sich vollkommen ungewohnt an. Das Licht kam ihr so grell vor, dass es sie blendete, die Luft so scharf, dass sie das Gefühl hatte, sie würde ihr die Haut aufkratzen. Tess war, als hätte man sie einer schützenden Hülle beraubt und sie nackt und verletzlich zurückgelassen.

Die bohrenden Schmerzen in ihren Fingern setzten wieder ein, als Tess vor der Kathedrale unschlüssig stehen blieb. Um sie herum wimmelte es von Touristen. Tess stand in dem Strom und fühlte sich getröstet durch das Stimmengewirr, durch die Normalität, wie die Menschen ihre Fotoapparate zückten, in die Kamera lächelten. Niemand außer ihr schien ähnlich beeindruckt von der schieren Größe der Kathedrale, die vor ihnen aufragte, eine bedrohliche Masse aus Stein und Glas, die Tess schwindlig machte, wenn sie den Kopf hob und hinaufschaute. Der Bau wirkte gleichermaßen faszinierend wie abweisend auf sie, flößte ihr Angst ein und gleichzeitig staunende Ehrfurcht.

Hatte die Kathedrale immer schon diese gewaltige Wirkung gehabt? Diese kraftvolle Ausstrahlung? Tess wäre gern hineingegangen, aber sie wagte es nicht, sich vom Fleck zu rühren. Sie kam sich winzig vor, befand sich auf einem heiklen Grat zwischen verschiedenen Zeiten und Räumen, während die Welt um sie herum unsicher schwankte. Der kleinste Lufthauch könnte sie zurück ins sechzehnte Jahrhundert katapultieren. Zurück zu Ralph. Alle ihre Muskeln waren angespannt, um Tess fest an ihrem Platz zu halten.

»He, Tess … *Tess!*«

Es dauerte einen Moment, ehe Tess kapierte, dass jemand ihren Namen rief. Langsam, vorsichtig drehte sie den Kopf, ohne ihren Körper zu bewegen.

»Oh … Luke«, sagte sie und stieß einen zittrigen Seufzer aus, während er seine Kamera sinken ließ. Luke, schlank, dunkel und unrasiert, trug eine alte, abgewetzte Lederjacke, doch sein Anblick wirkte seltsam beruhigend auf sie.

»Du warst ganz woanders«, bemerkte er, während er seine Kameratasche über die Schulter hängte und auf sie zuging.

Tess lächelte dünn. *Wenn du wüsstest.*

»Ich habe ein paar Aufnahmen von dir gemacht, wie du träumend vor der Kathedrale stehst.« Er scrollte durch die Bilder auf dem Display der Kamera und runzelte dabei leicht die Stirn. »Hier sind sie, denke ich.« Er zeigte Tess die Aufnahme. »Gefällt dir das?«

Tess studierte ihr Abbild. Er hatte sie allein erwischt, während sie dastand und die Fassade hochblickte. Sie hatte die Arme um den Oberkörper geschlungen, die Sehnen an ihrem Hals traten hervor, doch ihr Profil vor dieser gewaltigen Masse aus Stein hatte etwas Ätherisches an sich. Ihr Gesichtsausdruck in diesem Moment, die Kontraste von Licht und Schatten und die unterschiedlichen Oberflächen ergaben ein wunderschönes Foto von seltsam kraftvoller Ausstrahlung.

»Ich wirke nicht gerade glücklich«, bemerkte sie.

»Nein.« Luke nahm die Kamera wieder an sich und betrachtete das Foto stirnrunzelnd. »Du siehst einsam aus.« Er richtete seinen Blick auf sie, musterte sie aus beunruhigend wachen Augen.

Zu ihrem Ärger spürte Tess, wie sie rot wurde. Warum war es so, dass man sich seiner Einsamkeit schämte?

»Was treibst du eigentlich hier?«, erkundigte sie sich, um seiner unausgesprochen Frage auszuweichen.

Er deutete auf seine Kamera. »Ich habe einen Fotoauftrag. Ich soll nachher bei irgendeinem Empfang in der Guildhall fotografieren. Ich muss in Richards Arbeitszimmer nur noch ein paar Bücher einräumen, aber das erledige ich morgen. Im Moment schlage ich nur ein bisschen die Zeit tot. Heute ist der Tag, an dem die Altenpflegerinnen zu Dad kommen, und wenn ich da bin, jammert er ihnen nur was vor über mich, also verzieh ich mich, egal, ob ich was zu tun habe oder nicht … Du hast Sorgen, oder? Irgendwas stimmt nicht.«

Überrumpelt durch seine direkte Frage, öffnete Tess den Mund, um ihm zu sagen, dass er Unsinn rede und alles in bester Ordnung sei. Sie hatte es wirklich vor und war sich ziemlich sicher, dass sie es sagen würde, dass ihre Zunge bereits die Worte formte, doch stattdessen kam heraus: »Ich habe Angst.«

Luke tat ihre Antwort nicht als albern ab, bedrängte sie nicht, sich zusammenzunehmen, wieder guter Stimmung zu sein, wie Vanessa es getan hätte. Er blickte ihr nur ruhig ins Gesicht und fragte: »Wovor?«

»Etwas geschieht mit mir.« Tess konnte ihm nicht in die Augen sehen. Sie starrte über seine linke Schulter auf die Steinmetzarbeiten der Fassade. Einerseits war sie entsetzt, dass sie ihre Angst eingestanden hatte, doch gleichzeitig erleichtert, nun endlich jemandem erzählen zu können, was ihr widerfuhr. Und bei Luke hatte sie ein gutes Gefühl. Er hatte ihr früher zugehört, er würde es auch jetzt tun. »Etwas, das ich nicht begreife, auf das ich offenbar keinen Einfluss habe«, erklärte sie. »Ich weiß nicht mehr, was ich tun soll. Ich habe einfach nur noch Angst.«

»Gehen wir doch einen Kaffee trinken«, schlug Luke vor und fasste sie am Arm. »Gleich um die Ecke ist ein nettes ruhiges Café. Dort kannst du es mir erzählen.«

»Okay.« Alles war besser, als wieder in die Wohnung zurückzumüssen, wo Nell – oder Ralph – möglicherweise auf sie warteten.

»Gehen wir in den ersten Stock«, schlug Luke vor, als sie das Café in der Goodramgate betraten. »Dort oben ist es ruhiger.«

Tess stieg die schmale Treppe hinauf und bedauerte schon wieder, Luke davon erzählt zu haben. Was, wenn er sie für verrückt hielt? Doch nun war es zu spät, um davonzulaufen. Dann würde er sie garantiert für verrückt halten.

Sie ließ sich an einem Tisch nieder und griff sofort zur Speisekarte, um ihr Unbehagen zu verbergen, wobei sie nach Luft schnappte, als ihre Finger beim Berühren der laminierten Seite zu brennen anfingen. Luke stellte seine Kameratasche auf den Boden, dann nahm er ihr gegenüber an dem Tisch Platz. »Ich bin oft hier«, erzählte er. »Der Kaffee ist gut, und man bekommt hier gute Specksandwiches.«

Ein beklemmendes Gefühl, diesen Ort zu kennen, überkam Tess. »Ich war früher schon mal hier«, erklärte sie.

»Wirklich? Ich weiß gar nicht, was das früher gewesen ist. Ich glaube nicht, dass es schon ein Café war.«

»Es war ein Wohnzimmer«, sagte Tess, mit einem Gefühl, als würde ihr jemand die Worte aus dem Mund ziehen. »Das Wohnzimmer von Elizabeth Hutchinson.«

Luke verzog den Mund. »Elizabeth Hutchinson? Ich kann mich nicht an sie erinnern.«

»Die Wände waren mit einer Holztäfelung verkleidet.« Ohne es zu merken, verfiel Tess in einen Flüsterton. »Neue Wandbehänge hat sie auch bekommen. Sie sind Elizabeths ganzer Stolz. Ralph hat sie extra aus Italien kommen lassen und sie den Hutchinsons zum Geschenk gemacht. Elizabeth findet Ralph ungemein großzügig.«

Sie sah vor ihrem geistigen Auge, wie Elizabeth wohlgefällig ihr eng anliegendes Taftjäckchen betrachtete, die geschlitzten Ärmel. Ein gepolsterter Ring um ihre Hüften ließ ihre Röcke schön weit abstehen. Ihr ausladender steifer Mühlsteinkragen war blau gefärbt, und eine Börse aus roter Seide und ein kleiner Kristallspiegel hingen ihr vom Gürtel. An ihrem Hals glitzerte eine Kette, in ihren Ohrläppchen funkelten Diamanten.

»Sie findet, ich hätte von allen Frauen in York das meiste Glück gehabt.«

»Wer findet das?«

Die Stimme war ihr fremd, drang wie aus der Ferne an ihr Ohr. Sie gab keine Antwort. Sie schaute an ihm vorbei, nach hinten zu dem Fenstersitz mit den gestickten Kissen, dem kleinen Tisch, der geschnitzten hölzernen Truhe … oh lieber Herr Jesus, die Truhe! Sie war nicht so groß wie jene in dem großen Schlafgemach, das sie mit Ralph teilte, dennoch machte sich Angst in ihr breit.

Sie blickte schnell woanders hin, doch es war zu spät. Ralph hatte beobachtet, wie sie die Truhe registriert hatte. Seine Blicke flogen zwischen ihrem Gesicht und dem Möbelstück hin und her, während er lächelte und dabei sein Prachtgebiss zeigte. Elizabeth beobachtete voller Neid die Szene. Sie wünschte, ihr Gemahl würde sie ebenso aufmerksam behandeln.

Ralph hatte nicht lange gebraucht, bis er herausgefunden hatte, wovor Nell sich am meisten fürchtete. Er hatte die perfekte Bestrafung für sie gefunden und freute sich daran. In der Öffentlichkeit gab er sich als der liebenswürdige Ehemann, der seiner Frau jeden Wunsch von den Augen ablas. Er überschüttete Nell mit Geschmeide und anderen Geschenken und brüstete sich mit der Schönheit seiner Gattin. Waren sie allein, kritisierte er sie beim kleinsten Fehlverhalten. Manchmal lächelte sie zu breit; manchmal nicht breit genug. Bisweilen bestrafte er sie, weil sie den Kopf weggedreht hatte, um, wie er meinte, seinem Blick auszuweichen; dann wieder, weil sie ihn angestarrt hatte. Das leiseste Zögern konnte ihn bereits zur Weißglut bringen. Wenn sie eins seiner Geschenke einem anderen, früheren vorzog, musste sie damit rechnen, dass er einen Wutanfall bekam.

Nell war erst vier Monate verheiratet und dennoch bereits Expertin darin, die Zeichen zu erkennen, die ihr bedeuteten, dass sie etwas falsch gemacht hatte. Und sie machte immer etwas falsch, denn wäre dies nicht der Fall, hätte Ralph keine Veranlassung, sie nachts in dem großen Himmelbett zu züchtigen, und wenn er sie nicht züchtigen konnte, versagte ihm seine Männlichkeit den Dienst, sodass er keine Befriedigung fand.

In dem Schlafgemach stand eine ausladende, reich geschnitzte Truhe, noch größer als jene im Kabinett. Eines Nachts, sie waren kaum eine Woche verheiratet, öffnete Ralph beiläufig diese Truhe, und unbewusst zuckte Nell zusammen.

Blitzschnell erkannte er die neuen Möglichkeiten, die sich ihm da unerwartet auftaten. Zwar korrigierte sich Nell sofort und tat, als wäre nichts gewesen, doch Ralph, dessen Augen vor Vorfreude aufleuchteten, erinnerte bereits an eine Katze, die vor dem Mauseloch saß und ihr Opfer witterte.

»Was ist mit dir?«, fragte er.

»Nichts.«

Doch seine Blicke flogen zwischen ihr und der Truhe hin und her, wobei er den Mund zu einem falschen Lächeln verzog, das seine kalkweißen Zähne entblößte. »Du fürchtest dich davor, in der Truhe eingesperrt zu sein«, sagte er nickend, mit sich zufrieden, wie mühelos es ihm gelungen war, hinter ihr Geheimnis zu kommen. »Jener Tag damals, als du als Kind hineingeklettert bist, hat dich für immer geprägt.«

»Nein«, widersprach Nell. Sie wusste, sie durfte ihm gegenüber keine Schwäche zugeben, doch ihm konnte sie nichts vormachen. Er hatte ein Gespür dafür, ein besonderes Talent.

»Beweis es mir«, forderte er sie auf.

»Das ist nicht nötig.« Nell entfernte sich ein paar Schritte, tat so, als interessierte sie die Truhe nicht weiter. Sie nahm ihre Bürste und begann, ihr Haar zu glätten, und hoffte dabei inständig, ihm würde nicht auffallen, wie sehr ihre Hände zitterten.

Ralph ließ sich von ihrem aufgesetzten Gleichmut nicht täuschen. »Wenn du keine Angst hast, dann kannst du ja einfach hineinsteigen.«

Das Herz klopfte ihr bis zum Hals. Stöße, Schläge, Kniffe, Hiebe … alles konnte sie hinnehmen, wenn es sein musste. Doch dies ertrug sie schlichtweg nicht. Dort zu liegen in der stickigen Dunkelheit; zu spüren, wie die Schwärze sie niederdrückte. Sie würde keine Luft mehr bekommen. Sie würde ersticken, und obgleich ihr Leben mit Ralph wirklich schlimm war, zum Sterben war Nell nicht bereit.

»Das warst du damals, habe ich recht?« Es war ihr einfach herausgerutscht. Sie ließ die Hand mit der Bürste sinken und wandte sich ihm zu.

Er tat nicht einmal so, als wüsste er nicht, wovon sie redete. Er lachte. »Du warst so ein freches kleines Ding. Es war dir verboten, das Kabinett zu betreten, das wusstest du ganz genau, nicht? Ich habe dich beobachtet, wie du auf Zehenspitzen hineingeschlichen bist. Ich konnte nicht widerstehen. Da lag das dicke Geschäftsbuch, gerade schwer genug, um dich am Heben des Deckels zu hindern. Ich habe mir ausgemalt, wie du dort drinnen saßt, wie du allmählich mit Schrecken erkanntest, welchen Fehler du gemacht hast, doch da war es bereits zu spät.« Er kicherte, als erinnerte er sich an die Possen eines kleinen Hündchens. »Du warst so ein hübsches kleines Ding, doch du hattest immer nur Augen für Tom.«

Seine Miene veränderte sich bei der Erinnerung an seinen Bruder. »Es gab immer nur Tom für dich, stimmt's?«, zischte er aufgebracht.

»Tom hätte mich niemals in einer Truhe eingesperrt.« Ihre Stimme bebte, trotz ihres Vorsatzes, Ruhe zu bewahren.

»Tja, Tom besitzt auch nicht ein Quäntchen Fantasie. Er hat keine Ahnung, wie erlesen das Gefühl ist, an seine Grenzen zu stoßen. Erzähl mir doch nicht, dass du das Vergnügen nicht umso mehr zu schätzen weißt, wenn der Schmerz überstanden ist.«

»Du warst nicht in einer Truhe eingesperrt«, hielt sie dagegen. »Ich hatte Todesangst. Ich bekam keine Luft mehr.«

»Aber darum geht es ja!«, rief er begeistert aus. »War nicht jener erste Atemzug danach der köstlichste, den du je getan hast?«

Nell wich entsetzt zurück. »Ich war ein *Kind*«, erwiderte sie tonlos und fragte sich gleichzeitig, wieso sie überhaupt versuchte, ihm mit Vernunft zu kommen.

Er lachte, hoch und schrill, sodass sie vor Abscheu eine Gänsehaut bekam. »Nun, immerhin alt genug, um zu wissen, dass du mich nicht leiden magst. Du hast nicht einmal *versucht*, mich zu mögen.« Er machte ein verdrießliches Gesicht. »Du hattest Strafe verdient. Du warst so süß, hast darauf bestanden, anstelle von Tom gezüchtigt zu werden! Du hast deine kleine Hand hingehalten … wie diese Gertenhiebe dir wehgetan haben müssen!«

»In der Tat«, erwiderte Nell in der Hoffnung, ihn damit von der Truhe ablenken zu können. Sie bewegte sich nun unauffällig immer näher der Tür zu. Wenn er versuchte, sie in diese Truhe hineinzubugsieren, würde sie das Weite suchen. Sie würde nach dem Gesinde schreien. Janet schlief im Stockwerk über ihnen. Sie würde ihrer Mistress zu Hilfe eilen.

»Steig in diese Truhe«, sagte Ralph mit seidenweicher Stimme. Er ließ Nell nicht aus den Augen, näherte sich der Tür von der anderen Seite des Gemachs. Er weiß es, dachte sie. Er weiß es. »Zeig mir, dass du keine Angst hast.«

»Ralph – mein Gemahl – bitte zwing mich nicht dazu.« Bekümmert hörte Nell, wie ihre Stimme bebte.

»Du hast mich angelogen, nicht wahr?«

»Nein!«

»Doch, du hast gelogen. Du *hast* Angst. Wie oft habe ich dir schon gesagt, du sollst mich nicht anlügen, Nell.«

Nell ließ die Bürste fallen und rannte zur Tür. Sie hatte schon die Hand am Riegel, als Ralph sie zurückzerrte und ihr mit dem Handrücken so heftig ins Gesicht schlug, dass sie quer durchs ganze Zimmer geschleudert wurde. Beim Fallen schlug sie mit dem Kopf auf dem harten Boden auf, lag benommen und hilflos da, während Ralph schon über ihr war und sie wieder auf die Beine zerrte.

»Nein …«, stöhnte sie. »Nein, bitte nicht …«

»Du hast mich angelogen, und so etwas nehme ich nicht hin.« Er packte ihr Haar und drehte es straff, bis sie vor Schmerzen aufschluchzte. Mit der anderen Hand zog er die Kleidungsstücke aus der Truhe, um Platz für Nell zu schaffen.

Da trat Nell um sich. Sie machte den Mund auf, um zu schreien, doch Ralph stieß ihren Kopf gegen den Truhenrand, immer wieder, bis sie Sterne vor den Augen sah. Dann packte er sie und bugsierte sie in die Truhe, schlug den Deckel zu, sperrte sie ein in der tiefen Dunkelheit, wo das Grauen sie zu übermannen drohte.

Nell schrie sich die Seele aus dem Leib, hämmerte wie eine Wahnsinnige gegen den Deckel. Ralph hatte sich offenbar daraufgesetzt. Sie bekam keine Luft mehr. Sie brauchte Luft!

»Wenn du schreist, lasse ich dich nicht raus«, sagte Ralph im Plauderton, doch gleichzeitig hörte sie, wie jemand an die Tür des Gemachs klopfte. »Master? Mistress? Ist alles in Ordnung? Wir haben Schreie gehört.«

»Geht wieder ins Bett«, rief Ralph. »Eure Mistress hatte nur einen Albtraum.«

»Helft mir!«, keuchte Nell, aber ihre Kräfte schwanden, und die Dienerinnen hörten sie nicht. Die tiefe Dunkelheit verschlang sie. Die Truhe verwandelte sich in einen Abgrund. Nell stürzte in die Tiefe, drehte und wand sich vor Grauen, doch kurz bevor sie auf dem Boden aufschlug und zerschmettert worden wäre, wurde der Deckel aufgerissen, und Ralph starrte auf sie hinunter, Zuneigung im Blick.

»Meine arme kleine Nell«, sagte er, während sie, immer noch starr und steif vor Angst, keuchend nach Luft schnappte. »Das gefällt dir nicht, oder?«

»Nein«, krächzte sie.

»Dann darfst du mich nie mehr anlügen. Komm.« Fast zärtlich hob er sie aus der Truhe und legte sie auf den Boden, schob ihr langes Unterhemd hoch, damit er sie besteigen konnte. Er nahm sie mit raschen heftigen Stößen, beschwingt durch seinen Sieg, und Nell lag da, die Beine gespreizt, geschlagen und gedemütigt, und weinte stumme Tränen.

Danach brauchte Ralph nur noch einen vielsagenden Blick auf die Truhe zu richten, und schon war sie ihm zu Willen. Am darauffolgenden Morgen war sie am ganzen Körper gezeichnet, und Ralph bestand darauf, dass sie im Bett blieb. Er hatte sich so weit vergessen, dass er sie sogar ins Gesicht geschlagen hatte, wo nun auf ihrer Wange ein großer bläulich-gelber Fleck prangte. Nell erzählte Janet, sie sei gestürzt und habe sich das Gesicht an der Truhe angestoßen, und offenbar glaubte Janet ihr. Wieso auch nicht? Ralph, ganz der fürsorgliche Ehemann, wich nicht von ihrer Seite, ließ Wein und kleine feine Köstlichkeiten an ihr Bett bringen, um ihren Appetit anzuregen. Den Mägden gegenüber zeigte er sich liebenswürdig wie eh und je; sie erröteten, kicherten nervös, wenn er sie neckte. Sie waren der Meinung, er vergöttere seine Frau.

Als nun Janet beim Anblick von Nells Gesicht erschrocken aufschrie, brauchte Ralph nichts weiter zu tun, als einen kurzen Blick auf die Truhe zu werfen. Nell sah Janet fest in die Augen. »Ich hoffe, ich habe dich letzte Nacht nicht gestört, Janet«, sagte sie gehorsam. »Ich hatte nur einen dummen Traum.«

Und damit war die Sache erledigt.

Die Truhe der Hutchinsons genügte, um die demütigende Erinnerung wachzurufen. Nell empfand Ralphs Lächeln wie eine Beschmutzung. Unwillkürlich flog ihr Blick wieder zu der Truhe, doch irgendetwas stimmte daran nicht. Sie wellte sich. Nell blinzelte, schaute wieder hin, überzeugt, dass es nur Einbildung war. Doch nein, die Truhe bewegte sich, verformte sich, und auf einmal war daraus ein runder Tisch geworden, mit zwei seltsam gezimmerten Stühlen mit gerader Rückenlehne. Was ging hier vor? Sie blickte zu den anderen, wollte sehen, ob sie es auch bemerkt hatten, doch Elizabeth war verschwunden. Auch John Hutchinson war nicht mehr da, desgleichen Ralph. Stattdessen sah sie vor sich einen barhäuptigen Mann mit wachen Augen, der nachdenklich die Stirn runzelte.

»Wer ist Ralph?«, fragte er.

»Ralph ist mein Gemahl«, flüsterte sie verängstigt. Sie fühlte sich von allem losgelöst, als schwebte sie an der Zimmerdecke und schaute von oben auf sich herab, nur dass sie nicht die Frau dort unten war. Diese Frau war älter als sie, hatte kurzes dunkles Haar und war seltsam gekleidet. Sie trug weder Haube noch Kleid, und ihr Gesicht wirkte gequält, gehetzt.

»Tess?«, sagte der Mann.

Tess? *Tess. Sie* war Tess. Tess kehrte zurück in ihren Körper. Es riss sie nach hinten an die Lehne ihres Stuhls. Ihre Augen waren weit aufgerissen von dem Schock, ihre Hände lagen Halt suchend auf der Tischplatte.

»Alles ist gut«, sagte Luke. »Schön durchatmen.«

Atmen. Eine gute Idee. Tess holte Luft, stieß sie langsam wieder aus. Ein, aus, ein, aus, bis sich ihr Herzschlag beruhigt hatte. Eine

Bedienung stand an ihrem Tisch. Luke redete mit ihr, doch Tess starrte auf ihre schmerzenden Hände, die auf der Tischplatte lagen, und konzentrierte sich einzig und allein darauf, tief und ruhig zu atmen.

»Ich habe dir einen Latte macchiato bestellt«, sagte Luke, als die Bedienung gegangen war. Er lehnte sich vor und legte seine Hände auf ihre. Seine Berührung war warm und ungemein tröstlich. »Geht's wieder?«

Er wusste Bescheid. Tess nickte und fuhr sich mit der Zunge über die trockenen Lippen. »Wie lange war ich … so?«

»Nicht lang. Eine Minute vielleicht. Du hast dich in dem Raum umgesehen und plötzlich angefangen, von Ralph zu reden. Es war, als wärst du anwesend, aber nicht wirklich da.« Sein Lächeln wurde ein wenig schief. »Mir standen die Haare zu Berge, das kannst du mir glauben! Was ist passiert?«

»Du wirst es mir nicht glauben.«

»Wieso sollte ich das nicht?«, fragte er, völlig vernünftig und sachlich.

»Weil ich nicht einmal genau weiß, ob ich es selber glaube. Alles, was ich in meinem bisherigen Leben gelernt habe, sagt mir, dass es nicht sein kann, dass es ein Ding der Unmöglichkeit ist, dass ich es *nicht* glaube, aber es ist real – es passiert wirklich.« Trotz ihrer Schmerzen verschränkte sie ihre Finger. Sie schaute Luke direkt in die Augen. »Aber wenn es nicht real ist, dann bin ich im Begriff, den Verstand zu verlieren, und das macht mir noch viel mehr Angst.«

»Erzähl es mir«, forderte er sie auf.

Und das tat sie. Sie schilderte ihm alles, was vorgefallen war, von dieser ersten Erinnerung, sich in der Truhe in Mr Maskewes Kabinett versteckt zu haben, bis hin zu der Szene am Fluss, wo Tom und sie miteinander geschlafen hatten, wobei sie den Blick abwenden musste bei dem Gedanken, wie ähnlich es beim Sex zwischen ihr und Luke zugegangen war, ein wenig unbeholfen anfangs, aber mit der gleichen Lust, dem gleichen Spaß.

Luke unterbrach sie kein einziges Mal. Weder stöhnte er auf, noch schüttelte er den Kopf, noch versuchte er anzudeuten, sie rede Unsinn. Er hörte nur aufmerksam zu, bis die Bedienung kam und den Kaffee brachte. Dann wartete er, bis sie wieder weg war, während Tess ihre Hände um ihre Kaffeetasse wölbte.

»Was ist mit deinen Händen los?«, erkundigte er sich, als er mitbekam, wie sie unwillkürlich zusammenzuckte.

»Ich weiß es nicht.« Tess ließ sich nur allzu gern ein wenig von ihrer Geschichte ablenken. Sie nahm eine Hand von der Tasse, drehte sie und betrachtete ihre Handfläche. »Meine Finger tun mir weh. Mal ist es ganz weg, dann kommt der Schmerz plötzlich wieder. Vielleicht ist es Rheuma oder was Ähnliches. Äußerlich sieht man jedenfalls nichts.«

Luke nickte. »Erzähl weiter«, sagte er ruhig. »Ich will alles wissen.«

Sie schilderte ihm den Abschied von Tom. Erzählte von Ralph und wie skrupellos er es ausgenützt hatte, dass ihr Vater in seiner Schuld stand. Erzählte von der Hochzeit und der Truhe, von ihrem Hass auf ihren Ehemann und dem dumpfen Angstgefühl, das sie nun permanent begleitete.

Und als sie fertig war, brannten ihre Wangen vor Scham, weil sie sich so leicht von Ralph den Schneid hatte abkaufen lassen.

»Tess, das warst nicht du«, erklärte Luke.

»Ich habe aber das Gefühl, dass ich es war«, entgegnete sie. »Du brauchst dir nur anzuhören, wie ich rede. Am Anfang meiner Geschichte sprach ich von Nell, weil ich sie als eigenes Wesen, getrennt von mir, beschreiben wollte, doch irgendwann fing ich an zu erzählen, was *ich* getan habe, was *ich* fühle.«

Sie hörte sich an wie eine Irre. Vielleicht war sie schon verrückt geworden. Doch sie hatte Beweise, oder?

Die Tasse schlug gegen den Unterteller, als sie sie absetzte, so erpicht war sie, Luke zu überzeugen, dass sie sich das Ganze nicht einbildete. »Ich habe immer noch die Blutergüsse von gestern

Nacht«, sagte sie und zog ihren Ärmel hoch, um Luke zu zeigen, wo Ralph sie so brutal gekniffen hatte. Heute Morgen waren ihre Brüste und die Innenseiten ihrer Arme mit bläulich-violetten Flecken übersät gewesen, doch jetzt starrte sie ungläubig auf ihre makellose Haut.

»Ich verstehe das nicht ...« Hektisch schob sie den anderen Ärmel hoch, doch dieser Arm war so unversehrt wie der andere. »Sie sind weg«, sagte sie entgeistert. »Heute Morgen waren sie noch da, und jetzt sind sie verschwunden.«

Langsam hob sie den Kopf und schaute Luke an. »Was geschieht mit mir?«

Er erwiderte nachdenklich ihren Blick. »Was glaubst *du*, was mit dir geschieht?«

»Ich denke, dass ich in ein früheres Leben zurückgehe. Dass ich besessen bin und dass Nell sich meines Geistes bemächtigt hat.« So, nun hatte sie es ausgesprochen. Tess war erleichtert und gleichzeitig entsetzt. Röte schoss ihr in die Wangen.

»Wieso wirst du jetzt rot?«

»Weil ich es nicht fasse, dass ich so etwas ausgesprochen habe!« Tess legte die Hände an ihren Kopf, fuhr sich mit den Fingern durchs Haar, wobei sie, wenn sie sich nicht beherrscht hätte, wieder vor Schmerz zusammengezuckt wäre. *Ihr* Haar. Sie hatte es schneiden lassen, als sie Martin verlassen hatte. Nells Haar fiel bis auf die Taille herab, kräuselte sich in Nuancen von Braun und Rot, während ihres dunkelbraun war. Sie sahen sich überhaupt nicht ähnlich.

»Es ist einfach nur peinlich«, murmelte sie schließlich. »Jemand, der ein abgeschlossenes Geschichtsstudium hat, rennt nicht herum und sieht Geister oder redet von Zeitreisen. Das ist verrückt. Ich *bin* verrückt.«

»Gibt es eine andere Erklärung für das, was du erlebst?«, fragte Luke, so sachlich, dass sie einen kurzen Moment überrascht war. Sie hatte geglaubt, es wäre offensichtlich.

»Meine Mutter würde mir antworten, dass ich hysterisch sei oder die ganze Geschichte nur erfunden habe, um mich interessant zu machen.«

»Sie unterstützt dich, wo sie kann, wie?« Lukes Lippen kräuselten sich verächtlich.

»Du kennst sie ja.« Tess seufzte. »Aber was ist, wenn sie nun recht hat? Wenn ich tatsächlich so eine Art Nervenzusammenbruch habe?« Sie presste ihre Finger gegen die Kopfhaut. »Was passiert, wenn ich den Verstand verliere? Ein Arzt würde zu diesem Schluss kommen, das weiß ich. Man würde mich kurzerhand in die Psychiatrie einweisen, und was geschieht dann mit Oscar?«, sagte sie mit zunehmend schriller Stimme.

»Jetzt klingst du aber wirklich hysterisch.« Lukes schroffe Bemerkung brachte sie wieder ein wenig zur Besinnung. »Wäre es nicht besser, wenn wir davon ausgehen, dass Nell real ist, und versuchen, uns mit dieser These auseinanderzusetzen?«

Tess hob den Kopf und starrte ihn mit offenem Mund an. »Heißt das, du glaubst mir?«

Luke ließ sich nicht festlegen. »Ich sehe keinen Grund, dir *nicht* zu glauben«, erwiderte er diplomatisch. »Ich habe jetzt zum zweiten Mal miterlebt, wie du nach so einer Episode – oder wie immer du es nennen magst – wieder zu dir kommst, und ich weiß, dass du für ein paar Minuten nicht du selbst warst. Jemand anderes hat mich aus deinen Augen angesehen, und deine Stimme war auch anders ... es ist richtig gruselig, wenn ich ehrlich sein soll.«

»Aber ... aber es ist unmöglich«, stammelte sie. »Du glaubst doch nicht an Geister!«

»Ich weiß nicht, was ich glaube«, gab Luke zu, »aber eins zumindest habe ich gelernt in den vergangenen Jahren, nämlich, dass man offen bleiben muss. Auf Haiti habe ich bei Voodoo-Zeremonien Menschen gesehen, die von Geistern besessen waren, und in Afrika habe ich miterlebt, wie ein kerngesunder Mann sich zur Wand drehte und tot umfiel – nur weil er glaubte, dass auf ihm ein

Fluch lag. In Kanada habe ich mich mit völlig normalen, vernünftigen Menschen unterhalten, die steif und fest behaupteten, Big Foot gesehen zu haben, und in Spanien habe ich eine Frau erlebt, die die Wundmale Christi an den Händen hatte. Es gibt so vieles auf der Welt, was sich nicht erklären lässt.« Luke zuckte die Schultern. »So gesehen, ist der Rationalismus auch nur eine Glaubensrichtung.«

Tess, die noch immer nicht fassen konnte, dass er ihre Geschichte ernst nahm, betrachtete Luke versonnen. Er erstaunte sie immer mehr. Er war als Jugendlicher so rastlos gewesen, begierig, York hinter sich zu lassen und herauszufinden, was die Welt ihm zu bieten hatte – wie Tom, dachte Tess, und ein heftiger Schmerz durchzuckte sie –, sodass sie sich erst daran gewöhnen musste, wie gefestigt und nachdenklich er geworden war. Zugegeben, sein Groll, an den sie sich so gut erinnerte, kam immer noch manchmal an die Oberfläche, doch seine Geduld und Toleranz irritierten sie geradezu.

»Vielleicht«, entgegnete sie, »aber geht es in diesen Fällen nicht meist darum, dass die Leute sehen, was sie sehen wollen? Ich habe nie an solches Zeugs geglaubt – ich *weigere* mich, es zu glauben! In meinem Beruf beschäftigt man sich ausschließlich mit Fakten und Belegen, für wilde Fantasien hat man kein Verständnis. Wieso sollte jemand wie ich plötzlich eine Reise in die Vergangenheit machen?«

»Wieso nicht? Meine Mum hat immer behauptet, du hättest übersinnliche Kräfte.«

Tess ließ erschüttert die Hände sinken. »Wie bitte?«

»Weißt du das denn nicht mehr? Du hast nie eine große Sache daraus gemacht. Aber manchmal kam irgendeine Bemerkung von dir über jemanden, der da in der Ecke sitzen würde, und als dir klar wurde, dass keiner sonst denjenigen sehen konnte, hast du das Ganze blitzschnell überspielt.«

Tess hatte es komplett vergessen. Genauso, wie sie die Episode mit den Mönchen in Rievaulx Abbey vergessen hatte oder die verwesenden Köpfe der Hingerichteten auf dem Stadttor Micklegate Bar, bis ihre Mutter ihrem Gedächtnis auf die Sprünge half. Wie war es ihr gelungen, diese Erinnerungen so komplett zu verdrängen?

»*Meine* Mum hat gesagt, ich hätte ein übersteigertes Geltungsbedürfnis, wenn ich als Kind etwas in der Richtung behauptet habe«, erwiderte sie gedehnt. »Wahrscheinlich habe ich mit der Zeit gelernt, dass es besser ist, den Mund zu halten.«

»Da hast du es schon. Das ist wahrscheinlich auch der Grund, weshalb du Geschichte studiert hast«, meinte Luke. »Auf diese Weise konntest du perfekt diese Seite in dir verleugnen.«

Tess kaute auf der Innenseite ihrer Wange. Möglich war es. »Okay, angenommen, du hast recht… aber warum sollte es ausgerechnet jetzt wieder anfangen? In London habe ich nie etwas Vergleichbares erlebt.«

»Keine Ahnung. Vielleicht hat es irgendwie mit dieser Wohnung zu tun? Nach dem, was du mir erzählt hast, hängt es eindeutig damit zusammen. Oder vielleicht bist du derzeit besonders verletzlich. Du hast Stress, deine Ehe ist gescheitert, du bist dabei, ein neues Leben zu beginnen. Gut möglich, dass dein mentaler Schutzschild zurzeit nicht so gut funktioniert.«

»Vielleicht.« Die verkrampften Muskeln in Tess' Rücken entspannten sich ein wenig. Sie lehnte sich auf ihrem Stuhl zurück. Es erleichterte sie immens, dass Luke sich mit ihr unterhielt, als wäre es etwas völlig Nachvollziehbares, ja fast Normales, besessen zu sein. Dass sie ihm ihren Zustand schildern konnte, ohne ihn überzeugen zu müssen, dass sie keinen Nervenzusammenbruch oder alles nur aus einem irrsinnig überzogenen Geltungsbedürfnis heraus erfunden hatte.

»Es gibt viele Menschen, die liebend gern in deiner Haut stecken würden, weißt du das? Sie würden alles geben, wenn sie in die Vergangenheit zurückkehren und sehen könnten, wie es damals wirklich zuging.«

Tess sah Ralph vor sich, sein gemeines, triumphierendes Gesicht, während er sie vergewaltigte. »Sie können jederzeit mit mir tauschen«, erwiderte sie gedrückt.

»Zugegeben, anfangs war ich irgendwie fasziniert«, fuhr sie nach einer Weile nachdenklich fort. »Nell war so ein mutiges, neugieriges kleines Mädchen. Ich wollte, ich wäre als Kind mehr so wie sie gewesen. Ich weiß nicht, wie ich es beschreiben soll. Wenn ich sie bin, spüre ich … so eine Lust am Leben, die ich mir in meinem jetzigen Dasein nicht vorstellen kann. In der Vergangenheit ist alles rauer, mühevoller, schwieriger, aber es geht auch lebendiger zu, es herrscht mehr Dynamik. Uns mutet das heute fremd an, diese Lust, an die Grenzen zu gehen. Da erledigt einer eine eklige, schmutzige Arbeit, und am nächsten Tag feiert er und lässt es krachen. Unvorstellbare Grausamkeit auf der einen Seite und Humor und Herzensgüte auf der anderen – und alles ist so nah beieinander.«

Während Tess ihren Erinnerungen nachhing, ließ sie ihre Blicke durch das Café schweifen und verglich die geschmackvolle Einrichtung, die Holztische, die weiß gestrichenen Wände mit der Wohnstube der Elizabeth Hutchinson.

»Wir sind heutzutage alle so vernünftig«, bemerkte sie. »Alles wirkt verhaltener.«

»Wirklich?« Luke beugte sich interessiert vor. »Ich habe mir immer vorgestellt, das Leben nach der Reformation sei freudlos und streng gewesen. Und nur schwarz und weiß.«

Tess schürzte die Lippen, legte den Kopf schief, während sie über Lukes Bemerkung nachdachte. »Nells Welt ist viel bunter als die unsrige, aber vielleicht kommt das daher, weil sie Farben so liebt …«, überlegte Tess. »Ihre Gewänder sind blau, rot und grün und mit kleinen Blumen und Insekten bestickt.« Sie schaute hinunter auf ihren Schoß, als ob sie tatsächlich Nells Handschuhe vor sich sähe. »Die Wände sind mit Wandteppichen oder bemalten Stoffbahnen behängt und die Kissen und die Bettwäsche gemustert und farbenfroh.«

Ein kleines Lächeln huschte über ihr Gesicht, während sie die weißen Wände, die schlichten Möbel aus unbehandeltem Holz betrachtete. »Nell würde nicht viel von dieser Einrichtung halten.«

»Das hört sich an, als wäre die Zeit damals sehr lebenswert gewesen.«

»Ich war glücklich«, entgegnete Tess, ohne zu merken, dass sie sich wieder als Nell fühlte. »Ich kannte ja nichts anderes. Und wenn ich mit Tom zusammen war …«, sie unterbrach sich, schluckte. »Nun ja. Ja, es stimmt, es gab Zeiten, da wünschte ich, ich könnte wieder in mein damaliges Leben zurück, aber Tom ist jetzt fort, und ich bin mit Ralph verheiratet. Er kann mit mir tun, was er will. Er ist mein Gemahl, und ich bin sein Eigentum.« Bei dem Gedanken machte sich wieder die Angst in ihr breit.

»Nell«, sagte Luke.

»Was ist?«

»*Nell* war sein Eigentum, du bist es nicht.«

»Stimmt.« Sie seufzte, holte tief Luft, legte ihre zitternden Hände auf die Tischplatte. »Ja, du hast recht. Nell ist ja nicht ich. Ich konnte meinen Mann wenigstens verlassen. Nell kann nicht weglaufen. Sie kann nirgends hin, sie hat niemanden, der ihr beisteht, das arme Ding. Sie gehört Ralph.«

Das Grauen der Hochzeitsnacht übermannte sie erneut, und sie schlug die Hände vors Gesicht. »Jetzt will ich nicht mehr zurück«, sagte sie leise. »Ich will nicht, dass er mich noch mal in diese Truhe steckt.« Als sie die Hände wegnahm, war ihr Blick starr. »Ich habe Angst«, sagte sie.

Kapitel 12

Luke nickte. »Du hast auch allen Grund dazu, finde ich«, sagte er mit ernster Stimme. »Du bewegst dich auf gefährlichem Terrain. Wenn Ralph dich in der Vergangenheit misshandeln kann, und du wachst in der Gegenwart wieder auf und hast Blutergüsse am ganzen Körper, frage ich mich, was er sonst noch alles bewerkstelligen kann. Oh, entschuldige«, fügte er eilig hinzu, als er sah, wie aschfahl Tess geworden war. »Ich wollte dir nicht noch mehr Angst machen. Aber ich finde, du solltest mit jemandem reden, der sich mit solchen Dingen ein bisschen besser auskennt.«

»Wie? Du meinst, es gibt noch mehr Leute, die wissen, wie es ist, in der Vergangenheit gefangen zu sein, noch dazu mit einem sadistischen Ehemann?« Tess' Lachen hatte einen Beiklang von Hysterie.

»Es gibt Leute, die kennen sich aus mit Vorleben und Reinkarnation«, erwiderte Luke unbeeindruckt. »Ich hatte letztes Jahr einen Auftrag in Lincoln, wo ich für einen Artikel im *Express* die Fotos gemacht habe. Es ging dabei um Vorleben und Wiedergeburt. Sie haben die Geschichte groß rausgebracht und mit einer Serie über ganz normale Hausfrauen aufgemotzt, die geglaubt haben, in ihrem früheren Leben Kleopatra oder dergleichen gewesen zu sein. Da war ein Typ, der sie hypnotisiert hat, und den hat der Journalist als richtigen Scharlatan hingestellt. Der Mann hatte sich einverstanden erklärt, dass bei einer seiner Hypnosesitzungen Fotos gemacht werden durften, und bei dieser Gelegenheit habe ich ihn kennengelernt.«

»Eine Hypnosesitzung?«, fragte Tess ungläubig. »Es gibt Leute, die lassen so etwas freiwillig mit sich machen?«

»Offensichtlich.« Feine Lachfältchen bildeten sich um Lukes Augen. »Ich ging dort hin, rechnete damit, dass ich das Ganze höchstens amüsant finden würde, aber dann kam es ganz anders. Ambrose war überhaupt nicht der schrille Vogel, als den der Journalist ihn hingestellt hatte. Ich war …«, Luke überlegte, suchte nach dem richtigen Wort, »… beeindruckt«, sagte er schließlich. »Ich habe nirgendwo Anzeichen von Betrug oder Scharlatanerie entdecken können. Es ging die ganze Zeit erstaunlich normal zu.«

Tess ließ sich Lukes Rede durch den Kopf gehen. »Was macht dieser Ambrose genau?«, erkundigte sie sich schließlich, immer noch misstrauisch.

»In der Sitzung, die ich fotografiert habe, versetzte er die Patientin in einen Trancezustand und stellte ihr ein paar Fragen. Ihre Erlebnisse waren längst nicht so drastisch wie deine, aber als ich mich anschließend mit ihr unterhielt, meinte sie, die Hypnose habe ihr sehr geholfen, und sie könne nun einige ihrer Ängste besser verstehen und einordnen.« Luke spreizte die Hände. »Kann sein, dass es reine Küchenpsychologie ist, aber ich hatte den Eindruck, Ambrose weiß, wovon er redet. Ich denke, dass er dich wirklich sehr gern kennenlernen würde, und vielleicht könnte er ja dabei helfen, eine Erklärung zu finden für das, was mit dir geschieht.«

Luke richtete einen vorsichtigen Blick auf Tess, die wieder dazu übergegangen war, auf der Innenseite ihrer Wange zu kauen. Ihre Miene war skeptisch.

»Willst du, dass ich seine Telefonnummer herausfinde? Ich könnte ihn anrufen, einen Termin vereinbaren, wenn du möchtest.«

»Ich weiß nicht …« Tess war hin- und hergerissen. Die Vorstellung, in Hypnose versetzt zu werden, war ihr zuwider, immer schon, andererseits wäre es ein Trost und eine Erleichterung, sich jemandem anvertrauen zu können, der sie nicht postwendend zum nächsten Psychiater schicken würde.

Ihre Hände taten nicht mehr weh, wie ihr jetzt auffiel. Sie drehte sie, Handflächen nach oben, und betrachtete die Linien und Furchen, als sähe sie sie zum ersten Mal. Ihre Finger waren schlank und unversehrt. Sie erinnerte sich genau an den brennenden Schmerz, den sie in der Kirche gespürt hatte, an das Gefühl, dass sich in ihrem Kopf jemand sträubte, sich wie wahnsinnig gebärdete. Sollte sie eher auf Lukes Hypnotiseur setzen? Sie verspürte eine instinktive Abneigung gegen Hypnose. Vielleicht wäre es besser, noch einmal mit Pat French zu reden?

Der jähe stechende Schmerz in ihren Fingerspitzen ließ ihre Hände zucken. Sie faltete sie, legte sie in ihren Schoß.

»Vielleicht«, sagte sie schließlich zögernd. »Ich denk mal drüber nach.«

Auf dem Rückweg in ihre Wohnung fühlte sie sich so stark und stabil wie seit Tagen nicht mehr. Vielleicht war das alles, was sie gebraucht hatte, dachte Tess hoffnungsvoll. Jemanden zum Reden, erzählen zu können, was mit ihr geschah, ohne dass man sie gleich als hysterisch abstempelte oder ihr vorwarf, sie hätte eine allzu blühenden Fantasie.

Du lebst in deiner eigenen Welt, Theresa. Du bildest dir Dinge ein.

Resolut schob Tess die Erinnerung an Martin beiseite. Nell *war* kein Produkt ihrer Fantasie. Luke glaubte ihr. Tess klammerte sich an diesen Gedanken. Sie hätte schon viel früher mit Luke reden sollen, sie hatte es ja auch geschafft, ihm von Martin zu erzählen. Es war falsch von ihr gewesen, sich einzubilden, sie könnte mit Nell allein fertigwerden. Sie hätte mehr Vertrauen zu Luke haben sollen.

Aber sie hatte in ihrem Leben schon so viel falsch gemacht, dass es ihr sogar schwerfiel, sich selbst zu vertrauen.

Wenigstens hatte Luke sie nicht gedrängt, einen Arzt aufzusuchen. Davor hatte Tess die meiste Angst. Sein Vorschlag, sich ganz bewusst und gewollt in eine frühere Zeit zurückzuversetzen, war interessant, fand sie, während sie sich an ihren Schreibtisch setzte. Doch die Vorstellung, sich hypnotisieren zu lassen, ging ihr einfach gegen den Strich. Damit würde sie sich freiwillig unter die Kontrolle eines anderen Menschen begeben, genau wie damals, als sie Martin geheiratet hatte. Tess wollte sich nie mehr von irgendwem kontrollieren lassen.

Sie schaltete ihre beiden Laptops ein und verfolgte, wie die Monitore zum Leben erwachten. Falls es wieder schlimmer wurde, könnte sie ja mal erwägen, sich an diesen Ambrose zu wenden, überlegte sie. Doch solange sie es vermied, in diese Ecke des Zimmers zu blicken, wo sich einst die Truhe befunden hatte, oder an die Wand, vor der das große Himmelbett gestanden hatte, war alles bestens. Wenigstens fürs Erste.

In der Wohnung herrschte Ruhe, alles war so, wie es sein sollte, und Tess kam mit ihrer Arbeit zügig voran. Nach einiger Zeit wurden ihre Augen müde. Sie lehnte sich zurück und streckte die Arme, um die Verspannungen in ihrer Schulter zu lösen. Sie stellte fest, dass sie hungrig war.

Barfuß trottete sie in die Küche, genoss die Unordnung dort. Genoss es, normal zu sein.

Alles lief prima, wenn sie nicht ständig über Nell oder Ralph nachdachte. Sie musste sich nur ganz normal verhalten. Hypnose, Exorzismus oder Analyse, dies alles brauchte sie nicht. Sie würde sich nicht durch irgendwelche Grübeleien ablenken lassen, sondern einfach Wasser aufsetzen und sich ein Sandwich machen, banale, alltägliche Tätigkeiten, die sie in der Gegenwart verankerten. Das Brot lag in seiner mit einer alten Wäscheklammer verschlossenen Plastikhülle auf der Arbeitsplatte. Butter und Marmelade standen noch vom Frühstück herum, auch hatte sie vergessen, die Packung mit Oscars Frühstücksflocken wieder ordentlich zu verschließen. Martin hatte verlangt, dass sie stets alles wieder ordentlich wegräumte und die Arbeitsfläche immer blank gewischt und leer war. Tess verspürte jedes Mal ein kleines Glücksgefühl, wenn sie Dinge draußen herumstehen ließ, einfach, weil sie es konnte.

Noch schmunzelnd über ihre neu erworbene Nachlässigkeit, öffnete Tess die Besteckschublade, um ein Messer herauszuholen, als ihr Wohlgefühl schlagartig verflog.

Die Besteckteile, die sie mit so viel Spaß einfach hineingeworfen hatte, waren nun penibel eingeräumt. Die Gabeln und Löffel getrennt voneinander sortiert, die Messer in einer Linie ausgerichtet, sodass ihre Schneiden in dieselbe Richtung zeigten.

Genau wie Martin es mochte.

Tess war, als hätte sich eine eiskalte Hand um ihren Hals gelegt. Ihr stockte der Atem. Erschütterung und zugleich Angst überkamen sie, doch dann verspürte sie plötzlich rasenden Zorn, der alle anderen Empfindungen beiseiteschob. Dies war Martins Werk, wer sonst sollte so etwas tun. Ausgerechnet jetzt, wo Tess angefangen hatte, sich ein wenig zu entspannen. Wo Oscar nicht mehr jedes Mal erschrocken zusammenfuhr, wenn eine Tür zugeschlagen wurde. Ohne nachzudenken, griff Tess in die Schublade und warf blindwütig alles durcheinander, Messer, Gabeln, Löffel.

Wie war Martin in die Wohnung gelangt? Und was hatte er hier sonst noch gemacht? Bei dem Gedanken fuhr Tess hoch, raste aus der Küche und kontrollierte die anderen Zimmer. Doch dort war alles unverändert.

Tess ging wieder in die Küche und betrachtete die Schublade. Sie sah nun genauso chaotisch aus wie am Morgen, als sie die Wohnung verlassen hatte. Kaum zu glauben, dass noch vor ein paar Augenblicken drinnen diese gespenstische Ordnung geherrscht hatte. Wieso hatte sie sich zu diesem Wutausbruch hinreißen lassen und dadurch ihren einzigen Beweis zerstört? Beweis wofür?

Luke könnte ihr vielleicht glauben, doch nach einiger Zeit würden ganz gewiss auch ihm Zweifel an ihrer Glaubwürdigkeit kommen. Jemand anderes würde ihr sowieso kein Gehör schenken. Tess malte sich aus, wie sie Vanessa die Schublade zeigen, ihr Martins fanatischen Ordnungssinn beschreiben würde und sie anschließend vergeblich zu überzeugen versuchte, dass Martin sich Zutritt zu der Wohnung verschafft haben musste.

Vielleicht hast du es dir nur eingebildet, würde Vanessa versuchen, sie zu beschwichtigen. *Oder vielleicht hast du es aus reiner Gewohnheit selbst so eingeordnet und weißt es nur nicht mehr. Du machst eine schwierige Zeit durch, Tess. Es gibt kein Anzeichen, dass Martin in die Wohnung eingebrochen ist, nicht wahr? Bist du wirklich sicher, dass du es nicht selbst warst?*

Tess war sich *nicht* sicher, darum ging es. Sie hatte sich in letzter Zeit so oft etwas eingebildet und vermochte nun nicht mehr klar zu unterscheiden, ob der Vorfall real oder nichts weiter als ein Traum war.

Eine tiefe Niedergeschlagenheit senkte sich auf Tess herab. Sie stützte sich mit den Ellbogen auf die Arbeitsplatte, fuhr sich mit den Händen übers Gesicht.

Ihr erster Impuls – Martin anrufen und ihn zur Rede stellen – war bereits verpufft. Wenn sie Kontakt zu ihm aufnähme, würde er dies als Ermutigung auffassen und hätte obendrein ihre Telefonnummer.

Außerdem, was würde sie zu ihm sagen? *Ich weiß, dass du in meiner Wohnung warst? Ich weiß, dass du das Besteck eingeordnet hast?* Sie würde sich hysterisch und neurotisch anhören, was für Martin ein gefundenes Fressen wäre. Er würde behaupten, sie sei krank oder depressiv, sie könne nicht mehr angemessen für Oscar sorgen. Es wäre für alle Beteiligten das Beste, wenn Tess einfach wieder nach Hause käme, würde er argumentieren. Und jeder, sei es ihre Mutter, Vanessa oder irgendein Arzt, der diese abstruse Geschichte von der wie durch Zauberhand geordneten Besteckschublade zu hören bekäme, würde ihm beipflichten.

Und dabei hatten die anderen noch keine Ahnung davon, dass sie zeitweilig im sechzehnten Jahrhundert lebte.

Von Scham und Selbstmitleid erfüllt, drückte Tess ihre Handballen auf die Augen, um nicht loszuheulen. Reichte es denn nicht, dass sie mit einem bösartigen Ehemann fertigwerden musste, der seit über vierhundertfünfzig Jahren tot war? Musste es tatsächlich noch einen zweiten geben, der in der Gegenwart seine grausamen Spielchen mit ihrer Psyche trieb?

Jetzt klingst du aber wirklich hysterisch.

Lukes kühle Bemerkung fiel ihr ein, durchdrang ihre aufsteigende Panik und setzte sich in ihrem Kopf fest. Wie schon so oft, war der Gedanke an Luke wie ein Fixpunkt, an dem sie Halt finden konnte. Tess atmete tief durch und straffte die Schultern. Sie würde sich nicht unterkriegen lassen. Jetzt nicht mehr. Jetzt, wo sie endlich den Mut gefunden hatte, Martin zu verlassen und ein neues Leben zu beginnen.

Mit unbewegter Miene schloss sie die Besteckschublade und ging zurück an ihren Schreibtisch. Sie hatte keinen Hunger mehr. Wieder meldeten sich diese grässlichen Kopfschmerzen, doch auch davon würde sie sich nicht unterkriegen lassen. Sie bewegte die Maus, der Monitor erwachte zu neuem Leben. Oscar brauchte sie. Sie musste stark bleiben.

Sie musste stark bleiben. Im Schutz der Tischplatte legte Nell die Hand auf ihren Bauch. *Liebster Herr Jesus, lass es wahr sein. Gib mir ein wenig Hoffnung.*

»Heute sind die Flussschiffe zurückgekehrt.« Ralph, der ihr gegenüber an der Tafel saß, strotzte förmlich vor Selbstzufriedenheit. »Endlich habe ich meine Warenlieferung aus Hamburg bekommen.«

Hamburg. Wo der Mond auf Tom herabschaute. Der Gedanke an ihn zerriss Nell immer noch das Herz, in ihren Ohren rauschte es, so sehr bemühte sie sich, ihren inneren Aufruhr vor ihrem Gemahl zu verbergen.

Bisweilen, wenn Nell an Tom dachte, hatte sie das Gefühl, sich an ein anderes Leben zu erinnern, ein Leben, das einer Fremden gehört hatte. War sie wirklich dieses junge Mädchen gewesen, welches, mühsam sein Kichern unterdrückend, zugeschaut hatte, wie Tom am Vorabend von Allerheiligen zum Schabernack Honig an eine fremde Tür schmierte? Welches mit ihm auf der Treppe saß und Pfefferkuchen frisch aus dem Ofen schnabulierte? Diese junge Maid, die so froh und unbeschwert mit ihm im hohen Gras herumrollte – war das wirklich sie gewesen?

Wenn sie es zuließe, würde ihr Leben zunehmend trist und farblos werden, also lernte Nell, Freude an kleinen Dingen zu entwickeln: Sie freute sich daran, einen Zuckerkrümel mit der feuchten Fingerspitze aufzunehmen und zu spüren, wie die Süße auf ihrer Zunge förmlich explodierte; die frisch duftenden Laken zusammenzufalten, die die Wäscherinnen in St George's Close gewaschen und gestärkt hatten; dem Gesumme der Biene zu lauschen, die träge durch den Lavendelbusch flog. Nach dem Tod von Toms Mutter war der Garten hinter dem Haus der Maskewes zunehmend verwahrlost, doch Nell erweckte ihn zu neuem Leben. Sie baute Pflanzen für ihre Kräuterkammer an – Basilikum, Lorbeer, Borretsch, Kamille, Minze, Ysop und Portulak – und Blumen zu ihrer Freude. Sie zog Maßliebchen und Goldrute, Ringelblumen und Mohn, und sie beschnitt die alten Rosenstöcke, die daraufhin wieder reichen Blütenflor ansetzten. Sie stellte eine Bank dazwischen auf, wo sie sitzen und sich an dem Duft erfreuen konnte.

All diese Momente nützte sie, um daraus ein Netz zu spinnen, mit dessen Hilfe sie sich von einem Tag zum nächsten hangelte, wobei sie sich verbot, an die Nächte zu denken. Je mehr Schmerzen sie verspürte, desto größer war Ralphs Vergnügen, und so hatte Nell gelernt, gleich von Anfang an zu schreien und zu wimmern, damit seine Wollust möglichst schnell befriedigt war und sie es hinter sich hatte.

Nach diesem ersten Mal in der Truhe achtete Ralph peinlich darauf, keine Spuren in Nells Gesicht zu hinterlassen. So abartig seine Gelüste auch waren, war Ralph doch tief besorgt um seinen guten Ruf. Es war ihm wichtig, dass seine Mitbürger ihn für einen noblen, ehrbaren Mann hielten. Es gefiel ihm, wenn sie bedeutungsvoll nickten, katzbuckelten, hinter vorgehaltener Hand über seinen

Reichtum und seinen Rang tuschelten. Er verteilte freigebig Geschenke, war ein großzügiger Gastgeber, und er stattete Nell reichlich mit edler Seide und Pelzen aus. An ihrem Hals, ihren Fingern funkelte Gold. Sie war die Schatztruhe, die Ralph öffnete, um seinen Reichtum zu demonstrieren. Mit Befriedigung sah er, wie die Nachbarn seine Gemahlin neidvoll beäugten. Niemand sollte daran zweifeln können, dass sie die glücklichste aller Frauen war.

Doch was nützte Ralph der Neid seiner Mitbürger, wenn er sich nicht darin sonnen konnte? Er mochte es nicht, wenn Nell ohne ihn in die Stadt ging. Er wünschte, dass sie zu Hause blieb, damit er sie im Auge behalten konnte. Damit ihm keine ihrer Verfehlungen entging, und wenn sie noch so gering war.

Nell lernte, behutsam und geschickt vorzugehen. Wenn Ralph wüsste, wie viel es ihr bedeutete, außer Haus zu kommen, würde er es ihr gänzlich verbieten. Also erzählte sie ihm, sie müsse zum Markt gehen, wie es einer guten Hausfrau gezieme.

Ralph reagierte finster, als sie das Thema zum ersten Mal anschnitt. »Schick eine der Mägde«, sagte er. »Wozu sind sie denn da.«

»Ich muss ihr beibringen, worauf sie achten muss, damit man sie nicht beim Abwiegen betrügt«, tastete Nell sich behutsam vor. Ralphs gutes Ansehen ging ihm über alles, es war der wunde Punkt, den Nell ausnützte, wo immer es ihr möglich war. »Es würde dir sicher nicht gefallen, wenn man dir nachsagte, dein Weib versteht sich nicht darauf, ein gutes Haus zu führen, nicht wahr? Unsere Gäste sollen stets nur das Beste vorgesetzt bekommen. Mich werden die Händler nicht mit dem Zweitbesten abspeisen, wie sie es bei einer Magd versuchen würden.«

Damit hatte Nell erreicht, dass sie zusammen mit einer Magd auf dem Markt einkaufen durfte – aber nicht zu oft –, und hin und wieder verließ sie sogar in Begleitung von Mary oder Eliza die Stadt, um den beiden Mägden zu zeigen, welche Heilkräuter es draußen auf den Wiesen zu sammeln galt. Diese Ausflüge waren das Beste. Nell schaute hoch zu dem weiten Himmel, konnte sich nicht sattsehen an dem Anblick. Sie wünschte, sie könnte ihn konservieren, wie die Blätter und Samen, die sie trocknete, könnte eine duftende Essenz aus Himmel und Licht zubereiten und sie in ein Fläschchen füllen. Zurück in dem prächtigen Haus in der Stonegate mit seinen sündteuren, protzigen verglasten Fenstern und den holzgetäfelten Wänden, die Nell schier erdrückten, könnte sie dann den Stöpsel aus dem Fläschchen nehmen und den Duft einatmen.

Und bisweilen, Gott möge ihr vergeben, betrachtete sie nachdenklich die weißen Blütendolden des Schierlings, der draußen auf der Gemeindeflur üppig wuchs, überlegte, wie gefährlich diese Pflanze war, wie leicht man seine Wurzeln mit der Pastinake verwechseln konnte, und wie einfach ihr Leben wäre, wenn es Ralph nicht mehr gäbe.

Aber ihr fiel kein Weg ein, bei dem außer ihm garantiert niemand anderer zu Schaden käme. Doch als Nell sich dabei ertappte, wie sie ernsthaft über diesen Schritt nachdachte, nahm sie sich an die Kandare. Mein Gott, was überlegte sie da? Sie durfte Ralph nicht umbringen. Es wäre eine Todsünde, und außerdem würde man sie dafür hängen. Nein, sie würde ihren Garten hegen und pflegen und ihr Los erdulden. Sie würde nicht zulassen, dass Ralph ihr die Seele raubte.

Zu ihrer Überraschung erklärte Ralph sich einverstanden, dass Nell sich dem Kreis der Frauen anschloss, die einer Nachbarin, die im Wochenbett lag, Gesellschaft leisteten. Sie hatte angenommen, Ralph würde sich sträuben, aus Angst, sie könnte vor den anderen Weibern ausplaudern, wie er seine Frau behandelte. Andererseits gab es herzlich wenig, was sie preisgeben konnte. Ralph setzte immer noch die Schulden ihres Vaters als Druckmittel ein und würde keine Sekunde zögern, ihre Familie zu bestrafen, falls Nell ihrer Rolle als pflichtgetreue Ehefrau nicht mehr gerecht wurde.

Wie Nell überdies bald herausfand, gab es wenig, was diese anderen Weiber schockierte. Als sie nun zum ersten Mal eine Nachbarin im Wochenbett besuchte, erfuhr sie Bestätigung durch die anderen Frauen. Diese redeten freimütig über ihre Ehemänner, über ihre Probleme mit dem Gesinde oder ihren Kindern. Doch als Nell andeutete, ihr Gemahl sei bisweilen etwas grob zu ihr, lachten sie nur gutmütig.

»Ach, die wollen alle nur hin und wieder zeigen, wie groß und stark sie sind«, taten die anderen Weiber es ab. Schockiert erkannte Nell, wie viele von ihnen es als selbstverständlich betrachteten, Prügel zu beziehen. Natürlich sah man auf dem Markt des Öfteren Frauen mit einem blauen Auge oder einer geschwollenen Lippe, aber ihre eigenen Nachbarinnen? Wie es schien, bekam man als verheiratete Frau Zugang zu einer eigenen verborgenen Welt, deren Existenz Nell niemals vermutet hätte. Bald stiegen leise Zweifel in ihr auf. Hätte Tom sie geschlagen, wenn sie ihn geheiratet hätte, schlichtweg, weil er es konnte oder weil ihm der Sinn danach stand?

Ralph behauptete, das, was er nachts mit ihr mache, sei normal. Er sei ein normaler Mann mit normalen Gelüsten, und sie, Nell, sei es, die sich kalt und unnatürlich verhalte.

Wäre Nell Tom nicht begegnet, hätte sie diese Behauptung fraglos geschluckt, doch sie hatte nicht vergessen, wie wunderbar die Liebe zwischen Mann und Frau sein konnte. Mit Ralph war es nicht wunderbar, sondern beschämend, demütigend, und Nell ekelte sich jede Nacht aufs Neue, ihm beiliegen zu müssen. Ein paarmal hatte sie es gewagt, sich zu beschweren, aber das machte es nicht besser, denn dann bestrafte Ralph sie dafür, dass sie ihr Glück nicht zu schätzen wusste, ihn zum Mann bekommen zu haben. Alle Welt sah, wie sehr er sie liebte; das Schicksal war ihr hold gewesen, wie kam sie nur auf die Idee, sich zu beklagen?

Nell durfte zur Kirche gehen, selbstverständlich, doch Ralph blieb stets an ihrer Seite, und so hielt Nell klugerweise den Blick sittsam gesenkt. Wenn er Gäste ins Haus lud, um ihnen mit seiner großzügigen Gastfreundschaft zu imponieren, lief es ähnlich ab. Als seine Ehefrau musste Nell züchtig dasitzen und seinen Reichtum zur Schau stellen. Sie durfte nicht zu laut lachen, zu häufig lächeln oder sich zu angeregt mit jemandem unterhalten, besonders nicht mit einem Mann. Und Nell tat, wie ihr geheißen, denn es hatte keinen Zweck, sich Ralph zu widersetzen.

Es dauerte nicht lang, da hatte sie den Ruf erworben, kühl und distanziert zu sein. Ihre alten Freundinnen glaubten, die Ehe mit einem reichen Kaufmann wie Ralph Maskewe sei Nell zu Kopf gestiegen, und warfen ihr Arroganz vor. Ihre Nachbarinnen, die den Kontakt zu ihr suchten, fühlten sich durch ihre abweisende Art gekränkt. Wer war diese Eleanor Maskewe eigentlich? Die Tochter eines bankrotten Tuchhändlers, die sich einen reichen Mann geangelt hatte. Kein Grund, die Nase so hochzuhalten. Wohl zu fein für unsereins, wie?

Auch ihre eigene Familie, verwirrt durch Nells Zurückhaltung, verhielt sich zunehmend reserviert. Nell traf sich nur noch selten mit ihren Eltern und Geschwistern, und wenn sie es tat, achtete sie peinlich darauf, nicht zu viel Zuneigung zu zeigen. Ein kurzer Blick, eine leichte Berührung genügten, um Ralph eifersüchtig zu machen. Er würde nicht zögern, seine Wut gegebenenfalls an ihren Brüdern auszulassen, also war es am besten, wenn Nell die beiden auf Abstand hielt. Doch immer wenn sie sah, wie Harry und Peter in ihrer Gegenwart verkrampft und förmlich wurden, brach ihr dies das Herz, oder zumindest das, was nach Toms Abschied davon übrig war.

Schon lange hatte Nell sich von ihrem Traum verabschiedet, Tom würde herausfinden, was geschehen war, und zu ihrer Rettung herbeieilen. Sie hatte es nicht gewagt, ihm eigenhändig eine Botschaft zukommen zu lassen, denn sie wusste, Ralphs Wut würde grenzenlos sein, wenn er es herausbekäme. Doch so wie es aussah, hatte Ralph selbst einen Brief an Tom geschrieben. Das Verfassen dieses Schreibens hatte ihm gewiss Vergnügen bereitet, wie Nell im Nachhinein vermutete.

Sie speisten allein in der Wohnstube. Das Gesinde im Haus der

Maskewes war nun während ihrer Mahlzeiten in die Küche verbannt. Ralph bestand auf dieser Neuerung. Nell musste in ihrem Gemach bleiben und die ganze Arbeit den Mägden überlassen, statt neben ihnen in der Küche mitzuarbeiten, wie es die Gepflogenheit ihrer Mistress gewesen war. Es schicke sich für seine Gemahlin, eine gewisse Distanz zum Gesinde einzuhalten, erklärte Ralph. Nell fügte sich stumm, was die Mahlzeiten betraf, doch sie konnte ihren Haushalt nicht angemessen führen, wenn sie die ganze Zeit nur in ihrem Zimmer saß. Sobald Ralph ausging, band sie ihre Schürze um und lief hinunter in die Küche, damit sie den Mägden, Mary und Eliza, Anweisungen geben konnte, und auch Janet, die seit dem Selbstmord der kleinen Joan vor mehr als zehn Jahren im Haushalt der Maskewes diente. Nell konnte Janet nur wenig Neues beibringen, doch es war ihre Pflicht als Hausherrin, Eliza und Mary zu lehren, wie man einen Haushalt führt, genau wie sie selbst von Mistress Harrison unterwiesen worden war.

Abgesehen vom Gesinde hatte Nell keine Gesellschaft, doch nun, so Gott will, gab es vielleicht bald Nachwuchs, dem sie ihre ganze Liebe schenken konnte. Ein eigenes Kind zu haben, das würde man ihr sicher nicht verwehren, oder? Es war Nells Herzenswunsch, doch sie war klug genug, ihrem Gatten nicht zu zeigen, wie sehr sie sich danach sehnte.

»Ich will hoffen, dass die Warenlieferung zu deiner Zufriedenheit ausgefallen ist«, sagte sie zu Ralph, darauf bedacht, keinen Augenkontakt herzustellen. Sie korrigierte ihren Gatten niemals. Sie ließ sich nie zu einem Gedanken oder Vorschlag hinreißen. Sie machte sich so glatt und unangreifbar wie möglich, damit nichts an ihrem Verhalten seine Aufmerksamkeit erregte. Es war eine Art Spiel zwischen ihnen beiden. Sie war wie eine Nuss, verschanzte sich hinter ihrer Schale, während er stichelte, stupste und stocherte, auf der Suche nach der Frau, die, wie er sehr wohl wusste, darin verborgen war. Dies hatte seinen Preis. Wenn sie ihm widerstand, wenn es ihm nicht gelang, sie aus ihrer Reserve zu locken, wurde er so wütend, dass er sich für diese Nacht eine besondere Bestrafung ausdachte. Und dennoch, für Nell war es eine Frage des Stolzes, sich nicht zu etwas Unbedachtem hinreißen zu lassen.

»In der Tat. Ich kann einige sehr schöne Seidenstoffe und Wandteppiche feilbieten.« Ralph schwieg kurz, um eine Keule von seinem Brathuhn abzutrennen. Nell musste sich beherrschen, um nicht zusammenzuzucken, als seine Zähne sich ins Fleisch gruben.

»Oh, und ich habe Neuigkeiten von meinem Bruder.«

Nell wurde still. Sie wusste nicht, welche Reaktion er auf diese Nachricht hin von ihr erwartete, und gleichzeitig wurde ihr Herz von einer solchen Sehnsucht erfüllt, dass sie kaum atmen konnte.

»Oh?«, brachte sie heraus, mit einer Stimme, die kaum mehr als ein Flüstern war, worauf Ralph einen bohrenden, böswilligen Blick auf sie richtete.

»Ist dir nicht wohl, meine Liebe? Du wirkst bestürzt.«

»Mir geht es gut, ich danke dir.«

»Nun, wie es scheint, hat unser Tom Mr Todd vorzeitig verlassen«, fuhr Ralph schadenfroh fort.

»Ich ... ich hätte gedacht, er wäre so klug, seine Lehrzeit bis zum Ende fortzusetzen. Die Zeit wäre bald um gewesen.«

»Genau. Überaus töricht von ihm. Aber Tom war ja schon immer ein ausgemachter Dummkopf.«

Nell wollte Ralph nicht die Genugtuung geben, ihn nach Toms Beweggründen zu fragen. Sie wusste es ohnehin. Tom hatte von ihrer Heirat erfahren und war zu stolz, nach York zurückzukehren und sie als Gattin seines Bruders wiederzusehen.

Es war der pure Wahnsinn, dieses Gespräch weiter fortzusetzen, doch nun, wo Toms Name gefallen war, lechzte Nell nach weiteren Nachrichten. Sie musste mehr über ihn erfahren, koste es, was es wolle. Sie legte Gleichgültigkeit in ihre Stimme. Ralph würde sich davon nicht täuschen lassen, aber ihr Stolz gebot es ihr. »Hat er eine andere Anstellung in Hamburg gefunden?«

»Nichts annähernd Vernünftiges. Wie es scheint, hat er auf

einem abenteuerlichen Schiff angeheuert, das in die Neue Welt unterwegs ist. Er ist nun ein besserer Pirat, wenn du mich fragst. Mr Todd ist sehr enttäuscht von ihm.« Während seiner Rede ließ Ralph Nell nicht aus den Augen, begierig nach einer Reaktion von ihr. »Wie ich natürlich auch. Er bringt Schmach über unsere Familie.«

Schmach!, dachte Nell verächtlich. *Wie dreist von einem Mann, der seine Frau misshandeln muss, ehe er sie besteigen kann!* Doch sie verzog keine Miene.

Ihre Gedanken überschlugen sich. Sie musste allein sein, um herauszufinden, was sie empfand. Tom hatte seine Chance vertan, nach York zurückzukehren, doch wäre er hier aufgetaucht, wie hätte sie das Wiedersehen mit ihm ertragen sollen?

Und wie sollte sie jetzt mit der Tatsache fertigwerden, dass er nie wieder zurückkehren würde?

Es war Toms sehnlichster Wunsch, zur See zu fahren. Nell erinnerte sich, wie er davon geträumt hatte, zum Horizont und darüber hinaus zu segeln, in die Neue Welt, wo Zuckerrohr wuchs und die Sonne heiß vom Himmel brannte. Er hatte sich ausgemalt, wie das Schiff auf den Wellen tanzte, das Deck unter seinen Füßen schwankte. Nun hatte sich sein Traum erfüllt. Nun blies ihm der Wind die Gischt ins Gesicht, nun war er glücklich.

Doch sie würde nun nicht mehr wissen, wo er sich aufhielt und nie erfahren, ob er wohlauf war. Sie würde ihn nicht mehr wiedersehen. *Nie wieder.*

Diese verzögerte Erkenntnis traf Nell mit der Wucht eines Faustschlags. Sie legte eine Hand auf ihren Magen, der sich ihr umdrehte, als befände sie sich selbst auf hoher See.

Sie würde dieses Leben ohne Tom aushalten müssen, ohne die geringste Hoffnung auf ein Wiedersehen. Der Gedanke wäre ihr unerträglich, wenn sie nicht das Gefühl hätte, empfangen zu haben. Sie hatte sich allmählich gefragt, ob der Grund für die Übelkeit, die sie verspürte, gar nicht Ralph war, sondern vielmehr ein

Kind, das in ihrem Leib heranwuchs. Der Gedanke erfüllte sie mit andächtigem Staunen.

Und mit Hoffnung. Auch wenn ihr Tom versagt sein mochte, so blieb ihr vielleicht ein Kind, das Licht und Farbe in ihr Leben brächte. Gewiss würde Ralph nicht so grob mit ihr umgehen, wenn er dabei riskierte, das ungeborene Leben zu gefährden, oder? Aber wenn sie ihn zu früh davon in Kenntnis setzte und sich dann herausstellte, dass sie sich getäuscht hatte, würde er ihr vorwerfen, sie habe ihn in die Irre geführt, und sie entsprechend bestrafen.

Nell, die spürte, wie seine Blicke sie auf das geringste Anzeichen von Schwäche abtasteten, beschloss, es zu riskieren. Er wollte sehen, wie sie stöhnte, aufheulte bei dem Gedanken an Tom, doch dafür hatte sie später noch Gelegenheit genug. Zunächst einmal musste sie die kommende Nacht, den nächsten Tag überstehen.

»Es tut mir leid, dass du eine solche Enttäuschung erleben musst, mein Gemahl«, sagte sie zu Ralph, »aber vielleicht kann ich mit einer besseren Nachricht aufwarten.«

Damit hatte Ralph nicht gerechnet. Er runzelte die Stirn. »Einer besseren Nachricht?«

»Ich habe Grund zu der Annahme, dass ich vielleicht ein Kind unter dem Herzen trage«, sagte sie mit Bedacht.

»Ein Kind!« Sie beobachtete, wie es in seinem Gesicht arbeitete, wie er sich augenblicklich seine Vor- und Nachteile ausrechnete. »Ein Kind«, wiederholte er, als würde er das Wort auf der Zunge prüfen. »Ein Sohn.«

»Wenn es Gottes Wille ist«, sagte Nell und fügte hinzu: »und wenn wir vorsichtig sind.«

»Vorsichtig?«

»Es könnte vielleicht dem Kind schaden, wenn du zu grob zu mir bist«, sagte sie unverblümt.

Sie sah, wie ihn die Vorstellung beschäftigte. Natürlich erfüllte ihn der Gedanke an einen Sohn mit Stolz, doch die Aussicht, Nell monatelang nicht schlagen zu können, wie es ihm passte, war weniger erfreulich.

Nell senkte den Kopf. »Natürlich wird es so geschehen, wie du wünschst, mein Gemahl.«

Sie hatte genug gesagt. Es war wohl klüger, ihm die Entscheidung zu überlassen.

Tess kam wieder zu sich, merkte, dass sie auf die endlos kreisenden hypnotisierenden Muster des Bildschirmschoners starrte. Sie hatte die Hand auf ihren Bauch gelegt und bebte vor Sehnsucht.

Bitte lass mich dieses Kind haben. Bitte, lieber Gott. Bitte, bitte, bitte.

Hoffnung. Erstaunlich, wie dieses Gefühl einen aufrichten konnte. Tess war nicht einmal bestürzt, dass Nell sich so bald schon wieder ihrer bemächtigt hatte. Eine seltsame freudige Erregung hatte sie erfasst. Nell würde vielleicht ein Baby bekommen, ein Baby, das alles verändern könnte.

Und vielleicht würde sie Tess dann freigeben für deren eigenes Kind.

Oscar. Sie hatte einen Sohn, wie Tess sich in Erinnerung rief. Sie hatte einen Job; sie hatte eine eigene Wohnung. Plötzlich kam ihr Luke in den Sinn. Sie hatte jemanden, der ihr glaubte. Sie würde sich von einer Besteckschublade nicht aus der Bahn werfen lassen. Sie war stark, sie würde mit allem fertigwerden, was Martin möglicherweise plante.

Die Hoffnung vermochte mehr als der Schlaf. Die Müdigkeit und die Qual der vergangenen Nacht waren verschwunden. Tess arbeitete den ganzen Nachmittag an den Gerichtsprotokollen, stutzte höchstens ein bisschen, wenn der eine oder andere Name ihr bekannt erschien. Leichten, beschwingten Schrittes machte sie sich kurz nach fünf auf den Weg zu Vanessa.

»Vielen Dank, dass du Oscar abgeholt hast, Van.« Tess eilte an Vanessa, die ihr aufgemacht hatte, vorbei ins Haus und bemerkte nicht, wie verkniffen deren Miene war. »Ich habe so viel erledigen können dank dieser zusätzlichen Stunde. Es geht mir schon so viel besser!«

»Oscar ist draußen mit Rosie und Sam.«

»Ich hoffe, er hat sich gut benommen.« Tess folgte Vanessa in die Küche. Eine Terrassentür an der Rückseite führte hinaus in den Garten, wo Oscar und Rosie mit ausgebreiteten Armen im Kreis liefen und lautstark Flieger spielten. Oscars Wangen leuchteten, sein Haar war zerzaust, das Hemd hing ihm aus der Hose.

Bei seinem Anblick wurde Tess warm ums Herz. Ihr Kleiner. Noch vor ein paar Wochen, als sie mit ihm in York angekommen war, war Oscar ein blasses, in sich gekehrtes Kind gewesen, das die Neigung hatte, sich zwanghaft an Details zu klammern, und sich schwertat, Freundschaft mit anderen Kindern zu schließen.

Wenn Nell ein Kind hätte, das sie so sehr lieben könnte, wie Tess Oscar liebte, wäre sie glücklich. Davon war Tess überzeugt.

Sie drehte sich lächelnd zu Vanessa um. »Es tut Oscar so gut, dass er mit Rosie und Sam spielen kann. Was für ein Glück, dass sie seine Freunde geworden sind.«

Vanessa schwieg. Sie wirkte angespannt, während sie die Geschirrspülmaschine belud. Ihre Küche war riesig im Vergleich zu der engen Küche in Tess' Wohnung. Tess hatte den Eindruck, sie entstamme einer Werbung für modernes Küchendesign. Es gab eine Kochinsel, deren untere Regale mit Weidenkörben bestückt waren, ein Kochfeld mit einer matt glänzenden Dunstabzugshaube aus Edelstahl und einen mannshohen Kühlschrank im Retrolook.

Tess hatte in ihrem Haus in London eine ähnliche Traumküche besessen, ausgestattet mit allen Finessen, damit sie für Martins Geschäftsfreunde perfekte, seelenlose Dinnerpartys geben konnte. Tess war sich darin wie in einem Gefängnis vorgekommen.

Vanessa und Martin waren sich in gewisser Weise ähnlich. Der Gedanke schoss Tess durch den Kopf, ehe sie ihn unterdrücken konnte. Mit einem leichten Unbehagen schob sie ihn beiseite.

Zugegeben, Vanessa konnte etwas rechthaberisch sein, aber sie meinte es gut. Auf keinen Fall wollte Tess sie verprellen. Oscar wäre am Boden zerstört, wenn er nicht mehr mit Rosie und Sam spielen könnte. Vanessa war liebenswürdig und hilfsbereit.

So wie Martin bisweilen? Auch diesen Gedanken unterdrückte Tess eilig. Oscar war glücklich hier, das allein zählte.

Ihr Lächeln wurde ein wenig unsicher, als Vanessa weiter beharrlich schwieg.

»Ich bin dir wirklich sehr dankbar, Vanessa«, fügte Tess hinzu, bemüht, die frostige Atmosphäre aufzulockern, die ihr erst jetzt so richtig zu Bewusstsein kam.

Sie hatte genau das Falsche gesagt.

»Dankbar?«, wiederholte Vanessa spitz. »*Wirklich*?«

Tess hatte das Gegenteil erreicht, denn die Stimmung war nun noch eisiger. Sie runzelte die Stirn. »Was ist denn los, Van? Sag mal, bist du sauer?«

»Sauer? Habe ich denn einen Grund, sauer zu sein?« Vanessa rammte die Teller mit solcher Vehemenz in den Korb des Geschirrspülers, dass Tess Angst hatte, sie würden zu Bruch gehen.

»Keine Ahnung. Deshalb frage ich ja.«

Vanessa knallte die Tür der Spülmaschine zu, wischte ihre Hände an ihrer hautengen kurzen Gymnastikhose ab und schaltete den Wasserkessel ein. »Tee gefällig?«, fragte sie in bissigem Ton. »Ach ja, du trinkst ja lieber Kaffee, nicht wahr?«

Es kam so bösartig rüber, dass Tess ihre Freundin nur völlig verdattert anstarren konnte. »Kaffee?«

»Erinnerst du dich an Sally Beckwith?«

Von dem plötzlichen Themawechsel überrumpelt, kramte Tess in ihrem Gedächtnis. Sally Beckwith … war das nicht eins dieser supercoolen Mädchen an ihrer Schule gewesen? »Nur schwach«, erwiderte sie.

»Sie geht in dasselbe Fitnessstudio wie ich.«

»Aha …«, erwiderte Tess wachsam. Sie hatte keine Ahnung, worauf Vanessa hinauswollte.

»Ich habe sie heute Morgen dort getroffen. Sie hatte sich ein bisschen verspätet, weil sie noch etwas in der Stadt zu tun hatte. Sie musste in der Goodramgate etwas besorgen.«

»Okay«, sagte Tess, nicht klüger als zuvor.

»Und rate mal, wen sie dort gesehen hat? Meine beste Freundin, wie sie gerade mit Luke Hutton ein Café betrat!« Aufgebracht nahm Vanessa Tassen aus dem Küchenschrank, die scheppernd aneinanderschlugen. »Du hättest daran denken müssen, dass du wieder in York bist, Tess. Hier sieht dich immer jemand, egal, wo du bist.«

Tess kniff ärgerlich die Lippen zusammen. In der Anonymität Londons war ihr das vergleichsweise kleinstädtische Leben in York, wo offenbar jeder jeden kannte und bestens über den anderen Bescheid wusste, wie eine liebenswerte Erinnerung erschienen. Tess hatte in der Tat vergessen, wie sehr es sie gerade aus diesem Grund gedrängte hatte, York den Rücken zu kehren.

»Ich wusste nicht, dass es verboten ist, in ein Café zu gehen.«

Mit verkniffenem Mund warf Vanessa jeweils einen Teebeutel in die Becher. »Du hättest mich nicht anzulügen brauchen!«, brach es aus ihr heraus, woraufhin Tess sie empört anstarrte.

»Ich habe dich nicht *angelogen*!«

»Ich habe dich heute Morgen gefragt, ob du noch einen Kaffee mit mir trinken willst, und du hast gesagt, nein, deine Arbeit wartet auf dich! Wenn du eine Verabredung mit Luke gehabt hast, hättest du es mir einfach sagen können.« Vanessa war so aufgebracht, dass ihre Stimme bebte. Aus diesem Grund verkniff sich Tess eine scharfe Erwiderung.

»Wir waren nicht verabredet«, korrigierte sie. »Wir sind uns zufällig vor der Kathedrale über den Weg gelaufen.«

»Und da hast du spontan beschlossen, dass du doch genug Zeit für einen Kaffee hast?«

»Ich hatte Sorgen. Ich war froh, dass ich mit jemandem darüber reden konnte.«

»Du hättest mit mir reden können! Ich habe dich gefragt, ob alles in Ordnung ist, und du hast gesagt, ja, alles bestens.«

Vanessa goss heißes Wasser in die Becher und stocherte mit einem Löffel auf den Teebeuteln herum, während Tess sich an die Nasenwurzel fasste und sich fragte, was hier eigentlich ablief. Wenn sie es nicht besser wüsste, würde sie sagen, dass Vanessa eifersüchtig war. Doch welchen Grund hätte diese, auf Tess eifersüchtig zu sein, deren Leben ein Scherbenhaufen war?

»Es tut mir leid, Van«, sagte sie in versöhnlichem Ton. »Es ist nur… Seit einiger Zeit passiert mir so viel Merkwürdiges.«

Vanessa schien sich angesichts ihrer Entschuldigung zu entspannen. Sie reichte Tess einen Becher mit Tee. »Mir tut es auch leid«, sagte sie, wobei dieser blitzschnelle Sinneswandel Tess erneut unbehaglich an Martin erinnerte. »Ich war selber ziemlich aggressiv. Habe ich dir schon erzählt, dass meine Schwester wieder ein Baby bekommt? Ihr drittes!«

Baby. Beim Klang des Wortes spürte Tess, wie tief in ihr drinnen etwas warnend zu vibrieren begann. Sie schlang ihre Finger um den Becher, bemühte sich nach Kräften, dieses Gefühl zu ignorieren, und erwiderte Vanessas Lächeln, erleichtert über deren wiedergewonnene gute Laune.

»Julie? Nein! Ich fass es nicht, dass sie schon zwei Kinder hat. Das ist ja super!«

»Ehrlich gesagt, finde ich, dass es ziemlich unverantwortlich von meiner Schwester ist«, erklärte Vanessa schmallippig. »Die beiden können sich ein drittes Kind derzeit gar nicht leisten. Sie wird nach der Geburt wieder arbeiten gehen müssen, und wer soll sich dann um das Baby kümmern? Sie denkt, nur weil ich keinen Job habe, kann ich jedes Mal, wenn es wo brennt, alles liegen und stehen lassen und mich um den Kram von anderen Leuten kümmern.«

Baby. Sogar die Luft schien ins Flimmern zu geraten beim Klang dieses Worts. Tess zwang sich, sich wieder auf Vanessa zu konzentrieren.

»Es heißt ja, dass es nie eine güns…« Nach Luft ringend, hörte Tess plötzlich zu reden auf. Ein Abgrund schien sich jäh und ohne Vorwarnung vor ihr aufzutun. Sie vernahm ein Brausen in den Ohren, hob abwehrend die Hände, um die Vergangenheit zurückzudrängen, doch es war zu spät. Sie sah noch, wie Vanessa schockiert den Mund aufriss, sah wie in Zeitlupe, wie der Tee durch die Luft sprühte, und dann fiel auch sie, hinab, hinab, hinab, wie der Becher, der scheppernd auf dem Boden zerschellte.

Kapitel 13

Der Riegel schepperte, ein Windstoß fegte in die Küche. Janet kam herein, stampfte mit den Füßen, schüttelte die Feuchtigkeit von ihren Pantinen. »Ein Sauwetter ist das heute«, grummelte sie.

»Mach die Tür zu, Janet!«, befahl Nell in scharfem Ton, während die anderen Mägde sich bereits lautstark beschwerten. Die Küche war in letzter Zeit noch der wärmste Platz im Haus, und Nell verbrachte so viel Zeit wie möglich dort. Die grauen Herbsttage zogen sich endlos dahin, Tag für Tag rann der Regen über die Fensterscheiben und verwandelte die Straßen der Stadt in einen Morast.

Janet schnaubte und verdrehte die Augen, stieß jedoch mit dem Fuß die Tür zu, stellte ihren Korb auf den Tisch und legte mit der anderen Hand schwungvoll die beiden Kaninchen daneben, die sie an den Hinterläufen vom Markt bis hierher geschleppt hatte. Dann erst konnte sie die Regentropfen von ihrem Umhang schütteln.

»Irgendwas Neues auf dem Markt gehört?«, fragte Nell, während sie aus dem Korb Lauchstangen, Rüben, einen Klumpen Butter, einen Kanten Käse nahm. Es lag auch ein schlaffer Kohlkopf darin. Nell begutachtete ihn ohne Begeisterung. Seit sie schwanger war, gelüstete es sie nach dem säuerlichen Geschmack frischer Erdbeeren, doch bis diese wieder auf dem Markt zu kaufen wären, würden noch viele Wochen ins Land gehen. Nell hatte diese ganzen Wintergemüse so satt, desgleichen den gesalzenen Fisch, das Pökelfleisch, die ewige Feuchtigkeit, die in der Kleidung hing, sich auf die Haut legte, die Luft modrig und muffig werden ließ. Die Leute schlossen die Fensterläden, wenn der Wind wie ein zorniger Fuhrmann den Regen vor sich her durch die Straßen peitschte, ihn gegen die

Hauswände klatschte, ihn durch Risse im Mauerwerk trieb. Unter den Türen und Fensterspalten bildeten sich kleine Wasserpfützen. Die ständige Feuchtigkeit tropfte von den Dächern, löste die Steine aus dem Pflaster, verwandelte Nells Garten in eine Schlammwüste.

Und dennoch war Nell zufrieden. Seit sie Ralph vor ein paar Monaten davon in Kenntnis gesetzt hatte, dass sie ein Kind erwartete, hatte er sie kein einziges Mal angerührt. Es war nicht zu übersehen, wie verdrießlich er war, doch Nell hielt stets den Blick gesenkt und verbarg ihre Freude, so gut sie es vermochte. Nachts in dem großen Himmelbett drehte Ralph sich missmutig auf die andere Seite. Wenn er ihr nicht wehtun konnte, verspürte er offenbar keine Lust auf sie. Irgendeine Hure musste wohl stattdessen herhalten, wie Nell vermutete, und sie bedauerte das arme Ding auch, doch nun galt es in erster Linie, dafür zu sorgen, dass das Kind in ihrem Leib nicht durch Schläge gefährdet wurde.

Janet hängte ihren Umhang an den Haken und hielt ihre Hände über das Feuer, wo in einem Kessel eine schmackhafte Brühe siedete. »Wie man hört, hat man schon wieder eine Hure tot im Fluss gefunden«, berichtete sie.

Nell hob den Kopf, verdutzt, dass Janet offenbar ihren Gedankengang aufgegriffen hatte. »Noch eine?«, fragte sie bekümmert.

»Schon die dritte seit Michaeli«, bestätigte Janet.

»Und noch immer schert sich keiner drum, was hier geschieht!« Nell legte den Kohlkopf in den Korb zurück. »Man möchte meinen, diese armen Wesen sind nicht besser als Hunde, die man nach Belieben schlagen und auf der Straße verrecken lassen kann!«

»Sie sind in der Tat nicht viel besser als Hunde«, erwiderte Janet unbeeindruckt. »Sie stehlen und treiben sich herum. Machen nur Ärger.« Gerade noch rechtzeitig fiel ihr ein, dass Nell es nicht duldete, wenn sie auf den Boden spuckte. »Eine Hure weniger, die an der Hauswand die Beine breitmacht, ist kein Verlust für uns.«

Janet war nicht die Einzige, die so dachte, dennoch blieb bei Nell ein Gefühl des Unbehagens zurück. Die Berichte stimmten darin überein, dass die Frauen allesamt jung und ohne festen Wohnsitz gewesen waren. Nell schätzte, sie hatten wohl keine andere Wahl gehabt, als in den dunklen Gässchen hinter den Wirtshäusern herumzulungern und für einen Heller die Röcke zu heben. Auch hatte man sie offenbar misshandelt. Sie waren, als man sie fand, so schrecklich zugerichtet, dass sie nicht wiedererkannt worden wären, falls jemand sich die Mühe gemacht hätte, nach ihnen zu suchen. Nell wusste, wie es sich anfühlte, wenn man die Faust in den Bauch bekam, einem der Arm auf den Rücken gedreht wurde, bis man vor Schmerzen wimmerte, wenn man mit den Handgelenken ans Bettgestell gefesselt und auf den Rücken geschlagen wurde, bis man blutete; wie es sich anfühlte, wenn die großen Zähne ihres Ehemanns sich in das zarte Fleisch ihrer Brüste gruben. Das Einzige, was Nell vor dem traurigen Los dieser toten Mädchen bewahrte, war die Tatsache, dass Ralph sehr auf seinen guten Ruf achtete. Er schlug sie nie ins Gesicht. Die Spuren seiner abartigen Gelüste wurden von ihrem Hemd verdeckt, hübsch kaschiert von den steifen Krausen um Hals und Handgelenke.

Dennoch war Nell besser dran als diese Herumtreiberinnen. Zwar ergötzte sich ihr Ehemann daran, sie, Nell, zu quälen, aber töten würde er sie nicht. Wo sonst würde er eine Frau finden, die er straflos prügeln konnte, ohne dafür auch nur einen roten Heller bezahlen zu müssen.

Als hätten ihre Gedanken ihn herbeigerufen, hörte man Ralph plötzlich von oben rufen, man solle ihm Wein in sein Kabinett bringen.

Unwillkürlich fuhr Nell zusammen, doch Janet wandte sich bereits um. Ihr Gesicht leuchtete auf. »Soll ich gehen, Mistress?«, fragte sie eifrig.

Damals, als Nell die Herrin in dem feinen Haus in der Stonegate wurde, war sie froh, eine so erfahrene Dienstmagd wie Janet vorzufinden. Mit ihren dreißig Jahren kein junges Ding mehr, wusste sie, was zu tun war, war kompetent und ergeben. Nell fragte sich oft, wieso Janet nicht geheiratet hatte. Sie hatte ein teigiges Gesicht und strohblondes Haar, eine spitze, dünne Nase wie eine Wühlmaus und blasse Wimpern, doch sie war weder zu alt noch ohne Reiz und hätte gewiss für so manchen Mann eine passable Ehefrau abgegeben. Eliza und Mary neckten Janet gern mit John Scott, dem Glaser, der manchmal an die Tür kam, irgendetwas Unverständliches daherbrummte und Janet auf einen Spaziergang mitnahm. Doch Letztere schien ganz zufrieden mit ihrer Anstellung im Haus der Maskewes. In ihren Augen war Ralph der beste Master, den man sich vorstellen konnte. Sie verstand es nicht, wieso Nell nicht überglücklich war, mit diesem Mann verheiratet zu sein. Nell hatte beobachtet, wie sie neidvoll mit der Hand über die Kleider ihrer Mistress strich, wenn sie diese ausbürstete, wie sie beim kleinsten Dankeswort aus Ralphs Mund vor Freude errötete.

Wenn sie wüsste!

»Danke, Janet«, sagte Nell. »Dort beim Feuer steht angewärmter Wein. Trage zwei Becher hinauf, falls er einen Besucher hat.«

Nell hatte ein schlechtes Gewissen, weil sie ihrem Ehemann nicht persönlich aufwartete. Ein gutes Eheweib würde den Wein für ihren Gatten mit ihren eigenen Händen anwärmen. Sie würde die Becher hinauf in sein Kabinett tragen, ihrem Gemahl die Robe bringen, sich vergewissern, dass im Kamin ein ordentliches Feuer brannte. Und wäre sie nicht gesegneten Leibes, würde Ralph sie im Kabinett erwarten. Er wusste, wie sehr sie diesen Raum hasste. Er rief sie bei jeder sich bietenden Gelegenheit herein, wo sie gleich neben der Truhe zu stehen hatte. Er sagte kein Wort, schaute nur zu der Truhe und von dort zu ihr, während er lächelte und dabei seine großen weißen Zähne entblößte. Es gefiel ihm, wenn sie Angst hatte.

Das war ihm das Liebste.

Doch damit war nun Schluss. Nell legte die Hände auf ihren Leib, der sich stolz vorreckte. Eindeutig ein Junge, wie die anderen Bürgersfrauen meinten, wenn sie mit erfahrenem Blick die Form ihres gewölbten Leibes taxierten. Nell hatte die Schnüre ihres Mieders gelockert. Sie tat für ihren Sohn alles, was ihr möglich war. Jeden Morgen trank sie einen großen Schluck vom Salbeibier, verrieb getrockneten und fein zerstoßenen Rainfarn auf ihrem Bauch und trug in der Börse, die ihr vom Gürtel hing, einen Adlerstein.

Und sie betete.

Sie flehte Gott um Hilfe an, dass ihre Leibesfrucht erhalten bliebe. Dass Ralph sie nicht schlagen möge, solange sie sein Kind, vielleicht seinen Sohn, unter ihrem Herzen trug. Nell sehnte sich danach, endlich ihr Kind im Arm halten zu können, gleichzeitig jedoch wünschte sie, ihre Schwangerschaft würde ewig dauern.

Doch an jenem Abend war Ralph ausgesprochen schlechter Stimmung. Nell spürte es, kaum dass sie sich zum Mahl an dem Tisch im Wohngemach niedergelassen hatten. Er spielte den freundlich lächelnden Master, während Janet sie bediente. Aber Nell bemerkte das verräterische Zucken des Muskels unter seinem rechten Auge und ahnte nichts Gutes. Aus irgendeinem Grund war er über die Maßen gereizt. Er brauchte ein Ventil für seinen Zorn, und sie betete, er möge ihn nicht an ihr auslassen. Sie betete, er möge nach dem Abendessen ausgehen, doch all ihr Flehen war vergebens. Als er das Schlafgemach betrat, erkannte sie an der Art, wie er die Tür hinter sich schloss, dass seine Enthaltsamkeit zu Ende war. Nun konnte sie nur noch hoffen, dass er nicht allzu grob mit ihr umspringen würde.

»Es ist an der Zeit, dass du deinen Pflichten als Ehefrau wieder nachkommst«, verkündete Ralph mit kalter Miene und fing an, sich auszuziehen. »Niemand kann von einem Mann verlangen, dass er abstinent lebt, bis das Kind geboren ist.«

»Wie du wünschst, mein Gemahl«, antwortete Nell. »Aber trag Sorge, dass dem Kind kein Schaden zugefügt wird.«

»Bin ich denn ein Ungeheuer?«, knurrte er böse, während er sie bestieg.

Nell schwieg. Sie machte ihre Beine breit und drehte das Gesicht zur Wand. Ralph jedoch war damit nicht zufrieden. Er bewegte sich auf und ab, stöhnte und keuchte, doch seine Rute wurde nicht steif genug, also machte er fluchend Nell dafür verantwortlich. Sie war klug genug, den Mund zu halten, doch das nützte ihr nun auch nichts mehr.

»Das ist deine Schuld, du Hexe«, knurrte Ralph wutentbrannt. »Du hast mich entmannt. Bringst du nicht mehr im Bett zustande, als wie ein Sack Rüben dazuliegen? Kein Wunder, dass dem Mann dabei die Lust vergeht!«

Nell fuhr sich mit der Zunge über ihre trockenen Lippen. »Ich will dem Kind nicht schaden«, erwiderte sie vorsichtig, aber natürlich hatte sie genau das Falsche gesagt.

»Das Kind! Das Kind!« In seiner Wut redete er immer lauter. »Ich kann es nicht mehr hören, ständig heißt es nur, das Kind. Wenn du nur einen Bruchteil deiner Sorge für deinen Gemahl erübrigen könntest, wäre das in der Tat eine feine Sache! Aber nein, du liegst da, steif wie ein Brett, und verhöhnst mich. Ich lass mich doch nicht für dumm verkaufen.«

»Das ist nicht wahr.« Sie schüttelte den Kopf, überlegte fieberhaft nach einem Ausweg.

»*Doch*«, widersprach er. »Glaubst du denn, ich sehe es nicht, wie du hinter vorgehaltener Hand über mich lachst?« Er riss sie hoch auf ihre Knie. »Ich werde dir dein Grinsen schon austreiben!«

Verzweifelt drückte Nell mit beiden Händen gegen seine Brust. »Nein!«

Einen Moment wurde es ganz still, während ihre Stimme im Raum widerhallte.

»Nein?«, wiederholte Ralph, doch in seine Fassungslosigkeit mischte sich Frohlocken. Jetzt hatte er endlich seine Rechtfertigung, und er genoss es. »Nein? Du wagst es, Nein zu deinem Gemahl zu sagen?«

»Ralph, ich flehe dich an …«, begann sie, aber es war schon viel zu spät. In seine Augen trat wieder dieser leere Ausdruck, den sie nur allzu gut kannte. Ralph holte aus und schlug sie so hart auf die Wange, dass sie auf das Bett zurückfiel und von dort auf den Boden stürzte.

Einen kurzen Moment lag sie benommen da, doch da stand er schon über ihr, nackt, die Zähne fletschend wie ein Hund. Er zerrte sie auf die Füße, nur, damit er sie erneut zu Boden schlagen konnte. »Willst über deinen Ehemann bestimmen, wie? Ich werde dich lehren, ›Nein‹ zu mir zu sagen!«

Wimmernd versuchte Nell, sich einzurollen wie ein Igel, doch damit durfte man Ralph nicht kommen. Zornig stieß er sie mit dem Fuß in die Seite, bis sie es schließlich schaffte, sich auf die Knie hochzurappeln, wobei der Schmerz sie würgen ließ. Dann packte er sie an den Haaren und schob sie gegen die Bettstatt. Er keuchte, erregt durch ihr Stöhnen, das sie zu unterdrücken versuchte. Nun lag sie halb auf dem Boden, halb auf dem Bett, das Gesicht in die Zudecke gepresst. Ihr drehte sich der Kopf, sie bekam kaum Luft.

Jetzt war er steif. *Jetzt* konnte er sie nehmen, wie es ihn gelüstete. Er stieß in sie hinein wie ein geiler Bock und schrie triumphierend auf, als er fertig war. Dann packte er seine Frau und schob sie angewidert vom Bett, sodass sie auf den Boden plumpste.

Der Schmerz war entsetzlich. Nell saß auf dem kalten harten Boden, schlang die Arme um ihren Leib, schaukelte mit dem Oberkörper vor und zurück. Stumme Tränen liefen ihr über das Gesicht, so leise wie das Blut, das bereits zwischen ihren Beinen hervorquoll.

»O mein Gott!« Vanessa kniete sich neben Tess, die auf den Küchenboden gesackt war und nun in einer Lache Tee inmitten von Scherben eingerollt wie ein Embryo dalag. »Tess! Was ist passiert?«

»Mein Baby …«

»*Baby*? Du bist schwanger?« Vanessa richtete sich rasch wieder auf. »O mein Gott, ich muss einen Krankenwagen rufen!«

»Nein!« Verzweifelt riss Tess sich in die Gegenwart zurück. »Keinen Krankenwagen.«

»Aber Tess …«

»Bitte, Vanessa.« Mühsam brachte sich Tess in eine sitzende Position und steckte den Kopf zwischen die Knie. »Ich brauche keinen Krankenwagen.«

»Tess, du bist ohnmächtig geworden! Du hast ganz normal dagestanden, und plötzlich bist du kreidebleich im Gesicht geworden und umgekippt! Und wenn du schwanger bist …«

»Bin ich nicht.«

»Du hast von deinem Baby geredet«, entgegnete Vanessa, immer noch aufgeregt.

Ohne aufzusehen, schüttelte Tess tieftraurig den Kopf. »Es gibt kein Baby.«

»Lass mich dich wenigstens in die Notaufnahme fahren …«

»Es ist alles okay mit mir.« Tess brachte ein Lächeln zustande und zwang sich aufzustehen. »Tut mir leid, dass ich dich erschreckt habe.« Sie schaute hinunter auf das Chaos am Küchenboden. Ein großer brauner Fleck prangte auf der Vorderseite ihres Rocks. Tess rieb mit der Hand darüber, auch wenn es sinnlos war. »Tut mir auch leid wegen der zerbrochenen Tasse.«

»Du lieber Himmel, mach dir *deswegen* keine Gedanken! Setz dich hin, ich bring dir eine neue Tasse. Du brauchst jetzt Zucker.«

Vanessa lief zu Bestform auf, wenn sie etwas zu tun hatte. Sie lief geschäftig hin und her, beseitigte die Scherben, wischte den Tee auf, brachte den Kindern, die im Garten spielten, Saft. Tess war froh, eine Weile einfach so am Küchentisch sitzen zu können, während das Pochen in ihrem Schädel nachließ und das qualvolle Gefühl der Trauer und des Verlusts verebbte.

»Geschafft.« Vanessa setzte sich Tess gegenüber an den Tisch. Ihre Miene war entschlossen, aber lieb und freundlich. »Ich mache mir Sorgen um dich, Tess. Was hast du da vorhin über ein Baby gesagt?«

»Ach, nichts.« Tess wischte die letzten Tränen von ihren Wimpern.

»Ich wäre nie auf die Idee gekommen, dass du schwanger sein könntest!« Vanessas Stimme verriet, dass sie leicht gekränkt war. »Ich bin davon ausgegangen, dass du mir so etwas sagen würdest.«

»Ich bin nicht schwanger, Van. Davon kann keine Rede sein.« Tess rührte ihren Tee um, starrte blicklos in die Tasse. Es blieb ihr nichts anderes übrig, sie würde Vanessa erzählen müssen, was geschehen war. Sie hatte es Luke doch auch gesagt. Das war okay gewesen. Wer weiß, vielleicht könnte Vanessa ihr ebenfalls helfen.

Sie richtete sich auf, klopfte mit dem Löffel gegen den Rand ihres Bechers, bis keine Tropfen mehr daran hafteten, und legte ihn sorgsam auf den Tisch. »Erinnerst du dich, dass ich dir von diesen unheimlich lebendigen Träumen erzählt habe, in den ersten Nächten in dieser Wohnung?«

Vanessa bedeutete ihr mit einem Kopfnicken fortzufahren, doch Tess registrierte den reservierten Ausdruck, der sich bereits in ihren Blick geschlichen hatte.

»Diese Träume habe ich immer noch, und zwar regelmäßig.« Tess wollte behutsam vorgehen. »Ich bin immer dieselbe Person, aber ich werde älter … diese Träume sind so lebendig, Van, es fühlt sich alles so *real* an. Ich weiß, du denkst, es ist verrückt, aber ich glaube nicht, dass es Träume sind. Ich glaube, dass ich aus irgendeinem Grund in eine frühere Zeit zurückgehe, um Nells Leben damals noch einmal zu leben.«

»Tess, das meinst du nicht …«

»Als du vorhin von dem Baby geredet hast, hat das schon ausgereicht, um mich zurück in die Vergangenheit zu befördern«, fuhr Tess beharrlich fort, ohne Vanessa ausreden zu lassen. »Ich war hier, aber eigentlich war ich im York der elisabethanischen Zeit. Ich war … ich war schwanger, aber mein Ehemann hat mich geschlagen, und so habe ich das Baby verloren, und dann bin ich auf deinem Küchenboden wieder zu mir gekommen«, schloss sie lahm, wohl wissend, wie wenig überzeugend sie sich anhörte. »Ich kann es nicht erklären, Van, aber genau so war es.«

Vanessa reagierte mit beredtem Schweigen. »Jetzt mache ich mir aber wirklich Sorgen«, sagte sie nach einer Weile. »Ich fasse es nicht, wieso du deswegen nicht längst bei einem Arzt gewesen bist, Tess.«

»Ich *brauche* keinen Arzt! Ich bin nicht krank!«

»Du glaubst vielleicht, dass du nicht krank bist, aber du verhältst dich nicht mehr rational«, erwiderte Vanessa in einem besänftigenden Ton, der Tess nervte. »Du redest von Zeitreisen und nicht existierenden Babys … ich glaube wirklich, dass du Hilfe brauchst.« Sie streckte den Arm aus und legte ihre Hand auf die von Tess. »Derjenige, der einen Nervenzusammenbruch hat, erkennt oft als Letzter, was mit ihm geschieht.«

Tess entzog ihr aufgebracht die Hand. »Ich. Habe. Keinen. Nervenzusammenbruch!«

Vanessa lächelte traurig. »Und wie viele Leute, glaubst du, werden dir diese Geschichte abkaufen?«

»Luke, zum Beispiel.«

Es war die verkehrteste Antwort, die Tess hätte geben können. Vanessas Miene verschloss sich, sie lehnte sich zurück.

»Das glaube ich sofort. Typisch für ihn, dich bei diesem Unsinn auch noch zu unterstützen. Er war immer schon ohne jedes Verantwortungsgefühl. Ich meine, hat er überhaupt schon einmal an Oscar gedacht? Hast *du* schon an Oscar gedacht?«

»Natürlich«, erwiderte Tess in kühlem Ton. »Oscar kommt für mich immer an erster Stelle. Es geht ihm gut.«

»Tatsächlich? Was ist, wenn du ohnmächtig wirst, und er ist allein mit dir? Er würde den Schock seines Lebens bekommen!«

»Das einzige Mal, wo das passiert ist, hat er es nicht einmal gemerkt.« Es war ihr herausgerutscht, sie fühlte sich in die Defensive gedrängt, und Vanessa, die einen wunden Punkt witterte, hakte augenblicklich nach.

»Dann hast du also bereits einen dieser … Ausfälle … gehabt, während du mit Oscar allein warst? Oh, Tess, das ist gefährlich!

Hast du deiner Mutter schon davon erzählt? Ich glaube *wirklich*, es ist höchste Zeit, jemanden aufzusuchen, der dir helfen kann.«

»Vanessa, bitte …«

»Der Arzt wird dich ja nicht auf der Stelle in eine psychiatrische Anstalt einweisen, wenn es das ist, weswegen du dir Sorgen machst.« Vanessa lehnte sich wieder vor, wild entschlossen zu helfen. »Ich denke, er wird dich eher zu einer psychologischen Beratung schicken. Vielleicht könnte Martin auch daran teilnehmen.«

»Martin?« Tess wich zurück, entsetzt über diese Vorstellung, doch Vanessa war nicht bereit, es dabei bewenden zu lassen.

»Also, mir kommt das so vor, als wären diese ›Träume‹ ein ziemlich bizarrer Versuch von dir, einige der Schwierigkeiten in deiner Beziehung mit ihm aufzuarbeiten. Ehrlich, ich finde, er sollte unbedingt herkommen, damit ihr beide darüber reden könnt, außerdem wäre er dann auch wieder für Oscar da. Vielleicht ist genau das für eine Versöhnung nötig.«

»Nein.« Mit einem Mal fröstelte Tess. Sie schob ihren Stuhl zurück. »Ich sollte jetzt besser mit Oscar nach Hause gehen. Ich weiß, du versuchst nur zu helfen, Vanessa, aber ich sage Nein. Es tut mir leid, dass ich überhaupt davon angefangen habe.«

Vanessa war nicht bereit, sich so einfach abspeisen zu lassen. »Ich bin froh, dass du es getan hast.« Sie lächelte, fest entschlossen, Nachsicht an den Tag zu legen. »Es ist nicht leicht, plötzlich allein dazustehen. Du brauchst jemanden, der auf dich aufpasst. Du brauchst Hilfe, Tess, und ich werde dich nicht im Stich lassen, das verspreche ich dir.«

Für Tess klang es wie eine Drohung. Während ihres Nachhausewegs mit Oscar rief sie auf ihrem Handy Luke an. Er ging nicht ans Telefon, also hinterließ sie eine Nachricht:

»Ich würde gern diesen Typen aufsuchen, von dem du mir erzählt hast, du weißt schon, der sich mit Rückführungen in die Vergangenheit auskennt. Könntest du ihn bitte für mich anrufen? Möglichst bald.«

Übers Lenkrad gebeugt und nach den Hausnummern Ausschau haltend, fuhr Luke langsam die Straße entlang. Ich glaube … ja, hier ist es.« Er bog in die Einfahrt ein und hielt vor einer bescheidenen Doppelhaushälfte.

»*Hier* wohnt er?«

»Was hast du denn erwartet? Ein Hexenhaus?«

»Ich weiß nicht. Nichts so …« Durch die Windschutzscheibe betrachtete Tess aufmerksam das Haus. Es hatte einen gepflegten kleinen Vorgarten, durch den ein rosengesäumter Weg zu der blau gestrichenen Haustür führte. Die dem Tudorstil nachempfundenen Fenster hatten eine rautenförmige Bleiverglasung, Spitzenvorhänge schützten vor neugierigen Blicken. »Nichts so Normales«, sagte sie schließlich.

»Ambrose wirkt auch sehr normal. Seine Name ist das einzig Merkwürdige an ihm, finde ich.« Luke schaute Tess von der Seite an. »Du warst die letzten Minuten ziemlich still. Nervös?«

»Ein bisschen.« Tess öffnete das Fenster, um frische Luft hereinzulassen. Es war heiß und stickig im Wagen, aber sie fühlte sich noch nicht bereit, auszusteigen und sich in die Hände von Ambrose Pennington zu begeben.

Tess hatte die Fahrt durch die flache Moorlandschaft von Lincolnshire genossen. Hier war der Himmel weiter als in York, das wirkte befreiend. Schon aus vielen Meilen Entfernung hatten sie am Horizont die Kathedrale von Lincoln erkennen können, die auf einem Hügel thronte. Tess hatte die Fahrt in einer Art Schwebezustand verbracht, sich seltsam schwerelos gefühlt. Solange sie fuhren, war Tess entspannt gewesen, doch je mehr sie sich der Stadt näherten, desto massiver meldeten sich ihre Zweifel zurück.

»Ich bin jetzt seit zwei Wochen nicht mehr – wie soll ich sagen – zurückgeglitten.« Tess war erleichtert, dass sie Vanessa, die sie mit Argusaugen beobachtete, zu beruhigen vermocht hatte.

Es ging Tess tatsächlich wieder gut. Zumindest aus ihrer Sicht. Es hatte keine verstörenden anonymen Anrufe mehr gegeben, keinen Anlass zu argwöhnen, dieser oder jener Mann im sommerlichen Touristenstrom könnte Martin sein. Ein paarmal hatte es an ihrer Tür geläutet, doch niemand hatte sich gemeldet, als sie die Gegensprechanlage einschaltete. Also ging sie davon aus, dass jemand versehentlich den falschen Klingelknopf gedrückt hatte, weil es ihr die plausibelste Erklärung zu sein schien.

Auch Nell war nicht mehr aufgetaucht. Tess trauerte immer noch um das Baby, das sie verloren hatte. Das *Nell* verloren hatte, wie sie sich immer wieder ins Gedächtnis rufen musste. Wenn sie und Oscar nun unterwegs waren, ließ sie seine Hand nicht mehr los, auch wenn er sich noch so wand und zappelte.

Das verzweifelte Scharren und Kratzen in der Wand geisterte immer noch durch ihre Träume, doch Tess hatte sich inzwischen fast schon daran gewöhnt, so wie an die Schmerzen in ihren Fingern, die jäh und unvermittelt kamen und gingen. Eigentlich hätte sie nun wieder entspannter leben können, aber sie wagte es nicht wirklich.

Es hatte eine Weile gedauert, bis Luke einen Termin bei Ambrose Pennington vereinbaren konnte. Mehrmals hatte Tess schon zum Telefon gegriffen, um Luke zu bitten, ihn wieder abzusagen, es sich dann jedoch im allerletzten Moment anders überlegt. Noch heute Morgen, als sie in Lukes Begleitung Oscar bei ihrer scheel dreinblickenden Mutter abgeliefert hatte, war sie versucht gewesen, Luke vorzuschlagen, das Ganze zu vergessen und stattdessen einen Ausflug an die Küste zu machen. Doch dann hatte sie beschlossen, die Sache durchzuziehen.

»Ich würde gern glauben, dass Nell nun fertig mit mir ist, aber ich spüre, dass sie noch existiert«, erzählte sie Luke. »Sie wartet auf etwas, und sie ist … enttäuscht von mir. Ich wollte, ich könnte irgendein Muster erkennen, damit ich das alles besser verstehe, aber ich finde keins. Ich weiß nicht, warum ich an einem Tag dreimal zurückgleite und dann eine ganze Woche lang nicht mehr. Es ergibt für mich keinen Sinn.«

»Vielleicht musst du dafür an einem bestimmten Ort oder in einer besonderen Stimmung sein«, meinte Luke. »Möglich, dass sie dann deine Abwehr leichter durchdringen kann.«

Tess verzog das Gesicht. »Möglich. Aber warum ist nichts passiert, als Vanessa davon angefangen hat, Martin anzurufen, und ich in Panik geraten bin?«

»Wahrscheinlich bist du stärker, als du glaubst.«

Ein kurzes Schweigen folgte. Tess schaute zum Haus und seufzte. Sie war sich Lukes Nähe nur allzu bewusst. »Ich möchte … ich möchte, dass alles wieder normal ist«, sagte sie. Was normal auch immer bedeutete. Sie konnte sich fast nicht mehr an diesen Zustand erinnern. »Ich möchte in Lincoln herumschlendern, die Burg und die Kathedrale besichtigen und nicht mit irgendeinem wildfremden Kerl mit einem komischen Namen über Rückführungen in die Vergangenheit reden.«

»Wir können in die Stadt gehen, wenn du willst. Du musst Ambrose nicht treffen. Er hat gesagt, er würde es verstehen, solltest du dich in letzter Minute dagegen entscheiden.«

»Nein, ich muss es tun.« Tess holte tief Luft. »Diese ganze Sache geht jetzt schon zu lang. Ich möchte die Kontrolle über mein Leben zurückgewinnen. Ich muss mich mit Nell auseinandersetzen, und anschließend mit Martin. Dieser Ambrose ist vielleicht der Einzige, der mir helfen kann.«

»Okay.« Luke zog den Zündschlüssel heraus. »Aber wenn du an irgendeinem Punkt deine Meinung ändern solltest, brauchst du es nur zu sagen, und dann gehen wir wieder.«

Tess war schon im Begriff auszusteigen, als sie sich noch einmal umwandte. »Ich bin so froh, dass du mich begleitest, Luke.« Sie zögerte einen Moment. »Du lässt doch nicht zu, dass er irgendwas Seltsames mit mir anstellt, oder?«, meinte sie dann.

Ein entschlossener Zug erschien um Lukes Mund. »Nein, keine Sorge. Ich lasse dich nicht aus den Augen«, sagte er mit rauer Stimme, zögerte und strich ihr dann mit einem schiefen Lächeln, als würde er es gar nicht wollen, mit seinem Finger über die Wange. »Ich passe auf, dass dir nichts geschieht«, sagte er. »Du kannst dich drauf verlassen.«

Ambrose Pennington war um die sechzig, ziemlich klein und wirkte adrett und gepflegt. Er trug eine beige Hose, einen blauen Pullover und darunter ein kariertes Hemd mit Krawatte. Er hatte kleine Hände und eine weiche, angenehme Stimme. Tess gab ihm zur Begrüßung die Hand und dachte, dass er keinen großen Eindruck auf sie machte. *Dies* war der Mann, auf den sie ihre ganze Hoffnung setzte? Sie hatte jemanden mit ein bisschen mehr Ausstrahlung erwartet.

Tess wechselte einen raschen Blick mit Luke, als Ambrose sie ins Wohnzimmer auf der Rückseite des Hauses führte. Es hatte einen kleinen Anbau in Form eines Wintergartens, von dem aus man in einen kleinen, sehr schmucken Garten blickte.

Mit skeptischer Miene setzte Tess sich auf die Kante eines beigefarbenen Polstersessels, der Teil der Sitzgruppe war. Wie alles an dem Haus und seinem Besitzer wirkte die Einrichtung schlicht und unaufdringlich. Das Zimmer hatte nichts an sich, das Tess' Zuversicht geweckt hätte.

»Sie haben gewisse Vorbehalte«, bemerkte Ambrose milde, nachdem er in dem Sessel ihr gegenüber Platz genommen hatte. »Was meine Person angeht oder den Zweck Ihres Besuchs?«

Tess zögerte. Sie wollte nicht unhöflich sein.

Er lächelte. »Nur raus damit!«

»Gut.« Sie holte tief Luft. »Beides, denke ich.«

»Ich will Sie hier auf keinen Fall zu etwas überreden, wovon Sie nicht überzeugt sind«, erklärte Ambrose. »Aber ich kann Ihnen nicht helfen, wenn Sie kein Vertrauen zu mir haben.«

Tess sah dies ein. Was hatte sie schließlich zu verlieren? Wenn Ambrose ein Schwindler war, würde nichts passieren. Und wenn nicht … sie warf Luke einen Blick zu, der am Eingang des Wintergartens Platz genommen hatte und seine übliche abweisende Miene zur Schau trug. Sie dachte daran, was er gesagt hatte: *Ich passe auf, dass dir nichts geschieht.* Ihre Wange prickelte immer noch, wo er sie berührt hatte.

Sie lockerte ihre Schultern.

»Was genau werden Sie tun?«, erkundigte sie sich bei Ambrose.

»Nichts, was gegen Ihren Willen wäre, das verspreche ich«, antwortete er. »Was halten Sie davon, wenn Sie mir zum Einstieg etwas über Nell erzählen? Luke hat mich schon ein bisschen vorbereitet, worum es bei Ihrer Geschichte geht, aber ich würde es gern aus Ihrem Mund hören.«

»Von Anfang an?«

Er lächelte. »Von da an, wo es Ihrer Meinung nach anfing.«

Tess begann zu erzählen, zögernd zuerst, dann zunehmend flüssiger. Wie Luke damals, unterbrach auch Ambrose sie nur, um durch gelegentliches Nachfragen sicherzustellen, dass er es richtig verstanden hatte. Er legte nachdenklich die Finger an seine Unterlippe und strich damit ständig über seine Haut, während er ihrer Geschichte lauschte. Eigentlich hätte Tess von dieser Marotte genervt sein müssen, doch Ambroses Blick war fest und konzentriert, was sie wohl unbewusst beruhigte.

»Erstaunlich«, kommentierte er, als Tess mit ihrer Schilderung fertig war. »Es ist höchst selten, dass jemand ein vergangenes Leben so stringent und überzeugend erfährt.«

»Glauben Sie ... dass Nell real ist? Oder existiert sie nur irgendwo in meinem Unterbewusstsein?«

Ambrose ließ sich Zeit mit seiner Antwort. Er behielt seine nachdenkliche Haltung bei, die Hände gefaltet, die Fingerspitzen ans Kinn gelegt.

»Spielt das eine Rolle?«, fragte er schließlich. »Nell ist für *Sie* real, und es steht fest, dass sie sehr viel Macht besitzt.«

»Was will sie von mir?«

»Ich glaube, dass Sie selbst diese Frage am besten beantworten können.«

»Sie will, dass ich ihr Leben noch einmal wiederhole«, erwiderte Tess nachdenklich.

Ambrose nickte. »Ich denke, das ist eindeutig. Vielleicht will sie, dass Sie nicht ihre Fehler machen, aber das können Sie natürlich nicht. Sie sind gebunden, denselben Weg wie sie zu gehen, Sie können ihn nicht ändern.«

»Aber was ist, wenn dieser Weg schlimm endet?«, mischte Luke sich ein.

»In der Tat. Wenn Nell so sehr darauf erpicht ist, dass ihr Leben noch einmal gelebt wird, müssen wir wohl davon ausgehen, dass sie ein schlimmes Ende genommen hat. Es könnte sehr gefährlich für Sie werden, Tess. Sie haben mir erzählt, dass Sie eines Morgens mit Blutergüssen aufgewacht sind, dass Sie Schmerzen haben, die in der Gegenwart andauern. Was ist, wenn Nell noch schlimmer verletzt wird? Was ist, wenn sie ums Leben kommt? Ich will Sie jetzt nicht beunruhigen, aber Sie müssen unbedingt begreifen, wie ernst die Situation ist, in der Sie sich möglicherweise befinden.«

Tess schluckte. »Was kann ich tun?«

»Wenn Sie mir erlauben, Sie zu hypnotisieren, wäre es, denke ich, das Beste, zu versuchen, Kontakt mit Nell aufzunehmen. Ob sie nun ein Geist ist oder tief in Ihrem Unterbewusstsein existiert, ist nicht von Belang. Wenn wir herausfinden, was sie will, fällt es uns vielleicht leichter zu entscheiden, wie wir vorgehen werden.«

»Ich wurde noch nie in Hypnose versetzt.« Tess biss sich auf die Unterlippe. »Ich weiß nicht, ob ich überhaupt in der Lage bin, mich darauf einzulassen.«

»Versuchen wir es doch einfach, oder?«

Tess bewegte sich unbehaglich in ihrem Sessel. »Was soll ich tun? Muss ich mich hinlegen und die Augen schließen?«

»Legen Sie sich hin, wenn das angenehmer für Sie ist, oder bleiben Sie einfach so sitzen.«

»Dann bleibe ich hier sitzen«, sagte sie nach kurzem Nachdenken. Tess lehnte sich in den Polstersessel zurück, legte die Arme auf die Lehnen und schloss die Augen.

»Okay«, sagte sie.

»Gut.« Sie spitzte die Ohren, ob Ambrose sich bewegte, doch das einzige Geräusch war das Ticken der Uhr auf dem Kaminsims. »Ist es bequem so, Tess?«

»Ja«, erwiderte sie mit fester Stimme.

»Gut. Jetzt möchte ich, dass Sie die Augen geschlossen halten und an eine Zeit denken, in der Sie wirklich glücklich waren.«

Tess' Miene verriet, wie sehr sie sich bemühte. Sie wollte sich ja entspannen, doch ihre Gedanken hüpften hektisch zwischen verschiedenen Erinnerungen hin und her; wie ihr Vater sie als kleines Kind hochhob und durch die Luft schwang, wie sie mit Luke in den Dünen lag, wie sie Oscar bekommen hatte. Wie sie ihn zum ersten Mal im Arm hielt. Oder später, wie er Laufen gelernt hatte. Sie sah noch förmlich vor sich, wie er plötzlich den Stuhl losließ, an dem er sich festgehalten hatte, einen kurzen Moment schwankte und dann auf wackeligen Beinchen in ihre ausgebreiteten Arme tappte.

Doch dann war die Tür aufgegangen, und Martin war hereingekommen.

Sie riss die Augen auf. »Es funktioniert nicht!«

»Wir wollen es nicht erzwingen.« Ambrose blieb gelassen. »Luke, wären Sie so nett, Tee für uns zu machen? Ein warmes Getränk kann einem helfen, locker zu werden.«

»Ich möchte lieber hier bei Tess bleiben.«

»Das ist okay, Luke.« Tess lächelte. »Ich komme schon zurecht.«

Ambrose wandte sich wieder Tess zu, als Luke widerstrebend den Raum verließ. Er folgte ihrem Blick hinüber zu dem Spiegel über dem Kaminsims. Er hing in einem kunstvoll geschnitzten hölzernen Rahmen. »Ich sehe, Sie betrachten meinen Spiegel«, sagte er beiläufig. »Er ist ziemlich ungewöhnlich, nicht?«

»Hm«, sagte Tess, doch sie konnte sich nicht angemessen auf den

Rahmen konzentrieren. Sie kniff die Augen zusammen, als würde das Licht, das vom Spiegel reflektiert wurde, sie blenden.

»Stört Sie das Licht?«

»Nein, es ist gut so«, antwortete sie, und das war es auch. Mit einem Mal war das grelle Licht verschwunden, und statt seiner schien nun von dem Spiegel ein warmes, einladendes Leuchten auszugehen.

Ambrose behielt seinen ruhigen Ton bei. »Können Sie erkennen, was in dem Spiegel ist?«

»Ja-a«, erwiderte sie langsam. Das konnte sie, doch das Bild war undeutlich, als wäre das Glas trübe und verschmiert. Sie konzentrierte sich.

»Was sehen Sie?«

»Ich sehe mein Gesicht«, erwiderte sie, ohne zu merken, dass ihre Stimme derber, ihre Sprache breiter geworden war. Die Frage verwirrte sie. Was erwartete man denn zu sehen, wenn man in einen Spiegel blickte?

»Wie sehen Sie aus?«

»Müde. Erhitzt.« Sie strich mit den Fingern über ihre Wangen. Ihr Gesicht war feucht von Schweiß. Der Sommer dieses Jahr war trocken und heiß, ihre Haare unter der Haube waren verklebt.

Sie hatte das Gefühl, schon wochenlang nicht mehr richtig geschlafen zu haben. Seufzend ließ Nell die Hand sinken, die den Spiegel hielt, und legte ihn neben sich auf die Bettdecke. Welchen Zweck hatte es, sich im Spiegel zu betrachten? Es änderte nichts daran, dass ihre Augen verquollen, ihre Knöchel dick geschwollen waren. Seit einiger Zeit kam sie sich vor wie eine Muttersau mit schweren Zitzen.

Aber es war es wert. Nell legte die Hände an ihren Leib. Er wölbte sich schön hoch, war hart wie eine Trommel, und Nell zuckte zusammen und lächelte glücklich, als sie spürte, wie das Kind sich regte. Es war so ruhelos wie sie selbst in diesen vergangenen endlos langen Tagen. Ein Teil von ihr sehnte sich danach, das Kind endlich zu bekommen und dieses schwere Gewicht loszuwerden, das sie ans Bett gefesselt hielt und die banalste Tätigkeit zur Anstrengung werden ließ, doch ein anderer Teil fürchtete sich davor. Nicht wegen der damit verbundenen Schmerzen, die, wie sie wusste, schlimm sein würden, sondern weil sie wieder keine Rechtfertigung mehr haben würde, Ralph von sich fernzuhalten, sobald das Kind geboren war.

Als sie dieses Mal Ralph von ihrer Schwangerschaft in Kenntnis gesetzt hatte, verlor sie kein Wort darüber, dass man Vorsicht walten lassen müsse, doch offenbar erinnerte er sich daran, wie sie beim letzten Mal das Kind verloren hatte, und schaffte es, seine Fäuste im Zaum zu halten. Bis jetzt zumindest. Er nächtigte in seinem Kabinett, und Nell war heilfroh darüber.

Die Aussicht, ein Kind zu bekommen, hatte sie stark gemacht. Sie bewegte sich im Haus mit neuer Selbstsicherheit. Bisweilen ertappte sie Ralph dabei, wie bei ihrem Anblick seine Kiefer mahlten, doch sein Wunsch, einen Sohn zu haben, war stärker, und so ließ er sie in Ruhe. Nell hatte keine Ahnung, wo er nachts hinging, sie wollte es auch nicht wissen. Er würde zweifellos seine abartigen Gelüste bei irgendeiner Frau befriedigen, und es tat ihr, wie beim letzten Mal, auch leid um das arme Ding. Aber Nell ging es jetzt einzig darum, das Kind nicht zu gefährden.

Es würde nicht mehr lang auf sich warten lassen. Nell verzog schmerzhaft das Gesicht, als das Kind erneut strampelte und stieß, und richtete sich in ihren Kissen auf. Sie hatte geruht, wie Janet ihr geraten hatte. Auch Ralph hatte darauf bestanden, und ausnahmsweise war sie seinem Wunsch gern nachgekommen. Doch jetzt war ihr langweilig, sie wurde reizbar und ungeduldig. Ihr Unterkleid, wiewohl aus feinem Leinen, kratzte und klebte auf ihrer Haut, und sie verspürte *schon wieder* das Bedürfnis, sich zu erleichtern.

Früher war sie einfach aus dem Bett gehüpft. Ohne darüber nachzudenken, hatte sie die Zudecke zurückgeschoben und die Füße auf den Boden geschwungen. Jetzt jedoch wälzte sie sich unbeholfen bis zur Bettkante und setzte sich mühsam auf, ehe sie vorsichtig aus der Bettstatt gleiten konnte. Sie benutzte den Nachttopf und richtete sich wieder auf.

Obwohl das Fenster ein wenig geöffnet und die Freiheit nur eine Handbreit entfernt war, summte und brummte davor eine Fliege, stieß hektisch gegen die Scheibe, in dem Versuch, sich einen Weg durch das Glas zu bahnen. Nell tat das arme Tier leid: Sie wölbte die Hände darum und trug es zum Fensterspalt. Es war ein unangenehmes Gefühl, wie die Flügel des Insekts in ihren gewölbten Händen vibrierten. Nell zog die Nase kraus und war froh, als es endlich den Weg ins Freie fand.

Danach herrschte drückende Stille im Raum. Nell wischte sich die Finger an ihrem Hemd ab und stieß das Fenster, so weit es ging, auf, in der Hoffnung auf ein wenig Abkühlung, aber draußen regte sich kein Lüftchen. Unten in der Straße ging der Alltag weiter; die Fensterläden vor den Geschäften der Handwerker waren geöffnet, doch die Menschen bewegten sich langsam, als kostete das Gehen zu viel Kraft in dieser Hitze. Für das übliche Schwätzchen war es auch zu heiß. Selbst der Ton der Glocken, die die Stunde schlugen, klang heute gedämpft. Nell musste an den Tag zurückdenken, an dem sie mit Tom Verstecken gespielt hatte.

Bisweilen, so wie eben, durchbrach die Erinnerung an Tom hinterhältig die Mauer, die sie um ihr Gedächtnis errichtet hatte, und versetzte ihr blitzschnell einen Stoß, der sie förmlich zusammenzucken ließ.

Nell wandte sich vom Fenster ab. Genug. Sie musste jetzt an das Kind denken. Dieses ewige Im-Bett-Liegen tat ihr nicht gut, es bot ihr viel zu viel Zeit zum Grübeln. Nell brauchte irgendeine Beschäftigung, um sich abzulenken.

Als sie hinunter in die Küche ging, stellte sie fest, dass sich die beiden Mägde, Mary und Eliza, in den Innenhof geflüchtet hatten und sich mit geschlossenen Augen Kühlung zufächelten. Sie saßen da, die Beine gespreizt, die Röcke bis zum Knie hochgeschoben, den Kopf zurückgelegt, sodass man die Schweißperlen auf ihrem Hals sah. Sie, die Mistress, sollte sie eigentlich tadeln, aber wie konnte Nell das tun, wenn sie und Alice doch früher an heißen Tagen das Gleiche gemacht hatten? Sie konnte sich nicht dazu durchringen, die beiden zurück in die stickige Küche zu schicken.

Die Wäsche war zurückgebracht worden vom St George's Close, unten am Fluss, wo die Wäscherinnen arbeiteten. Die vollen Körbe standen neben dem Eingang zur Küche. Nell beschloss, die Laken zu falten. Eine angenehme, leichte Tätigkeit. Sie würde Janet bitten, die Körbe nach oben in die Wohnstube zu tragen und die Laken herauszunehmen, weil sie selbst sich nicht mehr bücken konnte. Janet würde ihr beim Zusammenfalten helfen. Sie war nicht so albern wie die beiden jungen Mägde. Ihre ruhige, patente Art tat Nell gut.

Wo *steckte* Janet nur? Nell blieb am Fuß der Treppe stehen, stützte mit den Händen ihren schmerzenden Rücken.

Und da hörte sie es.

Kapitel 14

»Was hörst du?«

Seltsamerweise fühlte sie sich durch die Stimme, die plötzlich in ihr Bewusstsein drang, nicht beunruhigt. Sie kannte sie nicht, doch es erschien ihr natürlich, ihr zu antworten, während sie die Treppe hoch zu der Halle spähte.

»Geräusche«, sagte sie.

»Welche Geräusche?«

Ein unterdrücktes Grunzen. Ein rasch ersticktes Keuchen. Ein leichtes Unbehagen kroch ihr die Wirbelsäule hinauf. »Die Laute, die ich von mir gebe, wenn Ralph will, dass man mich nicht hört. Die er ausstößt, wenn er mich besteigt.«

»Was wirst du nun tun?«

»Am liebsten würde ich so tun, als hätte ich es nicht gehört. Ich möchte kehrtmachen und mich zu Eliza und Mary in den Innenhof gesellen. Aber ich kann nicht.«

Die Treppe war ihr noch nie so hoch, so steil vorgekommen. Ohne es zu wollen, bewegte sich Nell langsam, leise nach oben.

Während sie Stufe um Stufe erklomm, blitzte eine Erinnerung in ihr auf: wie sie die Röcke raffte und schnell wie der Blitz die Treppe emporrannte, während Tom draußen im Innenhof bis hundert zählte. Derzeit konnte sie sich überhaupt nicht vorstellen zu laufen, geschweige denn rasch und mühelos. Zuvor hatte sie stets die Stufe, die so laut knarrte, übersprungen. Doch jetzt, in ihrem Zustand, war das unmöglich. Mit ihrem ganzen Gewicht trat sie darauf, und jäh und laut durchbrach das Ächzen des schlecht eingepassten Holzes die Stille.

Auf der nächsten Stufe blieb Nell stehen. Spitzte die Ohren.

Nichts.

Hatte sie sich diese Geräusche nur eingebildet?

Leise stieg sie ganz nach oben, blieb in dem trüben Licht der Halle stehen und ließ forschend den Blick durch den Raum schweifen, wie damals als kleines Mädchen. Die Wandtäfelung war inzwischen glatt poliert. Es roch nicht mehr nach frischem Holz, sondern nach den Kräutern, mit denen Mary auf Nells Geheiß hin an diesem Morgen den Boden bestreut hatte: Flohkraut und Wermut, Lavendel und Minze, Labkraut und Quendel. Nell hatte die Kräuter selbst getrocknet und bewahrte einen hübschen Vorrat davon in großen irdenen Gefäßen in ihrer Kräuterkammer auf.

Nell verweilte in Gedanken bei ihren Kräutern, um nicht nachdenken zu müssen, was in dem Kabinett vorging. Damals hatte die Tür einladend offen gestanden, doch heute war sie geschlossen.

Behutsam durchquerte sie die Halle und legte ihr Ohr an die Tür. Von drinnen hörte sie Keuchen, Schläge, spitze Aufschreie, die augenblicklich unterdrückt wurden.

Die gleichen Schreie, die Ralph von ihr als seiner Ehefrau hören wollte. Janet war es, die sie ausstieß.

Nell schlug die Hand vor den Mund, unterdrückte ihr eigenes schockiertes, beschämtes Keuchen. Sie sollte die Tür öffnen. Sie sollte diesem Treiben Einhalt gebieten. Ihr Ehemann war da drinnen, tat Janet Gewalt an, unterwarf sie seinen bösen, abartigen Gelüsten, weil seine Ehefrau derzeit tabu war. Also musste statt Nell die phlegmatische Janet herhalten.

Nell drehte sich der Magen um. Sie war so glücklich gewesen, Ralphs Zugriff entzogen zu sein, doch tief drinnen hatte sie gewusst, dass er sich nach einem Ersatz umsehen würde, dass irgendeine andere Frau an ihrer Stelle leiden musste.

Janet war ihre Dienerin. Auch wenn sie bisweilen stur, schwerfällig und nicht gerade guter Laune war, so gehörte sie doch zu diesem Haushalt. Wenn sie hier nicht sicher war, wo sonst?

Nell trat ein paar Schritte zurück. Sie hatte ein schlechtes Gewissen, sie wusste, sie sollte hineingehen und Ralph Einhalt gebieten. Doch wie zur Warnung regte sich das Kind in ihrem Bauch. Nell konnte sich mühelos ausmalen, wie Ralph sie umgehend bestrafen würde, sollte sie sich ihm in den Weg stellen. Der rote Nebel würde sich vor seine Augen schieben, er würde keine Gnade kennen. Sie legte schützend die Arme um ihren Leib, als würde seine Stiefelspitze bereits darauf zielen. Sie durfte nichts tun, was das Kind gefährden könnte. Sie durfte es nicht verlieren, nicht schon wieder.

Also wich sie weiter zurück, leise, rot vor Scham. Sie suchte ihr Gemach auf und legte sich wieder ins Bett, tiefbetrübt.

Zwei Tage später, als Ralph ausgegangen war, rief Nell Janet zu sich. Sie konnte ihrer Dienstmagd vor Verlegenheit kaum in die Augen sehen. In der Gewissheit, dass Janet sie zutiefst verachtete, weil ihre Herrin sie in diese Lage gebracht hatte, schaute Nell nach einem kurzen flüchtigen Blick schnell woandershin. Janets Miene wirkte stumpf und leer wie üblich, doch genauso sah auch sie, Nell, aus, wenn Ralph sie hergenommen hatte. Manchmal bestand die einzige Art zu überleben darin, sich an einen Ort zurückzuziehen, wo niemand einen erreichen konnte. Wer wüsste dies besser als Nell.

Sie räusperte sich.

»Ich habe eine andere Stellung für dich gefunden«, teilte sie Janet mit.

»Mistress?« Janet riss verwundert den Mund auf.

»Ich … ich fürchte, du bist in diesem Haus nicht glücklich«, versuchte Nell, es ihr verständlich zu machen. »Es tut mir sehr leid. Du warst mir eine gute Dienstmagd, und ich hatte nicht erwartet … ich bedaure, dass du meinetwegen leiden musstest.«

Janet schwieg. »Ich begreife nicht«, sagte sie schließlich.

Nell holte tief Luft und zwang sich, Janet ins Gesicht zu sehen. »Ich weiß, wozu mein Gatte dich gezwungen hat«, sagte sie ohne Umschweife. »Es tut mir leid.«

Flammende Röte stieg Janet in die Wangen, und diesmal war sie es, die den Blick abwandte, doch sie schwieg.

»Also ... also habe ich mir gedacht, dass du es vorziehen würdest, woanders in Diensten zu sein«, stotterte Nell weiter. »Meine Stiefmutter braucht jemanden, der ihr bei meinen beiden Brüdern zur Hand geht. Es ist wohl kein so feines Haus wie dieses hier, aber man wird dich gut behandeln. Oder ich könnte dir etwas Geld geben, damit du heiraten kannst, falls es das ist, was du wünschst«, fuhr sie fort, als Janet weiter beharrlich schwieg. Der zweite Vorschlag wäre schwieriger umzusetzen, da Ralph die Ausgaben für den Haushalt kontrollierte, doch notfalls könnte sie beim Haushaltsgeld etwas abzweigen. »Ich hätte das Geld nicht sofort zur Hand, aber wenn du eine Weile warten kannst, werde ich sehen, was sich machen lässt.«

Am liebsten hätte sie Janet gefragt, ob sie sich noch immer mit John Scott traf, aber das erschien ihr unziemlich. Eine gewisse Geldsumme würde es den beiden leichter machen zu heiraten, aber würde sie auch die Erinnerungen aus Janets Kopf tilgen können? Nell bezweifelte es.

Sie wartete geduldig, während Janet überlegte. Schließlich antwortete ihre Dienerin, sie wolle nicht in einen neuen Haushalt, zu fremden Leuten, überwechseln. »In diesem Fall erhältst du von mir etwas Geld«, versprach Nell. »Du kannst zu deiner Familie zurückkehren, bis du dich entschieden hast, wie es weitergehen soll. Ich werde dir ein gutes Zeugnis ausstellen, solltest du eines brauchen.«

Ralphs Augen flackerten gefährlich, als er hörte, dass Janet gegangen war. Nell wagte es nicht, ihm den wahren Grund zu nennen, warum sie ihre Magd fortgeschickt hatte. »Sie war faul«, log sie stattdessen, während sie seinem Blick auswich. »Und dreist. Eliza wird fortan meine Dienerin sein, und ich werde mich nach einer neuen Küchenmagd umsehen, die mit Mary zusammenarbeiten kann.«

Es gab einige Familien, die liebend gern ihre Töchter im Haushalt der Maskewes sehen würden. Nell würde die unscheinbarste auswählen und sie von Ralph fernhalten.

»Aha.« Ralphs leerer Blick verschwand. Er tupfte sich mit der Serviette den Mund ab und schob seinen Stuhl zurück. »Ja, natürlich, meine Liebe«, sagte er, die Liebenswürdigkeit selbst. »Du musst natürlich das tun, was dir als das Beste erscheint. Wenn du dir sicher bist.«

Das Lächeln, das seine Worte begleitete, war breit und strahlend, aber es sagte Nell auch, dass er sich nicht für dumm verkaufen ließ. Er wusste genau, was sie getan hatte, und warum. Er würde warten, bis das Kind geboren war, dann würde Nell für ihr eigenmächtiges Handeln bezahlen müssen.

»Ich bin mir sicher.«

Nell behielt ihre ruhige Miene bei, bis sich die Tür hinter ihm geschlossen hatte. Dann fiel jäh die Gelassenheit von ihr ab. Ihre Finger krallten sich in den Stoff ihrer Röcke.

»Ich habe richtig gehandelt«, beschwichtigte sie sich flüsternd. »Ich darf es im Nachhinein nicht bedauern.«

»Ja, du hast richtig gehandelt«, sagte die Stimme beipflichtend. »Du hast Janet vor Ralph gerettet. Aber jetzt will ich, dass du aufwachst, Nell.«

Nell runzelte die Stirn. Aufwachen? Was sollte das? Sie schlief doch gar nicht! Doch noch während sie dies dachte, hörte sie ein Brausen in den Ohren und fand sich in einem seltsam gepolsterten Stuhl wieder, der in einem seltsamen Raum stand, wo zwei seltsam gekleidete Männer sie mit gerunzelter Stirn beäugten. Sie japste nach Luft, griff mit der Hand an ihren Hals, wo sie ihren rasenden Puls spürte, während ihre Blicke durch den Raum hasteten, ihre Augen sich weiteten angesichts all dieser Fremdartigkeit. Wo war sie? Was war geschehen?

Dann gab es ihr jäh und ohne Vorwarnung einen Ruck, und sie war wieder Tess. Ihre Hand glitt von ihrem Hals zu ihrem Bauch, doch der war flach, das Kind nicht mehr da.

»Tess, alles in Ordnung?«

In Ambrose Penningtons Gesicht spiegelte sich leichte Panik. Ich sehe bestimmt fürchterlich aus, dachte Tess bei sich.

Sie quälte sich ein Lächeln ab. »Ja … ja, es geht mir gut«, sagte sie, aber das stimmte eigentlich nicht. Ihr war, als hätte sie das Kind erneut verloren, und der Kummer darüber schnürte ihr die Kehle zu. Sie schluckte mühsam. »Es geht mir gut«, wiederholte sie. »Was … was habt ihr gesehen?«

»Wir haben gar nichts gesehen«, erwiderte Luke. Er wirkte nervös. Er rieb mit den Fingerknöcheln der einen Hand über seine Handfläche, sein Mund war ein schmaler Strich. »Du hast einfach dagesessen, aber du hast beschrieben, was dort vorging. Es war gespenstisch. Deine Stimme … war so anders. Du hast dich angehört wie eine Fremde. Der Yorkshire-Akzent war viel ausgeprägter, aber die Aussprache gleichzeitig weicher. Als wären ein kleiner Dorset-Einschlag und eine leichte schottische Färbung dazugekommen.«

Luke warf einen Blick zu Ambrose, der zustimmend nickte. »Diese rollenden R waren sehr ausgeprägt. Rrralph …« Er versuchte ihre Aussprache zu imitieren, und beim Klang dieses Namens lief Tess ein Schauder über den Rücken.

»Ich hasse ihn«, sagte sie leise. »Und ich hasse es, wie machtlos ich ihm gegenüber bin.«

»Ja, das ist sehr gut rübergekommen.« Ambroses Sachlichkeit empfand Tess als tröstlich, als wäre es das Normalste auf der Welt, über die Empfindungen einem Mann gegenüber zu sprechen, der seit über vierhundert Jahren tot war. »Ich habe noch nie eine derart plastische Rückführung erlebt«, sagte er. »Viele Menschen erfahren kurze Einblicke in ein vergangenes Leben, oder ihre Erinnerungen kommen irgendwie undeutlich und verschwommen herüber, doch Sie erleben es so anschaulich und klar … ganz erstaunlich«, sagte er. »Sie können sich wirklich glücklich schätzen.«

Tess musste an Ralphs kräftige Zähne denken, an die Spuren, die sie auf ihrer Haut hinterließen. An seine Fäuste, die Schmerzen, ihre Erniedrigung, wenn er sie mit roher Gewalt nahm. Sie sah die Blutlache vor sich, die sich zwischen ihren Beinen auf dem Boden gebildet hatte, dachte an das Kind, das vom eigenen Vater getötet worden war.

»Ich habe nicht das Gefühl, dass ich mich glücklich schätzen kann«, widersprach sie kühl.

»Nein«, gab Ambrose ernüchtert zu. »Das war taktlos von mir. Sie haben als Nell Schweres durchgemacht. Es ist nur, da schlägt man sich sein ganzes Leben mit Menschen herum, die für die Möglichkeit einer Rückführung in ein vergangenes Leben nur Scherze übrig haben, und dann stößt man plötzlich auf einen Fall beispielloser Anschaulichkeit …«

»Ich verstehe«, sagte Tess.

»Wie fühlen Sie sich jetzt?«

»Ein bisschen mitgenommen. Aber ganz okay.« Zu ihrem Entsetzen stiegen ihr plötzlich Tränen in die Augen. »Ich will mein Kind.«

»Möchten Sie noch einen Versuch wagen?«, fragte Ambrose. »Nell hat vorhin reagiert. Ich könnte versuchen, sie zu fragen, was sie diesmal von Ihnen will?«

Luke rutschte unbehaglich in seinem Sessel hin und her, drückte seine Faust härter in die Handfläche. »Halten Sie das wirklich für eine gute Idee? Tess hat heute Morgen schon ein unangenehmes Erlebnis gehabt. Was ist, wenn es gefährlich wird?«

»Nell besitzt tatsächlich eine große Macht über Tess«, gab Ambrose zu. »Aber ich denke, es ist gefährlicher, wenn wir es nicht schaffen, durch Tess eine Verbindung zu ihr herzustellen. Es ist immer besser, man weiß, womit man es zu tun hat.«

»Mir gefällt das Ganze nicht«, widersprach Luke beharrlich, woraufhin Tess begütigend die Hand auf seinen Arm legte.

»Es ist schon okay, Luke. Ich *möchte* es. Nell durchlebt anscheinend die Schlüsselpunkte in ihrem Leben, deshalb wird der nächste wichtige Moment sicher die Geburt ihres Kindes sein … Ich will unbedingt wissen, ob das Baby überlebt oder nicht.«

Sie musste herausfinden, ob das Baby keinen Schaden erlitten hatte. Es war ein ganz ungutes, verkehrtes Gefühl, so jäh aus dem Zustand der Schwangerschaft herausgerissen worden zu sein. Wenn sie die Chance hätte zurückzugehen und zu spüren, wie das Kind sich in ihrem Bauch bewegte ... ach, wie sollte sie es Luke erklären?

»Ich finde, Ambrose hat recht«, erwiderte sie stattdessen. »Ich hätte ein besseres Gefühl, wenn er irgendeine Art Verbindung zu ihr herstellen könnte, damit man Nell fragen kann, was sie von mir will.«

Lukes Mund wirkte verkniffen. »Das ist alles schön und gut, aber was ist, wenn das Baby *nicht* überlebt hat? Oder wenn Nell nicht überlebt hat. Eine Geburt war damals eine riskante Sache. Mütter und ihre Neugeborenen sind dabei *gestorben.*« Er drehte sich zu Ambrose. »Was passiert, wenn Tess Blutungen bekommt? Sie hat ja schon einmal Blutergüsse zurückbehalten. Wie kann man Blutungen stoppen, wenn sie ein Kind bekommt, das nicht existiert? Ambrose, sind Sie denn in der Lage, mit *so etwas* fertigzuwerden?«

»Luke.« Tess holte tief Luft. Sie wusste, er brachte berechtigte Einwände vor, doch momentan wurde sie einzig und allein von dem Bedürfnis nach ihrem Kind beherrscht. Sie musste es wiederhaben. Welche Mutter würde nicht alles dafür riskieren? »Ich weiß, du bist besorgt, aber es wird alles gut gehen.«

Mit finsterer Miene entzog Luke ihr seinen Arm. »Du hast mich gebeten, auf dich aufzupassen, Tess«, erinnerte er sie. »Ich habe dir versprochen, dich nicht allein zu lassen.«

»Du bleibst ja auch bei mir. Es wird nichts geschehen.« Tess fuhr mit der Zunge über ihre trockenen Lippen. Sie hatte ihre früheren Ängste komplett vergessen und war einzig von dem Wunsch beseelt, zu ihrem Baby zurückzukehren. »Ambrose konnte vorhin ja auch mit mir sprechen, während ich mich in der Vergangenheit befand«, rief sie ihm ins Gedächtnis. »Er hat zu mir gesagt, ich soll aufwachen, und das habe ich getan. Sollte also irgendetwas aus dem

Ruder laufen, kann er mich ja wieder aufwecken. Bitte, lass es mich noch einmal versuchen.«

»Du brauchst meine Erlaubnis nicht«, gab er patzig zurück. »Wenn du so wild entschlossen bist, kann ich dich nicht daran hindern.«

»Aber du gehst nicht weg?«

Luke ließ sich mit seiner Antwort Zeit. Er hätte gern noch weitere Gegenargumente angeführt, doch schließlich gab er nach und sah sie mit einem Blick an, der sie mitten ins Herz traf. »Nein«, seufzte er resigniert, »ich gehe nicht weg.«

»Danke«, sagte sie leise. In dem Wissen, dass er auf sie aufpassen würde, lehnte sie sich entspannt zurück und schloss die Augen.

»Ein Mädchen?« Ralph reagierte unwirsch, als man ihm die Botschaft überbrachte, doch Nell war selig. Verglichen mit den Qualen, die sie in ihrem Ehebett erdulden musste, kamen ihr die Schmerzen der Entbindung normal und rein vor, und als man ihr die kleine Tochter in den Arm legte, war sie zum ersten Mal seit dem Abschied von Tom wieder glücklich.

Sie gab dem Kind den Namen Meg, nach Margaret, der Hebamme. Ralph war es egal. Er wünschte sich einen Sohn. Nell wusste, er würde bald wieder zu ihr ins Schlafgemach kommen, doch nun konnte sie erst einmal die Zeit nach der Geburt genießen. Stets auf seinen guten Ruf bedacht, gestattete Ralph den Nachbarinnen, seine Frau im Kindbett zu besuchen und das Neugeborene zu bewundern. Nell hatte sich gefragt, ob ihre frühere Zurückhaltung die Frauen davon abhalten würde, doch diese waren neugierig und kamen allzu gern. Außerdem wurden Wein und Zuckerwerk gereicht, und es bot sich diesen Weibern die Gelegenheit, das prächtige Haus der Maskewes einmal von innen zu sehen, einander vielsagend in die Rippen zu stoßen und auf die teuren Wandteppiche hinzuweisen oder verstohlen die Bettdecke zu befingern.

In der Umgebung dieser Frauen, die ihr warm und herzlich begegneten, konnte sich Nell zum ersten Mal seit ihrer Heirat entspannen. Diese Weiber gaben derbe, zotige Geschichten aus ihren Ehen zum Besten, meckerten über die Männer im Allgemeinen und über ihre Ehemänner im Besonderen, doch Nell empfand das, was ihr da zu Ohren kam, als nicht besonders schlimm. Sie hätte gern einen Gatten gehabt, der über seinem Abendessen einschlief oder sich ständig Sorgen um seine Gesundheit machte. Sie hätte sich nicht besonders daran gestört, wenn er ein Geizhals oder Einfaltspinsel gewesen wäre oder geschnarcht hätte. Nell gab nichts über Ralph preis. Es wäre sinnlos gewesen. Keine dieser Frauen war in der Lage, ihr zu helfen. Sie konnten Nells Ehe nicht ungeschehen machen. Sie konnten Ralph nicht ändern.

Nein, Ralph würde sich nicht ändern, sie selbst jedoch vermochte es nun. Mit Meg war alles anders geworden. Wenn Nell ihre neugeborene kleine Tochter im Arm hielt, ihre Wärme spürte, ging ihr das Herz auf. Ihre Liebe zu dem kleinen Mädchen war so groß, so übermächtig, dass Ralph für sie an Bedeutung verlor. Wenn sie sich von ihm prügeln lassen musste, um sicherzustellen, dass ihre Tochter wohlgenährt und gut gekleidet war und ein sicheres Zuhause hatte, dann konnte sie dies hinnehmen. Um Megs willen konnte sie alles ertragen.

Und was Tom betraf… auch hier hatte Meg eine Veränderung herbeigeführt. Tom hatte mit Meg nichts zu tun. Nell bewahrte ihn in einem verborgenen Winkel ihres Herzens. Verglichen mit ihrer Tochter spielte Tom keine Rolle.

Sie betrachtete lächelnd ihr Kind, das an ihrer Brust eingeschlafen war, ein Bläschen Milchschaum zwischen den Lippen. Sein Händchen umschloss Nells kleinen Finger, und Nell staunte aufs Neue, wie winzig ihr Mädchen war, wie vollkommen.

Nell? Nell? Sag mir, was du willst.

Nell hob den Kopf, runzelte verwirrt die Stirn.

Bis eine Wöchnerin die kirchliche Aussegnung bekommen hatte, durfte das Schlafgemach nur von Frauen betreten werden. Diese

Stimme, die Nell gerade vernommen hatte, kam von einem Mann. Eine Dringlichkeit schwang darin mit, die Nell nicht verstand. Sie hatte diese Stimme schon vorher in ihrem Kopf gehört. Sie hätte sich eigentlich mehr darüber wundern müssen, tat es aber nicht. Denn es befand sich kein Mann im Raum, nur ihre Stiefmutter Anne, die das Laken in der Wiege straff zog.

»Ich will, dass mein Kind in Sicherheit aufwachsen kann«, antwortete Nell. Andere Wünsche hatte sie derzeit nicht.

»Ja, alle Mütter wollen das.« Ihre Stiefmutter glaubte, Nell spräche zu ihr. Anne wandte sich von der Wiege ab, strich glättend über die kleine Zudecke über ihrem Arm. Die Mägde unten waren beschäftigt, die Nachbarinnen nach Hause gegangen und die beiden Frauen allein.

Anne zögerte. »Meinst du, du kannst jetzt in dieser Ehe glücklich sein, Eleanor?«

»Glücklich?« Nell ließ sich die Frage ihrer Stiefmutter durch den Kopf gehen, während sie ihr schlafendes Kind betrachtete. Früher hätte sie sofort mit Nein geantwortet, doch jetzt gab es Meg. »Ich kann jetzt glücklich sein, weil ich meine Tochter habe«, erwiderte sie.

»Manches ist leichter, wenn man ein Kind hat.« Anne ließ sich auf einem Schemel neben dem Bett nieder, immer noch nachdenklich über die Zudecke streichend.

Es war das erste Mal, dass sie so persönlich miteinander redeten. Ist das eine Folge der Mutterschaft?, fragte sich Nell. War sie nun, wo sie ein Kind geboren hatte, aufgenommen in die verschworene Gemeinschaft der Frauen? Sie gehörte jetzt zu ihnen. Sie wusste, wie es sich anfühlt, wenn man ein Kind im Leib trägt. Sie hatte die qualvollen Schmerzen des Gebärens erlebt, das Wunder der Geburt. Sie wusste Dinge, die nur eine andere Mutter wissen konnte.

Es war auch das erste Mal, dass Nell sich fragte, wie Anne ihre Ehe mit ihrem Mann, Nells Vater, empfand.

Anne hielt weiter den Blick auf die Zudecke gerichtet. »Ich habe gesehen, wie das Feuer in deinen Augen erloschen ist, Eleanor, seit du verheiratet bist. Ich hatte gehofft, es würde dir bei Ralph gut gehen, aber ich fürchte, dem ist nicht so.«

»Er hat eine dunkle Seite«, gestand Nell leise. »Eine Bösartigkeit, die niemand vermuten würde. Er gibt sich anderen gegenüber höflich und zuvorkommend, aber wenn wir allein sind …«

»Das tut mir leid«, sagte Anne, immer noch nicht aufblickend. »Ich habe auf dieser Ehe bestanden. Dein Vater … er hasst es, dich so unglücklich zu sehen. Ich war es, die darauf gedrängt hat, dass du einwilligen musst. Ich war außer mir vor Sorge, was mit Harry und Peter geschehen würde. Sie waren noch so jung. Ich konnte mir nicht vorstellen, was aus uns werden sollte, wenn Ralph die Schuld eingefordert hätte. Was mich angeht, oder deinen Vater, wir hätten es auf uns genommen, aber für meine Söhne war es mir unerträglich.«

»*Nell.*« Schon wieder diese Stimme. »*Nell, sage mir, wovor du Angst hast.*« Ein Hauch Ungeduld klang diesmal darin, doch Nell runzelte nur die Stirn und ignorierte sie. Sie unterhielt sich doch gerade mit Anne. Diese Zeit gehörte den Frauen. Sie wollte ihr Gespräch nicht unterbrechen, um einem Mann zu antworten.

Sie strich Meg über das flaumige Haar. »Mutter«, sagte sie schließlich. »Darf ich dich etwas fragen?«

»Nur zu.«

»Wenn ich dein leibliches Kind wäre und nicht nur die Tochter meines Vaters, hättest du mich dann ebenfalls in diese Ehe mit Ralph getrieben?«

»Woher soll ich das wissen? Mir war klar, dass du ihn nicht magst, aber ich verstand den Grund deiner Abneigung nicht. Ich dachte, er wäre eine gute Partie für dich. Doch als ich dann die Stumpfheit in deinen Augen bemerkte, habe ich mich gefragt …« Anne hob und senkte resigniert die Schultern. »Nun, es ist das Los von uns Frauen, mit einem Mann vermählt zu werden, der einen behandeln darf, wie es ihm gefällt. Wir alle wissen das.«

»Doch ich bedaure, dass du so unglücklich bist, Nell«, fügte sie schließlich mit einiger Anstrengung hinzu. »Du warst als Kind so lebendig und fröhlich. Es tut mir so leid zu sehen, dass dein Geist gebrochen wurde.«

»Mein Geist ist nicht gebrochen.« Nell reckte das Kinn, schob ärgerlich die Stimme in ihrem Kopf beiseite, die sie aufforderte, woanders hinzugehen, wer anders zu sein. Nein, diesmal würde sie nicht tun, was man von ihr verlangte! Die Stimme war drängend, und irgendwie wusste Nell, dass es wichtig war, ihr Beachtung zu schenken. Doch die Bemerkung ihrer Stiefmutter hatte sie getroffen.

»Mein Geist ist nicht gebrochen«, wiederholte sie entrüstet. »Ich halte durch. Ich *will* durchhalten. Ich muss jetzt an Meg denken.«

»Nell! Tess, können Sie mich hören? Ich zähle jetzt bis drei, und wenn Sie ›drei‹ hören, werden Sie aufwachen und sich entspannt und glücklich fühlen. Eins, zwei …«

Nell ignorierte die Stimme. Sie dachte an Meg. Sie nahm sich vor, stark zu sein. Sie überlegte, wie viel sie ertragen würde, wenn es sein musste.

Ein seltsames Licht schimmerte durch ihre geschlossenen Lider. Sie bewegte sich, murmelte protestierend, drehte den Kopf weg von dem Licht.

Sie hatte einen steifen Nacken, hob eine Schulter, bewegte sie vorsichtig hin und her. »Aua!« Der abrupte Schmerz machte sie augenblicklich wach. Sie kniff die Augen zusammen und sah, noch verschwommen, wie Luke aufsprang.

»Tess! Gott sei Dank! *Ambrose!* Sie ist aufgewacht.«

Ambrose kam eilig ins Zimmer zurück, während er sich die Hände an einem Geschirrtuch abtrocknete. »Ich bin sehr erleichtert, dass Sie aufgewacht sind«, sagte er zu Tess. Er beugte sich über sie und studierte besorgt ihre Augen, erst das eine, dann das andere. »Wie fühlen Sie sich jetzt?«

»Gut, denke ich.« Tess strich mit der Hand über ihren steifen Nacken. Sie hatte wohl, während sie schlief, schief dagesessen. »Was ist passiert?«

»Am Anfang lief alles gut«, berichtete Ambrose, der nun erleichtert ein paar Schritte zurücktrat. »Sie haben erzählt, wie glücklich Sie mit Ihrem Kind sind, doch als ich versucht habe, eine direkte Verbindung zu Nell herzustellen, hat sie einfach abgeblockt. Ich muss zugeben, ich habe ein wenig Panik bekommen und mich nach Kräften bemüht, Sie wieder aufzuwecken, aber Sie haben einfach nicht reagiert, und nach einer Weile hatte man den Eindruck, dass Sie tatsächlich in einen echten Schlaf gefallen waren.

Ich sage Ihnen ehrlich, es gab Momente, da waren wir ziemlich besorgt, doch Sie haben ruhig geatmet und schienen nicht unter Stress zu stehen, also haben wir gedacht, wir greifen lieber nicht ein. Ich musste Luke mit Gewalt daran hindern, sie wachzurütteln. Jäh von einer Zeitebene in die andere katapultiert zu werden ist eine enorme Belastung für das Herz.«

»Ich erinnere mich nicht, eingeschlafen zu sein.« Tess richtete sich in ihrem Sessel auf. »Aber irgendwie war mir, als hätte ich eine Stimme gehört und sie bewusst ignoriert ...« Sie schaute zu Ambrose. »Das waren Sie?«

»Luke hatte das ja von Anfang an befürchtet, und ich muss ihm im Nachhinein wohl recht geben«, gestand Ambrose ein. »Nell besitzt eine außerordentliche Präsenz. Ich habe es nicht geschafft, an ihr vorbei zu Ihnen durchzudringen. Doch diesmal wirken Sie nicht so desorientiert wie vorhin.«

»Nein, ich weiß genau, wo ich bin.« Tess, die immer noch über ihren Nacken strich, ließ den Blick durch den Raum wandern. »Vielleicht bin ich in der Vergangenheit eingeschlafen und habe daher den Übergang in die Gegenwart nicht so abrupt empfunden.«

»Haben Sie irgendeine Erinnerung an die Zeit nach Megs Geburt?«

»Natürlich«, antwortete Tess überrascht. »Meg ist jetzt sechs.«

»Sechs! Haben Sie jemals vorher so einen großen Zeitsprung gemacht?«

Tess überlegte. »Nicht ganz so groß, glaube ich, aber denken Sie jetzt nicht, dass die Jahre dazwischen ausgelöscht sind. Ich erinnere mich an alles.« Sie lächelte. »Ich habe inzwischen auch einen Sohn. Er heißt Hugh, nach meinem Vater.«

»Nells Vater«, wandte Luke ein, woraufhin Tess, verwundert über die Schärfe in seiner Stimme, die Augen ein wenig zukniff.

»Ja, das meine ich auch, Nells Vater.«

Ambrose warf einen warnenden Blick zu Luke. »Wie alt ist Hugh?«

»Drei.« Tess' Miene wurde weich. »Er ist mir sehr lieb und teuer. Er hat so ein sonniges Gemüt. Sein Lächeln lässt den ganzen Raum erstrahlen. Alle lieben Hugh.«

»Auch Ralph?«

Ihr Gesichtsausdruck verhärtete sich. »Ralph ist froh, einen Sohn zu haben. Das allein ist ihm wichtig. Aber er kennt seine Kinder nicht. Er hat keine Ahnung, welch flinke, geschickte Hände Meg hat oder wie gern sie tanzt. Er weiß nicht, wie Hughs Lachen klingt. Er will seine Kinder erst um sich haben, wenn sie alt genug sind, um sie für Gold oder einen Dienst eintauschen zu können.«

»Und was ist mit Ihnen?«, fragte Ambrose behutsam, wobei er Luke erneut einen warnenden Blick zuwarf. »Schlägt Ralph Sie immer noch?«

»Hin und wieder.« Tess zuckte mit den Schultern. »Aber ich habe herausgefunden, wie ich überleben kann. Ich füge mich, ohne zu klagen. Ich lasse ihn tun, wonach es ihn gelüstet, und kümmere mich nicht weiter darum. Ich nehme es einfach hin, wie alles andere auch. Und weil ich nicht mehr dagegen aufbegehre, bereitet es ihm keine Lust mehr. Selbst die Truhe hat ihren Schrecken verloren«, berichtete sie Ambrose. »Eines Nachts, als er mich an den Haaren dorthin schleifte, wehrte ich mich nicht einmal mehr, woraufhin er mich angewidert einfach zu Boden fallen ließ.«

Sie lächelte grimmig. »Ich bringe ihn um den Genuss, Hass, Angst und Schmerzen zu sehen, und das beraubt ihn seiner Manneskraft. Manchmal geht er mit Fäusten auf mich los, einfach weil er es kann. Hin und wieder kommt er noch an mein Bett, kneift und schlägt mich, bis er erregt ist, aber ich vermag es, meinen Geist auszuschalten, und so sucht er sein Vergnügen meist anderswo. Ich kümmere mich nicht mehr darum, wo er hingeht und was er treibt. Ich verbiete mir jeglichen Gedanken darüber. Für mich zählen jetzt einzig meine Kinder und wie ich sie möglichst fern von ihm halten kann.«

»Dann bist du also glücklich?«

Tess ließ sich die Frage durch den Kopf gehen. »Ich bin zufrieden«, erwiderte sie schließlich. »Meine Kinder sind gesund und guter Dinge. Das genügt mir.« Sie runzelte die Stirn, schüttelte den Kopf, und als sie zu Luke schaute, waren ihre Augen wieder klar. »Tut mir leid, das war Nell … aber es ist merkwürdig, ich habe so deutliche Erinnerungen an diese Zeit.«

Luke machte immer noch ein finsteres Gesicht. Sie lächelte ihn an, versuchte, ihn aus seiner missmutigen Stimmung zu reißen. »Siehst du, mir ist nichts passiert! Ich bin nicht bei der Entbindung gestorben.«

»Nell ist irgendwann gestorben, vergiss das nicht.«

Nell spürte, wie ihr ein kalter Schauer über den Rücken lief.

»Ja, natürlich, aber … ja, ich weiß, was du sagen willst, aber momentan, wenn ich sie bin, geht es ihr gut. Du hast gehört, was ich – sie gesagt hat. Sie ist zufrieden, und vielleicht genügt ihr das ja. Wahrscheinlich ist es das. Sie hat ihre Geschichte erzählt, und nun kann sie mich in Frieden lassen.«

»Glaubst du das wirklich?«, fragte Luke mit skeptischer Miene.

Nein, das tat sie natürlich nicht. Tess zog es vor, nicht zu antworten. Sie sah stattdessen auf ihre Armbanduhr.

»Ach, du meine Güte! Es ist schon fast vier! Wie lange war ich weg?«

»Ein paar Stunden.«

»Ich muss zurück.« Tess sprang auf. »Ich habe Oscar bei meiner Mutter …« Oscar! Sie verstummte, schlug die Hand vor den Mund, entsetzt über die Erkenntnis, dass sie über ihre Beschäftigung mit Meg und Hugh ihren eigenen Sohn vergessen hatte.

Sie wurde feuerrot im Gesicht, blickte zu Luke, der die Bestürzung in ihrem Blick registrierte.

»Ich habe deine Mutter angerufen«, sagte er schroff, »und ihr erzählt, du hättest was Falsches gegessen und dich hinlegen müssen und könntest Oscar erst später abholen.«

Tess war erleichtert. Es würde ihr nicht schwerfallen, die Kranke zu spielen. Obwohl es in der Vergangenheit ihr Herzenswunsch war, mit ihren Kindern zusammen zu sein, war sie bestürzt, wie sehr sich Nell ihres Geists bemächtigt hatte. Im Verlauf eines Nachmittags hatte sie zwei Geburten durchgemacht. Kein Wunder, dass sie durcheinander und verletzlich war. Sie fühlte sich krank und leer, glückselig und schuldbewusst, und das alles gleichzeitig. Ihrer Mutter vorzuspielen, ihr ginge es nicht gut, würde keine große Sache sein. Jedenfalls durfte sie ihr unter keinen Umständen erzählen, was tatsächlich mit ihr los war.

Tess wollte sich bei Luke bedanken, aber er ignorierte es. »Wir sollten uns besser auf den Nachhauseweg machen, wenn du dich fit genug fühlst.«

Während der Fahrt war Luke einsilbig, und nach einer Weile gab Tess es auf, Konversation zu machen. Ihre Finger taten höllisch weh, ja, der Schmerz schien sich bisweilen über den ganzen Arm bis zum Kopf hinaufzuziehen. Sie legte die Hände in den Schoß, wölbte sie nach oben, als würde sie ein Opfer darbringen. Sie war heilfroh, nicht am Steuer sitzen zu müssen, doch als sie Luke dies sagen wollte, schnauzte er sie an, er müsse sich aufs Fahren konzentrieren.

Sie fuhren auf der A1, in einer langen Schlange hinter einem Lastwagen. Lukes Miene war angespannt. Er hielt das Steuer fest umklammert und fluchte, als ein anderer Wagen, ohne zu blinken, einfach vor ihm in die Schlange fuhr und ihn dabei schnitt.

»Diese verdammten BMW.«

»Du bist sauer«, bemerkte Tess.

»Ich hätte dich nie dort hinbringen dürfen.«

»Ich bin aber froh darüber. Jetzt kann ich mir vorstellen, wie Nell mit ihren Kindern glücklich ist.« Ein Lächeln spielte um Tess' Mundwinkel, während sie sich erinnerte, wie der kleine Hugh auf ihrem Schoß gesessen hatte oder wie sie die Knoten aus Megs Haar gelöst hatte. Wie könnte sie Bedauern empfinden angesichts solch kostbarer Erinnerungen?

Nur dass es nicht ihre Erinnerungen waren, oder? Ihr Lächeln verflog, und Luke bemerkte es.

»Genau«, sagte er und schaltete unsanft in den nächsten Gang. »Ich dachte, Ambrose würde dir helfen können, aber aus meiner Sicht hat er alles noch schlimmer gemacht. Nell hat dich noch fester im Griff als vorher.«

Tess schluckte. »Möglich, aber dennoch hat Ambrose mir geholfen. Du hattest recht. Es hat gutgetan, mit jemandem zu reden, der mich nicht augenblicklich als Spinnerin abgestempelt hat. Ambrose hat mir das Gefühl gegeben, normal zu sein.«

»Findest du es normal, den eigenen Sohn zu vergessen? Ich weiß, dass es so war. Es stand dir ins Gesicht geschrieben.«

Hugh vergessen? Niemals! Das wäre unmöglich. Tess war zutiefst empört, ehe die Erkenntnis sie traf wie ein Schlag in die Magengrube. Luke redete von Oscar.

Sie hatte Oscar vergessen.

Die lange Kette der roten Rücklichter vor ihr verschwamm vor ihren Augen. *Oscar, verzeih mir.*

»Nein«, sagte sie leise. »Nein, natürlich nicht.«

»Was glaubst du, wie es für mich war, dich dort liegen zu sehen?«, fragte Luke aufgebracht. »Verdammt, Tess, du warst … weg. Es gab dich nicht mehr, und statt deiner war diese tote Frau in deinem Körper, hat deinen Mund benützt, dein Lächeln …« Er legte krachend den nächsten Gang ein. »Wir konnten dich nicht zurückholen. Ich dachte, wir würden dich dort lassen müssen, gefangen im sechzehnten Jahrhundert, und wie, bitte schön, hätte ich *das* Oscar erklären sollen? *Tut mir leid, Mummy hat alle Hände voll zu tun mit ein paar anderen kleinen Kindern, die seit vierhundert Jahren tot sind?*

»Es tut mir leid.« Tess presste die Finger an ihre Schläfen, bereute es jedoch sogleich, als sie den stechenden Schmerz spürte, der ihr Unbehagen noch vergrößerte. »Ich habe nicht nachgedacht.«

Hilflos ließ sie die Hände in den Schoß sinken. Luke war bis jetzt immer so verständnisvoll gewesen. Es machte ihr zu schaffen, dass er ihr auf einmal böse war. Sie wünschte, er würde für das, was heute geschehen war, ebenfalls Verständnis aufbringen können. »Du hast kein Kind, Luke. Vielleicht kann sich nur eine andere Mutter in mich hineinversetzen. Es war einfach so *übermächtig*, dieses Bedürfnis, wieder bei meinem Baby zu sein – als hätte ich keine andere Wahl.«

»Komm mir jetzt bitte nicht mit diesem schwachsinnigen Du-kannst-es-nicht-verstehen-weil-du-keine-Frau-bist«, gab er aufgebracht zurück. Sie waren endlich an dem Lkw vorbei. Luke verließ die Überholspur und ordnete sich hinter einem langsam dahinkriechenden Tanklastzug ein. »Du willst lieber mit irgendeinem toten Kind zusammen sein als mit deinem eigenen Sohn.«

»Was regst du dich überhaupt so auf?« Das schlechte Gewissen machte Tess gereizt. »Du bist schließlich nicht Oscars Vater.«

»Stimmt. Ich bin nur der Schreiner.« Leise fluchend scherte Luke wieder aus, um den Tanklastzug zu überholen. »Ist ja gut.« Er machte eine entschuldigende Geste in den Spiegel, als der Wagen hinter ihm mit aufgeblendeten Scheinwerfern heranbrauste. »Gott, ich vermisse mein Motorrad«, murmelte er, während er sich erneut hinter dem Lastzug einordnete. »Diese verdammte Scheißkarre. Das hat man davon, wenn man erwachsen und vernünftig sein will.«

Tess holte tief Luft. Seine Reaktion verunsicherte und verletzte sie. Ein überaus unangenehmer Gefühlsmix, wenn man ihre Scham und das schlechte Gewissen noch hinzufügte.

»Hör mal, es tut mir leid«, sagte sie in einem anderen Ton und drehte sich auf ihrem Sitz zu ihm. »Ehrlich. Nell nimmt mich so in Beschlag, und ich versuche verzweifelt zurechtzukommen und alles zusammenzuhalten, sodass ich nicht einen Gedanken daran verschwendet habe, mir vorzustellen, wie es für die anderen ist. Ohne dich wäre ich schon längst durchgedreht. Du hast mir schon so oft geholfen, hast mich die weite Strecke nach Lincoln gefahren, bist bei mir geblieben, und ich habe das alles als selbstverständlich betrachtet. Es tut mir wirklich leid.«

Luke nahm eine Hand vom Steuer, fuhr sich durchs Haar, holte tief Luft. »Nein, mir tut es leid«, sagte er. »Ich hätte meine Klappe halten sollen. Du musst mit einem Kind fertigwerden, einem Ehemann, der dich terrorisiert, einer nörgelnden Mutter und einem Geist, der dich unbedingt in die Vergangenheit holen will. Wie soll einer all das schaffen?«

Erleichtert, dass die Anspannung aus seiner Miene gewichen war, ließ Tess sich in ihren Sitz zurücksinken. »Du bist einer der Gründe, weshalb ich überhaupt irgendetwas schaffe« erwiderte sie. »Ich hatte ganz vergessen, wie es ist, einen guten Freund zu haben«, fügte sie leise hinzu. »Oder was man tun muss, um eine gute Freundin zu *sein.* So etwas darf nicht einseitig sein. Du hast so viel für mich getan und ich kein bisschen für dich.«

»Mein Gott, Tess, fang jetzt bloß nicht an, dich deswegen fertigzumachen«, sagte Luke mit einem besorgten Seitenblick. »Vergiss, was ich gesagt habe.«

»Das kann ich nicht. Du warst so wütend auf mich.«

»Nur weil ich … Angst hatte, okay?« Zur Abwechslung war es Luke, der sich zu rechtfertigen suchte. »Ambrose hat dich nicht mehr kontrollieren können, und ich fühlte mich verantwortlich und hilflos zugleich. Und, ich gebe es zu, ich war auch eifersüchtig, wenn du es unbedingt hören willst. Als du wieder zu dir kamst, warst du noch so in der Vergangenheit verhaftet, so glücklich mit deinen Kindern – ich hatte das Gefühl, dass die Menschen in deiner Gegenwart im Vergleich dazu nicht zählten, Oscar nicht, und ich schon gar nicht.«

Kapitel 15

Du brauchst jetzt nichts darauf zu sagen«, knurrte Luke, als Tess etwas entgegnen wollte. »Ich weiß, es ist verrückt. Es geht einfach nicht, dass du dich in deiner jetzigen Situation mit mir beschäftigst. Du bist verheiratet, bist von einem Geist besessen … kein besonders gutes Timing, wie?«

»Könnte besser sein«, erwiderte Tess, doch ein kleines Flämmchen glühte in ihr auf, züngelte durch ihren Kummer, ihr Schuldgefühl und wärmte sie von innen.

»Ich möchte dir nur erklären, warum ich wütend war.« Luke hielt das Lenkrad mit gestreckten Armen, starrte geradeaus, ganz auf den Verkehr konzentriert. »Ich wollte einfach, dass du mir ein bisschen Aufmerksamkeit schenkst, weiter nichts. Ich bin nicht stolz darauf.«

Tess fuhr mit der Zunge über ihre Lippen, während sie versuchte, etwas Ordnung in ihren Gedankenwirrwarr zu bringen. Es fiel ihr nicht leicht herauszufinden, was genau sie empfand. Sie war beruhigt, das auf jeden Fall. Es war ihr nicht bewusst gewesen, wie sehr sie sich in letzter Zeit auf Luke verlassen hatte, bis seine Verstimmung sie zum Nachdenken brachte. Im Nachhinein erkannte sie, wie ichbezogen sie gewesen war. Sie hatte ein schlechtes Gewissen, aber zugleich empfand sie auch Freude und einen Funken Hoffnung, der ihr Herz ein klein wenig höher schlagen ließ. Es war so lange her, seit sie zuletzt das Gefühl gehabt hatte, gemocht, begehrt zu werden.

Doch in all diese Empfindungen mischten sich Angst und Frustration und ein Hauch Verzweiflung. Luke hatte recht: Das Timing war denkbar schlecht. Tess ging so viel durch den Kopf. Sie musste sich mit Oscar beschäftigen, mit Martin und obendrein mit einem Leben in der Vergangenheit, das vehement ihre Aufmerksamkeit forderte. Wie könnte sie bei all diesen Problemen Luke die Beachtung schenken, die er verdiente?

Tess schaute hinunter auf ihre Hände, die wieder stärker wehtaten. Noch ein Problem, das sie angehen musste. Wenn die Schmerzen nicht bald nachließen, würde sie einen Arzt aufsuchen müssen.

»Luke …«

Er hob den Arm wie ein Verkehrspolizist. »Nein. Bitte, keine Erklärungsversuche. Ich verstehe es ja, wirklich.«

»Dann begreifst du mehr als ich«, erwiderte Tess spitz. »Ich verstehe derzeit nämlich überhaupt nichts mehr – das kannst du mir glauben. Aber ganz sicher weiß ich, dass ich heilfroh bin, dich wieder als Kumpel zu haben, und es mir ehrlich leidtut, wenn ich dich verletzt habe.«

Luke zog ein Gesicht, schaute sie schräg von der Seite an. »Das wird jetzt aber nicht eins dieser Lass-uns-einfach-Freunde-sein-Gespräche, oder?«

»Ich fürchte, schon«, erwiderte sie, doch ihr Grinsen machte ihre Antwort erträglicher. Gleich darauf wurde sie wieder ernst. »Ich habe eine Menge am Hals, was mir wirklich Angst macht, Luke, aber am meisten Angst macht mir die Vorstellung, dass ich dich ausnützen könnte.«

Sie blickte auf ihre im Schoß liegenden Hände, die äußerlich heil und unversehrt wirkten, während sie in Wirklichkeit höllisch schmerzten. »Ich habe Angst, dass ich mich wie eine Klette an dich hänge, mich völlig auf dich verlasse. Ich muss mir wirklich beweisen, dass ich im Leben allein zurechtkommen und nie mehr so sein werde wie früher, als ich mit Martin zusammen war. Ich muss stark sein, und ich fürchte, du könntest mich dazu verleiten, wieder schwach zu sein.«

»Schwach?« Luke richtete einen erstaunten Blick auf sie, und wandte sich dann wieder der Straße zu. »Du? Du bist die stärkste Frau, die ich kenne, Tess.«

Tess starrte ihn an. »Was redest du denn da? Ich bin schwach, eine erbärmliche Versagerin. Wenn ich stark wäre, hätte ich mich nicht jahrelang von Martin drangsalieren lassen.«

»Immerhin warst du stark genug, um ihn zu verlassen.«

»Ich komme mir nicht stark vor«, widersprach sie. »Ich habe Angst. Alles wächst mir über den Kopf. Ich habe keine Ahnung, wie ich mit meinen ganzen Problemen fertigwerden soll.«

»Aber du *bist* doch dabei, sie zu lösen«, berichtigte Luke sie. »Du erlebst im Moment so viele schlimme Dinge, und trotzdem hat dich keins davon aus der Bahn geworfen.«

»Außer dass ich in der Küche mit Tellern und Cornflakes um mich schmeiße.«

»Okay, einmal.«

»Und dass ich Zeitreisen ins elisabethanische England unternehme und mein eigenes Kind vergesse.«

»Hast du mal drangedacht, Tess, dass andere in deiner Situation schon längst hysterische Angstzustände bekommen hätten? Die würden, im Gegensatz zu dir, in Panik zu ihrem Arzt rennen. Du willst wegen Oscar kein Risiko eingehen, also beißt du einfach die Zähne zusammen und ziehst dein Ding durch, genau wie früher.«

Verwirrt runzelte Tess die Stirn und drehte sich zu ihm. »Wie meinst du das?«

»Dass du immer schon einen Plan hattest.«

»Das stimmt doch gar nicht!« Sie starrte ihn entgeistert an, konnte nicht glauben, dass seine Erinnerungen an die Vergangenheit so anders als ihre eigenen zu sein schienen. »Ich war immer diejenige, die sich an andere gehängt hat. Denk mal zurück an meine Schulzeit, wie ich hinter Vanessa hergedackelt bin.« Sie drehte sich wieder nach vorn, starrte durch die Windschutzscheibe. »Zum Glück war sie so nett zu mir, denn sonst wäre ich richtig einsam gewesen.«

Luke schnaubte verächtlich. »Vanessa war nicht nett. Sie brauchte dich viel mehr als du sie.«

»Was redest du da? Vanessa brauchte *mich* nicht. Sie war so hübsch und bei allen beliebt.«

»Ach ja?«

»Natürlich. Sie war mit fast allen an der Schule befreundet.«

»Das glaube ich nicht. Gut, die Jungs waren hinter ihr her, aber du warst ihre einzige Freundin.«

Tess wollte schon den Mund aufmachen, um ihm zu widersprechen, doch dann dachte sie darüber nach und musste Luke in diesem Punkt recht geben. »Dennoch fand ich es nett von ihr, sich meiner anzunehmen«, sagte sie dann. »Ich war so plump und unbeholfen und hätte mich nie getraut, jemanden anzureden.«

»Der denkbar beste Kontrast zu der hübschen Vanessa, stimmt's?«

»Vielleicht sollten wir das streichen, und du versuchst es noch mal«, erwiderte Tess mit honigsüßer Stimme, in die sich ein saurer Unterton mischte. »Wie wäre es mit: Du warst überhaupt nicht plump und unbeholfen, Tess?«

Luke lachte. »Okay, du warst es nicht, aber bildest dir ein, es gewesen zu sein. Du warst schwierig und reserviert, aber interessant. Das mochte ich an dir. Und dir war klar, dass du mehr wolltest als ein biederes Leben in York. Das gefiel mir ebenfalls, auch wenn deine Pläne mich nicht einschlossen.«

Tess schwieg. Sie starrte blicklos auf die Fahrzeuge vor ihnen, versuchte, sich das Mädchen vorzustellen, das sie gewesen war, ihre Träume von damals. »Ich kann mich nicht erinnern, einen Plan gehabt zu haben«, antwortete sie schließlich. »Ich fand mich brav und angepasst, tat alles, was man von mir erwartete. Studium, Job, heiraten. Von einem Plan kann da kaum die Rede sein, oder?«

»Du hast damals zu mir gesagt, dass du dir dein Leben so vorstellst«, erwiderte Luke. »Das hast du mir klipp und klar zu verstehen gegeben.«

»Nur weil du mir klipp und klar zu verstehen gegeben hattest, dass deine Pläne mich nicht einschlossen«, konterte Tess. *Daran* konnte sie sich bestens erinnern. »Du hast ständig davon geredet, dass du aus York weggehen und die Welt sehen willst, und zwar allein. Womit hätte ich als Geschichtswissenschaftlerin mein Geld verdienen sollen, wenn ich mit dir um die Welt gezockelt wäre, vorausgesetzt, du hättest mich überhaupt dabeihaben wollen? Also tat ich natürlich so, als hätte ich andere Vorstellungen vom Leben.«

Luke kniff den Mund zusammen. »Ich war nur deshalb so wild auf das Reisen, weil du so stur ein Leben anvisiert hattest, in dem kein Platz für mich war. Die Wahrheit ist, dass ich *keine* Ahnung hatte, was ich überhaupt wollte. Ich wusste nur eins, nämlich, dass ein Leben in York ohne dich für mich nicht infrage kam.«

Tess wünschte, sie hätte das damals gewusst. Sie fragte sich, wie anders ihr Leben nun vielleicht aussehen würde. Wie wäre es verlaufen, wenn sie nicht verletzt und einsam gewesen wäre, als ihr Martin über den Weg lief? Wenn sie und Luke sich ausgesprochen, möglicherweise einen Kompromiss gefunden hätten? Doch für Bedauern war es nun zu spät. Was vorbei war, war vorbei. Tess hatte ihre Entscheidungen getroffen und musste nun mit den Konsequenzen leben.

Doch vielleicht, nur vielleicht, hatten sie beide eine zweite Chance. Tess schaute Luke verstohlen von der Seite an, betrachtete sein scharf geschnittenes Profil; verharrte auf dem coolen Zug um seinen Mund. Sein Haar war zu lang und stand in alle Richtungen ab, wo er mit der Hand hindurchgefahren war. Am Kinn hatte er einen dunklen Bartschatten, und plötzlich wurde ihr heiß, und es juckte sie in den Fingern, ihre Hand an seine Wange zu legen, die Bartstoppeln zu fühlen, als könnte sie ihre wirren Emotionen an seiner physischen Gegenwart verankern.

Sie könnte es tun. Sie könnte zu ihm sagen, er solle den nächsten Parkplatz ansteuern oder einfach auf dem Pannenstreifen halten. Es wäre ihr egal. Sie würde einfach auf ihn draufklettern, wie früher. Sie würde sich an seinen schlanken, muskulösen Körper pressen.

Dann könnte sie Martin und Nell vergessen, den Schmerz in ihren Fingern, *sich selbst*. Während sie Luke spürte, ihn schmeckte, könnte sie das ganze Chaos, ihre Angst, Unsicherheit, Scham und das Bedauern einfach ausblenden.

Aber damit würde sie ihn benutzen, und das wollte sie auf keinen Fall.

Luke erwiderte ihren Blick, und Tess riss sich los. »Du hast wieder Farbe bekommen«, bemerkte er. »Na, wenigstens was.«

Sie musste sich ohnehin mit genug Problemen herumschlagen, ermahnte Tess sich im Stillen. Wie Luke bemerkt hatte, war Nell durch Ambrose' vorsätzliche Rückführung offenbar noch stärker geworden. Tess hingegen blieben nun nicht mehr viele Möglichkeiten, mit der ganzen Sache umzugehen. In ihrer Handtasche steckte noch die Visitenkarte von Pat French, doch allein schon der Gedanke, sich mit der Pastorin in Verbindung zu setzen, löste ein Stechen in ihren Fingerspitzen aus. Mit Ambrose hatten sie vereinbart, dass er Erkundigungen einholen würde, wie man Tess besser schützen könnte, und dass er in ein paar Wochen einen erneuten Versuch unternehmen würde, Tess in Hypnose zu versetzen und in die Vergangenheit zurückzuführen. Luke war darüber nicht erbaut, doch Tess hatte das Gefühl, keine andere Wahl mehr zu haben.

Zum Arzt zu gehen stand für sie außer Frage. Dort würde die Rede sein von Medikamenten und psychiatrischer Abklärung. Ärzte legten Patientenkarten an und speicherten sie in ihren Computern. Tess wurde den Gedanken nicht los, es könnte Martin irgendwie gelingen, sich Zugang zu diesen Dateien zu verschaffen und sie gegen sie zu verwenden.

Auf der Fahrt nach Lincoln hatte sie Luke den Vorfall mit der Besteckschublade erzählt.

»Du musst die Schlösser austauschen«, war seine prompte Reaktion gewesen.

»Kann sein, dass ich mich geirrt habe. Vielleicht habe ich selbst aus Gewohnheit das Besteck so eingeräumt, ganz automatisch.«

»Tausche sie trotzdem aus«, riet Luke.

»Doch wie hätte Martin sich Zutritt zu der Wohnung verschaffen können? Man sieht nirgends Spuren eines Einbruchs.«

»Du hast selbst gesagt, dass er reich ist und alle möglichen Kontakte hat«, erwiderte Luke. »Wenn man über genug Geld verfügt, kommt man praktisch überall hinein, und eine Wohnung wie die von Richard ist ein Klacks. Wahrscheinlich würde sogar ich das schaffen, wenn ich mich ein bisschen anstrengte. Besorg dir neue Schlösser, und überleg dir gut, wem du einen Zweitschlüssel gibst.«

An diesem Abend sperrte Tess mit besonderer Sorgfalt ihre Wohnung zu. Oscar war müde und quengelig, als sie ihn nach ihrer Rückkehr aus Lincoln bei Tess' Mutter abholten, und es dauerte eine Weile, bis sie ihren Sohn endlich im Bett hatte. Tess, immer noch beschämt, weil Nell es so spielend geschafft hatte, Oscar aus ihrem Bewusstsein zu verdrängen, hatte ihn länger als gewöhnlich fernsehen lassen und ihm anschließend auf sein Betteln hin zwei zusätzliche Gutenachtgeschichten vorgelesen. Endlich war der Kleine eingeschlafen, und Tess, erschöpft von dem emotionalen Aufruhr dieses Tages, war ebenfalls reif fürs Bett.

Du musst die Schlösser austauschen. Lukes Worte spukten ihr im Kopf herum, während sie nachprüfte, ob sie die Tür auch wirklich abgeschlossen hatte. Alles war, wie es sein sollte. Luke hatte versprochen, am nächsten Tag vorbeizukommen und die Schlösser auszuwechseln

»Mach dir keine Gedanken«, hatte Tess beim Abschied zu ihm gesagt. »Niemand wird hier reinkommen, wenn ich in der Wohnung bin.« Sie fühlte sich absolut sicher, dennoch legte sie, einem Impuls folgend, zusätzlich die Kette vor.

Die Hand auf der Türklinke, stand Tess da und lauschte auf Schritte. Jene von Nell oder Martin? Tess wusste es selbst nicht.

In der Wohnung war alles ruhig. Sie hörte nur das sanfte Brummen des Kühlschranks in der Küche, den leise gestellten Ton des Fernsehers im Wohnzimmer, und, lauter als beides zusammen, das Klopfen ihres Herzens.

Kein verstohlenes Knarren, keine unheimlichen Schritte.

Und dennoch. *Irgendetwas* war anders. Den ganzen Abend schon hatte sie dieses Gefühl gehabt. Als wäre die Luft bewegt worden und müsste sich erst wieder setzen.

Tess ließ die Hand sinken. Sie wurde allmählich richtig paranoid. Sie schaltete ihre beiden Computer im Wohnzimmer an und nahm sich den Ausdruck ihrer Transkription vor, um ihn zu überprüfen. Doch es gelang ihr nicht, sich zu konzentrieren. Immer wieder beschäftigte sie sich gedanklich mit der Wohnung, mit diesem Gefühl, dass etwas nicht stimmte.

Entschlossen drehte sie sich herum und ließ ihre Blicke durch den Raum schweifen. Hier war nichts verändert worden.

Sie ging in die Küche. Die Katzenklappe stand offen. Ashrafar war unterwegs auf ihrem Patrouillengang über die Dächer, konnte aber jederzeit wieder hinein in die Wohnung. Als Nächstes ging Tess in Oscars Zimmer. Ihr Sohn hatte Bink im Arm und atmete ruhig und gleichmäßig. Tess stand lange an seinem Bett, betrachtete ihn eingehend. Oscar lag da, alle viere von sich gestreckt, als hätte er einen Kinnhaken bekommen.

Hugh hatte auch gern in dieser Position geschlafen.

»Nein«, flüsterte Tess, ballte trotzig die Fäuste und verdrängte entschlossen Meg und Hugh aus ihren Gedanken. »Nein, *das hier* ist mein Sohn.«

Auch im Badezimmer war alles, wie es sein sollte.

Vor der Tür zu ihrem Schlafzimmer blieb Tess zögernd stehen, wappnete sich gegen das Grauen, die Panik, die bisweilen, wenn sie den Raum betrat, über sie hereinbrachen. Heute wirkte alles ruhig, gedämpft. Statt gewaltiger Brecher, die ihr entgegenschlugen, spülten sanfte Wellen an ihr Ufer. Tess ging in die Mitte des Zimmers und drehte sich ganz langsam im Kreis.

Stille. Nicht einmal das verzweifelte Scharren war zu hören, das bisweilen immer noch ihre Nachtruhe störte.

Tess' Blick wanderte von ihrem Bett zu der Kommode und zum Schrank, ehe er zur Kommode zurückkehrte. Stirnrunzelnd ging sie hinüber und legte ihre Hand auf die Oberfläche. Ihr Lieblingsfoto von Oscar als Kleinkind stand darauf, desgleichen eine Porzellanschale, wo sie die wenigen Schmuckstücke aufbewahrte, die sie aus London mitgenommen hatte. Sie berührte sie, eins nach dem anderen. Alle Geschenke von Martin hatte sie in dem Haus in London zurückgelassen. Behalten hatte sie nur die Perlenkette ihrer Großmutter, einen Anhänger, der das letzte Präsent ihres Vaters gewesen war, und ein Paar Ohrringe, die Luke ihr an ihrem letzten gemeinsamen Weihnachten geschenkt hatte. Winzige viereckige Silberplättchen. Martin konnte sie nicht ausstehen.

»Damit siehst du aus wie eine Lesbe«, hatte er genörgelt. »Warum trägst du nicht die hübschen Perlenohrringe, die ich dir geschenkt habe?«

Und das hatte sie dann auch getan. Sie hatte ihre abgetragenen Jeans und Leggings in die Kleidersammlung gegeben, ihre bequemen BHs und Slips weggeworfen und stattdessen spitzenbesetzte Seidenunterwäsche getragen. Und wenn sie jetzt morgens in ihre Jeans und ein T-Shirt schlüpfte, hatte sie immer noch das Gefühl, eine gefährliche Trotzhandlung zu begehen.

Nichts fehlte, nichts war verändert worden. Alles war gut. Sie sah ja schon Gespenster.

Tess hatte keine Ahnung, was sie dazu bewog. Vielleicht, weil die Schübe allzu sorgfältig geschlossen waren. Oder weil sich erneut dieses Gefühl in ihr regte, dass etwas nicht stimmte. Jedenfalls zog sie, ohne nachzudenken, die oberste Schublade auf, wo sie, in schönster Unordnung, ihre schlichten Baumwoll-BHs und Slips aufbewahrte, die sie seit London erstanden hatte.

In dem Schubfach lag aufgerollt in hübschen ordentlichen Reihen ein Sortiment feinster Dessous. Spitzenbesetzte BHs, hauchzarte Stringtangas. Seidene Hemdchen und French Knickers. Strapse und feine Strümpfe. Die Unterwäsche, die sie auf Martins Drängen hin getragen und in London zurückgelassen hatte.

Wie vom Donner gerührt stand Tess da und starrte in die Schublade. Wie machte Martin so etwas, und warum? Ihr stockte das Blut in den Adern. Sie war vor Angst wie gelähmt, bis sich auf einmal ein gänzlich ungewohntes Gefühl in ihr regte. Sie hatte es so lange Zeit nicht empfunden, dass es eine Weile dauerte, bis sie erkannte, was es war.

Blanke Wut.

Sie war wütend.

Wütend auf Martin; wütend auf sich selbst, weil sie ihn einmal geliebt hatte. Wütend auf Ralph, und auf Tom, weil er sie im Stich gelassen hatte. Rasende Wut brandete in ihr auf. Erfüllte ihren ganzen Körper, jede einzelne Zelle, jede Nervenfaser, sodass sie größer, breiter, kräftiger wurde, sich entfaltete wie ein Blatt in der Sonne.

Sie knallte die Schublade zu und holte ihr Handy.

»Wie kannst du es wagen, in meine Wohnung einzudringen?«, rief sie zornentbrannt, als Martin sich meldete. »Wie kannst du es *wagen*?«

»Theresa?« Er tat einen befriedigten Seufzer. »Ich habe auf deinen Anruf gewartet.«

»Du hast kein Recht, sie zu betreten!«

Eine winzige Pause. »Ich weiß nicht, wovon du redest.«

»Ich weiß, dass du es warst. Ich weiß, dass du hier warst.«

»Liebling, beruhige dich, und erzähl mir, was das Problem ist.«

»*Du* bist das Problem! Ich will nicht, dass du hierherkommst, Martin. Das ist meine Wohnung.«

»Theresa, Theresa«, sagte Martin in besänftigendem Ton. »Du bist ja völlig aufgelöst, Liebling. Das kommt davon, wenn du mit allem allein fertigwerden willst. Wird es nicht langsam Zeit, dass du mit diesem Unsinn aufhörst und nach Hause kommst, damit ich mich um dich kümmern kann?«

Zu spät erkannte Tess, dass sie einen Fehler gemacht hatte. Wie konnte sie so dämlich sein! Martin würde ihre Kontaktaufnahme als Zeichen ihrer Schwäche verstehen. Ihre Anwältin würde verärgert sein. Sie hatte Tess ausdrücklich angewiesen, jeden Kontakt mit Martin zu vermeiden, doch in ihrer Wut hatte Tess nicht mehr klar zu denken vermocht. Martin würde diesen Anruf aufzeichnen, davon war sie überzeugt. »Sehen Sie«, würde er zum Richter sagen und triumphierend mit den Unterlagen wedeln, »sie hat zwar gesagt, sie wolle nichts von mir hören, dabei war sie es, die *mich* angerufen hat.«

Blöd. Blöd. Blöd. *Saublöd.*

Sollte sie jetzt auflegen oder lieber versuchen, noch etwas aus diesem Gespräch herauszuholen? Tess schluckte ihren Zorn hinunter und bemühte sich um einen ruhigen, sachlichen Ton. Wenn sie dieses Telefonat in vernünftige Bahnen lenken könnte, wäre vielleicht nicht alles verloren.

»Ich gehe nicht nach London zurück, Martin. Mein Zuhause ist jetzt hier.«

»Diese enge kleine Wohnung!«

Tess weigerte sich, sich von seiner Verachtung provozieren zu lassen. »Woher weißt du, dass sie eng und klein ist?«, fragte sie in der Hoffnung, dass er sich verraten würde. Sie wünschte, sie hätte selbst daran gedacht, diesen Anruf aufzuzeichnen.

»Deine Mutter hat es mir gesagt.«

»Mum?« Ihre Finger pochten schmerzhaft, während sie das Telefon umklammerten.

»Sie macht sich große Sorgen um dich, Theresa, genau wie ich. Sie sagt, du bist sehr erschöpft, nervös und gereizt und kannst nicht mehr schlafen. Das ist gar nicht gut für jemanden, der so dünnhäutig ist wie du.«

»Ich bin nicht dünnhäutig!« So viel zu ihrem Vorsatz, ruhig und sachlich zu erscheinen.

»Nicht *ich* sage so etwas – das sind die Worte deiner Mutter. Sie weiß, was für eine überbordende Fantasie du hast. Du machst aus jeder Kleinigkeit ein Drama.«

»Und bilde ich mir auch ein, dass Oscar in seinem Zimmer zu bleiben hatte, wenn du abends heimkamst?«

»Theresa, ich bin am Abend rechtschaffen müde. Ich arbeite wirklich hart, damit du und Oscar ein Luxusleben führen könnt, und wenn ich dafür ein bisschen Ruhe und Frieden haben will, so ist das nicht zu viel verlangt, denke ich.«

»Oscar ist *fünf*. Er ist zu klein, um ihn in seinem Zimmer einzusperren.«

»Mit fünf ist er alt genug, um Disziplin zu lernen. Er muss begreifen, dass er auf andere Rücksicht nehmen muss.« Martins Stimme wurde dünner. »Du verweichlichst ihn, Theresa. Wenn du ihn wie ein Baby behandelst, wird er sich auch wie ein solches benehmen, und am Ende wird ein richtiges Muttersöhnchen aus ihm. Ich dulde nicht, dass man meinem Sohn so etwas nachsagen könnte. Wenn du auf dieser lächerlichen Farce bestehst und weiter die Scheidung forderst, werde ich auf Sorgerecht für Oscar klagen und seine Erziehung selbst in die Hand nehmen.«

Ohnmächtige Wut und Frustration brachen über Tess herein, so heftig, dass ihr fast die Knie nachgaben. »Wage es ja nicht, ihn mir wegzunehmen, Ralph«, sagte sie kalt.

Kurzes Schweigen. »Ralph?«, fragte Martin.

Entsetzt über ihren Versprecher schlug Tess die Hand vor den Mund. Was hatte sie getan?

»Halte dich von uns fern, Martin«, fuhr sie in ruhigem Ton fort, in der Hoffnung, ihren Fehler zu überspielen, doch Martin stürzte sich natürlich sofort darauf.

»Ralph?«, wiederholte er mit eisiger Stimme. »Wer ist Ralph?«

»Niemand«, erwiderte sie verzweifelt.

»Niemand? Und welche Rolle spielt dieser ›Niemand‹ in deinem Leben und dem meines Sohnes?«

»Keine! Er existiert nicht.«

»Er ist ein Fantasieprodukt?« Martins Stimme troff vor Argwohn, und Tess presste frustriert den Handballen an ihre Schläfe. Was hatte sie sich nur dabei gedacht?

»Ich habe mich nur versprochen.« Sie holte tief Luft, versuchte, das Gespräch fortzusetzen. »Hör mal, Martin, so kommen wir nicht weiter. Oscar und ich sind glücklich hier. Du willst doch gar nicht mit einem kleinen Jungen zusammenleben. Du hast selbst gesagt, du brauchst eine ruhige, friedliche Atmosphäre im Haus. Bitte, unterschreibe einfach die Scheidungspapiere und lass mich gehen.«

»Dich gehen lassen?«, sagte Martin tonlos. *»Dich gehen lassen?«* Ein höfliches Auflachen, als hätte sie einen geistlosen Witz erzählt. »Nein, Theresa«, sagte er freundlich. »Du bist meine Frau. Je eher du akzeptierst, dass du hierher zu mir gehörst, desto besser für dich – und für Oscar.«

»Stimmt es, dass du dir den Magen verdorben hast?«

Vanessa hatte am Morgen angerufen und vorgeschlagen, mit den Kindern einen Ausflug in die Museumsgärten zu machen. »Da können sie mal woanders rumtoben«, hatte sie erklärt, ganz die forsch-fröhliche Vanessa von früher, sodass Tess sich fragte, ob sie sich die Spannungen zwischen ihnen beiden bei ihrer letzten Begegnung nur eingebildet hatte.

»Ich habe einen Hintergedanken, muss ich gestehen«, fügte Vanessa hinzu.

»So?«

»Ich komme nicht zum Joggen, wenn die Kinder Ferien haben. Könntest du vielleicht auf Sam und Rosie aufpassen, während ich ein Stück laufe? Nicht weit, nur bis zur Millennium Bridge und zurück.«

»Natürlich«, erwiderte Tess, erleichtert, dass das Verhältnis zwischen ihr und Vanessa wieder so locker wie früher war. »Gute Idee.«

Mal aus der Wohnung rauszukommen war genau das, was sie und Oscar brauchten. Oscar war den ganzen Morgen quengelig gewesen und Tess die Woche über fahrig und nervös. Seit Beginn der Schulferien hatte es häufig geregnet, und eingesperrt in dieser Wohnung in der Stonegate war die Stimmung von Mutter und Sohn zunehmend gereizter geworden. Es war hier zu dunkel, zu beklemmend, um es den ganzen Tag auszuhalten. Luke hatte die Schlösser ausgewechselt, dennoch zuckte Tess bei jedem Geräusch zusammen, als könnte Martin vor der Wohnungstür stehen; fuhr erschrocken vor Schatten zurück, als könnte es Nell sein, die sie in die Vergangenheit zurückholen und dazu bringen wollte, Oscar wieder zu vergessen.

Luke hatte die Regale fertig und Richards Bücher ordentlich eingeräumt. Tess vermisste Lukes Gegenwart mehr, als sie zugeben wollte. Er war mit anderen Jobs beschäftigt, doch bei den wenigen Gelegenheiten, wo er vorbeischaute, um Oscar, der ständig nach ihm fragte, zu besuchen, war Tess reizbar und nervös; wünschte, er würde bleiben, wünschte, er würde gehen, ehe sie ihren Entschluss vergaß, auf eigenen Füßen zu stehen. Sie wollte mit ihm befreundet sein, aber auch, dass sie beide mehr als nur Freundschaft verbinden würde. Und so kreisten die Argumente dafür oder dagegen ständig in ihrem Kopf, bis ihr alles zu viel wurde und sie zu dem Schluss kam, dass es einfacher wäre, ihn überhaupt nicht mehr zu sehen. Tess war das reinste Nervenbündel, wartete auf Martin, auf Nell, rechnete ständig damit, dass einer von beiden auftauchte. Ob nun lockere Freundschaft oder heiße Liebesaffäre, jedenfalls war es Wahnsinn, überhaupt an irgendeine Art von Beziehung mit Luke zu denken, solange ihre Probleme nicht gelöst waren.

Als Tess versucht hatte, Luke dies begreiflich zu machen, hatte er es widerspruchslos hingenommen. Er hatte sie lediglich mit einem beunruhigend langen Blick bedacht und dann die Schultern gezuckt. »Wenn du es so haben willst«, sagte er. »Es liegt an dir, Tess. Ich werde dich bestimmt nicht zu etwas zwingen. Du hast meine Nummer. Ruf mich an, wenn du mich brauchst.«

Und deshalb konnte sie ihn nun nicht anrufen, denn dann hätte sie auf ihn den Eindruck gemacht, einsam und anlehnungsbedürftig zu sein.

Alles in allem war sie froh über Vanessas Anruf gewesen. Nach den vergangenen trüben Tagen ließ sich die Sonne endlich wieder blicken, und in den Museumsgärten drängten sich die Besucher, lagen auf dem Rasen, schlenderten über die Wege, fütterten die Eichhörnchen, spielten Frisbee oder bewunderten pflichtschuldig die Ruinen von St Mary's Abbey. Umgeben von so vielen Menschen hatte Tess das Gefühl, sich entspannen zu dürfen. Bestimmt war sie hier sowohl vor Martin als auch vor Nell sicher.

Nachdem Vanessa sich auf ihren Lauf begeben hatte, ließ Tess sich mit ihrem Buch auf dem Rasen nieder, wo sie Oscar im Auge behalten konnte, der mit Sam und Rosie Tauben nachjagte. Gelegentlich musste sie als Streitschlichterin fungieren, doch ansonsten waren die Kinder in ihr Spiel vertieft, dessen Regeln Tess erst gar nicht zu begreifen versuchte. Nach einiger Zeit wurde sie so träge, dass sie ihr Buch beiseitelegte, sich auf die Hände stützte, zurücklehnte und beobachtete, wie die Stadt im Sonnenschein zu neuem Leben erwachte.

Kurz darauf kehrte Vanessa verschwitzt vom Joggen zurück. Sie ließ sich neben Tess ins Gras sinken und ging zu komplizierten Dehnübungen über, wobei sie sich über ihre Knie beugte und jeweils den Knöchel umfasste.

»Den Magen verdorben?« Vanessas Frage hatte Tess überrumpelt.

»Deine Mutter hat gesagt, du wärst krank geworden bei deinem Ausflug mit Luke neulich.«

»Ach? Ich wusste gar nicht, dass du mit meiner Mutter geredet hast.«

Vanessa legte sich auf den Rücken, hob ein Bein an und streckte es. »Du wirst es nicht glauben, Tess, aber wir machen uns beide Sorgen um dich. Oder hast du schon vergessen, dass du in meiner Küche in Ohnmacht gefallen bist?«

»Das hast du meiner Mutter aber nicht erzählt, hoffe ich?«

»Natürlich habe ich das getan. Du würdest es auch wissen wollen, wenn Oscar ohnmächtig geworden wäre, oder?«

Was hatte Vanessa ihrer Mutter sonst noch alles erzählt. Wenn ihre Mutter von Nell wusste … Tess wurde übel. Das wäre genau der Auslöser, den Sue bräuchte, um Martin anzurufen. Doch wenn Vanessa ihre Drohung wahrgemacht und sich selbst mit ihm in Verbindung gesetzt hatte, hätte ihre Freundin es ihr doch gewiss erzählt, oder? Und Martin wäre längst hier aufgekreuzt.

»Ich habe nur etwas Falsches gegessen. Ich habe mich heftig übergeben müssen.«

»Wieso warst du überhaupt mit Luke unterwegs?« Vanessas Bein berührte nun fast ihr Ohr. Wie schaffte sie es nur, so gelenkig zu sein?, fragte sich Tess. Sie zuckte mit den Schultern, fühlte sich plump und unsicher und in die Defensive gedrängt, wie damals mit fünfzehn.

»Wir sind nach Lincoln gefahren.« Das war nicht einmal gelogen.

»Was tust du denn in *Lincoln*?«

»Es ist eine interessante Stadt mit einer wunderschönen Kathedrale. Es hat Spaß gemacht«, setzte Tess trotzig hinzu.

Jetzt war Vanessas anderes Bein an der Reihe. »Deine Mutter findet, dass Luke einen schlechten Einfluss auf dich ausübt.«

»Ich weiß.«

Ihre Mutter hatte frostig reagiert, kein Hehl aus ihrer Missbilligung gemacht, als Tess am vergangenen Wochenende nach ihrer Rückkehr aus Lincoln endlich mit Luke bei ihr aufgekreuzt war. »Sie hat ihn noch nie gemocht.«

»Mütter wissen in der Regel am besten, was gut für ihre Kinder ist«, fügte Vanessa hinzu, hob jedoch auf Tess' vorwurfsvollen Blick hin in gespielter Resignation die Hände. »Ich meine ja nur. Ich halte es für keine gute Idee, wenn du dich wieder mit ihm einlässt.«

Tess zuckte bei diesen Worten zusammen, weil sie so unentschlossen war. Sie wollte sich nicht von Vanessa vorschreiben lassen, wie sie sich Luke gegenüber zu verhalten hatte.

Sie wollte nicht, dass Vanessa recht hatte.

»Ich lasse mich nicht mit Luke ein«, erwiderte Tess frostig. »Wie du neulich dargelegt hast, habe ich es immer noch nicht geschafft, mich aus meiner Ehe zu befreien, und eine neue Beziehung ist derzeit das Letzte, was ich brauche.« Schon richtig, doch wieso verspürte sie dann in sich diese bleierne Schwere? »Luke und ich sind Freunde, weiter nichts.« Tess stand auf, um die Diskussion zu beenden. »Ich gehe jetzt Eis holen. Soll ich für Sam und Rosie eins mitbringen?«

»Normalerweise bin ich ja nicht für Süßes«, begann Vanessa, doch die Kinder hatten Tess aufstehen sehen. Aus einem sechsten Sinn heraus liefen sie bereits herbei und riefen johlend nach Eis. »Ihr könnt mitkommen und euch eins aussuchen«, meinte Tess lachend. »Van, willst du auch eins?«

»Oh, dann bring mir halt auch eins mit. Aber keine Schokosauce extra. Es ist sowieso schon ungesund genug.«

Die Kinder plapperten aufgeregt, während sie in der Schlange vor dem Eiswagen standen. Tess betrachtete sie schmunzelnd, freute sich, dass sie über diese Kleinigkeit so entzückt waren. Sie genoss es, Oscar so lebhaft und unbeschwert zu sehen. In London wäre er nie begeistert auf und ab gesprungen, hätte nie ungeduldig an ihrer Hand gezerrt. Auch wenn es sie noch so viel Kraft kostete, sie würde dafür sorgen, dass er sich nie wieder in das stille, schüchterne Kind von einst zurückverwandelte.

Nach langem Hin und Her trafen die Kinder ihre Wahl, und Tess händigte ihnen ihre jeweilige Eistüte aus. Oscar stürmte wieder mit Sam und Rosie davon, während Tess ihnen gemächlich folgte, ihr Eis schleckte und die wärmenden Sonnenstrahlen auf ihrem Rücken genoss.

»Bitte sehr.« Sie bückte sich, um Vanessa das gewünschte Eis zu reichen, hielt jedoch wie erstarrt mitten in der Bewegung inne, als ihr Blick auf den kleinen Jungen fiel, der ein paar Meter hinter ihnen im Schatten eines Baums stand. Er trug ein leinenes Hemd und über dem Blondhaar eine unter dem Kinn zusammengebundene dünne Stoffhaube, und als ihre Blicke sich trafen, streckte er beide Arme nach ihr aus.

Tess blieb fast das Herz stehen. »Hugh«, flüsterte sie.

»Was? Wer ist Hugh?« Vanessa hob den Kopf und folgte Tess' Blick. Abrupt änderte sich ihr Gesichtsausdruck. »Tess, du machst mir Angst. Dort ist niemand.«

Tess hörte sie nicht. »Hugh.« Sie sank auf die Knie, das Eis fiel ihr aus der Hand, ohne dass sie es merkte. »Mein Herzchen.«

»Sei still jetzt, mein Herzchen«, sagte Tess leise, um Beherrschung bemüht. Sachte wischte sie mit dem Tuch über Hughes Gesicht. Er warf sich ruhelos im Bett hin und her, während das Fieber ihn verzehrte. Seine Haut glänzte vor Schweiß, die Haare klebten ihm an der Stirn.

Ihr herzallerliebster Sohn lag im Sterben.

Die Krankheit war ohne Vorwarnung über die Stadt hereingebrochen. Wenigstens handelte es sich nicht um die Pest, versuchten die Leute einander zu beschwichtigen. Aber was machte es für einen Unterschied, fragte sich Nell verbittert. Hugh würde dennoch daran zugrunde gehen.

Er war erst drei.

Zuerst war eine der Mägde krank geworden. Sie hatte sich jedoch wieder erholt, sodass Nell, als Hugh blass und teilnahmslos wurde, sich einredete, auch er würde wieder gesund werden. Doch es ging ihm von Tag zu Tag schlechter. Sein kleiner Körper, einst so robust und kräftig, wurde immer schwächer. Er hatte nicht einmal mehr die Kraft zu weinen, obwohl er gewiss starke Schmerzen litt.

Nell verfluchte ihre Hilflosigkeit. Ihr ganzes Kräuterwissen nützte ihr nichts. Sie hatte jedes Heilmittel ausprobiert, dessen sie habhaft werden konnte; hatte den Allmächtigen angefleht, obwohl sie heftigen Groll gegen einen Gott empfand, der ein kleines Kind derart leiden ließ.

Ralph fürchtete sich vor Krankheiten jeglicher Art und hielt sich von seinem Sohn fern, wenngleich seine Nachbarn höchst beeindruckt waren, wie viel Zeit er auf Knien in der Kirche verbrachte. Wenn er sich ausnahmsweise zu Hause blicken ließ, war er unausstehlich. Er empfand Hughs Krankheit als persönliche Beleidigung. Er liebte den Kleinen nicht; er schätzte lediglich die Vorstellung, einen Sohn zu haben. Und es missfiel ihm, wie sehr das Kind Nells Aufmerksamkeit in Anspruch nahm.

Er ließ seine Frustration an Meg aus, fauchte sie an, nörgelte an ihr herum, und als ihr unglücklicherweise auch noch ein Krug aus den Händen glitt, bekam er einen Wutanfall. Als Nell sein Geschrei hörte, sah sie sich gezwungen, Hugh in der Obhut von Eliza, der Magd, zurückzulassen und eilig in die Halle zu laufen. Sie kam gerade rechtzeitig, denn Ralph hatte bereits den Arm ausgestreckt, um die vor Angst zitternde Meg am Ohr zu ziehen.

»Lass sie ihn Ruhe!«

Nell mochte zwar gelernt haben, Ralphs Schläge hinzunehmen, doch als sie nun sah, dass ihre Tochter das gleiche Leid erwartete ... Nein, das duldete sie nicht. Sie schob sich zwischen Meg und ihn, baute sich vor ihrem Mann auf, das Kinn vorgereckt, die Augen, schmale Schlitze.

Ralph bebte vor Zorn. »Tritt beiseite, Weib. Ist es mir nicht gestattet, mein eigenes Kind zu züchtigen?«

»Meg, geh in die Küche«, sagte Nell mit ruhiger Stimme. Sie hätte sie gern an Hughs Bett geschickt, wagte es jedoch nicht, aus Angst, ihre Tochter könnte sich anstecken. Sie würde Ralph allein entgegentreten.

Meg ließ sich das nicht zweimal sagen. Sie verdrückte sich eilig und ließ Nell allein mit Ralph zurück.

»Nun, Weib, du denkst also, du kannst mir vorschreiben, was ich tun darf und was nicht?«

»Ich werde meine Kinder beschützen«, sagte Nell. »Koste es, was es wolle.«

Sie sah, wie der Zorn in seinen Augen aufblitzte, und fuhr eilig fort, ehe er die Hand gegen sie erheben konnte.

»Dein Sohn liegt krank in seiner Stube«, sagte sie. »Du kannst mich schlagen, wenn du darauf bestehst, aber das kannst du später tun, denn jetzt muss ich zurück zu Hugh, er braucht mich.«

»Dann geh«, knurrte er.

»Lass die Finger von Meg«, warnte sie ihn im Hinausgehen. Ihre Liebe zu ihren Kindern war größer als ihre Angst vor Ralph, und das machte sie stärker. »Sie geht dich nichts an.«

»Sie ist meine Tochter.«

»Dann behandle sie als solche.«

Nackte Wut im Bauch, stieg sie die Treppe hinauf in die Kammer, in der die Krankheit Hugh in ihrem eisernen Griff hielt. Sie durfte sich nicht von ihrem Hass auf Ralph verzehren lassen, nicht jetzt. Sie brauchte all ihre Kraft für ihren Sohn.

»Wie geht es ihm?«, wollte sie von Eliza wissen, die nur traurig den Kopf schüttelte.

»Ach, Mistress«, seufzte sie. Es zerriss Nell das Herz, aber sie biss die Zähne zusammen. Sie würde ihren Kleinen nicht der Krankheit überlassen, die wie ein Ungeheuer, mit roten, glänzenden Augen und heraushängender Zunge wartete. Nell hatte sich Ralph entgegengestellt; sie würde sich von diesem Scheusal hier nicht in die Knie zwingen lassen.

»Hugh, mein Kleiner, mach die Augen auf, Mama zuliebe«, drängte sie ihn, aber er hörte sie nicht. Wimmernd warf er den Kopf von einer Seite auf die andere.

Eliza weinte. Nell nahm ihr das Tuch aus der Hand, tauchte es in kühles Wasser, wrang es aus und schickte sich an, Hughs kleinen Körper damit zu kühlen. Seine Haut war glühend heiß von dem hohen Fieber, und dies war das Einzige, was sie noch tun konnte. Der Bader hatte ihm am Vortag einen Besuch abgestattet, um ihn zu schröpfen. Doch Hugh hatte so erbärmlich geschrien, als man ihm die heißen Schröpfköpfe auf die Brust setzte, dass Nell sich die Ohren zuhalten musste und dem Mann sagte, er solle kein zweites Mal kommen. Aber vielleicht beging sie einen Fehler? Was wäre, wenn nur das Schröpfen ihn von seiner Krankheit heilen könnte?

Sie hatte ihm einen Trank aus warmer Milch mit Bier und Lattich, Spinat und Portulak zubereitet, dann einen Sud aus Kamillenblüten gekocht und ihn mit Rübensirup gesüßt. Sie hatte Zwiebeln in einem geschlossenen Topf gekocht und Hughs Körper mit dem Kochwasser abgerieben; hatte Zucker mit süßem Mandelöl vermischt und ihm auf die Zunge geträufelt. Sie hatte sein Kissen mit Rosenblütenblättern und Weinraute bestreut, den Fußboden mit Lavendel und Salbei. Sie hatte beim Apotheker ein Stück von dem Horn eines Einhorns holen lassen.

Mary hatte ein paar Haare von Hugh zu der weisen Frau gebracht, die draußen auf der Gemeindeflur wohnte, und ihr einen ganzen Shilling gegeben, damit sie die Krankheit mit einem Zauber bannte.

Aber nichts von alldem hatte geholfen. Rein gar nichts.

»Ganz ruhig, mein Herzchen«, flüsterte Nell, wrang das Tuch aus und begann aufs Neue, weigerte sich zu sehen, dass Hugh inzwischen nicht einmal mehr wimmerte, sein Atem nur noch ein schwacher Hauch war. »Mama ist bei dir. Mama macht dich wieder gesund.«

Vor lauter Angst ließ eine Beklemmung in der Brust ihren Atem kurz und flach werden. Die schlimmsten Nächte mit Ralph waren nicht so furchtbar wie das, was sie jetzt erlebte. Selbst das Eingesperrtsein in der Truhe nicht.

Sie sah Hughs zerknittertes Gesichtchen vor sich, als er geboren wurde. Ihre erste Empfindung war Erleichterung gewesen, weil sie nun endlich in der Lage war, Ralph zu sagen, er habe einen Sohn. Doch kaum hatte man das Neugeborene an ihre Brust gelegt, ging ihr das Herz auf vor Liebe zu ihm, genau wie damals, als Meg auf die Welt gekommen war, und ehrfürchtiges Staunen überwältigte sie.

Hugh. Ihr kleines Söhnchen. Ihr Augenstern.

»Bitte, Hugh«, flehte sie ihn an. »Bitte werde wieder gesund.«

Aber Hugh zeigte keine Anzeichen von Besserung. Nells ganzer Körper schmerzte von der Erkenntnis, dass er nicht mehr genesen würde. Sie klammerte sich an jede Erinnerung, als könnte sie ihn dadurch auf dieser Welt festhalten. Wie sie ihr Gesicht an seinen Nacken gedrückt, seinen süßen Kinderduft eingeatmet hatte. Die Grübchen auf seinen Patschhändchen. Sein glucksendes Lachen, wenn sie ihn kitzelte.

Wie lange war es her, seit sie ihn das letzte Mal lachen gehört hatte? War das wirklich erst vor zwei Tagen gewesen?

Als sie sich selbst gegenüber zugegeben hatte, dass Hugh nie mehr lachen würde, ließ Nell das Tuch auf den Boden fallen. Sie hob den kleinen schlaffen Körper aus dem Bett und drückte ihn an ihre Brust, wiegte ihn in ihren Armen, sang ihm die Schlaflieder vor, die er so liebte, während es ihr das Herz zerriss. Dieses Zerreißen klang so laut in ihren Ohren, dass sie den Moment nicht hörte, als Hugh seinen letzten Atemzug tat. Doch sie spürte, wie es still in ihm wurde, wie das Leben aus ihm wich.

Während sie ihm weiter mit gebrochener Stimme vorsang, ihn weiter wiegte, trat Eliza an sie heran und berührte sie sanft am Arm. »Soll ich den Pfarrer holen, Mistress?«, fragte sie, die Augen rot vom Weinen.

Nell hatte sich verschlossen, alle Riegel vorgeschoben. Sie durfte sich nicht gestatten zu fühlen.

»Es ist zu spät für einen Priester«, erwiderte sie. Obwohl sie eben noch gesungen hatte, klang ihre Stimme wie eingerostet, als gehörte sie einer Fremden. »Er ist tot.«

Sie hätte es merken müssen, als er starb, durchzuckte es Nell. Die Erde hätte sich vor Kummer auftun sollen. Doch draußen vor dem Fenster gingen die Menschen ihren Alltagsbeschäftigungen nach, es bekümmerte sie nicht. Unten auf der Straße beschimpfte Christopher Willoughby wüst einen Kutscher, der mit seinem Wagen seinen Verkaufsstand gerammt hatte. Gegenüber vor dem Laden des Schneiders unterhielten sich weithin hörbar zwei Bürgersfrauen. Eine von ihnen war Marjorie Hodgson. Nell kannte ihr Lachen. Es klang wie das Geschrei einer Gans.

Und Hugh lag leblos auf ihrem Schoß, bleischwer wog der Verlust in ihren Armen.

Eliza schlug ihre Schürze vor das Gesicht. »Ach, Mistress, er war so ein lieber kleiner Junge!«

Steif wie eine alte Frau erhob sich Nell und legte Hugh auf das Bett. Sie strich ihm das immer noch feuchte Haar aus der Stirn und küsste seinen kleinen Mund zum letzten Mal.

Dann ging sie, um es ihrem Mann zu sagen.

Kapitel 16

Tot?«, wiederholte Ralph. »Das kann nicht sein.«

»Es ist leider so«, sagte Nell mit versteinerter Miene, versteinertem Herzen. »Es ist der Wille Gottes.«

Ralph glaubte ebenso wenig wie Nell an den Willen Gottes, dennoch saß er mit ihr die ganze Nacht neben dem Kind und hielt Totenwache. Nell wusch ihren Sohn und wickelte ihn in ein Leinentuch, das sie mit Blumen und Kräutern aus ihrem Garten bestreut hatte, dann bahrte sie ihn in der großen Halle auf, wo sie und Ralph Seite an Seite bis zur Morgendämmerung verharrten und dabei wie betäubt in die zuckenden Kerzenflammen starrten.

Ralphs Gesicht war von Trauer gezeichnet, als er Hugh am nächsten Tag auf seinen Armen zur Kirche trug. Nell und Meg gingen hinter ihm, gefolgt von ihrem Gesinde, den Nachbarn und den Armen, die sich beim Klang der Totenglocke am Vorabend vor ihrem Tor versammelt hatten. Ein jeder hielt einen der Rosmarinzweige in der Hand, welche die weinende Eliza verteilt hatte.

Nell betrachtete ungläubig das Zweiglein in ihrer Hand, als der Pfarrer, der sie an der Pforte erwartet hatte, sie zu dem winzigen Grab geleitete. Was machte sie hier auf diesem Friedhof? Was stand sie da vor dem Grab, in der Hand diesen Rosmarin? Nell war, als hätte sie noch nie in ihrem Leben Rosmarin gesehen. Seine grünen Nadeln waren mit winzigen schwach grauen Punkten besetzt, die blauen Blüten bereits abgefallen, doch als sie ihn zwischen ihren Fingern rieb, stieg ihr der vertraute Duft in die Nase und vermischte sich mit dem Geruch der frisch ausgehobenen Erde neben dem Grab, ein Häuflein, so klein, dass es zum Gotterbarmen war.

Der Klang der Totenglocke dröhnte in Nells Ohren, während wie zum Hohn die Sonne auf sie herabschien. Ralph schluchzte, Meg, die neben ihr stand, ließ ihren Tränen freien Lauf, während der Pfarrer die Worte sprach, die, wie Nell annahm, dazu gedacht waren, sie zu trösten. »Erde zu Erde, Asche zu Asche, Staub zu Staub«, sagte er feierlich. »In der sicheren und gewissen Hoffnung auf die Wiederauferstehung zum ewigen Leben.« Seine Worte erschienen Nell ohne Sinn. Was scherten sie Asche oder Staub, was scherte sie ewiges Leben? Sie wurde beherrscht von dem einzigen Gedanken, dass Hugh nicht mehr da war. Nie mehr würde er an ihren Röcken zerren und betteln, und nie mehr würde sie ihn hochheben und herumwirbeln, bis er vor Vergnügen kreischte.

Doch als der Pfarrer ihr mit ernster Miene zunickte, trat sie gehorsam vor. Sie blickte hinunter in das Grab, sah das in ein Leinentuch gewickelte Bündel. Das, was da unten lag, konnte nicht Hugh sein.

»Der Rosmarin, Mama.« Meg schob sich dichter an ihre Mutter heran, und Nell nickte. Sie hob das Zweiglein ein letztes Mal an ihre Nase. Dann ließ sie es in das Grab fallen, auf ihren toten Sohn, und wandte sich ab.

Anschließend bewirtete man die Trauergäste mit warmem, mit Zucker und Zimt gewürztem Wein. Nell trank nichts davon. Sie konnte nicht schlucken, ihre Kehle war wie zugeschnürt. Als auch der letzte Gast sich schließlich verabschiedete und sie mit Ralph allein zurückblieb, hatte sie ihren Becher immer noch nicht angerührt. Es überraschte sie, wie tief Ralphs Trauer war. Sie hatte nicht gewusst, dass ihm sein Sohn so viel bedeutet hatte.

»Es tut mir leid, dass du diesen Kummer erleiden musst, mein Gemahl«, sagte sie und fragte sich, ob sie und Ralph wenigstens über ihre Trauer zu einer Art Verbundenheit finden könnten. Doch als sich Ralph ihr zuwandte, las sie in seiner gequälten Miene kein Anzeichen von Wärme.

»Es tut dir leid? Und das zu Recht! Das alles ist deine Schuld,

Weib«, fuhr er sie an. Gott habe sie bestrafen wollen, und deshalb nahm er ihr den Sohn, seinen, Ralphs, Sohn. Wäre sie eine bessere Ehefrau, eine bessere Mutter gewesen, hätte Hugh nicht sterben müssen, erklärte er ihr.

Nachdem er ihr dies vorgeworfen hatte, machte Nell nicht einmal mehr Anstalten, ihr Gesicht wegzudrehen, während er den Arm hob. Er schlug sie mit dem Handrücken so heftig auf die Wange, dass sie zu Boden geschleudert wurde. Ihr war, als stünde sie neben sich, als könnte sie zuschauen, wie sie langsam zu Boden sank; und als ihr Kopf auf dem harten Holz aufschlug, war sie froh über die Dunkelheit, die sie begrüßte wie eine alte Bekannte.

»Mummy! Mummy!« Jemand zerrte an ihr, rief mit einer Stimme, die vor Angst bebte. »Wach auf, Mummy!«

»Oscar, lass Mummy kurz in Ruhe.« Eine andere Stimme, resolut, kompetent. »Dieser Mann ist so etwas wie ein Arzt. Er kümmert sich um deine Mummy. Geh mal etwas zur Seite.«

»Nein!« Mit einem Aufschrei warf sich ein kleiner Körper auf sie, so heftig, dass sie husten musste.

»Oh, Gott sei Dank! Sie kommt wieder zu sich.«

»Mummy!«

Sie schlug die Augen auf und sah in das Gesicht eines kleinen Jungen, das ganz verkniffen wirkte, so sehr bemühte er sich, nicht zu weinen. Als er merkte, dass sie wach war, schlang er seine Arme um ihren Hals und vergrub sein Gesicht an ihrer Brust.

Dieses Kind war nicht Hugh. Einen kurzen, schrecklichen Moment lang war Tess versucht, den Jungen wegzuschieben, doch noch während sie sich versteifte, kehrte jäh und mit aller Macht die Erinnerung zurück.

»Oh, mein Gott, *Oscar* …« Sie legte schnell ihre Arme um ihn und hielt ihn fest, während die Trauer um Hugh ihr immer noch die Kehle zuschnürte.

»Komm schon, Oscar.« Vanessa trat heran, übernahm das Kommando. »Du siehst doch, dass deine Mummy wieder okay ist. Mach Platz, damit dieser nette Mann hier sie sich mal ansehen kann.«

Jetzt erst wurde Tess bewusst, dass sie auf dem Rasen lag, umringt von Menschen, die sie neugierig beäugten. Mühsam setzte sie sich auf, während Oscar immer noch wie eine Klette an ihr hing, und fasste mit einer Hand an ihren Kopf.

»Was ist passiert?«

»Du bist wieder ohnmächtig geworden.« Vanessa zog Oscar schließlich mit sanfter Gewalt von seiner Mutter fort. »Wir hatten Glück. Kurz zuvor hat jemand beobachtet, wie ein Sanitäter mit seinem Fahrrad vorbeifuhr. Er ist ihm nachgerannt und hat ihn hergeholt, und jetzt will Nick mal einen Blick auf dich werfen und herausfinden, was mit dir los ist.«

Nick, der Sanitäter, bekleidet mit engen Radlerhosen und einem neongelben Shirt, lächelte aufmunternd. »Ich gehöre zum Cycle Response Unit, wir sind Sanitäter speziell für den Einsatz in der Innenstadt und daher mit dem Fahrrad unterwegs«, erklärte er. »Schön, dass Sie wieder wach sind. Aber da ich schon mal hier bin, könnte ich Sie mir ja mal ansehen.«

»Ich bin wieder ganz okay«, versicherte Tess. Doch um nicht noch mehr Aufsehen zu erregen, ließ sie sich von ihm den Puls fühlen und in die Pupillen schauen, während Vanessa die Passanten verscheuchte und Rosie anwies, Oscars Hand zu halten.

Über Nicks Schulter spähend, sah Tess, wie ihr Sohn die Lippen zusammenpresste, damit sie nicht so bebten, und bei diesem Anblick zerriss es ihr erneut das Herz.

Sie suchte Oscars Blick. »Alles ist gut«, formte sie stumm mit den Lippen.

Nick hockte sich auf seine Fersen. »Nun, auf den ersten Blick sieht alles normal aus. Wann haben Sie das letzte Mal etwas gegessen?«

»Beim Frühstück, etwas Obst.«

»Und gestern Abend?«

Tess hatte keinen Appetit gehabt. »Einen Joghurt, glaube ich.«

»Hm, nun ja, vielleicht haben Sie Unterzucker. Dieses Eis da hätte Ihnen gutgetan«, meinte Nick, während er das Waffelhütchen betrachtete, das verloren in einer Pfütze geschmolzenen Speiseeises lag.

Es hatte keinen Sinn, dem Sanitäter zu erklären, dass der Anblick von Hugh der Auslöser für ihre Ohnmacht gewesen war. Tess lächelte schwach. »Ich werde mich gleich auf den Weg machen und etwas zu mir nehmen«, versprach sie. Sie wünschte, alle würden gehen. Sie hatte Kopfschmerzen. Sie wollte allein sein, damit sie endlich weinen durfte um Hugh, ihr herzallerliebstes Söhnchen. Sie fühlte sich elend, war todtraurig und hin- und hergerissen zwischen Hugh und Oscar, der bereits wieder mit Sam herumtobte. Seine Panik, die der Anblick seiner leblos auf dem Rasen liegenden Mutter ausgelöst hatte, war offenbar schon wieder vergessen.

»Danke«, sagte sie zu Nick, der sich erhob. »Ich bin wieder völlig okay. Tut mir leid, dass ich Ihnen solche Mühe gemacht habe.«

»Das war keine Mühe.« Sein Blick war prüfend. »Sind Sie sicher, dass es Ihnen wieder gut geht? Sie sind sehr blass.«

»Ehrlich«, erwiderte sie beschwichtigend. »Ich brauche nur etwas Ruhe.«

»Nun, schonen Sie sich«, riet Nick.

»Wer ist Hugh?«, wollte Vanessa wissen, nachdem Nick gegangen war.

Tess zog die Knie an und legte ihre Stirn darauf. »Ach, unwichtig.«

»Das war wieder dein ›Geist‹, stimmt's?«

»Ich habe ihn gesehen«, sagte Tess, ohne den Kopf zu heben. »Er stand dort.«

»*Wer* stand dort?«, fragte Vanessa, mit ihrer Geduld fast am Ende.

»Hugh. Mein Sohn.«

Langes Schweigen. Tess hielt ihr Gesicht weiter verborgen, doch sie konnte förmlich sehen, wie Vanessa überlegte, welche Argumente sie ins Feld führen könnte. Tess bedauerte nachträglich, nicht den Mund gehalten zu haben. Nie im Leben würde Vanessa ihr glauben. Unvermittelt verspürte sie heftiges Verlangen nach Luke. Er würde es verstehen. Er würde Vanessa dazu bringen zu gehen, würde wissen, was er sagen musste, damit sie den Mund hielt. Er würde Tess in den Arm nehmen, ohne ihr weismachen zu wollen, dass sie sich das alles nur einbildete, und sie würde sich nicht mehr so allein fühlen und hätte nicht mehr so viel Angst.

Ihre Hände brannten wie Feuer, aber sie begrüßte den Schmerz. Er half ihr, sich auf die Gegenwart zu konzentrieren, und lenkte sie von Hugh ab.

»Tess, das geht jetzt schon zu lange«, erklärte Vanessa, wobei sie bewusst Freundlichkeit und Nachsicht in ihre Stimme legte. »Ich finde wirklich, dass es höchste Zeit ist, zum Arzt zu gehen. Was auch immer du gerade gesehen hast – ein Geist war es jedenfalls nicht. Vielleicht stand tatsächlich ein kleiner Junge dort, doch der ist garantiert weggerannt, als du ihn so angestarrt hast. Ich kann es ihm nicht verdenken! Ich bin ja selber zu Tode erschrocken.«

Es war zwecklos, Vanessa zu widersprechen. »Ja, so muss es wohl gewesen sein«, erwiderte Tess teilnahmslos.

»Hör mal, ihr könntet jetzt mit zu mir kommen, und ich mache für uns alle Mittagessen. Wie findest du das? Nick hat gesagt, du musst was essen. Danach vereinbarst du einen Termin mit deinem Hausarzt. Ich fahre dich hin, wenn du willst, gehe einstweilen mit den Kindern schwimmen – aber vielleicht hättest du es lieber, wenn deine Mutter dich dorthin begleitet?«

»Ich brauche keinen Arzt, Vanessa. Bitte erzähl meiner Mutter nichts von dem, was heute passiert ist.«

»Tess, dir muss doch klar sein, dass wir uns Sorgen machen!« Vanessa schüttelte bekümmert den Kopf. »Ich kann es nicht mitansehen, wenn du so bist.«

Tess hob den Kopf. »Wie bin ich denn?«

»Du weißt genau, was ich meine. Fällst in Ohnmacht, behauptest, Babys zu haben, die nicht existieren, kleine Jungen, die niemand sonst sehen kann …« Sie legte Tess tröstend die Hand auf die Schulter. »Ich glaube einfach, dass dir alles zu viel geworden ist, diese neue Wohnung, das Alleinleben. Es ist keine Schande zuzugeben, dass man Hilfe braucht.«

»Ich habe keinen Nervenzusammenbruch!« Erbost schüttelte Tess Vanessas Hand ab, worauf diese missbilligend mit der Zunge schnalzte.

»Du bist nicht du selbst, Tess. Das musst du doch einsehen.«

Tess rieb sich die Schläfen, atmete tief durch, um sich zu beruhigen. »Ich weiß, wie es für andere aussehen muss, Van, aber glaub es mir, ein Arzt kann mir nicht helfen.«

»Aber du kannst diese Zwischenfälle nicht einfach ignorieren!«, protestierte Vanessa.

»Ich ignoriere sie nicht.« Mein Gott, warum hatte sie nicht den Mund gehalten? Sie hätte neulich Vanessa niemals von dem Baby erzählen dürfen, doch in ihrer abgrundtiefen Trauer war sie zu keinem klaren Gedanken mehr fähig gewesen. Und jetzt, wo Hugh gestorben war … der Kummer überwältigte sie aufs Neue, ging ihr so sehr zu Herzen, dass sie, säße sie nicht, zusammengebrochen wäre. Ihr Wunsch, sich hinzulegen, sich auf dem Gras einzurollen und nur noch zu weinen, war übermächtig.

Nell hatte sich auch nicht ihrem Kummer überlassen dürfen, sondern weitermachen müssen, und sie, Tess, würde dies auch tun. Bei diesem Gedanken straffte Tess die Schultern, schob entschlossen die Haarsträhnen aus dem Gesicht und versuchte sich zu konzentrieren. Vanessa würde ihr zusetzen, so lange, bis sie hörte, dass Tess etwas unternahm. »Tatsächlich habe ich bereits einen Therapeuten aufgesucht, aber es wäre mir lieb, wenn du das für dich behalten würdest, auch meiner Mutter gegenüber.«

Sofort wurde Vanessa misstrauisch. »Was ist das für ein Therapeut?«

»Er hat sich auf Rückführungen spezialisiert.« Tess scheute vor einer glatten Lüge zurück. »Das war auch der Grund, weswegen ich mit Luke nach Lincoln gefahren bin.«

»Hätte ich mir denken können, dass Luke seine Hände im Spiel hat!«, bemerkte Vanessa entrüstet. »Bei ihm kann man damit rechnen, dass er dich zu irgendeinem Quacksalber bringt. Woher weißt du, dass dieser ›Therapeut‹ kein Scharlatan ist?«

»Ich fand ihn sympathisch«, erwiderte Tess trotzig. Sie schickte sich an aufzustehen, um dem Gespräch ein Ende zu bereiten. Sofort sprang auch Vanessa auf, um ihr auf die Beine zu helfen. »Lieb von dir, dass du so um mich besorgt bist, aber dazu besteht kein Grund.« Tess löste ihren Arm aus Vanessas festem Griff. »Glaube mir.«

Vanessa blieb skeptisch. »Mir gefällt das Ganze nicht«, seufzte sie, »aber du warst ja immer schon ein Sturkopf.« Das war neu für Tess, denn sie hatte Vanessa eigentlich für diejenige von ihnen gehalten, die den stärkeren Willen besaß. »Ich weiß, es hat keinen Sinn, mit dir zu debattieren, wenn du dir einmal etwas in den Kopf gesetzt hast.«

Vanessa fing an, die Jacken der Kinder einzusammeln, die auf dem Rasen verstreut lagen. »Komm trotzdem mit zu mir und iss etwas.«

Tess konnte es nicht erwarten, ihrer Gesellschaft zu entfliehen. Sie fühlte sich derart erstickt von Vanessas Sorge, dass ihr sogar das Atmen schwerfiel. »Das ist sehr lieb von dir, aber ich denke, ich muss jetzt heim und mich ein bisschen hinlegen.«

Vanessa musterte sie, registrierte ihr blasses Gesicht, die Ringe unter den Augen. »Weißt du was«, sagte sie, »ich nehme Oscar mit zu mir und bring ihn dir später vorbei; dann kann ich gleich nachsehen, wie es dir geht. Ich habe ja den neuen Schlüssel, den du mir gegeben hast.«

Tess schaute sich suchend nach Oscar um. Ihr Instinkt riet ihr, ihn bei sich zu behalten, doch ihr Sohn hatte seinen Schrecken von vorhin anscheinend überwunden. Er tollte ausgelassen herum, hatte so viel Spaß mit Sam und Rosie, dass es Tess grausam erschien, ihn in diese düstere Wohnung zu schleppen. Außerdem war sie immer noch todtraurig und von einer bleischweren Müdigkeit befallen. Sie wollte unbedingt schlafen, doch das war unmöglich, wenn sie gleichzeitig ein Auge auf Oscar haben musste. Und vielleicht würde Vanessa auf diese Weise erst einmal Ruhe geben. Für weitere Debatten fehlte Tess jede Energie.

»Okay«, sagte Tess. »Danke. Ich bin dir wirklich sehr dankbar, wenn du dich heute Nachmittag um Oscar kümmerst. Aber du brauchst ihn nicht heimzubringen. Ich hole ihn selbst ab. Der Spaziergang wird mir guttun.« Sie setzte ein Lächeln auf, sich unangenehm bewusst, dass ihre Dankbarkeit gegenüber ihrer Freundin nicht aufrichtig war. Dabei versuchte Vanessa nur zu helfen. »Du bist wirklich eine gute Freundin, Vanessa. Ich wüsste nicht, was ich ohne dich täte.«

Vanessa tätschelte selbstgefällig die Kinderjacken über ihrem Arm. »Diese Sorge ist überflüssig«, sagte sie. »Du kannst dich immer auf mich verlassen, Tess.«

Heftige Kopfschmerzen machten Tess zu schaffen, während sie auf dem St Helen's Square stand und die Kirche betrachtete. Hier hatte sie den Gottesdienst besucht und Hugh zu Grabe getragen. Sie drehte sich langsam im Kreis, nahm weder die Kauflustigen wahr noch die Touristen noch die Schlange der geduldig wartenden Gäste vor Betty's Tea Rooms. Sie blendete den Blumenstand und die Fahrradständer aus, die Straßenkünstler und die von der Stadtverwaltung aufgestellten Blumentröge, die Geschäfte und die Bank. Stattdessen sah sie den Friedhof, seine Zaunpfähle, die Pforte – und den Erdhaufen, den sie nun über Hugh schaufeln würden.

Wieder wurde sie von Trauer überwältigt. Sie wollte zu Boden sinken, das Pflaster wegscharren. Ihre Finger brannten, als würde sie wie eine Wahnsinnige Steine aus dem Boden lösen, mit den Händen die Erde aufkratzen, um hinunter zu ihrem Kind zu gelangen. Lag er noch dort, tief unter der Erde, oder war er zusammen mit dem Rosmarin und dem Leichentuch schon lange zu Staub zerfallen?

Erde zu Erde. Tess hatte noch immer die sonore Stimme des Pfarrers im Ohr.

Ihre Sicht war verschwommen, ihre Hände brannten wie Feuer, als sie kehrtmachte und mit wankenden Schritten die Stonegate entlanglief. Bis sie endlich vor Richards Haus stand, war sie vor Tränen fast blind. Sie hantierte unbeholfen mit ihrem Hausschlüssel, als sie plötzlich eine Stimme hinter sich hörte.

»Ah, hier wohnst du also, Theresa.«

Die Worte schnitten jäh durch ihre Benommenheit, ihren Kummer und ihren Schmerz – und drangen scharf und zielgenau zu ihrer Angst vor.

Martin.

Der Schlüssel fiel Tess aus der Hand, sie fuhr herum, das Herz schlug ihr bis zum Hals.

Da stand er: ihr attraktiver Ehemann, glatt rasiert, teuer gekleidet in seinem Blazer, dem offenen weißen Hemd, das blonde Haar ordentlich gebürstet. Das Lächeln, liebenswürdig und entwaffnend.

»Du wirkst überrascht, mich zu sehen«, sagte er.

Tess hatte einen trockenen Mund bekommen. »Was machst du hier?«, presste sie hervor und hasste den zittrigen Klang ihrer Stimme.

»Ich bin hier, um dich nach Hause zu bringen, was denn sonst?« Martin trat näher, bückte sich, um den Schlüssel aufzuheben, und Tess musste sich sehr beherrschen, um nicht zurückzuweichen. »Als du anriefst, wusste ich, du erwartest insgeheim, dass ich komme und dich hole.«

»Nein.« Tess wich zurück, bis sie mit dem Rücken die Haustür berührte. »Ich gehe nicht mit dir nach London, Martin.«

»Liebling, findest du nicht, dass du dich jetzt reichlich kindisch aufführst? Du weißt, wie wichtig meine Arbeit ist und dass ich dafür in London sein muss. Ich kann unmöglich nach York ziehen.«

»Das will ich ja gar nicht.« Ihr Herz klopfte so wild, dass sie es bis in den Hals spürte. »Ich will die Scheidung. Und bitte gib mir jetzt meinen Schlüssel.« Sie hielt ihm ihre offene Hand hin, bot all ihre Beherrschung auf, damit sie nicht zitterte. Nach einem kurzen Zögern ließ Martin den Schlüssel in ihre Handfläche fallen.

»Du bist böse auf mich.« Seine Miene veränderte sich, seine Augenbrauen zogen sich besorgt zusammen. »Ich verstehe das nicht, Theresa. Was habe ich getan?« Er sah sie mit einem Hundeblick an, ein reumütiges Lächeln spielte um seine Mundwinkel. »Ist es, weil ich so lange nicht gekommen bin, um dich zu holen?«

»Nein.« Tess befeuchtete ihre Lippen, ihre Blicke schweiften zur Straße. Ein Touristenstrom bewegte sich durch die Stonegate, aber niemandem schien aufzufallen, dass etwas nicht stimmte. Tess war eingeschlossen in einer Blase, in der es nur sie und Martin gab. Schon spürte sie, wie sein starker, unerbittlicher Wille sie umschloss wie eine Faust, sie zusammendrückte, zerquetschte. Tess nahm all ihre Kraft zusammen, straffte die Schultern, reckte das Kinn vor. Sie musste an Nell denken. Nell hatte sich nicht von Ralph den Schneid abkaufen lassen. Auch Tess würde sich von Martin nicht unterkriegen lassen.

»Nein«, sagte sie noch einmal. »Ich spiele keine Spielchen mit dir, Martin. Ich will, dass du gehst.«

»Liebling, wieso führst du dich so auf?« Martin wirkte ehrlich verwirrt. »Vielleicht hätte ich dich früher holen sollen, aber ich wollte, dass du mich ebenso sehr vermisst wie ich dich. Gut, kann sein, dass ich dich ein bisschen bestrafen wollte, dafür, dass du mich ohne jede Erklärung verlassen hast. Aber ich denke, wir beide haben inzwischen unsere Lektion gelernt, nicht wahr? Und jetzt bin ich ja hier. Du hast bekommen, was du wolltest.«

»Ich wollte nicht, dass du herkommst«, erwiderte Tess mit fester Stimme. Sie fürchtete sich seit Langem vor dieser Begegnung, doch nach dem anfänglichen Schock, ihm gegenüberzustehen, war sie nun ruhiger, als sie erwartet hatte. »Ich will nicht länger mit dir verheiratet sein.«

»Theresa, was redest du da!« Bestürzung spiegelte sich in seiner Miene, ehe er seine Fassung zurückgewann. »Hör mal, warum reden wir nicht drinnen weiter? Ich sehe, wie blass du bist. Geht es dir nicht gut?« Er beugte sich zu ihr, ganz der zärtliche, fürsorgliche Ehemann. »Deine Mutter sagt, du bist sehr mitgenommen.«

Danke, Mum, genau die Unterstützung, die ich brauche.

Martin wirkte so zerknirscht, so bestrebt, ihr Wohlwollen zu erlangen. Das Sinnbild des liebenden Ehemanns, der zu Kreuze kriecht, um seine Frau zurückzugewinnen. Es war naheliegend, dass sie in ihre Wohnung gingen und sich dort in Ruhe weiter unterhielten. Plötzlich fiel Tess die Besteckschublade ein. Die exakt gefalteten Dessous.

»Nein«, sagte sie. »Ich will dich nicht in meiner Wohnung haben.«

»Ist es, weil ich neulich am Telefon so schroff zu dir war? Du weißt doch, dass dies aus reiner Verzweiflung geschah. Du hast keine Vorstellung, wie weh mir das getan hat, als du mich sang- und klanglos verlassen hast, Theresa«, sagte er in klagendem Ton, »ich war am Boden zerstört. Ich konnte nicht mehr essen, nicht mehr schlafen. Ich bin völlig fertig, ein Wrack.«

Früher hätte Tess in einer solchen Situation automatisch ein schlechtes Gewissen bekommen, doch jetzt vermochte sie, ihn prüfend anzublicken und sich zu denken, dass er nicht wie ein Wrack aussah. Er wirkte wie immer, fit und gesund und wie aus dem Ei gepellt. Tess überkam eine große Müdigkeit. Sich gegen Martins Willen zu sträuben kostete viel Energie. Seine Anwesenheit zehrte an ihren Kräften, bis sie bald zu schwach sein würde, sich ihm weiter zu widersetzen. Doch das wollte sie diesmal nicht zulassen. Sie musste stärker sein als er. Sie musste so stark sein wie Nell.

»Ich will dich nicht in meiner Wohnung haben.« Tess war selbst überrascht über den gefassten Ton ihrer Stimme.

Etwas Ungutes flackerte in Martins Augen auf, das jedoch gleich wieder kaschiert wurde. Er stieß einen Seufzer aus. »Können wir dann wenigstens irgendwohin gehen und einen Kaffee trinken, oder so? Wir können doch nicht auf der Straße über unsere Ehe reden.«

»Bitte«, fügte er hinzu, als Tess zögerte. »Ich weiß, ich habe Fehler gemacht, aber ich will doch nur, dass wir wieder zusammen und eine Familie sind. Ich liebe dich, Theresa. Bitte lass uns wenigstens miteinander reden. Dann kannst du mir erklären, was genau das Problem ist, und wir werden eine Lösung finden, das verspreche ich dir.«

Ach, er konnte so überzeugend sein, wenn er wollte! Selbst jetzt, wo sie auf der Hut war und entschlossen, ihm Paroli zu bieten, spürte sie den Reiz seiner Worte. Wieder eine Familie sein. Geliebt werden. Miteinander reden. Wie könnte sie etwas ablehnen, das so natürlich und selbstverständlich war?

Ein vernünftiges Gespräch sollte doch inzwischen möglich sein, oder? Es war ein Gebot der Höflichkeit, fand Tess. Sie würde Martin begreiflich machen, dass ihre Ehe zu Ende war. Sie würde ihm versichern, dass sie nichts von ihm wollte. Keine Unterhaltszahlungen, weder für sich noch das Kind. Dieser finanzielle Verzicht fiel ihr leichter, als Martin gegen sich aufzubringen. Und was konnte er ihr in einem Café schon anhaben? Im schlimmsten Fall würde sie einfach aufstehen und gehen.

»Gut«, sagte sie. »Nur einen Kaffee.«

Im ersten Stock des Porzellanladens im Haus gegenüber befand sich ein Tearoom. Er war so gut besucht, dass sie ein paar Minuten im Treppenhaus stehen mussten, ehe man sie zu einem Tisch am Fenster mit Blick auf die Stonegate führte. Martin mochte es nicht, wenn man ihn warten ließ. Sein Lächeln wirkte zunehmend gezwungen, und die Ader an seinem Hals zuckte, ein Warnzeichen, das Tess allzu gut kannte. Ihr Magen verkrampfte sich, doch sie schluckte die gewohnheitsmäßige Entschuldigung hinunter, die ihr schon auf der Zunge lag. Es war nicht ihre Aufgabe, ihn zu besänftigen, wie sie sich in Erinnerung rief.

Kaum hatten sie bestellt, schob Tess ihren Stuhl zurück. Augenblicklich streckte Martin den Arm aus und hielt ihre Hand fest.

»Wo willst du hin?«

»Aufs Klo«, erwiderte sie tonlos. »Bin gleich wieder da.«

»Aber wir haben doch gerade erst Platz genommen«, protestierte er, ohne ihre Hand loszulassen.

»Und ich war den ganzen Vormittag in der Stadt unterwegs. Ich habe nicht vor zu verschwinden, Martin. Ich habe gesagt, ich gehe mit dir Kaffee trinken, und das tue ich auch.«

Widerstrebend ließ Martin ihre Hand los. »Beeile dich«, sagte er mit einem Lächeln, bei dem ihr eiskalt wurde. »Ich habe dich so sehr vermisst, dass ich keine Minute länger von dir getrennt sein will.«

Tess spürte seinen Blick im Rücken, als sie an den Tischen vorbei zur Toilette ging. In der Kabine lehnte sie sich erschöpft an die Tür und zog mit nervösen Fingern ihr Handy aus der Tasche.

Luke antwortete nach dem dritten Klingeln. »Tess.« Sein Ton war barsch, wie üblich, doch allein der Klang seiner Stimme half ihr, sich ein wenig zu beruhigen.

»Ich kann nicht lange reden.« Eilig erzählte sie ihm von Martin.

Luke verschwendete keine Zeit mit Kommentaren. »Willst du, dass ich komme?«

Sie biss sich auf die Unterlippe. »Ach, ich weiß nicht. Ich will ihn auf keinen Fall provozieren, möchte nur, dass er geht!«

»Hör mal, du trinkst jetzt deinen Kaffee. Er kann dir inmitten all der Gäste nichts tun. Ich komme und warte draußen vor deinem Haus, damit ich zur Stelle bin, falls du mich brauchst.«

Tess fühlte sich besser, als sie zu ihrem Tisch zurückkehrte. Martin, seine Augen schmale Schlitze, wartete auf sie. Doch als er sie erblickte, entspannte sich seine Miene, und er stand auf, um ihr mit einem bewundernden Lächeln den Stuhl zurechtzurücken. Tess bemerkte, dass die beiden Frauen am Nebentisch Martin musterten und einander vielsagend anschauten. Keine Frage, sie fanden Martin attraktiv und waren beeindruckt von seiner höflichen Geste.

»Endlich!« Er streckte über den Tisch seine Hand nach ihr aus. »Du hast keine Vorstellung, wie sehr ich dich vermisst habe, mein Liebling.«

Tess ignorierte seine Hand.

»Warum bist du so?«, fragte er verletzt.

Als die Bedienung sah, dass Tess wieder Platz genommen hatte, brachte sie den bestellten Kaffee. »Darf ich Ihnen sonst noch etwas bringen?«, fragte sie freundlich lächelnd.

Martin schenkte der Frau keine Beachtung. Seine guten Manieren dienten der Show, sie gewöhnlichen Kellnerinnen zukommen zu lassen wäre Vergeudung.

»Vielen Dank«, antwortete Tess steif. »Im Moment nicht.«

»Also«, sagte Martin, »erzähl mir, was los ist.«

Womit sollte sie anfangen? Wie könnte es ihr gelingen, sich ihm begreiflich zu machen? Tess nahm ihre Tasse, umklammerte sie mit ihren zitternden Fingern. Vielleicht war es ein Fehler gewesen, mit ihm hierherzugehen?

»Theresa, meine Zeit hier ist nicht unbegrenzt.« Martin seufzte mit milder Nachsicht. »Ich erwarte eine Reihe wichtiger Angebote, ich habe einen Regierungsauftrag laufen … aber …« Er hob die Hand als Zeichen, dass er begriffen hatte. »Ich verstehe. Ich habe dir nicht genug Aufmerksamkeit gewidmet. Ich bin zwar der Meinung, dass es auch die Möglichkeit gegeben hätte, sich zusammenzusetzen und zu reden, aber nein, du hast es vorgezogen, ein riesiges Theater zu veranstalten und vor mir wegzulaufen, als wäre ich eine Art Ungeheuer!«

»Ich habe versucht, mit dir über das eine oder andere zu reden«, brachte Tess schließlich heraus und stellte behutsam ihre Tasse auf den Unterteller. »Aber du hast mir einfach nicht zugehört.«

»Meine Arbeit ist sehr anspruchsvoll, ich stehe unter einem enormen Druck.« Der alte Martin, seine Stimme, kühl und beherrscht.

»Du weißt, wie schwierig mein Job ist, Theresa. Wenn ich einen Regierungsauftrag zu erfüllen habe, kann ich den Leuten dort wohl kaum erklären, wartet noch, ich muss erst nach Hause und meiner Frau zuhören, die den lieben langen Tag nichts anderes zu tun hat, als das Geld auszugeben, das ich verdiene. Habe ich recht?«

In Martin brodelte es gefährlich, und Tess musste all ihren Mut, ihre Kraft aufbieten, um nicht klein beizugeben, wie so oft in ihrer Ehe. Doch schon im nächsten Augenblick erschien, wie durch Zauberhand, ein Lächeln auf Martins Gesicht, das seinen inneren Aufruhr so geschickt verbarg, dass Tess sich fragte, ob sie sich getäuscht hatte.

»Doch jetzt bin ich ja da«, sagte er in einem dieser blitzschnellen Stimmungswechsel, die sie in der Vergangenheit so oft auf dem falschen Fuß erwischt hatten. »Und ich habe etwas für dich, das der ganzen Sache helfen wird.«

Ein vertrautes, ungutes Gefühl der Ohnmacht bemächtigte sich Tess', als er ein Kuvert aus der Tasche seines Blazers zog und es über den Tisch zu ihr hinschob.

»Was ist das?«

»Mach es auf.«

»Martin …«

»Liebling, bitte.« Er lächelte jungenhaft. »Das ist für dich – nun ja, für *uns*.« Er beugte sich vor und ergriff ihre beiden Hände, ehe sie Zeit hatte, sie zurückzuziehen. »Mir ist klar, ich war in letzter Zeit nicht so aufmerksam, wie ich sein sollte, aber du weißt, dass ich dich anbete. Ich *brauche* dich.« Er verstärkte seinen Griff, als Tess Anstalten machte, sich zu befreien. »Wir sind füreinander geschaffen – das hast du selbst gesagt während unserer Flitterwochen. Weißt du noch? Du hast gesagt, nichts könnte uns je trennen. Nun, das ist wahr. Ich werde es nicht zulassen.«

Tess wurde übel. »Martin«, begann sie, aber er schnitt ihr das Wort ab.

»Mach das Kuvert auf, Liebling«, beharrte er.

Sie blickte diskret um sich. Die beiden Frauen am Nebentisch beäugten sie mit unverhohlenem Neid. Tess' Unwohlsein verstärkte sich. Sie ertrug die Szene nicht, zu der Martin, wie sie sehr wohl wusste, bei ihrer Weigerung fähig wäre.

Widerstrebend nickte sie, worauf er ihre Hände losließ. Sie öffnete den Umschlag und zog ein Blatt Papier heraus, dick, teuer. Sie schlug es auf, auf Schlimmes gefasst, und überflog es. Es waren die Unterlagen für einen Luxusurlaub auf den Malediven. »Was soll das?«

»Zweite Flitterwochen!« Martin lachte, entzückt über ihren Gesichtsausdruck. »Drei Wochen in einer Luxusferienanlage. Wir haben eine Villa ganz für uns allein. Nur wir beide. Ist das die Aufmerksamkeit, die dir gefehlt hat?«

Tess hob den Kopf und starrte ihn an. Er beobachtete sie, sein Blick klar, strahlend. Er hatte definitiv nichts begriffen.

»Was ist mit Oscar?«, fragte sie ungläubig. Es war das Erste, was ihr in den Sinn kam. Martin hatte seinen Sohn kein einziges Mal erwähnt.

Er tat das Thema Kinderbetreuung mit einer Handbewegung ab. »Deine Mutter kann auf ihn aufpassen.«

Er meinte, was er sagte, erkannte Tess mit wachsendem Entsetzen. Er glaubte allen Ernstes, sie spiele ein Spiel mit ihm, halte ihn hin, um möglichst viel Geld aus ihm herauszuholen.

»Na?«, sagte Martin, während sich seine Miene verfinsterte angesichts ihrer mangelnden Begeisterung.

Tess legte die Unterlagen auf den Tisch. Sie schloss ihre schmerzenden Finger um ihre Tasse und führte sie an den Mund, während sie fieberhaft überlegte, welche Worte sie wählen sollte, damit er endlich begriff, dass sie nie wieder mit ihm auf irgendeine Reise gehen würde.

Nell führte ihren Becher an den Mund und nippte an dem Wein. Er war gut gewürzt und tat wohl an diesem kühlen Frühlingstag. Sie befand sich in einem Kreis von Frauen, lauschte dem Geplätscher ihrer Unterhaltung. Sie drängten sich in der Stube, die Luft war stickig, schwer von dem Aroma, das den Duftkugeln entströmte, dem Duft des gewürzten Weins, dem leicht milchigen Geruch des Neugeborenen.

Sie hatten sich um Cecily Fawcetts Wochenbett versammelt – es handelte sich um ihre erste Geburt. Cecily war neunzehn und somit im gleichen Alter wie Nell bei ihrer Hochzeit mit Ralph. Ihr Gemahl, George Fawcett, war Tuchhändler und fast so reich wie Ralph. Nach dem Tod seiner ersten Frau vor einem Jahr hatte er auf die Ehe mit Cecily gedrängt, damit seine vier Kinder möglichst schnell wieder versorgt waren. Nell fragte sich, wie es wohl sein würde, mit einem über zwanzig Jahre älteren Mann verheiratet zu sein. George war feist, hatte einen kleinen spitzen Mund und böse Augen, doch Cecily schien, wie Nell zugeben musste, nicht unzufrieden mit ihrem Los. In ihrem Kittel aus allerfeinstem Batist thronte sie in ihrem Bett und genoss lächelnd all die Aufmerksamkeit.

Cecily konnte mit Recht zufrieden mit sich sein. Sie hatte einen strammen Jungen auf die Welt gebracht, George, wie er nach seinem Vater benannt wurde. Die Weiber machten viel Getue um den Kleinen und reichten ihn im Kreis herum. Nell war bereits an der Reihe gewesen. Sie hatte Georges seidenweiche Wange gestreichelt und an Hugh gedacht, der nun schon vier Jahre unter der Erde lag. Er wäre jetzt sieben, ein fröhlicher, kräftiger Knabe.

Wäre Ralph freundlicher zu ihr, wenn sein Sohn überlebt hätte?, fragte sich Nell bisweilen. Nicht dass der Umgang mit ihm je leicht gewesen wäre, doch seit Hughs Tod trat seine dunkle Seite noch stärker zutage. Den Nachbarn gegenüber tat er wichtig und bedeutsam, ein frommer, gottesfürchtiger Mann. Sie hielten ihn für vernünftig und umsichtig. Eines schönen Tages wird Ralph Maskewe das Bürgermeisteramt erringen, sagten sie untereinander, wissend mit dem Kopf nickend. Sie erkannten nicht die Brutalität, die bisweilen in seinen Augen aufloderte. Sie nahmen nicht die unterschwellige Niedertracht in seiner Aura wahr. Sie witterten nicht das Ungeheuer, das unter der Oberfläche schlummerte.

Doch Nell tat es, desgleichen ihre Tochter. Meg war nun elf, ein hübsches Mädchen mit Nells rotbraunem Haar und strahlend blauen Augen, die Nell schmerzlich an Tom erinnerten. Meg hatte Angst vor ihrem Vater.

Nell hielt, so gut sie es vermochte, Meg von Ralph fern. Es hatte keine weiteren Kinder mehr gegeben, zumindest keins, das überlebt hatte. Zwei Fehlgeburten, ein totgeborener Sohn. Jedes Mal hatte es Nell fast das Herz gebrochen. Und Ralph gab ihr immer die Schuld und verübelte es ihr außerdem, dass Meg als das einzige lebende Kind nur ein Mädchen war.

Ralph verachtete die Frauen, davon war Nell überzeugt. Und dennoch hatte sie ihn jüngst dabei ertappt, wie er ihre Tochter anblickte, auf eine Weise, dass Nell das Blut in den Adern stockte. Sie wollte Meg nicht verlieren, doch sie fragte sich, ob ihre Tochter nicht besser aufgehoben wäre, wenn sie in den Dienst einer anderen Familie träte.

Doch woher wusste sie, ob Meg woanders sicherer war? Nicht immer zeigten die Leute in der Öffentlichkeit ihr wahres Gesicht. Wer wüsste dies besser als Nell?

Falls Ralph Meg anfasste, würde Nell ihn töten.

Zu diesem Schluss war Nell im Grund bereits gekommen. In letzter Zeit stand sie oft nachdenklich in ihrer Kräuterkammer, überlegte, wie man vorgehen könnte. Der sicherste Weg wäre, ihm heimlich Rattengift, Arsen, in seine Speise zu mischen, wenn sie genau wüsste, dass niemand sonst davon äße. Sie würde an den Galgen kommen, ohne Frage, aber Meg wäre in Sicherheit. Mehr wollte sie nicht.

Aber vielleicht sollte sie nicht so lange warten und ihn jetzt schon umbringen. Immer öfter ertappte Nell sich dabei, dass sie ernsthaft diese Frage erwog. Sie hätte eigentlich entsetzt sein sollen darüber, mit welcher Ruhe sie ein derart abscheuliches Verbrechen ins Auge fasste, doch ihr Rechtsempfinden war ihr während der jahrelangen Misshandlungen durch Ralph buchstäblich ausgetrieben worden. Falls Nell etwas zustieße, hätte Meg keine Möglichkeit mehr, sich gegen ihren Vater zu wehren. Ihr Herz zog sich zusammen bei dem Gedanken, ihre Tochter würde schutzlos zurückbleiben. Dies durfte auf keinen Fall geschehen.

Ralph musste sterben.

Aber auf welche Weise?

Nell war zwar bereit, den Tod in Kauf zu nehmen, um ihre Tochter zu retten, aber so bald schon wollte sie nicht hängen. Meg zählte erst elf Jahre. Wen gab es sonst auf der Welt, dem sie ihr Kind anvertrauen konnte?

Nell grübelte über das Problem nach, während sie an ihrem Wein nippte und nur mit halbem Ohr den Gesprächen der Frauen um sich herum lauschte. Plötzlich beugte Margery Dixon, die neben Nell saß, sich vor.

»Habt Ihr auch gehört, was die Leute über Mistress Clitherow reden?«, fragte sie in die Runde, woraufhin das angeregte Geplauder über Neugeborene, Dienstboten und Ehemänner jäh verstummte.

Schweigen breitete sich aus. Die Frauen schauten einander betreten an. Margaret Clitherow wohnte in The Shambles. Es war nicht ihre Nachbarschaft, aber inzwischen hatten alle von dieser Frau gehört. Sie hatte sich mit dem alten Glauben ausgesöhnt, weigerte sich, ihm abzuschwören. Sie weigerte sich auch, den protestantischen Gottesdienst zu besuchen, obwohl man sie deswegen schon wiederholt in den Kerker geworfen hatte. Sie scherte sich nicht um das Gesetz, wie es schien. Auf der Straße flüsterte man hinter vorgehaltener Hand, sie verstecke katholische Priester in ihrem Haus, obgleich man trotz mehrmaliger Durchsuchung nie fündig geworden war. Man hatte Bücher, liturgische Gewänder und Gefäße entdeckt, doch keine Spur von einem Priester.

Als Nell dies hörte, dachte sie an das Priesterloch, das sie damals vor langer Zeit in dem Haus in der Stonegate gesucht hatte. Sie fragte sich, ob es tatsächlich existierte, ob es jemals benutzt worden war. Toms Mutter war Papistin gewesen. Nell erinnerte sich, dass es damals jeder gewusst und keiner darüber geredet hatte. Die Menschen behielten ihre Ansichten größtenteils für sich. Es war klüger so. Nell selbst besuchte mit Ralph den protestantischen Gottesdienst, doch seit dem Tod von Hugh stand ihr Glaube auf tönernen Füßen. Sie ging in die Kirche um des bloßen Scheins willen. Nell bewunderte Margaret Clitherow für ihren Mut, für ihre Weigerung zu tun, was man ihr befahl, aber sie hütete sich, eine entsprechende Bemerkung Ralph gegenüber zu machen. Nell selbst würde nie so viel aufs Spiel setzen für einen Gott, welcher ihr ihren kleinen Sohn genommen hatte.

Jane Harrison brach schließlich das Schweigen. »Man munkelt, sie habe sich geweigert, ihre Kinder vor Gericht aussagen zu lassen.« Isabel Dickinson, die Frau neben ihr, nickte beipflichtend.

»Sie will sie davor bewahren, gegen ihre eigene Mutter aussagen zu müssen.«

»Ich habe gehört, sie soll zerquetscht werden«, sagte eine andere Frau, und Totenstille senkte sich über die Anwesenden.

Tod durch Zerquetschen. Nell schlug die Hand vor den Mund. Also stimmte es. Ralph hatte ihr dasselbe erzählt. Mit leuchtenden Augen hatte er ihr beschrieben, was dabei passieren würde.

Man würde Mistress Clitherow nackt ausziehen und mit dem Rücken auf eine Steinplatte legen. Sodann würde man eine Tür auf sie senken und Letztere Stein um Stein beschweren, so lange, bis die Rippen der armen Frau brachen und ihr Herz zerquetscht wurde.

Es schnürte Nell die Kehle zu. Sie musste daran denken, wie sie sich gefühlt hatte, wenn Ralph sie in die Truhe sperrte. Wie die Dunkelheit, das Entsetzen sie schier erdrückten, sodass sie das Gefühl hatte, ersticken zu müssen.

Margaret würde dies in Wirklichkeit erleben. Dieses Gewicht

war echt, nicht aus der Furcht, der Panik geboren. Sie wäre gefangen unter dieser Tür, und selbst wenn sie ihre Meinung im letzten Moment noch ändern sollte, wie sollte sie sich verständlich machen? Sie könnte sich weder bewegen noch sprechen noch schreien.

Margaret würde für ihren Glauben sterben.

Man munkelte, sie trüge ein Kind unter dem Herzen. Es würde mit ihr sterben.

Nell war in Gedanken bei Margaret Clitherow, als sie die Stonegate entlang nach Hause ging. Bei ihr, Nell, käme stets das Kind an erster Stelle, vor dem Glauben. Dass jemand bewusst diesen Tod auf sich nahm, überstieg ihr Verständnis. Selbst in ihren dunkelsten Stunden – ihrer Hochzeitsnacht, Hughs Sterben – hatte tief drinnen in ihr ein Licht geleuchtet, das sich durch nichts auslöschen ließ.

Sie war bereit, für Meg zu hängen, das schon. Aber den Tod durch Erdrücken zu wählen … es war Nell schier unbegreiflich. Wenn man sich bewusst war, dass der Brustkorb vergeblich ankämpfte gegen das auf ihm lastende Gewicht, wenn das Entsetzen jeden anderen Gedanken auslöschen, den letzten Atemzug aus ihrer Lunge pressen würde …

Lieber wollte sie hängen.

Sie fröstelte. Eine Gans war über ihr Grab gelaufen – so sagte man doch, wenn einem ein Schauder über den Rücken lief.

Doch vielleicht war es nur der Wind an diesem sonnigen, aber kalten Tag im März gewesen.

Die Sonne schien Nell ins Gesicht, als sie aus dem dunklen Durchgang von der Straße in den Innenhof ihres Hauses trat. Sie kniff die Augen zusammen, war wie geblendet und nahm nur vage die Umrisse von zwei Gestalten wahr, die mit dem Gesicht zu ihr vor der Haustür standen. Nell blieb zögernd am Rand des Innenhofs stehen, beschattete mit der Hand ihre Augen, wartete, dass sie sich an das grelle Licht gewöhnten.

»Ah, Weib.« Das war Ralphs Stimme, mit einem Unterton, bei dem sich Nell augenblicklich versteifte. »Sieh nur, wer hier nach

York zurückgekehrt ist und uns besuchen kommt. Vom Boot schnurstracks hierher.«

Blinzelnd trat Nell einen Schritt vor, dann konnte sie plötzlich klar sehen. Ein paar Schläge lang setzte ihr Herz aus, ehe es wie wild zu pochen begann. Nell fasste sich an die Brust, aus Angst, ihr Herz könnte aus ihrem Körper ausbrechen und dem Mann zufliegen, der neben Ralph an der Tür stand.

Der Mann, den sie zuallerletzt erwartet hatte.

Tom.

Kapitel 17

Nells Körper reagierte schneller als ihr Verstand. Obwohl so viele Jahre vergangen waren, hatte sie bei Toms Anblick immer noch das Gefühl, vor Freude springen und tanzen zu müssen. Sie hörte ein Klingeln im Kopf, ein Summen in den Ohren. Einen erschreckenden Augenblick lang fürchtete sie, in Ohnmacht zu fallen.

Er war älter geworden, natürlich, und er trug einen kurzen Bart, doch es war Tom, wie er leibte und lebte. Er wirkte größer, robuster, sein Mund wirkte jetzt hart und männlich. Er war braun gebrannt und hatte feine Fältchen um die Augenwinkel, doch seine schönen blauen Augen blickten wie eh und je, wach und aufmerksam, und vermochten direkt in sie hineinzuschauen und ihr Herz zu berühren.

Es war *Tom*.

Nells Zehen krümmten sich; ihre Fersen hoben sich. Die Muskeln in ihrem Oberschenkel spannten sich an. Ihr Instinkt gebot ihr, ihm über den Hof entgegenzulaufen, doch im allerletzten Moment dachte sie an Ralph, und sie ermahnte sich zur Besonnenheit.

Ihr Ehemann stand da und beobachtete sie. Seine Blicke wanderten fast gierig zwischen ihr und Tom hin und her. Er genoss die Szene, wie Nell erkannte. Er weidete sich an der Vorstellung, wie schmerzlich dieses Wiedersehen für Nell sein musste. Er wartete nur darauf, dass sie die Beherrschung verlor und ihm damit die Rechtfertigung lieferte, sie vor Toms Augen bestrafen zu können.

Also ließ Nell ihre Fersen sinken und hob das Kinn. Sie konnte sich nicht der unbändigen Freude erwehren, die sie durchströmte, vermochte sie jedoch hinter einem kühlen Lächeln zu verbergen, während sie auf Tom zuging, um ihm einen Begrüßungskuss zu geben.

»Willkommen zu Hause, Tom«, sagte sie, selbst überrascht, wie ruhig und fest ihre Stimme klang. Einen Herzschlag lang trafen sich ihre Blicke, und mehr war nicht nötig. Die Glut in seinen Augen versengte sie, und die vertraute Berührung seiner Lippen löste in ihrem Innern einen Taumel der Erregung aus, sodass sie zu schweben meinte.

»Nell«, sagte er, nichts weiter, doch das genügte. Er wusste Bescheid, sie wusste Bescheid. Es war zwischen ihnen genauso wie früher.

Ralph war enttäuscht, dass sie nicht aufgewühlter wirkte, das merkte Nell ihm an. Mit verdrossener Miene wandte er sich an Tom.

»Du hättest uns über dein Kommen Bescheid geben sollen, Bruder. Dann hätten wir dir einen geziemenderen Empfang bereiten können.«

»Ich hatte nicht vorgehabt, Euch zu besuchen«, erwiderte Tom. »Doch ich befand mich bereits in Hull, kam mit dem Kapitän des Flussschiffes ins Gespräch und hörte von seinem Vorhaben, mit der Flut bis nach York zu fahren, und mit einem Mal merkte ich, dass ich an Euch dachte. Ich sprang an Bord, ehe ich es mir anders überlegen konnte.« Er lächelte ungezwungen. »Ihr wisst ja, ich habe mir immer erst reiflich überlegt, bevor ich sprang«, sagte er mit Ironie in der Stimme.

»In der Tat«, erwiderte Ralph mit einem schmallippigen Lächeln. »Aber warum bist du so lange fortgeblieben?«, fragte er und gab Tom dabei einen leichten Klaps auf die Schulter, obgleich er es natürlich ganz genau wusste. »Wir glaubten, du hättest uns vergessen.«

»Euch vergessen?« Toms Blick blieb auf Nells Gesicht haften. »Niemals.«

Nell bebte innerlich von der Anstrengung, sich ihre Freude über diese Bemerkung nicht anmerken zu lassen. Sie verbarg ihre Hände in den Falten ihrer Röcke und setzte ein höfliches Lächeln auf.

»Was stehen wir hier draußen in der Kälte herum? Ich bin eine schlechte Gastgeberin. Du wirst hungrig sein, wenn du direkt von der Anlegestelle kommst«, sagte sie zu Tom, als wäre er ein ganz normaler Gast. »Mein Gemahl, führe deinen Bruder ins Haus, ich werde euch sogleich Wein und Gebäck bringen.«

Nell konnte sich kaum noch auf den Beinen halten. Sie musste all ihre Kraft aufbieten, um es bis in die Küche zu schaffen, während Ralph und Tom die Treppe hinauf in den ersten Stock gingen. Als endlich die Küchentür hinter ihr ins Schloss fiel, sank sie erschöpft dagegen und drückte die Handballen auf ihre glühenden Wangen.

»Mistress?« Eliza, die am Tisch saß und einen Kohlkopf zerkleinerte, sah von ihrer Arbeit auf. »Ist Euch nicht wohl?«

»Nein, mir fehlt nichts.« Nell straffte den Rücken und holte tief Luft. Sie musste ruhig bleiben, ermahnte sie sich im Stillen, doch das war leicht gesagt, wenn ihr Geist Freudensprünge vollführte. Aus dem Chaos ihrer Gefühle stach ein einziger Gedanke hervor, glasklar und alles überstrahlend: Tom ist wieder *da*.

Nell wärmte den Wein selbst, während Eliza kleine Kuchen auf einen Teller legte. Gemeinsam trugen sie die Erfrischung nach oben in die Halle. Das Stimmengemurmel verriet ihnen, dass die beiden Männer sich ins Kabinett zurückgezogen hatten.

Vielleicht war es dort wärmer als in der großen Halle.

Oder aber Ralph hatte absichtlich diesen Raum gewählt, weil er wusste, wie sehr es Nell widerstrebte, ihn zu betreten. Immer wenn sie es doch tat, hatte sie das Gefühl, dass es ihr die Kehle zusammenschnürte. Die Truhe stand noch auf ihrem alten Platz. Sie kam Nell jetzt nicht mehr so groß vor, doch nach wie vor ging etwas Bedrohliches von ihr aus, und Nell musste bei ihrem Anblick unwillkürlich an eine dicke hässliche Kröte denken, die da in der Ecke hockte.

Die beiden Männer standen breitbeinig vor dem Kamin und blickten ins Feuer. Sie vermittelten den Eindruck, als müssten sie sich gegen die Gefahren dieser Welt wappnen. Doch damit endete auch schon die Ähnlichkeit zwischen den beiden Brüdern. Ralph spielte mit der quastenbesetzten Börse, die ihm vom Gürtel hing. Seine pelzverbrämte Robe und Samtkappe waren edel und teuer, doch seine ganze Gestalt wirkte grau und schwächlich im Vergleich zu Tom.

Tom benötigte weder Pelz noch kostbare Kleidung. Sein Wams war schlicht und zweckmäßig, seine venezianische Hose schmal geschnitten, die Schnallen an den Schuhen sahen einfach und schmucklos aus, doch er füllte den Raum mit seiner Präsenz aus. Es war, als brächte er den Wind mit sich, den Salzgeruch der Luft, das tosende Auf und Ab der Wellen, all jenes, was Nell nie zu Gesicht bekommen hatte.

Tom nahm den Wein, den Nell ihm reichte, hob den Becher in ihre Richtung, um auf ihr Wohl zu trinken, und prostete dann, als wäre es ihm erst jetzt eingefallen, auch Ralph zu. »Schön, wieder zu Hause zu sein«, sagte er.

Als spürte er, dass er bei dem Vergleich mit seinem Bruder schlecht abschnitt, wenn er direkt neben ihm stand, ließ Ralph sich in den gedrechselten Lehnstuhl fallen.

»Nun, Bruder, berichte, was du getrieben hast, seit du deinen Lehrherrn verlassen hast. Setz dich doch, meine Liebe«, fügte er an Nell gewandt hinzu, die, den Weinkrug in den Händen, stehen geblieben war. »Gewiss wirst auch du hören wollen, was Tom zu erzählen hat.«

Ralph wollte sehen, wie Nell sich anstrengen musste, ihre Gefühle im Zaum zu halten. Er wollte, dass es ihr wehtat. Er wollte in ihr das Gefühl hervorrufen, Tom habe sie im Stich gelassen.

Nell ließ sich auf einem Schemel nieder. Wenn Ralph gewusst hätte, dass es viel schlimmer für sie gewesen wäre, wenn er sie weggeschickt hätte! Im Augenblick war sie höchst zufrieden, sich einfach an Toms Anblick ergötzen zu dürfen. Erst jetzt wurde ihr zur Gänze bewusst, wie sehr sie sich all die Jahre nach ihm gesehnt hatte. Sie hatte sich nicht gestattet, Vermutungen anzustellen, ob er noch lebte oder umgekommen war, doch jetzt, wo er leibhaftig vor ihr stand, verging sie fast vor Sehnsucht.

Was sah Tom, wenn er Nell betrachtete? War er erschüttert, wie sehr sie sich seit seinem Abschied verändert hatte? Entdeckte er noch Spuren des liebenden, lachenden Mädchens, das sie einst gewesen war? Sie wusste, sie war schmäler geworden. Und auch wenn sie einen Umhang aus feinstem Wollstoff trug, ein mit Samt besetztes Kleid aus Atlasseide, dessen geschlitzte Ärmel ihr kunstvoll besticktes Unterkleid zur Geltung brachten, so hatte sie doch ihren jugendlichen Liebreiz verloren. Ihr Blick spiegelte Unsicherheit und Vorsicht, ihre Körperhaltung wirkte verkrampft, als erwartete sie jeden Moment, dass Ralph die Hand gegen sie erhob.

»Ich bin mit Captain Drake um die Welt gesegelt«, erzählte Tom beiläufig, als wäre es vergleichbar mit einem kurzen Ausritt zu dem weißen Steinkreuz im Moor von Heworth. Doch bei der Erinnerung an die fernen Gestade, die er gesehen hatte, erschien ein schmerzlich vertrautes Leuchten in seinen Augen. »Sir Francis, sollte ich wohl besser sagen«, korrigierte er sich. »Ihre Majestät die Königin hat auf unserer wackeren *Golden Hind* diniert und ihn zum Ritter geschlagen. Das war auch das Mindeste, was man erwarten konnte in Anbetracht der Reichtümer, die er ihr zu Füßen legte!«

»Drake? Dieser Emporkömmling!« Ralphs Mund verzog sich verächtlich. »Wie man so hört, ist er kaum besser als ein Pirat.«

»So denken zumindest die Spanier«, erwiderte Tom. »Jedenfalls ist er ein Mann von großer Tapferkeit und Wagemut.«

»Also bist du in der Neuen Welt gewesen?«, fragte Nell sehnsüchtig.

»In der Neuen Welt und darüber hinaus, Nell. Ich bin durch haushohe Wellen gesegelt, über ein Meer, so weit, dass wir dachten, es nähme kein Ende. Doch dann erreichten wir die Gewürzinseln und füllten unser Schiff bis obenhin mit Gewürznelken.« Sein Lachen hallte von der Wandtäfelung wider, erfüllte den Raum mit Wärme. »Ich habe immer noch ihren Duft in der Nase! Aber wir mussten den größten Teil der Ladung über Bord werfen, als wir auf Grund liefen. Wir standen an Deck, leerten einen Sack nach dem anderen ins Wasser. Tja, das tat weh, aber wir hatten keine andere Wahl. Andernfalls säßen wir heute noch auf diesem Riff fest, doch wir vertrauten unserem Captain, waren überzeugt, dass er uns sicher wieder nach Hause bringen würde, und das hat er auch getan.«

»Und wie lange wirst du hier in York bleiben?« Ralphs Blick spiegelte seine Abneigung gegen den Bruder.

»Nun, Bruder, das kommt darauf an.«

»Wenn du hergekommen bist in der Hoffnung auf Geld, muss ich dich leider enttäuschen«, sagte Ralph. »Es war deine Entscheidung, deine Lehrzeit vorzeitig zu beenden.«

»Und ich hasse es, *dich* enttäuschen zu müssen«, konterte Tom, »aber ich habe mir auf meinen Reisen mit dem Captain ein Vermögen erworben. Wir haben Beute im Überfluss gemacht.«

»Verstehe.« Man sah Ralph an, wie sehr ihm diese Nachricht missfiel.

»Vielleicht kaufe ich mir ein Haus in York«, fuhr Tom fort, wohl, wie Nell vermutete, in der Absicht, Ralph zu provozieren. »Kann sein, dass ich mich hier niederlasse und ein behagliches Herrenleben führe.«

»In diesem Fall jedoch«, wandte Ralph aalglatt ein, »wirst du ein Eheweib brauchen, nicht wahr?«

Einen Herzschlag lang herrschte Schweigen. Nell beeilte sich, es zu brechen.

»Du würdest umkommen vor Langeweile, noch bevor die Woche zu Ende ist«, sagte sie. »Du bist an die Weiten des Ozeans gewöhnt, Tom. Ich fürchte, York würde dir jetzt viel zu fade vorkommen.«

»Wer einmal auf einem kleinen Schiff über den Ozean gesegelt ist, lernt bald eine neue Dimension des Begriffs Langeweile kennen«, erwiderte Tom. »Doch wenn ich etwas gelernt habe auf meinen Reisen, dann, dass Interessantes und Aufregendes überall zu finden sind.« Sein Blick ruhte auf ihrem Gesicht. »Sogar in York.«

Erregt durch die Vorstellung, dass Tom im hinteren Zimmer lag, ließ Ralph sich in dieser Nacht Zeit, bis er mit Nell fertig war. Er band ihre Handgelenke an die Bettpfosten und bearbeitete sie mit der Peitsche, bis sie blutete. »Du gehörst mir«, grunzte er, während er zu guter Letzt in sie hineinstieß. »Mir.«

Nell drehte nur den Kopf zur Seite. Sie konnte die Schmerzen aushalten. Tom lebte, und Tom war hier. Das war alles, was im Augenblick zählte.

»Um Himmels willen, Theresa, was ist los mit dir?«

Tess wurde jäh in die Gegenwart zurückgerissen, als Martin gereizt mit der Hand vor ihrem Gesicht wedelte. Ihr Blick wurde wieder klar, und sie setzte mit zitternden Händen ihre Tasse ab.

»Verzeih«, sagte sie, fuhr sich mit der Zunge über die Lippen. »Was hast du eben gesagt?«

»Was ich *gesagt* habe?«, wiederholte Martin ungläubig und machte dabei eine derart beleidigte Miene, wie nur er sie zustande brachte. »Ich bemühe mich nach Kräften um Wiedergutmachung«, erwiderte er. »Ich tue alles Menschenmögliche, um unsere Ehe zu retten. Ich habe sündteure zweite Flitterwochen organisiert, über die jede andere Frau vor Freude aus dem Häuschen wäre. *Du* hingegen findest es nicht einmal der Mühe wert, mir zuzuhören! Ich bin enttäuscht von dir, Theresa. Bitter enttäuscht.«

Tess legte die Hände flach auf den Tisch. Sie brannten, als wären sie aufgeschürft. »Wir werden keine zweiten Flitterwochen haben«, sagte sie so ruhig, wie sie es vermochte. »Ich habe dich verlassen. Ich will die Scheidung.«

Daraufhin verzerrte sich Martins Gesicht, seine Hand schoss nach vorn, packte Tess am Handgelenk, sodass sie unwillkürlich zusammenzuckte. »Hast du einen anderen?«, fragte er mit leiser, kalter Stimme. »Ist das der Grund? Hast du herumgehurt? Wer ist es? Ist es dieser Ralph, von dem du am Telefon gesprochen hast?«

Instinktiv wich sie beim Klang dieses Namens zurück, und Martins Griff verstärkte sich. »Ich habe recht, gib's zu?«

»Nein.« Tess musste sich beherrschen, um nicht hysterisch aufzulachen. Wenn Martin wüsste!

»Wer ist es dann?«

Sie fuhr erneut mit der Zunge über ihre spröden Lippen. »Es gibt keinen anderen.«

»In Gesundheit und Krankheit, Theresa, so hast du es gelobt. In guten wie in schlechten Tagen. Erinnerst du dich daran? *Ich* bin dein Ehemann. Erinnerst du dich *daran*?«

»Es gibt keinen anderen«, sagte sie noch einmal.

»Du lügst mich doch nicht an, Theresa, oder?«

Ihr Handgelenk tat höllisch weh, doch sie würde ihm nicht die Genugtuung geben zu versuchen, sich seinem Griff zu entwinden. Der Gedanke an Luke ging ihr durch den Kopf, doch sie schob ihn rasch beiseite. »Ich lüge nicht.«

»Gut.« Nach einem abschließenden brutalen Zusammendrücken ihres Handgelenks ließ er sie los und lehnte sich zurück, zufrieden, lächelnd, wieder ganz der normale, harmlose Ehemann, der mit seiner Ehefrau einen Kaffee trinkt. »Je früher wir zur Normalität zurückkehren, desto besser, hm? Wir gehen jetzt und holen deine Sachen.«

Ein Kopfschmerz baute sich hinter Tess' Augen auf. Was musste sie anstellen, um sich aus dieser Situation zu befreien? Ihr Gespräch nahm zunehmend die Form eines Albtraums an. »Ich muss jetzt los und Oscar abholen, Martin«, sagte sie, um Zeit zu gewinnen. »Er ist bei Vanessa.«

»Deine Freundin in dem fetzigen Geländewagen?«, fragte er mit wissender Miene, während Tess erstarrte.

»Du *hast* mich also beobachtet!«

»Liebling, aber natürlich. Zumindest habe ich dich beobachten lassen. Damit hättest du aber rechnen müssen«, sagte er, die Brauen hebend angesichts ihrer Miene. »Du bist meine *Frau*. Ich musste mich doch vergewissern, dass niemand deine Situation ausnützt, etwa dieser verschwitzte Schreiner, der ständig bei dir ein- und ausgeht.« Seine Augen wurden schmal. »Das ist nicht dieser Ralph, oder?«

Sie musste behutsam vorgehen. »Nein. Sein Name ist Luke, er fertigt ein paar Bücherregale an für den Besitzer der Wohnung.«

»Ja, das stimmt mit meiner Information überein«, gab Martin zu, als wäre er enttäuscht, sie nicht ertappt zu haben. »Wenigstens konnte ich besser schlafen, nachdem ich mich vergewissert hatte, dass du in Sicherheit bist«, sagte er, während Tess spürte, wie ihre Wut zurückkehrte.

»Ich habe mich nicht sicher gefühlt, Martin. Ich hatte Angst. Du bist in meine Wohnung eingebrochen, hast dich an meinen Sachen zu schaffen gemacht.«

Er zog einen Flunsch wie ein kleiner Junge. »Ich wollte dich nur wissen lassen, dass ich für dich da bin. Du warst so starrköpfig, hast dir ein anderes Handy besorgt, hast meine Anrufe nicht erwidert ...« Seine Miene verfinsterte sich. »Was hätte ich denn tun sollen?«

»Du hättest mich einfach in Ruhe lassen sollen.« Müde fuhr Tess mit der Hand über ihre Schläfen, woraufhin er sich besorgt vorlehnte.

»Liebling, fühlst du dich nicht wohl?«

»Ich habe Kopfschmerzen.«

»Hoffentlich ist es nur das.« Martin blickte ernst drein. »Ich hoffe, deine Mutter hat unrecht.«

»Meine Mutter?« Tess wich entgeistert zurück. »Was hat sie gesagt?«

»Aber, aber, wer wird denn gleich so gereizt reagieren? Sie hat angedeutet, dass du nervlich ziemlich mitgenommen bist, wovon ich mich ja soeben selbst überzeugen konnte. Ich habe mit eigenen Augen gesehen, wie du praktisch einen Blackout hattest. Es war, als wärst du geistig weggetreten.« Er schüttelte den Kopf, die Stirn besorgt gerunzelt. »Kein Wunder, dass sie sich Sorgen macht. Sie sagt, du würdest dich auf irgendwelchen Hokuspokus einlassen, und sie befürchtet, du bist mit den Nerven am Ende. Ich habe ihr erklärt, du würdest nur ein bisschen den Aufstand proben, aber allmählich frage ich mich, ob deine Mutter letztendlich doch recht hat.«

Tess geriet in Panik, ihre Gedanken überschlugen sich. Was wusste ihre Mutter? Was hatte sie Martin erzählt? Tess umklammerte die Tischplatte, um sich zu beruhigen. »Ich bin nicht mit den Nerven am Ende«, sagte sie mit klarer, fester Stimme.

»Ich weiß, dass du das glaubst, Liebling, aber du musst doch zugeben, dass du dich ziemlich irrational verhältst. Du kannst einem Gespräch nicht mehr richtig folgen, bist geistig abwesend … ich habe mit den Handwerkern geredet, die das Lokal neben deinem Haus umbauen, und die sagen, dass du ständig rüberkommst und über irgendwelche Geräusche klagst, die niemand sonst hören kann. Ich will es ja auch nicht wahrhaben, Liebling, aber ich bin froh, dass ich mein Kommen nicht noch länger aufgeschoben habe. Du kannst nicht für dich sorgen, wenn du in einem solchen Zustand bist, von dem Jungen ganz zu schweigen.«

Der Junge. Etwas Besseres hätte er nicht sagen können, damit Tess wieder einen klaren Kopf bekam und ihre Kraft zurückkehrte. Sie würde sich nicht länger von Martin manipulieren und unter Druck setzen lassen. »Der Junge heißt Oscar«, erklärte sie mit fester Stimme, »und ich kann bestens für ihn sorgen.« Sie schob ihren Stuhl zurück und schaute ihm direkt ins Gesicht. »Wir sind fertig, Martin. Ich will, dass du mich und Oscar in Ruhe lässt. Meine Anwältin wird sich mit dir wegen der Scheidung in Verbindung setzen.«

Sie hatte sich ihm noch nie widersetzt. Es war das erste Mal, dass sie einfach aufstand und ging, ohne sich noch einmal zu ihm umzudrehen. Martin würde erst ein paar Münzen zusammensuchen müssen für die beiden Kaffee, und das verschaffte ihr einen Vorsprung. Durchdrungen von einer Mischung aus Adrenalin, Wut und Frustration schaffte sie es fast bis in ihre Wohnung, ehe Martin sie einholte.

Sie hatte damit gerechnet, aber scherte sich nicht weiter darum. Der Junge. *Der Junge!* Martin hatte nicht einmal so viel Zuneigung für seinen Sohn übrig, um ihn bei seinem Namen zu nennen.

Als nun Martin sie mitten auf der Straße am Arm packte und herumriss, damit sie ihn ansah, zuckte sie nicht einmal zusammen.

»Lass mich los!«

Martin war so verdattert über die blanke Wut in ihren Augen, dass er die Hand sinken ließ. »Theresa!«, rief er verblüfft.

»Tess«, sagte sie mit fester Stimme. »Mein Name ist Tess.«

»Was ist denn los mit dir?« Verunsichert tat er einen Schritt zurück. »Du warst doch früher nicht so hart zu mir. Du behandelst mich, als wäre ich eine Art Monster. Ich will doch nur meine Familie wiederhaben. Ist das so falsch?«

Beinahe wäre sie weich geworden. »Nein, es ist nicht falsch, aber dazu wird es nicht kommen, Martin. Es ist vorbei. Ich will nicht länger mit dir verheiratet sein. Bitte, akzeptiere das. Es ist *vorbei.*«

»Nein.« Martin hielt sie fest, als sie Anstalten machte zu gehen. »Nein, das kannst du mir nicht antun, Theresa.« Er war ganz weiß um den Mund geworden.

»Doch, das kann ich.«

»Ich sagte, nein!« Ohne Rücksicht auf die neugierigen Blicke, die sie auf sich lenkten, zog er sie dichter an sich heran, grub seine Finger in ihr Fleisch. »Du kannst mich nicht einfach verlassen. Ich erlaube es nicht!«

Tess zuckte zusammen, versuchte sich aus seinem Griff zu befreien. »Lass mich gehen, Martin!«

»Gibt es ein Problem?«

Lukes lässig gestellte Frage ließ sie innehalten. Tess wandte sich ihm zu, fast schwindlig vor Erleichterung und dem Gefühl, dass die Welt um sie herum auf wunderbare Weise wieder ins Lot geriet.

»Oh, Luke, Gott sei Dank!«

»Wer zum Teufel sind Sie?«, schnauzte Martin ihn an.

»Ich bin ein Freund von Tess«, gab Luke ruhig zurück. »Lassen Sie sie los. Sie tun ihr weh.«

»Verpiss dich«, sagte Martin wortwörtlich. »Das ist eine Sache zwischen mir und meiner Frau.«

»Tess, willst du, dass ich mich verpisse oder bei dir bleibe.«

»Ich will, dass du bleibst«, flüsterte sie unter Mühen, weil ihr Mund so trocken war. Doch gleich darauf stöhnte sie auf, weil Martin in seiner Wut noch fester zupackte.

»Dann bleibe ich«, erwiderte Luke. Er stellte sich so dicht vor Martin, dass sie sich fast berührten.

»Lassen. Sie. Sie. Los.« Luke sprach leise und ruhig. Er war nicht so groß wie Martin, auch nicht so breit gebaut. Martin war stolz auf seinen Körper. Es gefiel ihm, Bemerkungen über seine militärische Ausbildung in seine Gespräche einfließen zu lassen. Im Vergleich zu ihm wirkte Luke in seiner Jeans und der Lederjacke ziemlich abgerissen. Doch etwas in seinem Blick veranlasste Martin, seinen Griff, mit dem er Tess' Arm umklammert hielt, etwas zu lockern.

Tess löste sich vollends daraus und suchte dankbar hinter Lukes Rücken Zuflucht.

»Jetzt verpiss *du* dich«, sagte Luke. »Um bei dem sprachlichen Niveau dieses Gesprächs zu bleiben.«

Kreidebleich im Gesicht, starrte Martin ihn an, bis seine Miene angesichts seiner Niederlage förmlich zusammenfiel. Mit einem Mal wirkte er kleiner, ja richtig armselig. Als er an Luke vorbei Tess' Blick suchte, sah er aus wie ein geprügelter Hund. »Theresa«, sagte er mit gebrochener Stimme. »Das kannst du nicht ernst meinen. Du bist meine *Frau*.«

»Ich meine es ernst«, entgegnete Tess, immer noch auf der Hut vor einem Gegenschlag, wohl wissend, wie blitzschnell Martins Stimmung umschlagen konnte. In dieser Verfassung jedoch hatte sie ihn noch nie erlebt. »Ich will dich nicht mehr sehen.«

»Theresa …« Die Stimme versagte ihm.

Tess nahm all ihren Mut zusammen, trat hinter Luke hervor. »Es tut mir leid, Martin. Es ist vorbei.«

»Aber du *brauchst* mich doch!«

»Nein«, erwiderte sie und spürte, wie sie förmlich wuchs mit der Erkenntnis, dass dem tatsächlich so war. »Nein, ich brauche dich nicht. Es tut mir leid«, sagte sie noch einmal, »aber ich gehe nicht zu dir zurück.«

Sie rechnete damit, dass er sie nun attackieren, einen Wutanfall bekommen würde, doch er überraschte sie aufs Neue. »Gut«, sagte er kopfschüttelnd, als wäre er sich nicht sicher, was hier eigentlich vor sich ging. »Gut. Verstehe.« Er blickte zu Luke, trat einen Schritt zurück. »Nun, wenn das so ist …«

Ungläubig verfolgte Tess, wie er sich umdrehte und davonging. Ihre Gelassenheit, das Adrenalin, das ihr geholfen hatte, stark zu bleiben, verpufften jäh.

»O Gott … O Gott, Luke ….« Ohne nachzudenken, drehte sie sich um und presste ihr Gesicht an seine Brust. Sie klammerte sich an ihn, damit sie nicht in dem Sog der Angst und Panik ertrank, den sie nun nicht länger in Schach halten konnte.

»He.« Luke zog sie an sich, schlang die Arme um sie. Es fühlte sich so unglaublich tröstlich für sie an. »Ist ja gut.«

Wie lange hatte sie sich nicht mehr so sicher und geborgen gefühlt? Am liebsten hätte Tess Luke nie mehr losgelassen. Ihr Herzschlag beruhigte sich, und so gestattete sie sich, den frischen Wäscheduft seines T-Shirts einzuatmen, den Geruch nach abgewetztem Leder, nach sauberer Männerhaut.

Ihre beiden Körper passten so gut zusammen, als hätte die Natur sie füreinander erschaffen. Wenn sie ihr Gesicht ein klein wenig anhob, könnte sie es in die Mulde zwischen seinem Hals und seiner Schulter drücken. Tess malte sich aus, wie sich das anfühlen würde, und spürte, wie sich etwas in ihrer Brust regte. Der brennende Schmerz in ihren Händen war verschwunden, stattdessen juckte es sie in den Fingern, unter sein T-Shirt zu greifen, über seinen warmen, glatten Rücken zu streichen.

Was waren das für Gedanken? Schuldbewusst rief sie sich zur Raison und löste sich widerstrebend aus seiner Umarmung. Sie sollte sich gedanklich mit Martin beschäftigen, mit Oscar, statt in Fantasien zu schwelgen.

»Danke«, sagte sie mit einem kleinen scheuen Lächeln. »Verzeih, dass ich dich umarmt habe. Ich konnte nicht anders.«

»Jederzeit«, gab Luke lässig zurück. Er schaute sie prüfend an. »Geht's wieder?«

Nein, nicht wirklich, aber sie nickte und konzentrierte sich darauf, ihre Wohnung aufzuschließen und sie beide einzulassen. »Ich bin so froh, dass du da warst«, sagte sie, nachdem sie die Tür hinter sich zweimal zugesperrt hatte. Sie erzählte Luke, was Martin gesagt hatte, die Sache mit den zweiten Flitterwochen.

Luke marschierte im Wohnzimmer auf und ab, seine Miene noch grimmiger als üblich. »Mir gefällt das alles nicht. Ich finde, du solltest zur Polizei gehen.«

Tess zögerte. »Martin wirkte so … besiegt … als er ging. Vielleicht ist es gar nicht notwendig, sich an die Polizei zu wenden. Vielleicht hat es schon gereicht, dass du ihm einfach Paroli geboten hast«, sagte sie hoffnungsvoll.

»Glaubst du das wirklich, oder willst du es nur glauben?«

Tess rieb sich die Stellen, wo ihr Mann sie brutal an den Armen gepackt hatte. Martins Stimmungen konnten jäh umschlagen. Er mochte sich zwar im Moment verletzt und gedemütigt fühlen, doch sie wusste aus bitterer Erfahrung, wie schnell seine Gemütslage ins Gegenteil umschlagen konnte. Es war Wunschdenken anzunehmen, er habe komplett aufgegeben.

Sie war noch nicht außer Gefahr. »Ich würde es gern glauben, aber, nein … Ich fürchte, er wird es wieder probieren. Vielleicht fährt er erst einmal nach London zurück, um sich eine neue Strategie zu überlegen. Er wird nicht aufgeben. Ich fürchte, er wird sich daran erinnern, dass er zu mir gesagt hat, ich sei mit den Nerven am Ende.« Sie verschränkte ihre immer noch schmerzenden Arme vor der Brust, um die Panik in Schach zu halten, die sie erneut zu ergreifen drohte. »Es ist möglich, dass er versuchen wird, mich in eine psychiatrische Klinik einweisen zu lassen, damit er mir Oscar wegnehmen kann.«

Das war ihre größte Sorge.

»Martin terrorisiert dich«, wandte Luke ein. »Er kann dich nicht einfach in die Psychiatrie abschieben.«

»Aber wenn er sich mit den Handwerkern in Verbindung setzt? Oder die Sache mit Ambrose herausfindet?«

»Er hat keine Beweise.« Lukes Gelassenheit wirkte beruhigend auf Tess' wachsende Hysterie. »Du hingegen kannst Blutergüsse an den Armen vorweisen und hast noch dazu mich als Zeugen, der beschwören kann, dass er dich gegen deinen Willen festgehalten hat. Ich nehme das Ganze sehr ernst, Tess«, fügte er hinzu. »Ich bin auch der Meinung, dass du Martin nicht trauen darfst. Er mag zwar im Moment einen erschütterten Eindruck machen, doch ein Typ wie er lässt sich nicht straflos demütigen. Es wird nicht lange dauern, bis er sich dafür an dir rächen will. Du musst der Polizei sagen, dass er dich bedroht hat, und dich erkundigen, wie du vorgehen sollst, um ein Kontaktverbot zu erwirken.«

Tess nickte zögernd. »Und was ist mit Oscar?«

»Wo hält er sich im Moment auf?«

»Bei Vanessa. Dort ist er sicher.« Martin hatte ausgesehen wie ein Häufchen Elend, als er weggegangen war. Tess wünschte, sie könnte glauben, er habe akzeptiert, dass ihre Ehe zu Ende war, doch sie wusste, dass Luke recht hatte. Die Vorstellung widerstrebte ihr, Oscar auf ein Polizeirevier zu schleppen, um ihn gegen seinen eigenen Vater aussagen zu lassen. »Ich rufe Vanessa an und bitte sie, Oscar noch ein bisschen länger dazubehalten. Gehen wir erst mal zur Polizei.« Erst später wurde ihr bewusst, wie selbstverständlich sie vorausgesetzt hatte, dass Luke sie begleiten würde.

Das Polizeirevier befand sich etwas außerhalb, an der Fulford Road. Luke ging mit Tess zu seinem Wagen, den er direkt hinter der Kathedrale geparkt hatte. »Man muss halt die richtigen Leute kennen«, erwiderte er auf Tess' Frage, wie er diesen Parkplatz bekommen habe. Während sie im üblichen Stau auf dem inneren Ring standen, rief Tess auf ihrem Handy Vanessa an. Sie hatte keine Lust, ihr von der Begegnung mit Martin zu erzählen. Sie flunkerte ihr vor, sie müsse einen Vorfall melden, bei dem sie zufällig Zeuge geworden war.

»Mein Akku ist gleich leer, Vanessa«, sagte sie, als ihre Freundin Genaueres wissen wollte. »Ich habe keine Ahnung, wie lange es dauern wird. Würde es dir etwas ausmachen, Oscar bei dir zu behalten, bis wir ihn abholen können?«

Auf der Polizeistation herrschte eine Atmosphäre träger Effizienz. Luke wartete draußen im Wagen, während Tess in einem kleinen fensterlosen Raum von einer Polizistin befragt wurde. Die Einrichtung war spartanisch, und das Neonlicht blendete Tess, während sich ihre Kopfschmerzen wieder verschlimmerten. Die Beamtin hörte ihr geduldig zu, aber Tess merkte, dass sie stammelte und immer wieder den Faden verlor. Sie bekam feuchte Hände und entwickelte Schuldgefühle, allein weil sie in diesem Raum saß. Sie wünschte, sie hätte die Polizistin gefragt, ob Luke sie begleiten könne.

Tess fiel es nicht leicht zu erklären, inwiefern sie sich von Martin bedroht fühlte. *Meine Besteckschublade war anders einsortiert worden. Die Katzenklappe war geschlossen. Es lagen plötzlich jede Menge Dessous in meiner Kommode.* Alle diese Vorfälle klangen nicht besonders bedrohlich, als Tess sie in Worte fasste.

Die Polizistin trug ein Namensschild: Karen Davies. Sie machte eine stoische Miene, dennoch zuckte es darin, als Tess sich stockend und umständlich darüber ausließ, wie sorgfältig sie stets darauf achtete, die Katzenklappe offen zu halten. Hilflos musste sie zusehen, wie die Polizistin eine Bemerkung auf ihren Schreibblock kritzelte. »Hysterisch«, wahrscheinlich, oder »neurotisch«.

So, wie Martin Tess hinstellen wollte.

Tess schloss die Augen, atmete tief durch. Sie musste vorsichtig sein.

Sie musste vorsichtig sein. Nell wünschte sehnlichst, endlich mit Tom unter vier Augen reden zu können, doch ihre Ehe mit Ralph hatte sie Geduld gelehrt. Ralph wartete nur auf eine Gelegenheit, dass sie sich verriet. Er freute sich darauf, sie dafür bestrafen zu können. Nell las die Vorfreude in seinen kieselgrauen Augen; sie sah, wie bei der Vorstellung seine Zunge genüsslich über seine Lippen fuhr.

Sie musste über die Maßen vorsichtig sein. Und geduldig.

Ralph bestand darauf, dass Tom so lange blieb, wie er wollte. Er rechnete sich aus, dass es auf diese Weise noch schmerzlicher für Nell sein würde. Er lag seiner Frau jede Nacht bei. Das Wissen, dass sie in Gedanken bei Tom war, der nur durch eine Wand von ihr getrennt, aber nicht in der Lage war, ihr zu helfen, steigerte seine Lust immens.

Außerdem konnte er ein Auge auf Tom haben, solange dieser in seinem Haus wohnte, denn er traute ihm nicht über den Weg.

Doch Ralph hatte auch ein Geschäft zu führen, weshalb er früher oder später seine Überwachung unterbrechen müsste.

Also hielt sie den Blick gesenkt, spielte die untadelige Ehefrau und wartete. Und es dauerte in der Tat nicht lange, bis Ralph eines Morgens in seiner besten pelzverbrämten Robe in die Halle stolzierte. Sein Bart war frisch gestutzt, seine imposante gestärkte Halskrause stand hoch bis unters Kinn.

Während er sein Dünnbier trank, schweiften seine Blicke durch den Raum auf der Suche nach etwas, das sein Missfallen erregen und ihm als Vorwand dienen könnte, Nell des Nachts noch schlimmer zu züchtigen, doch seine Gemahlin führte ihren Haushalt vorbildlich. Das polierte Tafelsilber in den Wandregalen schimmerte im schwachen Licht der Frühlingssonne. Die Wandteppiche wurden regelmäßig geklopft, der Boden wurde täglich gefegt. Auf dem Kaminsims lag kein Körnchen Staub. Überdies musste sich Eliza auf Nells Geheiß alle paar Wochen auf einen Hocker stellen und die fein ausgearbeiteten Blätter und Früchte in der neuen Stuckdecke abstauben, welche Ralph hatte anbringen lassen. Eine makellos reine Damastdecke lag auf dem Tisch, auf dem sie ihr Morgenmahl zu sich nahmen. Nell hatte früh gelernt, dass ihre Haushaltsführung über jeden Tadel erhaben sein musste.

Enttäuscht setzte Ralph seinen Becher ab und wischte sich mit dem Handrücken über den Mund. »Man hat mich zu einer Ratssitzung gerufen, die am Vormittag stattfindet«, verkündete er wichtigtuerisch. »Wonach steht dir heute der Sinn, Bruder? Bist du unser schon müde?«

»Nein«, erwiderte Tom, der am anderen Ende des Tisches saß. Er trug keine Krause, und das Hemd unter seinem abgewetzten Lederwams stand am Hals offen. »Ich habe Lust, alte Lieblingsplätze aufzusuchen. Ich spiele mit dem Gedanken, hinunter zum Fluss zu gehen und nachzusehen, ob die Foss immer noch so träge dahinfließt wie früher.«

Er bedachte Ralph mit dem trägen Lächeln eines Faulenzers, doch Nell wusste, er dachte an den Pfingstsonntag, an dem er ihr zum ersten Mal beigelegen hatte. Tom brauchte nichts zu sagen. Er brauchte Nell nicht einmal anzusehen, sie wusste es auch so. Ihr Blut floss schneller durch die Adern, ihre Wangen begannen zu glühen.

Ralph setzte seinen samtenen Hut auf und rückte ihn zurecht, wozu er sich vor den Spiegel an der Wand stellte. »Du solltest ihn begleiten, meine Liebe«, sagte er zu Nell, während er mit der Hand den Pelzbesatz seiner Robe glatt strich. »Ihr beide habt gewiss so manch gemeinsame Erinnerung.« Er stand mit dem Rücken zu ihr, doch Nell war nicht töricht. Sie wusste genau, dass er sie in dem Spiegel beobachtete.

»Ich fürchte, Tom wird ohne mich auskommen müssen«, erwiderte sie, ein wohl kalkuliertes kühles Lächeln auf den Lippen. »Meine Stiefmutter ist unwohl. Ich muss sie aufsuchen und ihr etwas von der Brühe bringen, die ich gekocht habe. Gewiss wird Tom sich auch ohne mich zurechtfinden.«

Doch der Blick, den sie Tom zuwarf, trug eine ganz andere Botschaft: *Ich treffe mich mit dir. Warte dort auf mich.*

Und Tom verstand. Als Nell sich später am Vormittag ihren Weg durch die Büsche bahnte, saß er bereits dort, auf ihrer geheimen Lichtung, warf versonnen Stöckchen in den Fluss. Es war ein schöner Tag, die Sonne schien, die Luft roch feucht und nach Erde und verhieß den Frühling. Die Weißdornbüsche trugen winzige Knospen, und grüne Schösslinge spitzten vorwitzig aus der Erde. Doch es war immer noch recht kühl, und Nell war froh über ihren Umhang, als sie mit schnellen Schritten die Monkgate entlangging, in der Hand einen Korb, der ihr als Rechtfertigung diente, sollte einer sich fragen, wohin ihr Weg sie führte. Es gab immer irgendwelche Kräuter am Flussufer zu sammeln, selbst so früh im Jahr.

Tom sprang auf, als er sie erblickte. Für einen kurzen Augenblick schien die Welt stillzustehen. Doch dann ließ Nell ihren Korb fallen, und beide gingen langsam, wortlos aufeinander zu. Die Jahre ihrer Trennung sammelten sich hinter ihnen, schoben sie aufeinander zu, wie die Teile eines komplizierten Schlosses, die nacheinander einrasteten. Der Abstand zwischen ihnen wurde immer kleiner, bis Nell die letzte winzige Kluft schloss, indem sie in seine Arme sank. Endlich war die Zeit der Ferne, des Getrenntseins, der Sehnsucht vorbei.

Tom umfing sie mit seinen Armen, und mit einem tiefen Seufzer drückte sie ihr Gesicht in die Mulde zwischen seinem Hals und seiner Schulter.

»Vergib mir, vergib mir«, sagte Tom immer wieder. »Ich hätte zurückkommen sollen. Ich hätte wissen müssen, wie es dir ergehen wird.«

»Was hättest du ausrichten können?« Nell klammerte sich an ihn, beherrscht von dem einzigen Gedanken, dass er wieder da war, dass sie ihn in ihren Armen halten konnte. Ihre Körper erinnerten sich aneinander, als hätte es die Jahre der Trennung nie gegeben. Sie passten so vollkommen zusammen, als hätte die Natur sie füreinander geschaffen. »Du warst ein Junge, man hat dich weggeschickt. Ich hatte Angst, du würdest mich hassen, wenn du es erfährst.«

»Niemals«, sagte Tom leidenschaftlich und drückte Nell noch fester an sich. »Ich wusste, du hättest niemals eingewilligt, wenn du nicht dazu gezwungen worden wärst. Ich hätte zurückkommen sollen, wie ich es damals beabsichtigt hatte; hätte dich mit mir nehmen sollen, mit oder ohne Heirat.«

»Ich hätte ablehnen müssen. Ralph hatte meinen Vater in der Hand. Er stand in seiner Schuld bis zu dem Tag, an dem er starb, und obgleich es jetzt nicht mehr eine so große Bedeutung hat, bin ich dennoch nicht frei. Meine Stiefmutter und meine Brüder sind ja noch da, und außerdem habe ich jetzt Meg, meine Tochter. Das genügt mir.«

Tom, ein ernster Ausdruck in seinen wachen blauen Augen, schob sie ein wenig von sich weg, um ihr Gesicht zu betrachten. »Ich wusste nicht, wie mein Bruder wirklich ist. Ich dachte – hoffte –, er würde gut zu dir sein, doch als ich zurückkehrte … ich habe gesehen, mit welchem Blick er dich ansieht. Ich habe beobachtet, wie Meg schaudert, wenn er in ihre Nähe kommt.« Tom schüttelte bekümmert den Kopf. »Er sitzt da und beobachtet dich, wie eine Katze, die mit der Maus spielt. Wenn ich gewusst hätte, was du durchmachst, Nell, wäre ich zurückgekommen, ich schwöre es.«

»Das weiß ich, Tom«, erwiderte sie. Sie wollte jetzt nicht von den langen, einsamen Jahren reden, wo sie all ihre Hoffnung, ihn wiederzusehen, begraben hatte. »Quäle dich jetzt nicht mit Schuldgefühlen, Tom. Das Leben ist, wie es ist.« Sie fischte in ihrer Börse und zog den Granatring heraus, den sie seit ihrer Heirat dort aufbewahrte. »Schau, ich habe ihn immer noch. Ich wage es nicht, ihn zu tragen, doch immer wenn ich ihn berührt habe, war ich dir in meinem Herzen treu. Das schwöre ich.«

»Ach, Nell, ich habe dich so sehr vermisst!« Ungeachtet der feuchten Erde zog Tom sie hinunter ins Gras, in die Wonne seiner Berührung. »Ich könnte tausendmal um die Erde segeln und würde dennoch keine Frau finden, die so ein Gefühl in mir erweckt, wie du es vermagst.«

»Dann empfindest du also das Gleiche für mich?« fragte sie, schon jetzt atemlos vor Freude. Sie wusste, dass es so war, aber sie wollte es aus seinem Mund hören. Seine Worte waren Balsam auf den Wundmalen, die ihre Haut übersäten.

»Als ich dich wiedersah, war mir, als würde ich in meinen Heimathafen segeln«, sagte Tom, während er seine Hand unter ihre Röcke schob. Heiß brannte seine Berührung durch ihre Strümpfe. »Ich will es nicht leugnen. Ich habe wüst geschimpft und getobt, als ich hörte, dass du Ralph geheiratet hast«, gestand er. »Das ist auch der Grund, weshalb ich weggerannt bin. Ich konnte nicht nach Hause zurück. Ich konnte nicht ertragen, in York zu sein, ohne dich … aber du bist dennoch bei mir gewesen.« Tom beugte sich über sie, drückte seinen Mund an ihren Hals, worauf ein wohliger Schauer sie durchrieselte und heißes Verlangen sie erfüllte.

»Ich stand am Kai, schaute zu, wie die Gewürze auf das Schiff geladen wurden, und erinnerte mich, wie wir davon geträumt hatten, als wir beide hier am Fluss lagen. Ich musste immer daran denken, wie deine Augen leuchten würden, wenn wir zusammen am Bug stehen könnten und uns der Wind ins Gesicht bliese; wie gut es sich anfühlen würde, wenn ich dich an mich drücken könnte. Du warst wie ein Geist, bist nicht von meiner Seite gewichen, Nell.« Toms Stimme war so tief und dunkel und so dicht an ihrem Ohr, dass es ihr durch und durch ging. »Manchmal spürte ich deine Gegenwart so intensiv, dass ich mich rasch umdrehte, überzeugt, dich fassen zu können, aber dazu kam es nie.«

Er lächelte traurig. »Ich versuchte, alle Gedanken an dich und

Ralph aus meinem Kopf zu verbannen. Ich hatte vor, für eine weitere Fahrt in die Neue Welt anzuheuern, und diesmal wollte ich mich vielleicht dort ansiedeln, doch ich konnte nicht fort, ohne dich ein letztes Mal gesehen zu haben. Als ich mich ein paar Wochen zuvor in London aufhielt, wusste ich, ich konnte dir nicht länger fernbleiben. Ich musste dich sehen.«

Er hob den Kopf, sah ihr in die Augen. »Ich schwöre dir, Nell, wenn ich gewusst hätte, dass dieses Böse zwischen dir und Ralph steht, wäre ich früher heimgekommen, um dich wegzubringen.«

»Jetzt bist du ja hier«, sagte sie, verdrängte jeden Gedanken an ihre Ehe. »Alles andere ist nicht wichtig.«

Die Vergangenheit löste sich auf, als Tom Nell an sich zog. Seine Finger machten sich eifrig unter ihrem Unterkleid zu schaffen, zeichneten prickelnde Muster des Begehrens in ihre Kniekehlen, auf der weichen Haut der Innenseite ihrer Schenkel, während seine Lippen heiß auf ihrer Brust brannten. Er schnürte ihr Mieder auf, sie zerrte an seinem Hemd, in wilder Lust, seine Härte, seine Glut zu spüren.

Schamlos, würden manche sagen, doch was Nell betraf, so gab es dabei nichts, wessen sie sich schämen musste. Scham empfand sie, wenn sie teilnahmslos unter ihrem Ehemann lag; wenn sie sich von ihm schlagen und erniedrigen ließ, ohne sich ihm zu widersetzen.

Das hier war nicht schändlich. Sie war Gebende und Nehmende zugleich, eine welke Blume, die unter Toms Berührung zu neuem Leben, neuer Blüte erwachte. Jeder Schmerz, jede Demütigung, die Ralph ihr zugefügt hatte, verflüchtigte sich in dem Feuer, das zwischen ihr und Tom loderte. Nichts war jetzt mehr von Belang. Nichts zählte mehr außer dem Rauschen des Blutes in ihren Adern, dem Pochen ihres Herzens, dem heißen Verlangen, das sie beide dazu trieb, immer weiterzugehen, immer mehr zu wollen, bis die letzte böse Erinnerung getilgt war durch die Erkenntnis, dass es genau so sein sollte zwischen Mann und Frau.

Danach tat Nell einen langen, tiefen Seufzer. »Ja«, sagte sie mit bebender Stimme.

»Ja«, pflichtetet Tom ihr bei, immer noch ein wenig atemlos, und beide lachten leise.

Sie halfen sich gegenseitig, ihre Kleidung wieder, so gut es ging, in Ordnung zu bringen. Mit geschickten Fingern entwirrte Tom die verhedderten Bänder ihres Mieders. Er hatte schon immer gut mit Knoten umgehen können, wie Nell sich erinnerte, während sie sich im Gras zurücklehnte, noch immer ein glückliches Lächeln um ihre Mundwinkel, und fasziniert den Schattenwurf seiner Wimpern auf seinen Wangen betrachtete.

»Wie geht es weiter, Nell?«, fragte Tom, hob den Blick, und ihr Lächeln verschwand. Sie setzte sich auf, schlang die Arme um ihre Knie.

»Jetzt muss ich auf meine Tochter achtgeben, Tom. Ich mache mir Sorgen um sie. Ralph … er ist von etwas Bösem erfüllt, etwas Abartigem. Er findet nur Befriedigung, wenn der andere Schmerz empfindet.«

Tom ließ von den verknoteten Bändern in seiner Hand ab und hob den Kopf. »Schmerz?«, fragte er entgeistert. Es war offenkundig, dass die Vorstellung, jemand könnte sich an Schmerzen ergötzen, etwas völlig Neues für ihn war.

»Es gefällt ihm, wenn ich blute«, erklärte Nell nüchtern. »Fühle meinen Rücken«, forderte sie ihn auf, worauf er unter ihr Unterkleid fasste. Behutsam strich er mit der Hand über ihre Haut. »Spürst du die Narben?«

»Dieser Teufel«, sagte Tom erschüttert. »Beim Allmächtigen, Nell, wie hast du das so lange ausgehalten?«

Sie zuckte die Achseln. »Ich habe gelernt, es zu erdulden, aber Meg … du hast richtig beobachtet. Wenn Ralph sie ansieht, erscheint etwas Ungutes in seinem Blick.«

Nell zog ihren Rock über ihr Unterkleid und ließ sich von Tom wieder die Ärmel ans Mieder heften. »Sie ist erst elf, Tom«, erklärte sie, während er damit beschäftigt war. »Ich kann es aushalten, dass er mich knechtet und unterwirft, aber Meg darf er das nicht antun.

Wenn Ralph nur den kleinen Finger gegen sie erhebt, werde ich ihn töten, ich schwöre es.«

Ein harter Zug erschien um ihren Mund. »Ich habe sogar schon darüber nachgedacht, wie ich es anstellen könnte. Ich würde ganz unauffällig vorgehen. Arsenik in seine Schale geben und Milch darübergießen und zusehen, wie er ihn austrinkt. Oder ich könnte Gift unter seine Zuckerstücke mischen.« Nell legte ihren Kopf schräg und überlegte. »Ja, das wäre wohl besser. Die isst Ralph so gern.«

»Nell, das darfst du nicht!« Tom schaute sie entsetzt an. »Man wird dich hängen.«

»Ich würde lieber hängen, als zusehen, wie Ralph Hand an Meg legt.« Sie schob ihr Haar wieder unter die Haube. »Wenn ich überzeugt wäre, dass mich niemand verdächtigt, würde ich ihn auf jeden Fall töten«, erwiderte sie trotzig, in Gedanken bei Janet und den wohl zahlreichen anderen Frauen, denen Ralph Leid zugefügt hatte, während Nell schwanger war. »Ganz bestimmt.« Sie reckte das Kinn vor. »Ich täte der Welt einen Gefallen, wenn ich ihn beseitigen würde.«

Tom ergriff ihre beiden Hände und schüttelte sie. »Nell, ich bin nicht zurückgekommen, um dich am Galgen baumeln zu sehen! Es ist zu riskant. Bei meiner Seele, ich sage ja nicht, dass er es nicht verdient – ich habe schließlich die Narben auf deinem Rücken gespürt –, doch wenn er durch Gift stirbt, wird jeder wissen, dass du es getan hast. Man wird dich unweigerlich hängen, und was wird dann aus Meg? Und ich selbst hätte nichts mehr, was Licht in meine Welt bringt.«

»Was soll ich denn tun?«, rief Nell aus und entwand ihm ihre Hände. »Ich bin in einer verzweifelten Lage, ich weiß nicht, an wen ich mich wenden soll.«

»Es bleibt uns nichts anderes übrig. Wir werden fortgehen.« Tom stand auf, klopfte sich den Staub von der Hose, wild entschlossen, die Sache in die Hand zu nehmen.

»Tom, das geht nicht.«

»Wieso nicht?«

»Ich kann Meg nicht im Stich lassen.«

»Dem ist leicht abzuhelfen. Wir nehmen Meg mit.« Er streckte ihr die Hand entgegen, um ihr aufzuhelfen.

»So einfach ist das nicht«, wandte sie ein. »Ralph wird mich niemals gehen lassen.«

»Wir werden ihn nicht um Erlaubnis fragen«, erwiderte Tom trocken. »Wir gehen nach London. Keiner kennt uns dort, nicht wahr?«

»Er würde uns finden, ich weiß es.« Nell biss sich auf die Unterlippe. Sie wünschte sich nichts sehnlicher, als dass Tom sie von hier wegbringen würde, doch dieser kannte seinen Bruder nicht. »Ralph wird nicht eher Ruhe geben, bis er mich findet, und mich anschließend fürchterlich bestrafen.«

Tom ließ sich nicht so leicht von seinem Plan abbringen. »Dann fahren wir in die Neue Welt. Selbst Ralph würde uns dort nicht finden.

Kapitel 18

Die Neue Welt!« Nell stand der Mund offen. Nie im Leben wäre ihr ein solcher Einfall gekommen. »Tom, dort leben lauter Wilde!«

»Glaubst du, ein Wilder behandelt seine Frau schlechter als Ralph dich?«, fragte Tom. »Wohl eher nicht. Die paar, die ich gesehen habe, waren Männer mit stolzen Gesichtern. Gewiss, es ist ein fremder, unzugänglicher Ort. Vergangenes Jahr ist der Captain mit uns nach Roanoke gesegelt, von wo wir die letzten verbliebenen Siedler der Kolonie heim nach England brachten. Zugegeben, sie waren in einer schlechten Verfassung, doch es geht bereits das Gerücht, dass man einen zweiten Versuch wagen will. Raleigh beabsichtigt, nächstes Jahr erneut ein Schiff mit Kolonisten nach Virginia zu schicken.«

Toms Augen leuchteten auf angesichts dieser Chance. »Was spricht dagegen, wenn wir uns ihnen anschließen? Die Siedler wollen dort sesshaft werden, Nell. Eine ganz neue Welt erwartet uns.«

»Tom, ich weiß nicht ...«

»Natürlich wird es hart werden«, fuhr er fort. »Das leugne ich nicht. Und es ist ein unbekanntes, merkwürdiges Land – so fremd, dass es vielleicht sogar unsere Vorstellungskraft übersteigt –, aber überlege doch, welche Chance sich uns damit eröffnet.« Sein Blick ging verträumt in die Ferne.

»Wenn ich dir nur beschreiben könnte, wie es dort aussieht. Wild und unzivilisiert, zweifellos, doch im Gegensatz zu hier gibt es keine Mauern, die deine Freiheit einschränken. Der Himmel ist so weit, man hat das Gefühl, man könnte ewig dahinlaufen, ohne das Ende zu erreichen. Es gibt keine Vorschriften, Nell. Keine Büttel oder

Nachbarn oder Landesherren, die einen ständig beobachten, aufpassen, was man sagt und was man tut. Wer würde sich dort darum scheren, ob wir tatsächlich verheiratet sind? Wir könnten einfach wir selbst sein. Wir könnten uns ein gemeinsames Leben aufbauen.«

Seine Worte reizten Nells wagemutigen Geist, welchen Ralph mit aller Gewalt zu brechen versucht hatte. Sie stellte sich ein Land vor, weit und frei, wo sie mit Tom zusammenleben könnte und Meg in Sicherheit wäre. Nell war nie aus York herausgekommen. Jene lauschige Lichtung am Flussufer der Foss war das wildeste Fleckchen Erde, das sie kannte. Hatte sie wirklich den Mut, einen weiten Ozean zu überqueren, sich mitten unter Wilden niederzulassen?

Doch was war die Alternative? Zuschauen und warten, bis Ralph sein abartiges Interesse auf Meg richtete? Ihn umbringen und dafür am Galgen hängen? Mit dem Wissen leben, dass Tom sich allein in der Neuen Welt befand, weil sie nicht den Mut aufgebracht hatte, ihn zu begleiten?

Ihre Brüder waren nun erwachsen. Sie wären in der Lage, sich um ihre Mutter zu kümmern, und Ralph konnte die alte Schuld nach so langer Zeit nicht mehr einfordern. Sie war offiziell durch die Heirat für nichtig erklärt worden, und außerdem hatte Nell, weiß Gott, genug dafür bezahlt. Ihre Mutter, ihre Brüder würden jetzt ohne Nell zurechtkommen. Das Leben in York würde weitergehen wie vorher. Nells Verschwinden würde den Klatschweibern eine Zeit lang Gesprächsstoff liefern, doch nur, bis der nächste Skandal die Runde machte. Ralph wäre gedemütigt, wie Nell sich mit Genugtuung ausmalte, doch sein Reichtum würde ihn schließlich darüber hinwegtrösten.

Seine Wut würde grenzenlos sein. Falls er sie fände, würde er sie töten. Davon war Nell überzeugt.

Doch die Vorstellung, Tom erneut Lebewohl sagen zu müssen, war ihr unerträglich. Abermals ohne Hoffnung leben zu müssen war schlicht ein Ding der Unmöglichkeit.

»Wie sollen wir vorgehen?«, fragte sie Tom.

»Möchten Sie ein Glas Wasser?« Tess öffnete die Augen, als sie sich unvermittelt in der Gegenwart wiederfand. Sie saß in einem kargen, fensterlosen Raum an einem Tisch und sah sich einer Frau in Uniform gegenüber.

Eine Polizeibeamtin. Tess schaute noch einmal auf ihr Namensschild. Karen Davies. Ja, jetzt fiel es ihr wieder ein. Sie war auf dem Polizeirevier.

Sie fuhr mit der Zunge über ihre trockenen Lippen. Karen Davies taxierte sie mit zusammengekniffenen Augen. Wie lange war Tess in der Vergangenheit gewesen? Was hatte sie gesagt? Wie hatte sie sich *verhalten?*

»Danke«, beantwortete sie endlich die Frage. »Ja, ein Schluck Wasser wäre gut.«

Ein kurzes Zögern, dann erhob sich Karen. Sie ging aus dem Zimmer, um Mineralwasser zu holen, und Tess nutzte die Gelegenheit, erschöpft den Kopf auf den Tisch zu legen. Sie musste sich zusammennehmen. Wenn sie bei der Polizei den Eindruck erweckte, sie habe sich nicht ganz im Griff, würde sie als neurotisch abgestempelt werden – ein gefundenes Fressen für Martin, das er weidlich ausnützen würde.

Als Karen zurückkam, in der Hand einen Plastikbecher mit Wasser, brachte Tess ein Lächeln zustande. »Entschuldigen Sie, aber ich hatte wohl gerade einen kleinen Schwächeanfall.«

»Sind Sie in der Lage weiterzumachen?«

»Ja.« Tess räusperte sich. »Ja. Ja, alles wieder in Ordnung. Wo waren wir stehen geblieben?«

»Besitzt sonst noch jemand einen Schlüssel zu Ihrer Wohnung?«

»Meine Freundin Vanessa hat einen Zweitschlüssel für den Notfall. Und Luke, natürlich.«

Karens Augenbrauen hoben sich höflich fragend. »Luke?«

»Ja, er ist ... er ist dabei, neue Bücherregale in der Wohnung einzubauen. Aber er hat bestimmt nichts mit der Sache zu tun«, fügte Tess eilig hinzu. Sie wollte nicht, dass Karen einer falschen Spur nachging, indem sie Luke verdächtigte, nur weil er ein Mann und im Besitz eines Wohnungsschlüssels war. Die Polizistin sollte sich lieber mit Martin befassen.

»Wie lange kennen Sie ihn schon?«

»Seit der Schulzeit! Er ist ein Freund!«

»Bitte regen Sie sich nicht auf, Mrs Nicholson. Ich versuche nur, herauszufinden, wer Zugang zu Ihrer Wohnung hat.«

»Luke hat damit nichts zu tun.« Tess gab sich alle Mühe, den schrillen Ton zu dämpfen, der sich, wie sie selbst hörte, in ihre Stimme schlich. »Es ist mein Mann, wie ich Ihnen schon mehrmals gesagt habe. Er hat sich irgendwie einen Schlüssel besorgt, er treibt üble Psychospielchen mit mir, und seit er sich hier in York aufhält, weiß ich nicht mehr, was ich tun soll. Können Sie mir nicht helfen, ein Kontaktverbot oder so was zu erwirken?«

Karen schob ihre Unterlagen zusammen. »Es tut mir leid, Ihnen das sagen zu müssen, Mrs Nicholson, aber beim derzeitigen Stand der Dinge können wir nicht viel für Sie tun. Ich habe heute Ihre Beschwerde gegen Ihren Mann aufgenommen, aber es liegt uns kein Beweis vor, dass er sich tatsächlich Zugang zu Ihrer Wohnung verschafft hat. Ihrem Bericht entnehme ich, dass er Sie bis zu dem heutigen Zwischenfall, bei dem er Ihnen Blutergüsse an Ihrem Arm zugefügt hat, weder misshandelt hat noch anderweitig gewaltsam gegen Sie vorgegangen ist. Ganz ehrlich, wenn es erst ein einziges Mal passiert ist, haben Sie eigentlich noch keine Grundlage für die Behauptung, Sie fühlen sich durch ihn bedroht.«

»Aber es ist doch so, dass ich mich durch ihn bedroht fühle«, erwiderte Tess. »Was soll ich machen? Warten, bis er mir etwas antut?«

»Mein Rat ist, dass Sie detailliert schriftlich festhalten, was in nächster Zeit passiert«, erwiderte Karen. »Vor allem jene Vorfälle, die als Beweis dienen, dass er versucht hat, Sie zu belästigen. Wenn er anruft, notieren Sie den Zeitpunkt und die Dauer des Telefonats. Sie selbst sollten schweigen. Auch wenn die Nummer unterdrückt ist, wird der Richter anhand der Aufzeichnungen der Telefongesellschaft herausfinden können, wie oft Sie angerufen wurden und dass Sie das Gespräch beendet haben, sobald Ihnen klar wurde, wer der Anrufer war. Es kommt nicht gut beim Richter an, wenn ersichtlich ist, dass Sie lange mit Ihrem Mann geredet haben, selbst wenn es im Streit war.«

»Und das ist alles?«, kommentierte Luke wenig beeindruckt, als Tess ihm das Gespräch mit der Polizeibeamtin schilderte. »Notizen machen?«

»Sie sagt, ich soll wachsam sein. Ich hatte das Gefühl, dass sie Verständnis für mich hatte, aber ihr sind die Hände gebunden. Vielleicht gibt Martin ja auf«, fügte Tess hinzu, allerdings mit wenig Hoffnung.

»Mir kam er nicht vor wie einer, der aufgibt«, erwiderte Luke, während er den Motor anließ. Er legte beim Zurückstoßen seinen Arm auf ihre Rückenlehne, während Tess nach vorn durch die Windschutzscheibe starrte und wünschte, sie könnte jetzt einfach ihren Kopf an seinen Arm lehnen und die Augen schließen. Sie wünschte sich nichts sehnlicher, als dass Luke ihren Nacken umfasste, sie zu sich her zog. Sie wünschte, alles andere vergessen, sich nur noch auf Lukes Nähe konzentrieren zu können, die dieses Prickeln auf ihrer Haut auslöste. Sie wünschte, sie beide wären ein ganz normales Paar, unterwegs auf einer ganz normalen nachmittäglichen Fahrt, statt Zeit auf einem Polizeirevier zu verbringen, sich Sorgen zu machen wegen eines hasserfüllten Ehemanns und eines hartnäckigen Geists.

»Nein.« Sie verschränkte ihre schmerzenden Finger. »Nein, er gibt nicht auf.«

»Meinst du, dass es eine gute Idee ist, zurück in die Wohnung zu gehen?«

»Mir bleibt nichts anderes übrig. Richard verlässt sich darauf, dass ich auf sie achtgebe. Und dann ist da auch noch Ashrafar … Außerdem, wieso sollte ich mich von Martin aus meinen vier

Wänden vertreiben lassen?«, fügte sie mit plötzlicher Entrüstung hinzu.

»Davon rede ich ja gar nicht. Ich dachte nur an heute Nacht.« Er nahm den Gang heraus, zögerte, wählte seine Worte mit Bedacht. »Du und Oscar, ihr beide könntet heute bei mir und meinem Vater übernachten, wenn du willst. Dort würde Martin dich nicht finden.«

Er würde dich dort nicht finden.

Lukes Stimme vermischte sich mit der von Tom, die ihr immer noch im Kopf herumgeisterte, und plötzlich verschwammen die Farben und Konturen, ihre Umgebung fing an zu schwanken. Tess geriet in Panik, fasste Halt suchend ans Armaturenbrett. Nell war zurück, viel zu früh. Alles passierte heute viel zu schnell. »Luke …«, begann sie, doch seine Reaktion bekam sie bereits nicht mehr mit. Sie hörte ein Brausen in den Ohren, spürte ein Ziehen im Kopf, und das Auto, in dem sie saß, löste sich in nichts auf.

»Nun bist du also doch zu dem Schluss gekommen, dass dich hier nichts mehr hält, Bruder?« Eine kleine Windbö fuhr in den Pelzbesatz von Ralphs Robe, während dieser im Innenhof stand, um Tom zu verabschieden. Ralph war die vergangenen Tage in leutseliger Stimmung gewesen, zumindest nach außen hin. In den Nächten hatte er Nell noch schlimmer als gewöhnlich erniedrigt und gequält, doch sie hatte die Zähne zusammengebissen und es schweigend ertragen. Nur noch ein paar Tage, sagte sie sich, dann würde sie Ralph nie wieder zu Willen sein müssen.

Toms Reisetasche stand fertig gepackt zu seinen Füßen. »Dem ist so«, erwiderte er. »Du hattest recht, Bruder. Es gibt hier nichts mehr, was mich an York bindet.« Bei diesen Worten warf er Nell einen Blick zu, die daraufhin die Augen niederschlug. Sie biss sich auf die Unterlippe, und als sie ihm Lebewohl sagte, vernahm man ein winziges Beben in ihrer Stimme.

Nell und Tom verhielten sich gemäß ihrem Plan. Ralph sollte

denken, dass Nell wegen Toms Abschied am Boden zerstört war. Er sollte glauben, dass all ihre Hoffnungen zunichte waren, dass sie verzagte und sich fortan in ihr Schicksal als Ralphs Ehefrau fügte.

Doch Nell war nicht verzagt. Innerlich frohlockte sie. Endlich sah sie einen Ausweg aus ihrer misslichen Lage. Wenn sie fort war, würde man sie als Hure beschimpfen, als schamlose Metze; man würde sie eine Ehebrecherin heißen oder noch Schlimmeres. Doch dies alles bekümmerte Nell nicht. Nun, da sie sich entschieden hatte, konnte sie es nicht erwarten fortzugehen. Sie legte ihre Hand auf die Börse, die ihr vom Gürtel hing, und glaubte zu spüren, wie Toms Ring darin Hoffnung ausstrahlte.

Tom verabschiedete sich von Meg und dem Gesinde. Megs Unterlippe zitterte. Sie bewunderte ihren galanten, furchtlosen Onkel und hatte Nell anvertraut, wie sehr sie sich wünschte, er würde bleiben. Nell hatte ihre Tochter noch nicht eingeweiht. Meg war jung, man konnte ihr jeden einzelnen Gedanken vom Gesicht ablesen. Sie hatte kein Talent dafür, andere zu täuschen, während Nell, völlig unerwartet, eine ziemliche Begabung dafür an den Tag legte.

»Gott segne dich, Tom, und gutes Gelingen«, wünschte Nell mit leicht brüchiger Stimme. Tom hängte seine Reisetasche über die Schulter, während Meg sich tröstend neben ihre Mutter stellte.

»Weine nicht, Mama«, flüsterte sie, beunruhigt, weil Nell ihren Kummer so schlecht verbarg.

»Ich begleite dich zur Anlegestelle«, verkündete Ralph.

Er wollte sich vergewissern, dass Tom tatsächlich an Bord ging. Soll er doch, dachte Nell bei sich. Sie hatten alles genau geplant, alles arrangiert. Tom würde zwar das Boot besteigen, sodann jedoch, nachdem sie Fulford passiert hatten, die Matrosen bitten, ihn wieder aussteigen zu lassen. Er würde die Dunkelheit abwarten und zurück in die Stadt gehen, zum Haus von Janet, wo er sich ein paar Tage verstecken und abwarten würde, bis die Gezeiten günstig waren. Der Kapitän der *Margaret*, der mit Tom befreundet war, hatte versprochen, dort zu erscheinen. Nell kannte die genaue Geschichte nicht – offenbar schuldete der Kapitän, Ned mit Namen, Tom irgendeine Gefälligkeit –, doch Letzterer versicherte Nell, dass das Schiff losfahren würde, sobald sie mit Meg bei Janet eingetroffen wäre. »Ich würde meinem Freund Ned mein Leben anvertrauen«, sagte Tom.

Es war Nells Idee gewesen, dass Tom sich derweil in Janets Haus verstecken sollte. Tom hatte Bedenken geäußert. Er hätte die Tage bis zur Abreise lieber in einem günstig gelegenen Wirtshaus verbracht.

»Dort würdest du bestimmt gesehen«, warf Nell ein. »Du bist hier nicht im Hafen von Hamburg. Vergiss nicht, wie klein York ist.«

»Aber wer ist diese Janet?«

»Sie war früher einmal Dienstmagd bei mir. Sie wird uns helfen.«

Nell hatte keinen anderen Menschen, dem sie vertrauen konnte. Ihre Stiefmutter wäre entsetzt, wenn sie von Nells Plänen erführe. Seit dem Tod von Nells Vater war Anne sehr strenggläubig geworden. Nie im Leben würde sie es gutheißen, dass Nell ihr Seelenheil aufs Spiel setzte, indem sie ihren Ehemann verließ. »Nur Gott obliegt es, Mann und Frau wieder zu trennen«, pflegte sie zu sagen, und Nells Nachbarn würden ihr allesamt beipflichten.

Janet war die Einzige, die wusste, wie Ralph wirklich war. Die Einzige, die Nell verstehen würde. Und sie war ihrer früheren Mistress gegenüber verpflichtet. Nell verlor zwar kein Wort darüber, als sie Janet in ihrem kleinen Haus aufsuchte, aber das war auch nicht nötig. Das Wissen, dass Nell ihr damals Geld gegeben hatte, um fern von Ralph ein neues Zuhause zu finden, stand unausgesprochen im Raum.

Janets Augenbrauen hoben sich überrascht, als Nell an ihre Tür klopfte. Ihr Ehemann war, wie sie erzählte, vergangenes Jahr an Michaeli gestorben. Sie käme ganz gut allein zurecht, antwortete sie auf Nells Frage hin. Nell dachte, wie praktisch es wäre, wenn *ihr* Ehemann einfach dahinscheiden würde. Dann bräuchte sie sich nicht nachts aus dem Haus zu stehlen, nicht einen Ozean zu überqueren, um ihm zu entkommen. Doch Ralph war robust und kräftig. Er erfreute sich bester Gesundheit. Er würde nicht sterben, um Nell einen Gefallen zu tun.

»Und was kann ich für Euch tun, Mistress?«, fragte Janet schließlich. Blanke Neugier stand in ihrem Blick.

Nell zögerte. »Du weißt, wie mein Gemahl ist«, begann sie vorsichtig. Ein eigenartiges Flackern erschien in Janets Blick.

»Ja.«

»Ich habe dir einmal beigestanden. Wirst du nun mir helfen?«

Kurzes Schweigen. »Was wünscht Ihr von mir?«

Janets Miene wirkte seltsam unbewegt, während sie Nells Darlegungen lauschte. Danach schwieg sie lange Zeit. Sie schaute über Nells Schulter zu der Wand dahinter, während ein merkwürdiges kleines Lächeln um ihre Mundwinkel spielte.

»Dies ist die Gelegenheit für dich, es meinem Gemahl heimzuzahlen, dass er dich so schändlich behandelt hat«, beendete Nell schließlich ihre Rede. Janet nickte, verbarg geschwind ihr Lächeln. Aus irgendeinem Grund löste dieses Verhalten ein Unbehagen in Nell aus, doch sie schob das Gefühl entschlossen beiseite. Wenn Janet lächelte bei der Aussicht, Ralph zum Hahnrei zu machen, konnte Nell es ihr gewiss nicht verdenken, oder? Wenn sie Janet nicht trauen durfte, die ebenfalls unter Ralph gelitten hatte, dann wohl niemandem.

»Ich werde Euch helfen«, sagte Janet nach langem Überlegen. »Wie Ihr mir geholfen habt, Mistress.«

Also war es beschlossene Sache, und Nell hatte nun nichts weiter zu tun, als in dieser Farce ihre Rolle gut zu spielen. Sie hob die Hand zum Abschied, als Tom und Ralph zur Anlegestelle aufbrachen. Kurz bevor sie auf die Straße traten, bedeutete Tom seinem Bruder mit einer Geste voranzugehen und nutzte die Gelegenheit, sich umzudrehen und einen letzten Blick mit Nell zu tauschen. Deren Augen funkelten.

Bald, mein Herz, versprachen sie ihm. *Bald werden wir für immer zusammen sein.*

Tess schnappte erschrocken nach Luft, als sie jählings in die Gegenwart geschleudert wurde. Sie hielt immer noch das Armaturenbrett umklammert, während Lukes besorgter Blick zwischen ihr und dem Verkehr auf der Straße hin und her wanderte.

»Ich bin zurück«, sagte sie mit einem kläglichen Lächeln.

Er erwiderte ihr Lächeln nicht. »Das passiert jetzt viel zu oft, Tess.«

»Ich weiß.« Tess nahm ihre Hände vom Armaturenbrett und lehnte sich in ihrem Sitz zurück. »Ich habe fast den Eindruck, Nell möchte sich beeilen.« Sorgenvoll nestelte sie an ihrem Sicherheitsgurt. »Ich glaube, ich nähere mich dem Ende ihrer Geschichte.«

Sie erzählte Luke von Toms Rückkehr. »Es ist eine gute Nachricht, und sie ist so glücklich, weil sie jetzt einen Ausweg aus ihrer furchtbaren Ehe mit Ralph sieht, aber ich habe so eine schreckliche Vorahnung ...« Tess ließ den Satz unbeendet, nagte an ihrem Fingerknöchel. »Etwas wird schieflaufen, ich weiß es. Nun, es ist ja offensichtlich, dass es nicht gut ausgehen kann, oder? Nell würde mich nicht verfolgen ... mich heimsuchen, sich meiner bemächtigen ... was auch immer sie da mit mir treibt ... wenn es ein Happy End mit Tom gäbe, oder?«

Luke schüttelte den Kopf. »Es wäre schön, wenn es so wäre, aber ich fürchte, dem ist nicht so. Meinst du, wir sollten noch einmal Ambrose aufsuchen?«

»Oder uns an die Kirche wenden?« Tess' Augen waren angstvoll auf Luke gerichtet. »Vielleicht sollten wir uns mal erkundigen, ob ein Priester Nell helfen könnte, Frieden zu finden? Ich habe noch irgendwo die Telefonnummer dieser Pastorin.« Sie kramte in ihrer Handtasche und zog schließlich die Visitenkarte heraus, die Pat French ihr gegeben hatte. Während Tess sie in der Hand hielt, wurde sie von einem merkwürdigen Gefühl der Sehnsucht und des Widerwillens ergriffen; außerdem schien das weiße Kärtchen ihre Finger förmlich zu versengen.

»Nell will nicht, dass ich einen Priester einschalte«, sagte sie langsam. »Sie will noch keinen Frieden. Es gibt noch etwas, das sie mir erzählen möchte.«

»Ich könnte ja anrufen«, bot Luke an, während er vor einer roten Ampel bremste. Er drehte sich zu Tess. »Du kannst mir die Karte geben, und ich rufe für dich an, was meinst du?«

Das war die offensichtliche Lösung, doch Tess' Hand begann zu zittern. Es handelte sich um eine ganz normale, etwas abgegriffene Visitenkarte, doch es war, als würde sich Tess die Finger daran verbrennen. *Nein*, rief Nell in ihrem Kopf. *Nein, nein, nein. Tu's nicht.*

Als Luke den Arm nach der Karte ausstreckte, hielt Tess sie noch fester und stöhnte richtig auf, als Luke sie ihr fast mit Gewalt aus der Hand riss. Er schob das Kärtchen in seine Jackentasche und legte den Gang ein, als die Ampel auf Grün schaltete, während in Tess' Kopf Erleichterung und Verzweiflung miteinander kämpften.

»Willst du, dass ich jetzt anrufe?«, erkundigte sich Luke.

»Ja ... nein ... ich weiß es nicht.« Tess verschränkte die Arme vor der Brust. Nell war nun ganz nahe. Sie konnte sie fast spüren, wie sie Tess ihren Willen aufzuzwingen versuchte, ja, sie regelrecht traktierte. Sie hätte Luke diese Visitenkarte nicht geben sollen, doch gleichzeitig war sie froh, dass *er* sie nun hatte. Luke war unempfänglich für Nells Macht, und Tess fand es beruhigend, dass er wissen würde, was zu tun sei. »Ich denke, wir sollten jetzt erst einmal Oscar abholen«, sagte sie. »Vielleicht könntest du nachher noch mit in meine Wohnung kommen und von dort aus anrufen?«

Lukes Miene verriet, dass er eigentlich nicht damit einverstanden war, aber schließlich nickte er. »Okay«, lenkte er ein. »Wenn du es so willst.«

Langsam entspannte sich Tess wieder. Eins nach dem anderen. Sie musste zuerst Oscar abholen, dann nach Hause fahren, und dann erst würde sie sich Gedanken darüber machen, wie sie zukünftig mit Martin verfahren sollte. Und mit Nell. Im Augenblick wusste Tess selbst nicht genau, wer von den beiden ihr mehr Angst einjagte.

»Ich warte im Wagen«, erklärte Luke, als sie vor Vanessas Haus parkten. »Ich weiß, Vanessa hält nicht viel von mir, und eine Szene ist das Letzte, was du jetzt gebrauchen kannst.«

Tess versuchte, sich die ungute Vorahnung auszureden, die sie befiel, während sie auf Vanessas makellos gepflegtem Gartenweg zur Haustür ging. Ordentlich beschnittene Strauchrosen säumten ihn zu beiden Seiten. Es war doch alles gut, beruhigte sie sich. Luke würde Pat French anrufen, und diese würde Nells Geist bannen oder was immer sie tun musste, damit Nell Tess endlich in Ruhe ließ. Was Martin betraf, nun, sie musste natürlich eine Zeit lang auf der Hut sein, sie würde genau Buch führen, wie die Polizeibeamtin ihr geraten hatte. Es war ein gutes Gefühl, Entscheidungen zu treffen, das Heft wieder in die Hand zu nehmen.

Und dennoch. Irgendwie lag Gefahr in der Luft. Das Licht wirkte seltsam diffus. Entschlossen schob Tess all diese negativen Gedanken beiseite und drückte auf die Klingel.

Tess lauschte dem Ding-Dong der Türglocke, das im Haus widerhallte. Es hallte auch in ihrem Kopf wider, und unvermittelt verspürte sie dieses Gefühl des Weggleitens, das eine Rückkehr in die Vergangenheit ankündigte. *Nicht jetzt, Nell!*, durchzuckte es sie, während Panik sie erfasste. Tess biss die Zähne zusammen, mobilisierte all ihre Kräfte und sträubte sich gegen dieses Zurückgleiten. *Bitte, nicht jetzt!*

Es war, als stünde sie auf einer hohen Düne, spürte, wie der Sand unter ihren Füßen wegrutschte, während sie verzweifelt darum kämpfte, oben zu bleiben. Tess streckte den Arm aus, presste ihre Handfläche gegen die Ziegelmauer, bis es wehtat. Sie durfte Nell nicht gewinnen lassen, diesmal nicht. Sie musste Oscar abholen, ihn nach Hause bringen.

»Tess!« Es dauerte eine Weile, bis sie Vanessas Gesichtsausdruck deuten konnte, eine Mischung aus Überraschung, schlechtem Gewissen und Bestürzung.

»Hi.« Tess strengte sich an, riss sich am Riemen. »Tut mir leid, dass ich erst jetzt komme, Vanessa. Es würde zu lange dauern, dir alles zu erklären. Ich habe jedenfalls das Gefühl, Stunden auf diesem Polizeirevier verbracht zu haben. Ist Oscar schon bereit? Kann ich ihn gleich mitnehmen?«

»Hat Martin dir denn nichts gesagt?«

Einen Moment lang schien es, als würde die Welt stillstehen. Überdeutlich nahmen Tess' Sinne ihre Umgebung wahr. Sie hatte das Gefühl, neben sich zu stehen, sich beim Denken beobachten zu können: *Vanessa soll diesen Satz zurücknehmen. Die Zeit soll zurückgedreht werden, damit Vanessa die Gelegenheit hat, etwas anderes zu sagen. Dies darf nicht der Augenblick sein, in dem sich alles, alles verändern wird.*

Vanessas Frage stand wie eine Anklage zwischen ihnen.

»Martin?«, fragte Tess mit belegter Stimme.

»Er hat gesagt, er würde dich auf deinem Handy anrufen. Ich habe ihm die richtige Nummer gegeben, deshalb wundert es mich, dass er sich noch nicht bei dir gemeldet hat. Ich freue mich so für euch, dass ihr jetzt wieder zusammen seid«, plapperte Vanessa, doch ein zuckender Muskel unter einem ihrer Augen verriet ihr schlechtes Gewissen. »Martin war ja so was von nett.«

Tess klammerte sich an den letzten Rest ihrer Selbstbeherrschung. »Vanessa, was willst du damit sagen? Wo ist Oscar?«

»Wieso? Martin hat ihn natürlich gleich mitgenommen.«

»*Nein …!*« Auch wenn Tess, schon als Vanessa die Haustür geöffnet hatte, in irgendeinem fernen Winkel ihres Verstandes gewusst hatte, dass es so kommen würde, bekam sie jetzt vor lauter Verzweiflung weiche Knie. »Nein, bitte, Van! Sag, dass es nicht wahr ist. Es kann nicht sein, dass du ihm erlaubt hast, Oscar mitzunehmen!«

»Tess, also ehrlich, ich finde, dass du überreagierst«, verteidigte sich Vanessa. »Martin wird Oscar nichts antun. Du meine Güte, er ist schließlich sein Vater!«

Tess wich zurück, schüttelte den Kopf. »Ich habe dir doch *gesagt*, dass ich ihm nicht traue. Ich habe dir *gesagt*, dass ich ihn nicht in Oscars Nähe lassen will.«

»Was ist denn los?« Plötzlich stand Luke an ihrer Seite, stark und verlässlich. Tess umklammerte seinen Arm.

»Sie hat zugelassen, dass Martin Oscar mitnimmt! O Gott, Luke, was soll ich jetzt tun?«

»Also ehrlich«, sagte Vanessa mit beleidigter Miene. »Wie du dich aufführst! Kein Wunder, dass Martin es schwierig findet, mit dir zurechtzukommen, Tess. Auf mich hat er einen absolut sympathischen und vernünftigen Eindruck gemacht. Er hat mir erzählt, dass er mit dir Kaffee trinken war und ihr euch unterhalten habt. Wie hätte er sonst meine Adresse wissen können? Außerdem konnte ich ihm schlecht verbieten, seinen eigenen Sohn mitzunehmen, oder?«

»Doch, du hättest dich weigern können!« Tess' Stimme wurde laut. »O Gott, o Gott …« Bei der Vorstellung, dass Martin Oscar hatte, geriet sie dermaßen in Panik, dass sie wie gelähmt war und keinen klaren Gedanken mehr fassen konnte.

Ihre Wut, die unheimliche Ruhe, die sie bei der Konfrontation mit Martin verspürt hatte, waren verflogen, stattdessen geißelte sie sich mit Selbstvorwürfen. Wie hatte sie so dämlich sein können, auch nur eine Sekunde zu glauben, Martin akzeptiere seine Niederlage. Sie hätte doch wissen müssen, dass er sich etwas in der Art einfallen lassen würde. Er hatte ihr erzählt, er wisse über Vanessa Bescheid. Sie, Tess, hätte schnurstracks zu ihr fahren und Oscar abholen sollen, statt kostbare Zeit auf diesem Polizeirevier zu verschwenden, oder sich in Sicherheit zu wiegen in der Annahme, Martin könnte sich geändert haben.

»Also ich finde, es ist etwas Positives, dass Martin hierher nach York gekommen ist«, sagte Vanessa trotzig. »Du musst doch zugeben, dass du dich in letzter Zeit ziemlich seltsam verhältst, Tess. Wir alle machen uns Sorgen um dich: ich, deine Mutter *und* Martin. Und Luke bestärkt dich noch in deinem Verhalten«, fügte sie hinzu und warf ihm dabei einen unfreundlichen Blick zu.

»Martin bemüht sich nach Kräften. Er hat mir erzählt, er will mit dir eine zweite Hochzeitsreise machen, damit du dich entspannen und von dem Stress der letzten Wochen erholen kannst. Er ist so fürsorglich! Ich wünschte, Graham würde für mich so empfinden wie Martin für dich. Es ist ganz offensichtlich, dass er dich anbetet, Tess, und ehrlich gesagt, finde ich, dass du ihn gar nicht verdienst! Ich sage dir die ganze Zeit schon, dass du über deine Probleme reden musst, statt einfach wegzulaufen. Außerdem braucht Oscar einen Vater.«

Tess hörte ihr kaum zu. »In welcher Verfassung war Oscar?« Ihre Stimme zitterte. »Ging es ihm gut?«

Zum ersten Mal geriet Vanessas Selbstsicherheit ins Wanken. »Nun, er wirkte ein bisschen verunsichert, aber das war wohl zu erwarten. Er hat seinen Vater seit einer Ewigkeit nicht mehr gesehen, Martin musste ihm ja praktisch wie ein Fremder vorkommen. Aber er hat ganz bestimmt nicht geweint oder eine Szene gemacht.«

Im Gegensatz zu dir, lautete der unausgesprochene Vorwurf.

Selbstverständlich hatte Oscar keine Szene gemacht und gewiss genau das getan, was sein Vater von ihm verlangte; dennoch musste der Kleine eine Heidenangst gehabt haben. Tess ging davon aus, dass Oscar sich bemüht hatte, sich möglichst unauffällig zu verhalten. Martin war vielleicht imstande, Vanessa mit seinem Charme zu betören, doch Oscar kannte seinen Vater und wusste, wie er wirklich war.

Bei der Vorstellung, Oscar würde sich wieder in diesen verkrampften, gehemmten Jungen von früher verwandeln, wurde Tess regelrecht übel. »Hat Martin gesagt, wohin er Oscar bringt?«, fragte Luke, als Tess die Hände vors Gesicht schlug.

»Na, in deine Wohnung«, erwiderte sie, an Tess gewandt. »Er hat gesagt, du hättest vergessen, ihm den Schlüssel zu geben, also habe ich ihm meinen ausgeliehen.« Zum ersten Mal schien Vanessa das Ausmaß von Tess' Bestürzung zu erfassen, denn sie bewegte unbehaglich die Schultern. »Es ist ja nicht so, als würde er Oscar entführen und außer Landes bringen wollen. Ich finde wirklich, dass du endlich akzeptieren solltest, dass du diejenige bist, die ein Problem hat. Du wirst sehen, wenn du heimkommst, werden sie dich schon erwarten. Dann könnt ihr euch zusammensetzen und über alles reden. Alles wird gut … Tess? *Tess?*«

Doch Tess hörte sie nicht mehr, denn sie glitt schon wieder zurück, zurück in die Dunkelheit.

»Beeil dich«, flüsterte Nell Meg ins Ohr. »Sei leise.«

Zusammen schlichen sie auf Zehenspitzen die Treppe hinunter, wobei sie kurz innehielten, um einander über die fünfte Stufe von unten zu helfen, die knarrte und ächzte, seit Nell sich erinnern konnte. Sie verloren kostbare Zeit, doch es durfte nicht geschehen, dass einer im Haus durch ein unerwartetes Geräusch geweckt wurde.

Wie seltsam der Gedanke, dass sie nie wieder dieses Knarren hören würde. Stets suchte Nell an solchen Kleinigkeiten Halt. Sie hatte versucht, sich das Leben in der Neuen Welt auszumalen, doch die Vorstellung war zu gewaltig, zu fremd. Sie konnte sich nur mit alltäglichen Dingen beschäftigen, wie eine knarrende Stufe oder ob jemand daran denken würde, die frische Butter vom Vormittag aus dem Fass umzufüllen.

Nell machte sich Sorgen, wie es den Dienstmägden ergehen würde, wenn sie fort war. Eliza und Mary hatten lange schon geheiratet und waren durch neues Gesinde ersetzt worden. Nell befürchtete, Ralph würde sich dieser Mädchen bedienen, wie er sich Nells bedient hatte, doch Tom hatte ihren Vorschlag, jene auch noch mitzunehmen, abgelehnt. Er wies Nell darauf hin, dass die jungen Mägde nicht allein dastanden, Familien hatten, die sie beschützen konnten. »Du darfst keiner Menschenseele etwas davon erzählen, Nell. Du musst deine Tochter retten und dich selbst auch.«

Deshalb schlichen nun Mutter und Tochter allein die Treppe hinunter in Richtung Haustür.

Ralph schlief tief und fest, dank eines Tränkleins, das sie ihm in seinen Wein getan hatte. Das war Janets Idee gewesen. Janet hatte sich erboten, die kräuterkundige Frau draußen auf der Gemeindeflur aufzusuchen. »Ein harmloses Schlafmittelchen, damit ihr euch unbemerkt davonstehlen könnt«, hatte sie Nell unter Flüstern erklärt. Nell hatte ihr Glück nicht fassen können, als Ralph ohne Argwohn den Becher bis zum letzten Schluck leerte. Auch noch nicht, als er bereits in seinem Kabinett zusammengesackt war. Nell hatte an der Tür gestanden und gewartet, bis sie sein Schnarchen hörte, ehe sie ging, um Meg aufzuwecken.

Jetzt oder nie.

Falls Nell letzte Zweifel gehabt hatte, ob sie das Richtige tat, so wurden sie bei dem Aufleuchten in Megs Gesicht aus dem Weg geräumt, nachdem sie die Kleine geweckt und sie in ihr Vorhaben eingeweiht hatte. Nervös und aufgeregt, hatten sie einander geholfen, warme Kleidung anzulegen. Nell warf noch einmal einen prüfenden Blick in die Börse an ihrem Gürtel, gefüllt mit der Anzahl Münzen, die sie gewagt hatte abzuzweigen. Spontan zog sie den Granatring heraus und steckte ihn wieder an ihren Finger, wo er hingehörte. Die Schmuckstücke, mit denen Ralph sie so reichlich beschenkt hatte, ließ sie in einer Schatulle auf dem Tisch zurück. Sie wollte keins davon.

Das Haus lag in tiefem Schlummer, nur das vertraute Knarren und Ächzen im Gebälk und leise Schnarchlaute aus den Kammern des Gesindes unterbrachen die Stille. In der Ferne hörte man Hundegebell. Die Röcke gerafft, kamen Nell und Meg unbemerkt am Fuß der Treppe an. Es war stockdunkel, aber beide kannten das Haus so gut, dass sie sich auch ohne Kerzenlicht zurechtfanden.

Sie schlichen den Flur entlang und blieben vor der Haustür stehen. Nell biss auf ihre Unterlippe und drehte mit größter Behutsamkeit den riesigen Schlüssel im Schloss. Es schnappte mit einem lauten Geräusch zurück, woraufhin beide jäh erstarrten. Doch im Haus blieb es weiter ruhig. Am ganzen Körper zitternd, atmete Nell erleichtert aus. Nun musste sie nur noch vorsichtig den Riegel anheben, langsam die Tür aufschieben. Falsche Eile brächte nichts.

Erst als sie hinaus in den Innenhof trat, gestattete Nell sich, wieder normal zu atmen. Als Letztes galt es, das Tor am Ende des Durchgangs zur Straße zu bewältigen. Wieder drehte sich der Schlüssel im Schloss, doch diesmal schepperte beim Anheben der Riegel. Augenblicklich fing der Hund von George Watson im Haus nebenan zu bellen an, so laut und wütend, dass Nell schier das Herz stehen blieb.

»Komm schnell!«, zischte sie Meg zu. Mit eiligen Schritten stahlen sie sich von dannen, hielten sich dabei in der Mitte der Straße. Nell war noch nie zu dieser nächtlichen Stunde unterwegs gewesen. Dunkle Wolken hatten sich vor den Mond geschoben, doch das war nur zu ihrem Vorteil, wie Nell sich sagte. Sie hatten nicht weit zu gehen. Nur bis zum Ende der Stonegate und an dem Friedhof von St Helen vorbei, wo der kleine Hugh in seinem Grab lag. Dann über die Coney Street und Ousegate hinunter zur Anlegestelle, wo Tom sie erwarten würde.

Seltsam losgelöst nahm Nell das Geschehen wahr, fragte sich staunend, ob es tatsächlich Wirklichkeit war. Sie stand allen Ernstes im Begriff fortzugehen. Sie würde nie wieder die Stiege im Haus hinuntergehen, nie wieder das Bellen dieses vermaledeiten Hundes hören. Dies war das letzte Mal, dass sie die Stonegate entlanglief. Sie würde nie wieder den Verkaufsstand von John Harper sehen, nie wieder das Gefühl haben, dass er sie mit seinen Blicken auszog, die Schnüre ihres Mieders löste, ihre Ärmel hinunterschob.

Sie würde frei sein.

In der Stadt war es ruhig und gleichzeitig auch wieder nicht. Die Dunkelheit schien alles zu dämpfen, doch Nells Sinne waren so geschärft, dass sie das Schnarchen und Gemurmel ihrer schlafenden Nachbarn hörte. Ein Husten, ein Seufzen, ein knarrendes Bett. Das Weinen eines Säuglings, das unvermittelt wieder aufhörte. Betrunkenes Gebrabbel, lautes Schelten.

Eine Windbö fegte durch die Straße, ließ die Schilder über den Werkstätten der Handwerker ächzend hin und her schwingen. Umso besser. Sie brauchten Wind, der die Segel blähte. Doch kalt blies er ihnen ins Gesicht. Meg fröstelte, zog ihren Umhang fester um sich.

Die Geräusche der schlafenden Stadt waren anders als sonst. Nell glaubte sogar zu hören, wie die Straßen atmeten. Die Stadt war ihr fremd in der Dunkelheit. Sie gehörte den Katzen, welche die Rinnsteine entlangschlichen, den Ratten, die durch die Kloaken trippelten.

Den bösen Geistern, die durch Wände dringen konnten und ihren nächtlichen Tanz aufführten.

Meg schrie leise auf, zuckte zurück. Nell, der fast das Herz stehen blieb, packte sie am Arm. »Was ist los?«

»Ich bin auf was draufgetreten.« Megs Stimme zitterte. »Es hat sich bewegt.«

»Denk nicht drüber nach«, zischte Nell. »Wir sind fast da. Denk daran, dass Tom auf uns wartet.«

Sie waren nicht die Einzigen, die das nächtliche Ausgehverbot brachen. In einem Hauseingang kauerte ein Herumtreiber, auf den ersten Blick kaum mehr als ein Bündel Lumpen. Zwei Trunkenbolde bewegten sich schwankenden Schrittes dahin, torkelten von einer Straßenseite zur anderen, doch Nell und Meg zogen sich in den Schatten eines Hauseingangs zurück, bis sie unbemerkt vorbeihuschen konnten.

Mit vorsichtigen Schritten bogen sie um die Ecke und in die Coney Street. Die Straße hatte ein ordentliches Pflaster, und sie kamen rasch voran. Doch in einem der Häuser fing ein Hund zu bellen an, als sie es passierten. Er weckte einen anderen Hund auf und dieser einen dritten, bis man den Eindruck hatte, in jedem Haus belle ein Hund, warne die schlafenden Bürger, dass Nell und Meg auf der Flucht waren, dass man sie nicht entkommen lassen durfte. Nell fasste Meg an der Hand, sie fingen zu rennen an. In der Coney

Street hörten sie die eine oder andere schlaftrunkene Stimme, welche die Hunde verfluchte, doch keiner der Bewohner verließ sein warmes Bett, keiner öffnete seine Haustür, um nachzusehen. Keiner spähte aus dem Fenster.

Und dennoch klopfte Nell das Herz bis zum Hals, als sie Meg fast mit Gewalt das schlüpfrige Kopfsteinpflaster hinunter zur Anlegestelle zerrte. Nell war mittlerweile so angespannt, dass sie sich fast nicht mehr darum kümmerte, ob sie Lärm machten oder nicht. Sie wollte nur noch möglichst schnell auf dieses Boot und fort aus dieser Stadt.

Sie konnte den Fluss schon riechen, diese modrige, feuchte Kälte, hörte schon, wie seine Wellen leise gegen die Anlegestelle schlugen. Wo befand sich Tom? Wo das Boot? Sie blickte angestrengt in die Dunkelheit. Der Fluss war nur als leichter Schimmer zu erkennen.

»Mistress!« Bei dem Flüstern fuhr Nell herum, die Hand an ihre Brust gepresst.

»Oh … Janet!« Sie konnte in dieser stockdunklen Nacht fast nicht die Umrisse der anderen Frau erkennen. »Was tust du hier?«

»Ich dachte, ich komme lieber her und sehe nach, ob alles nach Plan läuft.«

Nell schluckte. »Wo ist Tom?«

»Er hat sich im Lagerhaus des Masters verborgen und wartet dort.«

Typisch Tom, dachte Nell mit einem kurzen, etwas zittrigen Auflachen. Nur er besaß die Tollkühnheit, sich auf Ralphs eigenem Grund und Boden zu verstecken.

»Kommt, ich führe Euch zu ihm«, murmelte Janet.

»Können wir nicht auf das Boot und dort auf ihn warten?«

»Tom hat mit dem Kapitän ein Losungswort vereinbart. Es ist besser, wenn Ihr gemeinsam an Bord geht.«

»Wahrscheinlich hast du recht.« Nell hatte immer noch Herzklopfen von ihrem schnellen Lauf durch die Straßen. Am liebsten wäre sie sofort auf das Boot, damit sie es endlich hinter sich brachten. Doch sie ließ sich von Janet ins Innere des Lagerhauses führen. Das schwere Tor fiel mit einem Schnappen hinter ihnen ins Schloss.

Anfangs war Nell wie blind. Dann erkannte sie, dass in dem Raum eine Kerze brannte, deren Flamme im Vergleich zu der Dunkelheit draußen so hell leuchtete, dass sie wie geblendet die Augen zusammenkniff. Verschwommen konnte sie im Hintergrund eine Gestalt ausmachen, die auf einem Haufen weißer Stoffballen lag.

»Tom?«

Meg neben ihr erstarrte. Nell schaute zu ihrer Tochter, sah einen Ausdruck solchen Entsetzens auf ihrem Gesicht, dass Nell das Blut in den Adern stockte und sie die Hände an die Brust presste. »Was ist? Was siehst du?«

Doch gleichzeitig drehte sie sich, folgte Megs Blick hinüber zu den Stoffballen, und obgleich sich ihre Augen inzwischen vollends an die Dunkelheit gewöhnt hatten, konnte sie zuerst nicht glauben, was sie sah.

Sie weigerte sich, es zu begreifen.

Tom war es, der da auf den Ballen lag und hinauf ins Dachgebälk starrte. Wieso lag er da?, wunderte sich Nell. Wieso sprang er nicht auf, um sie zu begrüßen?

»Tom?«, sagte sie noch einmal, oder vielleicht auch nicht. Ihre Lippen bewegten sich, doch kein Ton kam heraus. Ihr Körper schien ihr nicht mehr zu gehören. Schwankend bewegte er sich auf die Stoffballen zu.

Die blauen Augen aufgerissen, sah Tom zu ihr empor, doch er lächelte nicht.

Sein Kragen war rot, desgleichen sein Hemd.

Sein Kopf lag schräg, in einem schrägen Winkel zum Körper. *So zu liegen muss doch unbequem für ihn sein*, dachte Nell.

Dieser klaffende Schnitt unter seinem Kinn muss ihm doch wehtun.

Nell hörte ein Rauschen in den Ohren, ein grauenhafter Klageschrei erfüllte das ganze Lagerhaus. Woher kam dieser entsetzliche

Laut, fragte sich Nell, die sich immer noch seltsam losgelöst fühlte. Hatten sie denn vergessen, dass sie auf keinen Fall Lärm machen durften?

Sie drehte sich zu Meg, die sich mit steifen Schritten auf sie zubewegte. Nell wollte sie ermahnen, still zu sein, doch sie brachte kein Wort heraus, und erst in diesem Moment wurde Nell bewusst, dass der Schrei aus ihrer eigenen Kehle kam.

Vanessa wich zurück, als Tess den Schrei ausstieß. »Tess, um Himmels willen!«, sagte sie, doch sie wirkte erschüttert. »Luke, was ist los mit ihr?«

»Tess.« Lukes Stimme war sehr sanft, als er seine Hand auf ihren Arm legte. »Tess, kannst du mich hören?«

Tess starrte ihn an, ihre Pupillen vor Entsetzen geweitet. »Tom«, stammelte sie. »Tom ist tot … Tom ist tot!«

»O mein Gott!« Vanessa schlug die Hand vor den Mund. »Hat sie soeben *tot* gesagt? Wer ist Tom? Wovon redet sie? Luke, was geht hier vor?«

Luke gab keine Antwort. Er hatte alle Hände voll zu tun mit Tess, die zusammengekrümmt dastand, würgte und schluchzte, ein herzzerreißendes Schluchzen, das von tief drinnen kam. Sie war so bestürzt, dass sie anfangs um sich schlug, als er sie in den Arm nahm. »Schsch«, sprach er beruhigend auf sie ein. »Es ist alles gut. Es ist alles gut.«

»Nichts ist gut!« Vanessas Stimme hatte eine schrille Höhe erreicht. »Sieh doch nur, in welchem Zustand sie ist!«

»Tess, hör mir zu.« Luke legte Tess die Hand unters Kinn, hob es an, damit sie ihm direkt ins Gesicht sehen musste. »Schau mich an. Dir passiert nichts, okay? Du bist in Sicherheit. Du bist hier.«

Ihr Blick war noch verschwommen, doch die Klarheit kehrte allmählich zurück. »Hier«, wiederholte sie.

»Du musst dich jetzt konzentrieren, Tess. Du musst an Oscar denken.«

»Oscar?« Erneut flackerte Entsetzen in ihrem Blick auf. »Mir ist schlecht«, sagte sie, drehte sich um und übergab sich direkt in Vanessas frisch gejätetes Rosenbeet.

Angewidert wandte sich Vanessa ab. »Ach, du lieber Himmel …«

»Vanessa, ruf die Polizei«, herrschte Luke sie an.

»Was?« Vanessa verzog angeekelt das Gesicht, als Tess sich ausgiebig über ihre Rosen erbrach. »Die *Polizei*? Warum denn?«

»Sag, dass Martin Oscar gegen den Willen seiner Mutter mitgenommen hat.«

»Das kann ich nicht machen. Martin ist Oscars Vater. Er hat nichts Unrechtes getan.«

»Tess wollte die ganze Zeit verhindern, dass er allein mit Oscar ist. Das weißt du ganz genau.«

Vanessa, die nun doch ein schlechtes Gewissen bekam, wurde rot. »Tess übertreibt – wie üblich«, verteidigte sie sich. »Und du bestärkst sie noch darin«, fügte sie mit einem gehässigen Blick hinzu. »Tess war okay, bis sie sich wieder mit dir eingelassen hat.«

»Oscar.« Tess hörte dem Gespräch der beiden gar nicht zu. Sie richtete sich auf, trotz ihrer weichen Knie, und wischte sich mit den Händen übers Gesicht. Der Gedanke an ihren Sohn brachte sie wieder zur Besinnung, mehr als alles andere es vermocht hätte. Sie verdrängte das grausige Bild von Toms durchschnittener Kehle entschlossen aus ihrem Bewusstsein. »Ich muss ihn unbedingt finden.«

Sie hatte ihre Handtasche auf den Boden fallen lassen, als sie sich übergeben musste, und als sie sich jetzt danach bückte, ertönte plötzlich ein Summen. Alle drei zuckten zusammen, standen wie gelähmt da.

»Mein Handy!«

Tess wühlte in ihrer Handtasche und zog es heraus. Unbekannter Anrufer. Sie nahm den Anruf trotzdem entgegen. »Hallo?«

»Da bist du ja.«

»Martin!« Ihr Blick flog verzweifelt zu Luke, der ihr mit einer

Geste bedeutete, sie solle weiterreden, während sie zu seinem Wagen eilten und Vanessa allein zurückließen.

»Und wer putzt das weg?«, rief sie ihnen nach und betrachtete angeekelt ihr Rosenbeet.

Tess ignorierte sie einfach.

»Wo bist du?«, fragte sie Martin, während sie auf dem Beifahrersitz Platz nahm und Luke mit langen Schritten um den Wagen herum auf die Fahrerseite eilte.

»In deiner Wohnung natürlich.« Martin klang, als wäre er verwundert über ihre Frage. »Ich packe für dich.« Er kicherte. »Sieht so aus, als müsste ich hier neuerdings alles selber machen!«

Als hätte es diesen Streit mitten auf der Stonegate nie gegeben. Als wäre alles in bester Ordnung. Als hätte er leise und unauffällig die Grenze zum Wahnsinn überschritten.

Die Vorstellung verdrängend, dass Oscar nun allein mit ihm war, legte Tess die Hand über das Handy. »Vanessa hatte recht«, informierte sie Luke leise. »Er ist in meiner Wohnung.«

»Ruf die Polizei!«, schrie Luke Vanessa über das Autodach zu. »Sag ihnen, dass Martin in der Stonegate ist mit Oscar. Mach schon, Vanessa!«, brüllte er, als Vanessa protestieren wollte.

»Du packst?«, sagte Tess ins Handy, verzweifelt bemüht, das Beben in ihrer Stimme zu unterdrücken. Mit der anderen Hand zog sie den Sicherheitsgurt straff und schnallte sich an.

»Du wirst nicht viel mitnehmen müssen.« Tess hörte, wie er Schubladen auf- und zuzog. »Wo sind alle diese hübschen BHs, die ich dir gekauft habe? Das ganze andere Zeug hier wirfst du am besten sofort in die Mülltonne. Du weißt, wie sehr ich es hasse, wenn du diese abscheulichen T-Shirts und diese anderen Sachen trägst.« Martin schnalzte missbilligend mit der Zunge, und Tess sah ihn förmlich vor sich, wie er naserümpfend eins ihrer Tops auf Armeslänge von sich hielt.

Sie unterdrückte ihren Ekel bei der Vorstellung, dass er ihre Kleidung anfasste, holte tief Luft, mäßigte ihre Stimme.

»Ist … ist Oscar da?«

Luke hatte den Gang eingelegt und bog mit quietschenden Reifen in die Straße ein, auf der die Autos Stoßstange an Stoßstange stadtauswärts fuhren. Fluchend trat Luke auf die Bremse.

»Rushhour«, murmelte Luke, zwängte sich wild entschlossen durch den Strom der fahrenden Autos auf die Gegenfahrbahn, wobei er das Hupen, die ärgerlich aufgeblendeten Scheinwerfer einfach ignorierte. »Das hat uns gerade noch gefehlt.«

»Kannst du nicht mal an was anderes denken?« Martins Stimme hörte sich an wie die eines schmollenden Kindes. »Ständig heißt es bei dir nur Oscar, Oscar, Oscar.«

»Ich muss wissen, ob es ihm gut geht, Martin.«

Ein übertriebenes Seufzen war zu hören. »Natürlich geht es ihm gut. Noch geht es ihm gut«, fügte er hinzu, fast, als wäre ihm im Nachhinein ein Gedanke gekommen.

Tess erstarrte. »Was soll das heißen?«

»Tja, ich finde, es wird langsam Zeit, dass du eine Entscheidung triffst, meinst du nicht?«

Kapitel 19

Eine Entscheidung?«, fragte sie wie betäubt zurück.

»Ich hatte bisher eine Engelsgeduld mit dir, aber so kann es nicht weitergehen, das siehst du doch sicher ein, oder?«

»Ja … du hast recht.« *Bring ihn dazu, dass er weiterredet,* war Tess' einziger Gedanke.

»Deshalb ist es höchste Zeit, dass wieder Ordnung in unser Leben einkehrt«, fuhr Martin fort. »Findest du nicht auch, Oscar?«, fügte er hinzu. Tess zuckte zusammen, als sie im Hintergrund ein leises kleinlautes Ja vernahm.

Oscar. Oscar, der die letzte Zeit so glücklich und ausgelassen getobt und gespielt hatte, würde sich abermals in sich zurückziehen, wieder ein unsicheres, verängstigtes Kind werden. Mit einer verzweifelten Handbewegung bedeutete Tess Luke, schneller zu fahren. Luke scherte laut hupend aus dem Strom der Fahrzeuge aus, nötigte einen Lieferwagen zu einem riskanten Ausweichmanöver, worauf dessen Fahrer erbost ebenfalls auf die Hupe drückte. Tess wurde in ihrem Sitz herumgeworfen, das Handy glitt ihr aus der Hand. Sie schaffte es gerade noch, das Gerät zwischen ihren Knien aufzufangen, und presste es sofort wieder an ihr Ohr.

»Bist du noch dran, Theresa?« Ein gereizter Ton hatte sich in Martins Stimme geschlichen.

»Ja, ja, ich bin noch dran.« Tess hatte einen Kloß im Hals und schluckte. »Wie … wie meinst du das?«

»Entweder wir sind wieder zusammen oder wir sind es nicht.«

»Wa-was willst du damit sagen, Martin?«

»Dass du dich endlich entscheiden musst, Theresa.«

Seine Stimme klang entspannt. Locker. Eiskalt. »Lass uns darüber reden, wenn ich in der Wohnung bin«, brachte Tess heraus, während Luke aufs Gas trat.

»Ich hatte gehofft, dass du das sagen würdest«, erwiderte Martin. »Und diesmal werden wir zwei richtig darüber reden, hm?«

»Wenn du es so willst.«

»Das ist schon eher meine Theresa, wie ich sie kenne«, erklärte er beifällig. »Aber wir wollen niemanden dabeihaben. Diese Sache geht nur uns beide etwas an, nicht wahr? Komm ja nicht auf die Idee, diesen Proleten mitzubringen, der sich vorhin in unser Gespräch eingemischt hat.«

»In Ordnung. Ich komme allein, versprochen«, erwiderte sie, Lukes protestierend gefurchte Augenbrauen ignorierend.

Luke fuhr so schnell er konnte, scheuchte die anderen Autofahrer, die sich brav an das Tempolimit hielten, mit der Lichthupe beiseite.

»Darf ich jetzt mit Oscar sprechen, Martin?«, fragte Tess vorsichtig.

Ein kurzes Zögern. Sie sah förmlich vor sich, wie Martin, den Kopf schräg gelegt, über ihre Bitte nachdachte. »Nein«, beschied er sie mit freundlicher Stimme. »Wohl eher nicht. Ich denke, du solltest einfach so schnell wie möglich herkommen.«

»Ich bin schon unterwegs, bin schon unterwegs … gleich bin ich bei dir.«

»Ich warte auf dich«, sagte er und legte auf.

Tess starrte auf ihr Handy. Sie war in einem Albtraum gefangen, eingekeilt zwischen Nells Verzweiflung und der eigenen Angst um Oscar. Sie konnte nicht denken, nicht atmen. War es tatsächlich möglich, dass sie noch vor wenigen Stunden bei Sonnenschein in den Museumsgärten gesessen hatte? Es konnte nicht sein. Die Zeit spulte sich immer schneller ab. Wie ein Hochgeschwindigkeitszug, der anfangs in normalem Tempo den Bahnhof verlassen hatte, doch nun außer Kontrolle geraten war und über das Gleis raste –

nein, über *zwei* Gleise, das der Vergangenheit und der Gegenwart. Und Tess fühlte sich zwischen ihnen beiden hin- und hergerissen.

Sie spürte den Impuls, die Absätze in die Erde zu rammen, sich dagegenzustemmen, damit sie den Sinn der mit erschreckender Geschwindigkeit vorbeirauschenden Bilder besser verstehen könnte. Wie eine Abfolge gellender Schreie blitzte ein drastisches Bild nach dem anderen vor ihr auf: Megs vor Angst und Grauen verzerrtes Gesicht; Oscars dünnes Stimmchen im Hintergrund, während sie mit Martin telefonierte; Tom, dessen Hemdkragen blutdurchtränkt war; Martin, wie er sich drohend vor seinem Sohn aufbaute, in den Händen Tess' Unterwäsche.

Die unheimliche Kälte in seiner Stimme hatte Tess Angst eingejagt. Martin hatte sich angehört wie jemand, der einen Punkt erreicht hatte, von dem es kein Zurück mehr gab.

»Fahr schneller, Luke«, bat sie.

Luke behielt die Hand auf der Hupe, um die Fußgänger zu warnen, während der Wagen die Monkgate entlang und durch das Stadttor sauste, in schnellem Tempo durch die Goodramgate fuhr und schließlich bei der Kathedrale einbog. Als Luke schließlich vor den Metallpfosten, welche die Durchfahrt entlang des südlichen Querschiffs verhinderten, jäh auf die Bremse trat, riss Tess bereits die Wagentür auf. Ehe Luke sie aufhalten konnte, war sie schon draußen und rannte blindlings in Richtung Stonegate, ohne sich um die Touristen zu scheren, die stehen blieben und ihr verwundert nachschauten.

Luke holte sie ein, als sie keuchend vor ihrem Haus stand. »Tess, warte!« Er fasste sie am Arm und drehte sie herum. »Martin hört sich an wie ein Psycho. Ich finde, wir sollten warten, bis die Polizei eintrifft.«

»Ich werde auf niemanden warten. Mein Sohn ist da drinnen.« Tess fischte in ihrer Tasche nach dem Hausschlüssel. Ihre Finger waren steif und dick.

»Dann komme ich mit dir.«

»Nein! Dann dreht er völlig durch! Du musst hierbleiben und der Polizei erklären, was los ist.« Verzweifelt strengte Tess sich an, den Schlüssel ins Schloss zu stecken, doch er fiel ihr immer wieder aus der Hand, sodass Luke schließlich ein Einsehen hatte, ihn nahm und die Tür für sie aufsperrte.

»Sei vorsichtig, Tess«, warnte er sie. Sie atmete tief durch, ging an ihm vorbei ins Haus, schloss die Tür hinter sich. Es war dunkel in dem engen Hausflur, und plötzlich fiel ihr wieder das Bild ein, wie Toms Leiche über den Stoffballen gelegen hatte. Sie presste ihre Handballen an die Schläfen, als könnte sie tatsächlich auf diese Weise die Erinnerung aus ihrem Bewusstsein tilgen. Sie hatte jetzt keine Zeit für Nell. Sie musste zu Oscar.

Vor der Treppe in den ersten Stock blieb sie stehen. »Martin?«, rief sie. »Ich bin da.«

Die Tür am oberen Ende öffnete sich einen Spalt. »Bist du allein«, fragte er misstrauisch.

»Ja. Ich komme jetzt hoch.«

Martin öffnete die Tür weit, als sie die obersten Stufen erreichte. Es war grotesk, wie normal er aussah in seiner Kleidung von vorhin. Erst als Tess direkt vor ihm stand, bemerkte sie, dass er sich etwas um die Brust geschnallt hatte. Ungläubiges Entsetzen befiel sie.

Mein Gott, das Ding an seiner Brust sah aus wie ein Sprengsatz. Neben Martin stand Oscar, den sein Vater grob am Arm gepackt hielt.

Er hört sich an wie ein Psycho.

Oscar fing an zu weinen, als er seine Mutter sah.

»Sei ganz ruhig, mein Kleiner«, sagte sie, unterdrückte ihre Panik und setzte ein zuversichtliches Lächeln auf. »Ich bin ja jetzt bei dir. Martin, willst du Oscar nicht loslassen?«

»Nein.« Martin hörte sich an wie ein trotziges Kind. Er zerrte Oscar hinter sich her durch den Flur ins Wohnzimmer, während Tess die Wohnungstür hinter sich schloss und den beiden folgte. »Du interessierst dich immer nur für ihn.«

Tess schloss kurz die Augen, rang nach Fassung. »Er ist noch so klein, und du tust ihm weh.«

»Und was ist mit mir? *Du* tust *mir* weh!«

»Es tut mir leid, wenn ich dir wehgetan habe, Martin, aber jetzt bin ich ja hier.« Sie vermied es, auf das kleine Päckchen an seiner Brust zu blicken. Die Atmosphäre war zum Zerreißen gespannt. Sie hatte immer schon Angst vor Martin gehabt, vor seiner Wut, vor seinem Schweigen, doch dass er zu etwas Derartigem fähig war, auf diesen Gedanken wäre sie nie gekommen. »Setzen wir uns doch zusammen und reden in Ruhe darüber, wie wir das vorhin beschlossen haben.«

»Du willst gar nicht reden«, erwiderte Martin, sein attraktives Gesicht schmollend verzogen. »Du willst mich nur bei Laune halten. Du wärst nicht einmal gekommen, wenn ich Oscar nicht hierhergebracht hätte. Du hast gar nicht den Wunsch, dass wir wieder eine richtige Familie sind.« Martin merkte offenbar nicht, dass Oscars Lippen bebten, so sehr bemühte sich der Kleine, seine Tränen zurückzuhalten.

Am liebsten hätte Tess ihren Sohn an sich gerissen, doch sie wagte es nicht. Ihre Situation erschien ihr geradezu grotesk. Da stand sie hier in diesem vertrauten Raum, in dieser Umgebung, wo alles war wie immer, wären da nicht ihr kleiner Sohn, der vor Angst fast umkam, und ihr Ehemann, der sich einen Sprengsatz um die Brust geschnallt hatte und in dessen Augen der Wahnsinn leuchtete, gewesen.

»Ich habe alles für dich getan, Theresa.« Martin begann, mit langen Schritten im Zimmer auf und ab zu gehen, wobei er Oscar mit sich zerrte. »Ich habe dich zu sehr verwöhnt, das ist das Problem. Ich habe dir ein wunderschönes Heim gegeben. Ich habe dich mit Geschenken überhäuft. Ich habe dir Blumen schicken lassen. Ich habe jede Rechnung bezahlt. Du musstest dir um nichts Sorgen machen. Um *nichts*.« Er drehte sich zu ihr. »Ich habe dir jeden Wunsch von den Augen abgelesen, nicht wahr?«, sagte er fast flehentlich. »Nicht wahr?«

Tess fuhr sich mit der Zunge über ihre spröden Lippen. »Du warst sehr großzügig«, erwiderte sie schließlich.

»Und was habe ich als Gegenleistung bekommen? Nichts!«

»Martin …«

»Du warst doch früher nicht so kaltherzig.« Fast versagte seine Stimme. »Früher hast du mich geliebt.« Er wischte sich mit dem Handrücken über die Oberlippe. »Du liebst mich nicht mehr. Ich habe uns eine wunderbare Reise gebucht, und du willst nicht mitkommen.«

»Ich … Ich hatte noch keine Zeit, mir die Unterlagen genau anzugucken.« Tess bewegte sich vorsichtig durch ein Minenfeld von Lügen und Ausflüchten. »Hör mal, wie wäre es, wenn ich uns erst einmal Tee mache, und währenddessen erzählst du mir Genaueres darüber.«

Martins Stimmung kehrte sich blitzschnell, ohne Vorwarnung, ins Gegenteil. »Tee? *Tee?* Ist das alles, was du mir anzubieten hast?« Er deutete auf seine Brust. »Weißt du, was ich hier habe?«

»Nein.« Ihre Kehle war vor Angst wie zugeschnürt. »Ich habe … mich schon gewundert, was das ist.«

»Ein raffinierter kleiner Sprengsatz. Ich habe ihn selbst zusammengebaut – einer der Vorteile, wenn man in der Elektronikbranche tätig ist.« Er lachte hysterisch auf, sodass Oscar erschrocken zusammenzuckte. »Siehst du diesen Schalter hier? Wenn ich den betätige, macht es Bum! und alles hier fliegt in die Luft – ich und der Junge und du und dieses ganze elende Drecksloch. Deshalb rate ich dir, in Zukunft solche albernen Vorschläge zu unterlassen«, sagte er, während alle Farbe aus Tess' Gesicht wich. »Statt mir Tee anzubieten, solltest du lieber nachdenken, wie du dich entscheiden willst.«

»Würdest du uns wirklich alle umbringen?«, flüsterte sie.

»Dann wären wir wenigstens wieder zusammen.« Er schwitzte nun, und seine Augen wirkten glasig, sodass Tess sich fragte, ob er etwas eingenommen hatte. Seine Stimmung wechselte ständig. Mal war er bösartig, dann wieder pochte er auf Mitleid oder agierte schlau und durchtrieben. Tess überlegte verzweifelt, wie es ihr gelingen könnte, zu ihm durchzudringen, ihm die Dimension dessen, was er da vorhatte, bewusst zu machen.

»Wir könnten hier zusammen sein«, wagte sie sich vor, auch wenn es ihr gleichzeitig graute bei der Vorstellung.

»Das will ich doch. Mehr will ich doch gar nicht.« Tränen des Selbstmitleids traten in seine Augen. »Aber ich weiß nicht, ob es wirklich das ist, was du dir wünscht, Theresa. Ich weiß nur, dass wir zusammen sein werden, egal, was passiert, denn wir gehören zusammen. So, wie du es einst versprochen hast. Bis dass der Tod uns scheidet … aber er würde uns nicht scheiden, stimmt's? Nicht, wenn wir zusammen sind.«

Aufschluchzend wischte er sich mit dem Ärmel über das Gesicht. Tess überlegte fieberhaft. Sie musste einen Ausweg finden, doch Nell war zu nahe. Sie spürte förmlich, wie Nell einen Zugang suchte, um Tess' Geist mit ihrer eigenen Verzweiflung zu durchtränken. Tess durfte dies auf keinen Fall zulassen, nicht, wenn Oscar, wimmernd vor Angst, hoffte, bei ihr Zuflucht zu finden. Sein kleines Gesicht war verzerrt, sein Kopf eingezogen, als fürchtete er, jeden Moment geschlagen zu werden.

Irgendwie brachte Tess ihrem Sohn zuliebe ein Lächeln zustande. »Aber das *ist* doch genau das, was ich will, Martin«, probierte sie es. »Natürlich wünsche ich mir das. Wir werden wieder eine Familie sein. Es wird alles so sein wie früher.«

Er bedachte sie mit einem Blick, in dem sich gleichzeitig Hoffnung und Verschlagenheit spiegelten. »Meinst du das ehrlich?«

»Aber natürlich.«

Schmerz regte sich in ihren Fingerspitzen, doch Tess ignorierte ihn. Sie sank auf die Armlehne der Couch, versuchte entspannt, normal auszusehen und schenkte Oscar noch ein Lächeln, das ihn beruhigen sollte, aber wahrscheinlich eher fratzenhaft wirkte. »Wir gehen mit Daddy nach Hause zurück. Das ist doch schön, oder?«

Früher hätte Oscar einfach ergeben genickt, die Zeit fern von seinem Vater hatte ihn jedoch mehr verändert, als Tess bewusst geworden war.

Zwar zitterte seine Stimme, doch an Klarheit ließ sie nichts zu wünschen übrig. »Mag nicht«, sagte er.

Das Timing hätte schlechter nicht sein können, trotzdem verspürte Tess einen Anflug von Stolz, weil ihr Sohn zum ersten Mal gewagt hatte, gegen seinen Vater aufzubegehren. Nach einem kurzen empörten Schweigen riss Martin heftig an Oscars Arm. »Du *willst* nicht? Du willst nicht mit deinem Vater zusammen sein? Ist es das, was du gerade zu sagen versucht hast?«

»Ich will Mummy«, flüsterte Oscar trotzig.

Martin brachte sein Gesicht ganz dicht an das seines Sohnes. »Nun, du kannst sie nicht haben, denn ich will Mummy ebenfalls, und wenn ich sie nicht haben kann, soll sie auch niemand anderes bekommen.«

Instinktiv sprang Tess auf und machte einen Schritt auf Oscar zu, doch Martin bemerkte es und zog ihn weiter von ihr weg zum Fenster. In seiner Miene arbeitete es. »Ich wusste es! Ich wusste es! Du willst es gar nicht, dass wir wieder eine Familie sind!«

Panik machte sich in Tess breit. Sie musste es schaffen, Martin von Oscar abzulenken, doch ihre Angst verhinderte jeden klaren Gedanken. Wo blieb die Polizei? Doch was konnte sie schon groß ausrichten? Solange Martin Oscar als menschlichen Schutzschild benutzte, konnte ihm niemand etwas anhaben.

»Martin, warum tust du das?«, fragte sie mit bebender Stimme.

»Das alles ist deine Schuld«, zischte er böse, sodass sich Speichel in seinen Mundwinkeln sammelte. »Ich habe dir reichlich Gelegenheit gegeben, zur Vernunft zu kommen, aber du willst einfach nicht.«

»Es tut mir leid«, erwiderte sie. »Sag mir, was ich tun kann, um es wiedergutzumachen. Ich fahre mit dir in Urlaub. Ich kehre mit dir nach Hause zurück. Ich mache alles, was du willst.«

»Schade, dass du nicht früher so gedacht hast, nicht wahr?«

Schweißperlen rannen ihm in die Augen, er wischte sie mit dem Handrücken weg. »Schade, dass dir dein Ehegelöbnis dermaßen egal war. Bis dass der Tod uns scheidet. Das *bedeutet* etwas, Theresa. Es sind nicht nur leere Worte. Ich habe gemeint, was ich damals gesagt habe. Im Unterschied zu dir werde *ich* meine Familie niemals aufgeben.«

»Das ist … das ist einer deiner guten Charakterzüge«, sagte sie gepresst. Tess war so beklommen zumute, dass ihr sogar das Atmen schwerfiel. Doch sie musste sich etwas einfallen lassen, und so spielte sie mit Martins Eitelkeit. »Du gibst niemals auf.«

Etwas regte sich in seiner Miene, und Tess witterte Morgenluft. »Und du wirst alles tun, was nötig ist, um dein Ziel zu erreichen. Ganz schön schlau, eine kleine Bombe mitzubringen.« Sie erstickte fast an dem Wort, doch zumindest hörte Martin ihr nun zu, und dabei lockerte sich sein Griff ein wenig, mit dem er Oscar festhielt. »Keine halben Sachen, nein, das ist nichts für dich. Was du anpackst, machst du richtig.«

»Ich war viel zu nachsichtig«, erwiderte er, doch sie merkte, dass ihm die Bewunderung gefiel, die sie in ihre Stimme legte.

»Andere Männer geben einfach auf, wenn ihre Frau sie verlässt, aber du nicht.«

»Was hätte es gebracht, wenn ich einem Anwalt was vorgejammert hätte?«, erwiderte Martin. »Anwälte können nur schöne Reden schwingen. Ich sage immer, Taten sind besser als Worte.«

»Ich war überzeugt, dass du mich finden würdest. Niemandem sonst wäre es gelungen, mich aufzuspüren, doch ich wusste einfach, dass *du* es kannst.« Tess hatte keine Ahnung, wo das alles hinführen würde. Sie spürte nur, dass sich zum ersten Mal eine Chance auftat, zu Martin durchzudringen, und diese durfte sie nicht ungenutzt lassen. Zumindest redeten sie jetzt miteinander. »Um dich aufzuhalten, braucht es mehr, als in eine andere Stadt zu ziehen, habe ich recht? Ich wusste, dass du dir Zugang zu der Wohnung verschafft hattest, aber ich konnte mir beim besten Willen nicht vorstellen, wie dir das gelungen war, wo ich doch immer zugesperrt hatte.«

»Ich hatte dich von Anfang an beschatten lassen.« Man sah Martin an, wie stolz er auf sich war. Wie es schien, hatte er Oscar vergessen. »Sich einen Schlüssel zu beschaffen ist kinderleicht, wenn man die richtigen Leute kennt. Aber dann hast du die Schlösser ausgetauscht.« Sein Lächeln wurde dünn. »Du hättest mich nicht aussperren sollen, Theresa. Ich musste mir den Schlüssel von deiner selbstherrlichen Freundin besorgen, wie heißt sie doch gleich?«

»Vanessa.« Tess ballte die Fäuste. Eine schöne Freundin war sie ihr gewesen!

»Genau. Ich habe auch sie beobachtet. Ich dachte, sie könnte mir nützlich sein. Es war nicht allzu schwer, sie ausfindig zu machen, als du mir erzähltest, sie würde auf Oscar aufpassen. Ich musste mir zwar ihr Gequassel anhören, aber dann hat sie mir den Jungen förmlich aufgedrängt, und den Wohnungsschlüssel dazu. *Sie* weiß wenigstens, was sich gehört, auch wenn sie einem die Ohren so vollquasselt, dass man nicht mehr klar denken kann.«

»Du … du hast wirklich keine Mühe gescheut.«

Seine Miene wurde finster. »Ja, das ist wahr. Und das alles wegen dir, Theresa. Du hättest mich nicht verlassen dürfen. Das war wirklich überaus dumm von dir.«

»Ich weiß. Verzeih mir.«

»Hast du wirklich geglaubt, ich würde dich gehen lassen?«

Wieso war ihr bis dahin nicht aufgefallen, wie sehr Martin Ralph ähnelte? Dank dieser plötzlichen Erleuchtung wusste Tess mit einem Mal, wie sie ihren Mann nehmen musste. Ralph war brutaler gewesen, weniger unberechenbar, war sich sicherer gewesen, was seine sexuellen Wünsche anging, doch sein Bedürfnis nach uneingeschränkter Kontrolle war bei ihm genauso ausgeprägt wie bei Martin. Sex mit Martin war letztendlich eine routinemäßige Angelegenheit gewesen, doch mal angenommen, sie könnte zu ihm durchdringen, indem sie ihn mit einigen von Ralphs eher abartigen Vorlieben reizte?

»Das war dumm von mir.« Tess schluckte, bereit, alles zu versuchen. »Aber ich wusste, du würdest es mir niemals durchgehen lassen. Ich brauche eine starke Hand, Martin, damit ich keine Dummheiten mache. Ich war leichtfertig und gedankenlos und verdiene es, bestraft zu werden.«

Sie senkte unterwürfig den Blick, aber erst, nachdem sie gesehen hatte, wie seine Augen auf geradezu groteske Weise aufleuchteten. »Nur du hast das Recht, mich dafür zu züchtigen.«

Eine Sekunde lang glaubte sie, ihn am Haken zu haben, doch in diesem Moment erwachte unten auf der Straße ein Lautsprecher knisternd zum Leben und ließ sie beide erschrocken herumfahren.

»Martin Nicholson, ich bin Sergeant Jim Myers. Ich spreche zu Ihnen stellvertretend für die Polizei von North Yorkshire. Wir sind hier, um eine friedliche Lösung zu finden. Keiner der Beteiligten soll verletzt werden. Ich rufe Sie jetzt an. Bitte gehen Sie ans Telefon, damit wir reden können.«

»Mist!« Martin ging mit schnellen Schritten zum Fenster, wobei er Oscar, aschfahl im Gesicht, hinter sich herzog. »Sie haben die Straße abgesperrt.« Er bückte sich, um nicht gesehen zu werden, kaute nervös auf seiner Unterlippe, während seine Blicke nervös durch den Raum schossen. »Was sollen wir jetzt tun?«

Tess überlegte fieberhaft. Die Polizei wusste nichts von der Bombe. Martin war jetzt schon unberechenbar, und der zusätzliche Stress durch die Anwesenheit der Polizei verschlimmerte seinen Zustand. Sie musste Oscar hier wegschaffen.

Martins Handy in der Tasche seines Blazers fing an zu klingeln.

Lieber Gott, hilf uns, dass der Sprengsatz nicht auf Vibrationen reagiert, flehte Tess im Stillen. »Ich schaffe uns die Polizei vom Hals. Lass mich nur machen«, erklärte sie Martin, während sein Handy weiterklingelte. »Ich sage denen, dass sie uns beide in Ruhe lassen sollen.«

Martins Blicke flogen hektisch hin und her. Seine Haut glänzte vor Schweiß. »Die werden keine Ruhe geben.«

»Doch, das werden sie. Ich erkläre ihnen die Sache mit dem Sprengsatz und dass du ein Fahrzeug brauchst. Sie wagen es bestimmt nicht, irgendwas zu unternehmen, solange du dieses Ding bei dir trägst. Du hast sie in der Hand, Martin«, sagte sie eindringlich und bewegte sich dabei immer näher an Oscar heran. Tess hatte keine Ahnung, ob Martin ihr diesen plötzlichen Seitenwechsel abkaufen würde, aber einen Versuch war es wert. »Wir tun so, als hättest du mich als Geisel genommen, und fahren dann einfach nach Hause. Wir werden wieder als Mann und Frau zusammenleben, wie du gesagt hast. Keiner wird uns dazwischenfunken.«

In Martins Gesicht arbeitete es. Unvermittelt zog er sein Handy heraus und warf es ihr hin. »Erklär's ihnen. Wir wollen einen Wagen. Sonst sagst du nichts! Lass dich nicht darauf ein, wenn sie so tun, als wären sie auf deiner Seite. Ich weiß, wie diese Leute vorgehen.«

»Okay.« Mit feuchten Händen griff Tess nach dem Handy. »Hallo? Ja, ich bin Tess Nicholson. Uns allen geht es gut.« Sie hielt den Blick fest auf Martins Gesicht gerichtet, während sie mit Jim Myers redete. »Mein Mann trägt einen Sprengsatz am Körper und ist entschlossen, ihn notfalls zu zünden«, erklärte sie, wobei es ihr, weiß Gott, keine Mühe machte, einen panischen Ton anzuschlagen. »Er will ein Fahrzeug. Bitte geben Sie ihm einfach, was er fordert, und lassen Sie uns unbehelligt abziehen.«

Martin nickte zustimmend. Er schien sich etwas beruhigt zu haben, und Tess riskierte es, das Handy mit ihrer Hand zu bedecken und sich mit gespielter Verschwörermiene an ihren Mann zu wenden. »Wir wollen den Jungen nicht dabeihaben, meinst du nicht auch? Das ist eine Sache zwischen Mann und Frau. Er wird nur stören, wenn es darum geht … mich zu züchtigen.« Sie legte bei dem Wort so viel Laszivität in ihre Stimme, wie sie vermochte, und vermied es tunlichst, Oscar anzusehen. Sie musste Martin unbedingt in dem Glauben wiegen, dass sie seine sexuellen Fantasien teilte.

In Martins Miene arbeitete es. Er war hin- und hergerissen, wie Tess erkannte, doch schließlich siegte die Aussicht auf die Sexspiele, die sie ihm in Aussicht gestellt hatte. Diese Inspiration hatte sie Nell zu verdanken, dachte Tess. Wieder tauchte kurz das Bild von Toms massakriertem Körper vor ihrem geistigen Auge auf, diese erloschenen blauen Augen, die entsetzliche klaffende Wunde an seinem Hals. Tess schloss kurz die Augen. Sie durfte nicht an Tom denken, nicht jetzt.

»Gut. Sieh zu, dass du ihn loswirst«, beschloss Martin unvermittelt. »Aber sag den Typen draußen, dass ich die Bombe erst ablegen werde, nachdem sie uns freien Abzug gewährt haben. Sag ihnen, dass ich Sicherheitsexperte bin und weiß, was ich tue.«

Tess war sehr darauf bedacht, ihre Erleichterung zu verbergen, während sie Martins Entscheidung den Polizeibeamten draußen auf der Straße übermittelte. Sie musste unbedingt vermeiden, dass Martin wieder einfiel, wie sehr ihr Oscar am Herzen lag, weshalb sie es tunlichst vermied, ihren Sohn anzusehen. »Der Junge kommt jetzt raus«, teilte sie dem Polizeibeamten mit. »Wir wollen ihn nicht dabeihaben, wenn wir wegfahren.«

Sie beendete das Gespräch, ehe Jim Myers etwas erwidern konnte, und legte das Handy auf den Tisch, wobei sie jede schnelle Bewegung vermied.

»Ich schicke ihn jetzt nach unten, soll ich?« Tess streckte Oscar die Hand hin, schaute dabei jedoch Martin an. »Dann sind wir endlich allein.«

Einen endlosen Augenblick lang passierte nichts, dann ließ Martin Oscars Arm los. Mit einem leisen Aufschrei stolperte Oscar zu Tess und umklammerte ihre Beine.

Tess wünschte sich nichts sehnlicher, als tröstend die Arme um ihn zu legen, doch sie durfte Martin jetzt nicht vor den Kopf stoßen. Also begnügte sie sich damit, dem Kleinen die Hand auf den Hinterkopf zu legen und ihn an sich zu drücken.

»Mummy und Daddy müssen eine Weile allein sein, Oscar«, erklärte sie ihm. »Ich will, dass du jetzt die Treppe runter und aus dem Haus gehst. Schaffst du das?«

Sie spürte, wie er den Kopf schüttelte. »Will bei dir bleiben.«

»Ich muss mit Daddy reden.«

»Komm mit mir.«

»Verdammt noch mal, was soll das!«, rief Martin aufgebracht.

Tess ging neben Oscar in die Hocke und behielt ihren festen Ton bei, während sie ihren Sohn an den Schultern fasste und auf Armeslänge von sich hielt. »Hör gut zu, Oscar. Es ist sehr wichtig, dass du jetzt nach unten gehst – *sehr* wichtig –, deshalb musst du jetzt tapfer sein. Vor dem Haus steht ein Polizist, der dich erwartet. Er heißt Jim. Kannst du dir das merken?«

Oscar nickte unglücklich.

»Gut.« Ohne Martin anzusehen, nahm Tess Oscar an der Hand und führte ihn aus der Wohnung und zur Treppe. Sie wollte ihm erklären, dass Luke ebenfalls dort unten sein und sich um ihn kümmern würde, aber sie traute sich nicht, solange Martin zuhörte. Doch während sie sich ausmalte, wie Luke Oscar an der Hand nahm, löste sich ihre Beklommenheit ein wenig. »Ich will, dass du Jim erzählst, dass es Daddy und mir gut geht«, sagte sie stattdessen. »Und dass wir auf das Auto warten. Hast du das verstanden?«

Plötzlich tauchte Martin neben ihr auf. An Flucht war nicht zu denken. Tess erlaubte sich, Oscar kurz übers Haar zu streichen, dann schob sie ihn zur Treppe. »Geh schon, mein Kleiner.«

Oscar stützte sich mit einer Hand an der Wand ab und ging langsam die Treppe hinunter, eine Stufe nach der anderen. Unten angekommen, blieb er zögernd stehen und schaute noch einmal hinauf zu Tess. Ihr Leben lang würde Tess diesen Blick nicht vergessen.

»Geh weiter«, sagte sie und presste ihre bebenden Lippen zu einem schmalen Strich zusammen. »Mach die Tür auf.«

Oscar brauchte quälend lange, bis er die Haustür aufbekam, während Martin neben ihr ungeduldig murmelte. Tess schnürte es die Kehle zu, als Oscar sie endlich weit öffnete. Sie sah, wie ein starker Arm ihren Sohn umfing und ihn in Sicherheit brachte, ehe die Tür wieder geschlossen wurde.

»Du verzärtelst diesen Jungen«, kommentierte Martin.

Vorn im Wohnzimmer begann das Handy wieder zu klingeln.

»Lass es klingeln«, befahl Martin. »Ich betrete diesen Raum nicht mehr. Die haben Scharfschützen postiert, die mich im Visier haben. Ich weiß doch, wie diese Kerle ticken«, sagte er mit Nachdruck. Martin schaute sich nervös um. Erschrocken konstatierte Tess, wie schnell seine Ruhe in Paranoia umgeschlagen war. Sie musste ihn wieder herunterholen, ihn dazu bringen zu glauben, er sei nur ein ganz normaler Mann, der geliebt sein und seine Frau zurückhaben wollte.

Vielleicht gab es diesen Mann sogar, tief drinnen in Martin. Vielleicht kämpfte er gegen den Mann an, der es brauchte, andere dominieren, ängstigen, kontrollieren zu können.

Jetzt, wo die Polizei Bescheid wusste über den Sprengsatz, würde man sich eine Strategie zu ihrer Rettung ausdenken. Luke war draußen bei den Polizisten. Er würde Tess nicht im Stich lassen. Diese Erkenntnis machte sich in ihr breit und verschaffte ihr ein beruhigendes Gefühl. Sie brauchte jetzt nur noch dafür zu sorgen, dass Martin nicht überreagierte, damit die Polizei ihn überwältigen konnte.

Sie schluckte. »Wir sollten das Handy mitnehmen. Sie müssen uns doch Bescheid sagen können, wenn der Wagen bereitsteht.«

Martin rieb sich die Schläfe. »Gut … wir holen das Handy, aber dann gehen wir wieder aus dem Zimmer.« Mit Argusaugen beobachtete er Tess, wie sie das Gerät vom Tisch nahm. Als sie wieder bei ihm war, packte er sie am Handgelenk. »Wir gehen in dein Zimmer. Dort sind wir sicher.«

»Okay«, erwiderte Tess gefasst. Wenigstens war Oscar nun in Sicherheit. Sie klammerte sich an diesen Gedanken. »Wir können fertig packen.«

»Packen?«

»Bevor wir nach Hause fahren. Du hast doch schon angefangen, meine Sachen zu packen.«

»Ja …« Er runzelte die Stirn, als versuchte er angestrengt, sich zu erinnern, rieb sich erneut über die Stirn. »Ja, das stimmt …«

»Hast du Kopfschmerzen?«, erkundigte sich Tess. »Es wird eine Weile dauern, bis die Polizei einen Wagen für uns organisiert hat. Leg dich doch einstweilen ein bisschen hin. Du könntest dieses Ding da abschnallen«, fügte sie beiläufig hinzu. »Es ist sicher sehr unbequem.«

Man konnte förmlich zusehen, wie Martin die Luken dicht machte. »Hältst du mich für blöd?«, fragte er in gefährlich ruhigem Ton. Es war einer dieser blitzschnellen Stimmungsumschwünge, die Tess so fürchtete.

»Nein, natürlich nicht.«

»Ich denke schon, denn sonst würdest du mir niemals vorschlagen, *die Bombe abzunehmen*!« Seine Stimme wurde so hoch und schrill, dass Tess unwillkürlich zusammenzuckte. »Diese Bombe ist das Einzige, was dich dazu bringt hierzubleiben, nicht wahr? *Nicht wahr?*«

»Nei-ein …«, stotterte Tess.

»Du hast in diesem grässlichen Café drüben über der Straße mit mir gesessen und mir erklärt, du willst nicht mit mir auf die Malediven, und jetzt soll ich dir glauben, dass du packen willst, während ich die Bombe abnehme und mich *ein bisschen hinlege?*«

Blitzschnell packte Martin Tess am Handgelenk. »Ich werde dir zeigen, was *Packen* ist«, brüllte er wutentbrannt und zerrte sie den Flur entlang. »Du wolltest bestraft werden, bitte schön, das kannst du haben!«

Halb tot vor Angst stolperte sie hinter ihm her zu ihrem Schlafzimmer, während sie sich vergebens aus seinem brutalen Griff zu lösen versuchte.

Martin stieß mit dem Fuß die Tür auf, und plötzlich schien alles gleichzeitig zu passieren. Eine dunkle, unheilvolle Wolke kam rasend schnell auf sie zu, hüllte sie ein, legte sich auf ihre Gesichter, als wäre es ein kaltes, schwarzes, grauenvolles Wesen, das man mit Händen greifen konnte.

Ashrafar flitzte durch ihre Beine, halb kreischend, halb jaulend, sodass Martin, der den Mund vor Entsetzen weit aufgerissen hatte, ins Stolpern geriet und dabei Tess' Hand losließ. Tess erlebte alles wie in Zeitlupe. Sie hatte Zeit für den Gedanken: Wenn Martin jetzt auf den Auslöser des Sprengsatzes fiel, würden sie beide sterben. Doch ihr Schrei erstickte, denn ihr Entsetzen riss sie aus der Gegenwart und brachte sie zurück in die Vergangenheit.

»Nein!« Nell griff blind nach Megs Hand, während sie entsetzt vor Tom zurückwich. Sie begriff es immer noch nicht. Sie war in einen Albtraum gestoßen worden, sie taumelte, ruderte mit den Armen, verlor die Orientierung, wusste nicht, wo oben und wo unten war in dieser neuen Wirklichkeit. Sie klammerte sich an den Gedanken, dass es nur ein Traum sei, doch dafür war es zu real. Sie hatte sich zu oft in einem Lagerhaus aufgehalten, um nicht den strengen Geruch von gebleichtem Tuch zu erkennen, der durch das Sackleinen drang, mit dem die Stoffballen umwickelt waren. Er vermischte sich mit dem modrigen Geruch des Flusses, dessen Wasser unter den Türen durchsickerte. Der Boden bestand aus gestampftem Lehm und war mit Stroh bedeckt, das mit der Zeit zertreten und schimmelig geworden war. Doch diese ganze Vielfalt von Gerüchen wurde überlagert von dem metallischen Geruch von Blut.

Toms Blut.

Sie hörte Meg an ihrer Seite wimmern, unverständliche panische Laute ausstoßen. Sie sollte ihre Tochter trösten, dachte Nell flüchtig, doch was konnte sie ihr sagen?

»Oh, meine Liebe, du hattest recht.« Beim Klang von Ralphs Stimme hinter ihnen fuhren die beiden herum. Ralph stand neben Janet und beobachtete fröhlich Frau und Tochter. Er klatschte in die Hände, amüsierte sich köstlich über ihre entsetzten Mienen.

»Das ist viel besser als Darbietungen des fahrenden Volks! Du hast es vorhergesagt, und genauso ist es!«

Nell, die immer noch nicht begriff, schaute von Ralph zu Janet, die schmachtend zu ihm aufsah.

»Janet?« Nells Stimme klang rau, als hätte sie sie lange nicht benutzt, als gehörte sie einer Fremden.

»Ja, Janet!« Ralph lachte schadenfroh angesichts ihrer ungläubigen Miene. »Was bist du doch für ein vertrauensseliges Frauenzimmer! Wendest dich ausgerechnet an den einzigen Menschen in York, den ich als meine Seelenverwandte betrachte.«

»Janet?«, flüsterte Nell noch einmal, als Janet sich zu Ralph neigte und die beiden einen langen lasziven Kuss tauschten. Nell sah zu, wie sie jeweils ihre Zunge in den Mund des anderen schoben, sie wollüstig hineinstießen, sie gierig, wellenförmig bewegten, ohne sich darum zu scheren, dass ihnen der Speichel aus den Mundwinkeln troff. Als sie sich voneinander lösten, lag ein sinnliches, zufriedenes Leuchten auf Janets unscheinbarem blassen Gesicht. Sie bedachte Nell mit einem Lächeln, das verächtlich und gleichzeitig erschreckend normal war.

»Du begreifst es nicht, wie?«, fragte Ralph.

»Ich … nein«, stotterte Nell.

»Du hast keine Ahnung? Nun, dem ist wohl so. In diesem einen Fall hast du recht, Weib. Du hast keine Ahnung, was wahre Freuden sind. Du weißt die exquisiten Qualen nicht zu schätzen, die eine Seele in der Ekstase empfindet. Janet versteht es. Wir fühlten uns augenblicklich zueinander hingezogen, doch du, du musstest alles verderben. Du hast sie einfach weggeschickt. Das war ein Fehler, Weib. Ich muss sagen, deine Neigung, Fehler zu machen, ist sehr ausgeprägt«, fügte er mit seidenweicher Stimme hinzu. »Und dein größter Fehler war dein Versuch, zusammen mit Tom wegzulaufen. Dafür wirst du bestraft werden müssen.«

Janet sog freudig erregt scharf die Luft ein. Ralph kicherte, ein hoher, unmenschlicher Laut, bei dem sich Nell die Haare gesträubt hätten, wäre sie nicht bereits wie betäubt, zu keiner Empfindung mehr fähig gewesen.

»Ich habe dir vertraut«, sagte Nell zu Janet, mit einer Stimme, die völlig ausdruckslos war. Fast überraschte es Nell, diese Worte aus ihrem Mund zu hören. »Ich habe dich vor ihm gerettet.«

»Ich wollte nicht gerettet werden!« Ein irres Glitzern trat in Janets Augen, als sie ihr Gesicht dicht an das von Nell brachte. »Nur mit Ralph kann ich so sein, wie ich bin. Wir verstehen einander. Und Ihr habt es zunichtegemacht! Wir konnten uns nicht mehr täglich sehen. Ich musste fort aus Eurem Haus und mit diesem Trunkenbold John Scott zusammenleben, mich von einem Mann reiten lassen, der einfach seinen Schwengel in mich hineinschob und glaubte, damit beweise er mir seine Leidenschaft. Es gibt eine andere Welt voller wollüstiger Freuden, von denen Männer wie Scott und Ihr keine Ahnung habt – *absolut keine Ahnung*! Ihr seid mit einem Mann verheiratet, der Euch diese Welt zeigen könnte, aber erweist Ihr ihm die gebührende Ehre? Nein! Ihr schaudert und winselt und langweilt ihn mit Eurer Fantasielosigkeit, der Beschränktheit Eures Begehrens. Pah, was versteht Ihr schon davon, wie man einem Mann Befriedigung verschafft?«

»Ich weiß über diese Freuden, was man wissen muss«, erwiderte Nell, die ihre Stimme wiederfand. »Ich liebe einen guten, anständigen Mann und werde von ihm geliebt.«

Sie konnte nicht hinsehen zu den Stoffballen, auf denen Tom lag, grotesk anzusehen in seinem Tod. Ihr Verstand weigerte sich zu akzeptieren, dass es Wirklichkeit war.

Ganz gewiss handelte es sich nur um einen grausamen Albtraum, aus dem sie in Bälde erwachen und sich in dem großen Schlafgemach in der Stonegate wiederfinden würde.

Ja, es konnte nicht anders sein, redete Nell sich ein. Sie würde aufwachen und wissen, dass Tom in der Nähe war und sie beide schon bald zusammen fortgehen würden. Noch halb im Schlaf würde sie lächeln bei dem Gedanken an ihn, an seine warmen

Hände auf ihrer Haut, an das jähe Begehren, das sie beide erfasste, wann immer sie einander berührten.

Sie schloss die Augen, versuchte durch reine Willenskraft diesen Albtraum zu beenden, doch als sie sie wieder öffnete, befand sie sich immer noch in dem feuchtkalten Lagerhaus, wo widerlicher Blutgeruch in der Luft hing und eine Stimme in ihrem Hinterkopf ihr zurief: *Du törichte Närrin! Das ist kein Traum. Tom ist tot. Alles ist verloren.*

Nell weigerte sich, der Stimme Gehör zu schenken.

»Was Tom und ich miteinander haben, ist nicht durch das Gesetz abgesegnet, aber es ist stark, anständig und wahrhaftig«, erklärte sie mutig. »Komm du mir nicht mit Belehrungen. Ich weiß, was Lust und Freuden sind. Diese abartigen Gelüste, die du mit meinem Ehemann teilst, gehören nicht dazu.«

»Nun, wer von uns beiden ist jetzt die Glücklichere?«, kicherte Janet. »Ach, wie gern hätte ich Euch ins Gesicht gelacht, als Ihr damals an meine Tür klopftet und mich batet, Euch zu helfen! Als würde ich Euch je helfen, Ralph so schnöde seiner Ehre zu berauben! Aber Ihr, Ihr wart ja so überzeugt, dass ich in Eurer Schuld stand, und Ihr hattet recht, wenngleich nicht in dem Sinne, wie Ihr dachtet.«

»Du hast Ralph unseren Plan verraten.« Wenn dies ein Traum war, so ergab er auf erschreckende Weise Sinn. Kein Wunder, dass Ralph so guter Laune gewesen war in den letzten Tagen.

»Er hätte Tom am liebsten auf der Stelle umgebracht, aber ich habe ihn überzeugt, dass es auf diese Weise so viel amüsanter für ihn wäre. Euch in dem Glauben zu lassen, Ihr würdet in Kürze fliehen können …« Janet und Ralph lachten erneut.

»Ihr beide seid wahnsinnig«, flüsterte Nell.

»Wahnsinnig? Sind wir das? Wer war es denn, der plante, Schande über unsere Familien zu bringen? Wer wollte denn mitten in der Nacht weglaufen mit einem Mann, der im Grunde nichts anderes als ein Seeräuber war?«

»Ihr werdet in der Hölle schmoren für das, was Ihr heute Nacht getan habt.« Das war Meg, deren Stimme vor Angst bebte. Ihre Finger umklammerten Nells Hand so fest, dass die Knöchel weiß hervortraten.

Nell spürte den verzweifelten Griff ihrer Tochter, den Schmerz in ihrer Hand, und in diesem Moment erst brach die Wahrheit dessen, was geschehen war, jäh über sie herein.

Es war kein Albtraum.

Es war Wirklichkeit.

Tom würde nicht von dem Stapel herunterspringen und ihr erklären, es sei nur ein übler Scherz gewesen. Er würde sie nicht vor Ralph retten. Er war tot.

»Du hast Tom umgebracht.« Nells Stimme klang tonlos, erstickt durch den Schock des verzögerten Begreifens.

»Nun, was hätte ich sonst mit ihm machen sollen?«, fragte Ralph kalt. »Ich konnte es mir nicht erlauben, dass er Aufhebens von der Sache macht. Und jedermann hat gesehen, wie er an Bord dieses Flussschiffes gegangen und davongesegelt ist. Wenn er nun nie mehr nach York zurückkehrt …?« Ralph zuckte die Schultern. »Wen würde es überraschen? York ist die letzten Jahre sehr gut ohne Tom ausgekommen; es wird ihn auch weiterhin nicht vermissen. Sein Freund, dieser Kapitän, bildete sich ein, ein wenig Widerstand leisten zu müssen, aber ich weiß inzwischen, wie man mit Leuten umgeht, die sich mir in den Weg stellen.«

»Du hast ihn ebenfalls getötet?«

»Er war nur ein dummer Flussschiffer.« Ralph machte eine wegwerfende Handbewegung. »Niemand wird ihn vermissen. Ich werde meinen Mann mit dem Boot rausschicken, damit er die Leichen in den Fluss kippt. Er muss ohnehin nach Hull, weil dort eine Ladung für mich eingetroffen ist. Die Fahrt wird sich also in jedem Fall lohnen.«

Nell nahm Meg, die am ganzen Körper zitterte, fester an die Hand. »Und was wird aus uns?«, wagte sie zu fragen.

»Ach, ich denke, wir sollten uns nun auf den Weg nach Hause machen, findest du nicht?«

Was konnte sie tun? Nell war wie betäubt, ihr Verstand nicht in der Lage, das Ausmaß von Janets Verrat zu fassen. Eine hektische Stimme in ihrem Kopf drängte, forderte sie auf zu handeln. Doch wenn sie versuchte, darüber nachzudenken, was sie tun könnte, empfand sie nur eine Leere. Sie durfte nicht einmal schreien. Janet hielt Meg ein Messer an den Rücken, und Meg selbst hatte bereits aufgegeben. Sie stolperte blindlings neben ihrer Mutter her, zitterte am ganzen Körper, war schon jenseits aller Tränen. Das Einzige, was Nell zu tun vermochte, war, Meg zu stützen und um ein Wunder zu beten.

Sie gingen denselben Weg durch die nächtlichen Straßen zurück, als würden sie, wie beim Spinnen, den Faden der Zeit wieder aufwickeln. Wieder bellten die Hunde; wieder stießen deren Besitzer verhaltene Flüche aus. Sie passierten den Durchgang, betraten den Innenhof und durch die große Tür das Haus. Stiegen erneut die Treppe empor, ohne sich diesmal wegen der knarrenden Stufe Sorgen zu machen.

Würden die Mägde sie hören?, fragte sich Nell hoffnungsvoll. Doch selbst wenn dem so wäre, was könnten sie ausrichten? Ralph würde die beiden in ihre Kammer zurückschicken, und sie würden es nicht wagen, ihrem Master zu widersprechen. Sie hatten gewiss das eine oder andere Mal mitbekommen, wie Ralph seine Frau nachts schlug. Bestimmt hatten sie es sich angewöhnt, einfach die Decke über den Kopf zu ziehen, sich auf die andere Seite zu drehen und weiterzuschlafen.

»Ins Kabinett«, befahl Ralph geschäftsmäßig.

Nell sträubte sich hineinzugehen. Dieses Zimmer hatte all die Jahre nicht seinen Schrecken für sie verloren, doch dass es noch grauenvoller werden könnte, auf diesen Gedanken war sie nie gekommen.

Zu spät erwachte Nell aus ihrer Starre. »Warte«, sagte sie, als würde Ralph ihr Gehör schenken. »Warte!« Doch Janet schob sie mit der Hand unsanft in das Zimmer. Meg folgte mit steifen Schritten.

Nell erinnerte sich, wie sie ihre Tochter nach der Geburt im Arm gehalten hatte, wie ihr vor Liebe das Herz weit wurde.

Ihre Tochter, ihr Kind. Gott sei ihnen beiden gnädig, so durfte es nicht enden.

Nell nahm all ihre Kraft zusammen, schaute Ralph ins Gesicht. »Mach mit mir, was du willst«, sagte sie ohne Umschweife, »aber lass Meg gehen.«

Ralph betrachtete Nell mit amüsierter Miene. »Was ich will, Weib, ist, dass du leidest, und zu diesem Zweck brauche ich das Mädchen. Ich war die ganze Zeit viel zu nachsichtig mit dir«, fügte er mit fast freundlicher Stimme hinzu. »Ich habe es an Strenge fehlen lassen, sodass du ungesittet und aufsässig geworden bist, und nun muss ich einen Weg finden, wie ich dir echten Schmerz zufügen kann. Ich muss dich auf die allerschlimmste Art bestrafen, wie du es verdienst.«

Daraufhin richtete er seine kalten grauen Augen auf Meg, mit einem Lächeln, bei dem Nell das Blut in den Adern gefror.

Kapitel 20

Nein …« Alle Farbe wich aus Nells ohnehin bleichem Gesicht. »Sie ist deine eigene Tochter!«, flüsterte sie entsetzt.

»Sie hat mir nie etwas bedeutet«, erwiderte Ralph gleichgültig. »Meg hätte damals sterben sollen, nicht Hugh. Welchen Nutzen habe ich von einem Mädchen? Doch *dir*, dir liegt sie am Herzen, stimmt's?«

»Lass sie gehen, Ralph.«

»Eher nicht. Ich habe mir ein paar Verfeinerungen meiner Technik ausgedacht, die ich unbedingt ausprobieren möchte. Fessle sie«, sagte er abrupt, an Janet gewandt, und übernahm das Messer, das diese Meg an die Kehle hielt, um Nell in Schach zu halten.

Janet machte sich eifrig ans Werk, fesselte mit schnellen, geschickten Bewegungen Nell an Handgelenken und Fußknöcheln und knebelte Meg. Meg saß zusammengesunken auf einem Schemel, ließ apathisch den Kopf hängen, starrte stumpfsinnig vor sich hin. Nell war sich nicht sicher, ob sie von dem Gespräch überhaupt etwas mitbekam. Das Mädchen zeigte kaum eine Reaktion, als Janet ihr das Halstuch straff um Nase und Mund band.

»Nun, Weib, jetzt wo die Sache mit Tom ausgestanden ist – was ist das Schlimmste, was dir noch passieren könnte?« Ralph strich mit der stumpfen Seite der Messerklinge sanft über Megs Wange. »Ist es, im Dunkeln eingesperrt zu werden, oder kannst du dir ein noch größeres Übel vorstellen, sprich?«

»Du bist ein Ungeheuer. Ich glaube sogar, dass du der Satan selber bist.« Es waren die schlimmsten Worte, die sie über die Lippen brachte, doch sie klangen harmlos in ihren Ohren. Es gab keine

Worte, die das Ausmaß ihres Entsetzens, ihres Abscheus auszudrücken vermochten.

Ralph schnalzte missbilligend mit der Zunge. »Beschimpfungen machen die Sache nicht besser. Wenn du wenigstens, wie Janet, mein Talent zu schätzen wüsstest ... doch du hast seit jeher nur Naserümpfen für mich übrig gehabt, nicht wahr? Das war schon so, als du noch ein schmuddeliges Gör warst. So bildschön und so stark ... ich habe mich danach verzehrt, deinen Willen zu brechen, aber du warst eine Enttäuschung für mich, wie ich leider zugeben muss. Du hast nie Verständnis für meine Bedürfnisse aufgebracht.« Er schüttelte den Kopf. »Ich, Ralph Maskewe, sah mich genötigt, mich mit Herumtreiberinnen abzugeben, mit Schlampen und dreckigen Huren, die schon nach dem ersten Schlag zusammenbrachen.«

»Du warst das also ...«, stammelte Nell. »Du hast all diese Mädchen umgebracht?«

»Ich habe mich ihrer entledigt«, korrigierte Ralph. »Abschaum waren sie, sie haben das Leben in unseren Straßen verdorben. Ich habe ihrem Elend ein Ende gemacht.«

»Erzähl ihr doch von deiner ersten«, schlug Janet vor. Sie umkreiste Nell, das Messer einsatzbereit in ihrer Hand. »Ich mag diese Geschichte.«

»Oh, damals war ich noch ein stümperhafter Anfänger«, gab Ralph zu und legte dabei selbstkritisch den Kopf schräg. »Meine Mutter war eine gottesfürchtige Frau und eine gute Protestantin. Sie lehrte mich beizeiten, welcher Reiz einem Stoß oder einer Ohrfeige innewohnen kann, aber dann starb sie ...« Man sah ihm an, wie sehr ihn die Erinnerung aufwühlte. »Sie war noch nicht einmal kalt geworden in ihrem Grab, als mein Vater wieder heiratete.«

»Toms Mutter«, sagte Nell, klammerte sich an die Hoffnung, dass der Wahnsinn, der in seinem Blick flackerte, weichen würde, wenn sie Ralph nur lange genug am Reden hielt.

»Diese Papistin!«, rief Ralph mit Verachtung aus. »Mein Vater war ihr regelrecht hörig. Er hätte sie zwingen sollen, dem alten Glauben abzuschwören, aber nein! Er hat extra sein Kabinett neu täfeln lassen, um ein Priesterloch einzubauen, hat zugelassen, dass sie katholischen Priestern Unterschlupf gewährte, die in seinem Haus sogar die Messe lesen durften … Ein Schwächling war er!«

In Nells Erinnerung war Henry Maskewe alles andere als ein Schwächling gewesen, doch Ralph jetzt zu widersprechen wäre Wahnsinn gewesen.

»Sie besaß einen Psalter«, fuhr Ralph fort, der seinen Erinnerungen nachhing. »Sie gestattete mir, darin zu blättern und die Bilder anzuschauen.« Er lachte verächtlich. »Sie dachte, sie könnte mich zum alten Glauben bekehren, doch ich hatte nur Interesse für das Bild vom Jüngsten Gericht.« Sein Blick ging verträumt in die Ferne. »Ich war fasziniert von dieser Buchseite. Ich sah mir genau an, was die Teufel alles anstellten, und empfand einen wohligen Schauer. Ah, deine Sinne sind zu abgestumpft … ich kann es dir nicht erklären, du würdest es nicht verstehen! Diese Schreie, das Blut, der Schmerz … es war so rein, so unverfälscht. Ich spürte die Erregung in meinem Unterleib. Ich spürte sie in meiner Rute.«

Er rieb sich gedankenverloren sein Gemächt, und Janet kicherte, ein animalischer Laut, böse und widerlich. »Ich wusste, wie ein Beischlaf für meinen Geschmack vonstatten gehen sollte«, redete Ralph weiter. »Ich dachte, diese tölpelhafte Magd, Joan, würde dankbar sein für die Aufmerksamkeit, die ich ihr angedeihen ließ, doch weit gefehlt! Oh, sie tat so, als wäre sie mir gefügig, doch kaum hatte ich sie mir genommen, macht sich dieses dumme Ding davon und ertränkt sich in der Ouse.«

Eine Erinnerung bahnte sich ihren Weg durch Nells Todesangst: sie und Tom, im Nebel an der Anlegestelle. *Joan hat keiner Seele je etwas zuleide getan, außer ihrer eigenen.* Nell wusste noch genau, wie fassungslos sie damals gewesen war, dass sich ein Mensch so etwas antun konnte. Kein Übel auf der Welt, so dachte sie, war so groß, dass man sich deshalb das Leben nahm. Doch sie hatte sich geirrt. Die arme kleine Joan, von Ralph zu seinen abartigen Praktiken gezwungen – wie verzweifelt musste sie gewesen sein angesichts ihrer Hilflosigkeit. Sie hatte lieber den Tod gewählt, als Ralph weiter zu Willen zu sein, auch wenn man sie dafür in ungeweihter Erde an einer Wegkreuzung, mit einem Pfahl im Herzen, verscharren würde.

»Dann musste ich mich anderweitig umsehen.« Ralph seufzte angesichts der Mühen, die ihm dadurch auferlegt worden waren. »Es war leicht, Huren zu finden. Ich brauchte nicht aufzupassen, ob ich Spuren in ihrem Gesicht hinterließ, aber sie verschafften mir keine echte Befriedigung – nur eine vorübergehende Erleichterung, mehr nicht. Sie waren gefügig, machten alles, was ich wollte, solange ich sie bezahlte.«

»Und dann gab es noch dich«, fuhr er an Nell gewandt fort, die es nicht wagte, das Messer aus den Augen zu lassen, das er Meg an die Kehle hielt. »Aber du warst auch nicht die reine Freude, wie? Oh, ich hatte mein Vergnügen daran, deinen Geist zu brechen, das gebe ich zu, aber Janet hier ist die Einzige, die wirklich versteht, was ich brauche. Sie verschafft mir angemessene Befriedigung, dennoch gibt es Zeiten, wo es mich nach mehr gelüstet. Janet versteht das. So ist es doch, nicht wahr, meine Liebste?«

»Gewiss«, erwiderte sie mit einem einfältigen Lächeln. »Ich weiß, was du brauchst, mein Geliebter. Was du *verdienst*.«

»Bisweilen«, vertraute Ralph Nell an, »gefällt es ihr, mir dabei zuzusehen, und heute Nacht darf sie es wieder.«

Er fasste Meg ans Kinn und hob es an. »Darauf habe ich lange Zeit gewartet. Sieh doch nur, wie unschuldig sie ist! Wie rein und makellos! Die anderen waren dreckige Huren, doch das hier wird die Krönung sein. Wie froh ich doch bin, dass du beschlossen hast fortzulaufen, Eleanor, denn wie sonst hätte sich mir die Chance geboten, unsere Tochter in die Freuden des Schmerzes einzuführen.«

»Lieber Herr Jesus, nein«, flüsterte Nell, außer sich vor Entsetzen.

»Aber ja doch«, erwiderte Ralph höchst zufrieden mit sich selbst.

»Und was *dich* betrifft, Weib, so habe ich mir etwas Besonderes für dich ausgedacht. Du hattest geplant, mich zu beleidigen und zu demütigen.« Er schüttelte den Kopf. »Das war ein sehr schlimmer Fehler, und nun wirst du dafür büßen.«

»Ich werde nicht schweigen, wenn du Meg anrührst.«

»Oh, glaube mir, das wirst du. Du wirst schweigen wie ein Grab.« Er warf den Kopf zurück und lachte über seinen eigenen Scherz, während Janet kicherte. »Du, mein liebes Weib, wirst dich hinter diese Wand begeben und auf ewig dort bleiben. Ich werde dich im Dunkeln einsperren, und du wirst hören, was ich deiner Tochter antue, und in dem Wissen sterben, dass du ihr nicht helfen kannst.«

Offenbar wartete noch Schlimmeres auf Nell. Nacktes Grauen bemächtigte sich ihrer. »Du bist wahnsinnig.«

»Glaubst du das wirklich? Tja, wenn das so ist …« Ralph nickte Janet zu, die wie beiläufig Megs kleinen Finger packte und ihn nach hinten bog. Meg bäumte sich auf vor Schmerz, doch Ralph hielt seine große Hand über ihren geknebelten Mund, sodass kein Ton zu hören war. Nell sah, wie ihre Tochter in stummem Schmerz die Augen verdrehte, und abgrundtiefer Hass überkam sie.

»Mögen alle Teufel der Hölle dich bis in alle Ewigkeit quälen«, verfluchte sie ihren Ehemann. »Sie sollen dich zu Tode hetzen, und dein Sterben soll noch zehnfach qualvoller sein als das Leid, das du deiner eigenen Tochter zufügst.«

Ralph tat Nells Verwünschungen mit einer Handbewegung ab. Er war bester Laune. Schmerz rief stets ein Lächeln bei ihm hervor. »Kneble sie«, befahl er Janet, und ehe Nell Luft holen und erneut schreien konnte, wurde ihr ein schmutziger Lumpen über den Mund geklatscht und fest hinter ihrer Haube verknotet.

Meg war ohnmächtig geworden und lag zusammengesunken neben dem Schemel am Boden. Nell versuchte, trotz ihrer Fesseln zu ihrer Tochter zu gelangen, doch Janet zog sie mit der gleichen nonchalanten Unbarmherzigkeit, mit der sie Meg misshandelt hatte, zurück. In irgendeinem fernen Winkel von Nells Verstand tauchte die Frage auf, wie sie jemals auf die Idee hatte kommen können, diese Frau für eine Freundin zu halten. Wie konnte es sein, dass sie die Grausamkeit, den Wahnsinn nicht geahnt hatte, die unter dieser harmlosen Oberfläche lauerten?

Ralph stand neben der Feuerstelle, fuhr mit der Handfläche über die Wandtäfelung. »Wer hätte gedacht, dass ich einmal froh darüber sein würde, dass diese Papistin damals meinen Vater beschwatzt hat, diese Priesterlöcher einzubauen? Sie sind so raffiniert versteckt, man würde sie nie finden, es sei denn, man wüsste, wo man zu suchen hat ... ah, hier ist ja eins!«

Ein schnappender Laut war zu hören, dann schwang auf der einen Seite der Feuerstelle ein Teil der Täfelung auf. Unwillkürlich richtete Nell ihre Aufmerksamkeit auf das schwarze Loch, das sich gähnend vor ihr auftat.

»Nein, nein, nein ...« Nell schüttelte verzweifelt den Kopf, denn ihre Schreie wurden von dem Lumpen gedämpft, mit dem sie geknebelt war. Sie versuchte zurückzuweichen, vergaß jedoch, dass ihre Fußknöchel gefesselt waren, und stürzte. Heftiger Schmerz durchzuckte sie, als ihr Kopf hart auf dem Boden aufschlug.

Er war mit süß duftenden Kräutern bestreut worden. Heute Morgen erst, auf ihr Geheiß hin, damit Ralph auf keinen Fall irgendeinen Verdacht schöpfte. Es war seltsam, den Boden aus diesem Blickwinkel zu sehen, während ihr der Kopf noch dröhnte von dem Aufprall. Dicht vor ihren Augen lag ein winziger Teil einer Mädesüßpflanze. Er sah welk, grau und vertrocknet aus. Nell erinnerte sich deutlich, wie sie die Blumen im Sommer gepflückt hatte, die fedrigen weißen Blütendolden, die einen so hübschen Kontrast zu den üppigen grünen Blättern bildeten. Sie wusste noch, wie sie sich die Blüten unter die Nase gehalten und ihren Duft eingesogen hatte, um sie anschließend zu bündeln und in ihrer Kräuterkammer zum Trocknen aufzuhängen. Hätte sie nicht damals eine Warnung, einen kalten Schauer verspüren sollen, dass diese Blume mit zu den letzten Dingen gehören würde, die sie in ihrem Leben zu Gesicht bekäme?

Denn sie würde sterben. Nell war sich dessen vollkommen bewusst, dennoch wehrte sie sich, als Janet und Ralph sie unter missbilligendem Zungenschnalzen ob ihres Sturzes wieder auf die Füße stellten.

»Ich werde allen Leuten erzählen, dass du mit Tom davongelaufen bist«, informierte Ralph sie in lockerem Plauderton. Auch wenn sie vollkommen hilflos war, sträubte sich Nell, so gut sie es vermochte, als er sie hinüber zum Kamin zerrte. »Niemand wird nach dir suchen. Alle haben gesehen, wie du nach ihm geschmachtet hast, wie eine läufige Hündin. Janet kann wieder zurückkommen und mir den Haushalt führen … ja, alles fügt sich wunderbar.«

»Was wird mit dem Mädchen?«, fragte Janet, wies mit dem Kopf auf Meg, die wieder zu sich gekommen war, zusammengekrümmt am Boden lag und wehklagte, als hätte sie den Verstand verloren. Was hoffentlich der Fall war, wie Nell sich wünschte.

Ralph hielt inne, ließ Nell los, während er überlegte. »Der Fluss?«

»Kommt darauf an, ob du Spuren auf ihrem Körper hinterlassen willst oder nicht«, erwiderte Janet sachlich. »Du kannst sie nicht als Hure oder Landstreicherin ausgeben. Der Richter wird Fragen stellen, und du willst nicht, dass Geschworene hierher ins Haus kommen und herumschnüffeln. Zeichne sie nicht – dann kannst du sagen, sie hat sich umgebracht, als ihre Mutter sie im Stich gelassen hat.«

Ralph verzog schmollend den Mund. »Ohne Wundmale macht es keinen Spaß.« Er lächelte auf Nell herunter, wobei er sein prächtiges Gebiss präsentierte. »Außerdem will ich, dass ihre Mutter hören kann, wie sie leidet.«

»Du könntest sie beide zusammen einsperren« schlug Janet vor, begierig zu helfen. »Nachdem du fertig bist mit ihr.«

»Das Loch ist zu klein. Ah, ich hab's!« Ralph klatschte in die Hände. »Wir bedienen uns der geheimen Stiege.« Er ging hinüber zu dem Fenster, von wo aus man auf den Garten sah, und machte Anstalten, die Täfelung mit den Händen nach einem weiteren verborgenen Riegel abzutasten. »Noch eine kleine bauliche Veränderung auf Wunsch der Papistin, aber eine, die ich zugegebenermaßen sehr nützlich fand, wenn ich verhindern wollte, dass meine mitternächtlichen … Streifzüge publik wurden.« Wieder blitzten seine Zähne, schimmerten in dem zuckenden Kerzenlicht wie ausgebleichte Knochen, als die Täfelung sich mit einem Klicken öffnete. »Schade, dass die Stiege fortan verschlossen bleiben muss, aber ich habe das Gefühl, dass es das wert ist. Ich werde John Tyler kommen lassen, damit er die untere Öffnung, die in den Garten führt, zumauert. Er braucht den Grund dafür ja nicht zu wissen.«

Penibel wischte sich Ralph den Staub von den Fingern. »Nun, jetzt, wo die Sache beschlossen ist, können wir ja fortfahren.«

Kurzerhand packten er und Janet die sich verzweifelt wehrende Nell an Händen und Füßen und verfrachteten sie in das Priesterloch. Es war so klein, dass es einiger Anstrengung bedurfte, doch sie schafften es, indem sie ein wenig schoben und stießen. Im letzten Moment riss Ralph die Fesseln von Nells Handgelenken.

»Mir gefällt der Gedanke, dass ich hören kann, wie du vergeblich darum kämpfst herauszukommen«, verkündete er Nell. »Und du wirst genau hören können, was ich tue.«

Ein letztes Aufblitzen seiner Zähne, dann schob Ralph die Täfelung vor Nell zu. Mit einem dumpfen Klicken glitt das Holz wieder an seinen Platz. Dann war Nell allein in der bedrückenden Dunkelheit. Spinnweben legten sich auf ihren Mund, ihre Augen, und die tiefe Schwärze wartete nur darauf, sie zu verschlingen. Doch schlimmer als all dies war der unmenschliche Schrei, den Nell nun aus dem Mund ihrer Tochter vernahm, die jetzt schutzlos dem Ungeheuer ausgeliefert war.

Auch wenn sie wusste, dass Ralph sich daran ergötzte, konnte Nell nicht anders, als wie eine Wahninnige gegen die Täfelung zu hämmern. Sie ertrug das Zuhören nicht, ertrug jedoch auch die

Vorstellung nicht, Meg könnte glauben, dass Nell in ihrer eigenen entsetzlichen Lage keinen Gedanken mehr für das Grauen übrig hatte, das ihre Tochter nun durchmachen musste. Ihr wildes Hämmern würde Meg verkünden, dass sie nicht allein war. Also bearbeitete Nell das harte, unnachgiebige Holz, bis ihre Finger bluteten. Und sie verfluchte Ralph und Janet aus tiefstem Herzen.

Meg wimmerte jetzt, rief nach ihrer Mutter. Ihr Wimmern wurde von Ralphs wollüstigem Stöhnen übertönt, von dem Klatschen von Fleisch auf Fleisch. Zwischendurch rief er: »Kannst du es hören, Eleanor? Kannst du dir vorstellen, was ich jetzt mit ihr mache?«

Und Nell konnte es. Gott stehe ihr bei. Auch wenn die Dunkelheit sie umschloss, sah sie doch mit grausamer Deutlichkeit vor sich, wie Ralph Meg schlug, sie quälte und verletzte, wie er in ihr zartes Fleisch stach und es zerriss. Wie Ralph Meg erniedrigte, indem er sie zwang, seine perversen Gelüste zu befriedigen, während Janet danebenstand und vor Geilheit stöhnte und erschauerte.

Und Nell konnte nichts tun. *Gar nichts.* Sie war in der Dunkelheit gefangen, und ihre einzige Gesellschaft waren Grauen, Trauer, Wut, Verzweiflung und ein quälendes Schuldgefühl. Sie schwor, Ralph bis in die Hölle zu verfolgen, bis in alle Zeiten, bis irgendwann ihre Tochter gerächt sein würde.

Sie hörte Meg wimmern und flehen: »Bitte … bitte … bitte …«, doch ihre Stimme wurde immer leiser, bis Nell sie kaum noch vernahm. Sie hörte nicht auf, gegen das Holz zu hämmern, als nur noch das Sausen der Peitsche und Ralphs und Janets verzücktes Stöhnen an ihr Ohr drangen.

Schließlich ließ Nell völlig erschöpft von ihrem Tun ab. Sie wäre zusammengesunken, doch das Loch war so eng, dass sie lediglich die Knie ein wenig beugen konnte. Ihr Schmerz löschte alles aus, nicht jedoch die eine Erkenntnis, die alle anderen Empfindungen durchdrang.

Ihre Tochter war tot. Tom war tot. Nell war so weit, den eigenen

Tod willkommen zu heißen, doch das Entsetzen war noch nicht fertig mit ihr. Es drückte ihr die Kehle zu und ihr Herz fing an zu rasen, während die Dunkelheit sie erstickte, zermalmte. Sie presste sich auf ihren Mund, ihren Brustkorb, ihren Geist, löschte Ralph und Janet aus und schließlich sogar Meg, bis nur noch Nell existierte, allein mit dem Grauen und dem Schmerz und diesem Ungeheuer, dem Entsetzen.

Es erstickte sie mit seinem widerlichen Gestank. Mit seinen rasiermesserscharfen Zähnen nagte es an ihrem Fleisch, fraß sich in ihren Bauch, zerrte an ihren Eingeweiden, wühlte sich immer weiter hinein, bis es sich schließlich an ihrem Herzen verbiss und es in Stücke riss. Ein gellender letzter Schrei, dann war jegliches Bewusstsein ausgelöscht.

Es war die einzige Gnade, die Nell an diesem Tag zuteilwurde.

Sie schnappte nach Luft, riss die Augen auf. Er wich vor ihr zurück, während in seinem Gesicht Verwunderung und Unbehagen miteinander kämpften.

»Was ist los?«, fragte er, wandte den Kopf nach hinten und dann wieder zu ihr. »Wieso guckst du so seltsam? Was geht hier vor?«

Sie war frei! Sie hob die Hand an ihren Mund, doch der schmutzige Lappen war verschwunden. Auch hatte sie keine Fesseln um die Knöchel.

Ihre Finger waren wund und bluteten, aber sie bekam Luft, sie konnte atmen. Sie konnte *atmen.*

Ein Glücksgefühl überkam sie, es strömte durch ihre Adern, breitete sich mit jedem Atemzug weiter in ihrem Körper aus. Sie streckte sich, entfaltete sich wie ein Blatt im Frühling. Das Zimmer erschien ihr seltsam, alles wirkte irgendwie verkehrt, doch die Dunkelheit war verschwunden, das Licht so hell, dass es sie blendete.

Und der Urheber ihres Entsetzens stand direkt vor ihr.

»Du«, sagte sie leise. »Ich habe dir ja gesagt, ich werde dich verfolgen bis in die Hölle, bis in alle Zeiten.«

»Hör auf, Theresa!« Seine Stimme wurde laut. »Wieso redest du so komisch?«

»Ich soll aufhören? Ich werde nicht aufhören. Ich werde niemals aufhören, bis ich meine Tochter gerächt habe!«

»Tochter? Welche Tochter? Was ist los mit dir, Theresa?«

Sie warf den Kopf zurück und lachte, ein raues, schrilles Lachen, das in dem feuchtkalten Zimmer widerhallte. »*Du* bist das Problem! Du bist ein Ungeheuer. Wie böse und niederträchtig musst du sein, dass du deine eigene Tochter tötest?«

»Theresa, es reicht jetzt. Ich habe keine Ahnung, wovon du sprichst, aber es gefällt mir nicht!« Seine Augen weiteten sich, als er ihre blutenden Finger sah. »Mein Gott, was ist mit deinen Händen passiert?«

Ein Hauch von Angst klang in seiner Stimme, und sie genoss es.

»Fürchtest du dich?«, fragte sie und trat auf ihn zu, wobei sie ihre geschundenen Hände hochhielt, sodass er das Blut sehen konnte. »Hast du Schiss?«, fragte sie, als er zurückwich. »Ist dir richtig schlecht vor Angst?«

»Theresa, um Himmels willen.«

»Gut«, erwiderte sie lächelnd. »Jetzt bekommst du langsam eine Ahnung, wie es für deine Opfer ist.«

»Welche Opfer denn? Das Ganze reicht mir jetzt.« Martin hatte seine Fassung wiedererlangt, ging in aggressiver Haltung auf sie zu und schlug ihr mit dem Handrücken ins Gesicht. Der Schlag ließ Tess jäh in ihren Körper zurückkehren. Sie krümmte sich, benommen und verwirrt durch die Misshandlung und die gleichzeitige Erkenntnis, wer sie war.

Martin baute sich vor ihr auf, zufrieden, dass er das Heft wieder in der Hand hielt. »Du hast es herausgefordert«, sagte er, als hätte sie Einwände erhoben. »Seit Jahren schon juckt es mich in den Fingern, dich zu schlagen, ich hätte es schon viel früher tun sollen. Verdammt noch mal, Theresa, sag endlich, was ist los mit dir?«

»Das könnte ich dich auch fragen, Martin«, erwiderte sie und richtete sich mühsam auf. Vorsichtig betastete sie ihre Wange, doch sie schaute ihm dabei direkt ins Gesicht. Sie war gestorben, hatte das schlimmste Grauen erlebt, das sich ein Mensch vorstellen konnte. Es gab nichts mehr, was er ihr jetzt antun könnte. »Was ist das, was du dir da um die Brust geschnallt hast?«

Seine Miene zeigte, wie sehr ihn ihr veränderter Ton verblüffte. Auch gefiel es ihm nicht, mit welchem Blick sie ihn ansah. Der Sprengsatz zeigte nicht länger die gewünschte Wirkung. Anfangs hatte Tess noch eingelenkt, in dem Bestreben, sein Wohlwollen zu erlangen, doch jetzt wurde sie wieder aufsässig. »Ich tue alles, was ich tun muss, um meine Familie zusammenzuhalten«, brauste er auf.

»Und dazu gehört wohl auch die Drohung, dein eigenes Kind umzubringen?« Tess' Wut nährte sich von Nells Wut. Sie verachtete sich, weil sie so lange zugelassen hatte, dass Martin sie herumkommandierte. Sie hatte Oscar in Gefahr gebracht.

»Was ist in dich gefahren, Theresa?«

»Was in mich gefahren ist? Du hast meinen Sohn in Angst und Schrecken versetzt und gedroht, uns alle in die Luft zu jagen und ins Jenseits zu befördern, und da wagst du es, mich zu fragen, was in mich gefahren ist?« Mit funkelnden Augen, die Fäuste geballt, baute sie sich dicht vor ihm auf und drückte dann ihren Finger in die Polsterung über dem Schalter des Sprengsatzes.

Martin zuckte zusammen. »Sei vorsichtig, Frau«, warnte er sie. Er hob abwehrend die Hände und wich vor ihr zurück, doch Tess setzte ihm nach.

»Nein, ich werde nicht vorsichtig sein. Ich war jahrelang vorsichtig, bin auf Zehenspitzen um deine Obsessionen herumgeschlichen, in ständiger Angst, dich zu provozieren. Ich habe nicht erkannt, dass man nicht vorsichtig umgehen darf mit jemandem, dessen Geist so klein und verquer und ängstlich ist, dass er nur funktionieren kann, wenn er andere tyrannisiert. Der andere unterdrücken muss, damit er sich groß vorkommt!«

»Theresa, ich warne dich, das Ding da kann jederzeit explodieren!« Martin war praktisch bis in die Nische des Kamins zurückgewichen, und wieder war ein Beben in seiner Stimme zu hören.

Tess ignorierte ihn. »Du bist einfach nur erbärmlich«, fuhr sie voller Verachtung fort. »Ein richtiger Kerl hat keine Angst davor zu reden und zuzuhören, aber du bist dafür zu schwach. Du schnallst dir lieber eine Bombe um die Brust und drohst, jeden in die Luft zu sprengen. Weißt du was?«, sagte sie, während sie weiter mit dem Finger auf seine Brust einstach. »Tu es doch einfach. Na los!«

»Du bist wahnsinnig!«

Sein Gesicht veränderte sich, verwandelte sich auf groteske Weise in jenes von Ralph. Während seine Zähne größer, seine Lippen voller wurden, die Form seines Kinns sich veränderte, spürte Tess, wie Nell wieder Besitz von ihr ergriff. Ein Strudel aus Ekel, Angst und Hass erfasste sie, der die Luft förmlich verdichtete.

Immer wieder stieß sie mit dem Finger gegen seine Brust, bis er schließlich ins Stolpern geriet und gegen die Kommode prallte, die fast die gesamte Nische des Kamins ausfüllte. Seine Augen weiteten sich, als er die seltsame Stimme aus ihrem Mund vernahm, die Fremde sah, die ihn aus Tess' Augen anblickte. Die Luft im Raum war noch drückender geworden, man hatte förmlich das Gefühl zu ersticken, genau wie in dem dunklen Priesterloch.

»Tu es doch«, forderte sie ihn auf. »Zünde die Bombe und stirb.«

»Dann wirst du auch sterben, du wahnsinniges Miststück.«

»Ich bin schon einmal gestorben, ich kann es wieder«, gab sie zurück. »Wir sehen uns in der Hölle!«

Martin tastete mit hektischen Fingern über die Vorderseite des Sprengsatzes. Eine Panik hatte ihn erfasst, die ihn nicht mehr klar denken ließ, und dann gab es diesen Moment, wo alles still wurde. Ein Sog erfasste Nell und holte sie zurück in die Vergangenheit, sodass Tess wieder sie selbst war. Sie registrierte, dass sie wie hypnotisiert auf den Schalter des Sprengsatzes starrte, auf den Martins Finger sich unaufhaltsam zubewegte.

Er ist grün, dachte sie, seltsam losgelöst von ihrer Umgebung. Aber das war doch nicht richtig. So ein Zünder müsste doch rot sein.

Und dann dachte Tess noch: Ich muss weglaufen.

Es gab kein Entrinnen mehr. Die Erkenntnis, dass dazu die Zeit nicht mehr reichte, explodierte förmlich in ihrem Gehirn, dennoch setzte sie sich in Bewegung. Wie in Zeitlupe drehte sie sich, warf sich auf die andere Seite, und dann vernahm sie nur noch dieses Donnern und einen großen Knall und spürte, wie sie fiel, hinein in Rauch und Dunkelheit.

Ein Gewicht drückte schwer auf ihren Kopf. Sie wurde zerquetscht, wie Margaret Clitherow. Panik ergriff sie, während sie verzweifelt nach Atem rang.

»Alles ist gut. Es ist vorbei.« Die Stimme kam ihr bekannt vor, obgleich sie sie nicht zuordnen konnte. Es war eine Stimme, der sie vertraute. Eine warme Hand schloss sich um ihr Handgelenk.

Dieser Griff war es, der sie davor bewahrte, wieder in die Dunkelheit hinabgezogen zu werden. Sie wollte sich daran festhalten, doch irgendetwas stimmte nicht mit ihren Händen. Sie waren dick eingebunden, sodass sie die Finger nicht abbiegen konnte.

Sie musste schlucken und hatte das Gefühl, ihre Kehle sei mit Sandpapier bedeckt. Ihr Mund war so trocken, dass ihr die Zunge am Gaumen klebte. Sie zwang sich, die Augen zu öffnen, und sah einen Mann neben sich sitzen, der ihre Hand hielt. Die Brauen über seiner Adlernase waren finster zusammengezogen, und trotz der Festigkeit seines Griffs spürte sie, dass er innerlich aufgewühlt war vor Zorn und Angst.

Luke. Der Name machte sich in ihrem Gehirn breit, kühl wie Tau.

Sie hätte ihn gern gefragt, warum er solche Angst hatte, aber es gelang ihr nicht, die Worte zu einem Satz zu verknüpfen.

»Wasser«, brachte sie stattdessen heraus.

Seine Miene hellte sich auf, als er ihr heiseres Flüstern vernahm, und um seine Augenwinkel zeigte sich ein Lächeln, das sich langsam über sein ganzes Gesicht ausbreitete und seine Angst vertrieb.

»Du bist wieder zurück.« Er goss Wasser in einen Plastikbecher und schob behutsam einen Strohhalm zwischen ihre Lippen, damit sie trinken konnte, ohne den Kopf heben zu müssen.

Zurück? Tess pochte der Schädel. Ein dunkles, ungutes Gefühl wollte sich in ihrem Bewusstsein breitmachen, doch sie war nicht bereit, dies zuzulassen, noch nicht. In ihrem Kopf herrschte ein Wirrwarr vager Gedanken, dazwischen jedoch blitzten klar und deutlich Erinnerungen auf: Martins vor Schreck geweitete Augen; seine Finger, die sich unaufhaltsam auf den Schalter zubewegten; unsägliche Wut, die in ihr tobte; Oscars Gesichtsausdruck, als er sich am Fuß der Treppe noch einmal umdrehte und zu ihr hochschaute.

Der Gedanke an ihren Sohn ließ sie vollends wach werden. »Oscar?«, fragte sie mit krächzender Stimme.

»Es geht ihm gut. Er ist bei deiner Mutter.«

Es kostete Anstrengung, sich zu konzentrieren, und überdies schaffte Tess es noch nicht, den Kopf zu heben. Dankbar saugte sie an dem Strohhalm, während ihre Blicke über ihre Umgebung schweiften. Sie lag halb aufgerichtet in einem verstellbaren Metallbett und hing an einem Tropf. Ihre beiden Hände, die auf einer Bettdecke mit Waffelstruktur ruhten, waren bandagiert. Ein Wagen mit medizinischen Geräten stand einsatzbereit neben dem Bett. Ein Vorhang um das Bett trennte sie und Luke vom übrigen Raum. Doch vor allem der Geruch war es, der sogleich die gedankliche Verbindung herstellte: der unmissverständliche Geruch nach Desinfektionsmittel und nervöser Anspannung.

»Ich bin in einem Krankenhaus.«

Lukes Mundwinkel hoben sich leicht, während er Tess' Plastikbecher auf den Nachttisch stellte. »Dir entgeht aber auch nichts, Sherlock. Du hast einen hässlichen Schlag auf den Kopf abbekommen, und deine Hände sind ziemlich übel zugerichtet, doch ansonsten scheint man hier der Meinung zu sein, dass du bald wieder auf den Beinen sein wirst.«

Er zögerte kurz. »Ich bin mir nicht sicher, ob ich dich das so früh schon fragen sollte, aber woran kannst du dich erinnern?«

Sie hatte ein Gefühl, als wäre ihr Kopf ein trüber, bedrohlicher Fluss, in dem dumpfe Erinnerungen lauerten. Tess legte die Stirn in Falten und strengte sich an, sie festzuhalten. »Da war Martin …« Ihre Augen weiteten sich, als es ihr gelang, eine dieser Erinnerungen an die Oberfläche zu holen. Sie wollte sich im Bett aufrichten, aber konnte ihre Hände nicht zu Hilfe nehmen. Luke drückte sie sanft auf das Kissen zurück.

»He, schön ruhig liegen bleiben«, mahnte er.

»O mein Gott, die Bombe! Die Bombe ist explodiert!«

»Nein.«

»Aber ich habe gesehen, wie er den Schalter betätigt hat! Ich dachte, ich werde sterben. Was … was ist passiert?«

»Also, ich glaube, die Polizei hofft, das von dir zu erfahren«, erwiderte Luke. »Wir standen draußen auf der Straße, und plötzlich gab es diesen fürchterlichen Knall. Alle sind zu Eis erstarrt. Es kam so unvermittelt. Ich dachte auch, dass dieser Schweinehund es getan hat. Ich dachte, er hätte euch beide in die Luft gesprengt.«

Lukes Miene zeigte, wie aufgewühlt er war, und sein Griff, mit dem er Tess' Hand hielt, wurde noch fester. »Ich hatte Angst, ich würde dich erneut verlieren, Tess. Ich war der Erste, der die Treppe hochstürmte, obwohl die Polizei mir hinterherrief, ich soll stehen bleiben. Dann sah ich dich in deinem Zimmer auf dem Boden liegen, und gleich daneben dieses riesige Stück Mauerwerk, doch ich konnte deinen Puls fühlen, und ich spürte …«

Von seinem Gefühl übermannt, krümmte sich Luke und legte seinen Kopf auf die Bettdecke neben ihrem Körper. Er holte tief Luft, atmete langsam wieder aus.

»Ich habe mich so verdammt nutzlos gefühlt«, murmelte er, ohne den Kopf zu heben. »Wie ich da auf der Straße stand, wusste, dass du allein mit ihm in der Wohnung warst … und ich konnte nichts tun, außer Oscar festhalten.«

Sachte hob Tess ihre malträtierte, dick eingebundene Hand und berührte sein Haar. Sie wünschte, sie könnte es fühlen, tröstend darüber streichen, wie sie es bisweilen bei Oscar machte.

»Du warst nicht nutzlos«, sagte sie.

»Ich konnte nichts tun, um dir zu helfen!«, brach es aus ihm heraus, fast anklagend.

»Aber du hast mir doch geholfen«, erklärte Tess. »Es war ganz wichtig für mich zu wissen, dass du für mich da warst. Und dass du dafür sorgst, dass Oscar nichts passiert. Und beides hast du getan.«

Daraufhin hob Luke den Kopf. Mit einem schiefen Lächeln fuhr er mit dem Finger sanft über ihre Wange. »Ich wollte mehr tun. Ich wollte ein Held sein und dich retten, aber du hast dich selbst gerettet.«

Ihre Erinnerungen kehrten zurück, stiegen an die Oberfläche, eine nach der anderen. Tess genoss die Ruhe, die Berührung von Lukes warmer Hand. Den Kopf zu schütteln war angesichts ihrer Schmerzen nicht ratsam. »Nell hat mich gerettet«, widersprach sie.

Luke gab ihr noch etwas Wasser.

»Erzähl weiter«, sagte sie, nachdem sie getrunken hatte. »Was geschah dann?«

»Dann kamen die Sanitäter, schoben mich beiseite, und die Polizisten drängten mich wieder nach unten, und so hatte ich keine Gelegenheit, mich genauer umzusehen. Aber ich weiß, wie es aussieht, wenn kurz vorher eine Bombe explodiert ist, ich habe solche Orte fotografiert, doch das, was in deinem Zimmer passiert ist, sah nicht danach aus.«

»Du meinst, es war gar kein richtiger Sprengsatz?«

»Das schon, aber aus irgendeinem Grund hat der Zünder nicht funktioniert.«

Tess starrte ihn an, wünschte, sie könnte sich mit der Hand ihren schmerzenden Schädel reiben. »Und woher kam dann die Explosion?«

»Es war keine Explosion. Dieser große Knall rührte offenbar daher, dass der Kamin eingestürzt ist. Ein großer Brocken der Mauer hat dich getroffen, aber der größte Teil fiel auf Martin. Er ist tot, Tess.«

Martin war tot. Tess schaute zu dem Vorhang. Die Farbe war ein blasses, stumpfes Grün. Ihr Ehemann war tot. Eigentlich müsste sie doch jetzt etwas empfinden, oder?

»Ich bin froh«, sagte sie schließlich mit unsicherer Stimme. Ihre Antwort kam ihr nicht richtig vor. Tess horchte in sich hinein, testete, ob sie schockiert, entsetzt oder traurig war, aber die einzige Empfindung, die sie spürte, war Erleichterung. »Ja, ich bin froh.«

»Am Anfang ging die Polizei davon aus, dass die Mauer durch die Explosion des Sprengsatzes eingestürzt ist, doch wie es aussieht, war dies nicht der Fall. Bis jetzt hat man noch keine Erklärung dafür gefunden.«

»Es gibt noch etwas, das du wissen solltest, Tess«, fuhr Luke nach einem kurzen Zögern fort. »Als man den Bereich um den Kamin untersuchte, fand man in einem Loch in der Wand ein menschliches Skelett. Es wird eine Obduktion geben, doch man kann davon ausgehen, dass es sehr alt ist.«

»Nell …« Tess atmete tief und langsam aus, während ihre wirbelnden Gedanken zu einem jähen Stillstand kamen und die letzten schrecklichen Erinnerungen zurückkehrten.

Luke lehnte sich vor. »Was ist dort passiert, Tess?«, fragte er mit leiser Stimme.

Er lauschte mit ernster Miene, während sie ihm das grauenvolle Ende schilderte, das Nell genommen hatte. Als sie fertig war, liefen ihr die Tränen über die Wangen. Sie machte wieder Anstalten, aus dem Bett zu steigen.

»Ich muss unbedingt mit der Polizei reden. Ich muss ihnen sagen, dass sie auch hinter der Wand in der Ecke nachsehen müssen. Sie müssen Meg finden!«

»He! Nun mal langsam!« Luke war im Begriff, Tess wieder auf ihr Kissen zurückzuschieben, als der Vorhang geöffnet wurde und eine Krankenschwester hereinkam, die bei dem Anblick missbilligend die Stirn runzelte. »Die Polizei will dich ohnehin befragen«, sagte er zu Tess, »dann kannst du es ihr ja sagen.«

»Was ist denn los?« Die Krankenschwester trat eilig ans Bett, um Luke zu helfen. »Gehen Sie ins Bett zurück, Tess«, sagte sie in resolutem Ton. »Sie haben eine Gehirnerschütterung und müssen strikte Bettruhe einhalten.«

»Ich muss aber unbedingt aufstehen! Ich muss mit der Polizei reden.«

»Das mit der Polizei hat Zeit, bis der Arzt Sie angeschaut hat. Und was Sie betrifft«, fuhr sie mit einem gestrengen Blick an Luke gewandt fort, »was haben Sie sich dabei gedacht, die Patientin derart aufzuregen?«

»Entschuldigung.« Luke wollte sich vom Bett entfernen, doch Tess streckte schnell ihre bandagierte Hand nach ihm aus. »Bitte, Luke, du musst es der Polizei sagen! Bring sie dazu, dass sie nachsehen, jetzt gleich.«

Luke verzog das Gesicht. »Tess, was soll ich denn sagen? Dieser Teil des Zimmers ist nicht beschädigt worden.«

»Das ist mir egal. Erzähl ihnen irgendwas! Aber bring sie dazu nachzusehen. Ralph hat gesagt …« Tess musste schlucken, übermannt von der schaurigen Erinnerung. »Er hat gesagt, sie würden ihre Leiche in dem geheimen Treppenaufgang verstecken und den Zugang vom Garten zumauern lassen. Sie ist immer noch da drinnen, Luke.« Tränen der Trauer und Wut stiegen Tess in die Augen. »Sie war gerade erst elf geworden und ganz allein und musste diesen grausamen Tod erleiden. Sie müssen nach ihr suchen! Du musst sie dazu bringen!«

»Also gut«, erwiderte Luke, der es nicht ertrug, sie derart bestürzt zu sehen. »Ich sage es ihnen«, versprach er. »Wir werden Meg finden.«

Glitzernder Raureif bedeckte den Boden, überzog die Zweige der Bäume, als der Sarg behutsam in das frisch ausgehobene Grab gesenkt wurde. Die Kälte schnitt Tess in die Wangen, sie kuschelte sich fester in ihren Mantel, kniff die Augen zusammen gegen das gleißende Winterlicht. Trotz der Handschuhe waren ihre Hände, in denen sie den kleinen Rosmarinzweig hielt, vor Kälte taub. Ihre Finger, die so lädiert waren, als man Tess unter dem Geröll des eingestürzten Kamins hervorgezogen hatte, waren, als man den Verband entfernte, auf wundersame Weise verheilt. Die Ärzte konnten es sich nicht erklären.

Man hatte Meg gefunden, genau an der Stelle, die Tess genannt hatte. Bei der Nachricht war Tess in Tränen ausgebrochen.

Beide Skelette wurden in die Gerichtsmedizin überführt. Nach Abschluss der Untersuchungen hatte Tess sich dafür eingesetzt, dass sie gemeinsam bestattet wurden, zusammen mit dem Granatring, der bei Nells Skelett gefunden worden war. Tess übernahm die Kosten der Beerdigung. Es war das Mindeste, was sie für Nell tun konnte, die sie vor Martin gerettet hatte.

Seit jenem grauenvollen Tag war Tess fest in der Gegenwart verhaftet geblieben, auch wenn sie bisweilen den Eindruck hatte, das ferne Echo der Vergangenheit zu hören. Immer wieder passierte es Tess, dass sie im Schatten der Häuser ein vertrautes Gesicht zu erkennen glaubte. Oder dass sie aus dem Augenwinkel einen schwingenden langen Rock sah, dessen Trägerin jedoch sogleich wieder in irgendeinem Gässchen verschwand, wenn Tess sich umwandte, um genauer hinzuschauen. Es gab Tage, da hätte sie schwören können, dass der Wind die Geräusche und Gerüche der Straßen mit sich trug, die Nell vertraut gewesen waren. Dann blieb Tess stehen, strengte ihre Sinne an, aber genauso gut hätte sie versuchen können, den Nebel mit der Hand festzuhalten; denn schon im nächsten Moment änderte der Wind seine Richtung und blies sie fort.

Tess wählte für Nell und Meg die klangvollen Worte aus dem *Book of Common Prayer* des Jahres 1662, die Ordnung für die Bestattung der Toten: *Der Mensch vom Weibe geboren, lebt kurze Zeit und ist voll Unruhe; geht auf wie eine Blume und fällt ab.* Tess ließ die Worte in sich nachklingen. Nells Leben war reich an Kummer und Qualen gewesen, doch sie hatte auch Freuden erlebt.

Bewusst rief Tess die Erinnerungen an Nells glücklichste Zeiten in sich wach. Wie Nell mit Tom spazieren ging und beide genüsslich ihre heißen Fleischpasteten aßen. Wie Nell die Röcke raffte, in die Foss hineinwatete und ihre Zehen in den weichen Schlamm grub. Wie sie in dem hohen Gras lag, eingesponnen in einen Kokon aus behaglicher Wärme und innerem Wohlbefinden, während ihr Herz im Einklang mit dem von Tom schlug. Wie sie Meg zum ersten Mal im Arm hielt; wie sie Hugh im Kreis herumwirbelte, bis er jauchzte vor Lachen. Wie sie in ihrem Garten saß; wie sie an Weihnachten tanzte; wie sie auf dem Markt scherzte und lachte.

Gute Zeiten, alltägliche Zeiten und parallel dazu das Grauen in Person von Ralph. Tess blickte hinunter auf den Rosmarin in ihrer Hand und spürte einen Kloß im Hals.

Nachdem es dem Allmächtigen Gott nach seinen weisen Vorstellungen gefallen hat, die Seelen unserer entschlafenen Schwestern aus dieser Welt zu sich zu nehmen, legen wir ihre Leiber in Gottes Acker.

Luke trat nach vorn und warf einen Rosmarinzweig auf den Sarg.

Als man Tess fragte, woher sie gewusst habe, wo sich das zweite Skelett befand, hatte Tess ein wenig gezögert. »Ach, nur so ein Gefühl«, hatte sie schließlich geantwortet.

Man wusste immer noch nicht, warum der Kamin eingestürzt war. Tess glaubte es zu wissen. An jenem Tag waren in dem Zimmer die Vergangenheit und die Gegenwart aufeinandergeprallt, und die geballte Energie, die dabei freigesetzt wurde, hatte Nell zu guter Letzt aus ihrem grauenhaften Gefängnis befreit. Als Tess aus dem

Krankenhaus entlassen wurde, hatte auf Lukes Betreiben hin Pat French in dem zerstörten Schlafzimmer eine Erlösungszeremonie durchgeführt. Tess, die ein okkultes Schreckensszenario erwartet hatte, empfand das Ritual würdevoll und unerwartet ergreifend.

Bei der Feststellung von Martins Todesursache ging man überaus gründlich vor, doch da kein einziges anderes Indiz vorlag, blieb dem Richter letztendlich nichts anderes übrig, als die Todesursache als unbekannt anzugeben.

Fassungslos über den Schaden in seiner Wohnung war Richard nach York zurückgekehrt, um die Renovierungsarbeiten zu überwachen und Ashrafar zu trösten, die, wie er beteuerte, traumatisiert war, obgleich Tess kaum ein Anzeichen dafür erkennen konnte. Die Katze erschien ihr vollkommen normal, Oscar hingegen litt an Albträumen, während Tess versuchte, wieder Ordnung in ihren Alltag zu bringen. Als Richard Tess informiert hatte, er werde nach York zurückkommen, verspürte Tess kein Bedauern, die Wohnung, die für sie mit so vielen unguten Erinnerungen behaftet war, wieder verlassen zu müssen. Richards wissenschaftliche Neugier war durch das Auffinden der Skelette in den Priesterlöchern geweckt worden. Er plante, dem Kapitel Mord in seinem Buch über das Verbrechen in der Zeit der Tudors eine neue und größere Bedeutung beizumessen. Tess würde sich nicht in seine wissenschaftlichen Erkenntnisse einmischen. Seine Sicht der Vergangenheit würde ohnehin nicht mit der ihren übereinstimmen.

Tess hatte mit Oscar einige Wochen bei ihrer Mutter verbracht, die nun eines Besseren belehrt und entsetzt darüber war, was Martin getan hatte. Als Tess schließlich ein Erbschein auf Martins Vermögen ausgestellt wurde, sah sie sich in der Lage, ein Cottage in einem der Dörfer in der Umgebung von York zu mieten. Oscar ging in der kleinen Ortschaft zur Schule und bettelte nun nicht länger darum, mit Sam und Rosie spielen zu dürfen. Eine Zeit lang hatte Vanessa so getan, als wäre nichts gewesen, Tess hingegen stellte fest, dass es ihr sehr schwerfiel, Vanessa zu verzeihen, dass diese

Oscar an Martin ausgeliefert hatte. Nach Tess' Umzug hörte auch Vanessa auf, bei ihr anzurufen.

Luke besuchte sie oft im Cottage. Oscar vermisste ihn, wenn er fort war, und so empfand auch Tess, aber sie scheute sich, Luke zu fragen, ob er auf Dauer bei ihr einziehen wolle. Nach ihren Erfahrungen mit Martin und Ralph widerstrebte ihr der Gedanke, ihr Schicksal wieder mit dem eines Mannes zu verknüpfen.

Ein paarmal hatten Tess und Luke darüber geredet. »Ich bin einfach nicht bereit dafür«, hatte sie erklärt.

»Das ist okay für mich«, erwiderte Luke locker. »Es hat keine Eile. Von mir aus kann es gern so wie bisher mit uns beiden weitergehen. Kein Problem, Tess.«

Während sie jetzt am Grab stand, ließ Tess nachdenklich ihren Blick auf Luke ruhen. Mehrere Personen waren zu der Bestattung erschienen: der Gerichtsmediziner, der die sterblichen Überreste von Nell und Meg untersucht hatte, die Archäologen, die sich für die wenigen Artefakte interessierten, die man in den Priesterlöchern gefunden hatte. Auch Ambrose war gekommen, desgleichen Richard, beide aus sehr unterschiedlichem beruflichem Interesse.

Luke war gekommen, ihretwegen. Luke, der ihr geglaubt hatte, der stets zur Stelle gewesen war, wenn sie ihn gebraucht hatte. Der immer noch für sie da war.

Luke, der offenbar spürte, dass sie ihn ansah, wandte seinen Blick von dem Sarg und schaute ihr in die Augen. Trotz der ernsten, feierlichen Zeremonie merkte Tess, dass sich Begehren in ihr regte. Sie beide waren nach wie vor sehr verschieden und stritten bisweilen, doch Tess empfand ihre Meinungsverschiedenheiten als Herausforderung und nicht als einen Versuch von Luke, sie zu dominieren. Luke half ihr, aber versuchte nicht, ihr Leben in seine Hand zu nehmen. Tess musste daran denken, wie oft sie miteinander lachten, wie erregend sie es fand, wenn er sie berührte. Sie dachte über ihre Freundschaft nach, die immer im Vordergrund stand, auch wenn sie sich stritten, an das Gefühl, endlich in einem sicheren Hafen gelandet zu sein, wenn sie sich im Bett an ihn kuschelte und seinem Atem lauschte.

Sie dachte an Nell und Tom und an das große Risiko, das die beiden eingegangen waren. Für sie hatte die Sehnsucht nach einem gemeinsamen Leben in einer Tragödie geendet, doch dies musste nicht zwangsläufig für Tess und Luke gelten. Nells Lebensgeschichte brauchte sich nicht in ihr, Tess, zu wiederholen. Vielleicht, sagte sich Tess, wurde es langsam Zeit, die Angst vor der Vergangenheit abzulegen und sich stattdessen auf die Zukunft zu konzentrieren. Tess nahm sich vor, mit Luke zu reden, wenn sie wieder zu Hause waren.

Erde zur Erde, Asche zur Asche, Staub zum Staube; in Erwartung der allgemeinen Auferstehung am Jüngsten Tage und des Lebens der zukünftigen Welt durch Jesum Christum unsern Herrn, sagte der Priester feierlich, während Tess näher zum Grab ging.

Kaum aus dem Krankenhaus entlassen, hatte Tess mit ihrer Arbeit an den Gerichtsprotokollen weitergemacht. Erst vergangene Woche war sie auf einen Eintrag aus dem Jahr 1588 gestoßen. Janet Scott, Witwe, des Mordes angeklagt. Tess' Hand hatte zu zittern begonnen, als sie den Eintrag transkribierte und übersetzte. Eine Untersuchung des Leichnams von Ralph Maskewe, Kaufmann, hatte ergeben, dass am 31. Oktober besagte Janet Ralph Maskewe mit einem Dolch getötet hatte, während sie miteinander im Bett lagen.

Waren die beiden von irgendeinem sexuellen Wahn gepackt worden, fragte sich Tess, oder hatte Janet sich am Ende gegen ihren Partner im Schmerz gewandt? Wie dem auch sei, Ralph jedenfalls war der langsame, qualvolle Tod erspart geblieben, den Nell ihm gewünscht hätte, aber zumindest war es ein schändlicher Tod gewesen und, wie Tess hoffte, schmerzhaft obendrein. Die Geschworenen hatten kaum einen Zweifel, was das Urteil betraf, das sie über Janet fällten. *Schuldig,* lautete die kurze, knappe Aufzeichnung des Schreibers. *Tod durch Erhängen.*

Tess schaute auf den Rosmarinzweig in ihrer Hand – Rosmarin für die Erinnerung. Ein paar Stunden zuvor hatte sie auf der Ousebrücke gestanden, allein, hatte hinunter auf den Fluss geschaut, der im Sonnenlicht glitzerte wie tausend Diamanten, jener Fluss, der Toms Grab war. Zur Erinnerung an ihn hatte sie ein Büschel Rosmarin in das Wasser geworfen. Nun ließ sie behutsam den Rosmarinzweig aus ihrer Hand auf den Sarg gleiten, in dem Nell und Meg lagen. Sie würde sie alle in ihrem Gedächtnis bewahren.

»Ruhe in Frieden, Nell«, sagte sie.

Epilog

Mord im guten alten England

Als man vor zwei Jahren durch Zufall in einem Haus in der Stonegate zwei eingemauerte Skelette entdeckte, beschäftigte dieser Vorfall für einige Zeit die Fantasie der Öffentlichkeit. Zahlreiche Theorien wurden aufgestellt über die Identität dieser Menschen und wie sie dorthin gelangt waren. Doch nach Ansicht der Historiker gibt es auf diese Fragen keine eindeutigen Antworten.

Die Fakten können uns nur bis zu einem gewissen Grad Aufschluss geben, wie der Historiker Richard Landrow erklärt, dessen in Kürze erscheinendes Buch über das Verbrechen in der Zeit der Tudors auch eine Diskussion über die Skelette in der Stonegate beinhalten wird. »Die gerichtsmedizinische Untersuchung ergab, dass beide Skelette weiblichen Geschlechts und vierhundert bis fünfhundert Jahre alt sind. Das eine Skelett gehörte einem jungen Mädchen zwischen zehn und vierzehn Jahren, das andere einer Frau Anfang dreißig, die entbunden hatte. Eine DNA-Analyse kam zu dem Ergebnis, dass sie verwandt waren, deshalb liegt der Schluss nahe, dass es sich um Mutter und Tochter handelt, doch ein hundertprozentiger Beweis dafür kann nicht erbracht werden.«

Wie Landrow betont, ist die gerichtsmedizinische Beweisführung zwar schlüssig, doch sie hat auch ihre

Grenzen. »Bei der Untersuchung stellte sich heraus, dass das Zungenbein des jungen Mädchens gebrochen ist, ein Indiz dafür, dass es erdrosselt wurde. Außerdem ist ein Finger einer Hand gebrochen. Über die Todesursache der älteren Frau hingegen fehlt uns jeder Hinweis. Es sind gewisse Schädigungen der Fingerknochen vorhanden, und es besteht die grauenvolle Möglichkeit, dass sie bei lebendigem Leib eingemauert wurde und schließlich verhungert ist, doch auch hier gibt es keine hundertprozentige Gewissheit.«

Alles, was über die bloßen Fakten hinausgeht, ist, wie Landrow betont, reine Spekulation. »Die Stonegate war in der Tudorzeit eine Straße, in der die Wohlhabenden lebten, und so fand man bei den Skeletten auch keinerlei Anzeichen für eine Mangelernährung, was die Annahme zulässt, dass die beiden weiblichen Personen der städtischen Oberschicht angehörten.« Doch die Schlüsse, die man anhand der bei den Skeletten gefundenen Artefakte ziehen kann, sind verwirrend, wie Landrow zugibt. Während einige der erhaltenen Gegenstände, wie Spangen und Fragmente von Gürteln, eindeutig auf die Oberschicht hinweisen, handelt es sich bei dem einzigen Schmuckgegenstand, der bei dem Skelett der älteren Frau gefunden wurde, um einen Ring mit einem billigen Granatstein. »Bei einer wohlhabenden Frau ihres Alters erwartet man eigentlich, dass sie Schmuck von wesentlich besserer Qualität getragen hätte. Es ist ein Rätsel.«

Landrow, der in dem Haus wohnt, in dem die Skelette gefunden wurden, und der dadurch ein besonderes Interesse an dem Fall hat, ist es bis jetzt nicht gelungen, die genauere Identität der beiden Skelette zu entschlüsseln. »Die Stadt York besitzt außerordentlich umfangreiche Archive, doch leider ist speziell für diese Periode nur wenig schriftliches Quellenmaterial erhalten. Wir sind deshalb leider nicht in der Lage, den damaligen Besitzer dieses betreffenden Gebäudes zu ermitteln.« Auch fehlen Berichte über das plötzliche unerklärliche Verschwinden zweier Mitglieder einer Familie. »Es ist möglich, dass derjenige, der für den Tod der beiden Frauen verantwortlich war, schlicht der Öffentlichkeit gegenüber behauptete, die beiden wären weggelaufen«, vermutet Landrow. Das Versteck der beiden war so geschickt gewählt, dass es seiner Meinung nach zwangsläufig mit dem Einverständnis des Haushaltsvorstands geschehen sein musste. Landrow sagt: »Wir Historiker können spekulieren, aber wir müssen akzeptieren, dass uns vieles aus der Vergangenheit verborgen bleibt, dass es gewisse Dinge gibt, für die wir niemals eine Erklärung finden werden.«

Landrow meint, dieser grauenhafte Fall werfe ein Licht auf die eher dunkle Seite Englands zur Zeit der Tudors. »Diese beiden Frauen, wer immer sie waren, nahmen ein entsetzliches Ende, das höchstwahrscheinlich in einem Zusammenhang mit häuslicher Gewalt zu sehen ist.«

Die Menschen unserer Zeit zeigen sich häufig schockiert über das Ausmaß an Gewalt und Brutalität, wie es uns die Medien vermitteln. »Wir neigen dazu, die sozialen Veränderungen dafür verantwortlich zu machen, und sehnen uns nach der ›guten alten Zeit‹«, sagt Landrow, »doch Tatsache ist, dass das ›gute alte England‹ auch eine sehr grausame Zeit war, geprägt von Gewalt, und zwar durchgängig durch alle sozialen Schichten.«

Mag sein, dass das elisabethanische England das »goldene Zeitalter« war, doch die Gesellschaft, die einen

Shakespeare hervorbrachte, war auch in der Lage, eine schwangere Frau wegen ihres Glaubens zu Tode zu pressen. (Margaret Clitherow, die Frau eines Metzgers, wohnhaft in The Shambles, wurde 1586 hingerichtet und 1970 als St. Margaret von York heiliggesprochen.)

Wie Landrow ausführt, kam es auf den Straßen häufig zu rücksichtslosem Verhalten und Handgreiflichkeiten, und nicht selten endete ein Streit oder eine Rauferei mit einer Messerstecherei. Landstreichern begegnete man mit besonderer Grausamkeit, wenn sie beim Betteln in den Straßen der Stadt erwischt wurden. Man zog sie nackt aus, band sie an das hintere Ende eines Karrens und trieb sie unter Peitschenhieben durch die Straßen, ehe man sie aus einem der vier großen Tore aus der Stadt jagte.

Auch in den Privathäusern war häusliche Gewalt etwas völlig Normales, wie Landrow erläutert. Es war üblich, die eigenen Kinder als Dienstboten in einen anderen Haushalt zu geben, wo sie zwar offiziell als Teil der Familie galten, doch oftmals eine grausame Behandlung erfuhren, von Schlägen bis hin zu weit schlimmeren Misshandlungen. Die Selbstmordrate unter Kindern und Jugendlichen im England der frühen Neuzeit war viel höher als heute, trotz der Tatsache, dass Selbstmörder mit einer Verständnislosigkeit betrachtet wurden, die wir heute als schockierend empfinden. Man warf ihnen vor, sich ihrer eigenen Verzweiflung und den Versuchungen des Teufels hingegeben zu haben, und versagte ihnen eine Bestattung in geweihter Erde. Stattdessen verscharrte man sie würdelos an irgendeiner Wegkreuzung, und der Glaube, ihre Seelen würden wiederkehren und die Lebenden heimsuchen, führte häufig zu der makabren Praxis, einen mit einer Eisenspitze versehenen Stock durch das Herz des Leichnams zu stoßen.

Wurde eine Frau aus einem Dienstverhältnis entlassen, weil sie heiratete und fortan selbst Gesinde anlernen konnte, so führte das nicht notwendigerweise dazu, dass sich ihr Los verbesserte. Eine Ehefrau hatte wenig Handhabe gegen einen gewalttätigen Ehemann. Ein Mann hatte das Recht, seine Ehefrau zu schlagen, aber nicht zu töten. Landrow zitiert den Fall einer gewissen Alice Clarke, welche die Misshandlungen und sadistischen Praktiken ihres betrunkenen Ehemanns erdulden musste, der sie unter anderem an die Bettpfosten fesselte und auspeitschte. Nach Ansicht Landrows muss Mord solchen Frauen wie Alice Clarke als einziger Ausweg erschienen sein.

»Das Gift der Wahl scheint Rattengift, sprich, Arsenik gewesen zu sein«, führt Landrow aus, der eine wissenschaftliche Studie über erhaltene Gerichtsprotokolle dieser Zeit durchgeführt hat. »In einer Welt, in der es keine Hilfe für Opfer von häuslicher Gewalt gab und Frauen im Grunde keinen anderen Ausweg sahen, ist es überraschend, dass es nicht mehr Fälle von Gattenmord gibt.«

Für andere Frauen, etwa jene, die in dem Haus in der Stonegate lebten und dort auf so entsetzliche Weise umkamen, gab es buchstäblich kein Entrinnen. Wir werden nie wissen, wer für den Tod dieser beiden Frauen verantwortlich war. Tess Nicholson, deren Ehemann bei der Explosion, die zur Entdeckung der beiden Skelette führte, ums Leben kam, glaubt, dass sie Opfer eines gewalttätigen und sadistischen Ehemanns und Vaters wurden, räumt jedoch ein, keinen Beweis dafür zu haben. »Es ist nur so ein Gefühl«, sagt sie. »Es gibt unzählige Individuen wie diese beiden Frauen, deren Lebensgeschichte nie bekannt werden wird. Doch wir sollten nicht vergessen, dass sie wirklich existierten. Sie lebten, sie liebten. Sie kannten Freude und Traurigkeit. Sie waren gelangweilt, und sie hatten Spaß. In so vieler Hinsicht waren sie genau wie wir. Die Gerichtsprotokolle sind nicht immer verlässlich. Sie erzählen uns Geschichten, die die Schreiber der damaligen Zeit für die Nachwelt bestimmt haben. Doch es könnte durchaus sein, dass die interessantesten Geschichten jene sind, die nie berichtet wurden.«

Dank

Ein Buch zu schreiben ist Teamarbeit. Wie immer schulde ich meiner Agentin Caroline Sheldon Dank, ferner Louise Buckley, Wayne Brookes und dem restlichen Team von Pan Macmillan für ihre Begeisterung und ihren Zuspruch. Besonders möchte ich meine Lektorin Lorraine Green hervorheben, die den Text so gewissenhaft gelesen und überaus scharfsinnig kommentiert hat.

Für ihre Hilfe bei *Die Mitternachtsstunde* möchte ich besonders Diana Nelson, Lisa Liddy, Steve Hodgson und Ailsa Mainman danken; des Weiteren Jeanette McMillan, die ihre Erinnerungen an ihre Kindheit und Jugend in York an mich weitergegeben hat.

Schließlich gebührt mein Dank all jenen Freunden, die treu die nervenaufreibenden Krisen ausgehalten haben, die mich unweigerlich beim Schreiben jedes Buches befallen; jene Freunde, die mir ihre Sicht der Dinge aufzeigten, ihre Unterstützung oder Wein anboten, je nach Bedarf – oft alles gleichzeitig –, besonders John Harding, Stella Hobbs, Mary Hodgson, Steve Hodgson, Diana Nelson, Julia Pokora, Richard Rowland und Paul Sparks. Ich baue auf sie alle, mehr als sie ahnen.

Pamela Hartshorne

hat als Redaktionsassistentin für den *Observer* gearbeitet, als Köchin auf einer Farm im australischen Outback und als Produktionsassistentin des *Open Air Theatre* in Regent's Park. Um ihre Promotion im Bereich Mediävistik zu finanzieren, wandte sie sich schließlich dem Schreiben zu. In den vergangenen fünfzehn Jahren gelang es Pamela Hartshorne, ihre historischen Forschungen mit einer Karriere als Schriftstellerin zu kombinieren, und sie wurde bereits mit zwei der renommiertesten Preise im Genre der romantischen Unterhaltung ausgezeichnet: dem RITA® der Romance Writers of America sowie dem begehrten Romance Prize, der von der britischen Romantic Novelists' Association verliehen wird. Die Autorin lebt im englischen York.
Weitere Informationen zur Autorin unter
www.pamelahartshorne.com

Mehr von Pamela Hartshorne:
Das ferne Echo der Zeit. Roman (auch als E-Book erhältlich)

GOLDMANN
Lesen erleben